ギリシァ・ラテン文学研究

ギリシア・ラテン文学研究

——叙述技法を中心に——

久保正彰著

岩波書店

V. D. M. D. D. D.

序

古代ギリシァ・ラテン文学の示している、様式上の大きい特色は、大自然や人間世界の営みを語ろうとする、さまざまの叙述の形である。中でも、ギリシァの黎明期に端を発して以来、古代末期にいたるまで、大河の流れのように継承されてきた叙事詩文学は、詩文の雄である。他方またギリシァ古典期に創出されローマ帝政末期にいたってもなお旺んに書き継がれた歴史記述は、まさに古代散文芸術の代表と称せられよう。両者は各〻の様式において異なるものではあったが、共に雄大な展望と視野のもとに、人間なるものの思想と行為を描きだす企てを遂げ、その幾多の成果は世界文学の一角に輝きを添えるものとして、今日もなお高い評価をうけている。

本書に収められた論文は、いずれも、古代叙事詩文学と歴史記述という壮大な世界の、ごく限られた一部分に関する調査と研究をまとめたものである。人間についての、あるいは文芸についての、一般読者の感興に応えうるものも一、二篇はあろうかと思うが、多くはあまりに微細な事柄のみに論が終始していたり、あるいは遠く過去の世界に埋没してしまった名前や事柄に関わる部分が多過ぎるおそれがある。そのために、各論と、大きい一般的問題との関わり方について、簡単な解説を記しておきたい。蛇足の咎めをまぬがれることがかなうならば幸甚である。以下、収録されている順に従い、各論の意図するところを述べたい。

第一部は古代叙事詩の周辺問題を扱うものである。第一章「ことばから文字へ」は、『イリアス』『オデュッセイア』などのホメロス叙事詩が、口誦叙事詩という上演と伝承の形態から、今日伝わるような、精密な校訂作業をふまえた伝本の形態に至るまでの、過程と時代について、今日私たちの考え得る一つの輪郭を明らかにしようとしている。問題は十八世紀末から続いているものであるが、本論の特色は、口誦詩が文字に写され、読書に耐えうる「読み本」

としての形をとりうるためには、従来の多くの研究者が推定しているように、一、二世代の年月において完成される作業ではなく、そのためにはゆうに一、二世紀あるいはそれ以上の年月を必要とするという前提をあえて掲げて、その妥当性を検討している点にある。そのような前提が妥当であると思われる理由としては、現存するホメロス原本は前二世紀の校本に準拠していながら、本文は口誦叙事詩の技法に基づく措辞・詩法を忠実に保持しているという逆説的事実があげられる。この逆説的事実を解明することのできる恐らく唯一の仮説は、前二世紀校本の成立に際して、古代の校訂者たちはそれ以前の諸伝本の本文と同程度に、あるいはそれ以上に、当時なお、隆盛を誇っていた口誦叙事詩人の職業的口伝の文言に多大の信憑性を認め、これに依拠する本文校訂を行なった、という想定である。この想定は、口誦詩は文字使用社会において衰退死滅するという一部の学者の所説の根本的見直しを求めるものである。古代ギリシァにおける職業的口誦詩人たちはローマ帝政期まで盛んに活躍していたし、また、完全に成熟度に達した識字社会においてこそ、高度に文芸化され、文芸としての評価に耐えうる叙事詩文学の成立がかなうものであることは、『平家物語』の読み本成立のいきさつがこれを如実に告げているところでもある。

右のような前提のもとにホメロス本成立についての再検討の結果として、伝説的ホメロスがいつの時代の人であったとしても、かれを始祖に仰ぐ口誦叙事詩の伝統が、はじめて文字化の緒に接しえたのは、前六世紀半ば以降のアテナイにおいてであろうが、その後三、四世紀の間に「読み本」としての緩やかな生長をたどる一方、最終的には前二世紀半ば、他方において口伝によって洗練され精確に保持されてきた叙事詩の口誦伝統を、本文校訂に際しての主流として樹てることによって、文字の形に結晶したとの結論は不可避であろうと思われる。

第二章「『名婦の系譜』における叙述技法」は、ホメロスとほぼ同時代の詩人ヘシオドスの作として伝わる、『名婦の系譜』を扱う。この作品は、中世に湮滅したものと目されていたが、二十世紀中葉に入ってから多数のパピルス書巻の中にこれを記載したものが発見された。そしてこれがメルケルバッハ、ウェスト両氏の『ヘシオドス断片集』によって編輯公刊されるに及んで、その物語り構造の概要が復原されるに至った。他方、ヘシオドスの現存作品を伝える写本中には『盾』と題される小作品が含まれているが、その冒頭部分は、本来『名婦の系譜』の一節を構成していたとの見解が、古代より伝わっている。本論文の第一部は、『ヘシオドス断片集』によって復原された『名婦の系譜』の物語り構造を先ず再検討し、復原の諸前提を吟味しつつ、そこに織り出されてくる神話・伝説上の女性とその系譜の特殊性を明らかにし、その中で占めるべき『盾』の冒頭部（＝アルクメネーの系譜）の位置と意義についての考察をおこなう。第二部は、アルクメネーの系譜に用いられている措辞の性質についての詳細な解析を試み、いわゆるホメロス以降のギリシァ叙事詩が示す言語的混淆性と、それを生みだした個別の原因を究明している。これによって『イリアス』『オデュッセイア』の伝承と並行する形で別種の叙事詩技法が、『名婦の系譜』のごとき作品とその伝承を生みだしていた経緯を明らかにする。そして第一章で仮説として示した「ことばから文字」への過程が刻み残した本文の文言上の特色を具体例によって示すことを目的としている。

第三章「叙事詩文学の系譜」においてはホメロス校訂家たちの一人として、ヘレニズム時代の代表的叙事詩人、ロドスのアポロニオスを取り上げる。『アルゴ号叙事詩』の第一巻に附された織布の文様描写を対象として、その題材と言語的特色を詳細な検討に附した結果、これまでこれを論じてきた殆んどすべての研究者が見落してきた重要な事実を指摘する。すなわちこれは単に神話・伝説的素材を文様にちりばめた装飾の平板な描写にとどまるというのが従来の評価であった。しかしこれに対して本論文の検討結果は、これが、アポロニオス以前の名ある叙事詩作品についての婉曲な言及と評価をかねた、詩的比喩による叙事詩文学論であることを告げている。またそこには、アポロニオス自身、叙事詩人の系譜の正統的継承者たらんとする文学的抱負をも語る部分があるところを示している。

第四章「色と変容」は、ギリシァ、ラテン両文学における色彩語彙の問題を比較対照的に捉える。そして特にローマの詩人オウィディウスの叙事詩『変容譚』の中での色彩語彙の用法と色彩観を詳細に検討する。そしてこの叙事作品において色彩語彙そのものはまったく類型的かつ平板な種類に属するけれども、オウィディウスは色彩語彙を眼で見える物体の色彩表示や描写の道具として用いることを避け、人間の行為や心情の描写の有機的一因子として活用し、いわば色彩語彙を叙事詩の隠喩(メタフォラ)として効果的に用いる詩人であったことを明らかにする。オウィディウスの叙事詩における色彩語彙の正確な研究は、文脈の意図を重視しなくては成り立たないことをとくに強調するものでもある。

第五章「サッフォーの詩をもとに(Ex Sapphus Poematis)」は、オウィディウスの『サッフォーの手紙』の成立由来をめぐる十五世紀末の、イタリア人文学者たちの論争を中心に扱う。同時にルネサンス期におけるギリシァ、ラテン文学研究、とくに叙述技法の研究の、重要な一側面を、詳細に論じたものである。またそのような論争が最初の口火となって、ギリシァ女流詩人サッフォーの作品断片を集成する試みが始められたことも明らかにしている。

以上五篇の小論は、古典文学史上の、あるいは文学研究史上の微細な問題ばかりを扱った、いわば落穂拾いの類であって、古典的名作や代表作が伝えるメッセイジを正面から取り上げたものではない。物足りなく思われる方もあろう、そのような方は、恐縮ながら、拙著『オデュッセイア――伝説と叙事詩』(岩波セミナーブックス3、一九八三)をご覧願えれば、幸甚である。

本書第二部は、ギリシァの歴史記述における叙述技法を取り上げるが、主たる題材は、前五世紀の歴史家ツキジデスの『戦史』である。

第一章は、ツキジデスの歴史記述に寄せられている問題や、かれの著作を理解するための基本的事柄についての、解説的意味合いの小論五篇をあわせて、「歴史の中の歴史家像」と題している。ここでの〝歴史〟とは、かれが残した歴史記述を指すと同時に、かれの記述と記述成立問題に寄せられた、後世の評価をあわせて意味するものである。

その第一節は、後世の研究家たちがツキジデスに寄せた種々の評価の中で、近世、現代のツキジデス研究の中核を占める、『戦史』成立をめぐる問題を主題とする。E・シュヴァルツの克明な分析論が、今日のツキジデス研究の出発点となるべきことは明らかながら、しかしなお慎重な再検討の必要性を指摘する。

第二節は、ツキジデスの『戦史』が記述の基本的枠組としている編年式地区別記述方式の歴史的背景を概観する。従来これは、農事暦あるいは医学者の臨床記録などの書式を模してツキジデスが案出したもの、との説が唱えられていたが、これらはツキジデスの多地域を統合的視野の下に収めた編年記述体の構想とは根本的に異なるものである。本論は、地中海沿海地域をはじめて統合的課税区域に統一したペルシァのダレイオス王の徴税組織、そしてこれを踏襲してデロス同盟という軍資金調達機構を完成したアテナイの徴税機構の仕組みに着目する。同一年次における、多地域からの年賦金収納が編年式の記録作成を要求した経過から判断して、これがツキジデスの編年記述体の手本となったものであろうと推定している。

第三節は、ツキジデスが大作『戦史』の完成に取りかかったのはペロポネソス戦争終了後(前四〇四年春)というのはすべての研究者の一致した見解である。そしてそのために開戦当初より、重要事項の記録をノートもしくはメモの形でパピルス紙片に書き溜めていったことも疑いを容れない。そのメモは勿論伝存しないが、実はそのメモの作成方式と、伝存する『戦史』本文との関係が、多少なりと明確になれば、『戦史』成立問題の一隅に重要な楔を打ち込むことができるはずである。本論は、ツキジデスのメモが最初から明確な政治的予測のもとに、綿密な組織的方法によって作成されていなかったならば、これは後日のかれの編年式記述体の『戦史』の材料としては無価値に等しいものとなったであろうと考えるべき、諸理由をあげて検討に附すものである。ツキジデスの当初の予測は戦後無残に潰えたけれども、そのメモは組織的記述方式によるものであったがゆえに、歴史記述の貴重な資料となり得たのである。

第四節は、ツキジデスを実録作成者から歴史家にしたものは何であったのか、この問いとありうべき答の輪郭を、大戦終了後のアテナイの知的、道徳的情況の中から汲みとろうとする試論である。ソフォクレス悲劇の神話的提示法や、ソクラテスの哲学的提示法と比べて両者のいずれとも異なる第三の提示法、すなわち歴史記述による人間の行為の説明を強く求める時代の流れがあり、これがツキジデスを歴史家ならしめたモーメントである、と結論づける。

第五節は、ペロポネソス戦争終結後、ツキジデスが、この大戦争をペルシァ戦争の戦後処理の最終的過程として統一的に把握する史観を抱くに至った道筋を辿ってみる。『戦史』の演説文に現れるペルシァ戦争とその事後処理の功罪をめぐる言及を精査してみると、演説の発言者はペルシァ戦争という一つの過去の定点を基点として、自己の歴史的位置を定め判断を形成していく例がきわめて多いことに気づく。そしてこの定点を基点としてペロポネソス戦争の個々の出来ごとが、座標上の点のように記録される。そして最終的にはペロポネソス戦争の全体像が、点々と浮び上るペルシァ戦争との対比によって、明確化する。『戦史』の全体像の構想は、ペルシァ戦争という屈折した鏡面に映ったアテナイの、そして全ギリシァの、自画像として成立したもの、ということができる。

以上をもって概説的性質の「歴史の中の歴史家像」を閉じることとし、次に、『戦史』全体に統一的観点を附与している三つの問題と、それらを扱うツキジデスの叙述技法について考察を試みることにしたい。三つの問題とは、内乱の思想、歴史記述と偶然性、そして歴史記述と人間性という三題であるが、じつは三題とも互いに関連しあう面も少なからずあり、論旨が重複するところも多少あるけれども、お許し願えれば幸いである。そして三題があわせて結論とするところも一つであって、すなわち歴史記述が最終的に解明すべきこと、また解明できることは、人間性と人間の本性以外の何ものでもないという結論に至る。

第二章「内乱の思想」は、『戦史』第三巻八二、八三、八四章に記された「内乱省察」の項を中心として、これら三章の記述対象、観点そして叙述の技法は各〻に異なるものであるが、これらのうち第八四章を文体、措辞の異色性から後世人の附記とするゴム、プリチェットらの見解を採らず、三つの章が示す各〻の際立った差異と特色は、内乱現象を三つの異なる局面から考察するに至ったツキジデスの史観を表わすものという見解を示す。

すなわち第八二章はアテナイ・スパルタ両大国からの圧力にはさまれた小国の国内政治の乱れが、大国からの内政干渉を招き、たちまち内乱すなわち政治機構の崩壊という事態に至ることを述べているが、これは視点をかえて大国側から見れば、内乱使嗾は大国の支配圏増大につながる最も効果的方策であったと言うことに等しい。また事実そのような事例が、『戦史』記述中に頻出している。これは、ツキジデスが、四二四年アテナイの指揮官職を追われるまでの、「内乱」を他国征服の一手段と見做していた時期における考えであった可能性が強い。

第八三章は、内乱に至る過程にみられる国内政治派閥の領袖たちの行動形態とかれらの動機を類型的に詳述する。その分析的記述は、内乱指導者たちの心奥にまで深く切りこんでおり、その視点は第八二章のように内乱現象を国際政治のせめぎあいの場において、外から政治力学の問題として捉えているわけではない。第八三章の分析は、多くの研究者が指摘するとおり、前四一一年のアテナイにおける民主政崩壊の際に暗躍した数名の政界指導者たちの動機と行動の類型に酷似するものを対象化しており、第八三章の分析と省察は前四一一年の事情を詳述した『戦史』第八巻の記述時点以後の、ツキジデスの思想的展開のあとをとどめているものであろう。

第八四章は、前二章とはさらに対象を改め、内乱に際して無秩序が許すままに暴徒と化した社会の下層の、被抑圧者の行動と群衆心理を叙述する。文体的にも前二章とは異なるために、ツキジデスの作ではないとする見解が主流となっているが、本論は、文体の不連続性よりも、第八四章で描出される人間の本性はツキジデスの思想的展開の中でのみ説明可能のものであるという見解に立ち、この章は、ツキジデスの「内乱の思想」の一極を構成すると考えている。

「内乱省察」三章の各〻の観点と考察内容は、ケルキュラ内乱のみならず『戦史』全八巻に散見される各地の内乱記事を具体的事例としている。その面から言えば、『戦史』の全体像の一面のまとめと見做すことは可能である。しかしまたその反面、歴史の動因の最たるものは、持つものと持たざるもの、支配者と被支配者との絶えざるせめぎあいの場に生じているという見方に立てば、内乱こそ歴史をすすめていく力の現れであり、大戦争は、単にそのような内乱を加速させていく歴史の副次的要因という地歩に退くことになるだろう。ツキジデスの「内乱の思想」には、そこまで踏みこんだ考察は語られていない。しかしかれが『戦史』記事として記載している内乱事件の夥しい数は、ただその悲惨さを強調するためだけのものではなく、深く人間の本性に根ざす歴史の動因についての思いがあったためではなかろうかと思われる。

第三章「歴史記述と偶然性㈠」は、アリストテレスの『自然学』における偶然性の概念を援用することによって、ツキジデスの『戦史』において、偶然に起因したとされる出来ごとの性質を解明する試みである。すなわち、意図的、合目的的な行為に附随して生起する随伴的出来ごとを偶然性に依るものとし、さらに思想もしくは意図が働く限りにおいてまた、偶然的な、予測されなかった出あいが生ずる。このアリストテレスの概念は、『戦史』においてツキジデスが〝偶然〟という表示を用いている場合にも適合する。しかしツキジデスは、〝偶然〟がしからしめたと言うこともできるような出来ごとであっても、あえて〝偶然〟と言うことを控えている場合もあり、そのような時にはかえってかれの偶然観を逆の面から浮び上らせる。第二巻の疫病記事がその好例であり、本論はとくにこの記述の性質と意図について詳細な検討を加え、さらにかれが指摘する〝出来ごとの反復性〟の意味は、従来の解釈のごとくに疫病そのものの反復性を指すものとはせず、むしろ、偶然的災害によって人間性が崩壊に瀕するという危機的事態を指しているという解釈を示す。

第四章「歴史記述と偶然性㈡」は、前章に続いて、第四巻の「ピュロス戦記」の中で頻発する偶発的出来ごとと、それらについてのツキジデスの見解を、従来の所説を精査しつつ精密に検証したものである。結論のみを述べれば、「ピュロス戦記」には確かに偶然的に生起する出来ごとが、強調的に指摘されている。しかしツキジデスの意図は、この戦線の指揮官デモステネスの合目的的な計画とそれを遂行しようとする意志を、明確に浮び上らせることにあり、偶然的要素についての言及はそのために欠くべからざる叙述技法の一端であったと思われる。偶然的出来ごとは、デモステネスの人間的資質が赴くところに附随する影のようなもの、と言うのが、本論の結論である。

全体的にみれば、「合目的な行為が出あう、予測しなかった随伴的出来ごと」としての〝偶然〟は、ツキジデスの『戦史』成立と深く結びついた問題である。合目的的な戦争行為の実録として、かれのメモが当初より明確な予測とそれに添った組織的方法にしたがって、順次綴られていたであろうことは、前章で述べたとおりである。戦いが終結したとき、確かに信頼に値するメモは残った。しかし戦争は、諸〻の随伴的出来ごとのために、当初の計画を大きく狂わせ、まったく予想もされなかったアテナイの敗戦という結果に終った。「なぜこのような結果に？」という深刻な問いに対する答が、『戦史』として立ち上っているのである。その原因は、人間にあるのかそれとも予測不可能の偶然にあるのか。ツキジデスにおける偶然論が、かれの人間論と不可分の関係にあるのは、それゆえであろう。だが人間にとって、理解できるものは偶然性ではなく人間性だけなのである。

第五章「歴史記述と人間性」は、ツキジデスが歴史の動因と見ている、「人間の本性」なるものについて、詳述している。これまでの各章において検証してきた事例からも判るように、ツキジデスの原因探究は、疫病記事であれ内乱記事であれ、あるいは一見偶然の事態に翻弄され続けるがごとき「ピュロス戦記」であれ、最後は、それらの事態を動かしていく人間の本性をとらえ、さらに出来ごとによってあらわにされる人間の本性についての批判的検証に至る。人間世界における出来ごとの真の原因は、ただ人間のみである――これこそがツキジデスの飽くなき真理探究を支えてきた信条であり、また、これこそがかれの真理探究によって明らかにされた歴史の真実である。

以上は、筆者が開陳を意図したところのみを大摑みに説明したものである。果たして意とするとおりの論述の態を成しているかどうか、読者諸賢からの御批判を仰ぎたい。このような十章のみによってギリシァ・ラテン文学研究のいかほどの部分を語り得ているのか、自問するときその答はあまりに少なく、忸怩たる思いを禁じえない。

だがあえてこの十章を選んだ理由をまとめて言うならば、筆者なりの能力と方法によって、人間のことばが文字へ、文字が人間行為の客観的記述へと、画期的な進展をとげた一つの文化とその時代の特色を追跡してみたいと願ったからである。取り上げた問題よりも、省略されている事柄の方が遥かに多いこともおわびしなくてはならない。このように不備の書物であるけれども、より高度の研究と綜合を志す、有為なる若い研究者諸賢にとって、ささやかな道標の一つともなり得れば、筆者にとって望外の仕合せである。

目次

目次

目　次

第一部　叙事詩における叙述技法の諸相

第一章　ことばから文字へ
――ホメロス叙事詩の文字化について――

古代ギリシァ文学の先駆は、神々や英雄たちの物語を語り伝える口誦叙事詩人たちによって切って落される。これらの詩人たちの口誦技芸の源は、学界の通説によれば、ギリシァにおけるアルファベット記法の発明（推定前七三〇年頃）よりもはるかに古くに遡る。その始まりは、前二千年紀後半のミノア・ミュケナイ時代の宮廷文化にあったとも言われるし、あるいはさらに古く、メソポタミアのウル文化にその発端が指摘できるとも言われている。その起源や伝播の経路がいかようなものであったとしても、いまだにアルファベットも知られていなかった時代から、ギリシァにおいては、口誦叙事詩人たちの技芸は長らく人々の心を楽しませてきた。各地の町や村で、季節ごとの祭や宴席で、かれらが語り伝える物語りが、ギリシァの神話、伝説、歴史を生みだす素地となっていった。やがてかれらの中から一人群に抜きいでた技量をもつホメロスという名の語り手が現れる。かれは卓抜した語りの技と、大自然と人間世界を一つの眺望におさめて展開する叙事詩芸術とによって、当時の人々の想像力を魅了し、たちまちギリシァ詩文の第一人者という高い評価をほしいままにした。

今日私たちが有する口誦叙事詩とその代表的詩人ホメロスについての大まかな一般的理解は、一つの伝説として古代から受け継がれてきたものである。そこに含まれる詳細な問題についての批判的研究もやはり古代に始まり現代まで続けられている。また近世に至って十八世紀末F・A・ヴォルフの実証的ホメロス批判によってホメロス詩の伝承に関わる問題が初めて提起されていらい、今日に至るまでなお深い謎に包まれている部分も少なくない。中でも最大の疑問は、文字なき世界の大詩人ホメロスの口誦叙事詩が、文字で記された文学作品となるまでに、どのような過程をたどったものと考えればよいのか、という問いである。以下の諸節において詳述するように、文字なき時代の詩聖ホメロスと、ホメロス叙事詩の本文伝承の確定に努めたヘレニズム時代の校訂家たちとの間には、約五百年間の時代的距離がある。その間にギリシァ人の文芸活動は、先駆者の時代から古典期を過ぎ、早くも爛熟の時代に入っている。そしてその間には、文字を縦横に駆使した抒情詩、演劇詩、弁論、歴史記述、哲学などの、思考と表現の諸様式が創出され、あまたの作品の誕生を見ている。そしてその間に、先駆とされる詩聖ホメロスの口誦叙事詩も、文字なき暗黒の世界から現れて、精緻な文字によって刻まれた文学作品の姿に達するまでに、幾度かの変容を重ねていったものであろう。かれの語りの声の響きは、いつ、どこで、誰の手によって、何の目的のために、どのようにして、文字によって記録され文学作品と化していったのであろうか。

十八世紀末、F・A・ヴォルフによって投じられたこの一連の問いに対して、二世紀にわたる専門学者たちの懸命の研究にもかかわらず、今日もなお充分な解答が得られているとは言いがたい。本小論はこの重大な問題の委細を網羅的に論じようとするものでは勿論ない。ただ問題の主たる輪郭をたどり、今日私たちの視点から見て、補足すべきと思われる二、三の事柄を、『平家物語』成立論との比較という形で附記することのみを主旨とする。なお結論めいたものを述べるとすれば、アレクサンドリアの学者たちの手を経て今日に伝わるホメロス叙事詩の構造中に、純粋な口誦叙事詩の技法が伝存している、という一見逆説的なM・パリーとその学派の主張は、今日学界の大方が認容するところとなっているけれども、これが事実とすれば、それはホメロス叙事詩の本文成立の最終段階に至るまで口誦叙事詩の正統的伝承が、吟遊詩人たちの口誦技芸もしくは口伝を通じて維持されてきたためであろう。また、換言すれば、アレクサンドリアの学者たちが〝流布本(コイネー)〟と称した共通本は、かれらが諸種の古本と吟遊詩人の伝える口誦叙事詩の口伝とを、校合・整理することによって初めて成立したものである、と考えざるをえない。口頭伝承が文字伝承への最初の移行をたどりはじめるのは、書写技術にかかわる諸般の条件を考えれば前六世紀のことであろうし、ホメロス叙事詩はその時から文学作品化への形成過程をたどりはじめた、という結論は避けられない。これはまた、ホメロス叙事詩を文字に写すことによってこれを不朽ならしめた不世出の大詩人は、文字なき世界の盲目の歌うたいではなく、前古典期末期のホメロス伝承保持者であった可能性を強調することになろう。

一

はやくも古代ローマにおいて、知識人たちの間でホメロス問題を口にすることは、知恵の熟さぬもののしるしとされていた。ローマの哲人セネカは、『イリアス』と『オデュッセイア』のどちらが年代的に古いか、というような問題をギリシァ人は飽きもせずに議論している〝と軽蔑とも羨望ともつかぬ言葉を記している。(1) ローマにおいては実践的判断が貴ばれたから、というだけではない。何よりもまず、ローマにはホメロスなどいなかった。ギリシァ人の耳の奥底から消しさることのできなかった、あの古い口誦詩の響きはローマ人の体験外のことであったし、したがってギリシァ人があの響きを文字にあらわし、読書の対象物と化し万人の眼に明らかな姿にするために払った千年に近い労苦の蓄積を、抽象的には評価しえても、その労苦をしからしめた原動力には共鳴することができなかったのであろう。

今日私たちはホメロスを鑑賞することはできても、その両叙事詩の成立の淵源や、アレクサンドリア時代の流布本(共通本(コイネー)と呼ばれ、当時の文学者たちの批判の対象となったとされているもの)の成立の背景について論ずることは、ローマ時代よりもはるかに困難となっており、またその一端について仮説を唱えることも途方もない勇気を必要とする。哲人セネカが活躍していた一世紀頃であればまだ、流布本以外にそれよりも本文が長い本や短い本も、見つけられたろう。アレクサンドリアの五代の学者たちが前三〇〇年頃から百五十年にわたって書きためた、ホメロスの各詩行についての精密な注釈本も、まだ健在であったに違いない。いやそれよりも、ギリシァの町を祭典の季節に訪ねれば、ホメロス叙事詩を吟弾する吟遊詩人たちの語り口や節まわしを直接に耳にすることができたに違いない。書かれたホメロスの単語が示す音節の非日常的な変形について、古くはアリストテレスが指摘し、近くはアレクサンドリアの学者が論を戦わせているのであるが、実際に吟誦詩人の語り口に耳を傾けることができたならば、かれらがこれにどのような音声的処理を加えていたかを確かめることもできたにちがいない。

二

しかしそのような手掛りはいま全て失われており、近世、現代に伝わるものは、(1)十世紀およびそれ以降にビザンチウムで手写された、ホメロスの両叙事詩の長短各種の写本『イリアス』百九十篇、『オデュッセイア』七十五篇と、それらの幾つかの写本の欄外や行間に附記されている、アレクサンドリア時代の学者たちの注釈本からの抜萃（スコリアと呼ばれているもの）、(2)ホメロスについての古代の作者たちの言及や僅かばかりの引用例、(3)前三世紀から西暦五世紀頃までに記されたパピルス書巻が断片的に記載しているホメロスの詩行――もちろんその中には近年公けにされたボドマー・パピリの『イリアス』巻のように、かなり長大な範囲にわたるホメロスの詩行を記載しているものも幾つかはある――のおおむね三種の資料に限られる。そして数少ないごく初期のパピルス資料を除けば、他の殆んどすべては、前三〇〇年から同一五〇年頃までのアレクサンドリアのホメロス研究家たちの手を経て後世の伝えとなった文献ばかりである。つまり、流布本（上述の〝共通本(コイネー)〟）の成立を直接に示すホメロス資料とか、流布本以前の古期定本の原本は――一行、二行の引用はべつとして――一片も一頁も伝わっていない。それだけの事実をみても、ホメロス本の成立過程を論ずることがいかばかりに困難であるかがわかるだろう。

では、二百種に及ぶ『イリアス』のビザンチン写本から何かを知ることができないだろうか。ホメロス写本の実体と伝承経過について、前世紀から今世紀にかけて最も着実な実証的把握を遂げたT・W・アレンですら[2]、間接的、あるいは部分的照合をおこなった写本は多いけれども、『イリアス』全篇にわたって一字一句もらさず校合をなしたのは、ヴェネツィア、フィレンツェ、大英博物館などが収蔵する五種の最良の写本のみと自ら断っている。アレンの中世写本校合の偉大な成果を今日みるとき、圧倒的印象を避けえないのであるが、そのかれにしても流布本がいつどのようにして成立したかを充分に納得のいく形で説明するには至っていない。かれは言う、ホメロスは自ら叙事詩を字に綴った。前六世紀ペイシストラトスの制令によってホメロス本が編纂されたという伝承は、後世のメガラ人の捏造であり史実とは見做しがたい。流布本はアレクサンドリア時代以前に成立していて、当時の学者たちはその既成事実に対して何らの影響力を行使することはできなかったと。これらのいずれも、ホメロス本成立までの過程で最も重要な三つの点についてのアレンの見解は、流布本についてのかれのすぐれた把握に根ざすものではあるけれども、それらは今日もなお重大な論争点をなしており、アレンの見解が学問上の定説となっているとはとうてい言いがたい。つまり、古典古代の作者を論じ作品を論ずるに際しては、その本文伝承を確実に識ることがまず前提となるべきことは言うまでもないが、その伝承を資料的には流布本以前に遡りえないのがホメロスであり、それでもなお作者を位置づけ、作品を論ずるとすれば、『イリアス』、『オデュッセイア』などの措辞や構成を対象とする作品内部の分析にたよらざるを得ないと思われよう。

十八世紀、ウッドやヴォルフ[3]がホメロス叙事詩の口承性——つまり非文字文学性を唱えてから、『イリアス』『オデュッセイア』の分析研究や、言語と文学的構成の多様性の指摘などは諸国の学者によって鋭意すすめられ、大叙事詩成立に至るまでの様々の様態を説明するための仮説が立てられてきた。その学説史はすでに識者によって紹介されているので[4]ここではその歴史をたどることはしない。ただやはり省みて明らかであることを一つ述べれば、すべての内部分析はいわゆるアレクサンドリアの流布本を俎上にした言語分析や構成評価であり、流布本の形で伝わるホメロス叙事詩の素材と言語の混淆たる性質を語る方法となることはできても、流布本自体の成立背景が明らかにならない限り、分析結果のいずれかを直接に歴史上の詩人ホメロスに結びつけることにはさまざまの矛盾が生ずる。

　一例を挙げると、多くの古代ギリシァ語諸方言にはW音の子音をあらわす通称ディガマ(F)で呼ばれる文字が用いられていたが、ホメロスの写本には記されていない。しかしその子音は記されてはいないけれども、読者はその音が単語中のあるべき場所に存在することを記憶していて脳裏において発音していなくては、ホメロスの言葉は六脚詩のリズムを正しく伝えることができない。これを指摘したのは十八世紀の英国の学者R・ベントレーであるが、ホメロス本において最後まで文字に明記されることのなかったこの音が、ホメロスの詩のどの部分で多用されているか、またどの部分では無視されて詩が作られているか、という調査が十九世紀以来くりかえし行なわれ、ディガマが厳密に意識されている部分は古く、そうでない部分は新しい叙事詩形成層に属するということが言われてきた。その調査の対象はもちろんアレクサンドリアの〝流布本（コイネー）〟を底にしているという中世の諸写本である。しかしこの〝流布本（コイネー）〟といわれているもの、すなわちアレクサンドリアの学者たちが各〻の本文批評を位置づけるために用いた原本は、誰の手でいつ成立したのか。それが明らかにされることは望みえないとしても、すくなくともその成立の仮説が示されない限りは、ディガマの多寡からにわかにホメロスの層の新旧を一義的に論ずることはできない。かの原本がアレクサンドリアの学者たちが各〻の解釈を照合するための索引的な〝共通本（コイネー）〟であった可能性もなお完全に否定されたわけではない。かれらの共通意見の一つは、ホメロス本文に複数の読みが伝承されている場合にはディガマの介在を前提としない方の読みが望ましいという点で一致していたことが知られている。かれらの考えたホメロスの原像はイオニアやアッティカなどの、ディガマ音のきわめて稀薄なギリシァ語方言地方の詩人であったことになろう。〝流布本〟にディガマの少ない部分があれば、むしろそれは前二世紀の校訂作業の痕跡をとどめる部分であるかもしれない。したがってディガマに関しては〝新しい層〟といっても、それは校訂本成立史の最終段階を示す層であって、口誦詩人ホメロスからはるかにへだつ後世の解釈を表わしているという方が正しい場合もあろう。いずれにせよ、アレクサンドリアの〝流布本〟成立の過程をどのようなものと理解するかによって、内部分析の結果は著しく異なる意味をもつことになる。

〝流布本〟がアレクサンドリア以前に成立しており、学者たちはその本文を批判しても読みを改めることはできなかった、というアレンの説はさきにも触れた。しかし今日ではその見解は様々の面から修正されている。アレン自身も前三世紀から同一世紀までのパピルス文書百二十二片の校合を行ない、その間の時の推移とともにいわゆる〝流布本〟の影響がしからしめたものか、中世写本と異なるはなはだしい異読や異なる詩行を記載したパピルス書巻の類がにわかに減少していく事実を認めている。しかしその後、刊行されたパピルス書巻中のホメロス詩の数が増し、またそれらの整理と調査が更に一層組織的に行なわれるようになって[5]、いわゆる〝流布本〟の源となった定本の成立はアレクサンドリア以前ではとうていありえないという見解が多くの研究者によって唱えられるに至っている。調べが進むにしたがって、前二〇〇年頃と推定される諸種のパピルス書巻からは、中世写本の読みとは異なる異読や異行の錯綜するホメロス詩断片の数が著しく増し、全体的に見て、アレクサンドリア最後のホメロス学者アリスタルコスより以前のギリシァ世界には、画一的な規模と内容をもつホメロス本が〝流布〟していたという見方に対して疑念が抱かれるようになってきたのである。アレクサンドリアの学者たちが精力的に諸伝本の校合にあたり、校訂のためのある規範を構築するまでは、ホメロス本文の伝承はなお流動的であったとするのがドイツのヤッハマン、フランスの碩学シャントレーヌらの見解である[6]。また今日最も正確な文献学的基礎の上に偉大な「イリアス古注」の刊行を遂げつつあるエルプセは、『イリアス』のいわゆる〝流布本〟と呼ばれ、評釈の基礎となっている本文を校訂したのはアレクサンドリア学府の最後を飾る前二世紀中葉のアリスタルコスその人であった、と言っている[7]。

三

アレクサンドリア時代以前には『イリアス』の〝流布本〟は存在しなかったという見解がいつかは最終的事実をあらわしていると見做されるようになり、ギリシァ文学史の展望が大きく変るような日が訪れるかどうか、速断はできない。しかしながら、パピルス学の進展とともに、アレクサンドリア以前の〝流布本〟の影はきわめて薄くなり、今日ではただ過去の学説史上の存在と化しつつあるといっても過言ではあるまい。だが一つの影を追いはらっても、べつの影が背後に迫る。

アレクサンドリアの学者たち、なかんずくアリスタルコスが『イリアス』を校訂したと仮定したときに、その机上には依るべき資料として、何の優先順位もない幾巻かのパピルス書巻が、ただ「キオス市本」とか「マッサリア市本」とかの都市名や、「アンティオコス家本」とか「アペリコン家本」などの蔵書家の個人名が附されただけの姿でひろげられており、校訂者は随意にその中からよさそうな詩行を拾い集めて、大叙事詩を編纂したのであろうか。今日、ホメロスについて最も偶像破壊的な立場をとる学者でも、そこまで極論するものは殆んどいない。事実また、古注などの伝えるところでは、かのアリスタルコスはホメロスの読みに関しては「保守的」であったことが知られている。

しかし、「保守的」といっても何を保ち守ろうとしていたのか。アリスタルコス以前の〝流布本〟の影を追い落すのはよいが、ここではそれに代る第二の影に実在性を与える要請がもちあがってくる。先述のドイツの碩学エルプセや、イギリスのダヴィソン(8)はそれがアテナイ本――つまりかつて前六世紀末頃以来アテナイのパンアテナイア祭の詩芸競技において用いられたと思しき原本が存在していたはずであり、それが暗黙の諒解のもとにアリスタルコス本の底本であった可能性が強いことを指摘している。アリスタルコスがホメロスはアテナイ人であると言ったことを伝える文献もある。[9] また何よりも、ホメロスの詩文の随所に混入浸透している新旧諸〻の純然たるアテナイ方言語形を析出しているヴァッケルナーゲルの精密な研究結果が、[10] その可能性——つまり暗黙の中にアテナイ本がアリスタルコスの校訂に際しては、ホメロスの詩行の中核をなすものとなっているという——を強めるものとなる。ではそのパンアテナイア祭のためのアテナイ本とは、どのようなものであったろうか。可知の限界を果敢に越えようとして、今は伝存しないその古本再現のためにボリングは絶大な学識を傾けてその成果を世に問うた。[11] しかし、アレクサンドリア以前の流布本の片影すらも発見することは至難となっているように、いやそれよりもはるかに困難というべき課題がアテナイ本の追跡である。その名を殆んど全てのホメロス学者は口にする、あたかも頁をくって見たことがあるかのように。しかし、文字に書かれたホメロス本の伝承は、〝流布本〟の幻のかなたに姿を消してしまっている。つまり、前三世紀あるいはそれ以前に遡る全文献資料を渉猟してみても、幻のアテナイ本を発見することは望みえないのである。

いったいホメロス本は前三〇〇年以前にはどのような状態にあったと想像できるのか。漠然とパンアテナイア本といわれているもの自体は消滅したとしても、その跡をどこかに発見できるのではないだろうか。それを知ることを望むなら、当時の作者たちの引用するホメロス詩から、あるいは間接的な言及からそれらしきものを推測するほかはない。しかしながら、前四世紀の代表的発言者であるプラトンやアリストテレス、クセノフォンらの引用するホメロスは、当然のことながら普通は一、二行であり、長くても数詩行であって、しかも今日伝わる中世写本の本文伝承とは著しく異なっている。その差違の多くは詩句の差し換えの可能な定形句的表現であるとはいえ、時としてはそれを越えてさらに広範囲の異同も含まれる。

それら大小さまざまの本文の読みの異同は、プラトンやアリストテレスらの不注意ないしは記憶の誤りによるという人も多い。だとすればその人は正しい(＝中世写本)ホメロスの定本が当時すでに存在したことを暗黙の前提としてそのような判断を下すのであろう。しかし各種の引用文の現象から判断する限りでは前四世紀の知識人は各人各様のホメロス詩を記憶しており、その漠然とした総体がホメロス叙事詩の輪郭をなしていたと考えるほかはない。かれらの異読を記憶ちがいの責に帰することは、じつは根拠に乏しいからである。アリストテレスはマケドニアの王子アレクサンドロスのために『イリアス』を書き認めて贈ったという後世の伝がプルタルコスらによって記されている。[12] アリストテレスの書中に散在する諸引用から察するならば、アリストテレス版の『イリアス』は私たちの知る中世写本の『イリアス』とは大いに異なるものであったろう。またその伝は、かれの本が古期のパンアテナイア本をモデルにしたものであったとは言っていない。

しかし前五、四世紀のいわゆる古典作者たちの中で、『イリアス』『オデュッセイア』を各〻一篇の作品として確かに読み――あるいは聴き――各〻の全体的構想と各〻の差違をはっきりと把握していた人、と今日言えるのは、前四世紀の大学者アリストテレスただ一人のみである。かの『詩学』においては『イリアス』を素材とするとき一篇の悲劇しかそこからは生れないと言い、また『オデュッセイア』の梗概を短い文にまとめてその筋に関わりのない部分は皆挿話である、との指摘がなされている。また悲劇一篇に比すると、叙事詩は無限定に長く、全体の展望がつかみにくいことにも触れている。これらの言及は、今日私たちがビザンチン写本の両叙事詩から得る読後印象と矛盾するものではない。さらに両叙事詩のすぐれた文学的価値と、ホメロスとほぼ同時代のその他の叙事詩作品群のそれとを峻別しているのもアリストテレスである。かれはまた、ホメロス叙事詩に関わる諸問題をまとめて論じた一巻の書を後に著したと言われるが、その片貌は『詩学』のあちこちにうかがわれるけれども、作品そのものは伝わらない。

以上の諸言及から察すれば、明らかにホメロスの両叙事詩はアリストテレスの眼中に、確実な実体をもつものとして映じているようである。だが、当時それらの両叙事詩が何巻から成っていたのか、幾行くらいの詩を含むものであったのか、アリストテレスの記述からは皆目見当がつかない。かれの『イリアス』には今日の第十巻や第二十四巻がどのように組みこまれていたのかは判らない。『オデュッセイア』の第一巻から第四巻までのいわゆる「テレマコス物語」がどうなっていたのか、第十一巻「黄泉くだり」の段には今日みられるように、ヘシオドス作と言われる『名婦の系譜』がすでに大規模に混入していたのかどうか、それも私たちとしては識りたいところであるが究めることはできない。また第二十三巻の「アルキノオスの弁明」と呼ばれる冒険談のレジュメは、六十行から成るとアリストテレスは『弁論術』の中で言明しているが、そのようなレジュメが本当に前四世紀半ばの『オデュッセイア』に記載されていたのかどうかも確認しがたい。ただ長大な、語りもの形式の文学作品として、両叙事詩が文字で綴られた形で存在していたことは確かであろう。

前六世紀のアテナイにおけるホメロス本の集成や編輯についてさまざまの伝承が初めて語られはじめるのは、やはり前四世紀のことである。またプラトンの対話篇『イオン』では当時の叙事詩吟誦者でありかつ解釈者でもある人物の生き生きとした姿が写されており、当時もなお語り形式の吟誦をつうじて甦るホメロスが彷彿するのであるが、これらについてはのちほど、べつの観点から検討してみたい。

四

ホメロスの詩句が直接に引用されている最も古い例はヘロドトスの『歴史』、つまりアリストテレスの『詩学』成立よりも先立つこと約百年ほど遡る作品である。『歴史』の中の四ケ所で引用されているホメロスの詩行は、ほぼそのままの形で中世の写本に見出されており、それらの詩行に限って言えば確かにヘロドトスの中でも〝ホメロス〟はアリスタルコスの〝ホメロス〟とほぼ同一の姿であったことが確認される。また同じくペリクレス時代の戦史家ツキジデスは、ホメロスの『イリアス』や『讃歌』などは多分に詩的誇張を含んではいると批判しながらも、それらを先史時代のギリシァの歴史を語る資料として扱っている。今日『イリアス』二巻に含まれている「船揃い」の段は殆んどそのまま、ツキジデスの机上に繰り展げられていたかのようであって、かれはその中の最大乗員数を示す軍船と最少乗員数しか持たない軍船の間の中間値を出し、軍船総数に掛け合せればトロイ遠征の軍勢数を推定することができると言っている。しかし軍船総数についての明記はなく、したがってかれの計算ではその数値がいかほどになったのかも記されていない。もしこれを明記してくれていたならば後世の写本との異同を推定する重要な手掛りとなったはずである。

またツキジデスは、ホメロス叙事詩には部族名はあってもギリシァ人全体を表わす総称はなく、したがってまたかれらと対立する非ギリシァ人を表わす包括的な名称もない、と指摘しているが、この点についてはかれの認識ひいてはかれの史述を読むものの諒解は、幾十巻のパピルス本を踏査して得られたものではなく、多分、同時代の吟誦詩人から得た知識ではないかと思われる。ともあれ、ホメロスを歴史資料として役立てることのできる態勢が——書かれた巻物の形であれ吟誦詩人の書かれざる記憶であれ——ツキジデスの『戦史』執筆時代つまり前四〇〇年ごろには、整えられていたことは疑いを容れない。

同じ頃あたかも揆を一にするがごとく、「本」という言葉や、本を読む人間の姿が悲劇・喜劇の文中に初めて現れるようになる。また、パピルス巻の書物を満載した船が、黒海西岸のサルミュデッソスの近くで沈没しているさまを一万人の行軍を終えたクセノフォンが眼のあたりにしたのも、ほぼこの頃である。私たちとしては、この頃一般市場に出現した巻物の中には、アナクサゴラスの教説書のごとき、最新流行の学術書も含まれていたが、長短さまざまの古めかしいホメロス本も、数多く混っていたことを想像できるのである。

先にも述べたようにヘロドトス以前にはホメロスを字句どおり引用しているものはない。またそれ以前にホメロス本の、文字に記された作品としての存在を確かと思わせるような文献は一つもない。あるのはただ、ホメロスという詩人への言及、あるいは〝ホメリダイ〟(ホメロスの子孫ら)という名で呼ばれていた吟誦詩人への言及のみであって、ホメロス本への言及はまったく見出されない。私たちは確かなものを手掛りとして確実度の低いものを順繰りに位置づけていく常道をたどってきた。中世写本という確かな物的存在をもつもの、パピルス資料という確かな古代の証拠ではあるが断片的性質のもの、古代人の論評、言及、引用などの間接的かつ幅ひろい解釈の余地を含むもの、という順番で、時代も西暦十世紀から前四四〇年前後まで遡りながら、ホメロス本の原形がどこまで追跡できるか、その概略をたどりながら、ついに書かれた本、読まれる本としてのホメロス本が、完全に跡を絶つ前五世紀中葉までやってきた。このように迂遠な、時の流れを逆行する方法は、東西の学問の別なく写本の源流を追究する際には唯一の道であって、とくに実証的であろうとする意図から発したものではない。もちろんこの方法にはおのずから限界がある。わずかな不充分な証拠や証言の許容するみじめな限界の中でのみ、ありうべき真実をとらえようとする偏狭な見解につらなることは明らかである。物的痕跡をのこさないときには精神まで抹殺されてしまう危険もある。だがそうであっても、この方法が事柄の重要な真相を誤りなく知らせてくれる場合も少なくない。ホメロスに関していうならば、中世ビザンチンの写本のみをもとに前八世紀の詩聖ホメロスを論ずることのいかに無謀であるかを私たちに教える。両叙事詩各二十四巻のホメロスの定本が最初から存在したかのごとくに、初期のギリシァ文学史を編むことの、無定見を繰りかえすことから私たちを守ってくれるのである。

五

さて、ホメロス本を眼のあたりにしている人々の証言はヘロドトス、ツキジデスであとをたち、それ以前にはもうホメロス本の確かな存在を告げる物的証拠は一つもない。ところが、ヘロドトス自身の言葉によれば、詩人ホメロスはかれの世代よりも約四百年くらい昔の人であるとされ、ホメロス叙事詩の題材となっているトロイア戦争はホメロスをさらに遡ること四百年と記されている。このようなヘロドトスの年代計算は人一代を約四十年とする単位を基礎としているので、トロイア戦争からホメロスまではざっと十世代、ホメロスから前五世紀中葉までもざっと十世代という当時の一般的常識をもとにそれぞれの年代的数値を得ているものであろう。今問題であるのはその正確な数値ではない。ホメロス本を明らかに知っているヘロドトスが、その作者を十世代昔の人間であると言っていることであり、現在のホメロス研究家たちが知りたい問題は、その間にホメロス本がどのような形で存在したのか、その点にしぼられてくる。

この十世代の時の間にホメロス本が成立したことは確かであるが、その間のホメロス本の伝承については、先にも触れたように前四世紀及びそれ以降の作者が記している幾つかの伝えがある。プラトンの対話篇集に含まれている――というのはプラトン自身の筆によるものかどうかが疑われている――『ヒッパルコス』の一節（二二八B）に、前六世紀の中葉、アテナイの政治家として独裁的権力をふるい、文化政策に実をあげたヒッパルコスについての記述がある。〝ペイシストラトスの子供たちの中でも最年長でありまたとりわけ思慮の深かったヒッパルコスは万事につけて知恵識見のほどを示す見事な業績をあまた世に明らかにした人物であるが、かれはまたホメロスのものをこの国にもたらした最初の人でもある。そしてかれはパンアテナイア祭の吟誦詩人らに対して、ホメロスを〝順番どおりに〟（あるいは〝連続的に〟）、一人が吟じ終ったところを継いで次が吟じ語ることを強制したが、その手順は今日もなお詩人たちの踏襲するところとなっている。〟とある。その記事に続いて、ヒッパルコスが当時一流の詩人たちをアテナイに招いて文芸を奨励したことなどが記されたのち、かれが町や村の辻々にヘルメス像碑柱を立て、そこにかれ自身が作詩した二行連詩形の、簡単な格言詩をきざみつけ、道行く人々の教化をはかった、と記されている。〝汝自身を知れ〟〝過ぎることなかれ〟などの金言もそこに刻まれた。またこの対話篇の作者は前四世紀当時なお町かどで見られる二つのヒッパルコス作の碑銘を、各〻の立っている場所まで挙げて引用している。なお、さらに後世ローマ時代のキケロやプルタルコスの伝によれば、湮滅寸前にあったホメロス詩の集成者はヒッパルコスの父ペイシストラトスであるとか、あるいはスパルタの立法者リュクルゴスがそれをなした人であるとか、多少の異同はあるが、おおむね『ヒッパルコス』の記事がそれら後世の所伝の源であるように思われる。

『ヒッパルコス』の記事はホメロスの名が出てくる部分だけではなく詳しくその前後の文脈を見れば判るように、前四世紀中葉までその影響や痕跡をはっきりととどめていたところの、前六世紀中葉のアテナイの文化政策を回顧する文章である。前四世紀まで守られていたパンアテナイア祭における吟誦詩の手順を最初に定めた人物としてのヒッパルコスが語られている。その他の面でも市民の教育に創意をこらした政治家の業績が列記されている。しかしかれが最初にアテナイにもたらしたものがホメロスの何であったのかは明記されていない。そこで〝ホ、メ、ロ、ス、のもの〟と言われるものが巻物とか本とかのような読物の形になったものなのか、それとも漠然とした〝詩〟という意味であるのか、あるいは吟誦演芸という形のものか、それらのいずれであったのかは原文からは明らかではない。またかれがホメロス本を集めたとか、編輯したということも記されていない。ところが類似の伝承を記しているローマ時代のキケロになると〝それまでは混乱状態にあったホメロスの諸巻を今のような形にまとめたのはペイシストラトス〟[13]ということになり、またプルタルコスでは、〝当時すでにホメロスの諸巻は影がうすれ、それを所有しているという人々もじつはその一部分しか持っていない有様になっていたので、リュクルゴスは懸命に書写させた〟[14]ということに変ってくる。

キケロやプルタルコスは、ローマ時代の愛書家たちが珍しい古代の巻物を集めたり写させたりした姿さながらに、前六世紀の為政者たちの行為を想像して潤色をほどこしているにすぎないのである。

六

『ヒッパルコス』の該当箇所からは、前六世紀にホメロスの定本が成立していたことを告げる片句すらも見出すことはできない。しかし、ヒッパルコスの命令が遵守されたとしよう。ホメロスの先の歌に続いて次の歌を継ぎ歌うことがなされうるためには、一連の叙事詩吟誦の扱うべき語りの段が幾つかすでに決まっており、それらをどの順番で上演するべきか、その段取りがあらかじめ明示されていなくてはならない。そのような番組構成がヒッパルコス以前にいちおう出来あがっていたのか、あるいはヒッパルコス自身ないしはかれの文芸サークルが創出したものであるのか、その点を究める道はない。しかしかれがパンアテナイア祭における吟誦様式を制定した時には、ホメロス叙事詩の上演にかかわるしかるべき基本構成も同時に明らかにされた、と考えなくては、法令遵守は困難であろう。

語りものとして首尾の整った叙事詩吟誦の存立はこうして間接的に推定される。しかしそれらに『イリアス』『オデュッセイア』などの題名が定着していたかどうかは判らない。両大叙事詩以外にも多数の叙事語りが存在していたし、それらを全部順番に並べて、長大な上演番組を編成し、それをもってホメロス叙事詩の大成と称することもできたのである。総じて古代のギリシァでは文学作品の題名は、作品が書物という形に定着し、世に流布するまでは判然としないのがつねである。作品題名の嚆矢は悲劇作品であるというヴィラモヴィッツの有名な意見もある。[15]ともあれ『イリアス』『オデュッセイア』などの名称が使われるようになるのはやはり前五世紀になってからである。

前六世紀後半におけるホメロス叙事詩の基本構成について私たちは何かを推知し得るであろうか。吟誦詩人が語り始め、語り継ぎ、語り終ることが要請されていた各段を指摘し得るであろうか。先にも触れたが、ボリングという学者はいわゆる〝流布本〟の中からそれのみか、各詩行までも再構成できると主張し、かれの考えによる復元を「アテナイ本〝イリアス〟」と題して公けにした。しかし〝流布本〟のどの詩行がアテナイ本以前のものであり、どれがその後のものであるかを決定するためには、〝流布本〟の他にアテナイ本以外の出自の本文伝承が揃っていることが不可欠である。そのようにぜいたくな理想的条件が整っていないことはすでに私たちが見てきたとおりである。ボリングの復元本が受け入れられなかったこともそこに起因する。恣意的と見做される部分が多過ぎたのである。

私たちはそれほど正確な復元が可能であるとは決して考えない。しかし、私たちが古注から知り得る限りでは、マッサリア(マルセイユの古称)、キュレネ、クレタ、アルゴス、キオスなどの地中海の東西に散在したギリシァ人諸都市からアレクサンドリアに集められた諸本の読みが、異読として〝流布本〟『イリアス』の欄外に記載されているのにしばしば出会う。このように〝異読あり〟としてそれらの諸本を交互に照合することが前三世紀から前二世紀にかけて可能であったという事実からまた逆に推論すれば、『イリアス』の大筋はこれらの諸本の祖たる原本が成立したある遠い時点においてすでに共通であり、本文もほぼ固まっていたことが判る。私たちはそれら広範囲におよぶ各地に流布していた『イリアス』本の構成と、ヒッパルコスがその制令によって明示した大筋と、どちらが先に出来たものか、その成立の前後を究めることはできないけれども、両者の定めた筋立てには共通する部分が多かったろうと推測する。なぜならば、アテナイ本が諸本の祖であった場合は言うまでもないが、他方、本文対比が可能であるためには諸都市本とアテナイ本が、べつの古本を祖とする兄弟本かあるいはそれに類する関係になくてはならず、その場合にも、共通の祖本の段落構成はおおむねそのまま踏襲されたものと考えられるからである。

今日伝わる『イリアス』で、その段取りすなわち基本構成を明確に指定しているのはその第一巻第一行の、〝怒りを歌え女神よ、ペレウスの子アキレウスの〟という言葉であろう。その指示が『イリアス』に含まれるべき段とその筋立てから除外されるべき段とを分け、物語の発端、展開、帰結の大枠を決定する。これに比すると『オデュッセイア』の始まりは、多分に挿話的展開と、伝説圏内での彷徨を許容していると見てもよいだろう。

だが、各〻の叙事詩の冒頭の詩行に各〻の基本構成のおおまかな指示があるということは、作品としての叙事詩の成立、さらにはホメロス本の成立との関係でどう解釈すればよいのか。各〻の冒頭の句は、口誦叙事詩が上演のつど、また伝承の途次こうむるであろう細部の改変を予測し、字句や挿話の末梢部分には変化や異同が及んでも、基本構成には影響しないようにとの配慮から前八世紀のホメロス自身がそこに置いたものであろうか。しかしもしかれが純然たる口誦詩人であったならば、羽ばたきうつろう自分の音声を表現の唯一の媒体としていたはずであり、作品の固定化をめざすそのような発想に赴くことがありえたろうか。

作品の第一行に内容全体の明確な指示をきざむ行為は純粋な口誦詩人とはべつの時代、べつの創作態度を指しているように思われる。前五世紀の地誌家ヘカタイオス、歴史家ヘロドトス、ツキジデスらの第一文は各〻の作品の標題であるが、これらがいずれもみな『イリアス』の冒頭句を範としているわけではあるまい。むしろ、詩文、散文の別をとわず第一行、あるいは第一文に作品の基本構想を明示することは、ひもといて読まれるべき巻物状の「本」を自らの作品として意識するものがなす行為ではなかったろうか。以上は私の憶測にすぎないが、この冒頭句の問題については のちに『平家物語』の初段の問題との関連においてふりかえることにしたい。

七

さて前六世紀中葉には『イリアス』『オデュッセイア』などは上に述べたような明確度までは各〻の基本構成をもち、吟誦者が主たる伝承者であったにせよ、すでに書かれた書巻形のものが伝承されていたにせよ、とにかくイオニアのいずこかからヒッパルコス時代のアテナイに運んでくることの出来る形にまとめられていたことは認められよう。しかしそれでも、一般に作者ホメロスが生きていたと言われる前八世紀後半からなお、約二世紀の隔たりがある。その間、つまり前七五〇年頃から五五〇年頃までの間、ホメロス本がたどったであろう経過については、ただ空想をたくましくして憶測を述べるより他はないかのようにみえる。

ホメロス自身が筆をとって口誦詩を文字化したと考える人は今日ではきわめてすくない。ホメロス叙事詩が厳密な口誦技法を素地に語られていることを考えれば、語り手の詩人とそれを書き写す速記者との共同作業によって、長年月の間に徐々にホメロス本が出来あがっていったことも考えられないわけではない。あるいはまた、幾世代にもわたる吟誦詩人たちの記憶と語り口の洗練によって、口承文学として完成され、不動の音声的形態を維持したまま、文字がギリシァのすみずみまで普及したのちもなお頑強に最後まで文字化されることを拒んでいたのがホメロス詩であったのかもしれない。

総じて古典期ギリシァの詩や思想は、非識字社会の言語表現であるという、一見パラドクシカルな考えがハヴェロックらによって唱えられて以来、[16] 口承文化を保持する伝統社会への文字使用の導入がもたらす複雑な軋轢が、文化人類学の一翼をひらく最近の問題として掲げられてきている。[17] この問題の震源と言ってもよいホメロス詩の文字化についても、広い視野からあらためて論じられるべき時がきているのかもしれない。だがその前に、文字使用導入に関するギリシァの情況について今一度立ち戻り、今日知られているその輪郭を確認して、私たちの空想があまりたくましくなりすぎることを予防する必要がある。

今日伝わるギリシァ語アルファベットの最古の物的痕跡は、前七〇〇年代末期のものである。奉納物に添えられた献辞、墓碑名、陶片や石面に刻まれた落書などの類である。石材、金属、陶片などの固い表面にナイフか槍先のようなもので、引っ掻いたように、数語ないしは数十語の名前や詩を刻んだものが、数は多くはないけれどもギリシァ各地で発見されている。現在のギリシァ語初期アルファベット研究の権威ジェフリー女史の精密な調査成果によれば、母音子音を区別したアルファベット記法の表音原理の発明は前七三〇年頃と推定されている。[18] またダウその他の考古学者によれば、ミュケナイ時代の終末からその頃に至るまで、キプロス島を唯一の例外として、他のギリシァ諸地域ではいかなる形の文字使用もあとづけることが出来ず、したがってアルファベット導入直前までのギリシァ人の文字使用能力は絶無であったと推定されている。[19] 前七三〇年頃というその時代は、ホメロスの活躍したと推定される時期に一致する。二十数個のアルファベット記号は字画もすくなく記憶しやすく、手本は自分たちが太古より音声によって形作ってきた言葉のひびきであるから、文字記法の習得は特別の長期にわたる訓練を必要としない。そのためであろう、アルファベットの知識は僅か一世代くらいの間にギリシァ全土に浸透してしまった模様である。

前七世紀も半ばを過ぎ、前六世紀に近づく頃までには、百語あるいはそれ以上のかなり長文にわたる法令文のごときものも石面、銅板などに刻まれている。字体も、初期の滑稽なほど稚拙なものから脱皮して、かなり形も整い字配りも規則的になり、書く者が読む者の眼を意識しているかのような配慮のあとがうかがわれるようになる。しかし名前や文章は右書きであったり左書きであったりして一定ではない。そして一行以上の文書になると右端から始まって左端に至り、また左端から折り返して右端に進む、いわゆる牛歩式という書き方で、句読点も語と語の切れ目もなく、ただ文字が蛇の這うように連ねられている。墓碑詩などの数行にわたる詩文の場合もまったく同様に右行左行し、時には上から下へ、下から上へと上下往復をくりかえしながら刻まれている。これは前六世紀後半でもまだそうである。先述のヒッパルコスの格言碑なども、現在は残っていないけれども、右から左へ左から右へとくねくねと刻まれていたと考えてよく、村人たちの長は判じものを解くようにそこに書かれた文字をまわりの者らに読みきかせたに違いない。

今日現物が伝わるのは金石碑文ばかりであるが、木片や獣皮が使われていたことも確かである。またパピルスはエジプトからの輸入品であったから、高価であったがナイル河口にナウクラティスの植民地が設けられてから、にわかにその使用が広まっていった。これらの、金石より扱いやすいものにはどのような字体書体が用いられていたかは、現物が失われてしまったので明らかではないが、専門の碑文学者や古文書学者は、その字体や書き様は金石文の場合と変らず、一字一字刻みつけるように書いていたはずと推定している。というのはギリシァ語の最古のパピルス文書として残っているのは前三〇〇年頃のものであるが、まだその時代には角ばったその字体や書体は同じ時代の金石文のものにきわめて近い。やがてパピルス面に鉄筆で書く習慣が定着すると、自ずとギリシァ文字にも丸味を生じ、続き書き、さらにはスピード感のある流し書きのごとき書体が発達してきたのであるが、そちらへ向うのはヘレニズム時代に入ってから後のことである。[20]

アルファベットの習得は簡単であるとはいえ、前五世紀に入るまで一般的に読み書きの実用的普及度は予想外に低かったと思われる。ホメロス詩にあらわれる登場人物らが自分の名前も綴れないことは当然であるとしても、前五世紀前半でもアテナイの陶片追放に際して投票用の陶片に「アリステイデス」と記名できなかった老農夫の話が伝えられる。事実、投票用の陶片には幾通りかの記名ずみのものが用意されていたことが近年アテナイのアゴラの出土品から確められている。手紙は鉛箔に刻まれた前六世紀のものと推定される一通が最近発見され、碑文学者の間で多大の興味を呼んでいるが、[21]歴史家などの文献が間接的に伝える書簡はいずれもペルシァ戦役前後のものが最も古く、それ以前は知られていない。一般のいわゆる「読者」という姿が現れるのはさらに後世に降り、前五世紀末葉であることはさきにも述べた。

八

以上概略をのべたギリシァにおける文字使用の状況は現存するごく限られた物的資料をもとにしているので、前八世紀末から同六世紀末の実情のごく微細な一部を拡大的に、あるいは全体を縮小的に解釈している面もあるには違いない。しかしながら、ホメロスの活躍した時代といわれる頃からその後の二百年間に、ホメロス本がどのようなものであったかを考えるとき、慎重な考慮を要求する事実もまたそこには含まれている。この間に刻まれた金石文も、木片、獣皮に記された文書も(上記の鉛箔書簡はそれを裏づけている)、ほぼ同様の体裁であり規模であったとするならば、数行、数十行程度の短詩ならばいざ知らず、数千詩行、いな総数三万詩行にちかい『イリアス』『オデュッセイア』の全容が左へ右へとあるいは上下往復をくりかえしつつ切目も句読点もなく書き連ねられていたことは、――絶対に不可能とは断言できなくとも――大胆な想像力の飛翔なくしては考えられない。

ホメロス叙事詩が語りものとして、音声を媒体とする芸術として早く完成の境に達することは充分に考えられるとしても、それを文書化しなくてはならない必要性は見出すことすらむずかしいと言わねばならない。ホメロス学者の中には、『イリアス』『オデュッセイア』のように緻密な物語り構成をもち、文体の一貫性と章句の細部に至るまでの高度の洗練度を誇示する長大な語りものが、文字の助けなしに成立したとは考えられないとする人々もある。[22] その見解には全面的に賛成である。しかし文字文学の作品としての高度の熟成が、アルファベット記法が発見されたばかりの最初の時点つまり前八世紀末に実現したと考えねばならない理由はどこにもないのではないだろうか。

また『古語拾遺』の作者の嘆きに呼応するように、ホメロス研究の分野でも、口誦叙事詩の技法は文字に依存しはじめるとにわかに衰退していく、ということがある程度の真実らしさをもって語られている。[23] だがホメロスについて考えてみれば、かりに前八世紀末の叙事詩が音声のみを媒体とする芸術としてすでに高度の完成度にあったとすれば、書写技術の嘆かわしい未完成度との隔絶はかえって著しく、口誦叙事詩がそれに依存するという情況も、必然性もまったく乏しいことになるのではないか。それのみではない。口誦叙事詩が秘めている潜在的な可能性が、やがて文字を使用した文書化というプロセスに直面することによって高度に顕在化するとしても、それは文字記法が技術的に熟成した情況においてのみ考えられるのである。初期碑文は貧弱な情況証拠かも知れないけれども、初期ギリシァの文字使用を裏づける物的情況から推察できる限りでは、文字がホメロス側からの高度の要求に応えうる充分な技術的地歩を占めるようになったのは、早くとも前六世紀末ヒッパルコスの時代か、あるいはさらにそれよりも後のことと考えられないわけではない。[24]

あまりにも物的証拠に傾いた極論かも知れないとは思うが、ヒッパルコスがパンアナテイア祭という「場」でホメロス詩吟誦の〝段取り〟を決めたということは、ホメロスが口誦芸術の形態としてはすでに首尾一貫した、完成度の高い語りものとなっていたとしても、その全篇を〝書かれた作品〟として直ちに成立させることは不可能に近い情況であったから、ホメロス詩の文書化完成を目ざす基本方針を法令によって祭祀の場を借りて設定したと見做すことが当を得ているように私には思えてくる。

これは高度に洗練された口誦叙事詩の技法が、後世アレクサンドリア時代の〝流布本〟の中にも的確に写し取られているという、パリーら口誦技法論者の所説と矛盾するものではない。むしろかれらの説く口誦技法が、アレクサンドリアの〝流布本〟を対象としても成り立つと主張するためには、不可避の前提ではないかと思う。また、ホメロス〝流布本〟の底本はパンアテナイアのホメロス本であったことを、厳密な文献学的解析の上に推定するエルプセらの説とも矛盾しない。ホメロス叙事詩は口誦詩としてパンアテナイア祭において基本的骨格を具現していたが、文字を媒体として対象化されるべき「本」としてはまさに誕生直前の状態にあったと思われる。

九

初期のギリシァ語アルファベットの使用実例から推定する限り、長大な規模の、高度の芸術的完成をみせている大叙事詩を文字化する企てはまたゆうに長大な年月を必要としたであろうと考える方向に傾いてくる。前八世紀末のホメロスが独りで灯火のもとで詩を綴る姿を想像することはきわめて困難であり、あるいはさらに一人の卓越した吟誦者が一人の速記者を前に口述を重ねる姿を考えることも、前八世紀あるいは前七世紀においても、容易ではない。『古事記』とか『平家物語』が文書化された際の条件はホメロスの場合とは著しく異なっているので、安易に比較を試みることはできないし、また国文学専攻ではない私はとくに躊躇するけれども、ここで二、三の類似点と相違点を指摘することによってホメロスが文字化されていく事情の輪郭を今少し明らかにできるかもしれない。

『古事記』の序章の末尾には、稗田阿礼の誦むところを文字に表わすに際して、安万侶が直面した表記上の困難な問題が語られている(25)。上古のことばこころを文章化するためにかれは漢字の音と訓とを交用する方法、一事項を漢字の訓のみで表記する方法、すでに漢字による表記が慣習化している姓などは慣習に従う方法、歌謡は万葉仮名による方法、の四つを組合せ変則的漢字使用による記述法を案出している。この種の変則的漢字文は『古事記』よりも以前から存在していたけれども、安万侶の苦心は文字を書き巻物を綴るという技術問題にはなく、音声と意味とを表わす適正な表記のシステムを創出するところに集中している。阿礼が帝紀、旧辞を誦み習うようにと勅を受けてから、安万侶が仔細に採りひろい始めるまでに二十五年以上たっている。採りひろい始めてから三巻に仕上げて献辞を書くまでは僅か四、五ケ月である。思うに安万侶は阿礼が誦み習い始めてからほどなく、かれの方でも独自の国語表記法の問題にとりかかったのではないだろうか。そしてあらためて勅命により撰録作業を始める頃には、阿礼の誦むところによって素材の筆録はほぼ完成し、安万侶は阿礼と同じかあるいは阿礼以上に正確に、天皇の年代記、氏族の伝承、民間の伝承などを諳んじるに至っていたに違いない。『古事記』の運命が告げているように、苦心を重ねた安万侶の表記法によっても、内容を諳んじているほどの者でなければ音も意味も文字面からは一義的に再生できないような段も多い。そしていったん記憶内容が忘失されてしまうと、この変則的な漢字の羅列から再び「ふることふみ」の日本語が救出されるためには、阿礼が誦み習うに要し安万侶が編纂するに要したよりもはるかに長い時間と努力を要することとなったのである。

もし最初のホメロス本がヒッタイト文字のごとき表意楔型文字(=漢字)を含む表記法とミュケナイ文字のごとき音節表示の線型文字(=象形仮名文字)との混用で記されねばならぬ運命にあったと仮定すれば、ギリシァ人は安万侶の苦心に非常によく似た経験をあじわったことであろう。またそのように記されていたならばホメロス詩を読みとくことが近世になってから可能であったかどうか疑わしい。一九五二年に解読されたと言われているミュケナイ文書も、音節文字を使用しているために、ギリシァ語と言われているその文章を一義的に読みとることができず、とくに、文書の中から動詞形を発見、確定することが不可能という現状にある。だがアルファベット記法は単純に言語的音声を母音と子音の組合せで記号化する方法であり、――ジェフリー女史は「よくもこのような原理の発明が行なわれえたもの」と嘆声を発しているし、またウェイド・ジェリー教授のように、アルファベット記法の発明は、ホメロス詩を文字で写し取るためのものであったと断言した例もあるが――音声による詩句の造形が明快な意味を伝え得るのであれば、その音声パターンの記号化であるアルファベットの列も、間違ってさえいなければ何の苦もなく音声のひびきと意味を伝え得る。安万侶のごとき苦労と不明確さはこの原理的発明によって完全に回避され得たのであるが、それとは別種の障碍がホメロス本の成立を遅らせる原因となっていたことは先にも指摘したとおりである。

八世紀のわが国朝廷においては文書や巻物、筆、墨、硯、紙あるいは絹などの筆記具が日常の道具であったと思われる。他方、最初のホメロス本の成立が考えられる時代までは、アルファベット原理はとっくに生れていたけれども、長大な文書を認める道具立てそのものが、技術的にはまだ充分に解決されておらず、やがて時が移りそのような技術や道具が開発されるのを待たねばならなかった。しかしいったん技術面での態勢が整い――その背後にはやはり大量のエジプト製のパピルスを供給できる交易路が生れ、また強大な中央集権的な政治機構の要請と支持がはたらいていると考えるのであるが――、ホメロス詩がアルファベット記法によって記号化されるや、その記録の保存される限り、音声の基本形とそれが伝える意味は二度と失われることはなかったのである。

原理が先立ち書写技術の熟するのを待って成立したのがホメロス本であるとすれば、安万侶の『古事記』は、書写技術の方が表記方法の原理的確立を求めて苦闘する姿をとどめているといえよう。ホメロスの英雄詩は前七世紀においても、すでにその数行、数十行を文字に写す試みに委ねられていた可能性は大いにある。書くための文字も、適正な表記法もあった。しかし口誦叙事詩の大海の潮のごとき流れを包容できる文書世界の現出は、前六世紀後半ヒッパルコスと同時代のギリシァを待たねばならなかったろうと思われる。それがイオニアであったか、サモスのような島嶼であったか、あるいはアテナイであったか、当時のいずこにおいても機は熟していたろう。

一〇

語りものに始源を有する題材が、最終的に文字記号を介して読むことのできる本となるまでには、音声と文字との間に、語りものと読みものとの間に、幾度もの調整が辛抱づよく行なわれねばならない。安万侶の序詞はその苦労の一端をのべているが、かれのように表記の原理を求めて苦心する必要がない場合でも、口誦叙事詩の文字文芸化は一朝一夕に成就されえない。

口誦文芸がその詞章の特色を完全に保持しながら、首尾一貫した文字文学に成立していく過程を、不明不確実の点もなお多いとは言いながら、もっとも良く告げているのが『平家物語』の場合であろう[26]。初期ホメロス本の成立問題がすべて模糊とした推論の境に低迷しているのに比べてみるならば、『平家物語』についてはその発端も、成立の過程も、そして最も権威あるいわゆる「覚一本」の成立由来についても、同時代の証言が数多く残されているのみか、口誦詩文字化のなまの過程をじかに告げている『六代御前物語』までも発見され、『平家』成立史の中に位置づけられている。ホメロスの場合にはそれらの中のどれかの一面に対応するべき展開形成の一局面すらも明確な証言によって裏付けることは困難といわねばならない。

『平家』成立の場合、書写、表記の技術的障碍が完全に取り除かれていることは言うまでもない。当時文字文学は明らかに主流をなし、歌人文人は数多く、日記、評論、編年体記述など、古代ギリシァ文学史ではヘレニズムの成熟期をまってようやく出そろう類の文献が、最初から『平家』周辺をきめこまかく埋めている。それでも――とホメロス側からは見えるけれども専門の『平家』学から見れば〝それであったからこそ〟と評されるかも知れないが――、十世紀からの琵琶法師の語りの声調が、十二世紀末の大争乱に題材を得て、『平家』が生仏によって語られ始めてから、十四世紀半ばに首尾一貫した文芸作品として「覚一本」が定着し、『平家』の基礎が確定するまでには、一世紀半の時をついやしながら成長をとげることが必要であった。行長が琵琶法師生仏に語らせるために、つまり語りの素材となるべき平家物語を作ったという『徒然草』の記述が示すように、最初から文字が決定的に介入している語りもの伝承の場合にも――あるいはここでも〝場合であったから〟であろうか――その成長の途次には法師らの語りものの流れと、公家文人らの読みものの流れとが交錯し、補いあい、その途次、『平家』成立への過渡的段階を示す幾つもの伝本を残したらしいことは専門学者の「四部合戦状本」などの研究が明らかにしている。そして十四世紀初頭に、『六代御前物語』が法師の生ま語りから、カナ文字速記によって文字化されたときにも、なお『平家』の詞句は多分に流動的であったのみか、その段落の幾つかは主としてなまの語りものの形態に依存していたことがうかがわれる。「覚一本」が成立した時代には、『平家』の本文整理には三十四人の評論家が参加したという記録もあり、『平家物語』、『源平盛衰記』に伝わるまでの複雑な本文伝承を物語っている。

二

前八世紀末に生きていた詩人ホメロスを考えれば、かれの口誦詩周辺で存在した文字使用の情況は、質的にも量的にも生仏の場合とはまったく異なる。日記、評論、年代記はその後五百年を経てようやく出揃う。驚嘆に値するアルファベット記法は発明されたばかりであったが、しかしそれが実際に用いられた範囲も規模もまだごくせまく限定されていた。最初から文字書きの台本が介入している『平家』とは対照的に、最初から文字記法とはまったく無関係な口誦詩が、ホメロスによってそのまま継承されていた――すくなくとも金石碑文など物的証拠はそれを強く示唆している。またその詞章が音声のみに依存して明快平易さをいささかも損ずる点のないこと、口誦詩特有の定形句の技法が完璧といってよいほどに成熟し、詩人の自由に扱える道具と化していること、これらのことがらに着目すれば、作品として文字化されて伝わる写本の中からも、ホメロス叙事詩の前提条件と最終的完成を特徴づけているものが、文字ではなく音声と口誦性であることが言える。

『平家』では漢籍、経文、祈禱文、日記、歌集などの文字文献が前提となっている章句、詞句は至るところに発見できる。だがホメロス詩の中からは当然のことながら、これは文書からである、これは文字文献からのもの、として摘出できる部分は絶無である。後世ローマの詩人オウィディウスは文字に素材をからませてイオー、ビュブリス、アイアスらの伝説を語り直しているが、ホメロスが文字らしきものに言及しているのは『イリアス』第六巻でただ一度あるのみで、それも詩人は〝文字〟として理解していたのかどうか定かではない。さきにも触れたが、ただ一ケ所――ただしこれも解釈の幅のある間接的証拠であるが――ホメロスは、ものを著わす後世人と共通の刻印をのこしている。それは、『イリアス』第一詩行、『オデュッセイア』第一詩行による作品の内容指定である。『平家物語』の序詞でも、清盛一代を「猛き人」とさして内容を指定しているのは、行長作の「原平家」にあったものと冨倉徳次郎氏は推定しておられる。ホメロス流布本の場合、その内容指定を刻んだのが前八世紀末の幻の詩人なのか、あるいはまたヒッパルコスがいずこからか輸入した「ホメロスのもの」にすでに附されていたのか、ヒッパルコス周辺の吟誦詩人をふくめての文人らに負うのか、一義的に決定することはできない。

しかも、『イリアス』の第一行からして、アレクサンドリア時代には異読を掲げる「アペリコン本」が存在していた。〝いざや歌いたまえオリュンポスに住いなすミューズらよ、怨みと怒りがペレウスの子とレトの御子を捉えたそのさまを〟というので、指示されている内容にはさして変りはないが、考え方によればアペリコン読みのほうが『イリアス』の内容を深くとらえているともいえる。アキレウスの怒りと並行してアポロン(レトの御子)神の怒りがモティーフとなっているからである。いずれをとっても『イリアス』をアキレウスの怒りの歌としてとらえていることには変りない。しかし疑えば両者の祖型ともいえるべつの第三の詩句による内容指定が両者より古くからあったことも考えられる。なぜならば現存『イリアス』の第一行のペレウスの子アキレウスの原語属格形(Pēlēïadeō Achilēos)

は、奇妙な新旧語形の混淆からなっている定形的表現であり、この詩行の成立はホメロス叙事詩の成立の最後の段階に近い時代であったことを思わせるからである。

私としては現存本文の巻頭の詩行をここに記した人が、現存する『イリアス』の基礎形を作り、文字作品としての『イリアス』を最初に構想し、その生時は前六世紀ヒッパルコスと前後する頃と見る考えに傾くものであることの根拠はすでに述べた。その人自身をホメロスと呼ぶことは避けたい。しかしかれこそが当時のホメリダイ(ホメロスの子孫ら)の中で最も傑出した伝統の担い手であり、ホメロスとホメロス叙事詩をめぐる神話と伝統を掲げ、この物語こそホメロス自身が唱った『イリアス』として、ホメロス詩の文字伝承の起点に立った詩人、と今ここで呼ぶことは根拠のないことではない。

一二

ヒッパルコス時代の『イリアス』はいわば「原イリアス」の一つの可能性をとどめたものであろう。吟誦詩人らの体する詞句、詩章は、やはり輻輳した伝承を、初期の文字写本の上に反映していったことであろうし、事実、先にも述べたように前五、四世紀の作者たちはしきりにホメロスの字句を論じ、しかも今日の伝本の読みとは異なるホメロスの詩句をかれらのものとしている。また吟誦詩人たちの語り口には、すでに意味が明瞭ではない音声の響きが至るところに聞きとられ、意味不明のままアルファベットによって記号化されていく場合もあったにちがいない。

生ま語りの筆録がいかに困難をきわめたものであるかは、延慶弐年六月と日付入りの『六代御前物語』の筆録が私たちに具示している。これは法師の語るままの言葉を、かなり筆記に堪能な速記者が、カタカナを主に写しとったものと見做されている。生ま語り特有の声調、発音をそのまま写しとろうとした跡は随所に認められ、聞き違い、誤写、誤字、宛字の誤り、字句の脱落、誤った繰り返しなど、音声の流れをそのまま文字化する際に、熟練の者でも殆んど不可避と思われる、書写第一次段階における欠陥のすべてをここに指摘することができる。まさに口誦叙事詩が文字化されるときのすべての問題をつぶさに見てとることができるのである。このカタカナ文字による生ま語りの記録は冨倉徳次郎氏の研究によって、大略正確な意味を伝える形に復され、『源平盛衰記』、覚一本『平家物語』の記す当該記事との間に精密な比較検証が施されている。

ホメロス詩の生ま語りから初めてアルファベットで綴り出されてきた語形も、語尾変化も、ただ眼に見るだけでは異様で見分けがつきにくく、当初はただ吟誦詩人の音声の流れに託されることによってのみ、慣れ親しんだホメロスの語感を伝えるものに再現されうるものであったろう。正字も正しい綴りもまだ存在していなかった。吟誦詩人がその声調、息使い、語りのリズムに合わせておこなう語形の変形をそのままアルファベットに写しても、見分けのつかない単語が文字化されたに違いない。語りの流れの中で明確な意味を伝える音声記号も、文字化されると意味不通になる現象は『六代御前物語』よりもホメロス詩において、はるかに頻度が高く、また根深い誤読、誤記の原因となっていった。ホメロス詩の本文中に現れる「口誦詩人の語形」と呼ばれる変則形の解明は現代に至るまで、文法学者、言語学者にとっての難問となっているし、誤った音声記号の区切り方(単語化)も、その存在のすべてがつきとめられたとは言いがたい。

前五世紀以降ギリシァにおいてもホメロス語彙の研究や、ホメロス解釈者が続々と現れるようになるのも、大昔からあったホメロス本が判りにくくなったためというよりも、ようやくホメロス詩が文字化され眼で読みとく対象物となったために、多大の謎をなげかけ、このことに人々が着目しはじめたためであろう。なぜならホメロスの語彙は前八世紀においてすらもう意味不明のミュケナイ時代の語や詩句を多分に含んでいたのに、前七世紀が過ぎ前六世紀に入っても、ホメロス解義が著されたことは殆んど伝えられないからである。前六世紀までは本として文字化されたホメロス詩がまだ存在していなかったことをここからも推測することができる。

前五世紀以後アレクサンドリアの〝流布本〟が生れるまでのおよその経緯について、あらましの推察はできる。ホメロス詩という名のもとに集積された口誦叙事詩が文字化の緒につき、眼で読みとることのできる本文整理が一段落するまでに、一世紀近くの時を要したのではないかと思われる。そのための社会的、経済的そして書写技術上の諸条件が充分に維持されねばならなかったであろうし、口誦詩としてホメロス詩の上演技芸を職とする吟遊詩人たちの記憶内容と、読み本として徐々に成立の過程をたどりつつあったホメロス詩文との間に常時連携を保つことが必須の条件とされたであろう。ホメロス本文の成立がアテナイの演劇文学の興隆期と並行して生じたと考えることに、何らの障碍は認められない。むしろ『イリアス』『オデュッセイア』が示す高度の演劇性は、演劇文学と同一の精神的土壌に育まれたものとも思われる。歴史家ヘロドトス、ツキジデスらがようやく机上にひもとくことができ、歴史文献として利用することができた『イリアス』『オデュッセイア』のパピルス書巻は前五世紀中葉に初めて全篇完成したものと考えるべきではないだろうか。しかしその本文の細部はなお流動的であり、綴字等には正則性、統一性がはなはだしく欠けていたと思わざるを得ない。じじつギリシァ人によるギリシァ語文法は、ホメロス詩の本文整理の歩みと並行して形成されつつあった。アレクサンドリアにおける最後のホメロス詩校訂者アリスタルコスの弟子トラキアのディオニュシオスによって、ギリシァ語文法の学問的基礎は樹立されたのである。

しかし前五世紀から前二世紀半ばまでのホメロス詩文字化がたどった行程が『平家』の行長本から「覚一本」までに知られている成長と完成の過程のとおりにたどったとは思わないし、また細部にまでわたるそのような比較研究を可能ならしめるには、ホメロス詩の文書化についての確実な証言があまりにもすくない。しかし多くの意味でホメロス本が、今までよりも私たちに近いところに――年代的にも心情的にも――ありうることを示し得たと思うし、いつの日かさらに詳細確実に示し得ることを抽ない努力の目標にかかげておきたい。

〔注記〕　問題の性質上、充分な書誌的網羅は望むべくもないので、以下の注記はごく簡単な一般的参考文献の紹介程度にとどめさせていただきたい。

(1) セネカ「人生の短きことについて」一三。

(2) T. W. Allen, *Homer, Origins and Transmissions*, 1923 ; *Homeri Ilias. 1. Prolegomena*, 1931.

(3) R. Wood, *Essay on the Original Genius and Writings of Homer*, 1775[2] ; F. A. Wolf, *Prolegomena ad Homerum*, 1, 1795.

(4) J. L. N. Myers, *Homer and his Critics*, 1958 ; J. A. Davison, 'Homeric Question.' Companion to Homer, 1962, 234.

(5) R. A. Pack, *Greek and Latin Literary Texts from Greco-Roman Egypt*, 1965[2] ; V. Martin, *Papyrus Bodmeri*, 1954 ; *London Papyri* (Milne Nr. 259); *Hamburger Papyri* Nr. 153 ; etc.

(6) G. Jachmann, *Vom frühalexandrinischen Homertext* (Nachr. Akad. Gött. 1949); P. Chantraine in "*Introduction à l'Iliade*," 1948[2].

(7) H. Erbse, Über Aristarchs Iliasausgaben. Hermes 1959, 275.

(8) J. A. Davison, 'Transmission of the Text.' Companion to Homer, 1962, 215.

(9) 例えば、〝プルタルコスのホメロス伝〟と呼ばれる文書の第五節。

(10) J. Wackernagel, *Sprachliche Untersuchungen zu Homer*, 1916.

(11) G. M. Bolling, *Ilias Atheniensis*, 1950.

(12) プルタルコス「アレクサンドロス伝」八。

(13) キケロ「弁論家について」三、一三七。

(14) プルタルコス「リュクルゴス伝」四。

(15) U. v. Wilamowitz-Moellendorff, 'Geschichte d. Tragikertextes.' *Einleitung in die griechische Tragödie*, 1921, 124.

(16) E. Havelock, *Preface to Plato*, 1963.

(17) J. Goody (ed.), *Literacy in Traditional Societies*, 1968.

(18) L. H. Jeffery, *The Local Scripts of Archaic Greece*, 1961.

(19) S. Dow, 'Literacy in Minoan and Mycenaean Lands.' *CAH*[3] 11. 1 (1973), 582.

(20) W. Schubart, *Griechische Palaeographie*, 1925 ; C. M. Roberts, *Greek Literary Hands. 350 B. C.–A. D. 400*, 1955.

(21) Y. G. Vinogradov, A Greek Letter from Berezan. *Vestnik Drevnei Istorii*, 1971, n. 4, 74–100 ; K. S. Gorbunova, *Archaeological Reports for 1971–72*, 49–50 ; J. Chadwick, The Berezan Lead Letter. *Proc. Cambr. Phil. Soc.*, 1975 ; A. P. Miller, Notes on the

Berezan Lead Letter, *Z. P. E.* xvii, 1975, 157–60 ; R. Merkelbach, Nochmals die Bleitafel von Berezan. *Z. P. E.* xvii, 1975, 161–2.

(22) M. Bowra, *Heroic Poetry*, 1952 ; W. Schadewaldt, *Von Homers Welt und Werke*, 1959[3] ; A. Lesky, Homeros, 1967 (*PWKr. RE*), 19–20.

(23) A. B. Lord, *Singer of Tales*, 1960 ; '*Homer and other Epic Poetry*.' *Companion to Homer*, 1962, 179.

(24) D. L. Page, *The Homeric Odyssey*, 1955 ; *History and the Homeric Iliad*, 1959 ; J. Kirk, *The Songs of Homer*, 1962. などはいずれも前六世紀文字化説を唱えるのであるが、文字化のプロセスが長大な、時には数世紀の形成期をついやしてのちはじめて文芸作品——とくにホメロスのごとき殆んど一点非の打ちどころのない——と化しうるということを考えていない。加えて、古典学者は、古代ギリシァの黎明期に天かける言葉をもって登場する大ホメロスをやはり信じたいのであろうか。

(25) 『古事記』の序詞については倉野憲司『古事記全註釈』第一巻序文篇（昭和四八年）にその章句成立と解釈をめぐる数多の貴重な問題や興味深い学説が盛られている。しかし、どの解釈をとっても私が問題としている点にはさして深く抵触しないと思うので「勅語」、「誦習」などの意味については深く立ち入らない。国文学については素人である筆者は、これらの問題について秋山虔東大教授から幾多の御教えをいただき感謝にたえない。

(26) 『平家物語』については冨倉徳次郎『平家物語研究』（昭和三九年）の感動的な「跋」に触発され、明晰な学説から多大の教示を受けた。

第二章　『名婦の系譜』における叙述技法

――『ヘラクレスの盾』一―五六を中心に――

初期ギリシァ叙事詩の叙述技法は、大別して二つの対照的に異なる形で展開している。古代の文芸批評家たちはその一方をホメロス風叙事詩、他方をヘシオドス風叙事詩と称した。ホメロス風とは、『イリアス』『オデュッセイア』両叙事詩が代表するように、過去の出来ごとを、英雄たちの特筆に値する行為として見立てて、かれらの言葉や行為をつうじて劇的に提示する物語り風の文芸であり、ヘシオドス風と呼ばれる叙事詩は、『神々の誕生』のように系譜的枠組のもとに、神話や伝説を統一的視野の中に収めるものや、『農と暦』のように農事暦の枠組をもとに格言金言を集めて人間世界の要諦を語る文芸である。

このような分類はまったく便宜的なものであって、事実ホメロス叙事詩の中にも、系譜的な語りの段や、カタログ風に事物を列記して語る段も稀ではない。その委細については別著『オデュッセイア――伝説と叙事詩』(岩波書店、一九八三年)において詳述しているので、ここでは取り上げない。本章の課題は、ヘシオドス風叙事詩とはいえ、物語り文芸の色彩が濃い『名婦の系譜』の構成と措辞を詳細に検討し、この作品の叙述技法の特性を明らかにすることである。中心的に扱う『ヘラクレスの盾』という小作品の冒頭部(一―五六)は、写本伝承の早い時期に『名婦の系譜』から切り離されて、『盾』と接合され、ヘシオドスの『神々の誕生』や『農と暦』と同一の写本に含まれて伝えられる、という数奇な伝承過程をたどったことが知られている。本論は、今世紀半ば解読されたパピルス書巻の中から姿を現わした『名婦の系譜』の叙述技法と、『ヘラクレスの盾』の冒頭部分のそれとを比較検討して、『名婦の系譜』と『ヘラクレスの盾』の冒頭部分の措辞と構成の同質性を明らかにする試みである。

そのために先ず、『名婦の系譜』の基本的構成を再検討し、ギリシァ神話の基本構造を示しているとも言われる系譜体系の特色を具体的に把握することを主眼とする。そして特に、ゼウスを父にもつヘラクレスの誕生伝説の特殊性は、『名婦の系譜』というこれと類似伝説の集積である作品全体の、趣旨と展望のもとに理解されるべきものであることを示す。

次いで本章後半においては、『ヘラクレスの盾』冒頭部の措辞と表現法の特色を、初期ギリシァ叙事詩を代表する諸作品との対比によって明らかにする。その結果、これは基本的には初期叙事詩群の技法を踏襲しているものであるが、独自の指向性を示すものであることも明白となる。言いかえれば、初期ギリシァ叙事詩を語り伝えたであろう口誦詩人の諸派諸流は、各〻の語り口の特色を表わしながらも、その間同時に相互依存や相互の影響がきわめて密であったという事情が、『ヘラクレスの盾』という小作品の冒頭部の数十詩行の、微細な言語的表現に跡をのこしている、ということになろう。語りの言葉が文字に定着するまでに、幾度となく遭遇したであろう微細な言語上の変動の痕跡の一端がここにもうかがわれるのである。前章「ことばから文字へ」で述べた概略の論旨を補うべき、具体的現象の例証として判読願えれば幸いである。

一　『名婦の系譜』と『ヘラクレスの盾』の関係について

ヘシオドスの作品の中で、『神々の誕生』(以下『神々』と略記)、『農と暦』(同じく『農』と略記)、『ヘラクレスの盾』(同じく『盾』と略記)の三作については、前三—二世紀アレクサンドリアにおいて本文校訂と注釈編纂がおこなわれ、その成果の概要は中世を通じて今日にまでよく伝えられている。(1) これら三作のうち『神々』と『農』の二作が、ヘシオドスの真作であることは、古代においても、(2) また現代においても、疑いの余地ないところである。(3) しかし

『盾』についての事情は異なり、アレクサンドリアの文献学者たちの間でもその真偽が問題となったことが伝えられるし、[4] また現代の学者たちは、写本伝承を尊重する意味で『盾』をヘシオドス作品集の中に含めているけれども、『盾』(とくにその中心にあるヘラクレスの盾の描写部分)を真作と見做すものはほとんど絶無である。[5] もちろん、盾の描写だけを切り離して、これを独立した一篇の小叙事詩と見做して、そこに描き出される画面の示す、美術史・考古学上の、[6] あるいは歴史学上の、[7] あるいはさらに神話学上の[8] 特色を問題とする学者は数多いけれども、『盾』がヘシオドスの真作であると説くものはいない。

今日『盾』が取り上げられるのは、その真偽問題のためではない。『盾』は作者不詳、作年代も不明、しかも文学的価値の乏しい小叙事詩であるが、それであっても前古典期ギリシァにおける叙事作品の生成の段階を知る上では、貴重な資料的価値をもっている。この小品には、ホメロス以後の叙事詩人が、さまざまの表現的工夫を重ねながら、一つの作品としての完成にむかう努力の跡が残っているので、私たちはかえってこれに新鮮な面白さをおぼえるのである。[9] そのような観点から、叙事詩人たちの工房を探究する試論もすでに数多く公けにされている。ホメロス以降の叙事詩の技巧と措辞についてはすでにヘクストラ Hoekstra の論文(1)、(2)やノトプロス Notopoulos の論文(1)、(2)などが、主としてヘシオドスと『ホメロス讃歌』について重点的研究の成果を世に問うているが、これらはいわゆるパリー学説信奉者たちの陥りがちな欠点がないとは言えない。他方、各詩人が初期の口承技法を継承しながら、同時に誤解や誤謬によって、伝統的語彙や技法に変質をもたらしていった実態は、ロイマン Leumann の研究によって、大きい具体的成果とともに明らかにされてきている。本論の主旨は、叙事詩の言葉が文字に定着する際にこうむったであろう諸変化の様相の一端を明らかにすることである。したがって、『盾』の冒頭部については、これを内容的には『名婦の系譜』(以下『名婦』と略記)の有機的一部として位置づけるよう試みるが、他方言語的分析の面では、初期口誦叙事詩の技法面での変質と崩壊を詳細に跡づけてみたい。

『盾』の主題は、英雄ヘラクレスと、戦神アレスの子キュクノスが、パガサイのアポロン神の聖域において雌雄を決する一騎討の叙述である。『盾』という題名は、ヘラクレスが携える盾の文様描写の段が、作品の中心部第一四一詩行から第三二〇詩行までの百八十行を占めていることに由来する。本論が取り上げる冒頭の五十六行は、内容的素材の面でも、叙述技法の面でも、両雄争う合戦場面とはまったく異質であって、冒頭五十六行だけを一つの独立部分と見做すべきであるという見解は、アレクサンドリアの文献学者の間でも唱えられていた。

冒頭部の五十六行は、アンフィトリュオンとアルクメネーの結婚、そしてヘラクレスの誕生という一連の物語を内容としている。この部分はヘシオドスの『名婦』の第四巻の一部をなしていたと伝えられ、それゆえにアレクサンドリアの碩学アリストファネスは、『盾』はヘシオドスの真作ではなく、ホメロスの『盾』(『イリアス』一八・四七八―六〇八)[10]の模倣を試みた後世別人の作ではないかと疑念を抱いていた、と伝えられている。[11]

『盾』の冒頭部が『名婦』の一部であるという伝は、『名婦』そのものが長らく湮滅状態にあった間にも、アリストファネスという名前によって権威づけられて、歴代のギリシァ文学研究者たちの受けいれるところとなり、多くの推論の出発点とされてきた。ちなみにヘシオドス校訂本の礎とされた一九一三年刊のルザック校訂の第三版をみれば、『名婦』の断片詩句は百三十六片記載されているけれども、いずれも隻言片句の類であって、これを基に湮滅した『名婦』の規模や構成を想像することは、まったく不可能といわねばならない。[12]したがって、『盾』の冒頭部分と『名婦』の内容的関連も、両者の有した言語的共通性ないしは特殊性の問題も、解答はもとより解答を示唆するヒントすら、容易に見出すことはできなかったのである。[13]

ルザック以降五十年の間に、ヘシオドスの『名婦』詩行を記したパピルス書巻が多数発見され、公刊されるに及んで、『名婦』および『盾』をめぐる情況は一変した。[14]とくに一九六二年刊の『オクシュリンコス出土のパピルス文書』*Oxyrhynchus Papyri* (以下 P. Oxy. と略記)第二八巻は、ヘシオドスの諸作からの断片で全巻の紙幅を満した画期的なものであり、これに含まれた諸断片と、当時なお、未公開であったミシガン大学所蔵のパピルス断片二片とを併せてメルケルバッハR. Merkelbachとウェスト M. L. Westが編んだ『ヘシオドス断片集成』*Fragmenta Hesiodea Oxonii*, 1967(以下M.-W.と略記)は、それまで幻といわれていた『名婦』の文学作品としての構造を、かなりの具体性をもって明示することに成功したのである。ルザックでは『名婦』断片は百三十六の隻言片句のみであったが、今やその数は二百四十九片となり、しかもその中には四十―五十詩行から九十詩行にもわたる長い連続した物語も数篇含まれている。そしてここに、『名婦』の構成や叙述技巧のみならず、定形句の用法をはじめ細部にわたる言語表現の特色までも、かなり正確に検討することが可能となったのである。[15] 例えば、かねてよりヴィラモヴィッツが示唆し、[16] かつまたメルケルバッハが予言していたところが実証されて、[17]『名婦』の構成と内容は、西暦一世紀アポロドロスの『神話集成』*Bibliotheke*の特定部分の叙述構成と細部にわたるまで一致しているということが、パピルス書巻の証言によって裏付けられた。[18]

『名婦』の全容が、不完全とはいえ従来よりもはるかに具体的な相を呈するに及んで、古代の伝によれば『名婦』の一部といわれた『盾』の冒頭部五十六行についての私たちの理解と認識も、当然改められることとなる。事実、『盾』一―五を、『名婦』のアエロペーの段に続くべきものとして記している新断片(P. Oxy. 二三五五)も発見され、また、同じ文脈の中で『盾』一―一八までを記した別の新断片(P. Oxy. 二四九四A)も追加発見されるにいたって、『盾』の冒頭部が『名婦』の一節であるという古代からの伝承は、疑いの余地なく実証された。現在私たちが『盾』の冒頭部分を検討するに際して、これを従来どおりヘシオドスの既知の詩作やホメロスの両叙事詩、そして周辺の叙事詩群との対比によって調査を進めていく必要は言うまでもないけれども、何よりもまず、新しく姿を現わしてきた『名婦』の文脈の中で、『盾』冒頭部分の叙述構成や言語表現の特性を位置づけてみることが必須であろう。事実これによって、『盾』の冒頭部分が有する幾つかのやや例外的(ホメロス、ヘシオドス等の既存作品との対比において)

な構文や措辞は、じつは『名婦』の叙述において固有の定形句表現と共通するものであることが示される[19]。

しかしながら『名婦』の新しい全体像を背景に配して『盾』の冒頭部分の細部を論ずることはなお時期尚早であるかも知れない。周知のとおり、古代パピルス文書の復原、解読、そして欠損部分の修補訂正などの作業は、高度に専門的学者の密室内の営為であって、部外者にとっては容易にうかがい知ることのできない操作過程を含んでいる。メルケルバッハ、ウェストのすぐれた断片集成にしても、その解釈や配列の適否について批判の余地が皆無というわけではない[20]。しかしながら、私たちの課題は先述のとおり、『名婦』という作品そのものの検討ではなく、今日確かめられる限りの『名婦』と、『盾』の冒頭部分の相関関係を探り、それを通じて言葉が文字に定着するプロセスの一端を捉えることにある。メルケルバッハ、ウェスト両氏の業績やその批判者たちが中心課題とするところと、多少抵触する面があることは認めるとしても、今日この問題だけを切り離して論ずることはすでに可能であると考えたい。

二　系譜詩『名婦』の叙述構成における ἠ' οἵη の位置について

『名婦』の主題は、その昔神々も人間もともに混りあう共生の時代、神々と交ることによって人間の種族の母となった女性たちの物語である[21]。プロメテウスと最初の女性パンドラの結婚から始まり[22]、ギリシァ各地の神話や伝説の英雄たち、そしてその血筋をひく有名な諸王家の系譜をこまかい枝葉にいたるまで語りわけていく叙事詩体の系譜詩がすなわち『名婦』である[23]。一つの系譜から次の系譜へと移る語りの節目に、しばしば始祖となる女性の系譜が展開の契機として配置されていることから、『名婦のカタロゴス』とも呼ばれている[24]。このような女系系譜によるギリシァ名門家譜が編み出されることになった社会的背景は、それ自体興味深い問題であるけれども、ここではそれを視野の外に遠ざけて、先ずそのような系譜詩の叙述構造を定めている構文上の特色について注目することにしたい。

『名婦』においては、一族家門の始祖となるべき女性が物語の流れに導入されるときに、「さてまた……のような女が」という意味の、*ἦ οἵη*(ē hoiē)という一定の関係代名詞句がしばしば用いられていて、これが一つの文体的特色となっている。古来この系譜詩の原題が、『名婦のカタロゴス』と呼ばれた一方、また右の関係代名詞句をそのまま用いて*Ehoiai*と呼ばれてきたのも、この作品の叙述構造に固有の句法によるものである。(25)また現在、パピルス資料校訂家たちの間でも、叙事詩体の系譜詩でその中に*ἦ οἵη*の句が含まれていれば、その断片資料を『名婦』の一部と特定することが常道となっている。(26)このように*ἦ οἵη*は知名度の高いレッテルであるが、この句が『名婦』の中で占めている構造的位置、すなわち、節目から節目への展開において占めている機能については、筆者の知る限りにおいては、まだ充分に解明されているとは言いがたい。

現存する引用断片とパピルス資料のすべての中で、*ἦ οἵη, ἦ οἵην, ἦ οἷαι*などの単複の諸形でこの句が現れる場所は八ケ所あり、(27)そしてまたパピルスの欠損部分にこの句をもって補うことが適切とされる場所がさらに四ケ所存在する。(28)この句が明確に伝えられている八断片のうち四片は、この句で始まる一詩行ないしは数詩行を伝えているのみで、(29)連続した物語の展開の節目でこの句が果している役割について、何らの手がかりを与えない。残りの四ケ所を先ず以下において検討する。

（i）ミシガン大学収蔵パピルス登録番号六二三四断片二(＝M.-W. 断片二三(a)一―五、図版一Ａ)

ἕδρας[　　1
ὑστατ.[
ἦ οἷαι κ[*οῦραι*
τρεῖς ο[*ἷαί τε θεαί, περικαλλέα ἔργ' εἰδυῖαι,*
Λ ηίδη[*τ' Ἀλθαίη τε Ὑ περμήστρη τε βοῶπις*　　5

〔三行目のκは写真では認定できない。同行の欠損部分には父親がテスティオスであったことが語られていたと思われる。第四行目の欠損部修復は、後出のM.-W.編断片二六の第五―六詩行からの類推による。第五行目の女性名アルタイエーとヒュペルメストレーの補修は、アポロドロス『神話集成』一・七・一〇（ワグネル校訂本二三頁二一行）に基づくものである。〕

これらの五行の断片は、M.-W.によって初めて公刊された一連のパピルス資料の一部をなしている。これは先にローベルE. Lobelが公刊したP. Oxy.二四八一断片五(a)第一欄（図版二）、およびP. Oxy.二四八二などの諸断片の文言の前に、直接先行している五詩行であることが確かめられている。ミシガン・パピルスが導入しているレデーとかの女の子供たちの系譜は、さらにP. Oxy.二〇七五断片九、四、そして更に新断片へと連続的に語り継がれている。[30] M.-W.が、その断片番号二三(a)として取りまとめた諸断片が綴り出す系譜図によれば、[31] 先ずレデー、次にその娘クリュタイメストレー、さらにその二人の娘エレクトレーとイピメデー、という具合に女系の系譜詩が続き一段落にたっしたのちに、クリュタイメストレーに戻ってその息子オレステスとその家系が語られている。断片二三(a)は、そこから再び系譜の源に戻ってレデーの二人の息子たちの物語に続いたものであろうと見られている。[32]

この一連の系譜物語のうち、イピメデイエーがアルテミス女神によって救出されたという段からオレステスの一子ラオドコスに至るまでを語る第二一詩行から第四〇詩行までの段落を含むP. Oxy.二〇七五は、次に系譜の流れを逆戻りしてレデーの二人の姉妹、アルタイエーとヒュペルメストレーの世代に戻って、かの女らの子供たちの家譜を語りはじめる。このように前後の脈絡をたどりなおしてみることによって、ミシガン・パピルスの第三行目に痕跡をとどめている*ἢ οἷαι*という語句は、レデーたち三姉妹を母系の祖とする諸王家の家譜を語り始める目印の役目を果していることがわかる。

参考までに、この段落における語りの順序を数字（①、②…）によって、系譜の上に図示するならば次のごとくである。

上の①から⑬までの間で、ἢ οἵαι という語句は、最初三姉妹の名前が導入される時点においてのみ用いられている。そしてかの女ら三人の子孫たちすべての名前が述べ尽くされるまで、姿を現わすことはない。『名婦』の中で次に再び ἢ οἵη あるいはその類句が現れたのは――断片資料の証言はないけれども――おそらく次の新しい母系系譜が導入された時であったろう。ここで先ず言えることは、ἢ οἵη という語句は、今日の文章における章もしくは節と同様の、物語の中の段落を明示する働きをしていたことであろう。

しかしながら、段落明示のための語句とはいえ、ἢ οἵη によって、先行する物語と後に続く系譜との間に、完全な切れ目ないしは断絶が意図されていたとは考えにくい。断片二三(a)の場合にも、第三行目の ἢ οἵαι はそれまでの物語の流れと無関係に三姉妹を登場させているわけではない。P. Oxy. 二〇七五と同一のパピルス書巻の断片と判定されている、『イタリア協会刊行物』(P. S. I.) 一三四八号パピルス[33]が伝える約十詩行ばかりの文言（＝M.-W. 断片二二一）は、三姉妹の祖父母に当るアゲノールとデモディケーを含んでいる。おそらくこの断片は、M.-W. 断片二三(a)の前に直接先行する詩行を伝えているものであろう。

〈テスティオスの三人の娘たち〉

- ① レデー(女)
  - ② クリュタイメストレー(女)
    - ③ エレクトレー(女)
    - ④ イピメデイエー(女)
    - ⑤ オレステス(男)――⑥ ラオドコス(男)
  - (ポリュデウケス?)
- ⑦ アルタイエー(女)
  - ⑧ デイアネイレー(女)　配偶者⑨ ヘラクレス
    - ヒュロス(男)
    - グレノス(男)
    - クテシッポス(男)
    - オネイテス(男)
  - ○
  - ○
  - ○
- ⑩ ヒュペルメストレー(女)――⑪ アンフィアレオス(男)
  - ⑫ イフィアネイレー(女)
  - ⑬ エンデオス(男)

……………… Ἀ]γήνο[ρ]ος ἰσοθέοι[ο
Δημοδίκη,] τὴν πλεῖστοι ἐπι⌋χθονίων ἀνθρώ⌊πων 5
μνήστευον, καὶ πολλὰ⌋ [περ]ικλυτὰ δῶρ' ὀνόμ⌊ηναν
ἴφθιμοι βασιλῆες, ἀπειρέσ⌋ιον [μ]ετὰ εἶδος
ἀλλ' οὔ τις τῇ θυμὸν ἐνὶ] στήθεσσιν ἔπειθε[ν
Ἄρηος γὰρ ἔφασκε παραὶ λ]έχεσιν καλέεσθαι
[κουριδίη ἄλοχος ………… 10

〔第五—七行間の欠損部分の補修は、ポルフュリオス(シュラーダー校訂本、一八九頁二―三行)が、アゲノールの娘デモドケーについての、『名婦のカタロゴス』の証言として引用している詩行と、パピルス断片上の字句との照合によってなされたもの。第八—一〇行の補修は、(a)アポロドロス『神話集成』一・七・七の二(ワグネル校訂本二三頁)においてデモニケー(=デモディケーの誤伝)とアレス神との間に四人の男子が生れ、その中の一人が三姉妹の父テスティオスであったと記されていること、(b)類似の定形句的表現が『アフロディテー讃歌』の第一二六行以下にもあること、から行なわれたものである。〕

この六行ばかりの詩句をアポロドロスの記事の補いによって解釈するならば、三姉妹の伝説の発祥地は、プレウロンやカリュドンの地名で知られる北西部ギリシァ、とくにアイトリア地方であって、かの女らの祖先は無名の人々であったらしい。しかしこの一族の系譜が華々しい発展段階を迎えることになったのが、三姉妹の時代であったらしい。パピルス文書の断片的字句をもとに推論することは難事であるが、P. S. I. 一三八四、ミシガン・パピルス六二三四、P. Oxy. 二〇七五と並ぶ一連の証査を通じて展開している系譜詩の中で、*ἢ οἵη* という導入句は、一族の歴史上特記すべき女人系譜の始まりを明記していると言っても誤りではないだろう。

(ii)P. Oxy. 二四八一、断片五(b)第三欄(M.-W. 断片二六)第一―九詩行

] λλε [.] πρὸ γάμοιο δάμη [
].. Ἀμφίμαχος κρατερ [
]. ειπις Σπάρτην ἐς [κα] λλ [ιγύναικα
η [ ]..[ ] νατο παῖδα μεγασθενέ [ ] ... [ ] ...
Coronis ἢ οἷαι [κο] ῦραι Πορθάονος ἐξεγέν [οντο　5
τρε [ῖς, ο] ἶαί τε θεαί, περικαλλέα [ἔργ' εἰδυῖα] ι
τά]ς ποτε [.] αο [..'] η κρείουσ' Ὑπερηὶς ἀ [μύ] μων
γεί] νατο Παρθᾶνος [θ] α [λ]ερὸν λέχ [ος] ε [ἰσ]αναβᾶσα,
Εὐρ]υθεμίστην τε Στρατ [ο] νίκην [τ]ε Στ [ε] ρόπην τε.

前述のP. Oxy. 二四八一断片五(b)第二欄(=M.-W. 断片二五)は、ヒュペルメストレーとその子孫たちを記していたが、これに続く同パピルスの第三欄は右に記したとおり、第四詩行までその系譜を語り継ぎ、ヒュペルメストレーに始まった家譜はそこで終っている。パピルス面上には第四行と第五行の間にパラグラフォス(横線)が記されているとのことであるが、写真では確認できず、ただコローニス(鳥印)のみが認められる。ともあれ、『名婦』はここで、新しい段落を迎えることを読者に印象づけようとするパピルス書巻の編輯者の意図は明らかである。そして第五行目は、ἢ οἷαι で始まり、新たに別の三姉妹に発する系譜が導入される。

以下に続くのはポルタオンの三人の娘たちの物語である。欠損のため不明の個所が多いけれども、メルケルバッハの示唆によれば[34]、娘たちは愛の女神アフロディテーの御業を好まず、森陰深い野山のニンフやミューズたちと清らか

な交りを求める乙女らであったらしい。だがその一人ストラトニケーはアポロンに奪われたのちメラネウスの妻となり、[35]その末裔にはヘラクレスの最後の恋人イオレイアが生れる。[36]もう一人の娘エウリュテミステーは、テスティオスの妻となったらしい。ローベルと、かれの説を踏襲するM.-W.によれば、この段で再びパラグラフォスとコローニスが余白に記入されているとのことであるが、P. Oxy. 第二八巻の図版から確認することはできない。もしそうならば、ポルタオンの娘たちの系譜はこの段落で終っていると考えるべきだろう。三番目のステロペーとその子供たちについて、『名婦』の断片は言及していない。[37]

この段落における *ἤ οἵαι* の叙述上の機能は、前節(i)の断片二三(a)第三詩行のそれと同じものであろう。これに先行していたレデーたち三姉妹の物語との、叙述上の前後関係を図示すると左図のごとくである。

- ①アゲノール ＝ エピカステー
  - ②デモディケー(女) ＝ アレス
    - ③テスティオス
  - ポルタオン(男) ＝ ⑦ヒュペレイス
    - ⑧エウリュテミステー(女)（＝③テスティオス）
      - ④レデー(女)
        - ○　○
      - ⑤アルタイエー(女)
        - ○　○
      - ⑥ヒュペルメストレー(女)
        - ○　○
    - ⑨ストラトニケー(女)
      - ○　○　○
    - ⑩ステロペー(女)……

ἤ οἵαι という字句が、一族の歴史上、一段と光彩を放つ女性あるいは女性群の登場を強調する意図をもつという解釈は、この断片(M.-W.二六)の第五行においても妥当であろう。前段(M.-W.二三(a))との関係において見れば、アイトリア王家の系譜物語はまず、アゲノール王の娘デモディケーから生れた三姉妹と、各々の娘から生れた子孫たちを、最初に華々しく語る。[38]次に系譜をもとに戻ってアゲ

ノール王の男子ポルタオンから生れた三姉妹を、系譜の左右対称を競うかのように、再び ἢ οἵαι という字句を用いて登場させる。二組の三姉妹の系譜が各〻二詩行にわたる飾り言葉でふちどられている（断片二三(a)第三—四詩行、断片二六第五—六行参照）ことは、パピルス断片の校訂者たちの推測に負う点が大であるが、二組の系譜が同一の導入句（ἢ οἵαι）をもって語り始められていることは疑うべくもない。二筋の系譜の流れの対称性を際立たせるための、原作者の意図は明白である。この関連を見る限りでは、ἢ οἵαι という字句は、全体的に関係の稀薄なエピソードを羅列するための、無意味な継ぎ文句であるとは考えられない。やはり、ある一族の全体的系譜の中で、特記すべき女性あるいは女性群の登場をマークするための、表現上の意匠であったと思われる。

（iii）P. Oxy. 二四九五、断片一六、第二欄（図版九の一六(b)、第四—一〇詩行）（M.-W. 断片五八）

ἔ]κ θυμοῦ φ[ιλε-　　4
Ἀσ]κληπιοῦ [.].[
ἔ]ν μεγαροισ’ [ ].[　　6
ἢ] οἵην ἵππο[ισι καὶ ἅρμασι κολλητοῖσι
Φ]ῶκος ἔγημ[ελίης　　Ἀστεροδειαν
ἐκ] Φυλάκης κ[ούρην μεγαθύμου Δηϊονῆος
ἢ τέκετο Κρί[σον καὶ ὑπέρθυμον Πανοπῆα　　10

（i）（ii）に比べると（iii）は短く断片的であるので内容も捉えがたく、この脈絡での第七詩行の ἢ οἵην の機能も明確ではない。M.-W. は、第五行目にアスクレピオスの名がうかがわれるところから、ゼウスがアスクレピオスを殺し、アポロンがキュクロペスを殺し、アポロン自身がアドメトス王の奴隷として苦役に服したという物語の最終部が第四—

六詩行の間にあり、第七詩行の ἢ οἵην は、フォキス王フォコスがデイオネウスの娘アステロデイアを妻に迎えたという話の導入部をマークしていたのであろうと推定している。フォコスの系譜はアポロドロスの『神話集成』には記されていない。この系譜はパウサニアスの『ギリシァ旅行記』二・二九・四に詳しいが、パウサニアスはこの資料はヘシオドスにはなく、叙事詩人アシオスの作中から得たと記している。ちなみにフォコスの子クリソスからはストロフィオス、さらにその子にはピュラデスが生れており、フォコスのもう一人の子パノペウスからはトロイの木馬を製作したエペイオスが生れた、とパウサニアスは記している。ピュラデスもエペイオスも、系譜詩の作者にとっては黙過できない名前であったに違いない。しかしながら、先行しているアスクレピオスの名前と、フォコス、アステロデイア、デイオネイアなどの名前を系譜的に関連づけることは難しい。断片五八(M.-W.)七行目の ἢ οἵην の機能が、単なる継ぎ以上の機能を有したかどうかは、現在のところ見究めることが出来ない。

(iv) アルクメネーの系譜と ἢ οἵη——系譜詩の変容。P. Oxy. 二三五五、同二四九四A(P. Oxy. 第二三巻(一九五六)図版二、同二八巻(一九六二)図版八)、『ヘラクレスの盾』諸写本(=M.-W. 断片一九五)

…… ……] θεν ἀντι[ ] ο[

] καὶ νη[ίδος] ἠυκόμ[οιο

] καλ[λίσφυ]ρου Ἠερόπ[ειαν

πρὸ]ς δῶμα [φίλη]ν κεκλῆ[σθαι ἄκοιτιν

ἣ τέκε……] βιον καὶ ἀρηίφι[λον] Μενέ[λαον 5

ἠδ' Ἀγαμέμ]νονα δῖον, ὃς [Ἄ]ργεος ε]ὐρυχό[ροιο

…… ……]ι πατρὶ ἄναξ κ[αὶ κοίρ]ανος ἦεν.

（＝『盾』1） ἢ οἵη προλι⌋ποῦσα δόμους [καὶ πατρίδα γαῖαν
ἤλυθεν ἐς Θ⌋ήβας μετ᾽ [ἀρήιον Ἀμφιτρύωνα

（点線の下線部分は、写本伝承の字句である。）

ローベルは最初 P. Oxy. 二三五五を公刊したとき、その第一―七詩行はヘシオドスの『名婦』の一部ではなく、別作者の作品断片である可能性を示唆したが、(39) やがて二四九四Aの発表にともなって見解を改めて、第一―七詩行が『名婦』の古代パピルス本の中で、『盾』の冒頭部に直接先行していた段落の末尾断片であったことを疑うべき理由はない、と記している。(40) とすれば、断片の第一―七詩行は、『盾』の前記文に記されているとおり、『名婦』第四巻の一部と見做されてしかるべきかと思われる。

しかしながら、パピルス断片の第一―七詩行のエエロペイア、アガメムノン、メネラオスらの名前は、どのような関連において、『盾』冒頭部のアルクメネーの系譜と結びつくのであろうか。もちろん、ἢ οἵη という字句は、互いに関連の稀薄な二つのエピソードを羅列するための、単なる継ぎの句であった可能性はある。しかしこれまでに見た二、三の用例から察すれば、系譜的叙述の中で有機的な役割を演じている場合もあるので、『盾』第一詩行の用例についてなお詳しく検討してみたい。

そのためには、ここで二つの道筋をたどりなおしてみる必要がある。第一に、『盾』一―五六の女主人公アルクメネーが、『名婦』諸断片の中でどのように位置づけられているかを調べてみなくてはならない。そして第二に、『盾』一―五六の叙述において省略されている物語上の経緯について、『名婦』諸断片が語るところも検討してみる必要がある。この二本の道が交錯するところに、『盾』一―五六に至る『名婦』第四巻の叙述構成が想定されることになろう。そしてその構成の中で、M.-W. 断片一九五の中のパピルス書巻文書第一―七詩行の占めるべき位置が定まれば、『盾』第一詩行の ἢ οἵη の果している機能も明らかになろう、と思われる。

アルクメネーの系譜が、アトラスの娘たちの一人アステロペーの末裔に位置づけられていたことはP. S. I. 一三一(M.-W. 一九三)の発表以来、諸学者が認めるところとなっている。[41] この一般的了解に基づいて、M.-W. の『断片集成』においても〝アトラスの娘たち〟という項目にまとめられた大きい系譜群が、『名婦』の第三巻もしくは第四巻を占めていたことを想定している。もちろんこの仮説や、M.-W. の断片の整理配列の妥当性について問題がないわけではない。[42] しかし、アルクメネーの場合に限って言えば、その母リュシディケー、その母ヒッポダメイア、さらにその母アステロペーと母系系譜を遡れば、〝アトラスの娘たち〟の家系に連なっていることは確かである。

アトラスの七人娘(M.-W. 一六九)の一人アステロペーとオイノマオスの結婚について、『名婦』諸断片からの証言は得られない。しかしアポロドロス『神話集成』三・一〇・二(ワグネル校訂本一三八頁)では、七人娘各々の配偶者が列記されており、オイノマオスの名もそこにはある。[43] アステロペーとオイノマオスの娘ヒッポダメイアの誕生を語る『名婦』断片も発見されていないが、おそらくP. Oxy. 二五〇二(M.-W. 一九〇)の、欠損している冒頭部分においてその事情が記されていたものであろう。なぜならローベルが推定しているとおり、この断片の第九詩行にはステネロス、第一〇—一一詩行にはエウリュステウスの名が含まれていたと仮定すれば、その第三詩行の τέκε δῖα γυναικῶν の主語の女性はヒッポダメイアその人と考えねばならないからである。[44] そして続く第四行目には、ヒッポダメイアの娘たちの名が列記されていたはずであり、じじつその一人アステュダメイアの名は、パピルス面からも明白に読みとることが出来る。もう一人の娘ニキッペーの名は、『神話集成』二・四・五の五行目(ワグネル校訂本六六頁)とホメロス『イリアス』一九・一一六附記のT古注の証言から復原され、三人目のリュシディケーの名も『神話集成』二・四・五の二行目(ワグネル校訂本六五頁)と前記『イリアス』T古注の同一個所をもとに復原され、欠損部を埋めるものとなっている。[45] ただしニキッペーもリュシディケーも、原語の律格上の形態が同一であるために詩行中の位置交換が可能であり、したがってまた、第九行目の欠損部分をいずれの名で埋めるべきか、さらにP. S. I. 一三

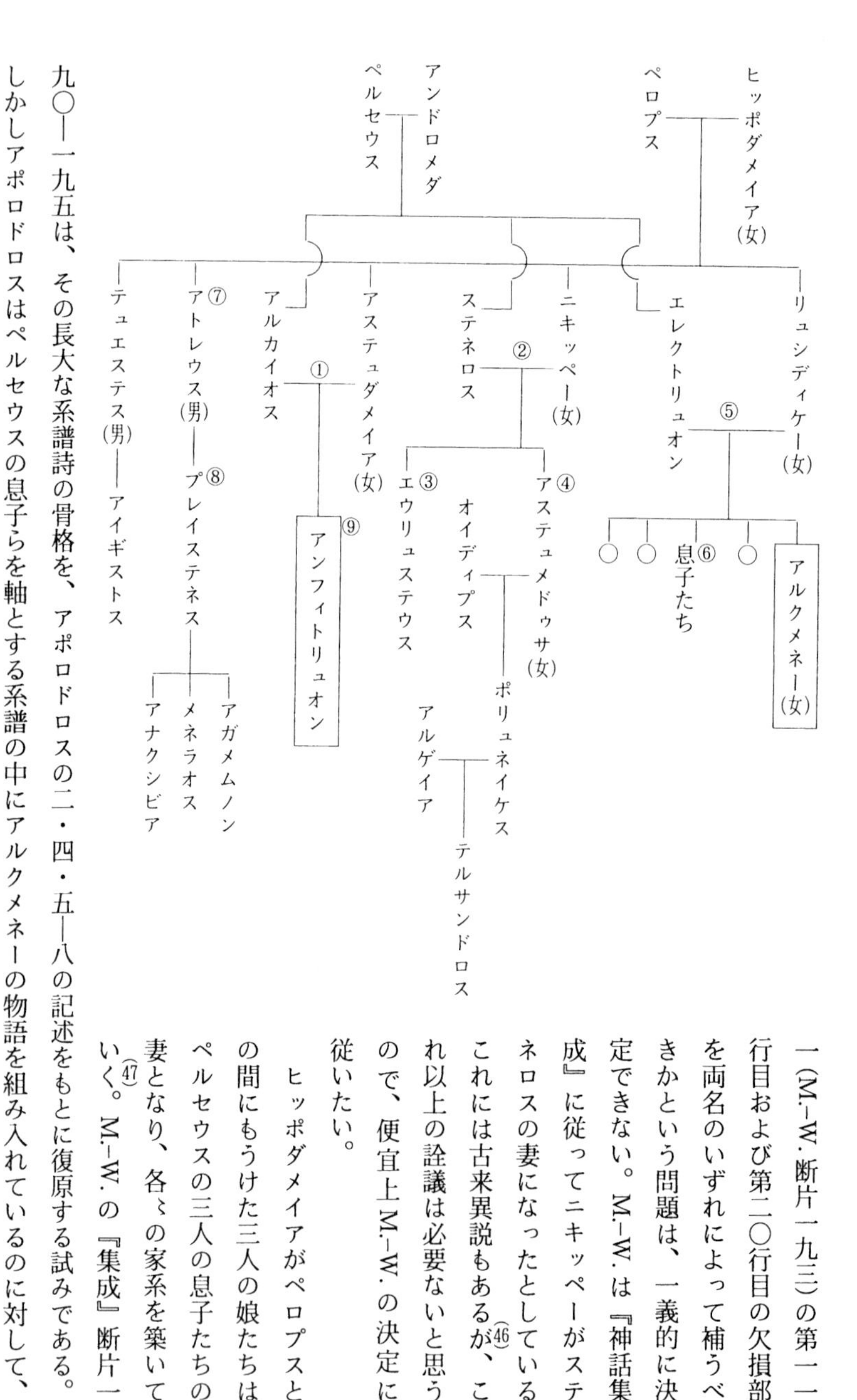

一(M.-W. 断片一九三)の第一一行目および第二〇行目の欠損部を両名のいずれによって補うべきかという問題は、一義的に決定できない。M.-W. は『神話集成』に従ってニキッペーがステネロスの妻になったとしている。これには古来異説もあるが、(46) これ以上の詮議は必要ないと思うので、便宜上M.-W. の決定に従いたい。

ヒッポダメイアがペロプスとの間にもうけた三人の娘たちは、ペルセウスの三人の息子たちの妻となり、各々の家系を築いていく。(47) M.-W. の『集成』断片一九〇―一九五は、その長大な系譜詩の骨格を、アポロドロスの二・四・五―八の記述をもとに復原する試みである。しかしアポロドロスはペルセウスの息子らを軸とする系譜の中にアルクメネーの物語を組み入れているのに対して、『名婦』の叙述構成の軸は、〝アトラスの娘たち〟の系譜である。そのためでもあろうか、すくなくともM.-W. の断片配列に従う限りでは、三人の男性配偶者たちの背景は〝ペルセウスの子〟と言われているだけであり、かれらの登場には唐突の感がある。[48] 男系系譜と女系系譜の交錯から生じうる複雑な問題はしばらく措き、ここでは右頁に三人の娘たちと三人の配偶者たちの家系と、叙述の順序を概略の図で示しておきたい。

右に①から⑧までの数字によって示した物語と叙述の順位について簡単に説明しておきたい。

①P. Oxy.二五〇二、第六―七行の欠損部分においてアステュダメイアとアルカイオスの結婚が語られた、とするのは、アポロドロス二・四・五第二行目の記述順序に基づくM.-W.の推定である。この系譜詩の脈絡においては不可欠と思われる子供の誕生についての言葉(一例として示すならば、ἢ τίκτ᾽ ἐν μεγάροισιν Ἀμφιτρύωνα のごとき)の証拠が、第八行の欠損部に認められないことが残念である。[49]

②P. Oxy.二五〇二の第九行目にステネロスの名が記されていた可能性をローベルは強調している。同じく第一一行目にヘラクレスの名の痕跡があるとすれば、この前後の脈絡においてニキッペーとステネロスの結婚が語られていたにちがいない。

③続いて第一一行目から第一二行目にかけてヘラクレスの功業達成が触れられていることから推して、欠損している第一〇行目では、当然ニキッペーとステネロスの子エウリュステウスの誕生が述べられていたと思われる。アポロドロス二・四・五第五行目でも、連続した文脈の中でエウリュステウス誕生の一項が記されている。

④P. Oxy.二五〇二は約十五詩行を記載して中断している。しかしP. S. I.一三一(=メルケルバッハ図版三)はペロプスの娘の結婚について語っており、これがP. Oxy.二五〇二に続く叙述を継承していると考えるべき理由はある。その娘の子であるケライネウス、アンフィマコス両名の名前は、アポロドロス二・四・五第四行目(ワグネル校訂本六六頁)の記事と一致しており、かれらはエレクトリュオンの子供たちである。しかしP. S. I.一三一の第一―七行の間にはアルクメオン、オイディプス、ポリュネイケスなど、テーバイ伝説の重要人物らの名前の痕跡がうかがわれる。

この関連を説明するために、M.-W. は、ステネロスの娘アステュメドゥサがオイディプスの三番目の妻であったとする別の伝承[50]に基づいて、P. S. I. ではエウリュステウスの項に続いてその妹アステュメドゥサとオイディプスの家譜が述べられていたと推定している。アステュメドゥサ自身の名は『名婦』諸断片の中には現れていないが、P. S. I. 一三一の第一―七行の諸人物間の関係を説明できるのは、今述べたフェレキュデスに由来するという三番目の妻アステュメドゥサ説のみである。

⑤P. S. I. 一三一は、続いてペロプスの娘とエレクトリュオンとの結婚を語り、その間に生れた大勢の息子たちの名を列記している。その中のケライネウスとアンフィマコスの名がアポロドロスの記述の中にも見出されることは前節でも述べた。パピルス記載のノミオスは、アポロドロスではフュロノモスかリュシノモスに変形している。またパピルスの第一三行目の欠損部分は、アポロドロスのゴルゴフォノスに合致する。[51] しかしこれらの息子らはみな、海賊として名をはせていたタフォス人によって殺された。男の子を失った父エレクトリュオンの手元に残ったのは娘のアルクメネーただ一人であった。

⑥P. S. I. 一三一は、エレクトリュオン一族を潰滅の危機に追いこんだタフォス人について語るところ少なく、ただかれらがエキナイ(エキナデス)諸島から来て、牛の群の所有をめぐってエレクトリュオン一族と争ったと語っているにすぎない。もっとも、アポロドロス二・四・五第二―三行目によれば、タフォス人はペロプスの娘リュシディケーの娘ヒッポトエーと海神ポセイドンの間に生れたタフィオスを祖とし、リュシディケーが相続権をもつペロプスの遺産をめぐって、ミュケナイ王エレクトリュオンと争うことになったらしい。この相続争いの経緯が『名婦』の中で詳述されていたのかどうかは不明である。しかしP. S. I. 一三一とアポロドロスの該当個所の記述と比較すると、リュシディケーという女性の立場を除いて、その他の細部におけるくいちがいは認められない(ただしP. S. I の第一一行目のリュシディケーは先述のとおり、ニキッペーと置換可能な律格上の形をもつ名前であるから、両記述の間に

差異は皆無と言うこともできる)。

⑦以上①から⑥まで、『名婦』の諸断片はヒッポダメイアとペロプスの三人の娘たちの結婚とそこに生じた各々の家譜を物語っている。そしてP. S. I. 一三一の最後の段落では、息子たちを失ったエレクトリュオンの手元にはアルクメネーという娘がひとり残された、という記述がうかがわれた。ここでもしアルクメネーの数奇な運命を語ることが『名婦』第四巻の主たる目的であったならば、このあとを直ちに受けて、『盾』第一行以下の内容が続いて語られても不自然さはなかったろう。しかし、『名婦』の叙述構成は、一族の系譜を、この作品自身が有するシステムに従って物語ることを主眼としていた。そのことは、P. S. I. 一三一の末尾からP. Oxy. 二三五五、同二四九四Aへと続く系譜の展開がはっきりと告げている。

ヒッポダメイアとペロプスの間には、三人の娘の他に幾人かの男子がいた。そのことはP. Oxy. 二五〇二の第三行目に記されていたし、またその他一般の伝承では隠れもない事実であった。『名婦』の作者は、三人の娘たちについて語ったあと、二人の息子アトレウスとテュエステスやその子供たちについて語る順序を選んでいる。『名婦』におけるそのような叙述構成はレダー三姉妹の場合にも用いられており[52]、息子らの家譜より娘たちの家譜が先行する例は、アゲノールの子供たちの場合にも認められている[53]。ヒッポダメイアから始まる諸系譜の場合にも同様の女性先行の配列が採られていることは、P. Oxy. 二三五五と同二四九四Aの示すところである。両パピルスの記載に現れているェエロペイア、メネラオス、アガメムノンの名前は『名婦』の叙述構成の一貫性を告げる証しであり、またそのシステムを前提として認めることによって、この段落における三人の名前の出現を全体的関連の中で理解できる。

アガメムノンとメネラオスの父はアトレウスではなくプレイステネスであり、アトレウスはかれらの祖父である、とヘシオドスは言っているという伝承は[54]、P. Oxy. 二三五五、同二四九四Aの第一—七行の字句によって裏付けることはできない。またアポロドロス二・四・六第五行目(ワグネル校訂本六七頁)によれば、エレクトリュオンの死後、その責を問われたアンフィトリュオンはアルゴス全土から追放され、かわりにステネロスがミュケナイとティリュンスの統治権を握り、ミディアの支配をアトレウスとテュエステスに委ねたと記されているが、この伝承が『名婦』の叙述に依拠するものか否かを、現在の断片から究めることもできない。

以上は、『名婦』の中でのアルクメネーの系譜的位置づけを明確にするためのものである。その結果は、ローベルや、M.-W. の資料と推論を詳細に再検討し、かれらの成果をおおむね追認する域を脱するものではない。しかしここで私たちはさらに一歩すすめて、上によって明らかになった情況と、『盾』一―五六の内容的関連を明らかにしたい。すなわち、以上で述べた〝アトラスの娘たち〟とりわけヒッポダメイアの娘たちの系譜的関連が、『盾』一―五六が語る出来ごとを理解するために必要であること、それが前提として了解されることによって、アルクメネーとアンフィトリュオンの運命、ひいてはヘラクレスの宿命について、新しい解釈の道が開かれることを、以下において順を追って説明したい。

『盾』第一行の ἢ οἵη については、最後に論じたい。ここでは先ず、アルクメネーがアンフィトリュオンと共にテーバイへ行ったこと、そしてアンフィトリュオンがテーバイ人に嘆願者として救いを求め、保護された（第一―一三行）ということを内容的に取り上げてみる。アルクメネーの亡命の動機は、アンフィトリュオンを心の中で夫として敬っていたから（第九―一〇行）であり、他方アンフィトリュオンの亡命動機は、アルクメネーの父エレクトリュオンと牛の問題で争いとなり、これを殺害するに至ったから、とされている。しかし『盾』の中を見る限りでは、なぜかれらがアルゴスを捨て、テーバイを亡命の地に選んだのか、その理由は語られていない。[55] しかしこの事件は、『名婦』の中のヒッポダメイアの娘たちを巻きこんだ出来ごととして語られており、その文脈に戻してみると、二人がテーバイを目指して落ちていったことは当然の理由があったと思われる。なぜならば、三人の娘のひとりアステュダメイアの子アンフィトリュオンは一家離散してアルゴスを去らねばならない、二人目のリュシディケーとエレクトリュオンの一家も潰滅し、残るはアルクメネーただひとりである。[56] 三人目の娘ニキッペーの一家のみがアルゴス地方に残るわけだが、ニキッペーの娘アステュメドゥサはすでにオイディプスの三番目の妻となっていることが、これまでの系譜の展開の過程で語られている。[57] 殺人の穢れのために故郷アルゴスを去らねばならなくなったアンフィトリュオンとアルクメネーが、アルゴス以外の土地で頼っていくことのできるのは、――すくなくとも『名婦』第四巻の系譜的枠組の中では、テーバイに嫁したかれらの従妹アステュメドゥサのもと以外にはない。もちろんこれは、系譜的叙述の枠組それ自体が、説明的機能をもつという前提の上に立つ理由づけにすぎず、歴史的真実がどうであったかは問うところではない。しかし古代人にとっては、系譜を語ることがかれらの神話・伝説を語ることと殆んど同一であったのみか、出来ごとを系譜的人間関係によって理由づけ説明することが、歴史を解明する一つの真実の道とされていたことも忘れてはなるまい。[58]

次に『盾』の第一五―二〇行では、アンフィトリュオンはアルクメネーの兄弟たちの仇を討ち、タフォス人やテレボア人を倒してその村々を焼きはらうまでは、妻となるべきアルクメネーに触れてはならぬという戒めを受けており、神々がそれを見届ける証人であった、と語られている。アルクメネーの兄弟たち(＝エレクトリュオンの息子たち)とタフォス人たちとの経緯は、この個所だけを見れば唐突であり真偽のほども確かめられないけれども、これはすでにリュシディケーとエレクトリュオンの一族の家譜物語において詳述されている。『盾』の冒頭部の情況は、これをヒッポダメイアの三人娘の系譜詩というコンテクストに置いて語っている作者にとっては、長い説明を必要とすることではなかったのである。

しかし、従弟たちの仇討を遂げない限りは従妹との結婚を認めないという条件は、誰が、なぜアンフィトリュオンに課し、それを見届けるために神々を証人に立てたのであろうか。この事情は、『盾』の中だけで触れられていて、現存の『名婦』断片の中からは詳しい経緯を知ることはできない。しかし、この要求の背後にありえた事態は、三姉

妹の系譜物語の流れを追うことによって、かなり明確に推定することができる。(59)

エレクトリュオンがタフォス人との戦いで息子らを全部失った後、その王国の後事を託すことの出来る人物は、系譜詩が語る限りではアルクメネーの配偶者以外には誰もいない。そもそもかれの王国の由来を尋ねれば、男系始祖のペロプスもペルセウスも外来者である。オイノマオスの所領は娘ヒッポダメイアに、その後はヒッポダメイアとペロプスの間の三人の娘たちへと伝わったと思われる。そこで、エレクトリュオンが息子たちを失ったとき、相続人アルクメネーの配偶者としてアンフィトリュオンを選んだ理由としては、『名婦』諸断片は直接的には証言していないけれども、系譜そのものが次のような類推を許している。すなわち、先ずペルセウスの子である三人兄弟の血を引くものの中でただ一人の男子であること(ステネロスの子エウリュステウスはまだ生れていない)、しかしおそらくそれ以上に強い理由として、オイノマオスの娘ヒッポダメイアの三人の娘たちの系譜に連なるただ一人の男子であることが重きをなしたと考えられる。というのは、ヒッポダメイアとペロプスにはテュエステス、アトレウスという息子たちもいた。しかしその二人がペロプスの遺領において支配権を掌握することができるのは、アンフィトリュオンもアルクメネーも他国へ亡命し、ニキッペーとステネロスの子エウリュステウスも、アッティカでヘラクレスの子らの手にかかって果てて、ヒッポダメイアの三人娘の家系がアルゴスにおいて根絶したのちになってのことなのである。事態がそこに至る以前の情況において、アルクメネーの配偶者として、ヒッポダメイアの娘アステュダメイアの子アンフィトリュオンが選ばれた系譜上の理由は、そのようなものであったと考えられる。しかしアンフィトリュオンは、アステュダメイアとアルカイオスの所領の相続人でもあり、アルクメネーの配偶者となれば、ヒッポダメイアの三人娘の相続全体の三分の二を支配下に置くことにもなり、したがってアンフィトリュオンとアルクメネーの結婚が親族全員をはじめ近隣諸部族の間で認められるためには、まずかれがこの広大な支配地を掌握しうる、王者の力を顕示しなくてはならない。そこでエレクトリュオンは、娘聟の候補者アンフィトリュオンに対して、息子たちの仇討完遂という条件を課したものと考えることができる。古代ギリシァの伝説には苛酷な聟選びのエピソードが数多い。オイノマオスも娘ヒッポダメイアの聟選びには残酷な馬車競技を用意したと伝えられるし、テュンダレオスも娘ヘレネーの聟を選ぶ際には周到な条件を課したことで知られている。(60)

『名婦』が織りなす系譜叙事詩の人間関係を背景において、『盾』の冒頭部が点描する情況をとらえなおしてみると、血縁、所有、相続などに絡む眼に見えない糸が浮び上り、物語の生地が鮮明度を増してくる。しかし同時にこれによってアンフィトリュオンとアルクメネーの恋と逃避もあわれさの陰を濃くする。アンフィトリュオンはアルクメネーの父を殺害した咎で亡命を余儀なくされた後も、自分に課せられた結婚の条件を充たそうとする。それも、アルクメネーを妻として愛する、それだけのために、ということが、系譜的背景から浮び上る。(61)かれにとっては、エレクトリュオンの遺産相続人としてのアルクメネーは存在しない。自分の手でかの女の父を殺めてしまったのであるから。またアルクメネーも、女神と美しさを競う容姿をもちながら、ひたすら夫となるべきアンフィトリュオンの後を追って故国を捨てる。(62)かの女にとっても愛慕の情以外には、父を殺めた男と運命をともにするべき理由は何もない。かれら二人の相思の道行きは、『名婦』第四巻の華麗な王朝系譜詩との対照的配置によって、心情の世界に聴くものの読むものの想像をいざなう。(63)

アンフィトリュオンがみごとタフォス人らを撃破して、アルクメネーとめでたく夫婦の契りを結んだその夜、一瞬先んじて神々の父ゼウスがひそかにアルクメネーのもとに忍んで姦通をとげたという段落(『盾』二七―三八)は、もとは一人の女性を神と人間が共有するという、ギリシァの伝説では類例の少なくない豊饒神話の一つである。しかし後世のギリシァ、ローマ人はこれを一つの単なる笑話として興じた向きがある。前四世紀のシケリア喜劇の種になり、ローマではプラウトゥスの観客を抱腹絶倒させたのも、姦通者ゼウスの姿であった。他方またヘシオドスの不届きな神観に対して、大真面目な批判の矢を放つ哲人思想家たちも続々と現れている。(64)いずれもギリシァ、ローマ思潮の特記すべき現象であるが、しかしゼウスとアルクメネーの話とその結果誕生したヘラクレスの生涯を、再びその本来のコンテクストに戻して『名婦』の叙述構成のもとに置くとき、これは笑いや批判とは別の理解をいざなうものとなる。

アンフィトリュオンやアルクメネーのように、故国を捨て他国に難を避けることを余儀なくされた者の場合、その旧領地は没収されるか、あるいは故地に留まっている一族の誰かの管理下に置かれることになる。かれらの場合にはそれがステネロスとその子エウリュステウスのものとなったことは伝説上の事実である。すると、アンフィトリュオンとアルクメネーの間に生れるべき子供は、両親の旧所領を遺産として、ステネロス一族から返還を求めることが出来たであろうか。ギリシァの伝説の中には、これに類するエピゴノイ(後裔たち)の旧地請求と奪回戦の話が、判でついたようにきまった形で幾度となく繰りかえされているのを見る。請求権が認められるかどうかは、結局のところ当事者間の力関係による場合が多い[65]。たとえ話し合いが可能であっても、復権請求者の側は、相手側が要求する無理難題を受けいれこれを克服しなければ、旧地の復活は望みがたいのが通例であった。

アンフィトリュオンとアルクメネーの子ヘラクレスはまさにその典型的境遇に耐えた人間である。エウリュステウスの法外な要求を甘受して苦難に耐え忍ぶヘラクレスの姿は英雄的と言われようけれども、いくら耐えても、アルカイオスからの父の旧領も、エレクトリュオンから母が継ぐべきミュケナイ王国も、かれの手には戻るべくもなかった。ヘラクレスの姿には、地上のものを克ち取るために生涯払い続けた労苦の代償があまりにも大であり、人々に施した恩恵が絶大であり、しかもかれ自身がそれにもかかわらず最終的に地上で得たものは、結局のところ皆無に等しかった、というパラドックスが焼きついている。ゼウスが神の王国にかれを死後になって迎えいれたという結末談は、地上の労苦に意味を与え人間の苦しみに救いを与えるものであろう。しかしこの形而上的な救済を、もう一度地上に戻してヒッポダメイアの三人の娘らの、所有と相続の絡みの連鎖の中でとらえなおして見る必要がある。地上の王国の所有をも越える、新しい王国の相続人たる人間の誕生を、系譜詩という伝統的叙述構成の中で歌うことが、『名婦の系譜』という叙事詩が到達を目指した一つの目標であった可能性が見えてくる。ゼウスが人間の女と交り、人間の種族の父となったという古い民話的なモティフは、『名婦』の中で連綿と繰りかえされ、ついにゼウスがアルクメネーと交ってヘラクレスの父となるとき、笑いや顰蹙ではない、人間の真実を語ることになる。地上の所有と相続の連鎖を越えて、人間自身の価値を体現する一人の英雄の誕生を、系譜という形の人間の歴史の中に位置づける、新しい試みがここに認められてよいだろう。

最後に『盾』第一行の *ἠ' οἵη* の機能についての考察を述べてこの節を終りたい。すでにたびたび論及したP. S. I. 一三一(M.-W. 一九三)の第九行目の欠損部分の補修として、かつてヴィラモヴィッツは *ἠ' οἵην εἰς* 〝*A pros* という読みを提案している。[66] これに対してメルケルバッハは、*ἠ' οἵη* という句は、神の愛を受けいれた人間の女性のみに限られた導入的定形表現であるから、エレクトリュオンとヒッポダメイアの娘との結婚について用いられたはずはないと反論している。[67] メルケルバッハの見解は、その後P. Oxy. 二四九五断片一六第二欄(M.-W. 五八)の第七―九詩行においてフォコスの妻となるアステロデイアの場合に *ἠ' οἵην* が使用されている実例が発見されるに及んで、[68] その根拠を奪われた観がある。しかしながら、『名婦』の主題が〝神々と愛の語らいを交した女人の族を歌う[69]〟ことにあったことは確かであり、その際に、〝さらにまた……のような女性を〟(*ἠ' οἵη*)という関係句を適宜用いて、エピソードを羅列することも出来たわけである。しかしながら、アルクメネーの系譜をいま一度ふりかえってみると、すくなくとも諸断片から読み取れる限りでは、[70] アトラスの娘アステロペー以降この一族の系譜の中には、神の寵愛を受けて子供を生み残した女性はアルクメネー以外には他に一人も発見することができない。したがってこの系譜について知られている限りでは、*ἠ' οἵη* は神の妻となった女性を系譜に登場させるための導入句であるというメルケルバッハの見解は、妥当性をもつと言えよう。

この見解はまた、私たちが先に指摘した、*ἠ' οἵη* の機能と矛盾するものではなく、相互に補完するものである。[71] 一族の数世代にもわたる歴史の上で、地上から永遠の所有にむかって翔け昇る英雄の誕生を歌うとき、その母となるべき娘が ἢ οἵη という導入句とともに系譜詩に登場する。レデーたち三姉妹も、ポルタオンの三人の娘たちも、そのような母となるべく登場していたし、今私たちの前にいるアルクメネーもまたその一人である。人間の姿をかりて稀に発現する神にも似たる資質は、まさしくいずれかの神から ἢ οἵη の女人たちの胎内に授けられたもの、それが『名婦』の作者の考えであったにちがいない。人間の系譜の中に生を享けながらその系譜を超克するような、新しい人間を生みだした女たち、それが『名婦』の女人群像であった。

三　『盾』一―五六の言語表現について

『盾』冒頭部を構成する最小単位を、そこに現れる個々の単語であるとすれば、それらの殆んど全ては現存のホメロス叙事詩や讃歌群と共通の叙事詩語彙から成っている。ホメロス諸作品にはなく『盾』一―五六のみにある固有の語の数は少なく、Ἠλεκτρύων(三)、Τηλεβόαι(一九)、Ἀλκαῖος(二六)、Τυφαόνιον(三二)、Φίκιον(三三)、Ἠλεκτρυώνη(三五)の固有名詞の他に、φερεσσακής(一三)、ἐρίμερος(一五)、εὔσφυρος(一六)、κώμη(一八)、διάκειμαι(二〇)、τόθεν(三二)、ταναίσφυρος(三五)、ἐκτολυπεύω(四四)、δορυσσόος(五四)の単語が数えられるにすぎない。もし現存するよりさらに多くの〝ホメロス〟が湮滅を免かれて残っていたならば、右の単語数はさらに少なくなっていたにちがいない。上記の十五単語の中から、ヘシオドスの両作品や『名婦』諸断片に共通する語を差し引くと、『盾』一―五六のみに現れる固有の単語は、Τυφαόνιον と Φίκιον という二つの固有名詞と、διάκειμαι, τόθεν, ἐκτολυπεύω, δορυσσόος の四単語にすぎない。二つの固有名詞は、テーバイ近辺の神殿名と丘陵名であって、おそらくアルクメネー伝説に結びついたものであろう。ἐκτολυπεύω はホメロスの τολυπεύω に接頭辞 ἐκ- を附したものであり、δορυσσόος も、ホメロスの λαοσσόος などと同類の -σσος との複合語であり、枕言葉としての派生は容易に説明できる。残る二単語 *διάκειμαι* と *τόθεν* は、初期の叙事詩群の中にはそれらの用例はないけれども、あまりにも無色に近く、これら二語をもって『盾』一—五六の語彙の特色を語ることはできない。なお *φερεσσακής* については下記一三の項を参照されたい。以上をまとめれば、『盾』一—五六中の個々の単語を見る限り、それらは基本的に初期ギリシァ叙事詩の語彙と異なるものではない。

『盾』一—五六の言語表現の特色は、すでに叙事詩の慣例的語彙として定着している言葉やフレーズを、他には稀な、あるいはまったく例外的な組合せによって用いていることである。『イリアス』『オデュッセイア』『神々』『農』『ホメロス讃歌』などの言語表現に通暁している『盾』冒頭部の作者は、それらの単語やフレーズを分解して、新しい結合の要素に化している。別の言い方をすれば、かれの詩法は、初期叙事詩の厳密な定形句の技法にかなりの程度依存しながらも、言語表現の単位を定形句ではなく、定形句を構成する単語のレベルでとらえなおしている。定形句詩法を模しながら、口誦詩法ではない、いわば〝単語詩法〟への志向を見せており、imitatio cum variatione（変形模倣手法）とも oppositio in imitando（模倣的対比手法）とも称しうる意識的詩法である。これはヘシオドスから始まり、ヘレニズム時代の叙事詩人にいたるまでの、叙述技法の一貫した傾向であるが[72]、言葉が文字に定着していく過程に伴って生じた随伴現象としてとらえなおすこともできる。『盾』一—五六は、その過程の比較的初期段階での、一つの成果を表わしている[73]。以下において、その作詩過程の逐一を検討してみよう。各項の頭の数字は『盾』の行数を表わしている。また、対比のための文献引用に際しては適宜、省略記号を用いることをお許し願いたい。

一　*ἠ οἵη* については上記六一頁以下参照。*προλιποῦσα* に対応する男性形分詞は『イリアス』（以下 Il. と略記）に一度、『オデュッセイア』（以下 Od. と略記）に三度用いられているが、このような女性形分詞は両叙事詩にはなく、『アフロディテー讃歌』（以下 h. V. と略記）六六にあるのみである。しかし『名婦』諸断片の中では、M.-W. 断片四三(a)

の六六、一七六の三、一七六の五、『盾』一の、四回の用例がある。『名婦』の女性はしばしば家や夫を捨てるからである。*δόμους καὶ πατρίδα γαῖαν* という表現中の *δόμους*(「家」の複数対格形)はホメロスでは、*δόμους εὖ ναιετάοντας* と *Ἀΐδαο δόμος* という二種類の定形句表現に定着しているが、その他の組合せでは使われていない。『盾』の作者は、*δόμους* だけを切り離し、これとまた別の *πατρίδα γαῖαν* というホメロス定形句とを結合している。このフレーズに含まれている四つの単語に新味はないが、四単語のこの組合せは、他に例を見出すことができない。

二　*ἤλυθεν ἐς* は慣例的用法である。*Θήβας* の語形は六脚詩のどの位置でも用いることができ、枕言葉を伴なう場合伴なわない場合の比率はほぼ半ばする(下記**四九**の項を参照)。

ἀρήιον Ἀμφιτρύωνα について。アンフィトリュオンはホメロス叙事詩とは縁が薄い。ただ、『オデュッセイア』第十一巻の冥府記述第一段には、『名婦』の記述と措辞、内容ともに酷似する一節が含まれており[74]、アンフィトリュオンの名はその二六六、二七〇に、アルクメネーとの関連で言及されているのみで枕言葉は伴なっていない。『盾』における枕言葉 *ἀρήιον* は、ホメロスの *ἀρήιον Ἀστεροπαίου, ἀρήιον Ἰδομενῆα* と行内等位置で用いられており、これらからの借用かと思われる。

『盾』第二詩行は、措辞の面ではすべて伝統的詩法に依存している印象が強いが、*ἢ οἵη* に始まる文章は、第二詩行を経て第三詩行目初頭のアルクメネーの名が現れるまで意味を完全に伝えるものとはならない、いわゆる多行間構文(enjambement)を形作る。初期ギリシァ叙事詩群の中で、『盾』冒頭部五十六詩行は、そのような構文の詩行の比率がきわだって高いことが統計的に明らかにされている[75]。とくに『盾』二―三の構文的連なりの中で問題となるのは、通例許容されている行間の hiatus を、ここでは *Ἀμφιτρύωνα/Ἀλκμήνη* という二語を意図的に選ぶことによって、二つの名前の連なりと(音声的)切断を表現する手段としている点であろう[76]。

三　*λαοσσόου* について。この語形の単語を bucolic diaeresis の直前の行内位置で用いることは、ホメロスにおいても慣用となっている。

四　*ἦ ρα* は伝統的句法である。

γυναικῶν φῦλον 二語それぞれに叙事詩の語彙に属するが、この組合せは、『名婦』の内容的特色を表わすものである。『名婦』諸断片中には以下の四例が、この組合せを用いているとされている。

(i) P. Oxy. 二三五四第一詩行(＝『神々』一〇二一、M.-W. 断片一)。*Νῦν δὲ γυναικῶν φῦλον ἀείσατε, ἡδυέπειαι* (/*Μοῦσαι*)

(ii) P. Oxy. 二四九五、断片一一(M.-W. 断片九六)。*εἴδει ἐ]καίνυτο φ[ῦλα γυναικῶν* (修補はローベルによる)。

(iii) P. Oxy. 二五〇三、第一〇詩行(M.-W. 断片一八〇)。] *εἵνεκ' ἄρ' εἴδει ἐκαίνυτο[φῦλα γυναικῶν* (修補はローベルによる)

(iv) P. Oxy. 二四九八(M.-W. 断片二五一(a))。*Εὐαίχμην, ἣ εἴδε[ι ἐκαίνυτο φῦλα γυναικῶν* (修補はローベルによる)。

上記四例中、*φῦλα γυναικῶν* の字句が明確であるのは(i)のみであるが、他の三例いずれも定形句的表現であることは明らかであるから、ローベルの修補の妥当性は認められてよい。『盾』第四詩行は、『名婦』の主題であり、またその中での定形的リフレインを、新しいエピソードのヒロインの登場と共に用いている。

φῦλον ἐκαίνυτο について一言すれば、(i)―(iv)の諸例から、これが『名婦』に特有の句であることが判るが、同時に *ἐκαίνυτο* という不完全過去形は『名婦』と『オデュッセイア』を近づける要素でもある。この動詞の完了、過去完了形は『イリアス』に頻出するが、不完全過去形を用いた句法は発見できない[77]。これに対して『オデュッセイア』では三度、不完全過去形があり(ただしそのうち二度は接頭辞 *ἀπ-* を伴なう *ἀπεκαίνυτο*(同書八・一二七、同巻二一九)であるが)、他の一例(三・二八二)は、*ὃς ἐκαίνυτο φῦλ' ἀνθρώπων* であって、『名婦』の諸例と好一対をなしている。『オデュッセイア』のこの段落周辺は、ホメロス叙事詩中でも他の叙事詩からの混入度の高い部分であるか

ら、借用者は『オデュッセイア』であった可能性も否定できない。

γυναικῶν……θηλυτεράων について。ホメロスの慣例では両語の属格形は間に語をはさむことなく直結されて詩行末尾に置かれている。『盾』第四詩行の語順は、ヘンズワースの提唱する〝伸縮性〟flexibility の原則[78]による展開と見ることもできるし、あるいはまた、意識的変形表現とも見える。しかし上記（i）―（iv）の諸形と対比考察するとき、『盾』第四詩行は、『名婦』固有の定形的表現と見るのが正しいと思われる。

五　εἴδεΐ τε μεγέθει τε について。ホメロスの数多い用例においてはつねに εἶδός τε μέγεθός τε という限定的対格表現が定着しており、『盾』第五詩行がこれを（方法・手段の、もしくは当該局面表示の）与格形に変化させて用いる必要性は、文法や律格の要請から生じたものではない。これは詩人個人の意識的変形への趣向による変形というよりも、『名婦』に固有の定形句表現として εἴδεΐ τε μεγέθει τε という与格形が ἐκαίνυτο という動詞との関連において定着していたことを示していると考えたい。

νόον γε μὲν οὔ τις ἔριζε について。〝容姿も背丈もひとより秀いで〟εἶδός τε μέγεθός τε という句の後で〝さてまたそれにも劣らぬ心ばえを胸にもち〟ἰδὲ φρένας ἔνδον ἐΐσας と同一の詩行の中で並列的に継ぐのも叙事詩の慣例である。ファイエケス人の王妃アレテーがオデュッセウスについて語るとき（Od. 一一・三三七）も、オデュッセウスが妻ペネロペーについて語るとき（Od. 一八・二四九）も、そのような詩行構成をとっている。『盾』冒頭部の詩人も、基本的には同じ発想の形に従っているが、しかしかれは容姿、背丈、心ばえをホメロスのように一詩行の中で並列的に語ろうとはせず、容姿、背丈までは第四詩行から第五詩行のカエスラ caesura までの構文で語り、心ばえについては、そこから第六行目の終りまで連なる構文で語る。このとき、一平面に並べられていたホメロス風美徳のリストは、二つの息使いに分離され、その間に明白なトーンの違いを生みだしている。νόον γε μὲν οὔ τις ἔριζε の γε μὲν についてデニストンは progressive (or weakly adversative) であると評している（『ギリシァ語小辞研究』三八七頁⑵）。しかしこの二つの構文間のトーンの違いを、τε μέν という小辞の問題だけに限定することは充分ではない。『盾』冒頭部の詩人が、ホメロスの並列文を自分の息使いで語り直そうとしたとき、次のような二行の別々の句法が念頭に交錯して、第五詩行目の後半の構文となったのであろう。

(a) αἷμα μέλαν κελάρυζε' νόος τε μὲν ἔμπεδος ἦεν(Il. 一一・八一三)

(b) μουνὰξ ὀρχήσασθαι, ἐπεί σφιαν οὔ τις ἔριζεν(Od. 八・三七一)

(a)は肉体の毀傷との対比における、気丈さを強調し、(b)は大勢の中でのただひとりの人間の技量の秀いでたことを強調している句である。『盾』四―六において詩人は、右の(a)と(b)とをあわせたものを、アルクメネーの姿と心ばえの叙述にこめようとしている。ここには明白に意識的な variatio があると見做すべきであろう。言葉から文字への流れは多層的であり、文字に向う流路整理は、詩人の表現意図によって取り運ばれている。

六　τάων ἃς は定形的句法である。

θνηταὶ θνητοῖς…εὐνηθεῖσαι について。系譜詩もしくは叙事詩内の系譜的叙述における慣用表現として、θεὰ βροτῷ εὐνηθεῖσα(Il. 二・八二一、h.V. 二五五)、γυνὴ θεῷ εὐνηθεῖσα(Il. 一六・一七六)などがあるが、『盾』第六詩行では、人間の男女の交わりが言われており、同種族間の表現としては θεὰ θεῷ εὐνηθεῖσα(『神々の誕生』(以下 Th. と略記)三八〇)に近い。しかしこれらの句はみな、系譜的叙述における定形措辞であろう。

七　τῆς καί は、定形句法である。

ἀπὸ κρῆθεν について。叙事詩において、〝頭から〟を表わす本来の表現は κατ' ἄκρης であった。しかし『イリアス』や『オデュッセイア』において、早くもこれが κατακρῆθεν(Il. 一六・五四八、Od. 一一・五八八)という曖昧な別形を生みだしており、その語が誤って区切られて、κατὰ κρῆθεν(Th. 五七四、『デメテル讃歌』(以下 h.C. と略記)一八二)という異様な句が生じた経緯はロイマンによって明確に跡づけられている。[79]『盾』第七詩行の ἀπὸ κρῆθεν は、ヘシオドスの『神々』や『ホメロス讃歌』においてすでに定着している κατὰ κρῆθεν という誤記表現を、さらに改新しようとしたものである。『盾』冒頭部の作者がこのような変則の上に変則をあえてした理由は次のごときものかと思われる。

『盾』第七詩行と酷似した句として、ヘシオドスの『神々』からの一詩行、τῶν καὶ ἀπὸ βλεφάρων ἔρος εἴβετο δερκομενάων（九一〇）が知られている。『盾』第七詩行では〝瞼（まぶた）〟を表わす中性名詞 βλέφαρον が、ただこの個所だけで例外的に女性名詞であるかのごとくに、女性語尾をもつ形容詞 κυανεάων を伴なっていることが[80]、従来より学者の注意を引いてきた。そこでレオ F. Leo は、『盾』の詩人が『神々』九一〇の構文を誤解したことから、〝瞼〟の女性形が生まれたのである、と説明した。すなわち、『盾』の詩人は、〝見つめる〟という女性複数属格形の分詞 δερκομενάων が、正しくは詩行冒頭の指示代名詞の補語として解されるべきであるのに、誤ってこの分詞が、〝瞼〟を修飾しているものと考え、分詞が女性語尾を有しているところから、〝瞼〟という語は女性名詞であると思いこみ、その誤解どおりに『盾』第七詩行では、この名詞を修飾する形容詞に女性語尾を附したのである、とレオは解説した[81]。

さてこのレオの説が妥当なものであるとすれば、『盾』の詩人に高い評価を寄せることにはならないけれども、しかし当時の作詩家にとっては時には文法的整合性よりも、言葉の響きの方が、強い呪縛性に似たものを有していたということの証しとなろう。また、ひるがえって『盾』第七詩行の τῆς καὶ ἀπὸ を用いた動機についても、レオの説から示唆を得ることができる。『神々』第九一〇詩行の τῶν καὶ ἀπὸ がそのまま『盾』の τῆς καὶ ἀπὸ に引きつがれ、『盾』の詩人の理解では、独立した属格形の語として存在していた κρῆθεν が、その格支配下に置かれた、と思われるからである。その場合には、かれにとってはホメロスの κατάκρης, κατακρῆθεν という定形句は完全に（誤った形に）分解されていたと考えるべきであろう。また、『神々』第九一〇詩行の作者と『盾』第七行の作者は別人であったと考えざるを得ない。

八　*τοῖον...οἷόν τε* という関連句はホメロス叙事詩の慣用である。しかし *ἄητο* の比喩的用例はきわめて稀で、*δίχα δέ σφιν ἐνὶ φρεσὶ θυμὸς ἄητο*(Il. 二一・三八六)を見るのみである。しかしヘシオドス、『讃歌』、『名婦』など、ホメロス以降と見られる叙事詩の文脈では頻繁に用いられており、〝吹きよせる〟動詞 *ἄημι* の主語となっているのは *χαρίεν εἶδος*〝美しき容姿〟(M.-W. 断片四三(a)七四)であったり、*χάρις*〝美しさ〟(Th. 五八三)であったり、*κάλλος*(h.C. 二七六)であったりで、これら諸作が共有する語彙の中で定式化した比喩表現となっていたと思われる。ただし、他の諸例では *ἄητο* はつねに詩行末尾を占めているのに対して『盾』第八詩行ではこの語を第一—二脚にまたがる位置に置き、variatio を試みている。*πολυχρύσου Ἀφροδίτης* はヘシオドスの定形句的表現であるが(『農と暦』(以下 Er. と略記)五二一、Th. 九八〇)、『名婦』(M.-W. 断片一八五・一七)や、『ホメロス讃歌』(h.V. 一、同九)にも散見される。

九　*δὲ καὶ* は、『オデュッセイア』に用例が多い句法である(Od. 一八・三七一、三七六など、デニストン前掲書三〇五頁参照)。*ὡς...ὡς* は叙事詩における比喩導入の際の慣用句である。

κατὰ θυμὸν ἑὸν について。これと同一の語順による句は、現存諸作品中この個所以外には『農』第五八詩行に現れるもののみである。『農』第五八詩行の場合、*ἑὸν* が文法的数について不規則であるという理由によって、帝政期の文法家アポロニオスが特に指摘している用例でもあるので(『代名詞論』*de pronomibus* 一四三c)、『盾』の作者がそれを承知であえてこれと同一句を用いているとすれば、ヘシオドスの用例を範としたためと言われよう。しかしながら、文法家アポロニオスの批判の主旨は *ἑὸν* が単数所有者を表わし、複数所有者を表わす *σφέτερον* を代用することは出来ない(これについての再検討はシンクレア Sinclair の『農と暦』注解、第五八詩行注記を参照されたい)、というものであって、これは『農』第五八詩行に当てはまるが、『盾』第九詩行には該当しない指摘である。『盾』冒頭部の詩人の、語法、文法についての理解には、多々曖昧な点が多いが、単数複数の別についての拘泥があったとす

れば、『盾』第九詩行の *κατὰ θυμὸν ἐόν* の出典は『農』第五八詩行ではなく、この句が正しい語法で使われていた別の詩であった可能性が残る。

ἀκοίτην あるいは *ἄκοιτιν* は、叙事詩の措辞ではつねに詩行末で使われる慣行である。

一〇 『盾』の第七―八詩行は、アルクメネーの容姿の美しさを語るという内容において第四―五詩行の内容と重複するところがあり、また、第九―一〇詩行は、語句の上で第五―六詩行の繰りかえしが目立つ。簡潔な充足を貴び、同語反復を忌む古典主義に立つならば、第七―一〇詩行は、第四―六詩行の、別形の反復文(Doppelfassung)ではないかという疑いを避けがたい。しかし、今の課題は、原典から不純物を除去することを目的とする原典批評ではない。『盾』の措辞、詩法の特色を具体的に識別することを目途とする私たちの立場から見れば、第四―六詩行も、第七―一〇詩行も、Doppelfassung の結果そこにあるものであっても、両者とも互いに近接した、ホメロス以後の叙事詩の特色を共有していることが判れば価値あるものとなろう。すでに検討したとおり、第四―六詩行は、『名婦』の措辞の慣行をそのまま踏襲している(上記**四**、**五**の項参照)。第七―一〇詩行は、*ἀπὸ κρῆθεν, ἄπθ', πολυχρύσου Ἀφροδίτης, κατὰ θυμὸν ἐόν* の諸表現において、ヘシオドスの諸作や『名婦』との、語彙や表現法の共有関係を示唆するところが大きい。この Doppelfassung は、同一詩人かあるいは時代的にも技術的にも近接した同門の二人の作であろう。私たちにとって重要なことは、叙事詩の言葉が文字に定着していくとき、複層の流れが一つに合流していく場合(上記項目**五**)もあれば、今見ているように一つの流れが同時に二つの叙述の形に分流していく時もあり、今の場合にはその後者の具体例が正確に位置づけられる。

一一 *ἦ μέν.../...λιπὼν δ'* は叙事詩の定形的表現である(デニストン、前掲書二八七頁参照)。*πατέρ' ἐσθλόν* は『オデュッセイア』に頻出するが、『イリアス』においては見当らない。*ἀπέκτανεν* は、bucolie diaeresis の前で使われるのが叙事詩の慣例である。*ἶφι δαμάσσας* はホメロス叙事詩において使用頻度の高い分詞句である。

一二　第一〇―一二詩行の叙述においては、一般的に叙事詩の慣用的措辞、詩法と異なる特色は見出すことはできない。

一三　φερεσσακέας について。この語は、ここで初めてギリシァ語文献上姿を現わすものであるが、古い時代から継承されたものではないと思われる。φερες の複合形容詞は、ホメロス叙事詩以降のものであるらしく、『ホメロス讃歌』(φέρασπις『アレス讃歌』(以下 h.M. と略記)二、φερεσσανθής『讃歌三十』一四、φερέσβιος『アポロン讃歌』(以下 h.A. と略記)三四一、h.C. 四五〇、四五一、四六九)や、ヘシオドス(φερέοικος Er. 五七一、φερέσβιος Th. 六九三)などにその諸形が現れる。そしてその後 φερες の複合語は、前古典期諸流の詩人の語彙において急増していく(82)。しかしながら φερεσσακής が『盾』以後、古典期において用いられている痕跡は発見できず、ローマ帝政期末のノンノスの叙事詩において数回現れるのみである。

一四　ἔνθ' ὅ γε は叙事詩の慣用句、『イリアス』『オデュッセイア』に頻出し、『名婦』にもその用例を見る(M.-W. 断片一五六)。δώματ' ἔναιε もホメロス叙事詩の慣用的句であるが、一詩行中この位置で用いられている例はここ以外にはない。σὺν αἰδοίῃ παρακοίτι は『デメテル讃歌』三四三にも使われている、叙事詩の定形句。『盾』一〇―一三と同じく、第一四詩行の措辞は、おおむね叙事詩の慣用的ルールに従っている。

一五　νόσφιν ἄτερ φιλότητος ἐφιμέρου について。νόσφιν ἄτερ という組合せは、初期叙事詩人の中ではヘシオドスのみが使っている(Er. 九一、一一三。クラフト Krafft, Nr. 911 参照)。ヘシオドスは両回とも νόσφιν ἄτερ τε という形で、分離を表わす二つの属格支配の前置詞を小辞 τε で結んだ並列的表現を用いている。『盾』の詩人は、小辞 τε を欠く νόσφιν ἄτερ を一つの前置詞(句?)と了解していたのであろうか、これとヘシオドスの『神々』の第一三二詩行の πόντου, ἄτερ φιλότητος ἐφιμέρου の後半とを強引に結合させている。ἐφίμερος という形容詞が初期叙事詩群中で確実に使われているのは『神々』の第一三二詩行のみであるから、[83]『盾』第一五詩行の手本がそれであった可能性は大きい。

οὐδέ οἱ ἦεν について。意味上、類似する表現はホメロス叙事詩の中にも οὐδ' ἄρα τέ σφι κιχήμεναι αἴσιμον ἦεν(Il. 一五・二七四)、πάρος γε μὲν οὔ θέμις ἦεν(Il. 一六・七九六)などを見出すことができるが、『盾』第一五詩行と同一の形の句を見出すことはできない。『盾』の詩人の念頭において、おそらく οὐδέ οἱ αἰδώς(Il. 二四・四四の詩行末尾)と οὐδέ τῃ ἔστι(Il. 二四・七一の詩行末尾)のごとき定形句的表現の幾つかが分解と再融合を生じ、他に例のない句に結合したのであろう。優れた表現とは言い難い、しかしこのような句法に遭遇するたびに私たちは、『盾』の詩人が、パリー学説の言うタイプの口誦詩人ではなく、口誦詩の措辞や句法を幾つも心に思い浮べながら、言葉を文字に定着させようとしている、〝書く詩人〟であったという印象を受ける。

一六　πρὶν...πρίν γε は、叙事詩における慣用表現である。

λεχέων ἐπιβῆναι は、意図的な variatio である。『イリアス』『オデュッセイア』において寝所を共にする行為の慣例的(定形的)表現は、εὐνῆς ἐπιβήμεναι(Il. 九・一三三など)あるいは ἐπιβήμεναι εὐνῆς(Od. 一〇・三四〇、三四二など)であって、εὐνή の代りに λέχος が用いられているのは、それらの叙事詩以後の『アフロディテー讃歌』第一六一詩行の οἱ δ' ἐπεὶ οὖν λεχέων εὐποιήτων ἐπέβησαν において一例があるにすぎない。ヘシオドスでは、『神々』『農』を通じて上記の意味で ἐπιβήμεναι が用いられている例はない。他方また現存の『名婦』諸断片において、次の表現が定形的に用いられている。

ἱε]ρὸν λέχος εἰσαναβαίνων(M.-W. 断片二一一・一〇(=Th. 九三九))

ὁμὸν λέχος εἰσαναβῆναι(M.-W. 断片一二九・七、同二一(?)(=Th. 五〇八))

θαλερὸν λέχος εἰσαναβᾶσα(M.-W. 断片二五・三五、同二六・八)

ἐπιβαίνω ではなく、εἰσαναβαίνω が同様の文脈で用いられていることは、断片一八〇・一一や、同一九三・一二からもうかがわれる。『盾』第一六詩行の表現は、『アフロディテー讃歌』と語彙を共有しているが、叙事詩の措辞としては稀な組合せを選んでいることが判る。

εὐσφύρου はホメロス叙事詩にはない枕言葉であるが、ヘシオドスの『神々』第二五四詩行、同第九六一詩行に用例がある。

一七 φόνον τείσαιτο(＋属格)は、『イリアス』一五・一一六、二一・一三四、『オデュッセイア』二四・四七〇にも見られる慣用的表現である。

κασιγνήτων μεγαθύμων の組合せはこの個所以外には例を見ない。μεγάθυμος はホメロス叙事詩ではつねに詩行末尾を占め、部族名の枕言葉である(Il.二・六三一、一〇・二〇五、九・五四九、Od.三・三六六)。『盾』第二五詩行の Φωκῆες μεγάθυμοι はその慣用に従っている。これが個人名の枕言葉として使用されているのは、ヘシオドス『神々』第七三四詩行と『盾』第五七詩行である。

κασίγνητος はホメロス叙事詩においては、枕言葉は φίλος に限られているが、例外的に ὁμογάστριος を伴なう個所(Il.二四・四七)が一度だけある。またこの語の属格複数形は『イリアス』六・四五二をただ一度の例外として他に殆んど見出すことができない。『盾』の詩人は、ホメロス風の単語を使って第一七詩行でも、まったく他に例のない variatio を創出しているのである。

一八 ἧς ἀλόχου(Od.二三・一六五、三四六)あるいは ἧς ἀλόχοιο(Il.二一・二九二、二四・三〇五、Od.三・二三五)は、叙事詩の慣用例は数多いが、『盾』第一八詩行のごとくに詩行冒頭に置かれて、先行する詩行内の語と属格関係を結んでいる例は他にない。

μαλερῷ...πυρί という形容詞・名詞の結合はホメロス叙事詩の定形句であるが(Il.九・二四二、二〇・三一六、二一・三七五)、ヘンズワースの唱える〝伸縮性〟のルールに従って二語が分離分散して使われている例はこの個所以外に見当らない(上記**四**の項参照)。

καταφλέξαι は叙事詩の語彙に属する(Il. 二二・五一二)。

κώμη は、ホメロス叙事詩には見出されないけれども、ヘシオドス(Er. 六三九)や『名婦』(M.-W. 断片四三(a)・六二)と共通の語彙に属する(シュヴァルツ J. Schwartz, *Ps.-Hesiodeia.* 二七四頁参照)。

一九　*ἀνδρῶν ἡρώων* は叙事詩定形句である。ホメロスでは〝猛き武夫たち〟という意味で、登場人物すべてを指す言葉であるが、ヘシオドスでは意味が転化して〝半神〟あるいは祀られている〝英雄神〟を表わしている(Er. 一五九、一七二)。しかし『盾』の、第一九、三七、七八詩行では再びホメロスと同じ内容を表わす。ヘシオドスの用例は、叙述内容の違いから、あるいは語り手の詩人の立場の違いから、ホメロスや『盾』の用例とは異なる対象を指し示すことになったのであろう。

二〇　*τὼς γάρ οἵ*(=Th. 八九二)は、『盾』第二一九詩行、同四七八詩行の *τὼς γάρ μιν* と同様に、ホメロス叙事詩には例のない組合せである。

διέκειτο という動詞も、『盾』が含む数少ない例外的な単語である。叙事詩の用例は皆無であり、前古典期の抒情詩の中でもただ一例、サッフォーの断片中に *διάκηται* という形で存在するにすぎない(『レスボス詩人断片集』断片三・九詩行目)、前五世紀散文作者がこの語を多用していることからも、これは日常的、非詩文的語彙に属したものと推察される。『盾』の詩人がこれを選んだ理由は不明である。

θεοὶ δ' ἐπιμάρτυροι ἦσαν について。『イリアス』(七・七六)、『オデュッセイア』(一・二七三)などで誓いを立てるとき、当事者は〝神々よ御照覧あれ〟という意味の、*θεοὶ δ' ἐπὶ μάρτυροι ἔστων* とか、*Ζεὺς δ' ἄμμ' ἐπὶ μάρτυρος ἔστω*(=M.-W. 断片七五・一七)とかの言葉を慣例的に口にする。『盾』の詩人は右の命令(祈願)法による慣用句を、

直接法に転用して第二〇詩行で使っているが、このような例は、初期叙事詩群の中では他に発見できない。叙事詩の中では副詞としての *ἐπί* を伴なった *ἐπὶ μάρτυρος ἔστω* が音声的結合の結果 *ἐπιμάρτυρος* という複合名詞を生み出したのは遅く見ても前五世紀である。パピルス資料や写本に基づく本文伝承においては、『盾』第二〇詩行の場合のように、後世の複合名詞の形を伝えているものが多い(ロイマン、七一頁参照)。

二一 *τῶν δ᾽ ὀπίζετο μῆνιν* のように、*τῶν* が詩行の最初に使われるのは叙事詩の慣例である。しかし第二一詩行のような語の組合せによる句法は他に例を見ない。ヘシオドスでは、ホメロス慣用表現そのままの *θεῶν ὄπιν οὐκ ἀλέγοντες*(Er. 二五一)、あるいは *οὐδὲ θεῶν ὄπιν εἰδότες*(Er. 一八七)、さらには *οὐδ᾽ ὄπιν ἀθανάτων μακάρων πεφυλαγμένος εἶναι*(Er. 七〇六)の句が、"神の怒りを恐れぬ者"を表わしているが、『盾』第二一詩行の *ὀπίζομαι* という動詞は使われていない。他方ホメロスには *ὀπίζομαι* の用例はあるが(Il. 二二・三三二、Od. 一三・一四八、『ヘルメス讃歌』(以下 h.M. と略記)三八二)、しかし *μῆνις* をその目的語としている例はない。『盾』第二一詩行の語句に近い表現は、『テオグニス詩集』にまで降ってようやく文献に現れている(*θεῶν μηδὲν ὀπιζόμενος*『詩集』七三四行、同一一四八行)。『盾』第二一詩行の *μῆνις* の位置も、『イリアス』に一回だけ(九・五一七)同じ位置で使われている程度の、稀な用例に属する。全体的にみて、*τῶν δ᾽ ὀπίζετο μῆνιν* は『盾』の詩人が、叙事詩諸流の句法を折衷して組み立てたものという印象が強い。

ἐπείγετο の詩行内の位置と、*ὅττι τάχιστα* の詩行末尾の位置(Er. 六〇参照)は、叙事詩一般の慣用に従っている。

二二 *ἐκτελέσαι μέγα ἔργον* はホメロス叙事詩の慣用的表現である。

ὅ οἱ Διόθεν θέμις ἦεν について。この表現は一見ホメロス叙事詩風でありながら、この組合せは重要な点において、叙事詩の定形的句法と異なっている。*θέμις ἦεν* は他にも例があるが(Il. 一六・七九六、上記**一五**の項参照)、*ὅ… θέμις ἦεν* という中性単数関係代名詞を伴なう句法は、叙事詩で唯一の慣用句の *ἣ*(または伝承によっては *ᾗ*) *θέμις* ἐστιν[84]とは、形においても響きにおいても異なっている。θέμις とは一般習俗において是認されている事例を指し、ここではアンフィトリュオンが、エレクトリュオンの子供たちの仇を討つことを指す。それを言うためであれば、叙事詩慣用の ᾗ でよいはずのところを、『盾』の詩人は、その定形的表現を改めて、先行詞 ἔργον に合わせるかのように中性 ὅ を用いている。このように女性関係代名詞 ᾗ を ὅ に改めてこの句を用いている例は他にない。

しかしながら、先行詞と関係詞との性を合致させるという後世の〝文法的配慮〟からこの改変が行なわれたとは考えにくい。おそらくその理由は、別の定形句表現とのせめぎあいのためであろう。叙事詩の慣用的措辞においては、caesura の直前に μέγα ἔργον が来た場合には、これを ὅ で受け継ぐ定式が、すべての用例において認められる(Il. 一〇・二八二、五・三〇三、二〇・二八六、Od. 三・二七五、一九・九二)。『盾』の詩人もこれを踏襲して μέγα ἔργον, ὅ とした。『イリアス』や『オデュッセイア』の詩人であれば、その後直ちに θέμις 以下の語句を口にすることに躊躇を覚えさせる何かを感じたであろうが、『盾』の詩人は口誦詩の定形句からの束縛を、この点については覚えなかったのであろう。このような、ある一部分における定形句的表現との癒着が、それと近接した部分における別の定形句の伝統的規範を歪めたり破壊したりする現象は、『盾』冒頭部の随所に生じており、これが一つの大きい措辞上の特色を呈している。これも、音声の響きとしてのみ存在した語りの言葉が、文字に定着する初期の過程において遭遇した一つの現象と解することが出来よう。ではなぜホメロス叙事詩の本文において、伝統的定形句法の整合性が一貫して維持され得たのか、という問題については、前章末尾の仮説的解答を参照されたい。

二三　τῶδ᾽ ἅμα という句は、『イリアス』第二巻の「船揃い」の段で頻繁に使われている、カタログ的並記の中での慣用句であるが(Il. 二・五二四、五三四、五四五、五五六、六三〇、六四四、七一〇、七三七、七五九)、それ以外の文脈でも散見される(Od. 一・四二八など)。

ἱέμενοι は詩行の始め、第二脚の始め、bucolic diaeresis の直後、が慣用的に用いられる位置である。

πολέμοιό τε φυλόπιδός τε は例外的組合せである。一般には φυλόπιδος...καὶ πολέμοιο(Il. 一三・六三五、一八・二四二)、πόλεμόν τε...καὶ φύλοπιν αἰνήν(Il. 四・一五、四・八二、Od. 二四・四七五、h.C. 二六六)、πόλεμός τε...καὶ φύλοπις(Er. 一六一)などが慣用的諸形であるが caesura の後で『盾』第二三詩行のごとき組合せで用いられている例は他にない。

二四　Βοιωτοὶ πλήξιπποι の二つの単語は各〻『イリアス』でも使われている。しかし Βοιωτοί には χαλκοχίτωνες という枕言葉が冠せられ(Il. 一五・三三〇)、また πλήξιππος は、Μενεσθεύς(四・三二七)、Ὀρέστης(五・七〇五)、Ὀϊλεύς(一一・九三)、Πέλοψ(二・一〇四)の枕言葉である。

ὑπὲρ σακέων πνείοντες について。ὑπὲρ σάκεος μεγάλοιο(Il. 一三・八二〇)からの案出であろう、ホメロスの中には ὑπὲρ σακέων はない。πνείοντες は、μένεα πνείοντες Ἀχαιοί(もしくは Ἄβαντες Il. 三・八)という定形句の一要素であるが、これは『イリアス』のみで使われる語句である。ὑπὲρ σακέων πνείοντες は、二つの定形的句法の混流から生じた『盾』特有の、定形句もどきの表現である(シュヴァルツ F. Schwarz 一一頁参照)。

二五　Λοκροί, ἀγχέμαχοι, Φωκῆες などの語はいずれも『イリアス』の語彙に含まれており、μεγάθυμοι の用例も多い(上記**一七**の項参照)。『盾』二三―二六は合戦叙述であるために、『イリアス』の措辞からの借用が全体的色調を定めているが、個々の単語の組合せから生ずる言葉の織り目は、すでに指摘したような『盾』固有の、variatio に充ちたモザイク模様である。

二六　ἕποντο の用例はホメロス叙事詩に数多いけれども、ἕσποντο はここ以外には初期叙事詩の中に用例がない。ἦρχε δὲ τοῖσιν はホメロスの τοῖσι δ' ἄρ' ἦρχε の語順を転じた変形である。第二六詩行のごとき語の組合せは、一見ホメロス風であっても、ホメロスにはない、『盾』的な変形表現であり、言葉の響きも歴然と異なる。

ἐῢς πάϊς Ἀλκαίοιο について。ἐῢς πάϊς は、父親の名の属格形が長・長・長・短の音節構成をもつとき、これと結合して定形句を形作り、一詩行の末尾を占めるのが慣例で、『イリアス』のみで使われている。音節構成上アルカイオスと同じ属格形を持つアンキセスの場合、その子アエネアスの行為は『イリアス』では次のような定形的主語の下に語られている。

二・八一九	*Δαρδανίων αὖτ' ἦρχεν*	*ἐῢς πάϊς* <u>*Ἀγχίσαο*</u>
一二・九八	*τῶν δὲ τετάρτων ἦρχεν*	
一七・四九一	*ὣς ἔφατ' οὐδ' ἀπίθησεν*	

二七　*κυδιόων* について。『イリアス』において *κυδιάω* という動詞は、diektasis(融合母音動詞において母音融合を遂げた後に、再び別種母音を分出したかのごとき語幹を呈する現象で、叙事詩本文伝承のみに現れる特殊語形)を伴なう分詞形のみが、詩行の始頭で使われている(Il. 二・五七九、六・五〇九、一五・二六六)。その他の形である *κυδιόωσι*(『讃歌三十』一三)、*κυδιάουσαι*(h. C. 一七〇)は、ホメロス以降の叙事詩の語彙に属する。『盾』は、『イリアス』の慣行に従っている。*λαοῖσι* の詩行中の位置は伝統的措辞(Il. 一八・三〇一、二一・四五八、Od. 八・四七二、一三・二八、六二)に従っているが、*κυδιόων* との統辞的に曖昧な組合せは、他に例がない。

πατὴρ δ' ἀνδρῶν τε θεῶν τε について。〝戦士らの父、神々の父〟というゼウスの称は、ホメロスやヘシオドスでは *πατὴρ ἀνδρῶν τε θεῶν τε* であって、その用例は数多く枚挙のいとまがない(クラフト、八九四、一〇〇七、二六九参照)。いずれの用例においても、この定形句に先行して同一詩行内に、定動詞が収められていて、同一詩行内でゼウスを主語とする文章は完結する。したがって、主語は当然ながら、*πατὴρ ἀνδρῶν τε θεῶν τε* という、*τε… τε* で結ばれた二つの属格形を支配する。『盾』第二七詩行の表現のように *πατὴρ* と *ἀνδρῶν* との間に、新しい文章を導入するための、*δ'* は入ってこない。

これに対して『盾』第二七詩行と同様に、『名婦』の二つの断片においては、*πατὴρ δ'…* という *δ'* の追加が認められる。

M.-W. 断片五一　πατὴρ⟨δ'⟩ἀνδρῶν τε θεῶν τε/χώσατ'...

M.-W. 断片二〇五　πατὴρ δ' ἀνδρῶν τε θεῶν τε/4.../5 τοὺς ἄνδρας ποίησε...

(五一の⟨δ'⟩の修補はマルクシェッフェルによる)

このδ'の追加によって〝戦士らと神々の父〟は、新しい文の主語となり、一詩行中の慣用的位置を占めながら、次の詩行に現れる述語動詞をまって文章を完結することとなる。〝必然的多行間構文〟necessary enjambement[85]と呼ばれるこのような新しい文章構造を、右の定形句の修正に基づいて叙事詩に導入したのは、『名婦』の作者であったと思われる。『盾』第二七詩行はそれを範としたものである。

二八　ἄλλην μῆτιν ὕφαινε について。〝考えを織る〟という隠喩(メタフォラ)は、ホメロス叙事詩の慣用となっている(Il. 三・二一二、六・一八七、七・三二四、九・九三、Od. 四・六七八、五・三五六、九・四二二、一三・三〇三、三八六)。『盾』第二八詩行の場合と同じ詩行内の位置でこれを使っているのは、『オデュッセイア』の一例のみである(一三・三八六、ἀλλ' ἄγε μῆτιν ὕφηνον)。ἐνὶ φρεσίν や μετὰ φρεσίν は慣用的に bucolic diaeresis の前に使用される。『盾』第二八詩行の用例もこれに従っている。

ὣς ῥα θεοῖσιν について。bucolic diaeresis の後この句で一詩行が終り、文章が次の行にまたがる多行間構文は、ホメロス叙事詩(Il. 九・五六六、五・四四〇、Od. 五・一〇一、一二・三三三、一三・五四、一八・四二五、二二・二八八)や、ホメロス讃歌(h. V. 九五、h. C. 三五四)において多用されており、『盾』第二四六詩行にもあるが、『盾』第二八詩行の句法に最も近いのは、『オデュッセイア』の一例(一一・三三二)である。ヘシオドスの『神々』と『農』にはこの用例は見当らない。

二九　ἀνδράσι τ' ἀλφηστῇσιν について。この二語の組合せは主格と呼格以外のすべての格語尾を伴なうことができ、各〻『オデュッセイア』に頻出し、またヘシオドスの『農』八二、『神々』五一二、ホメロス讃歌(h. A. 四五八)にも現れる。しかし『イリアス』では使われていない。

他方、第二九詩行後半部の *ἀρῆς ἀλκτῆρα φυτεύσαι* と類似の表現は『イリアス』に多い(一四・四八五、一八・一〇〇、一八・二一三)。『オデュッセイア』(一四・五三一 *κυνῶν ἀλκτῆρα καὶ ἀνδρῶν*)や、ヘシオドスの『神々』(六五七 *ἀλκτῆρ δ' ἀθανάτοισιν ἀρῆς γένεο κρυεροῖο*)のごとき句もあるが、『盾』第二九詩行との句の形態上の近似性を欠いている。『盾』の詩人がホメロス叙事詩の措辞、句法に通じていたことは明らかであるが、第二九詩行のように、『オデュッセイア』のみにある句と、『イリアス』のみに類似句のある慣用表現とを一行に継ぎあわせていることは、単なる偶然でないとすれば、かれが両叙事詩の語彙をひとしく継承している叙事詩の伝統に属していたことを示すものと言われよう。

φυτεύσαι について。戦士の最期を大樹の倒れるさまにたとえた比喩は『イリアス』に多い。また子供の養育を若木の育成にたとえた例もある(Il. 一八・五七)。動詞 *φυτεύω* 〝樹を植える、育てる〟によって人間の種を植え育てる比喩とするのも発想の源は同じであろう。しかしその実例は『イリアス』『オデュッセイア』にはなく、ヘシオドスの『農』第八一二行を初例とする、と『ギリシァ語英語辞典』(*Greek-English Lexicon.* Liddel, Scott, Jones 編第九版(=L. S. J.[9]))は記している。『盾』第二九詩行の比喩的用法は、初期叙事詩群の中では、新しい語彙に属していた可能性は高い。

三〇　*ὦρτο δ'* は叙事詩慣用句法であり、*ἀπ' Οὐλύμποιο* も慣用句である(Il. 七・二五、三五など、Th. 六三二、八五五など)。

βυσσοδομεύων について。この語は『オデュッセイア』のみで使用例が認められ、〝計画をめぐらす〟ことを表わす際には *ἐνὶ φρεσὶ βυσσοδόμευον*(四・六七六)、*κακὰ δὲ φρεσὶ βυσσοδομεύων*(一七・六六)、*κακὰ βυσσοδομεύων*

(九・三二六、一七・四六五、同・四九一、二〇・一八四)が慣用となっている。とくに、ヘファイストスが姦通者どもを現場で捕獲する罠を考案するときに *κακὰ φρεσὶ βυσσοδομεύων* (八・二七三)と言われているが、『盾』第三〇詩行はこの句の *κακά* 〝悪だくみ〟を *δόλον* 〝欺き〟に置きかえた形である。これがまったくの偶然でなければ、姦通者ゼウスを『オデュッセイア』の情況描写と重ね合わす意図を含む〝文芸的言及〟であり、その種のものとしては、初期の一例と言われよう。(86)

三一　*ἱμείρων* は、『オデュッセイア』では多用され、『オデュッセイア』語彙に属するものと言いうるが、『イリアス』では極めて稀である(一四・一六三)。しかしいずれにおいても *φιλότης* を目的語としている例はない。

他方、*εὐζώνοιο γυναικός* は『オデュッセイア』には見当らないが、『イリアス』で多用されている定形句であり(一・四二九、六・四六七、九・三六六、二三・二六一、七六〇)、また h. C. 二二一、二三四、二四三、二五五や、ヘシオドスの断片(M.-W. 二二一、同・二六・二三(?)、同・三三・七)にも用例がある。『イリアス』形定形句と『オデュッセイア』形定形句の組合せがここにも認められる(上記**二九**の項参照)。

三二　*ἐννύχιος* の詩行の始頭の位置は慣用である。*Τυφαόνιον* は他に用例のない固有名詞である。諸説はペイリー Paley の『ヘシオドス注釈』中の『盾』該当個所の注記、ならびにウェスト West の『神々の誕生』第三〇四詩行、ならびに第八四四詩行の注記を参照されたい。

τόθεν がギリシァ初期叙事詩で現れる個所はこれ以外にはない。現存資料中、その次に現れる用例は前五世紀、アイスキュロスの『ペルシァ人』第九九詩行、バッキュリデス第五歌第一九七詩行が最も古い。*αὖτις* は叙事詩一般の語彙に属するが、*τόθεν* と共に行末に置かれて、次行に続く多行間構文の導入句となっている例は他にない(上記**二八**の項の *ὡς ῥα θεοῖσιν* の場合と類似した特性が含まれている)。

三三　*Φίκιον* は、ヘシオドスの『神々』第三二六詩行に附記されている写本古注によれば、テーバイの丘陵の名称とされている。ヘシオドスの現存諸作品の中で、詩人の出身地ボイオティア固有といわれる唯一の単語である。[87] しかもこれは伝説に附随している地名であって、出身地の方言的要素がここに頭をのぞかせているわけではない。
προσεβήσατο は、ホメロスの本文伝承上では lectio facilior（複数の読みが同一個所について伝わっている場合、その中の平易度の高い読みは後世人の読み換えである可能性が大であると見做され、選択順位が低くなる。そのような読みを指していう語）と見做され、現行の校訂本諸本ではアリスタルコスが採録した、より難解な *δύσετο* や *βήσετο* の、幹母音を伴うシグマ・アオリスト形が本文中に入っている。[88]『盾』第三三詩行については、ウィーン大学のパピルス本（登録番号一九八一五）（西暦四世紀写）は惜しくも第三二詩行までの記載に止まっているので、該当詩行の古代の本文伝承は不明である。『盾』第三三八詩行の用例については、L写本（十四世紀）とM写本（ゾルムセン校訂本によれば、B写本の一枝に当るパリ大学ギリシャ語写本二八三三、十五世紀写）の祖本bには、アリスタルコス流の読みである *ἐπεβήσετο* が本文に記載されていたと推定されている。しかしながら今日に伝わる諸写本では、『盾』の第三三詩行も第三三八詩行もともに一致して -*βήσατο* の複合動詞形が伝えられている。また『正統語源辞典』*Etymologicum Genuinum*（九世紀）の *φίκιον* の項に引用されている『盾』第三三詩行も、-*σατο* の語尾を留めている。同様に、*προσεβήσατο* の形は『ヘルメス讃歌』第九九詩行が伝える形でもある。『名婦』諸断片には確実な例証がない。

三四　『盾』第三四詩行は、全句ホメロスの慣用句に準じた構成を示し、変形の意図はない。*ἔνθα καθεζόμενος* (Il. 一〇・二〇二、Od. 六・二九五)、*φρεσὶ μήδετο* (Il. 二一・一九、二三・一七六、Od. 三・一三二)、*θέσκελα ἔργα* (Il. 三・一三〇、Od. 一一・三七四、六一〇) のとおりであるが、『盾』第三四行と同じ組合せである *μήδετο θέσκελα ἔργα* は、『名婦』断片 (M.-W. 二〇四・九六) にも用例がある。

三五　*αὐτῇ...νυκτί* について。*ὁ αὐτός* と同義で *αὐτός* が用いられるのは、ホメロス、ヘシオドスの諸作の慣行であるが、*αὐτῇ νυκτί* という組合せの例は他にない。*αὐτῆμαρ* (Il. 一・八一) に倣ったものであろう。後世ロドスのアポロニオスも、*ἦματι δ' αὐτῷ*(二・九六四)という句を案出している。

τανυσφύρου と *τανισφύρου* について。この形容詞はホメロスの両叙事詩に用例はなく、『神々』第三六四詩行、『ホメロス讃歌』(h. C. 二、同七七)、『盾』第三五詩行のみにその存在が知られていた。そして中世ビザンチン期の写本による本文伝承では、他の *τανυ-* 複合語との類似性に基づいて、*τανύσφυρος* という語形が伝えられている。しかし新しく発見された『名婦』諸断片には、*τανίσφυρος...κούρη*(M.-W. 七五・六)、*τανισφύρου εἵνεκα κούρης*(同・四三(a)三七、同七三・六、同一九八・四)、*τανισφύρῳ Εὐρωπείῃ*(同一四一・八)のごとくに、『名婦』固有の定形句と見做しうる形で頻出しており、『盾』第三五詩行の句法も右の断片一四一・八の用例と同一のものであることが判明した。そして綴りも *τανί-*(*-σφυρος* の *-υ-* 音との異化現象によって)という形が認められるべきことが、パピルス資料の一致した証言によって明らかになった。

三五—三六　*τανισφύρου Ἠλεκτρυώνης/ εὐνῇ καὶ φιλότητι μίγη* という構文の成立について。第三五詩行の *Ἠλεκτρυώνης* の示す属格語尾は、*εὐνῇ καὶ φιλότητι* の所有者を表わす。このような形の多行間構文の成立過程について、シュヴァルツは次のような見解を記している。[89]

(1)男女の契りを表現する際にホメロス叙事詩においては原則として、*μιγῆναί τινι* (*ἐν*) *φιλότητι* の構文が用いられた(*ἀγαθὸν δὲ γυναικί περ ἐν φιλότητι/ μίσγεσθ'* Il. 二四・一三〇—一三一、*Ἰασίωνι ἐϋπλόκαμος Δημήτηρ...μίγη φιλότητι καὶ εὐνῇ* Od. 五・一二五—一二六、*Ἐρέβει φιλότητι μιγεῖσα* Th. 一二五、*Φόρκυι φιλότητι μιγεῖσα* Th. 三三三)。そしてまたこれと並行して *γείνατ' ἐν ἀγκοίνῃσι Διὸς μεγάλοιο μιγεῖσα* やその類似表現が古くから用いられていた(Il. 一四・二一三、Od. 一一・二六一、『名婦』M.-W. 四三(a)・八一、同二五二・五—六)。

(2) (1)から次に格の代換使用 enallage によって *μιγῆναι* (*ἐν*) *φιλότητί τινος* という構文が生れた(*νύμφη ἐϋπλόκαμος Διὸς ἐν φιλότητι μιγεῖσα* h.M. 四、*γείνατ' ἄρ' αἰγιόχοιο Διὸς φιλότητι μιγεῖσα* Th. 九二〇、*μιχθεῖσ' ἐν φιλότητι Διὸς*

νεφεληγερέταο Th. 九四四―四五参照)。

(3)さらにその後、τινος ἐν φιλότητι という句が独立した定形句として扱われるようになり、その傾向はヘシオドスにおいて際立っている(κυσαμένη δἤπειτα θεὰ θεοῦ ἐν φιλότητι Th. 四〇五、οὓς τέκεν ἠΰκομος Ῥείη Κρόνου ἐν φιλότητι Th. 六二五参照)。

(4)このような変形の極まるところに、ヘシオドスの『神々』第九七九―九八〇詩行のごとき構文が生れた(κούρη δ' Ὠκεανοῦ, Χρυσάορι καρτεροθύμῳ/μιχθεῖσ' ἐν φιλότητι πολυχρύσου Ἀφροδίτης)。この例文においては、純粋に説明的な機能しかもたない、属格の πολυχρύσου Ἀφροδίτης が現れて φιλότητι を修飾し説明する。この場合、この属格は、διὰ χρυσέην Ἀφροδίτην(Th. 一〇〇五)と意味の上でも律格の上でもまったく同一であり、後者による置換は容易になされうる。

以上のようなシュヴァルツの解析による(1)から(4)までの変遷の跡は、みなヘシオドスの『神々』の叙述面において共存し、並行して使われている。さて再び『名婦』諸断片に立ちかえってみると、ヘシオドスにおけると類似の、諸形同時併存の情況に出あうことになる。

(1) Πανδώρη Διὶ πατρὶ… μιχθεῖσ' ἐν φιλότητι(M.-W. 五・二―三)

ᾧ ποτε νύμφη…μίγη φιλό[τητ]ι καὶ ε[ὐνῇ(同一七(a)五)

…… φιλότητι θεὸς βροτῷ……(同三〇・三三)

Ἑρμάωνι μιγεῖσ' ἐρατῇ φιλότητι(同六四・一七)

μιχθε]ῖσ' ἐν φιλότητι βίῃ Ἡρακληείῃ(同一六五・九)

εὑρόμενος ἵλεων μίχθη ἐρατῇ φιλότητι(同二三五・三)

(2)、(3)の変形に正確に合致する例はない。

(4)　……γαιηόχῳ ἐννοσιγαίῳ
μιχθεῖσ' ἐν φιλότητι πολυχρύσου Ἀφροδίτης(同二五三・二―三)

(4)に属する断片二五三・三は、『神々』第九八〇詩行と同一詩行である。その中の πολυχρύσου Ἀφροδίτης は、上記**八**の項にも述べたように、ホメロス以降とされる叙事詩の語彙に混入した定形句と思われるので、(4)のタイプの表現様式は、初期叙事詩の最終的産物と見做されてよい。『名婦』の措辞にはこのような新しい形も含まれているけれども、上記の諸例に限っていえば、シュヴァルツの言う古式のホメロス風の定式的な句法が主流を成している。系譜叙事詩に内在する保守性が、神と人間の女性の契りを語る古い語法を忠実に保持する結果をもたらしたのである。

　これらの諸例と比較してみると、『盾』三五―三六の構文は、定式的表現からの思いきった離脱を意図している。εὐνῇ καὶ φιλότητι μίγη は伝統的句法であるが、そこに含まれている εὐνῇ καὶ φιλότητι という二つ並んだ名詞を説明している τανισφύρου Ἠλεκτρυώνης という先行詩行末尾の属格形は、πολυχρύσου Ἀφροδίτης のような説明の属格ではなく、純然たる所有の属格として機能している。『盾』の詩人が、『神々』第九八〇詩行や断片二五三・三の表現形式を模したであろう可能性は大きい。しかし πολυχρύσου Ἀφροδίτης と律格上は等価である τανισφύρου Ἠλεκτρυώνης を用いたのであろうが、その置換によって、一見あい似た構文は、まったく異なる機能と内容を伝えるものに急転しているのである。

　τέλεσεν δ' ἄρ' ἐέλδωρ について。同じ内容を受身表現で語るのがホメロスの句法であるが(τελευθῆναι ἐέλδωρ Il. 一五・七四、ἐέλδωρ ἐκτετέλεσται Od. 二三・五四)、『盾』第三六詩行のような能動態表現は見当らない。また、ホメロスでは ἐέλδωρ(願望)をかなえる動詞としては κραίνω が慣用である。

三七　αὐτῇ の位置は慣用的である(上記**三五**の項参照)、λαοσσόος については上記項目**三**を参照されたい。ἀγλαὸς ἥρως について。〝立派な〟という意味の形容詞 ἀγλαός は、γυῖα, μηρία などの身体の部分を表わす言葉や、

τέκνα, υἱός, κοῦρος, φῦλα などの子供や家族を表わす言葉、さらに δῶρα, ἄλσος, ὕδωρ, ἔργα, εὖχος, ἄποινα, δώματα, ἄεθλα などの人間や神々の所有物を表わす言葉の修飾語として、ホメロスからアポロニオスに至るまでの叙事詩において常套語となっている。『名婦』諸断片においても同様である。その意味ではこの形容詞にはまったく新味がない。しかしながらこれが一人の人間、もしくは『盾』第三七詩行のように一人の英雄の形容として使用されている例は皆無に等しく、この個所以外にはピンダロスの『オリュンピア祝勝歌』第一四歌の第七詩行に ἀγλαὸς ἀνήρ という一例があるにすぎない。祭祀歌であるピンダロス詩での意味は、〝神々の恩寵につつまれて喜びを手に入れる〟という脈絡における〝立派さ〟であって、それは先に列記した神殿聖域、祭祀、祈禱などの神々の所有物の修飾語としての ἀγλαός の意味や用例に近い。『盾』第三七行の ἀγλαός が単なる埋め草の常套語でないとすれば、ここで詩人はピンダロスの用例の手本であったという可能性もなしとは言えない。なぜならアンフィトリュオンは、同じ夜、神ゼウスとアルクメネーを共有することによって、〝神々の恩寵につつまれて光を放つ〟ことになった、とも言えるからである。その背後には、ギリシァの神話・伝説や歴史時代の祭祀にも多くの痕跡を残している〝神聖婚〟hierogamos の習俗が投影されていると考えねばならないだろう。『盾』の詩人の ἀγλαός の用法にそれほどの深い考えがあったかどうかは明確ではない。ともあれ、ἀγλαὸς ἥρως は一見、叙事詩の定形表現のように思われるが、叙事詩の中では孤立した表現であり、上述の Τυφαόνιον(三二)や Φίκιον(三三)と同様に、テーバイの特定の祭祀もしくは祭祀歌に端を発する表現であった可能性も考えられる。蛇足ながら、上に言及したピンダロスもテーバイの人であり、その祭祀習俗に深い関わりを有したことも附記しておく。

三八　ἐκτελέσας μέγα ἔργον については、上記二二の項を参照されたい。

ἀφίκετο ὅνδε δόμονδε について。この句を構成する ἀφίκετο も(例えば Il. 一三・六四五、ἀφίκετο πατρίδα γαῖαν)、ὅνδε δόμονδε も(例えば Od. 一・八三、νοστῆσαι Ὀδυσῆα πολύφρονα ὅνδε δόμονδε)、ホメロスにおいて多数の定形

句的用例をもつ。しかし *ἀφίκετο ὅνδε δόμονδε* という一見平明かつ平凡な両単語の組合せを他に見出すことができない。

三九　*οὐδ' ὅ γε πρὶν...πρίν γ'* については上記**一六**の項を参照されたい。

ποιμένας ἀγροιώτας について。二つの語の各々は叙事詩において使用頻度の高いものであるが、両語のこの組合せは見当らない。これに近似した表現としては、*βουκόλοι ἀγροιῶται*(Od. 一一・二九三)や、*ποιμένες ἄγραυλοι*(Il. 一八・一六二、Th. 二六)などがある。『盾』の詩人の連想はこれらと同じものであるが、律格上の形態を異にする表現が必要となり、他に例のない語の組合せを案出するに至ったのであろう。

四〇　*ὦρτ' ἰέναι* について。*ὦρτο πόλινδ' ἴμεν*(Od. 七・一四)という形は慣用であるが、*ὦρτ' ἰέναι* という組合せの詩行始頭における使用は、ヘレニズム時代の叙事詩人アポロオニスに至るまで見当らない(『アルゴ号叙事詩』三・一一六五、また同四・一三六八には、*ὦρτο θέειν* という句もある)。

ἐπιβήμεναι εὐνῆς は定形的表現(上記**一六**の項参照)。

四一　*τοῖος γάρ* は慣用的位置で使用されている慣用的表現である。

κραδίην πόθος αἴνυτο について。*αἴνυμαι* という動詞は、物理的に武具甲冑を剝ぎとったり生命を奪う行為や、道具を手にとる動作を表わすものとして、ホメロス叙事詩の用例は多い。しかし『盾』第四一詩行のような比喩的用法は、数は少ないけれども、『オデュッセイア』(一四・一四四 *ἀλλά μ' Ὀδυσσῆος πόθος αἴνυται οἰχομένοιο*)や『ホメロス讃歌』(h.M. 四三四 *τὸν δ' ἔρος ἐν στήθεσσιν ἀμήχανος αἴνυτο θυμόν*)にすでに散見される。他方、単数形の *πόθος* は『イリアス』では使われず、やはり『オデュッセイア』や『ホメロス讃歌』が共有する語彙に属している。しかし『名婦』諸断片の中には、『盾』のこの個所以外には発見されない。

ποιμένα λαῶν は叙事詩定形句である。固有名詞に添えられた枕言葉として用いられる時もあり、また『盾』第四

一詩行のようにこの名詞句の対格、与格形が動詞の目的語として使用されている例も多い(対格形 Il. 六・二一四、一一・八四二、一四・四二三、一九・三八六、与格 Il. 二・八五、五・五一三、五六六、五七〇、一三・六〇〇、一五・二六二、一九・二五一)。

四二—四五　困難な戦いを成し遂げてアルクメネーのもとに帰ってきたアンフィトリュオンの喜びの姿は、辛い病や苛酷な捕囚の憂目から逃れた人間の比喩によって語られている。この対比を語る四二—四五は、第四一詩行の後に続くよりも、第三八詩行目の *ἐκτελέσας... ἀφίκετο ὅνδε δόμονδε* の直後に置かれる方が文意の流れが自然である。またホメロス叙事詩における比喩の慣例として、比喩が導入される直前の叙述文の全詩行もしくはその一部の句が、殆んどそのままの形で、比喩が述べられた直後に再び繰りかえされることとなっている。『盾』においても、第三八詩行目の直後に第四二—四五詩行が続くならば、アンフィトリュオンが家に帰りついたという行為が一つの叙述の流れに姿よく収まるだけではなく、第四四詩行から四五詩行にかけての *ὣς ῥα τοτ' Ἀμφιτρύων.../(45)...ἑὸν δόμον εἰσαφίκανεν* は、比喩導入直前の第三八詩行の内容を、これと類似の言葉でたどりなおすことになり、形の上でもホメロス風の措辞が整うことになる。(90) したがってここには本文伝承上、錯簡が生じている可能性が大であると言わねばならない。伝承上、誤写が生じた原因は、第四二詩行初の *ὣς δ' ὅτ'* を写すべきときに、第三九詩行初の *οὐδ' ὅ γε* を誤写したところに端を発し、誤りに気づいた後にさらに挿入個所を誤ったためと思われる。字体の一般的性質から推して、小文字伝承の祖本本文において生じた誤りと思われる。

四二　*ὣς δ' ὅτ' ἀνήρ* は、比喩導入句として多用されている(Il. 五・五九七、一五・六七九など)。*ἀσπαστόν* は『オデュッセイア』のみにおいて、また *ἀσπασίως* はホメロス両叙事詩において用例が多い。*ὑπεκπροφύγῃ*(Il. 二〇・一四七、二一・四四、Od. 一二・一一三、二〇・四三)も、*κακότητα*(Il. 一〇・七一、Od. 三・一七五)も、各〻個別の単語としての用例は多いが、両語がこのように組み合わされている用例はない。『オデュッセイア』では、ὑπὲκ κακότητα φύγομεν(三・一七五など)、ἐκφυγέειν κακότητα(五・四一四)、ἀσπάσιοι δ' ἐπέβαν γαίης, κακότητα φυγόντες(二三・二三八)などの表現があり、『盾』の詩人はこれらの殆んど定形化した語句を模しつつ、変形表現を狙ったものであろう。

四三 νούσου ὑπ' ἀργαλέης は、叙事詩の定形的表現であり(Il. 一三・六六七、Od. 一五・四〇八、Er. 九二)、クラフト Krafft の補章三、一六五頁に当然追加されなくてはならない一項である。

κρατεροῦ ὑπὸ δεσμοῦ は、一見定形句に近い(Il. 五・三八六 κρατερῷ ἐνὶ δεσμῷ、Od. 二二・二〇〇 ὀλοῷ ἐνὶ δεσμῷ、Th. 五〇一参照)、しかしながら δεσμός の属格単数形 δεσμοῦ はホメロス両叙事詩において使用例がなく、δεσμοῖο が用いられている(Od. 八・三六〇 τὼ δ' ἐπεὶ ἐκ δεσμοῖο λύθεν κρατεροῦ περ ἐόντος 同一三・一〇〇 ἔντοσθεν δέ τ' ἄνευ δεσμοῖο μένουσιν)。δεσμοῦ という語形はヘシオドスによって使われている(Th. 六五二 ἐς φάος ἄψ ἵκεσθε δυσπλεγέος ὑπὸ δεσμοῦ)。

四二—四三の比喩を語る単語は全体としてみると、英雄叙事詩の語彙であり、とくに両詩行とも caesura より前の位置においてその傾向が強い。しかし caesura より後の語句には変形表現が多く含まれている。一般的にホメロス叙事詩の詩法としては caesura より後、とくに bucolic diaeresis の後を埋める語句は、定形的なものが多く、その傾向はホメロス叙事詩の口誦即興性がしからしめた特性と見られている。しかしながら『盾』一—五六の、かなりの数の詩行における変形句法 variatio は、ホメロスにおいて定形句法の占有率がきわめて大である一詩行の後半部分において顕著に現れている(上記の項目**七**、**八**、**一三**、**一五**、**一七**、**二〇**、**二二**、**二三**、**二四**、**二六**、**二七**、**二九**、**三二**、**三五**、**三六**、**三七**、**三八**、**三九**、および下記**四四**、**四七**を参照)。つまり、ホメロス叙事詩の口誦性、即興性を成り立たしめている作詩上の重要な要素が、『盾』の作者にとっては、意図的改良もしくは改変の余地を最も多く残している部分もしくは要素と見做されるようになっている。『盾』の作者にとっては、口誦、即興性という作詩条件はもはや必須のものではなくなっていることを示す、有力な一証拠と言うことができよう。音声としての言葉はまだ、定形句的句法としてかれの耳元には濃く残っている。けれども、かれがそれを文字に定着させていくときに、言葉を語り直し字句を改めることこそが、作詩上、不可避の新しい要素として加わったことを示している、とも解し得よう。

ところで第四二―四三詩行の比喩の発想構造は以下に引用する『オデュッセイア』(五・三九四―三九七)と酷似していることを指摘しておきたい。

> ὡς δ' ὅτ' ἂν ἀσπάσιος βίοτος παίδεσσι φανήῃ
> πατρός, ὃς ἐν νούσῳ κεῖται κρατέρ' ἄλγεα πάσχων,
> δηρὸν τηκόμενος, στυγερὸς δέ οἱ ἔχραε δαίμων,
> ἀσπάσιον δ' ἄρα τόν γε θεοὶ κακότητος ἔλυσαν,
> ὣς Ὀδυσῆ' ἀσπαστὸν ἐείσατο γαῖα καὶ ὕλη.

下線を施した語は『盾』の比喩とその前後に使用されている語と同一であり、点線を施した部分はアンフィトリュオンの宿命を語る『盾』第一五、二〇、三〇詩行と内容的に対応している。

四四　ὣς ῥα τότ' は比喩が終りもとの叙述に戻るときの定形的表現である(Il. 一一・四一九、四八二など)。χαλεπὸν πόνον という組合せの句が用いられているのはヘシオドスの『農』九一(νόσφιν ἄτερ τε κακῶν καὶ ἄτερ χαλεποῖο πόνοιο)だけである。τολυπεύω はホメロスの両叙事詩の語彙に属するが、接頭辞 ἐκ- を伴なう形は他に例がない。(91)

四五　ἀσπασίως τε φίλως τε という句は、他の叙事詩諸作品には見出すことができない。その中の φίλως は『イリアス』にただ一回(四・三四七)あるのみで『オデュッセイア』にはない。

ἐὸν δόμον εἰσαφίκανεν について。*ἐὸν δόμον* は稀な表現であるが（Od. 二三・三八一）、類似の表現としては *τὸν ἐμὸν δόμον εἰσαφίκηαι*（『蛙とねずみの戦い』六四）がある。*εἰσαφικνέομαι* の諸変化形は慣例として詩行末に置かれる。

四六　*παννύχιος δ' ἄρ'* は『イリアス』（七・四七八、同二三・二一七）に見られる慣用表現。

σὺν αἰδοίῃ παρακοίτι については上記**一四**の項を参照されたい。しかし与格形の用例は少なく、他に二例を数えるのみである（Od. 三・三八一、h. C. 三四三）。

四七　*τερπόμενος δώροισι* について。二つの単語各〻の用例は多いが、この組合せは他に例がない。*πολυχρύσου Ἀφροδίτης* については、上記**八**の項を参照されたい。

四八　*δμηθεῖσα* というアオリスト受身形の分詞女性形は、ヘシオドス（Th. 四五三、一〇〇六）と『名婦』（M.-W. 一四一・二）以外に用例はない。

ἀνέρι πολλὸν ἀρίστῳ について。*ἄριστος* は叙事詩の語彙の特色をあらわす語と言うことができる。しかし与格形での用例は他にない。*πολλὸν ἄριστος* という最上級をさらに強調する句は、『イリアス』（一・九一）、『オデュッセイア』（一五・五二一）にもあるが、*μέγ' ἄριστος* とか *πολλὸν ἀμείνων* が慣用である。*ἀνέρι πολλὸν ἀρίστῳ* は一見ホメロスの定形句のごときであるけれども、『盾』の詩人が創出した variatio の一例であろう。

四九　*Θήβῃ ἐν ἑπταπύλῳ* について。テーバイという地名は、ホメロスでは *Θήβη*（単数）*Θῆβαι*（複数）の両形の使用が認められ、『盾』も同様である（上記**二**および**一三**の項を参照）。ヘシオドスでは単数形のみの用例がある。しかし単数形の場合のみ枕言葉を伴ない、*εὐστεφάνῳ ἐνὶ Θήβῃ*（Il. 一九・九九、Th. 九七八）、*ὑφ' ἑπταπύλῳ Θήβῃ*（Er. 一六二）、*Θήβης...ἑπταπύλοιο*（Il. 四・四〇六、Od. 一一・二六三）の組合せが慣用句となっている。しかしながら、『盾』第四九詩行の *Θήβῃ ἐν ἑπταπύλῳ* は形も響きも他に例のない組合せである。

διδυμάονε γείνατο παῖδε について。詩行末における *γείνατο παῖδα*（*παῖδε*）は系譜を語る文脈では定式化している表

現である(Il. 六・二六、一四・三二四、Od. 七・六一、一一・二九九)。また双生児の誕生を語る句も、*διδυμάονε γείνατο παῖδε*(Il. 六・二六)、*διδυμάονε γείνατο τέκ[νω*(『名婦』(M.-W. 一七(a)・一四))、*διδυμάονε παῖδε γενέσθην*(Il. 五・五四八)が慣用となっており、『盾』の詩人も『イリアス』六・二六の形を使っている。

五〇　*ὁμὰ φρονέοντε* という句は、初期叙事詩中には他に例がない。同類の慣用表現には形容詞 *ὁμόφρων*, 動詞 *ὁμοφρονέω* の諸形があり、さらに *ὁμοφροσύνη* という抽象名詞も使われている。これらの語は〝同じ心をもち(行動を共にする)〟ありさまを指す。『盾』第五〇詩行の句は、〝志の高さが同じの〟という意味を帯びている。*κασιγνήτω* の詩行内の位置は慣用的であるが、*ἤστην* という双数形はきわめて稀で、他に一例のみが知られている(Il. 五・一〇)。

五一　*τὸν μὲν χειρότερον* について。比較級語幹の比較級変化形 *χειρότερον* の用例は僅かしかない(Il. 一五・五一三、二〇・四三六、h. C. 二九一、Er. 一二七)。『オデュッセイア』の用例はない。*μέγ' ἀμείνονα φῶτα* は慣用表現である(例えば Il. 二一・二三九)。

五二　*δεινόν τε κρατερόν τε* について。詩行内のこの位置でのこの語句の組合せは、ヘシオドスに用例が認められる(Th. 三二〇、六七〇)。ホメロス(『オデュッセイア』のみ)では、*δεινόν τ' ἀργαλέον τε* が慣用となっている(五・一七五、三六七、一二・一一九、二一・一六九)。*βίην Ἡρακληείην* は叙事詩定形句(Il. 二・六五八、六六六、五・六三八、一一・六九〇、一五・六四〇、一九・九八、Od. 一一・六〇一)である。

五三　*ὑποδμηθεῖσα κελαινεφέϊ Κρονίωνι* は、『ディオスクリ讃歌』第四詩行と同一句である。*ὑποδμηθεῖσα* は *δμηθεῖσα* と同様に(上記**四八**の項参照)、ホメロス叙事詩の語彙にはないが、ヘシオドスや『名婦』のごとき系譜詩の中では、定形表現の要素となっている(Th. 三二七、三七四、九六二、『名婦』(M.-W. 二三(a)・二八、三五))。他方、〝むらぐものクロノスの子〟*κελαινεφέϊ Κρονίωνι* はホメロスの定形句である。定形句ないしは定式的表現の頻度分布が、作品の題材によって大きく左右されることは明らかである。また同時に、『盾』第五三詩行の句法は系譜詩の定形句と、英雄叙事詩の定形句が、互いに不可分の詩的伝統によって形成されていたことを示す一例である。

五四　*δορυσσόῳ* は、叙事詩作品中に他に例のない言葉である。抒情詩人の中では、『テオグニス詩集』第九八七詩行に用例がある。

五五　*κεκριμένην γενεήν* とその前後の詩行構成について。この〝分けられた生れ〟*κεκριμένην γενεήν* という表現は他に例がない。内容的にある程度共通していて語句にも多少の類似性が認められる唯一の例は、ピンダロスの『ネメア勝利歌』六・一―三の *διείργει δὲ πᾶσα κεκριμένα δύναμις* であろう。

βροτῷ ἀνδρί は叙事詩定形句であり、詩行内の位置も慣例どおりである。しかし *μιγεῖσα* の目的語としてこの形での組合せは他に例がない。これと内容的に同じ意味の表現は *θνητοῖσι παρ' ἀνδράσιν εὐνηθεῖσαι*(Th. 九六七、一〇一九)、*βροτῷ εὐνηθεῖσα*(h.V. 二五五)、*θεὰ βροτῷ εὐνηθεῖσα*(Il. 二・八二一)がある(上記**六**および**三六**の項参照)。*Διὶ Κρονίωνι* の、この位置での用例は少ない(Il. 五・八六九、九〇六)。

θεῶν σημάντορι πάντων というゼウスの尊称は『イリアス』『オデュッセイア』では使用例がなく、『盾』第五六詩行以外では、『名婦』(M.-W. 五・二)と、『讃歌』(h.M. 三六七)に用例が認められる。いずれの例においても caesura 直後から末尾までを埋める定形句として機能している。

『盾』第五〇詩行の〝志の高さは同じではなかった、兄、弟ではあったけれども〟という文章はそこでは文意を完結した形になっていない。というのは続く文では、前の文章構造を引き継ぐ形で、アルクメネーから生れた二人の子供たちの対比を語っているからである。すなわち一方は神の子、他方は人の子という事実の、異なる面が、(1)五一―五二、(2)五三―五四、(3)五五―五六の二詩行一組の単位で三度にわたり、対比的同格表現で語られている。構文的には(1)(2)(3)ともみな、第四九詩行の定動詞 *γείνατο* の目的語の同格補語となっている。三組の詩句が、同意異文の反復

(dittography. ここでは trittography というべきであろうが)を含んでいることは歴代諸学者の指摘するところである。[92] これを、私たちの主たる関心事である詩文解析の立場から見て、各〻の組の措辞上の特色をあげるならば、(1)はヘシオドス固有の語彙と同じ語を含み(上記五二の項参照)、(2)は『神々』や『名婦』と共通の、定形的表現によって組み立てられており(上記五三の項参照)、(3)はやはり『名婦』と『讃歌』においてのみ用例がある定形句を含む(上記五五の項参照)。このように措辞、句法の面から見れば、(1)(2)(3)ともに各〻『盾』の語彙的特色を有すると言わねばならない。しかし構文的に見ると、第五五詩行の *κεκριμένην γενεήν* に至るまで第四九詩行の動詞目的語の同格補語が続いているとは考えられない。(3)が消去されたのち、さらに選ぶとすれば(1)か(2)かである。

しかし『盾』第一詩行から第五六詩行までを、『名婦』という系譜詩の一部として見直すならば、ここでアルクメネーの二人の子供たち各〻の名前を語ることは、物語上必須であったと考えねばならない。しかし『盾』の詩行構成ではヘラクレスの名は(1)の組に、イフィクレスの名は(2)の構文から外すことはできない。結論としては、『盾』の系譜詩としての必須条件を慮れば、(1)と(2)を削除することはできないが、(3)は不必要な反復と見做し得るので、本文から取り除いてもよいということになろう(上記一〇の項参照)。

四　『盾』一—五六の詩人

以上において個別的に検討した『盾』一—五六の措辞・詩法の全体的特色をまとめ、『盾』の詩人が初期叙事詩の伝統において占めている位置を定めることによって本章の結論としたい。

この詩人が措辞・詩法の下地としているのは、『イリアス』『オデュッセイア』によって代表される、初期ギリシァの英雄叙事詩の叙述技法である。個々の単語については先にも述べたとおり、五十六詩行中の約三百八十語の殆んどすべてはホメロスの両叙事詩に用例のある語ばかりであり、例外は僅か数語に限られる。

また、初期叙事詩の一詩行中、慣用的位置で用いられる定式的な語句が、その用例のまま『盾』の中で踏襲されている事例も多く、とくに詩行の始頭部分において顕著となっている。*ἤλυθεν ἐς*(二)、*ἦ ῥα*(四)、*τάων ἇς*(六)、*τῆς καὶ ἀπὸ*(七)、*ἢ δὲ καί*(九)、*ὣς οὔ πώ τις*(一〇)、*χωσάμενος περὶ βουσί*(一二)、*ἔνθ' ὅ γε*(一四)、*πρὶν…πρίν γε*(一六—一七)、*ἧς ἀλόχου*(一八)、*ἀνδρῶν ἡρώων*(一九)、*τῶν ὅ γ'*(二一)、*ἐκτελέσαι (-σας) μέγα ἔργον*(二二、三八)、*τῷ δ' ἅμα*(二三)、*ἀνδράσι τ' ἀλφηστῇσιν*(二九)、*ὦρτο δ'*(三〇)、*ἔνθα καθεζόμενος*(三四)、*εὐνῇ καὶ φιλότητι μίγη*(三六)、*οὐδ' ὅ γε πρὶν*(三九)、*τοῖος γὰρ*(四一)、*ὡς δ' ὅτ' ἀνὴρ*(四二)、*νούσου ὕπ' ἀργαλέης*(四三)、*ὥς ῥα τότ'*(四四)、*παννύχιος δ' ἄρ'*(四六)、*ἣ δὲ θεῷ*(四八)、*Θήβῃ ἐν ἑπταπύλῳ*(四九)の各詩行の始頭の句は、英雄叙事詩の響きを伝えている。

詩行の末尾においても同様に、英雄叙事詩の慣用句が使用されているが、始頭部分に比べるとその頻度はやや少ない(上記**四三**の項末尾参照)。caesura あるいは diaeresis 以降に現れる、ホメロスの両叙事詩と共通の定式的もしくは定形的表現は、次のとおりである。*πατρίδα γαῖαν*(一、一二)、*οὔ τις ἔριζε*(五)、*τέκον εὐνηθεῖσαι*(六)、*γυναικῶν θηλυτεράων*(一〇)、*ἶφι δαμάσσας*(一一)、*αἰδοίῃ παρακοίτι*(一四、四六)、*ὅττι τάχιστα*(二一)、*θέμις ἦεν*(二二)、*ὥς ῥα θεοῖσιν*(二八)、*φρεσὶ βυσσοδομεύων*(三〇)、*εὐζώνοιο γυναικός*(三一)、*μητίετα Ζεύς*(三三)、*θέσκελα ἔργα*(三四)、*ὅνδε δόμονδε*(三八)、*ἐπιβήμεναι εὐνῆς*(四〇)、*ποιμένα λαῶν*(四一)、*διδυμάονε γείνατο παῖδε*(四九)、*τὸν δ' αὖ μέγ' ἀμείνονα φῶτα*(五一)、*βίην Ἡρακληείην*(五二)、*κελαινεφέϊ Κρονίωνι*(五三)。

これらの措辞・詩法の中には、『イリアス』もしくは『オデュッセイア』のいずれか一方のみと共通しているものがあることは、すでに逐行的検討において個別に指摘したとおりである。しかし『盾』一—五六の詩人にとっては、ホメロスの両叙事詩の語彙・句法が自分の叙述技法のレパトリーを構成している。そのことは例えば、*ἀνδράσι τ' ἀλφηστῇσιν ἀρῆς ἀλκτῆρα φυτεῦσαι*(二九)の詩句構成に明白に現れている。また、第二一—二八詩行の軍勢集結の描写は、『イリアス』第二巻「船揃いの段」の措辞に近い句が多いが、他方第四二—四五詩行の比喩と比喩導入句は、『オデュッセイア』の語彙・句法に接近している。第三〇詩行の *δόλον φρεσὶ βυσσοδομεύων* という句の構成には『オデュッセイア』第八巻のアレスとアフロディテーの物語への連想が含まれている可能性も指摘したところである。

これらの諸例にも見られるとおり、『盾』の詩人が『イリアス』もしくは『オデュッセイア』のいずれか一方により近い立場にあるかどうか、その点を、定式的あるいは定形的語句の使用例だけをもとに、判断することはできない。この詩人にとっては、ホメロスの両叙事詩はともに殆んど等距離にある先行文芸作品であったようであり、両叙事詩ともに、かれの叙述技法と発想の素地をなしていたと見做される。

そのような基本的な素地の上に、『盾』の詩人は大別して三通りの綾織り模様を織りこんでいる。

(1)ヘシオドスの『神々』『農』と共通の語句。

(2)『名婦』の措辞・句法との共通要素。

(3)現存資料には類例のない、おそらく独自の工夫による語句とその組合せ。

この中で(3)の析出は困難であるけれども、最も興味深い。以下これらの三項に該当する事例をまとめて通観してみよう。

(1)には、*τῆς καὶ ἀπὸ κρῆθεν βλεφάρων τ' ἄπο κυανεάων*(七)、*πολυχρύσου Ἀφροδίτης*(八、四七)、*κατὰ θυμὸν ἑὸν*(九)、*νόσφιν ἄτερ φιλότητος ἐφιμέρου*(一五)、*εὐσφύρου*(一六)、*κώμας*(一八)、*χαλεπὸν πόνον* (四四)、*δεινόν τε κρατερόν τε*(五二)、*δμηθεῖσα*(四八)、*ὑποδμηθεῖσα*(五三)が含まれる。しかしこれらの一見ヘシオドスの語句に酷似している諸例の中で、右の第七、九、一五詩行の場合には、決定的にヘシオドスとは異なる言語的理解が含まれている点が注目に値する。

(2)『名婦』の措辞・句法のみと共通の特色をもつ表現は、その数は多くないが、いずれも重要な意味をもっている。

『盾』の冒頭部分が『名婦』第四巻の一部であるかどうかの認定を左右する証拠たりうるからである。
ἢ οἵη(一)、προλιποῦσα(一)、Ἀμφιτρύωνα(二)、Ἠλεκτρύωνος(三)は、素材的に『名婦』断片と『盾』冒頭部が連続性を有するところから生じた共通の語句と固有名詞である。第四詩行の γυναικῶν φῦλον は『名婦』の主題としてつとに知られる語句であり(上記**四**の項参照)、ἐκαίνυτο...εἴδεΐ τε μεγέθει τε(四―五)は、『名婦』固有の慣用的文章構造の応用例と見做す以外に説明の道がない(上記**五**の項参照)。

πολυχρύσου Ἀφροδίτης(八、四七)は、右の(1)に示したようにヘシオドスの用いている定形句であるが、これはまた『名婦』においても定形句として用いられており、ヘシオドス、『名婦』、『盾』冒頭部三者共通の語彙に属する。κόμας(一八)も、これと同じである。πατὴρ δ' ἀνδρῶν τε θεῶν τε を新しい文章の主語として次行にまたがる多行間構文を展開する技法は、『名婦』と『盾』冒頭部との間の発想的同質性を告げていると言えよう(上記**二七**の項参照)。μήδετο θέσκελα ἔργα(三四)、τανίσφυρος(三五)、μιγεῖσα(五五)、θεῶν σημάντορι πάντων(五六)、δμηθεῖσα(ὑπο-)の系譜的叙述における定式的用法も、ヘシオドスと『名婦』の慣用となっており、『盾』もこれに倣っている。そして、『盾』冒頭部にしかないとされた幾つかの特殊表現(上記**四**―**六**の項、同**二七**参照)や、ヘシオドスと『盾』第三五詩行の各〻に一度しか使われていないとされていた τανίσφυρος という枕言葉が、数多の『名婦』断片の発見と公刊によって、実は『名婦』において特徴的ともいえる語彙・詩法に共通のものであることが判明したことの意義はまことに大きい。

そのように(1)、(2)と便宜的に分けた語彙・詩法の特性も、互いに微妙に接近し交錯するところが少なくない。またこれらの特色が、いわゆる『ホメロス讃歌』に含まれている幾つかの詩の中にも同類のものを持つことは、上記の項目別の検討の結果が示すところである。『盾』一―五六が、『イリアス』『オデュッセイア』の叙述技法を基礎としながら、他方ではこれと局部的に異なるヘシオドスの『神々』と『農』、『名婦』、『讃歌』、四者共通の語彙・句法と同質かつ同形の要素を含むことはすでに明白である。

(3)『盾』冒頭部の詩人は、自分の周辺の叙事詩群に通暁し、それらの語彙や詩法を自家薬籠中のものとしている。(1)、(2)にあげた諸例からのみ見れば、かれはまさしくヘシオドス、そして『名婦』の作者その人であるという認定を下してよいだろう。しかし『盾』一―五六内には、かれが周辺の詩人たちと共通の背景を頒ちあいながらも、かれ固有の言語理解とそれに基づく表現法の所有者であったことを示す幾つかの痕跡が刻まれている。

例えば、ἐκαίνυτο…εἴδεϊ τε μεγέθει τε(四―五)は、『名婦』の語句と『イリアス』『オデュッセイア』の措辞とを他に例のない組合せによって統合し、一つの独特の変形表現 variatio を生みだしている。τῆς καὶ ἀπὸ までは確かにヘシオドスにも用例がある句である、しかしこの句の直後に κρῆθεν という語が現れるとき、私たちはホメロス叙事詩の定形句がそれまでたどってきた誤用の道が、さらに進んでついに極限に至ったのを感じ取る(上記七の項参照)。同詩行の κυανεάων もこれと同類の現象である。

また、第一五詩行の νόσφιν ἄτερ φιλότητος ἐφιμέρου は、ヘシオドスの作品に固有の二組の語句を結合したものであるが、結合の文法がヘシオドスとは決定的に異なるものであるために、この個所のみの特殊な表現を生みだしている。第二二詩行の ἐκτελέσαι μέγα ἔργον, ὅ οἱ Διόθεν θέμις ἦεν では、詩行前半は英雄叙事詩の定式的表現を繰りかえすごときでありながら、後半は独特の句法による関係文で結ばれている。また、第二九詩行を見ると、詩行の caesura までは『オデュッセイア』に固有の句で、続く部分は『イリアス』のみが用いる句で、しかもなお詩行末尾には両詩に例のない比喩的な φυτεύσαι という動詞を配して、独特の変形表現 variatio を形作っている。

第三二詩行の Τυφαόνιον という単語や、第三三詩行の Φίκιον――これはヘシオドス中唯一のボイオティア方言 Φίξ に由来する[93]――という単語は、伝説に結びついている伝統的要素であるのか、作者の創意を表わす新要素であるのか、その点について判定できないけれども、『盾』一―五六の物語に鮮明な地方色を加える結果となっている。

この詩人の変形を伴なう伝統的詩法 imitatio cum variatione が、顕著に認められるのは、一詩行の caesura もしくは bucolic diaeresis の後の、後半あるいは末尾部分の語句である。個々の要素は伝統的語彙に属するものであっても、その組合せに斬新な工夫を含む表現の多くは、一詩行内のこの位置に現れる。以下にその諸例を列記する。

δόμους καὶ πατρίδα γαῖαν(一)、*νόον γε μὲν οὔ τις ἔριζε*(五)、*φερεσσακέας Καδμείους*(一三)、*οὐδέ οἱ ἦεν*(一五)、*κασιγνήτων μεγαθύμων*(一七)、*μαλερῷ δὲ καταφλέξαι πυρὶ κώμας*(一八)、*θεοὶ δ' ἐπιμάρτυροι ἦσαν*(二〇)、*ὅ οἱ Διόθεν θέμις ἦεν*(二二)、*πολέμοιό τε φυλόπιδός τε*(二三)、*ἀρῆς ἀλκτῆρα φυτεῦσαι*(一九)、*δόλον φρεσὶ βυσσοδομεύων*(三〇)、*τόθεν αὖτις*(三三)、*τέλεσεν δ' ἄρ' ἐέλδωρ*(三六)、*ἀγλαὸς ἥρως*(三七)、*ποιμένας ἀγροιώτας*(三九)、*ὑπεκπροφύγῃ κακότητα*(四二)、*κρατεροῦ ὑπὸ δεσμοῦ*(四三)、*χαλεπὸν πόνον ἐκτολυπεύσας*(四四)、*ἀνέρι πολλὸν ἀρίστῳ*(四八)、*κασιγνήτω γε μὲν ἤστην*(五〇)。

また、詩行末尾の改変が、続く詩行に影響を及ぼして、特異な多行間構文を作りだしている例として、第三五—三六詩行の *τανισφύρου Ἠλεκτρυώνης/εὐνῇ καὶ φιλότητι μίγη* がある。これについては上記**三六**の項において詳述したところである。ここにも明らかなように、『盾』一—五六の成立は、初期叙事詩の措辞変遷史の最終段階を表わすものである。

『盾』冒頭部の詩人がきわめて頻繁に、一詩行の後半部あるいは末尾部分に、独特の工夫や改変の跡をとどめていることは、以上の諸例から明らかであろう。

しかし他方、上記**四二**—**四三**の項においても述べたように、かれの工夫・改変が施されている詩行内の部分は、『イリアス』『オデュッセイア』の詩行構成において、特殊な意味と重要性を持っている。すなわち、ホメロスの両叙事詩の詩行構成の基本的特色は、多くの場合(あるいは殆んどすべての詩行において)、詩行後半部もしくは末尾部分は、定式的句法もしくは定形的な枕言葉と体言との句によって語られるという慣例である。周知のとおり、この事実を詳細に検討したミルマン・パリーは、ホメロスの詩行構成の特色は、即興的にある長さの物語を吟誦する古代の口誦詩人が、演曲上の条件に対処して考案した技法の産物であるという。かれの有名な口誦叙事詩論をごく簡単に紹介すると、ホメロス叙事詩の詩行末尾に定着している定式的な句法や、枕言葉と体言との定形的な組合せは、高度に組織化された一つのシステムを形成している。すなわち、物語が措定する多様な情況に即して、ある一つの律格と、ある一つの格語尾と、ある一つの範囲の意味の要請とを、同時に充足して機能する語の組合せは一つしかなく、互いに重複することはない。口誦詩人はこのシステムに通暁することによって、語句の選択について考えあぐねることなく、必要な律格的要請のもとに即座に必要な語句を語りつないで、まとまった一詩行を完成できる。そしてこのシステムの援用がホメロス叙事詩の一詩行の後半部分に顕著な痕跡をとどめている理由は、口誦即興詩の基本的要請による。詩人が良い物語を編みあげるための「筋」の展開を方向づける表現は一詩行の前半に、後半はその補足や修飾に傾くのが慣例であるが、後半部分を語る詩人は、語り言葉の淀みない流れを維持しながら、その後に続く次の詩行の展開を限られた時間の中に案出しなくてはならない。一詩行の後半部に集中的に定式的語句のシステムが援用されている理由は、その部分こそ口誦詩人が「筋」の展開を考案するための〝息つぎ〟の場がそこに必要であったからであり、システムに通暁した詩人であれば、考えあぐねることなく殆んど機械的に〝息つぎ〟のスペース——すなわち一詩行の後半部——の流れを維持しながら、次の展開を定めることが出来たからである。[94] 詩行構成におけるホメロス叙事詩の特色は口誦叙事詩の基本的要請に対する解答であり、ホメロスは口誦詩の奥儀に達した大詩人に他ならない。

ミルマン・パリーが詳細な研究に基づいて創出した口誦叙事詩と口誦詩人の技能について理論の概略はこのようなものである。これに比べてみるとき、『盾』冒頭部五十六詩行の作者の詩法は、口誦詩の伝統に依存するごとき装いを浮べながら、パリーの口誦詩人像とは決定的に異なる側面をのぞかせている。上述のとおり、ホメロス叙事詩では定式的句法や定形句が集中的に安定した形で現れる一詩行の後半部に対して、『盾』の詩人は独自の工夫を凝らし、変形表現の創出を図っているのである。かれは機械的に定式化した表現を選んでいない。一詩行の後半部、ときには最後の末尾の語に特色を盛りこんでいる。ホメロスにとっては〝息つぎ〟のスペースと思われた、その部分にまでもかれは考えをやすめることなく、語を選び句を練っている。この対照的な違いは、一体何を私たちに告げているのであろうか。

先ず第一に考えられることは、『盾』の詩人にとっては、詩作の基本条件が大きく変ったことを表わしているのではないか。かれがホメロス叙事詩、ヘシオドス、『讃歌』の措辞・句法に通じていることはすでに繰りかえし指摘してきた。しかしかれはもはや、即興詩人としての拘束を感じることがなかったから、ホメロスのように口誦技法のシステムに全面的に依存して、〝息つぎ〟の場を設ける必要もまたなかったのであろう。即興的に詩想をまとめ口誦技法によって吟弾する必要がなくなったとき、かれは従来、口誦技法が厳密なシステムの応用によって処理していた、詩行後半部あるいは末尾部分に、新しい改変の余地があることを発見し、ここに創意工夫を凝らした、と考えることは至って自然であろう。単純に言えば、従来の叙事詩の詩行末の響きをそのまま保持しながら、新しい字句の組合せによる固有の意味を行末部分に投入することが、『盾』の詩人には可能になったのであろう。

かれの努力は時には斬新な、時には新奇な語句を生み残している。しかしそれよりも重大な改変は、かれが多用している多行間構文の導入である。ホメロスが〝息つぎ〟をしながら――つまり口誦技法のシステムによって言葉の流れを維持しながら――次の詩行への継ぎを考える、という二重操作をしているのに対して、『盾』の詩人は、そのかわりに、一詩行後半部から始まって次の詩行に有機的に連なる構文構造を、叙事詩の叙述に用いはじめたのである。この面におけるかれの努力が果して、評価に値する具体的成果を挙げているかどうかは論の分かれるところであろう。しかし基本的には一詩行単位の構成を保持しているホメロス風の叙述技法を解体して、多詩行の空間を一つのまとまった詩想の展開によって充たす可能性が、ここに大きく開かれた意義はまことに大と言わねばならない。

だが、何がかれを口誦即興詩人の制約から解放したのであろうか、また、なぜそれでもかれは詩人であり続けることができたのであろうか。直接的原因については知ることはできない。しかしかれの詩法が、口誦詩の語彙、句法とつかず離れずの距離を保ちながら、口誦詩の基本条件にとらわれずに、工夫を重ねることが出来たのは、かれが文字を書く詩人であったから、と考えてよいだろう。文字がかれを音声としての言葉の制約から解き放ち、新しい道を行く詩人への道しるべとなった、という想定は、これまで私たちがたどってきた詳細な措辞分析の結果といささかも抵触するものではない。むしろ、かれの詩句の背景に点々とうかがわれるホメロスの英雄叙事詩の語彙・句法が、交錯し、融合し、新しい姿になって現れるまでの過程には、詩を文字に書く行為が含まれており、それなくしては成り立ち得ない組合せがあることも、私たちの措辞分析の示し得たところである。言葉から文字への、初期叙事詩の変容のプロセスを、如実に告げる証言者、それが『盾』冒頭部の詩人であると言っても過言ではあるまい。

このように『盾』冒頭部五十六詩行の作者を位置づけて本章の結論とすることは、『名婦』をも同列に位置づけることにもなり、ひいてはヘシオドスという詩人とその作品をも、詩の言葉から文字への移行を劃した先駆として位置づけることになる。『盾』冒頭部と『名婦』の同質性はすでに幾多の具体的例証によって裏付けられており、またホメロス叙事詩との対比においてこれら両作品の示す言語表現の特色の多くは、ヘシオドスの『神々』や『農』と共通のものであることが示されたからである。したがってまた、右のように『盾』冒頭部の特性を位置づけることは、これらの初期叙事詩群全体について、新しい重大な問いを投げかけることにもなる。すなわち、なぜ、『盾』冒頭部に限って(ひいてはこれと同類の傾向を顕著に示している初期の系譜詩群に限って)、文字使用の影響が、詩文構成に現れているのであろうか。なぜ、それより古期のものと一般に見做されているホメロス叙事詩には、口誦叙事詩の特色こそ顕著であれ、文字使用の影響は稀薄もしくは皆無とさえ言われる本文が伝承されているのか。

この問題は、本章が扱いうる範囲を越えた大きいものであって、詳細に論ずることは出来ないけれども、前章との継続的文脈において、仮説的な考えを示すことは不可能ではない。

単純に見れば、『盾』の詩人の工夫・改変は、系譜叙事詩の内容・構成が、固定化の弊に陥ったために、ある時期、偶々文字の使用を媒体として、末端の技巧的工夫に注意を集中した結果にすぎないとも言われよう。『名婦』のように、また『神々』のように、英雄たちや神々の系譜を主題とする叙事詩の作者は、自らが組み立てた系譜的枠組に添って、系譜を正しく語り連ねることを目的とする。『名婦』諸断片も、『盾』冒頭部も、短いエピソード的事件を含み、その限りでは物語叙事詩であるけれども、全体は系譜的枠組の中での繰りかえしとならざるをえない。そのような基本的性質から、系譜叙事詩は、一方では、最も容易に文字に写しやすい文学であったと考えられる。内容も構成も安定しており、短い数詩行ないしは数十詩行ずつの段落に区切って、幾回もの反復口誦による口述記録と校正が比較的容易であったと思われるからである。しかしまた他方では、そのような固定化した詩の場合、詩人の工夫が介入できるのはごく限定された細部の彫琢に限定されるのは当然であろう。文字に書写するという新しい詩作条件が契機となって、『盾』冒頭部(ひいては『名婦』)の詩人が、創意工夫を集中した部分およびその結果が、私たちの見たとおりの、きわめて特殊な、彫りの細かい言語表現とならざるを得なかった理由も、そのあたりにあったと思われる。

『盾』冒頭部の詩人の工夫が、『イリアス』『オデュッセイア』の詩人たちが伝統的定式措辞に甘んじている詩行部分に集中しているという、一見逆説的な現象の真実の解はおそらく、次のような事情に由来する。初期ギリシァ叙事詩の本文伝承には、二つのかけはなれた形態もしくは経路があったと思われる。一つは『盾』(ひいては『名婦』、ヘシオドスの『神々』『農』を含めての系譜詩群)のように、アルファベット発明後、書写技術の円熟と同時に比較的早期に文字伝承の道が開かれたものである。これらの詩作は、誕生の時はホメロス両叙事詩よりも遅れていたであろうが、本文の文字化への道程においては、両叙事詩よりもかなり先んじていたと考えねばならない。他方、もう一方の叙事詩群すなわちホメロスに代表される英雄叙事詩、わけても『イリアス』と『オデュッセイア』は、数千詩行、数万詩行の長大な文学であり、構成も内容も、系譜叙事詩と異なり、一定の語りの枠組の繰りかえしではなく、輻輳した劇的な組立てを持つ。このような大口誦叙事詩の成立と伝承にとって、発展途上の書写技術はいかほどの助けにもならず、むしろ完成度の高い口誦技法への依存度は、かなり後世に至るまで——すくなくとも系譜叙事詩が文字伝承へ移行した後も一世紀二世紀、あるいはさらに長く——変りなく大きく、決定的であったと思われる。その何よりの証拠は、パリーの構築した口誦叙事詩技法論が、前二世紀アレクサンドリアで校訂されたホメロスの本文に立脚して成り立っていることである。この校訂本の本文作製の基準となったものが他ならず、当時なおギリシァ各地で口誦技芸を誇っていたホメロス詩朗唱の吟遊詩人たちの完成度の高い口伝であったことを前提としなくては、パリーの実証的研究は原則的に成り立たない。ホメロス叙事詩の本文において口誦詩の原則が忠実に保持されて伝承されている理由は、忠実に書写できるだけの書写技術が、幾世紀かの経験によって蓄えられる時が熟するまで、ホメロス叙事詩は口誦詩として口誦者たちによって忠実にその口誦詩としての特性を保ち続けていたためであろう。その本文が口頭伝承と並行して口頭から文字へと、はじめて新しい伝承の経路を辿り始めることとなったのは、おそらく紀元前五〇〇年代の末期であろうという推測とその理由は、前章で述べたところである。

(1)　本稿作成のために参照した文献、ならびに以下の注記において言及されている文献は次のとおりである。注の中では作・編者の姓のみによって言及することとするが、同一人で数篇の著述が挙げられている時には姓の後に(1)(2)などの記号を附することとする。

Chantraine, P., *Grammaire Homérique*. I. Phonétique et morphologie, 1942 ; II. Syntax, 1953.
Davison, J. A., Quotations and Allusions in Early Greek Literature. *Eranos* 53, 1955, 125–140.
Denniston, J. D., *The Greek Particles*. 2nd ed., 1953.
Dunbar, H., *A Complete Concordance to the Odyssey of Homer*, 1880, Rev. ed. by B. Marzullo, 1962.
Ebeling, H., *Lexicon Homericum*, 1880–85 ; 1963.
Edwards, G. P., *The Language of Hesiod in its Traditional Context*, 1971.
Edwards, M. W., Some features of Homeric craftsmanship. *TAPA* 97, 1966, 115–79.

Evelyn-White, H. G., *Hesiod, The Homeric Hymns and Homerica.* With an English translation by H. G. E.-W., 1943 (LCL).

Fatouros, G., *Index Verborum zur frühgriechischen Lyrik,* 1966.

Fraenkel, E., *Aeschylus Agamemnon.* I. Prolegomena, Text, Translation ; II. Commentary 1–1055 ; III. Commentary 1056–1673, Appendixes, Indexes, 1950.

Fraenkel, H., *Apollonii Rhodii Argonautica. Recognovit brevique adnotatione critica instruxit H. F.,* 1961 (OCT).

Groningen, B. A. van, *La composition littéraire archaïque grecque,* 1958.

Hainsworth, J. B., *The Flexibility of the Homeric Formula,* 1968.

Hoekstra, A. (1), Hésiode et la tradition orale. *Mnemosyne* 10, 1957, 193–225.

——(2), *Homeric Modifications of Formulaic Prototypes,* 1965.

Krafft, F., Vergleichende Untersuchungen Zu Homer und Hesiod, 1963 (*Hypomnemata* 6).

Leo, F., *Hesiodea,* 1894 = *Ausgewählte Kleine Schriften* (ed. E. Fraenkel, 1960), II. 343–63.

Leumann, M., *Homerische Wörter. Schweizerische Beiträge zur Altertumswissenschaft* 3, 1950.

Lobel, E., *The Oxyrhynchus Papyri.* Part 28. Edited with Notes by E. L., 1962.

Lobel, E., et Page, D. L., *Poetarum Lesbiorum Fragmenta,* 1955.

Mazon, P., *Hésiode. Théogonie, Les Travaux et Les Jours, Le Bouclier.* Text établi et traduit par P. M., 1928 (Budé).

Merkelbach, R., *Die Hesiodfragmente auf Papyrus,* 1957.

Merkelbach, R., et West, M. L., *Fragmenta Hesiodea,* 1967.

Monro, D. B., et Allen, T. W., *Homeri Opera.* I. II. Ilias, 3rd ed., 1920 ; III. IV. Odyssea, 2nd ed., 1917, 1919 : V. Hymni etc., 1912 (OCT).

Myres, J. L., Hesiod's "Shield of Herakles": Its Structure and Workmanship. *JHS* 61, 1941, 17–38.

Notopoulos, J. A. (1), The Homeric Hymns as oral poetry. *AJP* 83, 1962, 337–68.

——(2), Studies in early Greek oral poetry. *HSCP* 68, 1964, 1–77.

O'Neil, E. G., The localization of metrical word types in the early Greek hexameter Homer, Hesiod and the Alexandrians. *YCS* 8, 1942, 105–78.

Paley, F. E., *The Epics of Hesiod,* 1861 ; 2nd ed., 1883.

Page, D. L. (1), *Select Papyri*. III. Literary Papyri : Poetry, 1950 (LCL).
——(2), *Poetae Melici Graeci*, 1962.
Palmer, L. R., Ch. IV : The language of Homer, in *A Companion to Homer* (ed. Wace and Stubbings), 1962, 75–178.
Parry, M. (1), *L'épithète traditionnelle dans Homère*, 1928 = *The Making of Homeric Verse* (= *The Making*), ed. by A. Parry, 1971, 1–190.
——(2), *Les formules et la métrique d'Homère*, 1928 = *The Making*, 191–239.
——(3), The distinctive character of enjambement in Homeric verse. *TAPA* 60, 1929, 200–20 = *The Making*, 251–265.
——(4), Studies in the epic technique of oral verse-making. I. Homer and Homeric style. *HSCP* 41, 1930, 73–147 = *The Making*, 266–324 ; The Homeric language as the language of an oral poetry. *HSCP* 43, 1932, 1–50 = *The Making*, 325–364.
Paulson, J., *Index Hesiodeus. Lund*, 1890 ; 1962.
Pfeiffer, R., *History of Classical Scholarship. From the Beginnings to the End of the Hellenistic Age*, 1968.
Powell, J. U., *Collectanea Alexandrina. Reliquiae Minores Poetarum Graecorum Aetatis Ptolemaicae 323–146. A. C.*, 1925.
Prendergast, G. L., *A Complete Concordance to the Iliad of Homer*, 1875. Rev. ed. by B. Marzullo, 1962.
Russo, C. F., *Hesiodi Scutum*, 1950.
Russo, J. A. (1), A closer look at Homeric formulas. *TAPA* 94, 1963, 235–47.
——(2), The structural formula in Homeric verse. *YCS* 20, 1966, 217–40.
Rzach, A. (1), Der Dialekt des Hesiodos. *Jahrbücher für klass. Philologie*. Supplementband 8, 1876.
——(2), Die handschriftliche Überlieferung des hesiodischen Theogonie. *WS* 19, 1897, 15–70.
——(3), Neue handschriftliche Studien zu Hesiods Erga. *WS* 20, 1898, 91–118.
——(4), Die handschriftliche Tradition der pseudo-hesiodischen Aspis. *Hermes* 33, 1898, 591–625.
——(5), *Hesiodus Carmina. Recensuit A. R.*, 1902 (ed. maior); 1913 (ed. minor); 1967 (ed. minor) (BT).
Schmidt, C. G., *Parallel-Homer. Index aller homerischen Iterati in lexikalischer Anordnung*, 1885; 1965.
Schwartz, E., *Scholia in Euripidem*. I II. Collegit recensuit edidit E. S., 1937.
Schwartz, J., *Pseudo-Hesiodeia*. Recherches sur la composition, la diffusion et la tradition ancienne d'œuvres attribuées à Hésiode, 1960.

Schwarz, F., *De Scuto quod fertur Hesiodi*. Qauestiones ad compositionem et dicendi genus maxime pertinentes, 1932.
Sellschopp, I., *Stilistische Untersuchungen zu Hesiod*, 1934 ; 1967.
Sinclair, T. A., *Hesiod. Works and Days*, 1932 ; 1966.
Snell, B., etc., *Lexikon des frühgriechischen Epos*. Fasc. 1–6, 1955–69.
Solmsen, F., Merkelbach, R., et West, M. L., *Hesiodus*. Theogonia Opera et Dies Scutum. Edidit F. S.; Fragmenta Selecta. Ediderunt R. M. et M. L. W., 1970.
Traversa, A., *Hesiodi Catalogi sive Eoearum Fragmenta*, 1951.
Troxler, H., *Sprache und Wortschatz Hesiods*, 1964.
Vian, F.(1), Poèmes Hésiodiques et Pseudo-Hésiodiques. *REG* 74, 1961, 269–274.
——(2), Rec. of Fragmenta Hesiodea (M.–W.). *Gnomon* 40, 1968, 529–533.
Valk, M. van der, Le Bouclier du Pseudo-Hésiode. *REG* 79, 1966, 450–481.
Wagner, R., *Apollodorus Pediasimus*. Edidit R. W. (*Mythographi Graeci* vol. I.), 1926 ; 1965 (BT).
Walcot, P., Rec. of The Oxy. Papyri 28. *JHS* 85, 1965, 196–7.
West, M, L., *Hesiod. Theogony*. Edited with Prolegomena and Commentary by M. L. West, 1966.
Wilamowitz-Moellendorff, U. von (1), Lesefrüchte 92, *Hermes* 40, 1905, 116–24.
——(2), *Euripides Herakles*. Rev. ed. by W. Abel, 1933.
——(3), *Hesiodos Erga*, 1928; 1962.
Young, D., *Theognis*, Edidit D. Y, 1971 (BT).

（2） 例外としてヘリコン山周辺に住む人々のみは『農』のみがヘシオドスの真作であると主張していたという(パウサニアス九・三一・四―五)。アレクサンドリア時代のヘシオドス批判については、J. Schwartz, 13ff ; Pfeiffer, 117, 144, 177f., 220.

（3） Solmsen, praefatio v. アスクラ村のヘシオドスと『神々』の作者は別人であるという Aly の説(Hesiodos von Askra. *Rh. M.* 68, 1913, 22–67 = *Wege der Forschung* XLIV, 50–99)もあるが、しかし Aly も『農』の作者と『神々』二二のヘシオドスは同一人物であることを言語上の理由で認めている(*op. cit.*, 99)。両作品を一貫する思想的特色については、拙著『ギリシァ思想の素地――ヘシオドスと叙事詩』(岩波書店、一九七三)参照。

（4） 『盾』の Hypothesis (Solmsen, 86). Hypothesis の原作者と目されるエパフロディトスについては C. F. Russo, 36 ; F. Schwartz,

43. Hypothesis の内容分析については Valk, 450–2；ステシコロスとの関係については特に Davison 参照。'Ἡσιόδειος Χαρακτήρ については J. Schwartz, 43–6.

(5)『盾』関係の諸文献は C. F. Russo, 60–4. 代表的見解として、Wilamowitz-Moellendorff, *Lesefrüchte* 92；F. Schwarz, Praefatio 1 および 87; Mazon, 119ff.; Groningen, 109–23.

(6) Myres, *op. cit.*, passim.

(7) F. Schwarz, 14. かれは『盾』の作年代を前六世紀初めと推定しているが、Groningen, loc. cit. はもっとホメロスやヘシオドスに近い時代の作としている。

(8) Yoshida, A., La Structure de l'Illustration du Bouclier d'Heraclès dans l'*ΑΣΠΙΣ*『成蹊大学一般研究報告』(7),1971, 1–19.

(9) Mazon, 119.

(10) ホメロス以降の叙事詩の措辞と技巧についてはすでに Hoekstra (1), (2), Notopoulos (1), (2) などが主としてヘシオドスと『讃歌』について重点的に行なっているが、いわゆる "Parryist" の陥りがちな弊害や欠点がなしとは言えない。他方、口誦叙事詩の技法が継承されながら、それと同時に各詩人の "error" や誤解によって伝統的技法や措辞が変質していく実態を究明する作業は Leumann によって大きな成果を得ている。本稿では内容的には『盾』一—五六を『名婦』の一部として位置づけるとともに、他方、措辞分析の面では、口誦叙事詩の技法の変質と崩壊を詳細に跡づけてみたい。

(11) 上記注(4)参照。

(12) "bien de nature à susciter des mirages". Vian (1), 269.

(13) F. Schwarz (1932), 10–19, C. F. Russo (1950), Scuti 一—五六などは『盾』一—五六の措辞についてすぐれた観察をなしているけれども当時『名婦』の断片として知られていたものの中からは、『盾』の措辞を説明するに足る材料はまだ殆んどまったく得られなかったのである。

(14) 一九五七年までに公刊されたヘシオドス断片とパピルス資料は Merkelbach に収録。メストラの『名婦』を記載した *Pap. de l'Institute Français d'Archéologie Orientale du Caire* (*P. I. F. A. O.*) 322, A–H は、J. Schwartz, 266–281；これらをもとにした『名婦』の復原は J. Schwartz, 281–328.

(15) Walcot, 197；本稿第三節 passim.

(16) *Lesefrüchte* 92, 123.

(17) Merkelbach, *Untersuchungen zur Odyssee*. 177, 188；*Aegyptus* 31, 1951, 256f., 268；*Gnomon* 21, 1955, 6.

(18)　Vian (2), 529.

(19)　本稿第三節 passim および第四節参照。

(20)　Vian (2), 529–533 ; Walcot, 196–7.

(21)　*Νῦν δὲ γυναικῶν φῦλον ἀείσατε, ...αἳ τότ' ἄρισται ἔσαν...μισγόμεναι θεοῖσιν...* (Fr. 1. M.–W., 1–2＝Th. 1021–2).

(22)　Fr. 2 (M.–W.) (＝Schol. Ap. Rhod. *Γ* 1086. p. 248. 6 Wendel): *'Ησίοδος ἐν πρώτῳ Καταλόγων.* cf. Fr. 5 (M.–W.).

(23)　その系譜上の主軸については、断片編集者の間でも意見が多様に分れているが Oxy. Pap. xxviii 刊行以前には、アポロドロスの『神話集成』に沿う形で『名婦』の全体的復原を考える派 (Wilamowitz, Merkelbach, Traversa) と、そうではなくてさらに多様な伝承を含むとする J. Schwartz などの考え (*Ps-Hesiodeia*, 328–484) があったが、P. Oxy xxviii 以後アポロドロスとの類似と相異は各〻いっそう際立ってきた観がある (下記注(39)参照)。M.–W. では、Aeolidae (fr. 10〜76 (＋77〜122?)), Inachi Progenies (fr. 122–159), Pelasgi Progenies (fr. 160–168), Atlantides (fr. 169–204) という系譜を主としてまとめている。しかしこれらがただちに Catalogi の五巻の各〻の内容と対応していたとは考えられない、例えば Aeolidae は一巻に収まる以上の内容をもつことは容易に考えられる。『盾』は Atlantides の中に位置づけられているが、Atlantides の中には、Catalogi の第五巻に収められていたと目される Helenae proci も置かれている。また内容的に重複したり、系譜の途中が欠落している部分もある。例えば Atlantides の一部と Inachi Progenies は、ペルセウスの三人の息子たちとペロプスの三人の娘たちとの結婚で一つの系譜に合流しているなどである。

また、『名婦』の叙事詩体についても、P. Oxy. xxviii は既存の概念をかなり大幅にあらためることになった。その基本的なスタイルはホメロスの叙事詩に多くを負い、ヘシオドスやさらに『讃歌』など、初期ギリシァ叙事詩の終末期の措辞との共通点も多く指摘できるが (本章第三、四節参照)、他方『名婦』独自の定形句も幾つか指摘できる。美しい乙女の定形的表現としては *Χαρίτων ἀμαρύγματ' ἔχουσαν* (Fr. 43 (a). 4 ; 70. 38 ; 73. 3 ; 185. 20 ; 196. 6), *τανισφύρου εἵνεκα κούρης* (Fr. 75. 6; 43 (a). 37 ; 73. 6 ; 195 Sc. 35 ; 198. 4 ; 141. 8) など、騎馬の男性の表現として *ἵπποισι καὶ ἅρμασι κολλητοῖσι* (Fr. 26. 36 ; 58. 7 ; 180. 15 ; 190. 13 ; 193. 10 ; 251 (a) 5 et 11. cf. Lobel ad Ox. Pap. 2495. 7) などが目立っている。また系譜詩の性質上、妻を迎える記述が多いが、とくに、*θαλερὴν ποιήσατ' ἄκοιτιν* (Fr. 14. 5 ; 17 (a) 12 ; 23 (a) 31 ; 26. 24 ; 33 (a) 7 ; 180. 16 ; 190. 6 ; 229. 2 ; 251 (a) 8) が繰りかえし用いられている。また、Helenae proci では、*'Ελένης πόσις ἔμμεναι ἠυκόμοιο* がリフレインのように現れる (Fr. 199. 32 ; 200. 42 ; 204. 43 ; 55)。『名婦』の成立を内容面からみて成立地域を論ずることもできるが (J. Schwartz, 508–29)、他方これらの幾つかの特色的な定形句をもつ、『名婦』の語り口をもつ詩人ないしは詩人グループを想定することができるかもしれない。

『名婦』のスタイル (叙事詩体) については、ディオメデスの古典的定義が知られているが (historice est, qua narrationes et genealogiae componuntur, ut est Hesiodu gynecon catalogus et similia. Gramm. Lat. i. 482 sq. Keil)、従来genealogia的要素(つまり系譜を羅列するにとどまる記述)ばかりが言及されて、narrationesがどの程度のものであるかは容易につかむことができなかったが、『名婦』のパピルス断片が集積されるにしたがって、その叙述スタイルも直接話法による劇的効果などを始め、変化と色彩に富むものであることが明らかになってきている(例えばアタランテーの挿話を語る断片(Fr. 75, 76. M.-W., P. S. I. 130. col.I ; col ii. ed Vitelli)などはとくに目立つ一例である)。したがってcatalogusとはいえ、名前の列記ではなく、個々の人物について長い場合には百詩行前後にわたって、特記すべきエピソードを小叙事詩として語るnarratioを集めたものであったらしいことがわかる。

(24) 古代からビザンチン時代に継承された書誌学の上では、catalogusという方がむしろ正しい呼称であったことが、これに言及している文献すべてが一致して告げるところである。パウサニアス九・三一・四—五では〝いわゆる〟『大名婦』という言い方をしているし、Hesychiusは*'Ηοῖαι*をglossaに入れて、これを*ὁ κατάλογος Ἡσιόδου*と説明していることからも、catalogusが正称でありまた一般に知られた名であったことがわかる(J. Schwartz, 33-43)。

(25) 『名婦』の名称が用いられている最初の文献は前三〇〇年頃の詩人、コロフォンのヘルメシアナックス(fr. 7. 21-26. Powell)であり、かれがフィレタスの弟子であったとする伝えが正しいならば(Schol. Nicandr. Ther. 3)、あるいは『名婦』という呼称は当時の文芸識者の間での、特別の呼び方から発したものかもしれない。

(26) Lobel, ad P. Oxy. 2495(vol. xxviii. 47).

(27) Fr. 23(a). 3(M.-W., Tabula 1 A); Fr. 26. 5(P. Oxy. vol. xxviii plate III. 5(b)iii ; Fr. 58. 7(P. Oxy. vol. xxviii plate IX. 16(a)) ; Fr. 59. 2(Strabo IX. 5. 22=P.Oxy. 2490(=2483 fr. 3)) ; Fr. 181. 1(Schol. A. Hom. B. 496); Fr. 195 Aspis 1 ; Fr. 215(Schol. Pind Pyth. ix. 6 : ii. 221. 12 Drachmann); Fr. 253(Schol. Pind. Pyth. iv. 36c〜61 : ii 102 et 105 Drachmann).

(28) Fr. 43(a) 2. (*P.I.F.A.O.*, B, Planche II. Schwartz, *Ps.-Hesiodeia*); Fr. 43(a) 70(*P.I.F.A.O.* 322 A, Planche I. Schwartz); Fr. 94. 2(Pap. Oxy. 2495 fr. 9, plate IX); Fr. 193. 9(P.S.I. 131 ed. Norsa ; Tafel III. N. Merkelbach)などであるがいずれも補修の蓋然性はきわめて少ない。Fr. 193.9のWilamowitzのemendatioの可否についてはMerkelbach, 45参照。

(29) Fr. 59. 2 ; Fr. 181. 1 ; Fr. 215 ; Fr. 253(いずれも引用断片である)。

(30) Lobel, 8-11(plate II, III).

(31) Lobelの2482, 2075 fr. 9(P. Oxy. xxviii, 8)の詩行の左端部分とミシガン大学収蔵パピルス登録番号六二三四断片二の詩行断片とは筆跡、時代ともに異なるものであるけれども、ともに『名婦』のレデーを語る同一段の写しであることは明らかである。

(32) Lobel, 11は*ἀεθλοφόρον*がポリュデウケスの枕言葉としてよく用いられているところから、そのように推論し、M.-W.はこれに

従って *Πολυδεύκεα* の字を補っている。しかしこれについては Vian (2), 530 の批判的意見もある。(1)記述の流れが逆行すること、(2) Fr. 24 が必ずしも Fr. 23 (a) の末尾にポリュデウケスの名が現れることの証拠とはならぬこと、などが、批判的見解を支えている。

(33) ed. Bartoletti, *Aegyptus* 31, 1951, 261f. (photo : 262); cf. Merkelbach F I (13).

(34) App crit. ad 13. (Fr. 26. M.-W.).

(35) Fr. 26. 25. cf. Lobel, 16 ad 2481 col. iii. 25.

(36) Fr. 26. 31. (27–31 は Schol. Soph. Trach. 272 に引用されている。)

(37) 『名婦』以外の神話伝承ではポルタオンの娘たちの中で、ステロペーの名のみが知られている(『神話集成』一・七、一〇、二、Wagner, 23; Schol. Od. xii. 39)。かの女は Seirenes らの母となる (cf. Lobel, 15, add. 5 et 9.)。アポロドロスでは (Wagner, 23)、プレウロンの娘たち、つまりポルタオンの叔母たち三人の名前がステロペー、ストラトニケー、ラオフォンテーであると記されている。

(38) テスティオスの子供たちの系譜とポルタオンの子供たちの系譜とは、『神話集成』一・六二、六三 (Wagner, 23) でも並記されているが、その内容は『名婦』のものとはかなり異なっていて、伝承途上における幾重かの混乱が認められる。『神話集成』の記述をそのまま『名婦』の復原に際して、断片的字句の上に投影することの危険は、このような例からも充分にうかがわれる。

(39) cf. Merkelbach, 47–8.

(40) Lobel, 42.

(41) 諸学者の見解については、Merkelbach, 45 記載の文献参照。

(42) Vian (2), 530f.

(43) アポロドロスの *Στερόπη* は *Ἀστερόπη* の退化した形であろう。Fr. 169. 2 では *Ἀστερόπη* の形が律格の上で必要とされる。

(44) Lobel, 78.

(45) M.-W. app. crit. ad 4 ; P. Friedländer, *Argolica*, 79 adn.

(46) Schol. Thuc. 1. 9. 2.

(47) Fr. 190. 4–5.

(48) Fr. 135 (P. Cair. 45624, ed. Edgar=Merkelbach I, Tafel III) は三人の聟たちについて記しているし、断片的ではあるが、アンフィトリュオンがタフォス人たちに対してエレクトリュオンの子供たちの仇を討った事件についての言及も含まれている。したがって Fr. 135 は Fr. 193, 195 などに近接した記述部分の断片ではないかと思われるのであるが、M.-W. の中では Inachi progenies の系譜に位置づけられている。アポロドロスの第二巻ではアンフィトリュオンとアルクメネーの物語はイナコスに始まるペルセウス系譜の一つの頂点を形づくる。これに対して『名婦』の中にはヘラクレスの子らつまりドーリス民族の系譜は含まれていなかった模様であり、したがってまたアルクメネーの系譜もペルセウス家譜の一部というよりも、アトラスの娘たちの系統に従属する色彩が強かったのではないかと思われる。

(49) Lobel, pl. XI 参照。
(50) Schol. Eur. Phoen. 53 (Schwartz, 257. 21–2) は、フェレキュデス (Fr. 48) の説としている。
(51) Merkelbach, 46.
(52) 上記四三頁参照。
(53) 上記四七頁参照。
(54) Fr. 194 ; cf. Lobel, 42 : 'irreconcilable with what is found here.'
(55) アンフィトリュオンがテーバイの王であったとする伝承について『名婦』の作者は何も知らない。かれもアルクメネーも共にティリュンスの人間であると考えられている。cf. Wilamowitz, *Euripides Herakles*² (1895) I. 53; F. Schwarz, 14.
(56) Fr. 193 (*P.S.I.* 131 ed. Norsa), 19. '*Ἀλκμήνη δ' ἄρα] μούνη ἐλ[λείπ]ετο χάρμα γο[νεῦσι*, (suppl. Wilamowitz, *γο[νεῦσι* Norsa : photogr. Merkelbach Tafel III)。前後の脈絡から察するところ親元に残されているただ一人の娘はアルクメネー以外の何びとでもありえない。リキュムニオス（『神話集成』二・四、五、六–七、Wagner, 66–7）についての言及は『名婦』には含まれていなかった様子である。
(57) 上記注(50)参照。
(58) P. Philippson, Genealogie als mythische Form. *Symbolae Osloenses*, Fasc. Suppl. VII, 1936 (*Untersuchungen über den griechischen Mythos*, 1944, 7–42; *Wege der Forschung* XLIV, 1966, 651–687); T. G. Rosenmeyer, Hesiod und die Geschichtsschreibung. *Hermes* 85, 1957, 257–285 (*Wege der Forschung* XLIV, 1966, 602–648) 参照。
(59) ただし、Fr. 190 (P. Oxy. 2502 ed. Lobel) の『名婦』内における位置づけについては、Lobel 自身語っているように (77) 不確かであることを知らねばならない。1.5 の前半の字句の妥当性も疑わしい。
(60) ヒッポダメイアの聟選び (cf. Pind. Ol. 1.67–88 ; Schol. Pind. Ol. 1, 127 ; Pausanias VI. 21, 10 sq. = Fr. 259 (a) M.–W.) についても『名婦』は語るところがあったと伝えられているが、現存の作品断片からその模様を知ることはできない。ヘレネーの聟選びについては、Fr. 204 M.–W. (P. Berol. 10560, ed. Schubart–Wilamowitz ; Merkelbach, 26–7), 78–84 にその条件が明記されている (cf. Schol. Lyc. 204 ; [Eur.] Iph. Aul. 57–71 ; Isocr. Hel. 40–41 ; Bibl. III. 10.9)。なお、これについてのツキジデスの批判についてはツキジデス

一・九、Gomme, *Historical Commentary* I. 108–11 参照。

(61) 『盾』四―一〇のアルクメネーの容色徳操の讃美を過度であると感じたり(van der Valk, 452)、あるいは三七―四七のアンフィトリュオンの姿にいくらか滑稽さを感じたりするのはやむをえないかもしれないけれども、作者の意図は、のちのプラウトゥスやクライストなどとはかなり異なり、宗教的縁起の方向をさしていたのではないかと思われる。

(62) *Ἀμφιτρύωνα/Ἀλκμήνη*『盾』二―三の措辞については次節二、三を参照。

(63) 『名婦』の catalogue 的な系譜のあちこちに、神話や伝説のハイライト的な物語りが narratio として配置されていた模様は注(23)に指摘したとおりであるが、『盾』一―五六もその一つであったかもしれない。しかし『名婦』的な系譜叙事詩が多数存在していたという可能性も否定しさることは出来ず(Lobel, 77)、その場合には個々の系譜詩において、narratio 的要素の濃淡は異なっていたことであろう。

(64) Xenophanes, Fr. 11 Diels (Vol. 1, 132). かれの神話批判の立場については、W. Jaeger, *Die Theologie der frühen griechischen Denker*, 1953, 50–68.

(65) エレクトリュオンとタフォス人たちとの争いも(『盾』一九―二〇、cf. Fr. 193. 16–18)、プテレラオスの子供たちがメストルに母方の祖父から伝わる所領をエレクトリュオンに対して割譲要求して、これが拒否されたところに発したと伝えられる(『神話集成』二・四・六・一、Wagner, 66)。しかし〝母方の祖父〟とは誰であるのか解らない。プテレラオスの系譜は曖昧な形でペロプスの娘ヒッポトエーに遡ることができる(『神話集成』二・四・五・二―三、Wagner, 65)。

(66) *Sitz.-Berichte d. Preuss. Akad. d. Wiss.* 1926, 141 (=*Kl. Schriften* V 2, 150)

(67) Merkelbach, 45 ad 9.

(68) P. Oxy. 2495 fr. 16 col. ii (Lobel, plate IX) の 1.7 は明瞭に *οἴην*(気息記号はト形で記されている)を留めているけれども、前後の脈絡は M.-W. が自信をもって印刷に附しているほど明らかではない (cf. Lobel, 53)。

(69) Fr. 1 (P. Oxy. 2354 ed. Lobel)

(70) ペロプスの娘ヒッポトエーとポセイドンの間にタフィオスが生れたとする伝は、断片の中には見出されていない。

(71) 上記四五―四八頁以下参照。

(72) G. Giangrande, *JHS* 92, 1972, 188–192 (G. P. Edwards, *The Language of Hesiod* についての批評)。

(73) P. Mazon, 119 : "peu de textes nous permettent de mieux voir l'état de《perpétuel devenir》, qui est celui de tous les poèmes épiques en Grèce."

(74) 拙著『オデュッセイア——伝説と叙事詩』岩波書店、一九八三年、二三六—三九頁参照。

(75) G. P. Edwards, 85–100；『盾』については、同書 99 参照。

(76) その意図についての推測は上記三二頁注四三参照。

(77) Chantraine, I, 303；435 参照。

(78) 具体的には、Hainsworth, 90–109 で論じられている Separation といえる。

(79) Leumann, 56–58.

(80) P. Oxy, 2494 も *-άων* の形を伝えている。*κυανέων*, *κυανεόντων* などの読みはいずれも写本の伝えが有する困難を回避しようとする試みと受けとられる(Leumann, loc. cit.)。

(81) Leo, 354；F. Schwarz, 10；West, 409(ad Th. 910), Edwards, 116–8.『名婦』には *ἱμερόεντα πόλιν* などの文法上の性の混同がみられることについては、J. Schwartz, 274 参照。

(82) Fatouros, *φερεσ* の諸項参照。

(83) Fr. 43(a)22 の欠落部分に West は *ἔφμερα*(cf. app. cr.)を宛てているけれどもいかなる理由に基づくものであるのか明らかではない。このパピルス断片の詳細については、J. Schwartz, 265 以下、とくに 268–9 および Planche III 参照。

(84) West, ad Th. 396(274) に *ἢ θέμις ἐστίν* の伝承の詳細が記されている。

(85) cf. Parry (3), Making, 263ff.; G. P. Edwards, 85 以下、とくに 94 以下参照。

(86) 初期の文芸的言及については Davison に諸例が論ぜられているが、Davison が問題としている作家Aが作家Bを引用ないしは言及しているような場合に比べて、『盾』三〇の——もし literary allusion であるとすれば——場合は、『イリアス』一・二三二が同二・二四二のテルシテスによって繰りかえされているのと同類であり、同一流儀の中での allusion というべきであろう。

(87) Rzach, Der Dialekt, 465；West, 88 参照。

(88) Chantraine, I, 416–7 参照。

(89) F. Schwarz, 14, Anm. 58.

(90) F. Schwarz, 15.

(91) E. Fraenkel, ad Aesch. Agam. 1033.

(92) Wilamowitz, *Lesefrüchte* 92, 120–21；F. Schwarz, 17；Mazon 120 参照。

(93) Rzach, Der Dialekt, 465.

(94) Parry (4), *The Making*, 314ff.; 342ff.; 拙著『ギリシァ思想の素地』七五頁以下参照。

第三章　叙事詩文学の系譜

——『アルゴ号叙事詩』一・七二一—七六三の描写技法（エクフラシス）について——

古代におけるギリシァ古典文学の研究は、前三世紀初めにエジプトのアレクサンドリアを中心に華々しく最盛期を迎えた。その地に創設された「ミューズ神殿」Museion は、後世アレクサンドリア大図書館の名で知られるが、そこに集められた茫大な文献資料に基づいて、ホメロス、ヘシオドス以来の文学の輪郭が確かめられ、その中で特に傑出した作者と作品の本文校定がすすめられる。ローマの知識人たちが世界の第一級文学と称したギリシァ古典文学の全体像が、ここにはじめて姿を現わすこととなったのである。

「ミューズ神殿」の学者たちが、鋭意五世代にわたる情熱を傾け続けた研究の中心に、ホメロス叙事詩の批判的校訂本の作成があったことは、すでに幾度か触れてきたとおりである。初代の神殿主宰であったゼノドトスは、校訂のための基礎作業をおこなった。そしてその後継者が本章で取り上げる、『アルゴ号叙事詩』Argonautica の作者アポロニオスである。かれは、同輩のカリマコスと並んで、アレクサンドリアの文献学と創作文学を代表する双璧と称される。アポロニオスは前二四七／六年までミューズ神殿主宰の職にあったが、隠退して後ロドス島に移り住んだ。そのために、生れはアレクサンドリアであったが、後世人の間ではロドスのアポロニオス Apollonios Rhodios の名で呼ばれることになっている。

『アルゴ号叙事詩』は、かれの代表作である。全四巻五八三五詩行、ギリシァ本土から集まった五十人の英雄たちがイアソンを指揮者にいただき海路遥々黒海の奥地コルキスを訪ね、数多の冒険を重ねて再び帰路に着くまでを叙述する。この叙事詩は、口誦即興詩に端を発したギリシァ叙事文芸が、ホメロス、ヘシオドスらの輩出以後約四、五世紀の日月を閲し、幾多の変容を重ねつつ到達した一つのピークである。また同時に、ホメロス研究がようやく頂点に近づきつつあったアレクサンドリアにおいて、その学問的指導者の一人であったアポロニオス周辺の、当時の文芸世界の主張や願望を反映している貴重な証言でもある。『アルゴ号叙事詩』の構成、素材、措辞、人間描写などの文芸的諸面については、問われるべき問題は少なくない。しかしこの叙事詩が、ギリシァ英雄叙事詩の伝統が究めえた詩的彫琢の一つの成果であり、当時の文芸的叙事詩人の抱負と学殖が刻みのこした金字塔であることは、疑いを容れない。

本章は、詩人アポロニオスが叙事詩の層厚い伝統を、学問と詩文の両面において深く意識しながら、自ら叙事詩創造にむかって新しい一歩を踏みだすとき、ふと洩らす詩人としての抱負の一端を、『アルゴ号叙事詩』第一巻の描写場面から汲みとる試みである。

一

物語の主人公イアソンは、故郷イオルコスから大航海旅行に旅立つとき、女神アテネーから美しい二重折りの外衣を授かる。詩人アポロニオスは第一巻の第七二一詩行以下においてその授受の次第を語り、女神自らがその織物に施した七つの絵柄を詳しく描写する。この描写(エクフラシス)についてはフリートレンデル P. Friedländer 以来、多くの学者たちが論及している。しかしアポロニオスの筆致が徒らに装飾的・皮相的であるという点のみが批判の槍玉にあげられて、この描写に籠められた意図を積極的に評価するものは皆無にひとしい(1)。私たちは先ずその前後の叙述から、状況を捉えなおし、次に刺繡文様のメッセイジを読みとる作業に移ることにしたい。

主人公イアソンは、航海途次に寄港したレムノス島の女王ヒュプシピュレーから招待を受ける。イトーンの祭神、女神アテネーから贈られた、紫紅色の輝きを放つ外衣を両の肩に羽織り、右手にマイナロスのアタランテーから貰った槍をかかえ、イアソンは輝く星さながらの派手な装い姿で出かけていく。叙事詩にはホメロス以来の慣習として、盾や鎧、宮殿や庭園など人工的事物についての入念な描写場面が挿入されるのが常である。アポロニオスもこれに従って、この叙事詩では主人公イアソンの平和的意図を着衣の描写を通じて表わそうとしている、とフリートレンデルは言っている。[2] 後日ローマの詩人ワレリウス・フラックスの同じ題名の叙事詩では、アルゴ号の舷側の飾りとしてペレウスとテティスの結婚の絵や、ヒッポダメイアの婚礼をめぐる絵の描写が挿入されており、描写技法にさらに一段と新しい工夫が加えられていることが判る。ともあれ、イアソンの外衣の刺繍文様が、ほかならぬ機織りの女神アテネーの手になるものであるということが、一層優美、華麗の印象を際立たせる、とアポロニオスの近年の校訂家フレンケル H. Fränkel は言う。[3]

刺繍文様は七つの図柄から成り、二重に折って羽織る外衣の七つの隅に、各〻縫いつけられている(*ἐν δ' ἄρ' ἑκάστῳ/ τέρμασι δαίδαλα πολλὰ διακριδὸν εὖ ἐπέπαστο* 七二八―七二九)。原文中の *διακριδόν* は、それまでの叙事詩の慣用例では、「とりわけて」「一々こまかく」などの意味に解されるときもあるが、ここでは「各〻個別に」という意味であろう。*ἐπέπαστο* は稀な動詞であり、『イリアス』のヘレネーの織物の描写からの借用であることは明らかである(『イリアス』三・一二六 *δίπλακα πορφυρέην, πολέας δ' ἐνέπασσεν ἀέθλους*)と『アルゴ号叙事詩』の注釈家ムーニーは記している。[4]

七つの文様はいずれも神話・伝説の名場面から題材を得ている。そして一場面ごとに、五詩行ないしは七詩行ばかりの簡単な画面描写が加えられる。七つの図柄とは、ゼウスの雷(いかずち)を製作しているキュクロペス、テーバイの城壁を築くアンフィオンとゼトス、戦神アレスの盾を鏡に身を写して身づくろいする女神アフロディテー、タフォス人らと戦っているエレクトリュオンの子供たち、ペロプスとオイノマオスの戦車競技、ティテュオスを倒すアポロン、そして最後の七番目は、雄羊の不思議な予言に耳を傾けるフリクソスの姿である。これらの画面は当時、文学作品のみならず、絵画や工芸作品を通じてよく知られていたものであろう。中でもアフロディテーの身づくろいの図とか、ペロプスとオイノマオスの戦車競技の絵は、前五世紀から壺絵や鏡などの日常什器の工芸的装飾としてよく題材化されており、今日でもそれらの図柄を想像することに難はない(5)。アポロニオスの描写は簡単ながら要をえており、七つの画面のどれを見ても、芸術作品の文芸的ミニアチュアと称して過言ではない。

しかしながら七つの文様を一つの全体的記述として見ると、最初のゼウスの雷と、最後のフリクソスと雄羊の画面は、アルゴ号伝説の起源に関わるものであり、したがって主人公イアソンのよそおいの一部をなすモティーフとして理解できる。しかし残りの五つの画題の間には関連性はなく、ただ別々の名画面が単なる装飾として、イアソンの外衣の隅々にちりばめられている、という印象は一見したところ避けがたい。フリートレンデルによれば、この描写には何らかの意図が含まれているのであろうが、その筆致はまことに無味乾燥であって、作者が狙った効果を収めるには至っていない。外衣は紫紅色に照り映えてイアソンは明星の輝きさながら、と言っては見ても、外衣の文様図柄についての正確かつ即物的描写は、イアソンの華やいだ出でたちの雰囲気を殺ぐことになる、と(6)。

フリートレンデルの評価は、この描写場面の基本的解釈として墨守されてきた観がある。もちろん、アポロニオスの描写技術の細部の特徴について、フリートレンデルの指摘する諸点は首肯すべき貴重な示唆を含んでいる。例えば、静止画面に登場する画中の主人公の動きや情動を際立たせるために、アポロニオスが駆使する精緻な措辞上の工夫は、フリートレンデルの解析をまってはじめて明らかにされた(7)。ともあれ、フリートレンデルや、また近年浩瀚な研究を著したフレンケルなどの斯道の大先達諸賢が、はたしてこの描写にこめられたアポロニオスの意図と詩人としての抱負について、充分の理解を表わしているであろうか。その点については今日もなお、問題がすべて明らかになっているとは言いがたい。本章においてあらためてこの問題を取り上げるに至った理由はそこにある(8)。

二

先ずこの描写に至る導入部分について検討してみたい。アポロニオスはイアソンの外衣の由来について次のように説明している（『アルゴ号叙事詩』第一巻第七二一―七二四詩行。以下引用箇所の指示は、巻数・行数の表示のみとする）。

Αὐτὰρ ὅγ' ἀμφ' ὤμοισι, θεᾶς Ἰτωνίδος ἔργον,
δίπλακα πορφυρέην περονήσατο, τήν οἱ ὄπασσε
Παλλάς, ὅτε πρῶτον δρυόχους ἐπεβάλλετο νηός
Ἀργοῦς, καὶ κανόνεσσι δάε ζυγὰ μετρήσασθαι.

（さて彼の方は、両の肩のあたりにイトーンの女神手ずからの作り[二一]／二重折りの紫織りを留金（ペロネー）で留めた。その織りをかれの手元に委ねたのは[二二]／パラス（＝アテネー）女神、それは船の竜骨を順に並べ[二三]／アルゴ船の、そして尺を用いて漕座の寸取りの術を教え給うたあの時のこと。[二四]）

第七二一詩行の *αὐτὰρ ὅγ'*（デニストン、五五頁参照）、*ἀμφ' ὤμοισι*（『オデュッセイア』一三・二二四参照）の語形も詩行内の位置も、ホメロス叙事詩の慣用どおりであり（『イリアス』三・三二八、一五・四七九参照）、第七二二詩行の *δίπλακα πορφυρέην*（『イリアス』三・一二六、『オデュッセイア』一九・二二六参照）、*περονήσατο*（『イリアス』一〇・一三三、『オデュッセイア』一九・二二五―二二六参照）、*ὄπασσε*（『オデュッセイア』一〇・二〇四）の各語についても同様である。このようにホメロス風措辞が織りなす文脈の中で、ホメロスにはない「イトーンの女神手ずからの作り」（*θεᾶς Ἰτωνίδος ἔργον*）という一句は、異色の響きを点じている。いわゆるアルゴ号伝説やそれを主題とする古期の叙事詩がアポロニオスより遥かに以前から存在しており（一・一八 *Νῆα μὲν οὖν οἱ πρόσθεν ἔτι κλείουσιν ἀοιδοί*）、

「イトーンの女神」はすでに周知の名であったのかもしれない。[9] しかしこのアポロニオスの文脈では、伝説的背景とはまったく別の意味合いで私たちの注意を促している。というのは、これより僅かに百七十詩行ほど前の文脈でも、*ἔργον Ἀθηναίης Ἰτωνίδος*(一・五五一)という、これと殆んど同一の表現があり、こちらの方ではイアソンの外衣ではなく、アルゴ号の船腹そのものを指している。この同一表現による指示の曖昧さの問題は後ほど取り上げることとし、今ここでは、ホメロス風の語り言葉の流れの中で、異色の表現 *θεᾶς Ἰτωνίδος ἔργον* が、前出(一・五五一)を受けて、ライトモティーフのように現れ、読者の注意を喚起していることを指摘するにとどめたい。

しかしアルゴ号という船と、イアソンの外衣とは続く二詩行(七二三—二四)の文脈においても、互いに結ばれ合った形で語られている。見れば、*ὅτε πρῶτον*... 以下は、女神アテネーが外衣をイアソンに贈った時と場所を指定する句である。そしてそれは、女神がアルゴ号を造るために船の竜骨を並べ敷き、——ここで、*δρυόχους* が竜骨か肋骨かの語義論は控えたい[10]——定規(もしくは尺)で漕座の位置を計測する術を教えた時のことであった、という。

女神アテネーは「術を教えた」とアポロニオスは言うが(*δάε* という動詞の語形はホメロスの語彙にはない稀語で、アポロニオス写本の古注はこれを *ἀντὶ τοῦ ἐδίδαξεν* と解しており、私たちもこれに従うこととする)[11]、しかし、第一巻の中では、女神アテネーから造船技術を授かったのは主人公イアソンではなく、アレストルの子アルゴスであったことが、三度にもわたって言われている(一・一八—一九、同・一一一—一二、同・二二六参照)。ところが今問題となっている第七二三—二四詩行の文脈では、写本伝承の本文は、これが極端な省略表現でないとすれば、女神が教えた相手はイアソンであったと語っているように見える。このようにここでも、外衣と船とは重なりあって文面に浮び上る。

ここでアポロニオスの校訂家フレンケルは写本伝承の字句に誤写があった可能性を言う。事はそれほどの重要性を含むとの認識の上に[12]、自らの校本の校合欄(apparatus criticus)の中で、第七二四詩行にあるべき正読は *Ἀργοῦς* ではなく、*Ἄργος, τὸν* と考えるべきであるとし、これによって女神が技術を伝授した相手アルゴスという人物の名を本文中に復原する。続いてアポロニオス校訂を著したヴィアン F. Vian もこのフレンケル修正読みの蓋然性を認めている。

この修正案に従うならば、アルゴスという船大工が夢の快速船アルゴ号を建造したという古来の伝説は救われるだろう。しかしその場合には別の疑問が生ずる。なぜ、造船術の指導をしている時と場所をえらんで女神アテネーは、イアソンに外衣を贈ることを思いついたのか。[13] 私たちは、修正案の当否を論ずる前に、もう一度、アルゴ号という船と、イアソンの外衣との重なりを見究める必要がある。

アルゴ号そのものも、またイアソンの外衣も、ともに「イトーンの女神みずからの作り」という特殊の説明があったことは私たちの記憶に新しい。第七二三詩行を見れば、船と外衣はともに同時に女神の手から人間の手に委ねられる。船はもとよりイアソンの指揮下にあり、外衣はイアソンの両の肩に今、羽織られている。この文脈においてアポロニオスは、不注意に災いされたためではなく、また、曖昧さを選んだためにでもなく、明らかな意図をもって、女神が造船術伝授の時と場を選んで、あたかもその完結を意味するかのようにイアソンに外衣を送ったことを語っているのである。女神がひとりの人間の男に、船を造らせ、自らが織った大布を与えたという一つの情景を、ここに浮び上らせることを意図していた、と言ってもよいだろう。フレンケルの訂正読みは、流布している伝説を救うかのごときであっても、理に落ち詩人アポロニオスの意図をじつは覆いかくしてしまうことになるのではないだろうか。

アポロニオスの考えはけっして複雑なものではない。第七二一―二四詩行の言葉遣いは明白に次のことを表わしている。女神は造船技術を教えたとき、イアソンに二重折りの織布を与えた。アテネー女神が機織りの守護神であることとはあらためて言うまでもない。他方、女神が船大工の神であることも、『イリアス』の叙述(五・六一―六三)や比喩(一五・四一〇―一二)に語られており、もちろんアルゴ号の場合もそうである(一・一八―一九)。造船も、機織りも、各〻女神の「みわざ」であることは周知の伝えである、しかし、その両機能が同時に一所に集中し、重ね合わされている話は、今問題となっている文脈以外にはどこにも見出すことができない。この組合せ効果を生みだすことこそが、アポロニオスの意図であったと思われる。組換えによる新しいデザインこそが、ホメロス以来の叙事詩人たちに生命を約束する契機となってきたからである。

じじつ二つの「みわざ」の組合せは、造船と織布との組合せをものがたるホメロス叙事詩の一シーンをこの場に重ねて、読者の心に映しだす。女神が人間に船を作らせ織布を与える場面といえば、誰しもカリュプソーとオデュッセウスの別れを彷彿するだろう(『オデュッセイア』五・二二八―六一)。孤島の女神カリュプソーは、オデュッセウスが家路に向かう筏を作らせる。斧やちょうなや錐などの大工道具もかれに貸し与える。木材を真直ぐに切り揃えるための定規も(『オデュッセイア』五・二四五)。ホメロスは *κανόνες*(尺)ではなく *στάθμη*(物差)を使っているが、それはかれの語彙では前者が盾の補強構造部の名称であり、後者のみが物差の呼称であったからだろう(『イリアス』一五・四一〇参照)。そして船体、帆柱、舵取り用の櫓が出来上ったころを見はからって、女神カリュプソーは大きい織布(*φάρεα*)をオデュッセウスのもとに運んでくる。帆を作らせるためである(*ἱστία ποιήσασθαι*『オデュッセイア』五・二五八―五九)。*φάρεα* という名の織物は、女神カリュプソーが自らの身をつつむ衣の名称でもある[14](『オデュッセイア』五・二三〇)。オデュッセウスはこれで作った帆を順風にふくらませ、心を喜びにふくらませて故郷を目指して船路を急ぐ(『オデュッセイア』五・二六九)。

『オデュッセイア』の造船シーンは、家路への旅立ちの準備であり、女神との別れの序曲ともなっている。対して『アルゴ号叙事詩』第一巻のシーンは、家郷からの旅立ちと、ヒュプシピュレーとの恋物語の序曲という、対照的呼応の関係を呈している。それが一層、両場面の重なり合う中心部分を強く印象づける働きをする。しかしこの二重に重なりあう画像から少々外れて見えるところもあって、注意を促している。女神アテネーがアルゴ船の建造の場に運んできた二重折りの織物は、船の帆布を作らせるものではなかったのだろうか。中央は紅、縁は紫、昇る太陽かとみまごうばかりの光芒を放つといわれるこの織布が、アルゴ号の帆柱を飾る旗印となるべきものであったとしても不思議はない。船大工の女神が、造船現場に運んでくる手ずから織った大布といえば、帆布であっても不自然ではない。さきに第一巻第五五一詩行で、アルゴ号の船腹自体が「イトーンの女神のみわざ」と呼ばれ、今第七七一詩行で同じ言葉遣いによって織布が説明されている理由も、右のような二重の画像の中のものと考えるときはじめて納得がいく組合せとなる。帆布は明らかに船そのものの、有機的な主要部分であるからである。

詩人アポロニオスが第七二四詩行の始頭に書いた語句は、写本伝承の本文どおりであったのか、それともフレンケルの修正読みによって復原されることになるのか。上に述べた見解がアポロニオスの詩的意図に添うものであることを仮定して、今いちど本文批判の問題に戻ることにしたい。アポロニオスの叙述と、先行叙事詩『オデュッセイア』第五巻のシーンとの連想による重なりは、造船と織機との結合が契機となっているから、第七二四詩行の読み如何によって左右されるものではない。フレンケルの修正読みは、写本伝承の本文よりも明確に船大工アルゴスの存在を示し、造船技術を教わったのはかれであることを言うにすぎないからである。

だが、この授受の場面に、船大工アルゴスが名指しで登場することは、アポロニオスの詩的意図に添うものと解しうるだろうか。アルゴスが造船現場にいて、女神アテネーが帆布と思われる織布を携えてやってきたのなら、それはアルゴスに渡されるべきだろう。またもし女神が帆布ではない織物をイアソンに与えるとすれば、その授受の時と場としてなぜアルゴスが造船技術を習得している造船現場を選ぶ必要があったのか、理解できなくなる。[15]

船大工アルゴスが、アルゴ号を造ったことは子供でも知っている。だからアポロニオスはそのことの明示をここでは(七二四)避けたのであろう。第七二三―二四詩行の語順から判断すれば、文章の主は織布の授受であって、技術の伝授は従にすぎず、全体としては、あたかも女神が両方ひとしくイアソンに授けたかのごとき印象を与える。おそらくアポロニオスの念頭には二筋の意図があったのであろう。一つは、女神が帆布としてもたらした織布を、旅路を進むための手立てのものを、イアソンが恋路の出でたちの装いとしていることへの、ひそかなアイロニーであろう。しかしいま一つの考えは、この授受の場面は女神アテネーがこの航海に託した思い、つまりアポロニオス自身がこの叙事詩に託した詩的抱負の丈を、次の文様描写の場に寄せて語るにふさわしい、導入部と見たことであろう。アポロニオスの周辺の学殖深い読者たちならば——そのような読者層の想定がアレクサンドリア文学の精神を支えていたのだから——流布した伝説のアルゴ建造の次第といささか異なる関係を示唆するアポロニオスの言葉の運びから、作者の意図を察知して、三方四方に連想と伏線の糸が伸びるのを読みとったに違いない。そのような読者にとって、フレンケルの訂正読みは、要らざるお節介という他はなかったろう。その訂正読みは子供の賛同を得ることはできる、だがアポロニオスの読者たちの想像力を過小に評価することになるのではないだろうか。私たちは、アポロニオスの〝白銀的〟とも言える、[16]繊細なギリシァ詩文のスタイルを尊重して、写本伝承の本文に従うこととしたい。そして、その読みとその読みから浮んだ連想の、二重画面を念頭に置いて次に続く描写技法の詳細を検討してみたい。

三

私たちの次の課題は、七つの文様絵柄を語る言語表現と文芸的意図の調査である。

女神アテネーがイアソンに与えた織布は、アルゴ号の帆柱を飾るものという方向づけが与えられるとき、その七つの隅を占める七つの文様は、フリートレンデルたちの評する即物的無味乾燥さとは、いささか趣きを異にするものとなる。多くの識者、研究者がこれを古風な、平板な描写と見做している理由は、これを単にイアソンの恋愛行への装束描写にすぎないと簡単に割りきっているところにある。主人公のイアソンがこれを外衣として両肩に羽織ることに、本来の趣旨からの逸脱を示唆する伏線（アイロニー）があると先に述べたが、イアソンの恋愛がアルゴ号の航海を徒らに遅らせる成り行きとなることは、もちろん読者には知悉の事情であり、伏線(アイロニー)は簡単に了解されている。しかしそれと、この織布の文様描写の意図とは、異なるレベルにあることは言うまでもない。

この大布をイアソンに与えた女神アテネーは、これがアルゴ号の帆柱の旗印となることを予想し、その文様にはこの度のアルゴ号の航海を象徴する図柄を縫いつけた、と考えることは自然であろう。ちなみにフォン・アルブレヒト M. von Albrecht は、『文芸的モティーフとしての絨緞』と題する比較文学的考察の中で、(17)「このアテネーの文様こそはアルゴ号の航海が経験すべき幾つかの段階を、古い神話の鏡にてらして予告している絵図」(Präfiguration vieler Etappen der Fahrt im Spiegel alter Mythen)にほかならない、との注記を残している。そう見れば確かに、戦神アレスの盾に映る己れの姿に見入るアフロディテーや、残酷な父親の手から恋する乙女ヒッポダメイアを奪い去ろうと疾駆するペロプスも、刺繍文様の一隅を占めており、これらはやがてイアソンの身にふりかかる災難を、予告している神話的エピソードのように思われる。中でも七番目の雄羊の予言に耳を傾けるフリクソスの姿は、アルゴ号遠征に至る長い経緯の発端の神話から題材を得ている。もちろんこのような神話ばかりが文様化されているわけではなく、予言(Präfiguration)説によって全体が説明できるというものではない。私たちは先ず、七つの文様の各〻の内容と特色について詳細に見究めておきたい。

(a)キュクロペス。〈描写文の大意〉かれらは、不朽の作品の製作にとりかかっている最中の姿で、(18)描かれている。大空の主神ゼウスのために雷電を造っているのだ。それも大方はもや出来上って光り輝いているが、残るはあと一条の光芒のみとなっている。その最後の一筋の閃光から強烈な火焔が噴きあふれるものとなるようにと、キュクロペスらは鋼鉄の槌を振い打ちつづけている。

五詩行にわたる描写は簡明に、雷(いかずち)が完成する直前の模様を活々と表わしている。(19)この題材神話やそれを形どった絵画、彫刻などの造形表現は当時一般に周知のものであったろう。しかし有識の読者には、この描写の最後の一詩行

(七三四)の *μαλεροῖο πυρὸς ζείουσαν ἀϋτμήν* は、ヘシオドスの『巨神戦争』*Titanomachia* の一節である *ἔζεε δὲ χθὼν πᾶσα…/… τοὺς δ' ἄμφεπε θερμὸς ἀϋτμὴ/Τιτῆνας χθονίους*(『神々の誕生』六九五—七)や、これと酷似した字句で語られているゼウスとブリアレオスの合戦描写(同八四四—七)を想起させる含みのものであることが判るだろう。[20] ここでキュクロペスたちが作っている武器は、至高神ゼウスの栄光のシンボルとなることは勿論であるが、描写の意図はそこにとどまらず、[21] かれらが打つ高々と轟く槌音が、世に聞こえた叙事詩『巨神戦争』[22] の序曲を奏するものであることを示唆している。

(b)アンフィオンとゼトス。〈描写文の大意〉アソポスの娘アンティオペーから生れた二人の息子たちは、まだ城壁の備えをもたなかったテーバイの都に、あたらしい砦と壁を築きめぐらせようと望み、そのための礎石を敷いている。ゼトスは険しい山の頂ほどもある巨岩を肩にして持ち上げる、その姿は渾身の力をふりしぼる大男さながらだ。他方アンフィオンはその後から、黄金作りの竪琴をさえざえと弾じながら従う、すると前を進む巨岩のさらに倍ほどもある大岩石が、かれの足跡を追ってついてゆく。

七詩行にわたる(b)描写は、七つの文様記述の中で最も長文である。この図柄の趣旨は、天上の神々の創作を語る描写(a)との対照例として、地上の人間の創造行為を描くところにあったと、アポロニオス古注は解している。[23] またこの図柄が肉体の筋力よりも音楽に象徴される精神の力が優越することを示していることは、エウリピデスやプラトンを読まずとも自明であろう。[24] しかしアポロニオスは、そのような周知の解釈を示唆するにとどまっているのであろうか。

私たちは、アンフィオンとゼトス兄弟が、これまでの叙事詩の伝統において占めている意義にまず着目するべきであろう。かれらの築城工事についての最初の言及がホメロスであるのか(『オデュッセイア』一一・二六〇—六五)、ヘシオドスであるのか(M.-W. 断片一八二)、いずれともにわかに決しがたいが、[25] しかしいずれにせよテーバイ伝説を伝える最古期の叙事詩いらい語り継がれてきたエピソードであろう。今日ホメロス作として僅かな断片状態で伝存する『テーバイ叙事詩』*Thebais* の中には、築城工事についての言及はない。しかし後日ローマ帝政期の詩人スタティウスが、ホメロスに倣って『テーバイ叙事詩』を作して、その冒頭にテーバイの都の淵源を告げる諸伝説の中に、アンフィオンの名をあげてその音楽の力による築城伝説を数えている(…quo carmine muris/iusserit Amphion Tyrios accedere montes『テーバイ叙事詩』一・九―一〇)。スタティウスの叙事詩は、また前四世紀初のコロフォンの詩人アンティマコスの『テーバイ叙事詩』に負うところも多々あったとされる。このアンティマコスの叙事詩は伝存しないが、当時は長大をもって世に知られ、二十四巻の叙述をもってしても、その語りはアルゴス軍勢のテーバイ城下の陣の段には至らなかったと伝えられる。(26) これほど延々と続く物語ならば、当然アンフィオンとゼトスの話も長々と繰りひろげられていたことだろう。

僅かな痕跡だけを辿ってみても、アンフィオンとゼトスの築城物語は、『オデュッセイア』第一一巻、『名婦の系譜』、ホメロス作と言われる幻の『テーバイ叙事詩』、そしてアンティマコスの超大作叙事詩、という連綿たる叙事詩の伝統によって伝えられ、アポロニオスの描写文(b)の背景に控えている。これを知る当時の有識の読者は、描写記述の最後の詩行(七四一)にこめられた愉快な文言的言及を汲みとったにちがいない。前に運ばれていく巨岩の、さらに倍ほども大きい岩が、竪琴の調べによって引かれていく――アンフィオンの調べは岩をも動かしたのは本当だろう、しかしただ徒らに巨大化していく叙事詩の超大作競争はいかがなものであろう、という皮肉なメッセージがうかがわれるからである。

アンフィオンとゼトスの物語は、叙事詩の題材としてはよく知られていたが、抒情詩にはなじみの薄い題材であったことも記しておきたい。テーバイの詩人ピンダロスの数多い作品中にも僅か一句の言及しか見出されない(『パイアン詩集』第九歌四四、スネル校訂本)、またヘレニズム時代の詩人たちの間でも同じ傾向が僅かな断片からではあるが、うかがい知ることができる。(27)

(c)アレスとアフロディテー。〈描写文の大意〉豊かな髪を結いあげた愛の女神アフロディテーが戦神アレスの勇ましい盾を抱いている姿。[28] 女神の肩口の、肌着の結び目がほどけて、左手のひじのあたりまで、胸もとがはだけている。女神はしかしそのままの姿で身じろぎもせず、青銅の盾の面に映るおのが顔（かんばせ）に見いっているようにみえる。

戦神と愛の神という、生来的には相反するはずの[29]二柱の神が恋人同士になる話は、ホメロスいらいの（『オデュッセイア』八・二六六―三六六）好テーマとして文芸においても造形美術においても盛んに題材化されてきている。[30] しかしアポロニオスの描写画面にはアレスの姿はなく、左上半身をあらわにした女性が鏡に見いっている姿のみが描かれている。

戦と恋は『イリアス』へと心は向かう、しかしこの画面から浮ぶ雰囲気は、叙事詩的世界とはいささか趣きを異にする点がある。第一にこの女神は座像であろう、さもなくば抱き持つ盾を鏡に自らの容（かんばせ）に見いるという姿勢をとることは難しい。女神（あるいは女人）の座像とすれば、壺絵や墓碑彫刻の図像から知られているように、ある〝別れ〟の場面が含意されている。戦場に夫を送り出す妻の連想を誘うものかもしれない。アフロディテーは、この画面には描かれていないアレスに、出陣の別れを告げているのであろうか。

しかし同時に読者に注意を促す点は、アフロディテーが盾の面に映る自分の影を見つめている、という姿である。もちろん、これは鏡と女性という、きわめて一般的な取り合せの単なる一ヴァリエイションかもしれない。しかし盾という戦争道具を射影の手段としているところに、鏡そのものを手に持つ女性像とは一線を異にする寓意性がある。そしてかの女の姿勢が別離を告げているとすれば、この恋の女神は、あたかも戦の巷に去ってゆこうとする己が映し身に対して別れを告げているのではないかと思われる。アレスの姿がないことは、その連想を強調するかのようである。こうしてこの恋の女神はいつのまにか、読者の心中で人間の女性ヘレネーの数奇な運命と重なり合うような寓意性を帯びてくる。前七世紀末の詩人ステシコロスによれば、ヘレネーの実の身はエジプトにとどまり、ただかの女の映し身(εἴδωλον)だけがパリスにかどわかされてトロイまで行ったのだとされているからである。[31]

第七四二―四六詩行の描写(c)から浮ぶ図柄は、一見すれば、『オデュッセイア』第八巻の一シーンを連想させるがごときでありながら、その最後の二詩行は、『イリアス』の筋書きを偽りとして、ヘレネーの道行きを書きかえたステシコロスの――伝説によれば、女神ヘレネーの怒りに触れて失明したためと、プラトンは語っているが――『悔悟の歌』*Palinodia* の主題を想起させる。ここにアポロニオスのホメロス批評の一端が含まれているかどうかは、この繊細な二詩行だけからは判定しにくい。しかしトロイの戦場に叙事詩のテーマを求めることの是非についての判断が、巧妙な図柄の屈折した描写を通じて、間接的に、しかしはっきりと否定的に告げられていると思われる。

(d)テレボアイ人とエレクトリュオンの息子たちとの合戦。〈描写文の大意〉草深い牧場と牛の群、その牛の群をめぐる争奪戦が、テレボアイ人とエレクトリュオンの息子たちの間で繰りひろげられている。牛を守るのはエレクトリュオンの息子たち、だが相手は名だたるタフォス島の海賊ども、否が応でも牛の群を奪いとろうと攻めたてる。露をいただく牧場は、かれらの血沫をあびて濡れている。しかし敵は多勢味方は無勢、牛番の牧童は散りぢりに追い落されていく。

描写画面(d)は、他の六つの画面の構図とは異なり、画中にはそれを特徴づける特定の個人の姿はなく、敵味方二軍の乱戦場面を呈している。『イリアス』第一八巻のアキレウスの盾にも平和の都と戦乱の都が描きわけられているから、アポロニオスもこれを倣ったのであろうか、あるいはアルゴ号の勇士たちがやがて遭遇することとなる合戦を、神話からの情景をかりて予告しているのであろうか。私たちとしては、先ずこの画面をしかるべき叙事詩の文脈に戻して、検討を加えてみたい。

テレボアイ人とエレクトリュオンの息子たちの争奪戦、エレクトリュオンの息子たちの全滅、アンフィトリュオンによる仇討と、アルクメネーとの結婚、そしてゼウスとアルクメネーの間に生れるヘラクレスと、ヘラクレスの武勇伝、という一連の物語は、すでに私たちが前章で見たとおり、一つの系譜叙事詩の流れとしてヘシオドスの『名婦の系譜』や『盾』によって伝えられている。そしてこれらの先行叙事詩群とアポロニオスの描写画面(d)との密接な関わりは、第七四七詩行に附記されている古注もっとに指摘している。

これらの叙事詩の脈絡の中に、描写画面(d)を置いてみると、(d)は明らかに一つの叙事物語の背景のみを語るにとどまっている。牛の群、軍兵の群、牧童の群はいるが、主要人物はまだ一人も登場していない。(d)が語る事件もしくは状況は、『名婦』(M.-W. 断片一九三・一六―一八)でも、『盾』(一六―一九)でも、叙事的物語の前段的背景描写であり、その舞台背景の前面にやがてアルクメネーが登場し(断片一九三・一九)、かの女とアンフィトリュオンとの結婚の条件が定められ(『盾』一四―一九)、『盾』ではさらにアルクメネーの懐妊、ヘラクレスとイフィクレスの誕生へと話は続く。[32] 有識の読者にとっては、アポロニオスの描写(d)は、語らずしてヘラクレス叙事詩の序曲を奏するものであることが了解されよう。

ちなみに小叙事詩『盾』がヘシオドスの真作か否かの議論の発端はアポロニオスの周辺の有識の読者、すなわち文献学の専門学者の間に起り、これを真作と判定した学者たちの中にアポロニオスの名も知られている。アポロニオスは『盾』の措辞、文体の特色、登場人物間の関係からこれを真作と見做した、と伝えられる。[33] もっとも現代の研究家は、真作たりうるのは『盾』の冒頭部五十六詩行のみで、残りは疑作とするものが多いが、アポロニオスの判定がその部分に限られたものであったのかどうかは不明である。

またこの文献学上の真偽論と、描写(d)との間の関連を発見することはできない。ともあれ、アポロニオスのフィレンツェ写本の古注(L)が記するところによれば、描写画面(d)の「素材はヘシオドスの『盾』である」との伝えがあり、他方『盾』の写本前文には、「アポロニオスの第三(巻か、論か、不明)」という謎めいた一句が含まれている。この二つの断片的記事から推測すると、描写(d)と『盾』の真偽論との関係を解明した古代の文献学的研究が存在していた可能性は否定できない。事は今なお曖昧不詳ではあるけれども、アポロニオス周辺でそのような議論が渦巻いていたことは確かであるし、その情況は、描写(d)から『盾』さらにひいてはヘラクレス叙事詩の序曲を連想させることを強く促しこそすれ、これを妨げることにはならなかったろう。

なお蛇足ながら附記すれば、『アルゴ号叙事詩』におけるヘラクレスの役割は、ほんの序曲というべき段階で終ってしまう。かれは泉のニンフにかどわかされたヒュラスの後を追い、第一巻が閉じる前に早くもかれの姿は読者の視界から消え去り、アルゴ号はかれなしに船路を先に進んでいく。[34] 描写(d)はヘラクレス叙事詩の序曲であると同時に、『アルゴ号叙事詩』の序曲で終ることになるヘラクレスの役割を前触れしているかのようでもある。

(e)ペロプスとヒッポダメイア。〈描写文の大意〉二台の戦車が熾烈な競争のさなかにある。前を疾駆する戦車には手綱を打ちふるペロプス、その脇にはヒッポダメイアが同乗している。二人のすぐ背後に迫る馬どもに鞭をくれているのは操者のミュルティロス、その脇にはオイノマオス、槍をひっつかみ前方にむかって突き立てよう、とその瞬間、車輪の軸が轂(こしき)の中で砕け、オイノマオスの体は傾き落車する。ペロプスの背を突き裂こうという気負いもまだ消えやらずに。

この描写(e)は、(b)と同じく七詩行にわたる長いものである。(b)は巨大な物体の緩慢な動きを述べていたが、(e)画面は烈しい動きと切迫感にあふれており、その点では他のどの画面をも凌ぐ。もっとも、この題材も絵画・彫刻をはじめとする造形芸術の好むところであったためか、[35] 描写画面(e)は七つの文様の中で、〝美術品描写〟に最も近い。そしてまた、父親オイノマオスの追跡をかわして娘ヒッポダメイアと共に逃亡を計るかのごとくに描かれているペロプスの姿は、それが伝説どおりではないからかえって効果的に、『アルゴ号叙事詩』第三、第四巻の、イアソンとメデイアの恋の逃避行を予告していることは、誰の目にも明らかであろう。

ピサの王[36]オイノマオスの伝説は、ヘシオドス作として当時流布していた、大『名婦の系譜』*Megalai Ehoiai* の一部をなしていたと言う[37]。オイノマオスは娘ヒッポダメイアに求婚する若者たちを戦車競技に誘うては謀殺し、その数は十三人に上ったと詩人ピンダロスは記している[38]。そのピンダロスの写本古注に従えば、この十三人の求婚者の数と各〻の名前は、ヘシオドスが言うところに従ったもの、と言われている[39]。ヘシオドスの叙述がどのようなものであったかは判らないけれども、今日ヘシオドスの断片中に伝わる『ヘレネーの求婚者[40]』と類似の構成をもつ、小叙事詩であったのではなかろうか。ともあれ、アポロニオスの描写画面(d)には、単にイアソンとメデイアの逃避行を伝説によって予告する、という以上のものが含まれていたのかどうか、その点についてヘシオドスの伝存の諸断片から知りうることは皆無である。

アポロニオスは、ペロプスとヒッポダメイアの結婚が、黄金の羊伝説への序曲になるということを知悉のものとして、ここにこの画面を配しているのであろうか。『イリアス』第二巻第一〇五詩行に附された古注によれば、この競技のあと、ペロプスは自分を助けたオイノマオスの御者ミュルティロスを謀殺する。いまわの際にミュルティロスはペロプスの末裔に呪いをかける、その子の羊の群に黄金の仔羊が生れる日こそ一族の悲劇の始まりとなるべし、と。この伝説はエウリピデスの悲劇『エレクトラ』にも『オレステス』にも言及されており[41]、一般によく知られていたものであろう。アポロニオスもそれを念頭にして、この画面を考案したと考えれば、ペロプスとヒッポダメイアの二人は、その呪われるべき黄金の仔羊にむかって、それとは知らずに馳せ急いでいることになろう。他方イアソンの目的は言うまでもなく、(別の)黄金の羊毛である。しかしイアソンとメデイアの逃避行は、じつはそれまでの王権争奪にからんだ黄金の羊伝説の、最終的エピローグの位置を占めている。二組の恋人たち各〻が、異なる形で黄金の羊という呪いの呪縛のとりこになるという運命まで、アポロニオスは予告の中に含めているのかどうか。しかし有識の読者の中にはその関連に気づいたものもいたにちがいない。

描写画面(e)の言語上の表現で一点、古代の学者の注意をあつめた個所がある[42]。第七五四詩行には「かれと一緒にその脇には添乗者としてヒッポダメイアがいた」(*σὺν δέ οἱ ἔακε παραιβάτις Ἱπποδάμεια*)とある。この表現について、パリ写本に記録されている古代の注記はこう述べている、「一部の批評家は、ヒッポダメイアが戦車の添乗者とは実情を無視するもはなはだしいと非難する。だが作者の意図は、絵画がその要素をも含んでいることを——つまり競争と勝利の両要素を含んでいることを——表現しようとしていた、」と。ここで言う「絵画」が、アテネー女神の刺繡文様を指しているのか、あるいはフィロストラトスの『絵画案内』*Imagines*(一七・(三))にあるような、[43]実在の絵画作品がアポロニオスの手本となっていることを指しているのか、その点は不明であるが、ここでは詮索する要はないだろう。

右の古注は、画面には、争いと勝利が同時に戦車を走らせている、と指摘し、それこそが作者の意図であった、と言っている。争いはプロセス、勝利は結果であって、本来的には別々であるべきものだが、このように二つの別個のものがあたかも一体であるかのように文章表現の中で扱われるとき、ギリシァ語文体論ではこれをゼウグマ(〝軛のかかったもの〟)と呼ぶ。古注は、アポロニオスの言葉から一つの画面を想像し、その中に絵画的ゼウグマ構成を看取しているのである。古注が言うようにここにアポロニオスの明確な意図があるとすれば、それは絵画的であると同時に、きわめて文芸的なものであったに違いない、とフレンケルは指摘している。[44]かれが言うには、ペロプスとヒッポダメイアの華麗な物語の終幕を、ゼウグマ構文で結んでいるのは、詩人ピンダロスの『オリュンピア勝利歌』一・八八の、*ἕλεν δ' Οἰνομάου βίαν παρθένον τε σύνευνον* という一句であり、これがこの段落の際立った特色となっている。フレンケルは、このピンダロスのゼウグマを、自らの描写する画面の実像として呈示することが、アポロニオスの第七五四詩行の文芸的意図であった、と解釈している。古注が告げているように、当時の有識批評家たちですら、アポロニオスのゼウグマ的画像を評価できたのはその一部にすぎなかった。フレンケルが言うような、アポロニオスの絶妙な〝本歌取り〟を嘆賞できたものはさらに数少なかったであろうが、絶無であったとは言い難い。

『アルゴ号叙事詩』は、ヘレニズム時代の文学作品としては決して難解に過ぎるというものではない。しかしこの描写画面(e)の表裏を彩る、文芸的想像力の遊びは、まさにこの時代の詩文の面目躍如たるものがある。絵を語ると見せてその言葉には、叙事詩（*Megalai Ehoiai*）、抒情詩（ピンダロス）、悲劇詩（エウリピデス）などへの誘いがちりばめられており、その彫琢の巧緻な出来栄えは、描写画面(c)の、盾の面に容を映すアフロディテーの姿に優るとも劣らない。これらの古典期文学の三つのジャンルに〝本歌〟を求めて、描写の措辞を織り、これまでの(a)(b)(c)(d)四枚の文様図柄が、いずれも、何か一つの大叙事詩の発端もしくは序の幕を描きだしていたのと同様に、第五番(e)のペロプスとヒッポダメイアの姿も、イアソンとメデイアの運命と交錯する局面で黄金の羊のイメイジを誘い出し、ペロプスの末裔一族の、悲惨な物語の発端に向って疾駆するかのように見えてくる。[45]

(f)アポロンとティテュオス。〈描写文の大意〉大柄な少年のアポロンが矢を弓につがえて、巨大なティテュオスを射倒そうとしている。ティテュオスというのは、実の母は美しいエラレーであったが、まだかれが胎児であったとき、大地母神が自らの胎にこれを容れ、生みなおして育てたものである。刺繍の文様は、そのティテュオスがアポロンの母、女神レトーの被衣に手をかけ乱暴をはたらこうとしたので、これをまだ年端もいかぬ少年アポロンが射倒すところを表わしている。[46]

右の大意はやや説明的に過ぎ、長いまとめとなっているが、描写文は僅かに四詩行で、七つの描写文の中で最も短い。しかしその意図は、最も解釈困難である。このエピソードと初期叙事詩との関連をたどりなおしてみると、女神レトーがピュトーに赴く途次、巨人ティテュオスがかの女を襲った。その罰としてかれは地底につながれ、二頭の禿鷲によって生肝を喰われている責苦の姿は、『オデュッセイア』の中にも現れる（『オデュッセイア』一一・五七六―八一）。またヘシオドスにもこの巨人の物語があったといわれる。[47]『オデュッセイア』の言及から察するところティテュオスは死後も地底で永劫の責苦を味わう罪人として、タンタロスやシシュフォスの仲間となっているが、かれを倒した相手についての明示はない。ピンダロス（『ピュティア勝利歌』四・九〇）やエウフォリオン（パウエル編『アレクサンドリア詩集』(*Collectanea Alexandrina* 断片一〇五）は、女神アルテミスがティテュオスを倒したとし、カリマコス（三・一一〇）やアンティパトロス（『パラティナ詞華集』九・七九〇、五）は、やはり女神アルテミスに「ティテュオスを殺し給うた」という意味の尊称枕言葉を冠している。他方、前五世紀の神話学者フェレキュデスは、アポロンとアルテミスの両神が、かれを仕止めた、と言っている（ピンダロス、上掲個所の古注参照）。アポロニオスの描写文のように、少年のアポロンがティテュオスを射止めたという話は、ここ以外には発見できない。想像をたくましくすれば、これまでの五枚の絵文様と同様に、これが叙事物語の序曲になっていたのかもしれない。しかしアポロンのティテュオス殺害に始まる、有名な叙事詩の存在を示唆するような資料は皆無である。(48)

ティテュオス伝説とアルゴ号の航海との関係は一見それほど深くはない。ティテュオスの娘エウローペーが海神ポセイドンとの間に一子エウフェモスを生んだ。海波の上を歩くことができるという特技の持主であるが、かれがアルゴ号の乗組員の一人となっている。(49)その末裔がキュレネーに植民地を建設したバットスであると言われるところから(50)も、航海に縁の深い一族であったのだろう。これ以外には、ティテュオスと『アルゴ号叙事詩』を直接に結びつけるものはない。

他方、ティテュオスとプロメテウス、プロメテウスと『アルゴ号叙事詩』という関連をたどりなおしてみると、間接的ながら、ティテュオス伝説は古期のアルゴ号伝説と深い関連を持っていた可能性が浮び上る。さきに言及した『オデュッセイア』第一一巻の、ティテュオスの永劫の刑罰を語る語句（五七八―七九）は、多少表現は異なるけれども、ヘシオドスが語るプロメテウスの受けた責苦と（『神々の誕生』五二一―二五）同じ内容である。カウカソスの山の嶺高く、岩に縛りつけられ、鷲に生肝を喰われているプロメテウスの姿は、やがてアルゴ号の勇士たちの視野に浮び上る（二・一二四四―五二）。コルキスの王女メデイアがイアソンと恋に陥ち、かれの体を火焔から守るために塗布する秘薬は「プロメテイオン」と呼ばれるが、これはプロメテウスの生肝からしたたる血を吸って芽生えた薬草から作られていた(三・八四四―五三)。

アポロニオスがプロメテウスや秘薬について語るところは単にヘシオドスの先例を模したものかもしれないし[51]、また、七つの画面の一つにティテュオスの責苦を暗示する殺害場面を描いてみても、これから直接にプロメテウスの姿を連想させることは、やや距離がありすぎるうらみがある。しかし今日、ヘシオドスの研究家ウェストらの神話学専門家たちは、プロメテウスとティテュオスは、共通の淵源を持つ神話である可能性を説き、アルゴ号の航海伝説の起源と密接に結びついていたのではないか、と問うている。[52] 鷲に肝を喰われる巨人――その名がプロメテウスであったにせよティテュオスであったにせよ――その伝説発祥の地はカウカソス地方である。その伝説を初めてギリシァに伝えたのは、原アルゴ号であったのかもしれない。それならば、アポロニオスのアルゴ号乗組員にティテュオスの孫がいることも判らぬではない。また女神キルケー――この魔女はコルキス王の妹で、メデイアの伯母にあたる――の指示で冥府を訪ねたオデュッセウスが、肝を喰われている巨人の姿を見て、これをプロメテウスであると思ったとしても納得がいく。魔女キルケーは黒海の東端に近い島の主である。以上のような現代の神話学者の説はもとより推測性の濃いものである。しかし古代の有識な読者たちは、ティテュオスとプロメテウスの伝説上の同根性を、私たちが看取できる形よりも、一層身近く、具体的に感じとることができたかもしれない。そのような読者の眼には、描写画面(f)は、遥かに古期の『原アルゴ叙事詩』を彷彿するものであったのかもしれない。だが私たちにとってはこれ以上、その可能性について詮索する必要はないだろう。

(g)フリクソスと雄羊。〈描写文の大意〉ミニュアスの人フリクソスの姿が描かれている。かれは本当に雄羊の言葉に聞きいっているようだし、羊も口を動かしてなにかを告げているように見える。(あなただってこの画中にいて)かれらの姿を目のあたりにしたなら、声をのみ、心をあざむくことになるだろう。かれらの間にしげく交されている囁きが聞こえるのではないか、とつい引きいれられて。何の話だろうという思いがつのって、時の過ぎるのも忘れて、じっと見つめることになっただろう。

第七番目の画面を描写しているのは、最初の二詩行だけであって、あとは読者にむかって直接語りかけ臨場感を高める。先に文様の描写に入る直前(七二五―二六)にも、読者にむかって直接に、織布の紅紫の煌やかさが昇る朝日にも優るものであると語りかけられていた。ここで描写を終り、物語の叙述に戻っていく前のところで、再び呼びかけの形で読者の注意を喚起する[53](七六五―六七)。

第七の図柄そのものは、説明を殆んど必要としない。アタマスとネフェレーの間に生れた兄妹、フリクソスとヘレーが、継母イノーの邪悪な迫害を逃れて、黄金の雄羊の背にまたがって遥か東方の地目指して落ちのびた、という出来ごとが、アルゴ号伝説のそもそもの発端である[54]。そして無事に危機を脱することができたフリクソスは、ゼウス神に対する感謝のしるしとして、この雄羊を犠牲に捧げた。さてアルゴ号のイアソンの使命は、この黄金の羊の皮を再びギリシァに持ち帰ることであり、その一部始終が、アポロニオスの叙事詩によって語られようとしている。画中の雄羊がフリクソスに囁きかけている言葉は、そして読者がその画面を想像するだけで耳もとに聞こえてくるように思うその言葉は、もちろん、フリクソスに脱出をすすめている。そしていまやこの大叙事詩の最初の契機が、ここに生じようとしている。だが今、読者が身をのりだして耳をそばだて、聞きとりたいと思うのは、古い神話のありきたりの一節ではない。アポロニオス自身が語りはじめる、新しいアルゴ号の航海叙事詩であろう。第七の刺繍の文様は、古い伝説の起こりを表わすようであっても、その真意はアポロニオスの『アルゴ号叙事詩』の序曲がいま奏でられ、その終りに近づいていることを伝えるところにある。序曲が終ると、直ちにアルゴ号叙事詩は本流に乗って、語り始められる。

四

最後に七つの画面を通じて、叙事詩人アポロニオスが語ろうとする考えを尋ねてみたい。

実はこれについての一つの解答が、中世ビザンチン時代の学者と思われる、無名の古注作者の手で写本欄外に書きこまれている。[55] かれはこの問題を正面から取りあげて、この七つの図柄は全体として天地宇宙の秩序と、人間たちの業績を示すものである、と言う。すなわち(a)図は神的秩序の創造を、(b)図は人間の都市の構築を、(c)図と(d)図は人間世界の恋と争いを、(e)図は競技とか結婚を、(f)図は瀆神行為とそれに対する懲罰を、(g)図は奸計、中傷、救済を、各〻形どったものであり、(c)図から(g)図まではそのいずれも、人間の都市における出来ごとを、詩的に表現したものである。これらの図柄を女神アテネー手ずからの刺繡文様として呈示しているわけは、そもそも宇宙とは神的英知の産であり、神慮の助けなくしてはいかなる人間行為も、首尾一貫の実をあげるには至らないからである、と。

この古注作者の神学的、道徳的アレゴリイによる解釈を読んで、古代の有識な読者はどのように反応したであろうか。すくなくとも今日の研究者たちの間では、これを字句どおりに受け容れる人はいないだろう。しかしながら、七つの図柄には、神界と人間世界の絵文様が三対四の比率で配列されていて、絵画と叙事的出来ごとの間に〝さまざまの興味深い連想〟を誘うような構成がとられている、というフレンケルの見解は、やはり中世の古注作者の解釈の基本線を、今日的理解に添って敷衍したものといわれよう。[56]

だがこのように神界と人間界の別に七つの画面を観察してみると、一つの行止り（アポリア）に逢着する。アポロニオスの配列を、神・人間の色分けによって表示すると次のようになる。

(a)神――(b)人間―(c)神　(d)……(群衆)？

(e)人間―(f)神――(g)人間

図のとおり(a)(b)(c)の各画面と、(e)(f)(g)の各画面は、各〻の列内では神・人間の世界を交互に表わし、また(a)と(e)、(b)と(f)、(c)と(g)の列間の配列は、神界・人界を左右の対照によって表示している。だがこのような配列によって説明し難いのは、七つの絵図の中央に置かれている四番目の(d)図の意味である。前節で詳述したとおり、(d)図は国と国、群衆と群衆との争奪場面である。人間世界の一面を語っていることは確かであるが、雑然たる乱闘という、最も非秩序的なシーンが七枚の組の中央に位置することになる。争乱の結末はおろか、結末をつけるべき主要人物すら、画中には描かれていない。七つの絵図が、天地宇宙の秩序を表わすという解釈者は、この当惑すべき中央の絵に気づいていたのであろう、(c)図と(d)図を一つに束ねて〝恋と戦〟と称しているが、主題も内容も措辞も、両図が一つのものでないことはすでに明らかである。

しかし、私たちの検討をもとに、この中世的絵図解釈の行止り(アポリア)を、古代有識人の見地から解決する道があるように思われる。

(d)図は前節で見たように、ある一つの物語の——その物語が『盾』か『ヘラクレス叙事詩』か『名婦』か『アルクメネー物語』か、それは読者の知識と想像力に委ねられている——発端もしくは背景として描き出されている。その主筋は、至高神ゼウスが人間ヘラクレスの誕生に直接的に関与する経緯を明らかにする。つまり、神力が人間界に直接及ぶ事件の、発端と背景を、それがわかるように明白に示唆するのが、(d)画面の描写意図である。これは神界だけを描く(a)(c)(f)とは異なり、人間世界だけを主題とする(b)(e)(g)とも違っている。入りくんだ対比・対称的配列による二種六枚のパネルの間にはさまれて、中央に位置する絵(d)は、神界と人間界が結ばれて一人の英雄誕生に至る出来ごとを、背景描写のみによって予告する。その重要な、中心的神話の前触れの役割がこの絵に与えられていると言えよう。

中世の神学者にはこのような古代的解釈をしからしめるに充分の、古代神話に対する理解が早や失なわれていたのかも知れない。あるいは、たとえ失なわれていなくとも、ゼウスの不倫の子ヘラクレスと、イエス・キリストとを重ね合わせることに躊躇したに違いない。だが右に示した(d)画の解釈は、フレンケルがただ一語で示唆するにとどまっている〝さまざまの興味深い連想〟の、要(かなめ)の部分を占めるべきものであろうと思われる。

以上述べたところは、従来の解釈が沈黙に委ねている行止(アポリア)りの隘路を、私たちの検討結果の一部を援用して打開したものにすぎない。これによって中世的なパネル解釈全体を擁護する意図は、私たちの毛頭持するものではない。隘路打開に用立てた古代画面の解釈そのものが、中世の神学的基礎を否定することは、右に触れたとおりである。次に私たちは検討結果全体をふまえて、七つの画面全体についての解釈を呈示したい。

第一に明らかなことは、七つの画面描写はそのどれを見ても、一つの物語の完結成就の局面もしくはその様相を表わしているものはない。いずれの画面も、一つの物語の発端もしくは契機をつよく示唆する構図を取っていて、全体としてはいわば七曲の序曲集ともいうべき趣きを呈している。各画面描写の措辞を詳細に解析してみると、いずれにおいてもその物語の文学的形成に深く寄与した詩人と作品を彷彿する詩句を含んでおり、ヘレニズム文学の特色ともいうべき繊細・絶妙な〝本歌取り〟の技法によって、先行文学がとげた多大な貢献を、次々と映しだしている。その大要をまとめて図示すれば、次のごとくである。

(a)図　『巨神戦争』*Titanomachia* 伝ヘシオドス作。

(b)図　『テーバイ叙事詩』*Thebais* 古期よりの叙事詩伝承が推測されているが、ここにはアンティマコス作の叙事詩に対する言及がある。

(c)図　『イリアス』、『オデュッセイア』、そして、ステシコロスの『悔悟の歌』*Palinodia*.

(d)図　『名婦の系譜』、『盾』、伝ヘシオドス作。

(e)図　『名婦の系譜』、ピンダロス『オリュンピア勝利歌』、エウリピデス『エレクトラ』、『オレステス』。

(f)図　最古期の『アルゴ号叙事詩』の「冥府探訪」の段への言及かと思われるが、確証はない。

(g)図　アルゴ号伝説の発端を語る絵柄によって、今まさに語られようとしているアポロニオス自身の新『アルゴ号叙事詩』を指す。

このように見ると、これらは古代ギリシァ叙事詩の総覧であり、系譜である。イアソンに与えられた織布の七つの隅をくまどる模様は、最古の時代からアポロニオス自身の時代に至るまでの、長短さまざまの名ある叙事詩あるいは悲劇作品、あるいは叙事風物語詩の、発端場面を彷彿する。女神アテネーはなぜ、このような文様を施した織布を、アルゴ号の造船現場を携えてきて、イアソンに手渡したのか、その理由はすでに明らかであろう。アポロニオスのアルゴ号と、その冒険叙事詩は、叙事詩を中心とするギリシァ文学の伝統によってくまなく縁取られた帆布を帆柱にはためかせて一路コルキスに赴くように、という女神の意図がうかがわれるからである。七つの図柄には、フォン・アルブレヒトが指摘するように、表面的には確かにアルゴ号の冒険航海の個々の段落を予示している要素(Präfiguration)を見てとることができる。しかしそれだけがアポロニオスの意図であったとは信じがたい。それほどにかれの措辞、句法は単純ではないからである。七という数にも多少の寓意がこめられていたかもしれない。『アルゴ号叙事詩』は音楽の神アポロンへの序詩に始まるが、七はアポロンの数であり、神が手にもつキタラも、リュラも、バルビトンも、いずれも皆、七絃の楽器であったからである。

イアソンはこれを羽織って恋の道行きへと赴き、アルゴ号の進路に遅滞を来たす。明らかに主旨逸脱の脱線である。これを婉曲に諷する意図がアポロニオスにあったのか、それとも、アルゴ号物語の伝統的段落であるヒュプシピュレーとの恋愛の序の段を、アポロニオス自身が文学的抱負を語る、いわば脱線を犯すことの許容されるにふさわしい場と考えたのか。いずれにしても、アポロニオスが刺繡模様の画面描写をつうじて、自らの文学的抱負の位置づけを試みている、ということは長いそれまでのギリシァ詩文の伝統をかえりみれば、怪しむに足りない。カリュプソーもキルケーも、その歌は機織りの間から生まれている。ヘレネーも、自分のために戦場の露と消えた若者たちの物語を

機に織る。叙事詩は、文字に書かれるよりも古く機に織られていたのである。(57)

織布の模様や図柄を描写することを介して、詩人自身の思想や抱負を語る一種の文芸技法は、やがてラテン文学の黄金期に入ると、カトゥルスやオウィディウスらが熱心に追究するところとなり、数々の名作を生む。(58) これらの後世詩人たちにその技法の練磨を促した一つの手本として、私たちが見たとおり、アポロニオスの先駆的試みがあったことを最後に想起して、この章を終りたい。(59)

（1） P. Friedländer, *Johannes von Gaza und Paulus Silentiarius. Kunstbeschreibungen justinianischer Zeit*, 1912 (und *Prokopios von Gaza*. Hildesheim, 1969), 11–12; F. Klingner, Catullus Peleus-Epos, 1956, in: F. K., *Studien zur griechischen und römischen Literatur*, 1964, 156–224; D. N. Levin, *Δίπλαξ Πορφυρέη*, *RFIC* 98, 1970, 17–36; H. Fränkel, *Noten zu den Argonautika des Apollonios*, 1968, 99–103; M. von Albrecht, Der Teppich als literarisches Motiv. *Deutsche Beitrage zur geistigen Überlieferung*, 1972, 11–89.（このうちLevinとAlbrechtの両論文は片山英男氏の好意によってかの地より取りよせられ筆者の実見に供せられたものである。）Levinの記述には多々興味ある点も含まれているが、『アポロニオス・ロディオス古注』の見解を基本的に踏襲し、とくに新しい着眼点は認められない。他方Albrechtは、直接アポロニオスに触れている個所は僅少であるけれども（下記注（17）参照）、古今東西の文芸に現れている織物とくに絨緞の比喩、描写、言及について広範囲に論をすすめ、本来〝聖物〟的意味の濃い織物が古代の文芸では次第に〝俗化〟していったこと、また近世現代の文芸では、室内装飾の一部でしかないものが詩人の〝世界〟を表象するものと化している経緯を詳述しており、間接的にではあるけれども、アポロニオスの外衣の描写技法を検討してみることの価値を悟らせてくれた労作である。古代文学研究にはげむものに一読をすすめたい。

（2） Friedländer, 12（アポロニオス古注七二一—一二一 Wendel 参照）。

（3） Fränkel, 102.

（4） G. W. Mooney, *The Argonautica of Apollonius Rhodius*, 1912, 1964. ad I 722, 728; Fränkel, 101.

（5） Friedländer, 12, Anm. 1; Fränkel, 101, Anm. 195 は外衣そのものも、Demetrios Poliorketes の有名な外衣（プルタルコス「デメトリオス伝」四一・七以下）を想わせると記している。

（6） Friedländer, 12; Fränkel, 100 f.

（7） 後記三の(a)において雷電の光芒がなお一本欠けていること、(c)において女神の着衣が偶然とけていること、などは静止した画面ではあるが、動きのある瞬間を捉えているものであり、画中の人物が動きの中にいるかのような錯覚をあたえるための工夫である（アポロニオス古注七三一—三三 Wendel 参照）。Friedländer, *op. cit.*, loc. cit. 参照。

（8）Friedländer は描写技法 ekphrasis を芸術工芸品・建築造園などの人工的産物の描写という意味に限定して、その定義に合致する古代文芸の証言を殆んど網羅的に集めてジャンル別に整理し、時代を追ってその文芸技巧が洗練の度合を高めていった過程を追跡している。しかしかれ自身明記しているように、これはまさに草分けの研究であり、また後期古典時代の修辞家が ekphrasis（描写）という広い範疇で諒解していたすべてのタイプを含んでいるわけでもない。Friedländer が開いた文芸技巧研究の分野はその後、続くものが少なく上記注（1）に記載したものの他には、V. Pöschl, Die Tempeltüren des Dädalus in der Aeneis VI 14–33, *Würzburger Jahresbücher f. d. Alt.-wiss.* N. F. Bd. 1, 1975, 119–123 がすぐれている。ekphrasis の問題に光をあてた最近の本格的研究としては、Hubert Cancik, *Untersuchungen zur lyrischen Kunst des P. Papinius Statius*, *Spudasmata* XIII, 1965 があり、描写手段を介して表明されている詩人の意図を探ろうとする好研究である。

（9）カトルス六四、二二八、スタティウス『テーバイ叙事詩』二・七二一など、ローマの詩人たちの間でにわかに〝Iton の Athena（Minerva）〟という呼び方が行なわれるようになるのはアポロニオス、あるいはカリマコス（六・七四）など、ヘレニズム時代の詩人の影響によるものであろう（C. J. Fordyce, *Catullus*, 1961, 304 f. 参照）。

（10）アポロニオス七二三—二四古注、『オデュッセイア』一九・五七四古注、大語源学辞典（*Etymologicum Magnum*）二八八・四一、エウスタティオス『ホメロス注解』一八七八・六二参照。

（11）ホメロスでは *δέδαε*（redupl. 2nd aor.）のみが〝教える〟の意で用いられる（*ἔργα δ' Ἀθηναίη δέδαε κλυτὰ ἐργάζεσθαι*『オデュッセイア』二〇・七二）。Mooney, ad I 724 参照。しかしながらアポロニオスは三・五二九、四・九八九（Fränkel, 99, Anm. 189）においてもやはり *δάε* を〝教える〟という意味で使っている。*δέδαε* が *δέ δάε* と読み伝えられたためかもしれない。

（12）Fränkel, *Noten*, 99.

（13）Fränkel はイアソンが〝sie am eigenen Leibe tragen wird, ein mehr persönliches Besitztum als das Schiff〟と評し（99）、また外衣を与えたアテネーの行為は〝die sanfte Wärme einer Intimität aus dem Abstand〟をあらわす（102）としているが、一・七二一以下（*τήν οἱ ὄπασσε/Παλλάς, ὅτε* ...）の字句からそれを読みとることは無理であろう。

（14）ホメロス叙事詩における衣装の実態について詳しくは、S. Marinatos, *Archaeologica Homerica* Bd. 1. (1967) A. 'Kleidung' *δίπλαξ*(9–10), *φᾶρος* (10–11) およびそこに引用されている文献を参照されたい。またオデュッセウスの筏作りの技法については D. Gray, *Archaeologica Homerica* Bd. I G (1974), 109–114 を参照。

(15)　上記注(13)参照。
(16)　きわめて遠回しの表現であり、時としては物語る主体と物語られる対象の区分が不明となり、また時としては語られる情況と比喩とが癒着したように見えるスタティウスの『シルワエ』のラテン語をいわゆる "Silver Latin" の一極と見做す立場に立てば、同様の傾向が認められるアポロニオスのギリシァ詩を "Silver Greek" という名で呼んでもよいのではないか。
(17)　von Albrecht, Der Teppich(上記注(1)参照), 71, Anm. 65. 以下本稿の(a)―(g)において、Präfiguration(予告的図柄)とみられてよい要素は列挙したつもりであるが、Albrecht 自身、イアソンの外衣については殆んど何も論じていないことはまことに残念である。
(18)　Fränkel の修正 *ἡμμένοι* に従う(cf. 103)。もちろんこの用法はピンダロス以後のものであるが(『オリュンピア勝利歌』一・八六、『ピュティア勝利歌』八・六〇、『ネメア勝利歌』八・三六)、アポロニオスの叙事言語にピンダロスなどの抒情詩の措辞が流入しているのは周知の事実である。Vian はどのような考えからか、『オデュッセイア』二一・二三九、三八五などを引いて中世写本の読み *ἥμενοι* を守っているが、『オデュッセイア』の両個所はアポロニオス一・七三〇とまったく関連を有しえない情況と言語表現をもつ。
(19)　上記注(7)参照。
(20)　*θερμός, ἡδύς*(『オデュッセイア』一二・三六九)、*θῆλυς*(『オデュッセイア』六・一二二)など男性形形容詞を伴う *ἀϋτμή* は初期叙事詩では少なくないが、アポロニオスは *θερμός* とほぼ同義語の、*ζέω* の女性分詞形を用いることによって変則性を正そうとしている。識者にその原型をつよく想起させる由縁である。*ζείω* という語幹系による動詞は初期にはなく、ヘレニズム時代詩人の産物であるだけにいっそう目を引く(cf. Callimachos IV 60; M. L. West, *Hesiod, Theogony*, 1966, 351; Schwyzer, *Gr. Gr.* I. 686')。
(21)　アポロニオス一・七六三―六四古注(Wendel, 67)、Friedländer, 12; Fränkel, 102 ではそういうことであるが。
(22)　『巨神との争い』叙事詩 *Titanomachia* といっても、アポロニオスがヘシオドスの『神々の誕生』の叙述のみを考えていたかどうかは、もちろん不明である。古代の伝承では、エウメロス Eumelos、アルクティノス Arctinos、ムサイオス Musaios、エピメニデス Epimenides、フェレキュデス Pherecydes らの名が *Titanomachia* の作者に挙げられている。古代の文献学者も "T. 作者" (*ὁ τὴν Τιτανομαχίαν γράφας*(*ποιήσας*))と表示するにとどまる場合が多い(フィロデモス『敬虔について』col. 131. 10=61 G;『オデュッセイア』二一・二九五の T. 古注、アテナイオス二二七D、四七〇B、アポロニオス古注一・五五四)。
(23)　アポロニオス古注一・七六三―六四 a (Wendel, 67)。
(24)　プラトン『ゴルギアス』四八四E―四八六C、『ギリシァ悲劇断片集』frr. 179–227 (Nauck–Snell)。
(25)　周知のごとく『オデュッセイア』第十一巻の「冥府探訪」におけるアンフィオンとゼトスの六詩行は、テュロー―アンティオペー―アルクメネー―エピカステー―クロリス……の順番で母系を中心に語られる、いわゆる『名婦の系譜』のアイオロスの家譜の真中に現れる。しかしアイオロスの家譜のこの部分は近年発見されたヘシオドス断片(三〇、三一、三三(a)、三五 M.-W.)と内容的にも措辞の面でも殆んど同一であることから、「冥府探訪」におけるアイオロスの家譜は〝ヘシオドス系〟の叙事詩伝統が『オデュッセイア』成立の最終的段階において流入したものと見做す従来の見解が確かめられた。しかしながら、アイオロスの家譜の中におけるアンティオペーの系譜的位置づけは不明確である。また今日までのところアンティオペーとかの女の子供たち、アンフィオンとゼトスの名前は、ヘシオドス断片の伝えるアイオロスの家譜の系譜の中には発見されていない。これは偶然かもしれない。しかし、あるいは『オデュッセイア』第十一巻「冥府探訪」のアイオロスの家譜の中には、ヘシオドス系以外の叙事詩伝承が混入しているためかもしれない。

(26)　ホラティウス『詩学』一四六―一四七(Sch. Porphyrium ad loc.)。しかし B. Wyss, *Antimachi Colophonii Reliquiae*, 1936. はスタティウスにおけるアンティマコスの影響は少ないとしており(A. Lesky, *A History of Greek Literature*, 1964², 638, n. 1 参照)、この点については後日なお詳しく論考をこころみたい。

(27)　〝建国叙事詩〟(*κτίσεις*)はアレクサンドリア文学の一つの特徴的トピックであって、アポロニオスも(frr. 4-12 CA)カリマコスも(Suida, index operum)この方面で作品を残したと伝えられるが、現存するものはない。アンフィオンとゼトスの伝説に言及していると伝えられるのはモエロ Moero (fr. 6＝パウサニアス『ギリシァ旅行記』九・五・四)、アイトリアのアレクサンドロス(fr. 17＝Probus ad Verg, EC. II. 23)のみが知られている。ラテン詩人たちの扱いについては、F. Bömer, *P. Ovidius Naso. Metamorphosen* VI-VII, 1976, 55 f. 参照。

(28)　七つの画面の紹介は、(a) *ἐν μὲν ἔσαν* ..., (b) *ἐν δ' ἔσαν*..., (c) *ἑξείης δ' ἤσκητο*..., (d) *ἐν δὲ...ἔσκεν*..., (e) *ἐν δὲ... πεπονήατο*..., (f) *ἐν καὶ...ἐτέτυκτο*, (g) *ἐν καὶ...ἔην*... という具合に、平板であるかのごときでありながら、微妙な変形表現 variatio が工夫されていて同一措辞による反復はない。しかし、*ἔσαν*(a)、*ἔσαν*(b)と進行している間は模様を製作した女神への言及はなく、ただ製作された図柄の客観的描写であるが、(c) *ἤσκητο* が現れたとき、突然ある製作者が示唆される。*ἤσκητο* は(e)の *πεπονήατο*, (f)の *ἐτέτυκτο* と同様に受動態〝作られていた〟とみるのが常識的であろう。つまり、ある戸惑いと驚きを感じたあとの理性的な結論としてはそうであろう。しかしその戸惑いと驚きの中に含まれているものが、読者の興味をこの描写の最後まで誘うのである。*ἀσκέω* 中間・受動態は〝身づくろいをする〟という意味でしばしば用いられる。アフロディテーは鏡の姿に見入っている。ヘレニズム時代の詩人の Silver Greek と評することはできないだろうか。これと同じことは(e)の *πεπονήατο* についても言われる。初期叙事詩で、*πονέομαι* はつねに中間態で〝苦労する〟の意であり、*πεπονήατο* も受動態で用いられることはない、しかも受動態であれば苦労して製作したのはアテネー女神ということになり、失笑を招きかねない表現である。七つの画面の中で第三と第五の紹介部分に *ἤσκητο, πεπονήατο* という動詞が用いられているのは意図的である印象が強い。

(29)『アフロディテー讃歌』九一一〇。

(30) Böner, *op. cit.* (上記注(27)), IV–V (1976), 67–69; Friedländer, 12, Anm. 1 参照。

(31) ステシコロス fr. 192『ギリシァ抒情詩人集成』(=プラトン『ファイドロス』二四三A) ed. Page.

(32) この一連の問題については前章を参照されたい。

(33)『盾』の中世写本梗概一－一〇(ed. Solmsen)参照。

(34)『アルゴ号叙事詩』一・一二〇七以下。

(35) Friedländer, 12, Anm. 1.

(36) Pisata(ピサの人)と呼ばれている(ピンダロス『オリュンピア勝利歌』一・七〇)。

(37) ヘシオドス fr. 259(a) M.–W. (=ピンダロス『オリュンピア勝利歌』第一歌一二七bに付された古注記事(i. 45 Drachmann)). cf. Pi. fr. 135 (Snell).

(38) ピンダロス『オリュンピア勝利歌』一・七九(Snell)。

(39) 上記注(37)参照。

(40) ヘシオドス frr. 196–204 (M.–W.) 参照。

(41) エウリピデス『エレクトラ』六九九－七三六、『オレステス』九八八－一〇一二(ed. Murray)。

(42) パリ写本の古注は残念ながら Wendel の Scholia 校本には全面的に収録されるにはいたっていない。この部分についての詳細な紹介とフィレンツェ、パリ両系統の古注相互の関係については、H. Fränkel, *Einleitung zur kritischen Ausgabe der Apollonius* (*Abh. d. Akad. d. Wiss. in Göttingen, Philol.-Hist. Kl.*, III Folge, Nr. 55), 1964, 104–105 参照。

(43) *ὁ Πέλοψ τε καὶ ἡ Ἱπποδάμεια νικῶσαν ἐφεστηκότε ἄμφω τῷ ἅρματι κἀκεῖ συζυγέντε*, ……

(44) Fränkel, *Einleitung*, 104, Anm. 1.

(45) エウリピデス『オレステス』九九〇古注、*ὅθεν τὰ δεινὰ τῆς τραγῳδίας ἔπη* (Schwartz, vol. 1, 197).

(46) *Βούπαις*(七六〇)は、アリストファネス『蜂』一二〇六、エウポリス四〇二、アガティアス二・一四が用いているのと同様の意味と解する。

(47) ヘシオドス fr. 78 M.–W. (=*Etymologicum Magnum*, 60. 37=ヘロディアヌス二・三八七・一七)。

(48) ピンダロスの『アポロン祭祀歌』一三(パピルス断片)(b)三に*Ἀλέρας υἱὸν* (fr. 294 Snell)を読むということが Turyn によって提案されており(*Pindari Carmina*, 281, fr. 54(b)3; 347, fr. 179)、もし正しければ、ティテュオス打倒のエピソードがアポロンの武勲詩

Aristeia の一つとして歌われていたことの蓋然性は少し大となるかもしれない。しかしながら『アポロン祭祀歌』一三(b)はあまりにも断片的であるために、その輪郭を推定することすら困難である。

(49) ピンダロス『ピュティア勝利歌』四・二二一、四四、一七五、二五六、アポロニオス一・一七九など。

(50) ピンダロス同上二二一、二五六および同所古注、アポロニオス一・一七九古注、エウフォリオン fr. 105(『アレクサンドリア詩集成』*Collectanea Alexandrina*)。

(51) Mooney, ad II 1246 f.

(52) ティテュオスープロメテウスーアルゴ号伝説の成立と伝承の過程についての諸学説の紹介と整理は M. L. West, *Hesiod Theogony*, 313–15 に詳しいので参照されたい。

(53) Fränkel, *Noten*. 100 f.

(54) アポロニオス一・二五六―五九。

(55) アポロニオス一・七六三―六四 a 古注参照(Wendel, 67)。

(56) Fränkel, *Noten*, 101 f.

(57) von Albrecht, Der Teppich, 71, Anm. 65; 79, Anm. 157.

(58) 同上書 72, Anm. 94. 詩人はアラクネー(Arachne 蜘蛛)のように織るという比喩はプルタルコス『道徳論集』三五八 f にあることを Albrecht は指摘している。詩人オウィディウスがアラクネーの変容譚にたくした詩人の抱負と悲劇については、Bömer, *op. cit.*, VI–VII, 11–12 に引用されている M. Rychner, *Arachne, Aufsätze zur Literatur*, 1957, 5–26 の意見を参照されたい。

(59) 注(1)F. Klingner, *Catullus Peleus—Epos* 参照。Levin(注(1))も多少これに触れるところがある。

第四章　色と変容
――オウィディウスの叙事技法の一側面――

「絵はもの言わぬ詩、詩はもの語る絵」というシモニデスの有名なことばを嚆矢として、絵画や造形美術をもちいた比喩的考察は、古典古代をつうじて文芸批評の上で常套的にくりかえされている。[1] われは彫像の匠にあらずという句に説きおこされるピンダロスの詩論もある。[2] 古典悲劇の傾向と同時代の画家の志向とを比較して、その間の類似性を指摘しているアリストテレスの悲劇分析論もある。[3] このような比喩的考察の方法はとりわけローマの批評家たちの間では、批評が拠るべき一つの形として踏襲された観がある。[4] 弁論の genera を論ずるキケロやディオニュシオス、[5] 画家の明暗着色技法と修辞上の強点弱点の配分技巧とを比喩的に論じている『崇高論』の一節[6] などは、ローマにおける批評の全盛期にあってその風潮の一端を、今日なおしのばせる代表的なものであろう。

造形芸術も文芸もともに人間行為の模倣(mimesis)であり、そこに共通の目的をわかちあうものである。[7] しかしシモニデスの chiastic な表現が訴えているのは、[8] 類似するものとして並べられた絵画と詩文が、互いに各〻の持ち味として主張する、あいいれない差異を明らかにする点であったと思われる。古典古代の批評家たちの言には、絵画・造形美術と文芸との間の、単なる類似性を指摘するにとどまっているものも多い。しかし他面、模倣(mimesis)としての類似性をふまえての上で、各〻の芸術領域における表現手段の差異を明らかにしようとするもの、あるいは不充分ながらも、絵画と文芸との各〻が対象とする出来ごとの「相」が異なることを指摘する批評家もいないわけではない。絵画は人間行為の現在相を、言葉の芸術は過去化した相を伝えるものである、しかしすぐれた言葉の芸術家は、読者をして過去の行為の観客たらしめる、と。[9]

今日私たちが接する古代の文芸作者たちの中で、絵画や造形美術と関連づけられて論じられる一人に、ローマのオウィディウスがいる。ポンペイの壁画をはじめ、あまたの彫刻・絵画・工芸作品の題材の説明に際して、神話詩人オウィディウスの詩句による解説が便利であることは言うまでもない。[10] しかしながら、オウィディウスのほうがいつのまにか絵画や彫刻によって解説される傾向もないとは言えない。「色彩豊満な」という形容がくりかえしオウィディウスの叙事詩に与えられ、その登場人物は「生けるがままの」色調でえがかれている、と表現されることが多い。これらはいずれも、古代よりの比喩的な批評技巧の延長であることは明らかで、そこに厳密な意味を要求するのは無理であろう。けれども、このような比喩があたかも自明の事柄を指すかのようにオウィディウスについて用いられていてよいのであろうか。私たちはこのような比喩の精度の低さを恥らっている[11]『崇高論』の作者のレベルに達することはできないかもしれない。しかし、こういった表現をより正確に理解するために、オウィディウスの叙事詩がもつ色彩性について論をこころみたい。

以下においては、オウィディウスのどの色彩形容詞が、ポンペイ壁画のどの作品のどの色調に対応するか、などについては触れないこととする。総じて、古代の文芸作品と同時代の造形芸術との対比は、私たちの連想の幅をひろげることには大いに役立つけれども、今日の立場からそれらの相関を主張したり、また否定したりすることはさして有意義とは思われない。[12] いみじくもレッシングが指摘しているように、「画家の手引きともいうべきオウィディウスを前にして、画家は詩文中、もっとも絵画的とされるものも画筆では表わすべくもないと認めるだろう」[13]。またその逆に詩人は、絵によってのみ表現できる明暗や色彩、形姿を写しとろうとはしなかったろうとするベーマーの見解も首肯すべきものを含んでいる。[14] 以下においては、物語という時の流れを媒体とする言葉芸術の中で、どのように風景や事物や人体の描写がなされ、その間にいわゆる「色彩」をともなう形容詞・動詞・名詞がどのような役割を与えられているか、を観察していきたい。

また「色彩」というとき、ヤングやヘルムホルツの光学論を用いて、ウェルギリウスの色彩体系を明らかにしようとしたプライスの方法は示唆に富み、ラテン語の色彩形容詞の理解に役立つけれども、ある特定の詩人の色彩体系を明らかにする上では殆んど役に立たない。[15]スペクトルム上の分布が確認されたとかれが主張するウェルギリウスの色彩性、つまり暖色系にやや傾いた中央分布は、[16]とくにウェルギリウスの特性とか、いわんやその温和な人柄の反映をあらわすものとは言えないからである。殆んど同様の色彩形容詞の分布は、題材も詩人の人柄も異にするオウィディウスについても認められる。事柄は形容詞のみを対象として扱っても明らかにはならないし、文脈のこまかい検討を必要とすることは言うまでもない。ウェルギリウスの詩的描写から彷彿する色彩の豊満さについてはのちにあらためて触れる。

オウィディウスの叙事詩ならびにエレゲイア詩における色調について行なわれた数少ない調査の一つにマイヤーの論文がある。これは殆んど主として色彩を表わす形容詞の種類と各〻の表現の文学的由来を明らかにし、それらの使用頻度を究明することに終始している。[17]もとより参考とするべき点は多いけれども、オウィディウスに限らずとも、詩的描写ないしは詩形による人間行為の叙述においては、形容詞の使用頻度をもって詩人の描写技巧やその意図を一義的にはかることはおよそ不可能である。色彩を連想させる言葉を全面的に避けながら、鮮やかな絵画的効果を収めている場合もある。またオウィディウスの叙事詩においては、叙述が昇華する一瞬に一色を点ずることによって、あるいは変容を、あるいは変容をうけながらなお、変らざる何ものかの存在を象徴的に表わしている場合もある。それらの場面における色彩の詩的効果は、形容詞の使用頻度とはまったく無関係である。また叙事詩と『祭暦』などエレゲイア詩における色彩系語彙の用法の違いも、頻度を数えることによっては明らかにされない。使用頻度の調査から明らかにされうることは、オウィディウスの叙事詩の色彩語彙も、色調分布も、ウェルギリウスの叙事作品とほぼ同一であるという、文学的評価とは無関係に近い事実である。さらにまた、オウィディウスの叙事詩の随所に配されている牧歌的背景描写の色調はきわめて平板であり、変化に乏しいという、これまた期待はずれの結果がえられるに過ぎない。オウィディウスの叙事詩の描写(ekphrasis)と物語技巧との関連についてのベルンベックの見解や、[18]またそれが叙事的統一性をなすことを重視するシーガル、ガリンスキーらの見解は、[19]本論の主題である色彩語彙の機能の問題といささか関係するものであるから、あらためて検討することとしたい。ともあれ、私たちが以下で問題としたいのは使用頻度ではなく、物語られる行為や出来ごとの中で、色彩形容詞や着色脱色を出来ごととして語る動詞、また色彩を鮮明に読者に意識させるような名詞が——これらをまとめて色彩語彙と呼ぶことにする——どのような働きをなしているのか、これを明らかにすることである。「画家は色彩と形によって、詩人は言葉と表現の工夫によって」と言われているが、しかし詩人も読者の意識に色彩を点じていくものである。ただかれの用いる色彩語彙は画家のカンバスとは異なる世界で、独自の機能を発揮することを目指しているものである。

ホメロスからヘレニズムの詩人をへてオウィディウスにいたるまでの叙事詩の措辞の変遷過程において、色彩を指示する表現が漸増し、人物・風景の描写が豊富な色調を加えていくことは、しばしば指摘されている。[20]初期ギリシァの叙事詩では光線を全面的に吸収する暗色、また全面的に反射する白色ないしは金属色の名詞あるいは形容詞による表示が主要部分を占めていて、次に赤色ないしは黄褐色の語彙が多い。しかしラテン語に頻繁に用いられるような淡黄色や青緑系の色彩表示はきわめてすくない。もちろん初期のギリシァ叙事詩にも草木の色を見出すことができる。[21]人間の皮膚の色や、[22]感情の激変に伴う顔色の変化も語られていないわけではない。[23]しかし、カリュプソーの洞窟の描写においても、[24]またアルキヌス王の果樹園描写においても、[25]『農耕詩』の詩人であれば、惜しみなく用いたであろう緑も、草色も、樹々に色づく果実の紅や紫も、ホメロスはその言葉を用いる術を知らないかのようである。だがホメロスでは、色彩表示の形容詞こそすくないけれども、色彩や明暗の連想をさそう、精妙な線画にも似た言葉のリズムが草木や果実の輪郭をきざむ。[26] ものの名称から、またその形姿から流れいずるかのごとくに、[27] 色彩は、詩に耳を傾けるものの意識を染めていく。しかしこのような技巧はホメロス時代に限るものではない。多彩・華麗なといわれるオウィディウスも、色彩語彙を用いることなく牧歌的背景を幾度となく描出している。[28]

事物の名と形姿を透明に語ることによって、言外に色彩を印象づける叙事詩の技法が、ホメロスにとって伝統的技法であったのかどうかは判らない。上記の『オデュッセイア』からの二つの ekphrasis 的場面は、ヘルメスやオデュッセウスの一連の行為の中で、当事者の認知に達しその驚きをうながした情景として報じられている。行為を物語の筋立てとする叙事詩人ホメロスにとっては、事物の名称と形姿が優先し、色彩を直接表わす言葉は語りの表面からは脱落していく傾向があったのかもしれない。あるいはまた、色彩語彙には感情移入がともなうことを、それとなく察知して避けたのかもしれない。しかしまた、ホメロスには例がないけれども、ヘレニズム時代の叙事詩人たちがしきりに好む色彩もある。ナウシカーは頬を紅にそめることはない、だがヒュプシピュレーやメデアにはそれが語られる、[29] また「パラスの沐浴」においても。[30]

ホメロス以後、ギリシァ叙事詩は色彩語彙を主として抒情詩から、またエレゲイア詩の流れから汲む。ヘレニズム時代には殆んど抒情詩と変らないほどに色調豊富となり、とくに黄色系、緑色系、赤紫色系の色どりが増加する。[31] また単色だけではなく、白と紅、白と紫、紅と緑、青と緑など、色彩の対照的な組合せや、またそれに明暗の対照を加えるなどの工夫も、シモニデス、[32] バッキュリデス、[33] ピンダロスなどにおいてしきりに行なわれたが、[34] そのような絵画的色彩技巧をも、ヘレニズム詩人たちは踏襲する。モスコスの『エウロペー』はその極端な例である。ゆたかな色彩性は初期ラテン詩人たちにも認められるが、とくにカトゥルス、[35] ウェルギリウス、オウィディウスの色彩語彙の趣向はこれら先行文学の傾向をうけついでいる。しかしラテン詩人の場合、ギリシァ語のごとくに造語とりわけ複合詞の造語が容易ではなく、かろうじて名詞幹に -eus を附する方法や、後に頻用される -color の複合語が用いられるぐらいにとどまっているために、ギリシァ詩人の蓄積した色彩語彙に比べると、単語数はきわめて少ない。(36) オウィディウスが用いている色彩形容詞は約三十種を数えるにすぎない。(37)

しかしその反面、ギリシァ叙事詩とは対照的に異なり、イタリア詩人の感性や風土性を表わす語が反復して用いられる場面もすくなくない。とくに草葉や緑樹をさして用いられる viridis やその inchoative の動詞形 virescere がラテン叙事詩の風物を特徴的に彩る。(38) また黄色ないしは黄赤色系の flavus, fulvus, そして各〻の着色を表わす動詞形なども、ギリシァ叙事詩でみられるよりも、はるかに広範囲の事物の色として姿を見せている。(39) 神々やニンフの髪の色も、viridis であったり、flavus であったり、また caeruleus であったりする。ラテン詩人たちの中でも、とくに植物や自然現象に発見される色彩の多様性に鋭敏であり、その表出に心をくだいたのはウェルギリウスであるが、その幾つかについてはプライスに詳しいのでここでは略したい。(40) また、ラテン詩人全般にわたる色彩語彙の問題——とくに albus, candidus, niveus, lacteus, eburneus, marmoreus, argenteus, ater とそれらの周辺については——H. Blümner がその概略をつくしている。(41) また、ラテン詩に頻出する絵画的色彩の対照的効果のパタンとそれらの分類はアンドレにゆずりたい。(42) 以上にのべた叙事詩における色彩語彙の変遷の概略はすでに周知の事柄ではあるけれども、一応そのような背景を心得て、オウィディウスの変容物語における色彩をたずねることとしたい。

『変容譚』の一つの物語では、幾つかの限られた段落に色彩の明示あるいは暗示は集中する。(一)主として暁などの天候気象の描写に、(二)est locus, ……lacus, ……nemus, ……ager などの、伝統的表現で導入される牧歌的情景のスケッチや、あるいは Invidia, Pestilentia, Fames, Somnus などの擬人化された諸力の住む空想的世界の描写(ekphrasis) に、(三)物語の主人公の肌の美しさや装い、またかれらの恥らいや絶望の表情に、(四)そして一つの

「変容」metamorphosis が完了して、なお前世の姿や心を永劫に偲ばせるよすがに叙述が及ぶとき、植物や動物、ときには鉱物の特徴的な色彩として語られる。

それらの形容詞の多くは、たとえば purpurea Aurora, lutea Aurora, flava Minerva, ripae viridis, fulva harena, atra nox, candida colla, caerulea aqua…… のように、ギリシァ詩に由来するものであれラテン詩人の工夫によるものであれ、たんなる枕言葉 epitheton ornans として、叙事詩体に必要な響きを提供しているにすぎない。もちろんオウィディウスはこれらにも工夫を凝らして、単なる色彩ではなく、質感をともなうものとして読者の視覚以外の感覚に訴えるときもある。たとえば、神々やニンフに附せられるありきたりの caeruleus にはあきたらず、umeros innato murice tectum/caeruleum Tritona（一・三三二―三三三）のように、独自の想像力を混えて[43]トリトンの肩の上に盛り上った紫貝の硬質性を色彩の基体として用いる。また、白い牛という場合にも[44]、quippe color nivis est, quam nec vestigia duri/calcavere pedis nec solvit aquaticus auster（二・八五二―八五三）のように、積ったばかりの柔雪の質感と汚れのなさをそえることによって、ありふれた表現から脱している[45]。これらは確かに描写としては優れており、また色彩についてオウィディウスが並々ならぬ感覚を抱いていたことを示している[46]。しかしこれらが要するに手のこんだ修飾的枕言葉(epitheta ornantia)であることには変りない。物語の進行をとどめ、その一面に感覚的・情緒的なものを添加することはあっても、物語の流れを深め、出来ごとの内面にまで光を投じているとは言いがたい。

オウィディウスがそのような、装飾的比喩の延長線をたどりながらも、まさに出来ごとの内面からの光や色彩を汲みとろうと、さらに一歩をすすめていることもある。かれの詩の絵画性が評価される際には必ず引かれる次の二例がそうである。

in liquidis translucet aquis, ut eburnea siquis/signa tegat claro vel candida lilia vitro（四・三五四―三五

五)

inque puellari corpus candore ruborem/traxerat, haud aliter, quam cum super atria velum/candida pur-
pureum simulatas inficit umbras(一〇・五九四—五九六)

前の例はヘレニズム文学の模倣と見られるが、水であり水の化身でもあるサルマキスの抱擁にやがてとらえられることとなるヘルマフロディトゥスの、それとはまだ気づかぬ姿を読者の前にはっきりと示す。薄青いガラスの器ごしに見える象牙の像か、あるいは輝くような白百合のように——というのは単に比喩による色彩の描写ではなく、アイロニイにみちた運命の予告である[47]。また第二の例の、輝く白肌と紅、輝く大理石と深紅の垂幕という一見はなやかな色彩の対照は、じつはカトゥルスの時代から使い古されたcliché にすぎず[48]、もちろんオウィディウスにおいても幾度となく見出される[49]。しかし一〇・五九四—五九六ではその色彩配合に、光線の要素が加わり、純白色の地の上に真紅の垂幕からの反映が光彩のあやを投じてゆらめいている。しかもそのさまは、アタランタの肌の色を外面から語っているだけではない、じつはかの女を見守るヒッポメネスの中なる心の色どり——恋の色——でもある(dum notat haec hospes(一〇・五九七))。色彩の比喩が心象描写の色どりとなるのである。

オウィディウスのさりげない色彩語彙の修飾的枕言葉(epitheton ornans)は明暗や質感だけではなく、音楽的リズムを伴って、物語の時間的流れの中で効果的に用いられる。メレアグロスの最期を告げる二行の音の響きと色彩の融和はその好例の一つであろう。

inque leves abiit paullatim spiritus auras/paullatim cana prunam velante favilla.(八・五二四—五二五)

暗い沈んだa音の畳々たる重なりと長くあとを引く長音（スポンデー）のリズムは、熾火の上にうっすらとおおいをかけていく灰の白さが増すにつれて、かなたの世界に消えていく[50]。

さらにまた一つの例として、オルフェウスの音楽に魅せられて集まりきたる「樹木のカタログ」(一〇・九〇―一〇五)のくだりが想起される。カタログが古代叙事詩の構造的な特色であることはいうまでもない。ウェルギリウスはその形をかりて、自らの詩的感動をこめて、壮麗な牧と農の世界をなす自然の讃美をとげている。だがオウィディウスの「樹木のカタログ」はまったく類型的な樹木名を、修辞的技巧を凝らして羅列したものにすぎないという説もある。[51] これに対してペシュルはここに登場する一本一本の樹木が誘う嘆きの神話を指摘する。そして、詳細な韻律分析によって、この「カタログ」のリズム構成が、物語の語り手オルフェウスの音楽を詩的技巧によって再現している、と論じている。[52] 私はここで、かれの神話と韻律の両面からの立論に、さらに色彩語彙の問題を加えて考えながら、「樹木のカタログ」を今一度、検討してみたい。かれはこれを四つの部分にわける、Ⅰ(九〇―九四)、Ⅱ(九五―九八)、Ⅲ(九九―一〇〇)、Ⅳ(一〇一―一〇五)。

Ⅰは Chaonis arbor に始まり、「英雄的」樹木の、荘重な暗い響きの行進が続く。その間には樹々の色どりを示すような色彩語彙は全然使われていない。penthemimeris caesura を置き、bucolic diaeresis を整然と押しならべた dicolon あるいは tricolon の各詩行は、いつまでも続く f の頭韻をふみながら、樹木の列に歩みをあわせている。しかしその歩みがきざむ足音はわずかずつ軽くなりながら、次の樹木群の登場を準備する。non...non...non... の列はやがて nec...nec に代り、いつしか et...et の連なりがそれに代る。そして最後に ...que...que に至って荘重な樫やぶなや菩提樹や月桂樹などのみちびく行進が静止点に達する。これに続く第二群は platanus genialis に始まる「牧歌的」樹木の行進である(九五―九八)。

この一群の樹木の登場は、突然のリズムの変化によって告げられる。caesura は第三 trochaeus の後に移る(九五)、そしてリズムの変化と同時に色あでやかな(coloribus impar)楓が現れる。川岸の柳、水の面の蓮の花、常緑のつげ、ぎょりゅう、緑と暗色の実をつけたミルテ、空色の実におおわれた tinus があとに続く。色彩の横溢とともに、母音の重なりは明るい柔らかい響きに定着する。[53] Ⅲ(九九―一〇〇)は「恋愛の樹木」である、きづたや葡萄の若枝、そしてそれらのつるを巻きつけた楡の樹の登場と共に再び、Ⅳ(一〇一―一〇五)に移ると行進の主体は大樹に代る。だが色彩は後にのこる。枝もたわわに紅の実をつけた野いちごの樹、シュロ、そして最後の三行は松を語る。松に姿を変えたアッティスの連想にうながされて、キュパリッソスの変容譚が導入されるのである。

オルフェウスが神話にみちみちた樹木の群を呼びあつめて、それまで一木もなかった場所に大森林を現出せしめるこの「カタログ」の第Ⅱ段(九五―九八)、第Ⅳ段(一〇一―一〇二)に点々とあらわれる色彩語彙の形容詞はいずれも極く平凡な類のものばかりである。しかし詩行のリズムの微妙な変化と共に、色彩のなかった森に紅葉した樹木や、色美しい果実の茂みが生ずるさまは、偶然とは考えられない。また「牧歌的」樹木であるから色づくというわけでもあるまい。オルフェウスとその音楽に引かれて集まる樹木との間に、得も言われぬ情緒の交流が生じつつあるさまを、オウィディウスはさりげない色彩語彙を修飾的枕言葉(epitheta ornantia)としてちりばめることによって暗示しているのかもしれない。[54]

『変容譚』の中では、同系統の色彩語彙が物語の進行中に重なりあって用いられ、注目すべき効果を放つ場面がすくなくない。アクタイオンの物語は、森・茂み、清水の泉、狩、追跡、血なまぐさい死、という場面に展開していく。[55] そこには二度にわたって描写場面(ekphrasis)が語られるが、ふつう連想されるような色彩はまったく使われていない。アクタイオンらが狩猟場にしている山は、mons erat infectus variarum caede ferarum(三・一四三)といわれているだけで、ディアナの谷間は vallis erat piceis et acuta densa cypressu とされているが、清水の湧く洞窟の描写にも色はなく、ただ透明な泉の水音だけが聞えている。fons sonat a dextra tenui perlucidus unda(一六一)。アクタイオンを追跡する犬の群には niveis Leucon et villis Asbolos atris(二一八)のようなギリシァ語固有名詞の

paraphrasis や medio nigram frontem distinctus ab albo Harpalos(二二一—二二二)のような黒と白を用いた記述もあるが、大群をなして山間や尾根を疾走する犬たちの間に呑まれてしまう。アクタイオン殺戮の場面に至っても、vulnera, confert in corpore dentes, mersis in corpore rostris dilacerant などの残酷な表現はあっても、血や血塗られた、という類の色彩を印象づける言葉は使われていない。このように前後の出来ごとは白黒のみの、色彩を欠いた世界で終始する。ところがその間に、出来ごとの外で鮮明な紅を投ずる機会が二回もうけられている。最初はアクタイオンが明朝早く予定の仕事にかかろうと仲間に呼びかけるときである。真昼の追跡に疲れてかれは言う、

altera lucem/cum croceis invecta rotis Aurora reducet, /propositum repetemus opus, ...(一四九—一五一)

二度目は同じ朝焼けの色がディアナの頰を染めるときである。詩人は次の比喩を用いる。

qui color infectis adversi solis ab ictu/nubibus esse solet aut purpureae Aurorae, /is fuit in vultu......(一八二—一八五)

croceis invecta rotis Aurora も、purpurea Aurora も、ホメロス以来すでに使い古された暁の色の表現をまたもや持ち出しているのに過ぎない。だがこれをあえて二度も重ねて、同一の物語の関連で用いているオウィディウスの意図は明白である[56]。時は真昼、暁は明日のこととアクタイオンは思っている。だがアクタイオンの突然の出現に驚いたディアナ、その羞恥の色は紅紫に映える暁の……という比喩によって、先のアクタイオンの口にした暁が二重映しになって不吉に転ずる。この比喩に現れた暁こそが、明日あらわれるはずであった altera Aurora であることが判る。それがもたらす lux とはアクタイオンの死であり、かれ自身を狩り取る仕事である。アクタイオンが気づかずに己れの運命を第一の個所で語らせるためには Aurora が必要であり、その予告を思わぬ形で実現させるためには比喩の中で暁の空にさす紅色がディアナの恥らいと怒りになってその頰を染めねばならなかったのである。使い古された暁

とその色彩の表現は、物語の流れにのって新鮮な機能を取りもどす。オウィディウスはこの紅色を鮮明に浮び上らせるために中心の出来ごとの叙述から色彩語彙を全部抜きとってしまったとしか考えられない。しかしこの紅色は絵画の色彩ではない。悲劇的アイロニイの象徴的表現を色彩語彙に委ねたものというべきであろう。

当然そこにはなくてはならぬ色彩を語らずして逆に、読者の心の画面に色彩を強く印象づける技巧もオウィディウスはよく心得ている。血の色のないアクタイオン殺戮の場面も一つである。そしてピュラムスとティスベの物語の最後の詩行もまたその好例であろう。

vota tamen tetigere deos, tetigere parentes : /nam color in pomo est, ubi permaturuit, ater, /quodque rogis superest, una requiescit in urna. (四・一六四―一六六)

二人の血で暗紫色に変色し、詩行末の強調的な語の位置で ater といわれている桑の実に対して、quodque rogis superest、つまり、言葉によってはどこにも語られていない二人の骨灰の色なき色が、壺に収められる寸前に読者の心に定着するのである。

このような詩人オウィディウスにとって、修飾的枕言葉(epitheton ornans)を巧妙に入れかえていくくらいはもとより造作ない。蠟といえば flava とか flavens とかを伴うのが通例である[57]。イカルスの段では三度、蠟について言及されるが、最初は飾語なしに(八・一九三)、二度目は通例の flava を附して用いる(八・一九八)。だが三度目の、空中分解のくだりでは odoratas ceras といっている(八・二二六)。色彩よりも直接に感覚的訴えをもつ香りを加えて、融けていく蠟を語りたかったのであろう。

オウィディウスが用いる色彩語彙は、単なる絵画的色合を言葉に表わしているだけではない。pallor, pallidus, (ex-)palleo などが心痛、恐怖、絶望、死などを、rubor, ruber, rubeo, rubesco, rubefacio などが皮膚の色だけではなく、とくに羞恥心を表わすmetaphoraeとして使われるが、しかしそれ自体としてはさして新味はない。かれの色彩語彙は自然の対象物のもつ色と人間の心が宿す色、眼に見える色と心に染まる色、出来ごとの色と比喩の色など、幾組にもわたり、しかも次元を異にする対極の間に飛びちがう。その間に関連をむすびながら独自の詩的波長の色彩をおりだしている。物語の構成においてそうであるように、[58]色彩語彙の用い方においてもまたかれは、必然的に二つの世界にはさまれている詩人、その間の緊張関係を弦にみたてて弾ずる詩人というべきであろう。かれが用いている色彩語彙は決して斬新でも多彩でもなく、むしろ古いもの平板なものがその殆んどであるのに、絵にも比べたくなるような華麗さを印象づけてやまないのは、かれの色彩語彙が一見自明な物理的対象の上に宿るかのごときでありながら、いつしか質感や音感、リズム感にうったえることによって、本来的には色彩の見出されない視覚以外の感覚の世界にまで、色彩が浸透していくためであろう。読者は隠喩(metaphora)と化した色彩を何と表現してよいのか判らない不安から、絵画との比較にすがりたくなるのである。しかし私たちとしては、オウィディウスの用いる色彩語彙が、比喩と出来ごとの叙述とを交えた物語の中に流されていく間に、いつしかそれと指摘できるような、象徴的な意味を帯びてくることも注意しなくてはなるまい。

いわゆる描写(ekphrasis)や、その他の形の風景描写が、『変容譚』全篇を一つの背景の前に置いて見せるための、基線をなすものであることは識者の指摘するところである。[59]そこにおいて現れる色彩語彙は概して平凡であって、森や樹木、草原は緑であったり緑づいたり、蜜や蠟や砂地は黄色に輝いたり、くすんだりしている。この色調がローマ叙事詩に通有のものであることは先にのべた。[60]第一巻の黄金時代の、数々の祝福の中にもflavaque de viridi stillabant ilice mella(一・一一二)が数えられている。ファエトンの大火災の後に真先にアルカディアを訪れたユピテルがなすことも、川や泉に流れを甦らせ大地には草を森には葉を与え、そしてlaesas iubet virescere silvas(二・四〇八)と語られている。第二巻末のエウロパの段は比較的に色彩語彙の多い物語であるが、[61]雄牛の姿のユピテルは次のような色彩につつまれて乙女と戯れる。

……viridique exsultat in herba,/nunc latus in fulvis niveum deponit harenis(二・八六四―八六五)

緑の草にたわむれ黄色の砂に横たわる純白の牛を見て、乙女は徐々に恐れの気持を失っていく(paullatimque metu dempto(二・八六六))。これとは対照的に、先に牛に変えられて絶望の彷徨をつづけるイオーの場合には草もない大地に横たわる様が語られている(proque toro terrae non semper gramen habenti(一・六三二―六三四参照))。

緑の樹木や草原と、黄色い土、あるいは樹木の色と沃野の色という組合せが、常識的に想像しても平和を彷彿させるものであることは誰しも諒解できるのであるが、オウィディウスがこの組合せをさりげなく、見事な一つの小画面に仕立てているところがある。デウカリオンの大洪水が終り、万物が死滅したのちやがて水が引きはじめる。海と陸が分れ山の頂きが現れ、泥水の中から町や村も見えてくる。長く待ち望んだこの日に現れるのは limum in fronde relictum(一・三四七)、木の葉にのこされた土であった、という。それまでの叙事を支えていた巨視的展望から一躍転じて一枚の葉に視線を集める手法もさることながら、視線が集まるその葉の上に、一滴のしずくとは言わず、土くれを置いたのはオウィディウスのすぐれた色彩感覚であり、緑と土に新しい世界の希望を象徴させているといっても過言ではあるまい。続いて redditus orbis erat――世界は戻ってきたのだ、と語っている(一・三四八)。私たちはオウィディウスが随所にさりげなくちりばめておいてくれた樹木の緑、沃野の土色から、この小画面の意味を汲みとることができる。

この緑と土の色という平和と安心の色調にたいして、森林、草原、渓谷のもつ恐るべき残虐さ、むごたらしさもそれ自体、象徴的な意味を帯びるものとして『変容譚』の基本的背景をなしている。[62] それをオウィディウスが色彩語彙であらわすとき、緑の葉を染める血の色が用いられる。カドモスと大蛇との宿命的な争いでは、iamque venenifero sanguis manare palato/coeperat et virides adspergine tinxerat herbas(三・八五—八六)といわれているが、このどぎつい色彩の組合せは、ティシフォネーがイノーとアタマスに注ぎこむ毒の調合(緑の毒草と鮮血)にもあらわれる。quae sanguine mixta recenti coxerat aere cavo viridi versata cicuta(四・五〇四—五〇五)。しかしこの毒は物理的な存在物ではない。純然たる心の毒なのである、nec vulnera membris ulla ferunt, mens est, quae diros sentiat ictus(四・四九八—四九九)。したがってまた色彩語彙もここでは純然たるアレゴリイとして諒解されねばならない。緑と血との組合せはヒュアキントスの終末を色どるものであり——ecce cruor, qui fusus humo signaverat herbas,(一〇・二一〇)——また、そこで予告されているように(一〇・二〇七—二〇八)、武器の裁きの最終段でアイアスの怨を染める色彩となる、……(telum), /expulit ipse cruor, rubefactaque sanguine tellus/purpureum viridi genuit de caespite florem,(一三・三九四—三九五)。

ここにおいて注目すべきことは、巻頭から——というよりも第一三巻後半はきわめて色彩語彙に乏しいままに終るのであるが——この段落に至るまで、色彩語彙はただ一語テティスをさすcaerula mater(二八八)に用いられているのみである。概して直接話法の部分には色彩語彙がきわめて少ないのが『変容譚』の通例であるが、アイアス対オデュッセウスの弁論合戦におけるほど、長大な部分にわたって完全といってよいほどに色彩を欠いている例は他に見られない。[63] それだけにかえって、この後に現れる緑と血の紫紅色の組合せは、それまでのどの例よりも鮮烈であり、またこの悲劇を自らの手で招来するアイアスの死のむごたらしさを、色によって感じさせるのである。expulit ipse cruor——並みいる者らの手が抜きとることのできぬ剣を、かれの怒りをこめた血潮が吹きとばす。ピュラムスの悲しみの血潮が脈うち虚空を引き裂くのと同じように——ictibus aera rumpit(四・一二四)——、それにもまさって、アイアスの血潮は怒りで緑の葉を染める。

だが戦場の英雄が自らの血に染まることは、詩人が自らの森で惨殺されることに比べればまだしもかもしれない。

狂乱のマエナデスらの声によってついにオルフェウスの声もかき消されてしまうや、暴力は無残にかれに襲いかかる、岩は声を失った詩人の血によって紅に染まり——tum denique saxa/non exauditi rubuerunt sanguine vatis(一一・一八—一九)、かの女らはバッコスの祭のための、常緑蔦の杖をいっせいにかれにむかって投げつける(vatemque petunt et fronde virentes/coniciunt thyrsos non haec in munera factos(一一・二七—二八))。言葉の争いにみじめに敗北したアイアスと同じように、詩と竪琴の音楽の神力を狂女らの叫びや騒然たる管楽器打楽器の音にうばわれたオルフェウスは、神話の森を紅に染めて息たえる。緑を血で汚す行為についてオウィディウス自身、どの程度ピュタゴラス風の考え方をしていたかは判らない[64]。だが少なくともかれの色彩語彙の用例から推測する限りでは、これを最も忌むべき、文明の根源的悲惨を示す色彩としているピュタゴラスと同じ立場にいた、と言えそうである。

オウィディウスはまた、輝くような純白色と紅色との対比を好んで用いる詩人と言われている[65]。この対照的な組合せは先にも触れたように[66]じつはまったくありきたりの手法であってとくにそれ自体としてはオウィディウスの発明に帰するものではない。しかしそれでも『変容譚』の中には、その組合せが幾度か、かつてない光彩を放っている個所が多いのも事実である。例えば、有名なナルキッソスの物語では、この色彩の対照的な組合せが百行ばかりの間に四度使われている、という極端な実例にぶつかる。しかし四度とも色彩語彙があらわそうとする意味は異なる。最初はナルキッソスが己れの姿を水の面に発見したとき、……et eburnea colla decusque/oris et in niveo mixtum candore ruborem(三・四一八—四二四参照)この色を見る。己れ自身の姿に与えられ持っている色彩、いわば ethos 的色彩がある。ところが自分の姿に恋するかれは激しく己れの肉体を打ち傷つける(nudaque marmoreis percussit pectora palmis.(三・四八一))。その胸は紅潮してバラ色になり、さらに次のような比喩であらわされる、non aliter quam poma solent, quae candida parte, /parte rubent……(三・四八三—四八四))。色彩の対照は同一であるが、先にはその顔に宿っていた静かな色調は、今や打たれたかれの胸に移り、癒しようのない苦悩の色となる。いわばpathosの色彩と見做されよう。ところが、ナルキッソスの苦しみは増し、死に瀕する。その有様をオウィディウスは、最初の表現をくりかえしながら、et neque iam color est mixto candore ruboriという。詩人自身、同じ色合い、しかもかなり陳腐な表現を使っていることにてれていい
る風を装っているようにも見える。しかしそればかりではない。ここでは、顔色でもなく肌色でもなく、ナルキッソスの全身からethosの色彩が消滅してしまったのである。だが消えたのは眼に見えるmixtus candore ruborだけであってpathosの色彩まで失われたわけではない。さもなければ、ナルキッソスの変容の後にもなお、クロカス色と白色がその花姿にとどまるはずがないではないか——croceum pro corpore florem/inveniunt foliis medium cingentibus albis(三・五〇九—五一〇)。

輝く白の色彩と、真紅との対照組合せは決して美しいもの、陶然となるような美女美少年の肌にだけみてとられているわけではない。ケンタウロスだって、やや滑稽ではあるけれども、すみれやバラや白く輝く百合の花を体に装い飾ることがある(一二・四一〇)。また、白と暗紅色は言葉にもできない悲劇の色ともなっている。ポリュクセナのけなげな、従容たる死によって流された血はどこに色彩をとどめているのか。アキレウスの亡霊が一滴のこらず飲みほしたわけではない。オウィディウスは、血については犠牲の場面では一言も触れず、最もパトスを高めるに効果的な場所を発見するまで色彩語彙をさしひかえ、ついに、ヘクバの乱れた白髪に血糊が凝結したときに色を投ずる——canitiemque suam concreto in sanguine verrens(一三・四九二)。オウィディウスの色彩語彙の用法が精密な劇的計算のもとに組み立てられていることを示す好例であろう。

『変容譚』の題材がすべて神話・伝説であることにも大いに拠るわけではあるが、そこに用いられる色彩語彙は、悪く言えば類型的できわめて大まかであり、枕言葉のレベルにとどまる。ウェルギリウスのように眼の前にはっきりと見える対象の色を写しとっているとは言いがたい。このような批判をうけることをオウィディウスが予期していた

とは思えないが、しかし本当の——つまり詩の中での——色彩とは眼を開いて見るものではない。眼を閉じて想うものだ、とかれは答えたのではないだろうか。ピュグマリオンと象牙ぼりの恋人の話である。かの純白の象牙の人形が眼をさます、その瞬間の描写はあまりにも有名であるが、いま一度その情景をふりかえってみたい。象牙がやわらかくなり、硬さが失せると指が沈む……そして人間の体となり、親指をあててみると脈うつのがわかる……この一連のやさしさに満ちた部分の解説はフレンケルの記述にゆずりたい。[67] ピュグマリオンはウェヌスに胸いっぱいの感謝をささげ、恋人に口づけを与える。

……oraque tandem/ore suo non falsa premit, dataque oscula virgo/sensit et erubuit timidumque ad lumina lumen/attollens pariter cum caelo vidit amantem.（一〇・二九一—二九四）

ありうべくもない現象を語りながらオウィディウスは、眼を閉じたままの乙女の感覚に映ずるもの、かの女の人間として目ざめる暁の瞬間を、erubuit と称しているのである。この紅色はアウロラが空に点じる色としては眼に見えるが、ここでは乙女の心の目ざめを語るくれないの色なのである。ピュグマリオンの物語は、文芸上の表現としてはすでに使い古された感のある紅と純白という色彩語彙の組合せを、象牙人形の目ざめを語る一つの物語の中にひとまず分解して、あらたに出来ごとの流れの中で、心のなかで最も真実と思われる瞬間に、必然的にあらたな色調を投ずるように工夫をこらしたもの、と言ってもよいだろう。

まとめて言えば、オウィディウスの色彩語彙の鮮烈さは、色彩そのものにあるわけではない、また比喩の巧みさにあるわけでもない。詩的伝統の中で固定化した用法に、とりわけ修飾的枕言葉にまさに堕ちた形容に、組換えによってあらたな生命を吹きこみ、今咲いたばかりのような新しさを読者の連想を通じて、読者の心の中に呼び覚ますのである。フィレモンとバウキスの食卓に白く輝く蜂蜜と、紫色の葡萄についても、論ずるべきことが残っているが、次の機会にゆずりたい。

（1）Plutarch. *Mor.* 346 F–47 C (cf. 18 A); Simonides fr. 653 *PMG*.
（2）Pind. *N.* 5. 1. cf. W. Schadewaldt, *Der Aufbau des Pindarischen Epinikion*, 1928 (1966^2), 16 ff., H. Maehler, *Die Auffassung des Dichterberufs im frühen Griechentum bis zur Zeit Pindars*, 1963, 89–90.
（3）Arist. *Po.* 1450^a 26–30; 1454^b 8–17; 1460^b 30–33. cf. D. W. Lucas, *Aristotle: Poetics*, 1968, Appendix I, 269.
（4）H. Nettleship. Literary Criticism in Latin Antiquity, *Journal of Philology* XVIII (1890) = *Lectures and Essays*, 1895, 44–92, esp. 54–7.
（5）Cic. *Or.* 36; *Brut.* 70, 75, 228, 261; Horat. *A. P.* 1; Dion. H. C. V. 21. 145–6; *de Isoc.* 2; *de Isa.* 4.; Quint. 12. 10. 3. (cf. Austin *ad cap.* 10, 135 f.).
（6）[Long.] *de Subl.* 17, 2 (cf. Russell (1964) *ad loc.*)
（7）Arist. *loc. cit.*, Plut. *Mor.* 347 A, Lucas, *op. cit.*, *loc. cit.*
（8）K.-G., *Ausf. Gr.*, *Satzlehre* II, § 607, 3. 603; Denniston, *Greek Prose Style*, 76.
（9）Plut. *Mor.* 346 F: ἃς γὰρ οἱ ζωγράφοι πράξεις ὡς γιγνομένας δεικνύουσι, ταύτας οἱ λόγοι γεγενημένας διηγοῦνται καὶ συγγράφουσιν. (347 A) ……οἷον θεατὴν ποιῆσαι τὸν ἀκροατὴν……
（10）「ポンペイの家並の壁から壁へと語りつがれる詩的世界、そこに共通の知的な流れ、それを一言であらわすものがあるとすれば、それはオウィディウスの名である」――L. Curtius, *Die Wandmalerei Pompejis. Eine Einführung in ihr Verständnis*, 1929 (1960^2), 44–6. この考えをさらに深めたものが、K. Schefold, *Pompejanische Malerei, Ideen -und Sinngeschichte*, 2. Aufl. 1952. である。オウィディウスが当時の絵画（〔以下『変容譚』の巻数を示す〕一〇・五一五―五一八）、彫刻（一・四〇五―四〇六、四・六七三―六七五ほか）、演劇（三・一一一―一一四、一一・六三五―六四五）、機織手芸（四・六一―六七）、建築（二・一―一八）などの分野に関心を抱いていたことは随所にうかがわれる。しかし P. Grimal, Les Metamorphoses d'Ovid et la peinture paysagiste à l'époque d'Auguste, *REL* XVI (1938), 145–61 のようにある特定の絵画作品がある特定の詩的描写のモデルに用いられているとは考えにくい。H. Fränkel, *Ovid. A Poet between Two Worlds*, 1945 (1969^3) は詩的意図の優先を強調しているが (74, 86, 119)、L. P. Wilkinson, *Ovid Recalled*, 1955, 169–190 は、Grimal の見解を取りいれている。オウィディウスの詩の絵画的空間性については、E. J. Bernbeck, *Beobachtungen zur Darstellungsart in Ovids Metamorphosen*, 1967, 122–138, esp. 135–8; G. K. Galinsky, *Ovid's Metamorphoses. An Introduction to the Basic Aspects*. 1975, 79–85 も共に Livia の家の壁画空間とオウィディウスの話題の展開方法との間に同時代文化の関連を指摘しているが、全面的に異なる media の芸術を無理な概念操作で結びつけようとしている感が強い。このような一般的な、曖昧な比較芸術論の傾向に対して警告を放ち、詩文には独自の審美的規準があることを明らかにしているのが、H. Herter, Ovids Verhältnis zur Bildenden Kunst. *Ovidiana. Recherches sur Ovide.* Paris, 1958, 49–74. である。

(11) [Long.] *de Subl.* 17. 3: *οὐ πόρρω δ' ἴσως τούτου καὶ ἐπὶ τῆς ζωγραφίας τι συμβαίνει.* cf. D. A. Russell *ad loc.*

(12) Herter, *op. cit.*; F. Bömer, *P. Ovidius Naso. Metamorphosen Buch I–III.* (1969), 235–6.

(13) G. E. Lessing, *Sämmtliche Schriften* (Ausg. von Lachmann und Muncker), Bd. 15 (1900), 439ff.

(14) Bömer, *op. cit.*, 236.

(15) T. R. Price, The Color System of Vergil. *AJP* IV (1883), 1–20.

(16) Price, *op. cit.*, 17: "Vergil's sense of color is fullest at the middle of the spectrum in yellow, green, green-blue and blue, and is defective at both ends, in red and red-yellow and especially in violet."; 18.: "His perceptions of color are clearest and strongest at the middle of the spectrum; ......even in this point of color, the works of Vergil's genius stand out as creations of a nobly ideal art, temperate in all things......"

(17) G. Mayer, *Die Farbenbezeichnungen bei Ovid.* Diss. Erlangen. 1934. Sanguineus の用例を略すなど用例記述その他極めて不正確な論文である。90–95 の諸表の数値も信憑性に乏しい。

(18) Bernbeck, *op. cit.*, 55–64; 123–135.

(19) C. P. Segal, *Landscape in Ovid's Metamorphoses. A study in the transformations of a literary symbol. Hermes Einzelschriften* 23, 1969; Galinsky, *op. cit.*, 97–9.

(20) Price, *op. cit.*, 1–3; Mayer, *op. cit.*, 7–12.

(21) *χλωραὶ ῥῶπες* (*Od.* 16. 47); *Ehoiai* fr. 204 (M. –W.) 124 では *Anecd. Oxon. i.* 85 (Cramer) は *χλωρῶν δενδρέων* と伝えているが、*P. Berol.* 10560 は *γλωθρῶν.*; *h. Ap.* 223: *ἀν' ὄρος......χλωρόν.*

(22) *Od.* 18. 196: *λευκοτέρην......πριστοῦ ἐλέφαντος.* cf. *ib.* 19. 564.

(23) *χλωρὸς ὑπὸ δείους* (*Il.* 10. 376 ; *ib.* 15. 4.).

(24) *Od.* 5. 59–73. 濃淡の緑は *πεφύκει τηλεθόωσα*(63), *ἡβώωσα*(69), 葡萄の房は *τεθήλει......σταφυλῆσι* という表現によって暗示されているのみ。炉辺の火と輝く水(*ὕδατι λευκῷ*)が光彩をそえている。

(25) *Od.* 7. 112–131. 樹木の緑(114)は *Od.* 5. 63 と同じ。葡萄の色づき加減は、...... *ἄνθος ἀφιεῖσαι, ἕτεραι δ' ὑποπερκάζουσιν*(126).

(26) *Od.* 7. 115: *ὄγχναι καὶ ῥοιαὶ καὶ μηλέαι ἀγλαόκαρποι*; ibid. 119–121: *Ζεφυρίη πνείουσα τὰ μὲν φύει, ἄλλα δὲ πέσσει./ὄγχνη ἐπ'*

ὄγχνη γηράσκει, μῆλον δ' ἐπὶ μήλῳ, / αὐτὰρ ἐπὶ σταφυλῇ σταφυλή, σῦκον δ' ἐπὶ σύκῳ.

(27)　プラトン『メノン』七六c—d。テオフラストスに至るまでの、特にピュタゴラス派のものと見做されうる、初期ギリシァの色彩論については、A. E. Taylor, *A Commentary on Plato's Timaeus,* 1928, 485–491 に詳しい。しかし言葉を介して生じ得る色彩感覚についての言及はない。

(28)　例えば、三・一五五—一六二、ガルガフィエの ekphrasis では無色透明を表わす形容詞 perlucidus (fons) のみ。五・三四六—三五八、シケリア記述においても色彩語彙はない。また ekphrasis ではないがメレアグリデスがホロホロ鳥に変容する段でも、どこにも色彩語彙を用いることなく、post cinerem cineres haustos ad pectora pressant (八・五三九) といわれているその行為が、鳥に変った娘たちの装いの色調を説明している。Anton. Liberalis 2 にはもちろんこの点の記載はない (ed. Papathomopoulos (1968), 73–76 参照)。オウィディウスが色彩語彙を多用するのは、空想的な擬人化神の住家の説明においてである。

(29)　Apoll. Rhod. 1. 791; 3. 681.

(30)　Callim. 5. (*in lav. Pall.*) 27–8.

(31)　Max Treu, *Von Homer zur Lyrik. Zetemata* 12. 2. Aufl. 1968. cf. Register A., *Farbe.*

(32)　e.g. Simon. *fr.* 543. *PMG*; cf. Treu, *op. cit.,* 295–321.

(33)　e.g. Bacch. *Dithyramb.* fr. 17 (Snell), 1–20; 90–116.

(34)　e.g. Pind. *O.* 6. 39–63.

(35)　Catull. 61. 9–10 niveo gerens luteum pede soccum; 87–9: talis in vario solet/divitis domini hortulo/stare flos hyacinthinus; 186–8: ore floridulo nitens,/alba parthenice velut/luteumve papaver; 64. 48–9; ......Indo quod dente politum/tincta tegit roseo conchyli purpura fuco; 307–9: ......undique vestis/candida purpurea talos incinxerat ora,/at roseae niveo residebant vertice vittae (cf. Fordyce *ad locc.*) cf. H. Blümner, Ueber die Farbenbezeichnungen bei den römischcn Dichtern. I. *Philologus* XLIII (1889), 142–167, II. *ibid.,* 706–722.

(36)　Blümner, *op. cit.,* 143; Mayer, *op. cit.,* 14, 17.

(37)　以下の色彩形容詞の各〻の色彩評価は Price, *op. cit.,* 13–16 に記されているので、ここでは概略のグループに分けて列記するにとどめる。白色系 albus, candidus, niveus, lacteus, marmoreus, eburneus, argenteus, 黒色系 ater, niger, piceus, 赤色系 ruber, rubicundus, rutilus, roseus, puniceus, sanguineus, cruentus, (purpureus も roseus, puniceus と近接ないしは同一系の色彩を表わす。八・八〇、九三参照。*Ciris* 120 ff.), 中間色系 fuscus, pullus, pallidus, canus, luridus, flavus, fulvus, aureus, luteus, croceus, 碧色

系 caeruleus, 緑色系 viridis. 勿論これら形容詞に加えて動詞、名詞も変色あるいは着色を強く印象づけるものがあり、それらをも含めての色彩語彙を検討しなくては「色彩論」は成り立たない。

(38) Mayer, *op. cit.*, 28–31.

(39) *id.* 26–28., 38–39.

(40) e.g. *E.* 2. 50; 9, 40–3; *G.* 4. 371–3; *A.* 4. 261–4; 700–2; 7. 25–6; 8. 91–6; 11. 768–77. cf. Price, *op. cit.*, 4–5.

(41) 注(35)参照。

(42) J. André, *Étude sur les termes de couleurs dans la langue latine*, 1949, 345–51.

(43) Fränkel, *op. cit.*, 209. n. 8 はこのような自然と擬人化の融合にオウィディウスの想像力の独創性を指摘する。フレンケルのオウィディウス解釈は *Am.* 1. 13 の Aurora に始まり、また Aurora に終っている (cf. *op. cit.*, 163). cf. Bömer, *op. cit.*, 118; A. G. Lee, *P. Ovidi Nasonis Metamorphoseon Liber I*, 1953, ad 332 (108).

(44) nivea iuvenca (一・六五二), nivea Saturnia vacca (五・三三〇), etc. のように、「雪のような」はホメロス以来 (*Il.* 23. 30) の epitheton ornans である。cf. Mayer, *op. cit.*, 42; Bömer, *ad loc.*, 437.

(45) *Od.* 19. 205–6 の雪溶の比喩と Sappho fr. 225 (*LGS* ed. Page) の比喩との両者を併せて創ったものか。

(46) 一・三七三—三七四、……quorum fastigia turpi/pallebant musco も質感を伴う色彩表現であるが、とくに六・六一—六九の虹の色彩の描写は紫に染めた毛糸の質感と美事に融合している。しかしこれらは自然観察の賜というよりも、極めて洗練された文芸上の素養によるものというべきであろう (cf. Verg. *G.* 4. 275: *violae sublucet purpura nigrae*; Price, *op. cit.*, 20)。

(47) この、恐らくはオウィディウス自身の創作と目される筋立てについては Fränkel, *op. cit.*, 88–9 参照。

(48) Fordyce, *Catull.* ad 61. 9 f., 64. 187.

(49) *Am.* 3. 3. 5–6; *Her.* 20. 120,『変容譚』三・四二一—四二三、四・三三一—三三三、六・四六—四九ほか。

(50) A. S. Hollis, *Ovid Metamorphoses Book VIII*, 1970, ad 522–5; 524–5.

(51) E. R. Curtius, *Europäische Literatur und lateinisches Mittelalter*, 1954^2, 201.

(52) V. Pöschl, Der Katalog der Bäume in Ovids Metamorphosen. *Medium Aevum Vivum. Festschrift für W. Bulst*, 1960, 13–21 (= *Ovid. W. d. F.* XCII, 1968, 393–404); Galinsky, *op. cit.*, 183.

(53) Pöschl, *op. cit.*, 401.

(54) オウィディウスが色彩語彙の意図的な配分によって物語の雰囲気の展開を計ることは、他所でも明白に指摘できる。例えば『変容譚』第五巻のフィネウスらの狼藉行為とそれを撃破するペルセウスの物語の前半部分(五・一—一五六)は血潮一色に彩られているが(四〇、五九、七一、七六、八三、一五六)、ペルセウスがメドゥサの首を取り出すやいなや、後半部分は大理石の白色の輝きに変る(一八三、一八九、一九九、二〇六、二一四、二一七、二三三—二三四)。また Solis regia から始まる第二巻の色調変化も、輝きに充てるものから、徐々に光彩を失い、二羽の黒い鳥の物語、ついに光明のない Invidia の世界へと変化していく。

(55) 三・一四三—二五二。cf. Wilkinson, *op. cit.*, 180–84; Segal, *op. cit.*, 42–46. ただし、アクタイオン物語の ekphrasis は Wilkinson の見ているような「典型的」なものではない。さりとてまた第三巻初頭の大蛇の森と象徴的な類似性をもつと主張する Segal の論にも与しがたい。

(56) アウロラの意味する自然現象と擬人的神話女神との二重性は、すでに *Am.* 1. 13 においてエレゲイア詩の傑作を生んでいる。Fränkel, *op. cit.*, 11–7.

(57) 例えば、三・四八七、ut intabescere flavae igne levi cerae. 八・六七〇、flaventibus inlita ceris. cf. Mayer, *op. cit.*, 28.

(58) Fränkel, *op. cit. passim*; とくに 17; 35; 38; 45–6; 89; 110; 150–51; 152–55 は様々の局面間の交錯を論じ、46; 90; 99–100 は詩人が両局面間の雰囲気に詩想を遊ばせている相を論じている。163 は '*Poet between two Worlds*' の総合的位置づけを試みる。オウィディウスの内面的緊張と調和のリズムは本質的には叙事詩の内蔵するものではなく、エレゲイア詩人の本性にねざしているように思われる (cf. R. Heinze, Ovids Elegische Erzählung. *Hermes* 45 (1910), 506 ff. (= *Vom Geist des Römertums* 1938 (1960²), 308–403.))。

(59) Bernbeck, *op. cit.*, 56–69; Segal, *op. cit.*, 39–70; Galinsky, *op. cit.*, 97–9; Grimal, *op. cit.*

(60) 注(20)参照。オウィディウスの風景描写に用いられている色彩形容詞については、Mayer, *op. cit.*, 79–84; P. Grimal, *op. cit.*

(61) quippe color nivis est......(八五二)、puraque magis perlucida gemma(八五六)、mox adit et flores ad candida porrigit ora(八六一)、『祭暦』五・六〇三以下の短い語りでは色彩は flavos......capillos(六〇九)の epith. ornans のみである。『変容譚』二・八三三—八七五で色彩語彙が比較的に多用されているのはモスコスその他の先例からの影響とも考えられる(cf. W. Bühler, *Die Europa des Moschos*, 1960, 24 ff., B. Otis, *Ovid as an Epic Poet*, 1966, 366–7; Heinze, *op. cit.*, 350–51. Anm. 79 (*G. d. R.*))。しかし第二巻の内部的関連から見れば、注(54)にも指摘したとおり、バットゥスが黒い石に化し、インウィディアの光のない住家が描かれ、アグラウロスまでが黒い石に変容するに至るまでの第二巻の展開は、光彩陸離たる冒頭場面の明色度の高いレベルから次第に光を失い、色も失っていく暗黒化の段階を降りていく。オウィディウスはここで突如として光と色彩に充ちた世界を導入して、第三巻の新しい叙述(カドモス)への契機とすると同時に、第二巻の冒頭部分の明るさへ色調を復帰させることによって第二巻の終幕であることを印象づけている。このような、光陰あるいは色調の配分がかれの考えであったとすれば、単純に先行文学の影響のみを考えることはできないであろう。

(62) Segal, *op. cit.*, 4–19.

(63) いわゆる rhesis の中に色彩装飾語が欠如しているのは当時の修辞論 (e.g. Dion. H., C. V. 88. 12; 198. 14 は単に「文飾」の意であるけれども) の影響を汲むものか、古来の叙事詩手法の再現を目指したものか、にわかに判定できない。しかし第一三巻前半部分は明らかに修辞論の影響下に成立している (cf. Seneca, *Controversiae* 2. 2. 10)。しかし他方四・七七二―八〇三などは古風な rhesis を彷彿させるものがある。

(64) 一五・九六―九八、At vetus illa aetas, cui fecimus aurea nomen, /fetibus arboreis et, quas humus educat, herbis/fortunata fuit nec polluit ora cruore.『変容譚』の中におけるピュタゴラスの役割について Fränkel, *op. cit.*, 108–10 は極めて消極的な評価を下し、ルクレティウスに対する競争心の生んだ作とし、かろうじて第一巻冒頭とのバランスを目指しているが内容的には見るべきものはないと断定しているが……。

(65) Hollis, *op. cit.*, *ad* VIII. 9 (37).

(66) 注(35)参照。

(67) Fränkel, *op. cit.*, 93–7.

第五章　サッフォーの詩をもとに(Ex Sapphus Poematis)

――ルネサンス期のギリシァ・ラテン文学研究の一側面――

標題の「サッフォーの詩をもとに」Ex Sapphus Poematis という言葉は、一四七〇年代から一四八一年まで『サッフォーの手紙』*Sapphus Epistula* について著された大小計六篇の注釈的試みの中に散見されるものである。当時『サッフォーの手紙』は発見されてからようやく数十年の時を閲していたにすぎない。しかもこの小書簡体詩は、作品伝承経路についても作者認定についても、曖昧な過去に包まれていたために、十五世紀中葉いらい、これをサッフォーの原作のラテン訳と見做す説(その訳者はオウィディウス)、これをオウィディウスの翻案と見做す説、これをかれの創作と見做す説などが入り乱れて唱えられていた。私たちがこの標題のもとに考察の対象としたいのは、十五世紀後半の学者たちが『サッフォーの手紙』というラテン詩文を、古代ギリシァの抒情詩人サッフォーの詩作品と結びつけようとした際に、かれらが採った手続きの委細である。このような問題は、今日殆んど考察の対象とはされていないが、十五世紀後半のイタリア・ルネサンス研究全般にとっても些細ながら興味の一端に触れるものであろう。また『サッフォーの手紙』は、当時第一級のギリシァ研究家たちの触角をいたく刺戟し、かれらをサッフォー断片の蒐集に赴かしめる一つの契機となっており、したがって今日その過程を明らかにすることは、古典学史研究の上でも、多少の意義が認められるだろう。あわせてポリチアーノの『サッフォーの手紙』研究の直接の背景も明らかにしたいと念じて、以下の考察を記す次第である。

一　問題の背景——作品伝承と作者認定について

『サッフォーの手紙』(以下『手紙』と略称)は、ハインシウス(editio Elzeuriana 1629)いらい近年のデリー(editio Berolinensis 1971)にいたるまで、オウィディウスの『名婦の書簡』の第十五番目の位置を占めるものとされているが、オウィディウスの中世写本群の中には、『手紙』をその位置に記載したものは一巻も存在しない。オウィディウスの作品を伝える最も古く、最も信頼性の高い写本中には『手紙』は写されていないし、また、オウィディウスの諸作品をギリシァ語に翻訳した十三世紀コンスタンティノポリスの学者マクシムス・プラヌデスも、かれのギリシァ語訳『名婦の書簡』の中に『手紙』の訳を残していない。『手紙』がはたしてオウィディウスの真作か否か、という十五世紀中葉いらい今日まで続いている古い疑問は、『手紙』の写本伝承の特殊な事情に由来している。(1)

『手紙』の全文を伝える最古の写本は、現在フランクフルト・アム・マインの大学図書館に収蔵されている十三世紀のものであるが(附表I参照)、『変容譚』の長大な部分を伝える最古の写本断片や、『恋愛詩』の最古の写本などはいずれも九世紀の産であるから、この『手紙』写本の所写年代は他の諸作を伝える最古の写本に四世紀も遅れている。このフランクフルト本においても、『手紙』は他の『名婦の書簡』の中には位置づけられておらず、書簡集から離れてそれに先行する場所に挿入されている。十三、十四世紀の間、フランクフルト本の『手紙』が使用された形跡はまったく知られていない。しかし十五世紀に入ってから『手紙』は〝発見〟され、一四二一年所写のオクスフォド写本(ボードレイ図書館蔵)を皮切りに急増し、一四五〇年代、一四七〇年代におびただしい数の『手紙』写本が〝団塊〟となって生まれ、発見いらいやがて約百年を経過する間に、現存する約百五十種の『手紙』写本のほとんどすべてが書写され、西欧各地の学問文芸の主要地に伝えられたのである。(2)しかし、かくのごとくに急激に増加した『手紙』写本のいずれの場合を見ても、『手紙』はオウィディウスの作品として全集の中で定着しているとは言えないし、

[附表 I 『手紙』関連年表]

Saec. XIII	Francofortanus Bibliothecae Universitariae MS. Barth. 110(H. Dörrie, *P. Ovidii Nasonis Epistulae Heroidum,* Berolini 1971, 297).
1421:	Oxoniensis Bodleianus Lat. cl. d. 5, foll. 77r–80v (Dörrie, nr. 20).
1427:	Panormita's ref. to SE 14: "vacuae carmina mentis opus" [Panormita's letter to Iohannes Lambola (cod. Ambr. M. 40, f. 35 r)], cf. R. Sabbadini in: L. Barozzi e R. Sabbadini, *Studi sul Panormita e sul Valla,* R. Instituto di Studi Superiori Practici e di Partezionalmento, Firenze 1891, 30 n.; R. Sabbadini, *La scoperte dei codici greci e latini,* Firenze 1905, vol. I. 55.
1436:	Ad Sanctum Danielem Venetorum Bibliothecae Publicae 54, foll. lr–5r (Dörrie, nr. 84).
1450–51:	Marcianus Venetus Lat. 11. 55, foll. 202v–206v (Dörrie, nr. 86).
1452:	Oxoniensis Bodleianus d'Orville 166, foll. 48r–53r (Dörrie, nr. 17).
1453:	Monacensis Clm 10. 719, foll. 202v–206v (Dörrie, nr. 30).
	Monacensis Clm 11. 803, solos exhibet versus 39–77 in foll. 96v–97v (Dörrie, nr. 31).
	Marcianus Venetus Lat. Z. 444 (qui et 1943), foll. 485r–488v (Dörrie, nr. 88).
	Oxoniensis Bodleianus Lat. cl. e. 17, foll. 86r–88v (Dörrie, nr. 21).
	Marcianus Venetus Lat. 443, foll. 75v–79v (Dörrie, nr. 137).
?	Francesco Filelfo (1398–1481, Jul. 31), de Sapphus vita in: *primo Symposio* (v. infra: G. Merula, *Interpretatio in Sapphus Epistolam,* Venetiis 1474 (?)).
1456:	Guelferbytanus Extrav. 26412, foll. 29v–32v (Dörrie, nr. 38).
1471:	Editio princeps Bononiensis; editio Romana, quam curabant Sweinheim et Pannhartz.
1474:	Editio Veneta, quam curabat Jac. Rubeus.
a. q. 1475:	Georgi Alexandrini (Merulae) (1431 ?–1494), *Interpretatio in Sapphus Epistolam,* Venetiis.
1475:	Domitii Calderini (1448–1478), *Commentarius in Sappho Ovidii,* Romae.
1476(?):	Thomas Schifaldus, *Commentarius in Sapphus Epistolam* (ms) [Panormitanus Bibliothecae Communalis 2 Qq. D. 70, pag. 101–141].
1477:	Editio Parmensis, quam curabat Stephanus Coralli.
1478	Georgii Alexandrini (Merulae), *Aduersus Domitii Commentarios,* Venetiis.
1480–81:	Angeli Politiani (1454–1494), *In Statii Sylvas Tumultuaria Commentatio* (ed. pr. a cura di Lucia Cesarini Martinelli, Firenze 1978).
	Angeli Politiani "ANNOTATIONES" (in ed. Parmensis 1477, Bodl. Auct. P. II. 2, 238v–241v). cf. *Mediterraneus* VIII. 1985. 1–51.
	Angeli Politiani *Enarratio in Sapphus Epistolam* (ed. pr. a cura di Elisabetta Lazzeri, Firenze 1971).

また『名婦の書簡』の中で第十五番目という位置に収まっているわけでもない。『手紙』は『名婦の書簡』集全体の前に記載されていたり、あるいは全体の後に置かれていたり、あるいは『名婦の書簡』とは別に、他のオウィディウスの作品と一緒に綴りこまれたりしている。ときにはまた、例えばティブルスの作品として、オウィディウス以外の詩人たちの選集の中に顔をのぞかせている場合もあり、十五世紀をつうじて『手紙』は居心地のわるい不安定な境遇に耐えざるを得なかったことがわかる。なお一四七一年には、ボローニャとローマにおいて『オウィディウス全作品集』の初版が印刷に附され世に広く伝播することとなるのであるが、これに準拠する初期の印刷本においては、『手紙』の原文は、『名婦の書簡』全体の最後の詩『キュディッペーの手紙』のさらに後に記載されている。

十七世紀にいたってハインシウスが『手紙』を『名婦の書簡』第十五番に位置づけた理由は、オウィディウスの『恋愛詩』二・一八・二六において、恋人に書簡をしたためた名婦たちの一連の名前の最後にサッフォーを指すと覚しい Aoniae Lesbis amata lyrae という一句があることに注目し、かつまた『名婦の書簡』詩集は、第十四書簡（『ヒュペルメストラの手紙』）をもって、〝名婦〟からの書簡集の形は終りとなり、それ以降は〝往復書簡〟集の形を取っていることをも考慮に入れたためである、と思われている。（『恋愛詩』二・一八・二六の証言をもとに、『手紙』は第七書簡『ディドーの手紙』の後に配置されるべきであるとする十五世紀のカルデリーニの見解や、その驥尾に付して『手紙』の解釈を試みているヤコブソンらの現代の学者たちの見解については、後に詳述することとしたい。）

近年もなお諸種の刊本において『手紙』に第十五番目の位置が認められているのは、さらに次の理由によるものである。すなわち、一八四五年シュナイデウィンが、十三世紀に編集された『オウィディウス抜萃集』(Parisinus Bibl. Nat. Lat. 17903 Notre Dame 188) の中で、『手紙』からの六詩行（三一、三二、三四、一九五、一九六）が第十四書簡（『ヒュペルメストラの手紙』）からの抜萃と、第十五（＝十六）書簡（『パリスの手紙』＝〝往復書簡〟第一）からの抜萃との間に記されている事実を発見し、続いて一八七〇年マインケと一八八〇年コンパレッティが同様の事実を、パリ国立図書館収蔵の別種の『ラテン詩抜萃集』(Parisinus Bibl. Nat. Lat. 7647. 十三世紀所写)の中に発見した。[3] その後さらに同種の抜き書き集は他にも存在することが知られ、現在六通りのものが伝えられているが、この事実を論拠として今日の学者たちの間では、これらの抜萃集の原本が生れたと思しき九世紀—十世紀の頃には、『手紙』を第十五書簡として記載したオウィディウスの『名婦の書簡』の中世写本が存在していたに違いないとする推論が唱えられているのである。

『手紙』は何番目の書簡であるのか。この事柄を作品伝承史上の外面的な問題として限定して考えてみても、以上かんたんに述べたところからも判明するように、伝承事実はきわめて不定であって、中世抜萃集からの間接的な証言をまって暫定的な推論が容認されているに過ぎない。他方、このように混乱した伝承の波間から救いだされたところの『手紙』が、果してオウィディウス自身の作であるのか、それとも、かれの翻訳であるのか、あるいはさらにオウィディウス以外の詩人の作とされるべきであるのか。——作者と作品の認定問題が同時に生じてくるのもまた当然であろう。この言わば〝内面的〟な問題を端的に告げているのが、各種の初期『手紙』写本の冒頭に記された「表書き inscriptio」である(附表II参照)。別表には、所写年代の確定している十一種の『手紙』写本の「表書き」一覧を掲げてあるが、最も古い二種の写本にはこれがなく、続いて一四三六年所写のものは incipit epistula sapphus …… とあるがオウィディウスの名はない。一四五〇年頃所写の本は …… traducta per Ovidium…… とあって『手紙』がオウィディウスのラテン語訳であるという見解をとどめている。その他の諸本も一覧すれば瞭然たるごとく、『手紙』をサッフォーの詩作ないしはオウィディウスの翻訳と見做している文言ばかりであり、ただ一点の例外は一四五三年所写の写本の「表書き」に〝Ovidius in Sappho〟とあるのみである。しかしその文意は明らかではないし、またこの写本(Monacensis Clm 11. 803)は『手紙』の中途の四十詩行弱(三九—七七)を記載しているところのごく不完全なものにすぎない。このように混乱した作者問題の情況を、比較的詳細に記している「表書き」は、年代は正確

［附表 II 『手紙』初期写本付記の「表書き」(inscriptiones)一覧表］

Date	Dörrie's nr.	Inscription
saec. xiii	(F)	om.
1421	20	om.
1436	84	incipit epistula saphos poetisse ad phaonem suum siculum amatorem.
1450–51	86	Saphos mulieris poetisse ad amasium epistula traducta per Ovidium Nasonem feliciter incipit.
1452	17	Sapho vates lesbie mitilene ad phaonem.
1453	30	Saphos poema clarissime ad phaontem siculum amasium suum feliciter incipit.
	31	Ovidius in Sappho.
	88	Traducta de Graeco in Latinum per Ovidium.
	21	om.
	137	Saphos Lesbiae poete opusculum sequitur.
1456	38	Epistula saphos ad phaonem siculum amatum incipit, lege feliciter.

には認定されていないが十五世紀所写とされる、大英図書館収蔵の一写本(Londinensis Brit. Mus. Harleianus 2499)のものであり、デ・フリースはこれを次のように読解している。“Circa lesbie Sapphos mitilene epistolam ad phaonem dilectum suum scriptam. Magna extitit contencio quis hoc insigne opus e greco in latinum transtulerit. quamvis aduc in dubio id volvatur coniecturis tum ad id ventum est, quod ouidius sulmonensis is siet qui transtulerit. Eoque nihil iocundius eligibiliusque extet carminibus elegiacis Ouidii quale etiam carmen praesens noscatur esse. Itemque cum uicesimus (leg. „uicesimus primus“. cf. Am. II. 3. 13. de Vries) versus qui erit huius operis idem repeatur in libro Ouidii sine titulo, item versus qui infra habebentur de turture idem apud Ouidium sunt scripti, item in pluribus aliis uersibus ab Ouidio scriptis uel assumptis ex hoc opere coniecturandum uidetur ipsum hoc opus transtulisse.” このような「原作者サッフォー」の説が当時一般に広められた一因として、『手紙』三 An nisi legisses auctoris nomina Sapphus についての誤解があったにちがいない、とデ・フリースは解釈している。

また、翻訳者オウィディウス説が生れた主因としては、『手紙』の語法や措辞がオウィディウスのものと酷似している個所が多々識者の注意を引き、かれこそがラテン語訳の作者であるにちがいないという一般の見解を導きだしたためであろう。これは上に引用したHarleianus 2499の「表書き」からも充分にうかがい知ることができる。

以上において述べたような『手紙』の伝承問題や作者と作品の認定に関わる問題は、過去一世紀以上にわたる『手紙』の校訂者たち研究者たちによって検討され、詳細に論じられてきた。しかし今日私たちがあらためてこの古い問題の根にさかのぼって論を起したのは、いささか異なる理由にもとづく。私たちがここで検討の対象としている十五世紀後半の数篇の『手紙』注釈書(附表I年表参照)が、早くも中心課題として取り上げているのが、作品伝承と作者認定の問題である。当時のイタリアの諸学者が究明に努力した事柄の輪郭を捉えるためには、今日の視点からあらためて『手紙』の曖昧な過去について私たちの記憶をあらたにする必要がある。また、別紙において報告したごとくに、ポリチアーノは、一四七七年パルマにおいて印刷された『オウィディウス全集』に収録されている『手紙』の欄外余白部分に、古典ギリシァ・ラテン文献からの夥しい量の引用文を正確に筆写しているのであるが(以下ANNOTATIONESと略記)、かれの研究の意図を測り知るためにも、やはり『手紙』の写本伝承と作者認定に関する十五世紀後半の通念ないしは幾つかの考え方を、問題の背景として知っていなくてはならない。[(4)] さて以上のごとき状況をふまえて、次に私たちは、『手紙』の原作者はすなわちレスボス島の女流詩人サッフォーその人であるという見解の淵源をまず尋ねたい。続いて、十五世紀の学者の間では、『手紙』はサッフォーの原詩の翻訳ではないけれども、オウィディウスは少なくとも『手紙』の一部に関しては、その原形モデルをサッフォー自身の詩作品の中に求めている、という説が唱えられるのであるが、そのような解釈成立の学問的過程について検討を試みてみたい。そのような考察を重ねることを通じて、作者・伝承経路ともに不詳の『手紙』が、十五世紀イタリアにおける古代ギリシァ文献学者たちの間に投じたささやかな波紋をも、あわせて明らかにしてみたい。

二　フランチェスコ・フィレルフォ――サッフォー原作説とその批判

上に述べた諸写本の「表書き」を除いて、今日確かめうる限りで最も古いサッフォー原作説は、フランチェスコ・フィレルフォによって唱えられている。これを引用しているのはフィレルフォの弟子ジョルジョ・メルラ(Alexandrinus)の「サッフォー書簡解釈」*Interpretatio in Sapphus Epistolam* Venetiis 1474(?)であるが、フィレルフォ自身が正確にいつその説を公けにしたものかは判らない。メルラは、フィレルフォが自ら『饗宴』第一巻において開陳したサッフォー論を紹介しているのであるが[5]、その種の文芸的『饗宴』はミラノ在住のフィレルフォの主催のもとにたびたび開かれていたことが、一四五一年暮のフィレルフォの書簡からうかがわれる[6]。また一四五九年の六月十三日付ベッサリオン宛の書簡からも、日時はつまびらかではないが二人の間ではサッフォーやアドニスの伝説(*Athen.* ii. 69(i 163 Kaibel), *Schol. in Lucian. Dial. Mort.* xix. 260 Rabe ; Lobel-Page, *PLF.* 211(ii)参照)が話題となっていたことが判る[7]。また、メルラが*Interpretatio*を著す以前に、フィレルフォ以外にも『手紙』の作品としての由来や、『手紙』の字句伝承について諸説を世に問うた学者たちがいたことも、メルラの注釈書の文言からうかがわれる(例えば、『手紙』がサッフォーの詩のラテン語訳か、あるいはオウィディウスの創作かという問題については二派ある、sunt qui …… alii autem とか、『手紙』五三の読みには二派ありerronemと読むもの errorem と読むものがあるが自分は errorem : alii legunt erronem(ところが text の読みは erronem)とか、同じく『手紙』一五三の読みにも二通りあり、nunc と読むものもあるが自分は non と読む、と記されているからである)。しかしながらこれらの先行学者たちの中で、名を挙げてその所説が紹介されているのはフィレルフォのサッフォー原作説のみであり、これを引用するに当ってメルラは'Quamquam ……'と反論の余地を保留しながらも、'Franciscus Philelfus praeceptor noster, vir multi ingenii et facundiae singularis ……'と丁重な礼をつくして師の所説を引いている。

メルラの紹介によれば、フィレルフォはスーダ百科辞典が伝える、「サッフォーという同名の二人の別人がいた」、という伝承を受けいれていたらしい。古いほうのサッフォーはアルカイオス、ステシコロス、ピッタコスらと同時代の詩人で、同性愛愛好者として浮名を流したのであるが、もう一人のサッフォーはずっと年代が降り、その女性が愛人ファオンに宛ててしたためた世にも美しい作品が後世ラテン語に訳されて今日も残っている、というのである、"..... altera vero Sappho Mytilenea longe iunior fuit, quam et ipsam, et si aliqui lyricam prodidere, psaltriam tamen fuisse constat[s], cuius pulcherrimum opus ad amicum Phaonem[a] ad huc in latinum conuersum apud nos extat[b]. haec autem cum Phaonem ipsum perdite deperiret, sua tandem spe frustrata ex Leucato sese praecipitem dedit submersitque[s]. haec Philelfus ....." メルラの引用が正確であるとすれば、フィレルフォの見解の(s)部分すなわち下線の施してない文言は内容的にはスーダのサッフォー伝の一節にほぼ合致しているが、一重下線を施した(a)部分は[Palaephatos] *π. ἀπίστ.* 48 (*Myth. Gr.* iii (2) 69 Festa)、もしくはServius *In Verg. Aen.* iii 279 (i. 390 Thilo-Hagen)、もしくはLucian. *Dial. Mort.* ix 2 (i. 131 Sommerbrodt)、もしくは*Schol. in Lucian. Dial. Meret.* xii (282 Rabe)、もしくはこれらの出典から合成されたスーダ百科辞典のファオンの項目などからの伝承をもとにしている。しかしながら、二重下線を施した(b)の部分が伝える「後日ラテン語に訳されて今日まで残っている」という事柄は、古代中世の文献資料によって跡づけることはできない。あえて求めれば、先に紹介したごとき一四五〇年代所写の幾つかの『手紙』写本の「表書き」をその嚆矢とせざるをえない。しかしこのフィレルフォの所説(二重下線部)と『手紙』の「表書き」との間の時間的前後関係ひいては両者の因果関係はいまだにつまびらかとはなっていない。全般的な蓋然性としては、十五世紀を通じてラスカリス、グァリーノらと並んでギリシァ語中世写本の蒐集とギリシァ学の創立における第一人者と目されていたフィレルフォの『手紙』に関する所説が『手紙』写本の「表書き」に影を投じていると見るほうが、その逆を想定するよりも容易であることは確かであろう。またメルラ、カルデリーニ、ポリチアーノらの十五世紀の古典学者たちが、サッフォー原作説に対していっせいに反論を展開しているのも、それがフィレルフォの権威をもって唱えられた所説であったためかもしれない。

サッフォー同名異人説の根拠がいずこにあったにせよ、『手紙』(あるいはその仮説的なギリシァ語原作)が若いほうのサッフォーの作であるという説の誤謬は一目瞭然である。フィレルフォ自身、もし『手紙』の文言を読みこれを理解していたならば、かれの独創的な附記(二重下線部)を撤回していたにちがいない。若いほうのサッフォーが、古いほうの別人のサッフォーの身内の者や身の上を、わがこととして『手紙』に認めて恋人ファオンの同情を求めるわけがないからである。フィレルフォの弟子メルラも、わが師の見解を注釈書 *Interpretatio* の冒頭に引きながらも、自分はその説に従うものではなく、『手紙』がオウィディウスの創作であり、オウィディウスがマケルに宛てた手紙の文言(『恋愛詩』二・一八・二五—二六、三四参照)も証言するとおり、これをかれの『名婦の書簡』と同類の作品と見做す見解に附和したい、と記している。“Sunt qui putent hanc epistolam e greco in latinum ab Ovidio conversam. Alii autem quorum sententiae accedimus, excogitatam ab hoc poeta fuisse, ut aliae fuere epistolae, quibus Heroides illae vel maritos alloquuntur vel amorem suum aliter cessisse conqueruntur, et testimonio eiusdem auctoris probari potest qui ad Macrum scribens ......”

全般的に見てメルラの *Interpretatio* は上の主旨に徹しており、『手紙』の素材となっている神話や伝説の委細や、『手紙』の文言の修辞的特色を、オウィディウスの『変容譚』『恋愛詩』『祭暦』、『名婦の書簡』などからの類例を傍証とすることによって説明する傾向が強くうかがわれる。また『手紙』によって描出されているサッフォーの性情が、オウィディウスの他の作品からうかがわれるサッフォー像と同質のものであることをも指摘している、“quam (sc. Sappho) lasciviore usam poemate Ouidius in *arte amandi* signat sic dicens : Nota sit et Sappho, quid enim lascivius illa. Et in *tristibus* : Lesbia quid docuit Sappho nisi amare puellas. (『恋愛技法』三・三三一、『悲歌』

二・三六五参照)、Et Horatius in *quarto* : spirat ad huc amor, uiuuntque commissi calores aeoliae fidibus puellae"(ホラチウス『抒情詩』四・九・一〇―一二参照)。もっとも、『手紙』に附してこれらの類例を引用することが、メルラの創見になることか否かは明らかではない。かれの *Interpretatio* は現存する最古の『手紙』注釈書であるけれども、かれの注釈の字句表現(sunt qui ...... alii autem ; etc.)からも推察されたとおり、かれ以前にも注釈家らがおり、かれらが上と同じ引用例を並べていた可能性は充分にある。なぜなら上と同じ文例は、その後に現れるカルデリーニの注釈や、ポリチアーノの ANNOTATIONES の中にも同じ順番で記されている。このことはまた、メルラ自身もこれらの傍証例を、かれよりも以前の注釈書から無断借用していた可能性を示唆するからである。

『手紙』をオウィディウスの作品の中に、とくに『名婦の書簡』の一通として位置づける試みが、メルラの創見に負うものかどうかは、以上のごとき事情からにわかに断定しがたい。とはいえ、かれによって『手紙』の作者問題を論ずるに際しての一つの方向が定められたことは確かであろう。すなわち、それは『手紙』の詩的措辞とオウィディウスの詩法の類似性の検証を進めていく研究であり、これは現在まで踏襲されている。あるいは、その検証が十九世紀以来、精緻をきわめるものとなった一つの結果として、メルラたちの主張は根本的に覆えされることになっている、というほうが正確かもしれない。[8] しかしながら、その反面、メルラはその師フィレルフォの「サッフォー原作説」を、全面的に否定してしまっているわけでもない。ここに次のごとき新しい問題が、作品と素材の関係を問う角度から生じてきた。

十五世紀中葉、サッフォーの『詩集』はすでに湮滅して伝存しないという事実は周知となっていたと思われる。フィレルフォもラスカリスもグァリーノも、いやベッサリオン僧正も、これをコンスタンチノポリスに求めて一巻も見出すことができなかった。メルラはこう書いている。"sed aetate nostra siue temporum iniuria siue hominum neglegentia nihil de ea(sc. Sapphone) habetur, *praeter carmina admodum pauca in testimonium a quibusdam adducta.*"「例証として引用されている僅かの詩片をとどめるのみ」という、サッフォーの作品伝存の情況はその後も、エジプトのパピルス文書再発見まで約四世紀つづく。しかし『手紙』がオウィディウスの創作であるとしても、作者とその題材との関係を問いなおしてみると、『手紙』の素材としての〈サッフォーの作品と生涯〉があらためて問題とならざるをえない。『手紙』はサッフォーの詩文書簡をラテン語に訳したものではないとしても、「しかし私見を述べれば」とメルラは次のように記している。"Et puto *multa ex poematis Sapphus* in hanc epistolam ab ingenioso poeta traducta : quemadmodum ex *nono Iliados* in epistolam Briseidis ad Achillem non pauca transtulit." すなわち『イリアス』第九巻の情況をふまえて『ブリセイスの手紙』が書かれているように「サッフォーの詩から多くの詩句がこの手紙(『手紙』)に〝持ちこまれている〟」とメルラは考えているのである。ここでの traduco, transfero の意味は上のごとき、〝素材として使われている〟情況をさしてのことであろう。これはフィレルフォのサッフォー原作説とはまったく別個の立場から、あらたに『手紙』とサッフォー自身の〈作品と生涯〉との関係を想定するものである。オウィディウスが『手紙』の執筆に際してどの程度サッフォー自身の詩作を利用しているかという、最近一部の研究家たちの関心を喚っている問題の発端はまさに、メルラがその *Interpretatio* の緒言に記した見解に発している。またその解答も、『手紙』の文言の一々と、メルラが先に言ったところの〝例証として引用されているサッフォー自身の僅かな章句〟とつきあわせることによって得られるはずである。じじつまた四世紀以上経た今日、パピルス巻断片の間に再発見されたサッフォーの詩集の文言と『手紙』の詩句語法との対応をきわめようとする学者はなお絶えていないのである。(9)

しかし『手紙』のどの具体的な詩句が、サッフォーの詩をモデルにして書かれているのか。メルラの *Interpretatio* の中には残念ながらその明確な指摘は含まれていない。『手紙』において言及されている Amintorie, Cydro(一七)、Atthis(一八)などの固有名詞の出自についても、それらがサッフォーの詩中の人物名であるという断りは附記されていないし、Charaxos と Rhodope (sic) の物語についても緒言と『手紙』六三に附された注記に、簡単かつ混乱した記述を見出すのみである。『手紙』四〇の anadiplōsis を、Demetrius によるサッフォーの詩句引用断片を援用して、サッフォーの詩風を模したものとする解釈は確かにメルラの説であるが、しかしそれは *Interpretatio* には記されてはおらず、後に述べる *Aduersus D. Calderini Commentarios* 所載の見解である。このようにして、メルラの *Interpretatio* の緒言に記された刮目すべき見解 "multa ex poematis Sapphus in hanc epistolam ...... traducta" と、その本体とも言うべき注釈部分の内容との間には、かなりの落差があり、後者は必ずしも緒言の一般的見解の裏付けを提供するものではない。*Interpretatio* はただ『手紙』が、ヘロドトス、ストラボン、パウサニアス、プリニウスなどの古代の文筆家たちや、スーダ百科辞典やエウスタティオスらの、ビザンチン時代の古代研究辞書や注釈者たちの著述が伝える "サッフォー像" の大まかな輪郭に抵触することのない、恋するサッフォーの姿を伝えていることを、繰りかえし指摘しているにすぎない。メルラが最初、"multa ex poematis Sapphus ......" という表現に託して読者に伝えようとした意味も、その程度の大まかな輪郭を示唆するにとどまるものであったのかもしれない。

三　ドミチオ・カルデリーニ――ギリシァ学と『手紙』

カルデリーニについてはサンヅの『古典学史』も言及するところが皆無に等しい。三十歳という若さで世を去ったこの驚嘆すべき古代文学研究家について著された研究書もきわめて数少なく、近年ダンストンの『カルデリーニ研究』が著されるまでは、(10) かれについてはメルラやポリチアーノが放った激越な批判や攻撃のみが知られていたに過ぎない。しかし十五世紀後半以降のギリシァ・ラテン文学の研究は、このヴァティカン法皇秘書官の卓越した業績なしては成立しえなかった観があり、そのウェルギリウス、ホラチウス、ユウェナリス、マルチアリス、スタチウスらの画期的な注釈書群は、今日の研究者にとっても等閑視できない重要な価値をもっている。私たちが今ここで取り上げている『手紙』に関しても、かれの著した注釈 *Commentarius in Sappho Ovidii* は、十五世紀後半から十六世紀中期に至るまで好評のうちに版を重ね、現在もなお欧州各地に伝存している。(11)

メルラの *Interpretatio* の緒言の主旨である"multa ex poematis Sapphus in hanc epistolam …… traducta"に鋭敏に感応したのはこのカルデリーニであり、その主旨とメルラの *Interpretatio* 本体との間の落差に着目したのもかれであった。今日伝わるカルデリーニの *Commentarius* の中には、どこにもメルラの *Interpretatio* に対する批判はおろか言及すらも見出すことはできない。手稿として流布した *Commentarius* が存在したかもしれず、これには一四七〇年代中期に印刷された刊本とは異なる記事が含まれていたことも考えられる。というのは、カルデリーニの *Commentarius* を手にしたメルラは、これを自著の *Interpretatio* に対する生意気な誹謗であると見做し (Quid igitur petulans et nimiae licentiae litterator primum damnat ?)、一四七八年ヴェネチアにおいて *Aduersus Domitii Commentarios* と題する反論を公けにしているからである。カルデリーニはこの年疫病に罹り死亡しているから、メルラの反論を読む暇があったかどうか判らない。ともあれ、メルラの *Aduersus* によれば、カルデリーニの放った誹謗の要点は、メルラがギリシァ語文献を充分に解することなしに徒らに師フィレルフォの所説に盲従している (Nempe quia Franciscum Philelphum Sapphus uita declaranda ceu graeca ignorem secutus fuerim ……) という点をつくものであったらしい。ともあれ上記のごとく今日伝存するカルデリーニの *Commentarius* にはその趣旨の記事は含まれていないが、そのような批判をこめて *Commentarius* が綴られていると見做すことは難しくはない。*Interpretatio* に比較すれば、*Commentarius* ははるかに豊富なギリシァ語文献を自家薬籠中のものとして駆使しているのみか、個々の引用文献の出典指示も *Interpretatio* では多く欠けているのに、*Commentarius* ではそれが高い精度をもって明記されているからである。

しかしながら、『手紙』は翻訳ではない、これはオウィディウスがサッフォーの詩句を素材としながら創作した、一通の『名婦の書簡』であるというメルラの見解には、カルデリーニも賛成しており、それをさらに補強する立場を示している。カルデリーニは *Commentarius* の緒言でこう記している、"Epistola haec Ouidii est aliis Heroidum inserta, quod in Carmina sua testatur ad Macrum seribens(『恋愛詩』二・一八・二五—二六、三四)……Haec autem epistola ab Ouidio composita affectus qui mitiores sunt copiosius exprimit quam ulla alia, *nam eam locupleuit poeta ex poematis Sapphus quae molissima sunt,* ut de Homero multa transtulit, et ex *Odyssea* in Penelope et ex *Iliade* in Briseide. Tantum autem abest ut hanc epistolam putem a Sappho scriptam, ut etiam statuam inseri oportere epistolis Ouidii, et statim locandum post Didonem, nam eo ordine poeta scripsit siquidem eius uersibus credimus paulo ante a nobis recitatis(『恋愛詩』二・一八・二五—二六、三四). sed cum aliis mollior esset uarietateque blandiretur, dum seorsum a nonnullis ediscitur describiturque sola, libelli nomen meruit et auctoris fidem inuenit mulieris lugentis cum lachrimas et amantis decorum omni ex parte impleat." オウィディウスがサッフォーの詩を素材として『手紙』を創作しているという見解は、メルラの場合と同じであるが、メルラがあえてこれを自説の無断借用であると指弾していないのは、そのような見解を唱えるものがメルラ以前にもすでに知られていたためか、あるいはその見方が一つの communis opinio になっていたためかと思われる。しかしカルデリーニは、メルラの所見よりも詳細に、素材と作品との関係を指摘する。すなわち、「『手紙』は他の『名婦の書簡』各篇のどれと比べても、より繊細優美な感情表現をとげている度合が濃厚であるが、それというのもオウィディウスが、サッフォーの詩の中でもとりわけ繊細優美なものを選んで『手紙』のいたるところにちりばめているからである」と。カルデリーニの言葉は、あたかも『手紙』の詩句とサッフォー詩巻の各篇の文言を比較検討した上での判断であるかのごとき印象を与えるけれども、その点については、後に詳しく説明をこころみることにしたい。

カルデリーニの全般的解釈は、なお一、二の注目すべき指摘を含んでいる。かれはこの『手紙』という「書簡」そのものがサッフォーによって書かれたものとは見做さないと言い、そのわけはこれが『名婦の書簡』に属すべき一通であるという明白な事由にもとづくものであり、しかも『手紙』の挿入されるべき位置は、『ディドーの手紙』の後、すなわち『手紙』は第八番目の手紙とされるべきである、と記している。これはカルデリーニ自身記しているように、オウィディウスの『恋愛詩』二・一八・二五—二六の言葉の並びが、"quodque tenens strictum Dido miserabilis ensem dictat, et Aoniae Lesbis amica (sic) lyrae" となっていて、ディドーのあとサッフォーが直接つづいていることを証拠にして下した推定である。本章一の項において略述したとおり、十四、十五世紀の『手紙』の写本上の位置づけは曖昧であり、『名婦の書簡』内の順位に関しても、またオウィディウスの作品集の中の位置に関しても、『手紙』は占めるべき定まったところを持っていない。カルデリーニは明らかに、そのような写本伝承の情況を把握した上で、『手紙』は第八番目の手紙たるべきであると言っている。かれが次に記している言葉も、『手紙』写本の伝承状態についての、かれの関心のほどを裏書きしている。「すなわち『手紙』は他の書簡よりすぐれて繊細優美であり変化の妙をまじえつつ口説をつくしている作品と思われたからこそ、この一作品が単独に書写され人々の学ぶところとなっているのである」と。かれの説明がことの正解であるとはにわかに肯定しがたいが、しかしかれは『手紙』写本の遊離不定の状況を知っており、これを異常であると判断し、何らかの説明の必要性を認めたから、その状況をもたらした理由を、『手紙』という作品自体が内に持つ修辞的な特殊性に求めたのであろう。今日から見れば、カルデリーニの説明は、十五世紀以前の『手紙』写本の伝承状態を解明することこそできないけれども、十五世紀における『手紙』の異常な人気上昇の主たる原因の一つを挙げていることは確かであるように思われる。ともあれ、『手紙』は『ディドーの手紙』のあと第八番目の位置へ、というカルデリーニの考えは——かれ自身の事柄の認識は以上述べたごときものにとどまるとしても——近年に至って予想外の支持者を得ていることを附記しておきたい。第八番の位置は『手紙』を入れて総数十五篇の『名婦の書簡』集のちょうど真中に当たる。古代の(現代でも同じであろうが)詩人が自ら詩集を編む場合には、各篇の詩の配列や組合せに細かい趣向を凝らしたことがよく知られているが、詩集劈頭の歌、巻尾を結ぶ歌、そして詩集の中央を占める歌には、さまざまの構成上の配慮を加えるのがつねであった。『手紙』を離れ駒としてではなく、『名婦の書簡』の肝心かなめの歌として解釈するという立場は、今日の正統古典学者たちの顰蹙を買うことは必定であろう、しかし『手紙』こそ『名婦の書簡』の旗印とする見解は、ヤコブソンの『名婦の書簡』研究に披露されているので、詳しくはこれを参照されたい。[12]

オウィディウスは、サッフォーのどの詩章を『手紙』のどの部分に取りいれているのか、メルラはその問題の端緒に触れながら *Interpretatio* 執筆の段階においては、一片も具体例を提示しておらず、問題そのものの妥当性を証明するに至っていないことは上に述べた。では、カルデリーニの場合はどうであったのか。かれはメルラ(あるいはその先人)の見解をうけいれたのみか、一歩すすんで、オウィディウスはサッフォーの詩の中から最も繊細優美なる言葉を選んで『手紙』の随所にこれをちりばめた、とまで言っている。かれにはそのような言明を支える確かな証拠があったのだろうか。カルデリーニの *Commentarius* の中には、わずかに一ケ所であるけれども、かれの驚嘆に値する学殖によって発見しえた貴重な証拠が記されている。

『手紙』八九—九〇には、ファオンの美しさが女神たちをもとりこにすることのできるほどである、と言うためにサッフォーは次のごとくに書き綴る。

Hunc si conspiciat quae conspicit omnia Phoebe
　Iussus erit somnos continuare Phaon.

〝私のファオンをもし眼にとめるなら、あの何もかも眼にとめるフォイベー(月の女神)が、ファオンにも命じられるにちがいない。眠れ眠れいつまでも、と。〟

美しい若者エンデュミオンに恋した月の女神が、かれを夜な夜な訪れて眠りのまにかれにくちづけをした、というギリシァ神話はあまりにも有名である。しかしオウィディウスがサッフォーの詩をモデルにして『手紙』のこの二行を綴ったということを示すことができる証拠はどこに求められるであろうか。ここにカルデリーニは次のような注記を施している。"curabit Luna ut semper dormiat Phaon qui formosior est ut hunc osculetur. *nimirum hunc locum accepit Ouidius ex poemate Sapphus.* nam apud *Graecum scriptorem* ita legitur : *περὶ δὲ τοῦ τῆς σελήνης πρὸς αὐτὸν ἔρωτος ἱστορεῖ Σαπφὼ ὡς ἐρασθείσης αὐτοῦ καὶ κατέρχεσθαι πρὸς αὐτὸν νύκτωρ αὐτὴν εἰς τὸ ειυημευον σπήλαιον νεεκιμμενται διὰ πάντος εὕδειν αὐτόν.*"『手紙』八九―九〇の文章の大意は、〝ファオンのほうがエンデュミオンよりも姿美しいのであるから、月の女神ルナはファオンをいつまでも眠りにつけておき、その接吻を盗もうとはかるにちがいないであろう〟ということであると説明したあと、カルデリーニはこの場面はオウィディウスがサッフォーの詩から取り入れたものに違いないと言い、その証拠として無名の古代ギリシァ人文筆家の言葉を引用している。印字に不明確な点(下線点線部分)が含まれているが、大略の意を訳せば、「月の女神のエンデュミオンに対するつよい恋心については、サッフォーがこれを主題として取り上げている。すなわち女神はかれに対して恋を抱くや夜ごとにかれのもとに降りてきて、……洞窟……永久にかれが眠りつづけるように。」

今日私たちはローベル、ペイジ共編の *Poetarum Lesbiorum Fragmenta* を開いてみれば、断片一九九の項目の出典として、アポロニオスの第四巻の『古注』が挙げられているのを難なく見出すことができる。そこにエンデュミオンの伝承を豊富に集成した古代の注釈家を、カルデリーニは〝*scriptor Graecus*〟と呼んでいたことも判る。なぜならば、エンデュミオンと月の女神の恋を主題として取り上げているのはサッフォーであると証言しているのは、数多い古代の文献の中で、この無名の注釈家ただひとりあるのみだからである。しかしながら一四七五年頃、アポロニオスの『古注』は印刷本として流布していたわけではない。当時の学者たちの中でこれを読解しえたものの数はごく限られており、その人たちは、現在フィレンツェ、パリ、ローマ(ヴァティカン図書館)に収蔵されているビザンチン期の三種の写本のいずれかのものの、欄外に細字で記入されている『古注』を各〻の能力において読みとったのである。その中に数語の引用によってサッフォーの詩を伝える部分があったとしても、それらを抜きだし、集成したサッフォーの断片集が十五世紀に存在していたわけではない。『手紙』八九―九〇の二詩行の言及と、アポロニオスの『アルゴ号叙事詩』四・五七―五八に附された『古注』が伝えるサッフォーの題材との間に、一条の脈絡を見出してオウィディウスの素材はここにあったにちがいないと推定することは、二十七歳のカルデリーニのまさに驚異的な研究心、記憶力、想像力、そして何がしかの幸運の、稀有なるたまものと言わねばならない。ちなみに、カルデリーニが、“*scriptor Graecus*”の証言としている『古注』引用の、写本上の出典を確かめ、カルデリーニの引用文よりも正確な形で引用することのできたものは、当時の学者たちの間には一人も見あたらない。カルデリーニの引用例の中にある幾多の誤記や誤解を指弾することに後日多大の情熱をもやすこととなるポリチアーノすらも、この“*scriptor Graecus*”の証言を写本上の文字として探しだし実定することはできなかった模様である。

しかしカルデリーニが実際に用いたアポロニオス写本は三種のものの中のどれであったのだろうか。かれの引用文の中、読解可能の部分だけを見ても、その語順はヴェンデル校訂の刊本の字句とは著しく異なっている。ヴェンデル本はエンデュミオン伝説の出典由来を詳述するこの『古注』の一節を、パリ写本の読み、ヴィラモヴィッツの錯簡訂正、ヴェンデル自身の補正などを混ぜ合わせて再構成して印刷に附したものであるから、どの写本とも著しく異なる本文を提供することとなっている。パリ写本もまた、*λέγεται δὲ* …… *περὶ δὲ τοῦ* …… という語順で『古注』を綴っており、カルデリーニの *περὶ δὲ τοῦ* …… *ὡς* …… の構文の原形モデルであるとは考えにくい。ヴァティカン写本は十五世紀に書写されたもので、フィレンツェ写本の写しであることは確定されているが、カルデリーニのサッフォー注釈との間の年代的前後関係は、なお不明である。残るはフィレンツェ本である。これは一四二三年頃アウリスパがコンスタンティノポリスで購入した十世紀頃の写本であり、この一巻はかの有名なアイスキュロス写本（通称 Mediceus）、ソフォクレス写本（同 Laurentianus）とならんで、最古かつ最も由緒正しい読みを伝える『アルゴ号叙事詩』写本を記載している。この写本はイタリアに到来してからも、十六世紀半ばにフィレンツェの〝ロレンツォの図書館〟に落ちつくまでは、諸地を転々としていたことが知られている。さて、カルデリーニの『古注』引用文は、このフィレンツェ本の『古注』と同一ではないけれども、それを元にしたパラフレーズと要約であると言うことはできる。すなわち、フィレンツェ本『古注』は、*περὶ* ...... *λέγεται* ...... という形の並記的な二つの文章で綴られているが、これをカルデリーニは縮約して *λέγεται* 以下の第二文を間接話法による内容説明のフレーズに置きかえているのである。ヴェンデル本が伝えるようなパリ写本の字句を元にしては、このような形の縮約表現は生まれにくい（附表III参照）。このような字句と語順の比較検討によって、カルデリーニがオウィディウスの『手紙』の素材を発見した原本は、今日フィレンツェにあるアウリスパの写本であった、と私は考えたい。

　カルデリーニが一四七五年頃、アウリスパの写本をくまなく読んだという事実は識者の間にもまだよく知られていない。これは一四二三年以降のアウリスパの写本の運命を追認する際にも、一つの無視できない事柄として考慮されるべきであろう。しかし、『手紙』の初期注釈書と一四七五年頃のギリシァ学との関連を追う立場にある私たちにとって、カルデリーニによるサッフォー断片（素材）の発見は、新しい時代の到来を告げているように思われる。それは、メルラが *Interpretatio* において、実例を伴わない曖昧な形で、『手紙』は〝サッフォーの詩をもとに〟ex poemate Sapphus していると示唆していた事柄を、上に述べたとおりの、写本上に伝わる『古注』の証言に依拠して明らかにしているからである。このようにして『手紙』が、新しい形のギリシァ文献学の誕生を促す一つの契機となっていることを、カルデリーニの *Commentarius* は私たちに告げているからである。しかしながら、当時の古代文学研究家たちがみな、『手紙』注釈に際してカルデリーニのように、またその驥尾に付してギリシァ文献を渉猟す

[附表 III　アポロニオス『古注』: ヴェンデル本と Cod. Laur. xxxii. 9. 242 v.]

Scholia Vetera in Apollonium Rhodium, iv 57–58 (ed. Wendel, 264):
λέγεται δὲ κατέρχεσθαι εἰς τοῦτο τὸ ἄντρον τὴν Σελήνην πρὸς Ἐνδυμίωνα. περὶ δὲ τοῦ τῆς Σελήνης ἔρωτος ἱστοροῦσι Σαπφὼ καὶ Νίκανδρος ἐν β' Εὐρωπείας.

Scholia Vetera in Cod. Laurent. xxxii 9, 242 v (東京大学文学部西洋古典学研究室蔵マイクロフィルムによる):

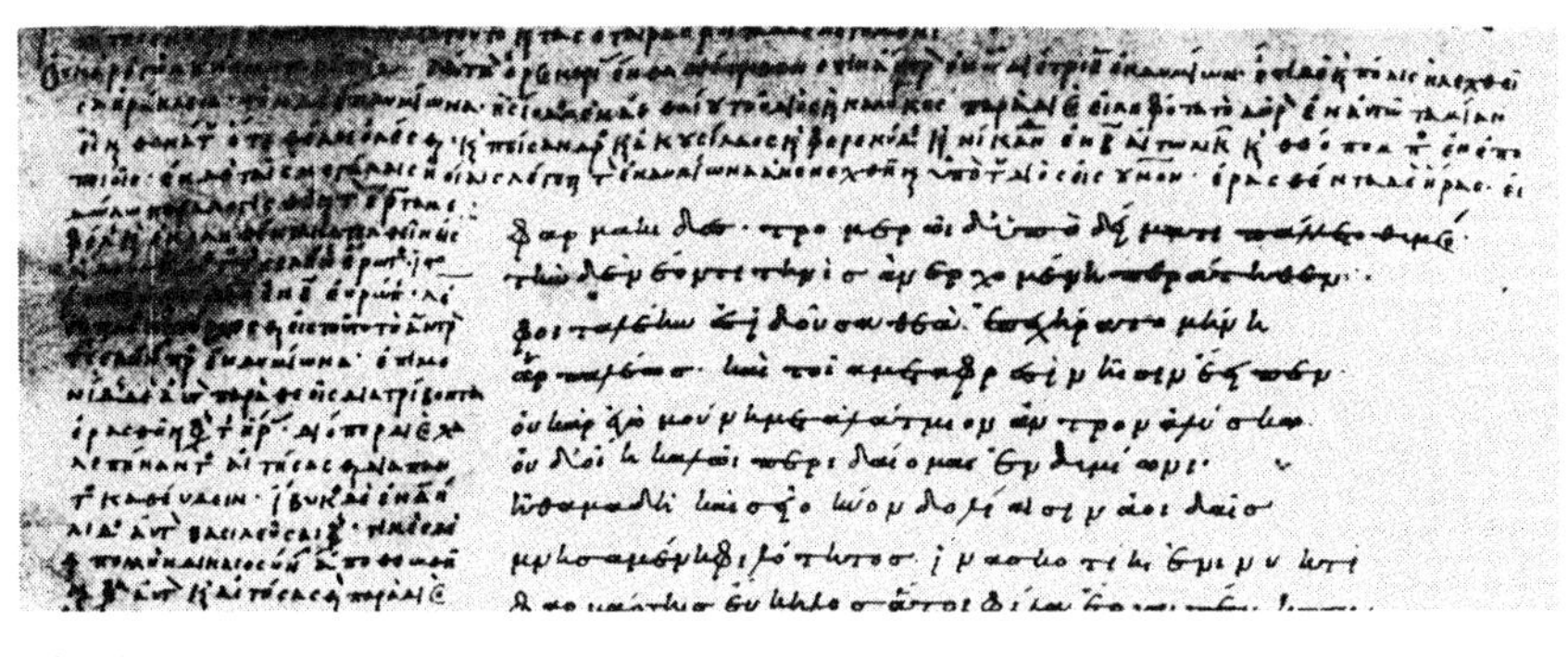

(*περὶ δὲ τοῦ τῆς σελήνης ἔρωτος ἱστοροῦσι Σαπφὼ καὶ Νίκανδρος ἐν β' Εὐρωπείας. λέγεται δὲ κατέρχεσθαι εἰς τοῦτο τὸ ἄντρον τὴν Σελήνην πρὸς Ἐνδυμίωνα*).

ることとなるメルラの *Aduersus* やポリチアーノの Annotationes のように、『手紙』の素材や表現上の工夫をギリシァ語文献の中にかくれたサッフォーの詩に求めたわけではない。ミラノ、フィレンツェ、ヴェネチア、ローマの学者たちは、例えばアウリスパの写本のような秀逸なギリシァ語写本に直接触れる機会に恵まれたから、自ずとサッフォーの詩の場合にも、探究の眼はギリシァ語文献にむかったのであろう。かれらと対照的な一例はシチリア島パレルモ図書館蔵の、トーマス・シファルドゥスの(仮題)『サッフォー注釈』(原題なし)である。著作年代は一四七六年頃と推定されているから、カルデリーニの *Commentarius* と同じ頃であるが(附表I参照)、これにはギリシァ語文献からの直接引用は一点もなく、またギリシァ古典作家への言及も極めてすくない。シファルドゥスの注釈内容については別の機会に詳しく検討することにしたい[13]。

カルデリーニの *Commentarius* はしかしその反面において、新しいギリシァ文献学がその担い手に要求することとなる別の責務を、マイナス(欠落)の形で露呈している。この新しい文献学の実証性は、何よりも先ず、伝承された古代写本の文言を正確に把握することを基礎としなくてはならない。しかるにカルデリーニは、自らの発見を不動のものとし、かつ自らの推定を確固たるものとするためには、不可欠のその第一段の手続きを粗略に扱ったまま *Commentarius* を著して世に問い、自らの手続きを完璧な形に改める暇もなく世を去った。カルデリーニにおいて、その学殖、研究心、想像力の比類なき横溢にもかかわらず、厳正なる本文を伝える姿勢が欠けていたという批判は、かれの年下のライバルであるポリチアーノがつとに放ち続けるものであるが、[14]私たちも僅かに一事例ではあるが、『アルゴ号叙事詩』の『古注』の一節を引用しているカルデリーニの筆法を見て、感嘆とともにポリチアーノと同じような不満を覚えざるをえないのである。

四　ジョルジョ・メルラとその修辞論的『手紙』研究

メルラは、前後二度に及んで『手紙』解釈を公刊している。最初の試みは *Interpretatio*（一四七五年以前）として広く知られており、その概要はすでに紹介したとおりである（上記一八〇頁参照）。しかしカルデリーニの *Commentarius*（一四七五年）が著されるや、先にも触れたように（上記一八六頁参照）、メルラはこれを自作の *Interpretatio* に対する口はばたい批判の書であると解し、激しい調子でカルデリーニの解釈学全般に及ぶ反論を著し、*Aduersus Domitii Commentarios* とこれを題して一四七八年ヴェネチアで印刷に附している。今日大英図書館に収蔵されているこの著作（IB 19942）は二部からなり、第一部ではカルデリーニに対する揶揄と嘲侮をこめた緒言に続いて、先ずカルデリーニの *Commentarius in Sappho Ovidii* に対する反論を展開する。ここには多岐にわたる事柄が俎上にされているが、私たちの主題"ex Sapphus poematis"に関わりの深い記事を選んで取り上げてみたい。カルデリーニとは対照的に異なる角度から、メルラは『手紙』の文言が詩人サッフォーの詩的特色を反映していることを、次の個所において強調する。

Si nisi quae facie poterit te digna uideri,
　　Nulla futura tua est, nulla futura tua est.(『手紙』三九―四〇)

第四〇行は同一の二つの句から成っており、この作り方はオウィディウスの詩法の中では他に例のないものである。これがゼードルマイヤーやデ・フリースらの十九世紀の古典学者にとって重大な関心事となり、『手紙』はオウィディウスの真作ではないという見解の一つの根拠とも見做された。しかしながらそれは今問わずに、先ずメルラの *Interpretatio* における最初の説明を紹介しよう。かれは(一四七五年以前には)こう言う。NISI QUAE FACIE : et quia formosa rara uel nulla reperitur : nam forma dei munus est, forma quota quaeque superbit. si eam demum amaturus est quae sit facie insignis, nullam denique amabit. Nulla futura tua est *lepida et muliere digna repetitio.* つまり、メルラは、『手紙』四〇を優美で女らしい繰りかえし(repetitio)と見ているのである。

　これに対してカルデリーニはその *Commentarius* において、これを単純な繰りかえしと見做すことはせず、『手紙』四〇で繰りかえされる同一句 NULLA FUTURA TUA EST は、前半では条件文に属し、後半では同じ言葉を連ねながらも、じつは帰結文を形成する、と読み解くのである。カルデリーニはこう言う：NULLA FUTURA TUA EST : prior pars huius uersus *sub conditione* profertur, altera *sub affirmatione.* Si, inquit, nulla futura tua est (hoc est nullam amabis), nisi quae facie (idest praestantia formae) poterit uideri digna te (idest conuenire formae tuae), nulla futura tua est. *Affirmando negat,* idest nullam omnino amabis. nulla enim tam formosa est quam tu. tum praecipue his uersibus lasciuiam suam ingenue profitetur. ここで lasciuiam suam という表現は、オウィディウスをさしているのかサッフォーをさしているのかは、カルデリーニの注釈からは明らかではないが、しかしその明快な文法的構文解示の正しさは疑いの余地がないだろう。一四八〇年頃、ポリチアーノはこのカルデリーニの構文解釈を読み、これに賛意を表するように、パルマ一四七七年本の当該詩句の欄外と行間に'sub conditione', 'sub affirmatione' の字句を記入している(拙稿, *Mediterraneus* VIII (1985), 34 (d) 参照)。

上のカルデリーニの解釈において、メルラは自分の単純な反復説が批判され否定されている、と見たことは、メルラの *Aduersus Domitii Commentarios* (一四七八) から明らかである。かれはここで、カルデリーニの注釈の主旨を要約して記し、それに対してさきの自説が正しいことを繰りかえし強調したのちに、自説を補強することができる新事実とかれが考えたものを附記している。メルラはこう言う。hic ego aliquid subiungam ex occultis graecorum commentariis sumptum ; *conduplicationem* istam *non* tam *ad emphasin* esse factam ab Ouidio, *quam ut geminando eadem uerba characterem Sapphus demonstraret*, quae ut Demetrius Phalereus auctor est, gratiam suis carminibus *ἐκ τῆς ἀναδιπλώσεως* quaesiuit. Nam ubi *περὶ χάριτος λόγου* praecepta tradit, de charactere Sapphus haec scribit sermonis gratiae, quae per figuras fiunt manifestae et plurimae sunt apud Sapphon, quemadmodum anadiplosis; ubi nympha ad partheniam ait, *παρθενία, παρθενία, ποῖ με λιποῦσα οἴχῃ* ; Quae respondet ad eam per eandem figuram. *οὐκέτι ἥξω πρὸς σέ, οὐκέτι ἥξω*. (cf. Demetr. *De Eloc*. 140, 33. Radermacher: Lobel-Page. 114. ギリシァ語アクセントは慣用に従い附記) Maior enim gratia apparet quam si semel esset dictum et sine figura. その後にはカルデリーニの言説をむやみに信用すべきではない、という言葉が続くがここでは省略する。引用部分の主旨は、(メルラの見解によれば)、「『手紙』四〇の *NULLA* ..... *NULLA* ..... はあくまでも〝反復 conduplicatio〟であって、あえてこれを用いたオウィディウスの修辞的な意図は〝強調 ad emphasin〟ではなく、同じ文言を繰りかえし重ねることによって、〝サッフォーの特性を表明する ut geminando eadem uerba characterem Sapphus demonstraret〟ことにあった、じじつ、サッフォーの詩の優美は〝重ね言葉 anadiplosis〟に求められるという証言は、古代ギリシァ修辞論者の〝秘められた書物 occulti graecorum commentarii〟の中にあり、これを以下に紹介する。」メルラはそう言ってデメトリオスの *De Elocutione* からの一

節を、ラテン語訳とパラフレーズをまじえながら記載しているのである。ちなみに*De Elocutione*がデメトリオスの著述であることが一般に認められることとなったのは十九世紀末になってからであって、このように早い時代におけるメルラの作者認定は特筆されるべきであろう。じじつ一四八〇年、メルラの*Aduersus*の刺戟をうけて、『手紙』研究に取りかかったポリチアーノは、*De Elocutione*一四〇の一節をパルマ一四七七年本の欄外に全文ギリシァ語で記入しているが、その作者名としてはデメトリオスではなく、ハリカルナッソスのディオニュシオスの名を記している(拙稿、*Mediterraneus* VIII. Bodl. Auct. p II. 2. 239 R–2⑮参照)。

*Aduersus Domitii Commentarios*の筆調から察すれば、メルラは、デメトリオスのCharites論の中にサッフォー断片とその修辞的特性の解説を発見して、これこそ自説補強の絶対的証拠であると信じ、これをカルデリーニの説と並記してかれの批判に対するしっぺ返しを遂げた、と思ったにちがいない(じじつ、メルラに先んじて*παρθενία κτλ.*の断片を『手紙』四〇の解釈にあてはめた学者の名は知られていない)。しかしいうまでもなく『手紙』四〇の構文解釈においては、カルデリーニの上記の見解(一九五頁参照)が正しく、メルラはやはり(カルデリーニがどこかで何らかの形で批判したとおり)生半可なギリシァ語理解力をふりかざして強弁しているにすぎない。『手紙』四〇の最初の*NULLA*……と第二番目の*NULLA*……とは、異なるsyntaxの単位に組みこまれており、したがってサッフォー断片の*οὐκέτι ἥξω*……*οὐκέτι ἥξω*の「リフレインとしての機能」とは類を別にしているからである。こうしてメルラのせっかくのサッフォー断片の発見と解釈も、自らの墓穴を掘る結果に終っていることは否定できないのであるが、しかしそれでもメルラはここで再び、新しい探究の方向を指さし掲げていることを、私たちは見落してはならない。

カルデリーニは『アルゴ号叙事詩』の『古注』の中から、オウィディウスが『手紙』の「素材」として利用したサッフォーの〝エンデュミオンの歌〟の存在をさぐりあてた(上記一九〇頁参照)。これに対してメルラは、結果は思わしくなかったとは言え、『手紙』の詩体とくにその修辞的特色には、サッフォーの原詩の「修辞的特色」を反映する部分もありうるという可能性を、デメトリオスの著作に一般の注意を喚起することによって、強く示唆したことは確かであろう。この新しい問題提起は ex Sapphus poematis という私たちの主題にも、修辞論という新しい角度からの検討を要求するものである。しかしながらメルラが投じた一石の波紋をより正確に理解するためには、『手紙』の詩句が一四七〇年代の後半にどのような形で、当時の識者たちの修辞論的興味の対象となっていたか、その点について私たちの認識をまず深める必要がある。

メルラの *Interpretatio* は、『手紙』の措辞について次のような修辞的解釈を加えている。

9　UROR: non minore flamma se toreri dicit quam ardescunt messes accensae incombentibus curis. et est quamsi hyperbolicos dictum.

11　AETNAE: ..... congrue sumpta per ingentem enargiam ex re ipsa comparatio.

72　NON AGITUR UENTO: *παρὰ ὑπόνοιαν* cessisse sibi dicit, nam unde solatium in malis expectabant: illic maior dolor maiorque cura datur.
CARINA ET UENTO: optime mansit in metaphora.

73　ECCE IACENT COLLO: ..... mouetque *πάθος* ab habitu et cultu corporis quando munditiis non vacat.

115　NON ALITER: per affectum apte sumpta comparatio a matre insolabiliter maerente atque deflente mortem adempti filii.

124　FORMOSO CANDIDIORA: et affectu amantis et uoluptate per somnum sumpta dictum.

125　ILLIC TE INUENIO: in *κακόζηλον* incidit, nisi et libidine et uoluptate imaginaria quam afferunt insomnia ..... et est familiaris amantis feminae locutio.

133　PUDET HIC NARRARE: honesta et multis uerbis deducta periphrasis imaginarii coitus et polutionis femineae.

137　ANTRA NEMUSQUE: a loco commiserationem mouet.

151　LUGERE UIDENTUR: nisi uidentur fuisset additum in cacozelon incidisset, nam in affectum humanum migrare diceret arbores.

154～155　ALES ITHYM: ἀναδίπλωσις recta habita ad comparationem auis luctosae.

199　LESBIDES AEQUOREAE: per ἀναφοράν idest repetitionem affectum mouet……

上に掲げた評釈に現れる修辞用語は、例えば *πάθος*=affectus という理解からもうかがわれるように、クインティリアヌスの修辞論に基本的に依拠しているが、直接的にはアキラ・ロマヌスなどの後期古典古代の修辞学者に負うものではないかと思われる enargia, anadiplosis 等の語も含まれている。『手紙』は変心した恋人の心情に訴えて翻意を促す手紙であるから、その幾つかの個所では'pathos (affectum) mouet'という評釈が妥当であるし(七三、一一五、一二四、一三七)、また同じ理由によって様々の形態の反復もすくなくない(一五四―一五五、一九九)。恋する女性としての羞恥を periphrasis につつんでいるところもあるが(一三三)、しかしいささか過大な表現や(九)、悪趣味な誇張と評されるような表現も指摘される(一二五、あやうく一五一も)。他方、効果的な比喩もなしとはしない(一一、七二、一一五)。以上のごときメルラの *Interpretatio* における修辞的評釈は、『手紙』の高度に技巧的詩法が随所に表出している措辞上の特色を、一々の文言に即して摘出して、各々に十五世紀後半に用いられていた修辞論の術語をあてはめて色分けを施したものといえるだろう。しかし *Interpretatio* の段階においては、『手紙』のこのような修辞的特色が、オウィディウスの詩法に内含されるものなのか、あるいは〝サッフォーの詩にもとづいて〟ex Sapphus poematis ラテン語に移されたと見ているのか、その点についてはいずれとも記されていない。

カルデリーニもメルラによって指摘された『手紙』の修辞的特色について的確に反応を示している。*Commentarius* 緒言において“cum aliis (scil. epistolis) mollior esset uarietateque blandiretur …… auctoris inuenit mulieris lugentis cum lachrymas et amantis decorum omni ex parte impleat.”と記したのち、緒言を次のような言葉で結んでいる。“Denique omnes misericordiae angulos excutit, non sexus, non fortunae mutatio, non habitus, non rerum omnium desperatio, non quicquid mite est et mouet, praemittitur.”つまり『手紙』には *πάθος* (af-fectus)をつくりなすあらゆる修辞的条件が、あますところなく駆使されていることを、カルデリーニもまた強調しているのである。じじつ *Commentarius* の本体においても、カルデリーニ自身の主たる興味は、語彙、文法、原素材の探究に傾いていることは明白としても、『手紙』本文に附せられた修辞的注釈は、詩人オウィディウスが *πάθος*(affectus)を高める手段として用いた字句に集中している観がある。

1　NUNQUID UBI : …… nam instandi gratia interrogamus …… aut inuidiae gratia …… aut miserationis …… autem Sapphus interrogatio ironiam quandam subostendit ……

57　SICANOS IMMITES : …… IMMITES : crudeles in me, cum retineant Phaonem delicias meas. nam est epitheton non perpetuum Siculorum, sed conueniens praesenti affectui Sapphus.

68　LINGUA PIA : ab eo loco qui praeter spem dicitur et miserationem mouet et fratrem trahit in odium, cum sibi aliter euenisse ostendit quam opportuerat.

73　ECCE IACENT : misericordiam mouet ab habitu.

117　GAUDET ET E NOSTRO : mouet misericordiam cum ostendit fortunam suam ludibrio esse aduersariis.

137　ANTRA NEMUSQUE: per commemorationem loci miserationem facit qui locus frequentissimus est apud Virgilium.

144　COMA: multis frondibus. translatio est gratia pulchritudinis.

150　GRATA PRIUS: a mutatione fortunae excitat misericordiam.

177　AURA SUBITO: per aversionem misericordiam mouet, cum et absentes appellatet non responsuros.

199　LESBIDES AEQUOREAE: et hac appellatione miserationem mouet dum se ueteri uoluptate carere ostendit et iocundam olim consuetudinem abdicat. auxit affectum compositione uno uerbo saepe repetitio, quod non modo ad lachrymas facit, sed ad indignationem aliquando.

上記の注釈の中で、第一行に附された注はクインティリアヌス(九・二・九)の interrogatio 定義の抜萃要約であり、六八、一一七、一三七、一五〇、一七七、一九九の諸詩行に関しての、misericordia や miseratio の感情誘発の修辞的な諸条件の説明と分析は、キケロ(*De Inuentione* i. 107)の loci conquestionis に準拠したものである。また一ならびに五七の解釈は、カルデリーニはそれとは明記していないけれども、『手紙』の詩句の中には、手紙の書き手であるサッフォー自身の思想や感情が、修辞的に見て特筆に値する表現を生みだしていることを指摘している。

メルラの *Interpretatio* やカルデリーニの *Commentarius* が、『手紙』の詩句に附して直接的に示している修辞的関心は、ほぼ以上に述べたごときものである。これはまた一四七〇年代の一般知識人たちが『手紙』によせた修辞的興味のおよその範囲を示唆するものと言ってもよいだろう。そのような一般的情況のもとに、メルラの第二弾 *Aduersus Domitii Commentarios* を置いてみるとき、そこに引用されているデメトリオスの *De Elocutione* 一四〇が学者たちに与えた強い衝撃を推察することは難しくない。*Interpretatio* や *Commentarius* がつとに読者の注意を喚起していた『手紙』の修辞的特色の幾つかは、詩人オウィディウスが、〃サッフォー自身の詩をもとにして〃 ex Sapphus poematis, そこに現れたサッフォー自身の詩法の特色を模して綴ったものである、という可能性が、*De Elocutione* 一四〇の anadiplosis 論を契機としてにわかにクローズ・アップされることとなったからである。この新しい可能性に対する鮮やかな反応は、一四八〇年ポリチアーノが、パルマ一四七七年本の欄外や行間の余白に記入した、精密な修辞的分析のノートに端的に現れている。ポリチアーノの ANNOTATIONES の周到な精度が、メルラやカルデリーニの遠く及ぶところではない(拙稿、*Mediterraneus* VIII. 28–30 参照)ことは、一覧して明白である。またポリチアーノの修辞的分析の目的が、先行の諸研究が模索しつつあった"ex Sapphus poematis"の輪郭にするどく焦点を結ぼうとするものであったことも、推察できる。かれは、オウィディウスが詩人サッフォーの恋する姿を模写するために、修辞の技の極致を駆使していると論じている(拙稿、*ibid.* IV (c). 33–34 参照)。ポリチアーノは *Enarratio in Sapphus Epistulam*(一四八一)の最終章において、修辞的分析のまとめを行ない、『手紙』では、サッフォーの修辞がいかに巧妙に恋人ファオンの性格描写をとげながら同時に恋に悶えるサッフォー自身の性格を如実に表わしているかを語るのであるが、その文芸的評価については、別の機会を得て論ずることとしたい。

以上は、十五世紀の古典学者たちが『手紙』に注釈をほどこすに際して幾度か用いている、ex Sapphus poematis という表現が生れてきた背景をさぐり、かれらがその表現によせて語ろうとした作品伝承、素材、修辞に説明を試みたものである。かれらが『手紙』と、詩人サッフォーの詩と人生との関わりを論ずる際にたどっている道筋と方法や材料についての考察である。これらの考察は『手紙』という詩作品の古典学的、文献学的検討の一つの礎を固める一歩である。同時に、ポリチアーノの ANNOTATIONES に現れる徹底的な原典資料の渉猟と、同様に徹底した修辞論的解析を要請した、当時の学問的熱気を理解するためには、不可欠な足がためであると思われる。そのような趣旨の一端なりともここに伝えることがかなうならば、望外の幸せと言うほかはない。

(1) 一八八〇年代までの『手紙』に関する数多い諸研究を網羅的・体系的に統合整理したものが Scato G. de Vries: *Epistula Sap-*

phus ad Phaonem. apparatu critico instructa commentario illustrata et Ouidio uindicata. Lugduni-Batauorum. mdcclxxxv であり、その結論(オウィディウス真作説)を否定する立場の人間もこの研究から得るところは甚大である。その後今日までの諸研究の集約的議論はR. J. Tarrant, The Authenticity of the Letter of Sappho to Phaon (Heroides XV). *HSCP* 85 (1981) 133–153 がすぐれており、その結論(ネロの時代に生れた偽作)を承服しがたしとする者も、その文体解析の議論から学ぶ点は多い。本論も、これら両研究を参考する機会が特に多かった。

(2)　現存写本の一覧は、H. Dörrie, *P. Ovidii Nasonis Epistulae Heroidum*, 1971, 287–314 に掲載されているが、個々の主たる写本の記述については、de Vries のほうが詳細かつ利用価値が高い場合もすくなくない。

(3)　F. G. Schneidewin, Ovids 15. Brief. *RhMus* 1 (1845), 138–144.; G. Meyncke, Die Pariser Tibull-Exzerpte. *RhMus* 25 (1870), 369–392.; D. Comparetti, *Sull' autenticità della lettera Ouidiana di Saffo a Faone, e sul ualore di essa per le questioni Saffiche*, Publicazioni del R. Instituto di Studii Superiori, sez. filos. et filol., Firenze 1880.

(4)　拙稿、Sappho–Ouidius–Renaissance. A Description of the Marginal Notes to Sappho's Letter in the Parmensis (Bodl. Auct. P. II. 2)。『地中海学研究』(Mediterraneus) VIII. 1985, 1–51 参照。

(5)　G. Merula, *Interpretatio in Sapphus Epistolam* (大英図書館蔵 IB 21 325): i: ...Frãciscus Philelfus praeceptor noster uir multi ingenii et facundiae singularis: in quo inducit Dominicum Ferufinum conterraneum meum cum Tebaldo bononiensi: de musica uerba facere: ...という導入部の後でフィレルフォの所説が紹介される。フィレルフォの『饗宴』*Symposium* は *Conuiuiorum Francisci Philelphi Libri II.* Coloniae 1537 として印刷に附されているが、まだこれを実見するには至っていない。ミラノの『饗宴』*Conuiuia Mediolanensia* に登場する Dominicus Ferufinus の一族については、Th. Klette, *Beiträge zur Geschichte und Litteratur der Italianischen Gelehrtenrenaissance.* III. *Die Griechische Briefe des Franciscus Philelphus.* Greifswald 1890 (Hildesheim 1970), Ep. 29 (G 90), 119 Note 参照(この記述は東京大学片山英男氏に教えていただいたことを感謝する)。なお、メルラがフィレルフォのもとを離れてフィレンツェの Iohannes Argyropulus に弟子入りしたのは一四五八年十月であったことが、フィレルフォの推薦状に記されている(Th. Klette, *op. cit.*, Ep. 57 (G. 55), 136.).

(6)　Th. Klette, *op. cit.*, Ep. 29 (G. 90), 119.

(7)　*ibid.*, Ep. 58 (G. 26), 137.

(8)　注(1)に言及したR. J. Tarrant の論文は、『手紙』の措辞と詩法と、オウィディウスのエレゲイア詩形諸作品のそれとの差違を、最も厳密な尺度に従って摘出したものである。

(9)　H. Jacobson, *Ovid's Heroides,* 1974, 277–299; D. A. Campbell, Quo modo Ouidius in Epistula xv–a poematibus Sapphicis usus sit. *ACTA Conuentus Omnium Gentium Ouidianis Studiis Fouendis. Tomis Aug. 25–31, 1972.* Typis Univ. Bucurestiensis. 1976, 197–200; A. Grafton, *Joseph Scaliger,* 1983, 21 et 235.

(10)　John Dunston, *Studies in Domizio Calderini. Italia Medioevalia Humanistica* xi(1968)Padoua. 拙稿,*Mediterraneus* VIII (1985), 36–37 参照。

(11)　拙稿,*Mediterraneus* VIII. 1985, 36 参照。なお本稿において用いているカルデリーニの *Commentarius* の版本はオクスフォドの Corpus Christi College 蔵(φc 33)のものである(拙稿,*ibid.*, plate(i)参照)。

(12)　Jacobson, *op. cit.* (v. n.(9)supra), 297–299.

(13)　パレルモ公立図書館蔵のシファルドゥスの注釈手稿全篇のマイクロフィルムは東京大学青柳正規氏の絶大な尽力によって入手できたことを記し,同氏に感謝の意を表したい。

(14)　ポリチアーノのカルデリーニ批判は枚挙のいとまがないほど多岐多端にわたるが,ここではとくに次の一文を引きたい。"Praesidio dum consulam rei latinae, quae quorundam audacia nimis polluatur, et excercere inimicitias credor eum mortuo Domitio, [7r] *quem equidem et dilexerim uiuentem cum primis et laudauerim defunctum,* quasiuero non licitum sit etiam diuersa sentire ab amicis in studiis literarum. Sed quod in uirum illum paulo commotior sum uisus quam in ceteros, causa fit quod, *hominis ingenio non minimum tribuens, indignabar flagitia fecisse illum in studiis capitalia inaudentem litteris ea saepenumero proque ueris asseuerantem quae ipse sibi ex commodo confixisset* nequid esse omnino uideretur in libris quod ignoraret; …… [Angelo Poliziano. *Miscellaneorum Centuria Secunda.* (ed. V. Branca, Firenze 1972). Capit. 5. In Ibin: Pausanias. 参照]。なお,『手紙』の字句解釈についてのカルデリーニとポリチアーノの対立点については,機会をあらためて論ずることにしたい。

第二部　ツキジデス『戦史』における叙述技法の諸相

第一章　序説　歴史の中の歴史家像

第一節　歴史家像の研究

ここで私たちは前五世紀のアテナイの歴史家ツキジデスの世界に入っていきたい。かれがいつ、どこで生れ、どのような知的情操的な教育をうけ、どのような交友関係をむすぶにいたったのか、それを知りたいと思うし、さらに成人してアテナイ市民らと伍して政治や軍事の諸面において活躍していった次第や、なによりもましてかれがその『ペロポネソス戦史』(以下『戦史』と略記)叙述をどのような方法と段階をへて、八巻一〇九章まで書きすすめていったか、そしてついにどのような死がやってきて、文章のなかばでかれの筆をうばってしまうこととなったのか——それらのいきさつを仔細にきわめてみたいと思う。

このような願いは私たちにはじまるものではない。かれの厳正な記述態度、かれの古めかしく純粋なアッティカ方言による特異な文章がようやく世の声評を独占するにいたったころ、すなわちかれの死後四百年にもなろうとするローマ共和政末期からアウグストゥス帝治世期にかけて、ローマの知識人や修辞家たちがはやくもこれを知ろうと願ったのである。これにこたえるかのごとく、当時の大学者ディデュモスがツキジデス伝をあらわしたことが知られている。この伝記そのものはいまはのこっていないけれども、ディデュモスは博識な人であったから、かれの史家伝にはツキジデス一族の家系などもおそらく詳しい考証に附されていたことであろうし、またそれは後期古典期の、ツキジデス伝の諸作者の重要な典拠となったにちがいない。ディデュモスの史家伝とはべつであるが、エジプトのオクシュリンコス発土のギリシァ語パピルス文書のなかにも、ツキジデス伝の一部を記したものが発見されている。これは二世紀末ないしは三世紀初の筆体で書かれている。さて今日までつたえられている幾通りかのツキジデス伝のなかで、内容の分量でとくにまさっているのはマルケリヌス(有名なローマ史家とは別人)という人の作で、ハイデルベルク大学蔵の『戦史』の中世写本に附記されている。このように古典古代からツキジデスの生涯についての興味はつづいており、さらに近世にいたって『戦史』の史観がつよく人々の注意をうながすようになってからは、十九世紀の経済学者ローシェルの大作『ツキジデスの生涯、作品ならびにその時代』(W. Roscher, *Leben, Werk und Zeitalter des Thukydides*, 1842)を一つのピークとして、ひきもきらずに幾多の研究があらわれている。

ではツキジデスの生涯は、ちょうどゲーテ伝や漱石伝のように、微にいり細をうがって究明されつくされているのか、といえばけっしてそうではない。むしろその逆に、それについて私たちが確実に知りうる知識の限界はますますせばめられつつある。なぜかといえば、まず第一に、ツキジデスにたいする興味が一般に湧きおこってきたのがローマ共和政末期では、あまりにもおそすぎた。その時になって、四百年ちかくも埋れていた作者の生涯についてなにを知りえたというのであろうか。さきのディデュモスの学問は文献学である。かれが万巻の書を読んでいたとしても、文字の世界にとどめられていない痕跡を発見することはまず不可能であったと考えられる。ツキジデスの歴史記述が前四一〇年冬の事件で中絶したあと、クセノフォン、テオポンポス、クラティッポス、さらにオクシュリンコス発土の『ギリシァ史』の記述者、それら四人の歴史家たちがかれの遺志をついで、その翌春の記事からペロポネソス戦争終結までの経緯を書きついだのであるけれども、ツキジデスその人の交わりや生涯については一言も残していないからである。歴史家の生涯はみずから綴った歴史記述のそとにはありえない、という深い尊敬のこころから、かれらはみな口をとざしたのであろうか。いなむしろ、かれら後継者らにしても前四世紀以降になって、ツキジデスその人について知りえたことはあまりにすくなくなっていたためにちがいない。

右に述べたところは古代ギリシァの詩人や歴史家たちの古伝全般についてもほぼあてはまる。ヘレニズム、ローマ時代に活躍した伝記作者たちは、ほとんど完全に記憶から消えてしまった古代ギリシァの作者の人柄や生涯を語ろうとするとき、適当な類推をもとに、幼時の逸話、師となった人々、作品の傾向、どこでいつごろ没したかなどを、もっともらしく〝創作〟して読者のもとめに応ずるほかはなかったのである。もちろん、まったくの無から人物伝をつくったのではない。のこっている代表作の名文句などを適当にきりはいで、作者の風貌らしきものを再現しようとした。ちなみにアテナイの三大悲劇詩人の伝記作者として、アレクサンドリアの学者サテュロスの名はとみに高かった。その後の諸学者たちによってサテュロスの名がしきりに典拠として上げられていたからである。かれの著述がエジプトの砂に埋もれていたあいだは、かれは実証的な文献学者であったにちがいないと近年にいたるまで信じられていた。ところが偶然にもかれの『エウリピデス伝』が発見された結果、その偶像はもろくも崩れてしまった。これは実証的論考ではなく一篇の対話文学にすぎず、三人の対話者たちはエウリピデスの有名な句をぬきとり、しかも劇中人物のことばをエウリピデス自身の心の直接的な表明と速断し、それらの金言名句を閑話の材料にしているのである。

生前ツキジデスはエウリピデスの名声に比すべきものを、なんら持つにはいたらなかった。キケロの時代から五世紀ころまでかれの作品がギリシァ、ローマの知識人たちによってひろく読まれていたことは、幾多の当時の作家たちのことばや、エジプトで発見された三十二片のパピルス文書の断片がはっきりと告げている。しかしながらその作品『戦史』のなかには、原作者自身の生涯について最小限のことしか書かれていない。父の名をオロロスといったこと、トラキア地方に財産をもち勢力をもっていたこと、前四三〇年のアテナイ大疫病の際には自らあやうくその犠牲となるところであったこと、四二四年アンフィポリスの戦線で指揮官職にあったこと、その後二十年間アテナイから追放されたが、それがかえって幸いして敵のペロポネソス側からも戦争の情報をあつめることができたこと——という断片的事情が、歴史記述のあいだに補足的に記入されているにすぎない。伝記作者が——ディデュモスにせよ、マルケリヌスにせよ、どうしてわずかにこれだけの証言をもとにツキジデスの伝記を創作することができたのであろうか。マルケリヌスのツキジデス伝は、三通りの伝記を併記した形となっていて、活字印刷で十一ページの紙幅をうずめているのである。ドイツの碩学ヴィラモヴィッツは、若い学究時代の論文「ツキジデス伝説」(U. von Wilamowitz-Möllendorff, Die Thukydideslegende. *Hermes* 12, 1877, 326 ff.) において、偶像破壊的な角度からこの問題を追究し、マルケリヌス作をふくめての古代のツキジデス伝は、主として二つの事実を核として雪だるまのようにふくれあがった、想像の産物であることを明らかにした。二つの事実とは、ツキジデスの父はオロロスというトラキア系の人間であるということと、『戦史』の記述が原因不明のままに中断しているということであり、これらツキジデスの生と死との両極をめぐるさまざまの、ありうべかりし事情についてのおもわくが、次第にふくれあがってそのあいだを埋め、史家伝の成立をみるにいたったのであろうという。

しかしながら、マルケリヌス作の史家伝のパラフレーズは、今日もなお続いている。じじつ、続いていくだけの理由もある。なぜならば、ツキジデスほどに完全に、己れの生きた時代の像を自らの筆によってみごとに書きあげた歴史家は他にまったく例がないからである。古代においても、また現代にいたってさまざまの新しい資料や方法が研究の便に供されるようになっても、誰一人かれの叙述のうらをかいて、ペロポネソス戦争の実態がかれの言葉とは違うものであったということはできない。後世の歴史家たちはみな、かれの叙述のパラフレーズに甘んずるほかはないのである。(1) そのような比類ない歴史家の像をあらたに作りなおしてみたい気持が生きている限り、かれの像は破壊されてもまた立ちあがる。たとえ古代の伝記作者らののこしているツキジデス伝がいかに明白な創作であっても、かれらの基本的な方法、すなわち作品を手掛りにしてそれを生みだした人間を捉えなおすという態度は、けっして誤っていないし、今日もなお踏襲されうるただ一つの道をさしているのである。

じじつあたらしい、より深い精神的な意味のツキジデス像は、『戦史』の成立問題を追究する分析研究を母胎としてあらわれてきた。その発端となったのは、F・W・ウルリッヒの『ツキジデス解釈のための寄稿』(F. W. Ulrich, *Beiträge zur Erklärung des Thukydides*, 1846)と題する論集である。十九世紀中葉にあらわれたこの研究はけっしてツキジデス像を立てようとする試みではなく、『戦史』がどのような成立段階をへて、今日に伝わるような八巻の構成をみるにいたったかを分析的に究明することを目的としていた。けれども、その結論がまさしく画期的であったために、のちにのべるように、史家像にも大きな影響を及ぼさずにはおかなかった。その結論だけをまとめると、ツキジデスの歴史記述活動は大きく二期にわかれる。第一期は、最初の十年間の戦争が終ってから六、七年のあいだである。ペロポネソス戦争は前四二一年のニキアスの和約によって終結したと判断したツキジデスは、それまでに書きためたメモを整理して、一巻から四巻のなかばまでの出来ごとを通して記述していった。ところがその間にも、アテナイ、ラケダイモン(主都スパルタ)両陣営の緊張は高まり、ペロポネソスの内陸マンティネアの野では両陣営に与する諸国兵力の激突が生じる、エーゲ海ではラケダイモン側の植民地メロス島がアテナイ水軍の包囲をうけて降伏し、全人口潰滅という悲惨事をみる、そしてあの悪夢のようなシケリア遠征軍がアテナイの港をあとにしたのが前四一五年、そして遂に翌々前四一三年には十二年ぶりにふたたびペロポネソス同盟軍がアッティカ領に侵入して、デケレイアに基地を永続的に確立する。そのように事態がふたたび大戦の様相を呈するにいたって、ツキジデスはそのときほぼ完成していた前四二一年ころまでの記述を中断して、ふたたび資料の蒐集作業にとりかかった。その作業は前四〇四年のアテナイ降伏まで続き、そこでツキジデスは記述の第二期に入ったにちがいない。そしてその時点に達してふりかえってみれば、前四三一年から四二一年までの第一次の戦争も、前四一三年から四〇四年までの第二次の戦争も、本質的には一つの大戦とみるべきであるという見解に達したので、十数年まえにほぼ完結していた第一部と、シケリア戦争以後の第二部とを一つの『戦史』に集大成すべく、両部分のつなぎとして今日つたわる第五巻を組みたてた。さらに第八巻以降において大戦の終局に至る数年間を記述しようとしていたが、ついに最終的な文面の調整をみるに至らずして、ツキジデスはこの世を去った。

　ウルリッヒは、『戦史』ことにその一巻から四巻までの前半の随所から、細かいくいちがいや書き落した点などを五ケ所ほど拾いあげて、それを根拠として以上のべたような結論を引きだしたのである。かれの所見は、古代のツキジデス伝や後世のパラフレーズ作者らが見おとしていた――あるいは感じていても明言しえなかった重大な問題をとりあげたことになる。つまり、歴史家自身を同時代史の流れのなかにおき、かれの歴史観自体が、刻々の事態の転変推移によって生みいだされ、かつ変更を加えられていったことを、『戦史』の記事の分析をつうじて人々に知らしめたからである。『戦史』がどのようにして書きつづられたか、その成立の問題は、同時にツキジデスの史観成立の過程を問うことであり、ひいては歴史家ツキジデスがどのような精神的発展をとげることとなったのか、かれが歴史記述に託した思想の問題ともふれあうにいたったのである。古代のナイーヴなある伝記作者は、ツキジデスのおもだちは厳粛で、髪はこわく、頭はごつごつとがっていたなど、かれの風姿は『戦史』の特色を生きうつしにしたごとくであったなどと、今からみるとまったく無責任なことを記しているが、ウルリッヒ以後の学者たちは、『戦史』を読みながら同時にそこにツキジデス自身の思想的発展史を読み取らざるをえない立場におかれることとなったのである。文は人なりというが、その意味がこのようにあざやかな変転をとげた例はまれであろう。

　しかしまた、ウルリッヒの分析を母胎として生れいでたツキジデス像もけっして一様ではなかった。あるいはかれの分析的判断を真向から否定して、『戦史』はペロポネソス戦争二十七年間の経過後に統一的に書かれたものであると主張するかと思えば、あるいはさらに数多くの学者たちは、ウルリッヒの説明をさらに精密にあとづけようと、『戦史』五ケ所の矛盾はさらにべつの七ケ所にも指摘できるとか、さらに数多くの個所にもあるとか、精密な分析のメスをふるって『戦史』がまことに複雑な、新旧の執筆年代の多層体からなることを主張したのである。これはちょうど、同じ頃ドイツの古典学者たちを巻きこんだいわゆる「ホメロス問題」ともあいにたものである。十九世紀の学者たちはホメロスの叙事詩にふくまれる幾多の矛盾を説明するために、ホメロスという詩人の実在性を完全に否定するに至っていたのである。ホメロス叙事詩のばあいには幾世代にもわたる口誦詩人の伝統や、六世紀編纂説の伝承が考えられるので、伝説的ホメロスという個人的存在の重要性を最小限に減ずることも比較的容易だったわけである。しかしながら歴史家ツキジデスの実在は確かである。しかもその歴史記述中に脱落や不統一がみとめられたり、戦争末期ないしは戦後の事情を度外視したような観点から、戦争初期の人物や事件の評価がなされているような場合に出会うと、どうしてもウルリッヒのような創作二期説ないしは多期説が生れてくるであろうし、ばあいによってはツキジデスの死後、原稿処理を過った〝無知なる編輯者〟の仮定もやむをえないこととなってくる。

ウルリッヒいらい今世紀にかけてドイツの学者たちが『戦史』原本を櫛ですくように分析検討した諸説の一部は後章で紹介することになろうが、その全てを一々紹介して是非を吟味することは、とうてい私のなしうるところではない。ツキジデスとはどのような歴史家であったのか、その輪郭をここでたずねている者としては、百家争鳴のなかから、とくに関係のふかい二人の代表的な学者の考えを簡単にしらべておきたい。私たちがあとで自分たちの眼でもう一度『戦史』を読んでみるときの、判断のよりどころとなると思われるからである。その二人とは、古代史の大家E・マイヤーと、古典学者E・シュヴァルツである。

さきにもふれたように、『戦史』の成立史がすなわち歴史家ツキジデスの歴史思想とふれあう問題となり、文献学者たちが鋭利なメスをふるって、古代いらい首尾一貫した一つの叙述とみなされていた『戦史』を縦横に裁断し続けていくと、『戦史』の叙述のみならず、歴史家ツキジデスの像そのものも、色とりどりの切りはぎのごとき姿を呈してきた。この傾向に反対して、明徹な議論を展開したのがE・マイヤーの『古代史研究』の第二巻に収められているツキジデス論（E. Meyer, *Thukydides: Forschungen zur alten Geschichte*, Bd. II, 1899）である。かれはツキジデスを切りはぎ細工師としてではなく、古今に比類なき歴史家として、出来ごとの流れを知的に把握できる道をひらいた先駆者として、そして終始一貫した論理をえらぶ一人の人間として、理解されるべきことを強く説いた。そして『戦史』全八巻は冒頭の初文から二十七年間の大戦を一つの対象として扱っていることを論証しようとしたのである。最初の十年戦争――それは、宣戦布告したスパルタ王の名にちなんで、〃アルキダモスの戦争〃とよばれるが――その記述にしても、これが前後二回の創作期を経て改作されたために結局矛盾をはらむものとなってしまっているというウルリッヒやその亜流の所説は、正当な根拠を欠くことを指摘した。さらに、今つたわる一巻から四巻前半にいたる部分から、仮りにウルリッヒらが指摘するところの第二期に添加された〃改筆〃部分をとりのぞいてしまうと、いわゆるアルキダモス戦記自体はまったく態をなさなくなってしまい、独立した歴史記述とは、いわんやわれわれのいうツキジデスの歴史記述とは、とうてい見なしえないような形骸に分解してしまうことをも明らかにした。

さらに、『戦史』の五巻と八巻には、交戦国間に交された幾つかの条約文が、それらの文書の文面どおりに引用されていることが、前後の文体との調和を破っている。そのなかでも極端な一例ともなると、『戦史』が綴られているアッティカ方言とは明白にことなるドーリス方言で認められた条文がそのままの方言形で挿入されている。ウルリッヒののち、キルヒホフらの学者は――のちにのべるシュヴァルツもまたこれらの条約文の位置づけを発端として議論を展開していくことになる――これらの条約文はその締結発布後も長らくツキジデスの手に入らず、しかも手に入ったときにはすでに遅く、ツキジデスはそれらの外交文書を充分に解釈して歴史記述のなかに組みこむいとまを持たずして世を去った、そのために、方言条約文は調整されないままの形で『戦史』の一部を構成した格好になっている、と説明してきた。

これに対してもマイヤーははげしく反駁している。それらの条約が締結直後、諸国に多大なる反論ないしは動揺をきたした事実は、ツキジデス自身書いており、その経緯が五巻の記述の骨子をなしている。全ギリシァに知れわたるところとなった条約文書が、なぜこともあろうにツキジデスだけに伝わらなかったなどと言わねばならないのか、その理由を解しえないと論駁している。マイヤーは、文献学者たちがこまかい字句に拘泥するあまり歴史家の尊厳いや常識までも度外視して、分析に走ることへのいらだちを、その論文のはしばしにのぞかせているのである。

マイヤーはその統一論的見解を、さらにペロポネソス戦争の原因についてのツキジデスの説明や、またこの大戦争の記述のなかで二つの重要な転機をなしている四二五年のピュロス・スパクテリア戦記と、四一五—四一三年のシケリア遠征記にもあてはめている。またツキジデスの政治思想や、記述中随所におこなわれる演説などいずれも、ツキジデスが戦争終熄後に達しえた統一的見解をささえる有機的な構造を示していると、マイヤーは論証をこころみている。これらの諸点についてはのちに詳しくのべる折もあると思うので、ここでは簡略にしておく。かれの論文があらわれたのは明治三十二年であり、いらいかなりの年月がすぎている。けれども、統一論的解釈——すなわちツキジデスの『戦史』は改作に改作を経てなお不完全な状態のまま残ったものではなく、終始まとまった思想の表明であるとする見解——の論陣からは、これの右にでるものはいまだに現れていない。文体分析の面から『戦史』の統一性を論証するこころみは、古くは十九世紀の大注釈家クラッセンがあり、第二次大戦前にはJ・フィンレー教授の研究(J. H. Finley, Jr., Euripides and Thucydides, *HSCP* 49(1938), Origins of Thucydides' Style, *HSCP* 50(1939), The Unity of Thucydides' History, *HSCP* Suppl. Vol. 1940(=*Three Essays on Thucydides*, 1967))、戦後にはP・スタール博士の記述文の研究(H. P. Stahl, *Thukydides; Die Stellung des Menschen im geschichtlichen Prozess* (*Zetemata* 40), 1966)など、いずれもすぐれた成果をのこしているけれども、歴史家を識るべき歴史家として、マイヤーに比肩する歴史記述者であり歴史哲学者でもあるものの出現をみていないためでもあろうか。

今日私たちがかれの論述を読んでとくに興味と共感をおぼえるところは、かれがツキジデスをたんに実証的、科学的歴史記述の先駆として扱うことなく、ツキジデスこそははじめて歴史記述に課せられた制約を鮮明な意識でとらえた人間である、としている点であろう。すべての事柄を総花式に年代順に書きつらねておくのが歴史記述であると哲学者アリストテレスは言うが、しかしそれは歴史家のつとめではない。出来ごとの流れから何をひろい、何を記し、何を伏せておくべきか、その選択と批判の意図を歴史家自身の口からではなく客観的出来ごとの記述から、読者に知らしめることこそが、批判的歴史記述が自らに課している制約である。しかも、人間行為の叙述が歴史記述の大眼目であるかぎり、歴史家が資料をもとにこうあったにちがいないと判断し、己れの脳裏に再現した過去の出来ごとを、歴史家の筆で読者に伝える段になれば、歴史記述は独自の芸術的領野をきりひらいていかねばならない。このような、歴史記述が担うべき厳粛な制約と困難な芸術性を、はっきりと自覚してペロポネソス戦争という複雑な人間行為の記述において実現させたのが、ツキジデスである、と論ずるのである。そしてその制約を枠づけている歴史的批判も、また出来ごとを叙述文によって再現する芸術性も、ともに『戦史』全八巻をつうじて比較を絶したゆるぎないレベルを維持しているのであるから、その文面のごく一部分に多少の字句の不揃いがあるとしても、それだけのことでは『戦史』をつぎはぎの歴史記述とみなすべき理由としては認められない、とマイヤーは論断する。

Ｅ・マイヤーのツキジデス論は、かれ自身の歴史記述の方法論の開陳としての色彩がつよい。私たちにつよい印象をとどめるのも、一つにはかれ自身の歴史記述者としての姿が、かれの描きだすツキジデス像にかさなりあってなまなましさをあたえているためであろう。歴史家がみごとに歴史記述によって対象化されているため、ともいえるであろう。しかしあえて言うならば、そこにまたかれの――あるいはすべてのすぐれたツキジデス論の限界がみとめられねばならないようである。なぜならば、マイヤー自身つとに認めているとおり、一つの人間行為を歴史化するとき、すなわちその行為の思想を私たちの立場から叙述説明するとき、その説明はまた説明者の立場の客観的な投影とならざるをえないからである。マイヤーのツキジデス像にしても、無前提の絶対をよりどころとしているわけではない。かれの論文には、〝比較を絶した〟とか〝千古未曾有の〟とか〝なによりも峻厳な〟とかいう最上級の形容詞が、ツキジデスの記述のもろもろの属性をものがたるものとして用いられている。かれにとっては、完成された歴史家ツキジデスという、無言の前提がぬきがたく存在している。『戦史』の全体像はそのような古典主義的な前提のもとに、完成された芸術的スタイルと均勢のとれた批判的判断の融合体をなしていると思われているのであって、マイヤー自身の表現をかりるならば、「そこから一語たりと取りのぞくならば、全殿堂は崩壊するであろう」とさえ思われている。とはいえ私たちはここでマイヤーの判断の是非を問うているのではない。マイヤーの視点が、古典的完成の相にのみ釘づけにされていることを指摘しているのである。そしてそこにかれの卓越した論文の限界を認めようとしているのである。

じじつ、さきにものべたように、このようにツキジデスの叙述の統一的完成を主張する立場においては、マイヤーの右にでる論述はあらわれていない。しかしまた他面、完成の相のみを見つめようとはせず、この完成にまでいたろうとする生成の相をツキジデスの叙述の中に読みとり、この方をより重視する学者たちもあり、マイヤーの説明はかれらを納得させることも沈黙させることもできなかったのである。今日ふりかえってみるとマイヤーの論には孤高の美しさをたたえるパルテノンの全容を彷彿させるものがあるのは、そのためでもあろう。反してツキジデスの歴史家としての成立を重視し、そこに至るまでの苦闘を克明にあとづける学者の論は、パルテノンの一隅にケンタウロスと永遠に組みつほぐれつの影をとどめているヘラクレスにも比べられる。この派の雄ともいえるE・シュヴァルツの論(E. Schwartz, *Das Geschichtswerk des Thukydides*, 1919)をつぎに紹介してみたい。

シュヴァルツの分析研究は、ウルリッヒにはじまりキルヒホフ、クウィクリンスキ、ストイプ、ヴィラモヴィッツらのツキジデス研究によって洗練された、『戦史』の二期ないしは多期にわたる成立論の諸峰につらなって、ひときわ高い綜合をとげんとしているものであるが、それらのすぐれた諸研究のなかでとくにいまかれの名が私たちの関心をそそる理由は、シュヴァルツはたんに作品成立をめぐる抽象的ないしは微視的な問題をあつかうにとどまらず、かつてウルリッヒの問題提起によって予測された〝歴史のなかで生成されていく歴史家像〟をきわめようとしたからである。かれにとっては、ツキジデスの叙述の古典的な完成を讃美することがかならずしも歴史家としてのかれの真の偉大さを理解するゆえんとは考えられない。むしろ、時と出来ごとの流れのなかで浮きつ沈みつする断章的記述のなかから、その流れの全体をとらえ、それに形をあたえ、動きの原因を確認するという至難の作業を担いつづけたツキジデスの苦闘にこそ、われわれの学ぶべきものがある、という。したがって、『戦史』の記述文や演説文にみなぎる高度の緊張感ないしは統一性をほんとうに理解するためにも、たとえば第五巻の外交文書と前後の記述の間にみられるような、あるいは第八巻のペルシァ、ラケダイモン(＝スパルタ)、アテナイ三国間の錯綜した関係の記述にみられるような、論理の矛盾や文の重複や書き洩らしている事柄などを無視したり適当な説明で回避したりすることは、間違った態度である。なぜなら断片的な資料とせめぎあう解釈とが晦渋な渦をまきながらいまだに明澄な叙述に昇華するに至っていない状態を充分にきわめることなくしては、ツキジデスの思想も歴史記述も、その成立の苦悩が私たちに伝わらないだろう。また大戦の前半、いわゆるアルキダモス戦争をあつかう二―四巻の記述が前後数次にわたる改作や加筆のあとをとどめていること――たとえば第二巻六五章(以下二・六五と略記)のペリクレスの政策評価、二・一〇〇のアルケラオス王の治世事績、三・八二以下のケルキュラ内乱記と内乱省察、四・五九以下のヘルモクラテスのシケリア和合論、などはその最たるものであり、しかも各〻みな前後ことなる時期に加筆されているものであるが――この否定すべからざる事実も、たんなる章句の追加としてではなく、刻々と転変していく出来ごとの世界から一つの歴史像をつかみとろうとして、自ら記した断章やメモを相手に果しない苦闘をつづけるツキジデスの真剣な努力のあととして、積極的に評価されなくてはならない。

シュヴァルツの主旨からもすでに察しがつくであろうように、かれの議論は一つの明快な結論ないしは史家像をうちだすために方向づけられているのではない。かれの研究は克明な文法的、文体的、歴史的、思想的な分析を徹底的におしすすめていく刻々の過程において、ツキジデス自身の知的・感情的な脈動にふれようとする、文学的とも言えるこころみである。それはいわゆる注釈家の態度とは根本的にことなり——あるいはこれこそが真の注釈ともいえようが——歴史記述者の根源的動機にまでふれてその創作のかたちを説きあかそうとしている。しかしながらその結果は、マイヤーのばあいとはちがった意味であるが、やはり半面的な制約にあまんじなくてはならなくなった。マイヤーの古典主義にかたむいた統一論的見解にくらべると、これとは対照的にシュヴァルツのツキジデス像はロマン主義的であり、はじめから終りまで断章であり、苦しみにきざまれた半身像（トルソ）として私たちの知的な想像力に鋭く訴えている。しかも、大切なことは、シュヴァルツのツキジデスは古代史家ではない。徹頭徹尾、同時代史家であり、出来ごとの世界と叙述の世界がきびしくせめぎあい、造りあい造られあうことに歴史の認識がなりたつことを、自ら体験しその体験を後世人に伝えた人なのである。このようなツキジデス研究を世に送りだし、ディルタイやクローチェなどの現代の歴史思想にふれあう場にツキジデスの像をたてたシュヴァルツの功労はまことに大といわねばならない。R・G・コリンウッドのように、ツキジデスをさして、歴史法則探究の人と評したり、自らすぐれた歴史哲学者でありながらツキジデスを古代史のわくにとじこめて、すべての歴史家は現代史家であるというきびしい掟を忘れる人々もままあるいま、シュヴァルツの説には傾聴すべきものが多いと思われる。

　しかしながら、半身像（トルソ）を忌みきらう古典主義者ならずとも、シュヴァルツの論とツキジデスの『戦史』そのものとを読みくらべてみるとき私たちは、両者の間に大きなへだたりを感じないわけにはいかない。かれの論によれば、『戦史』巻頭の文もじつは断片であり、脱落があるという。中半の第五巻も未完のスケッチであるし、最後の第八巻の不完全さは殆んど論をまたない。もちろんかれの個々の議論をていねいに読むとそこには右に紹介したように、汲むべき真実があふれている。歴史家ツキジデスの苦闘の跡がこれほどなまなましく残っている場所は他にないからである。だが、『戦史』の大部分をしめる完成された記述文や政治演説はどうであろうか。ケルキュラ干渉の是非をめぐるコリントス、ケルキュラの論争は、三たびのペリクレスの演説は、コリントス湾の海戦記は、どうであろうか。

さらに第六・七巻をうずめているシケリア遠征記などにはっきりとうかがわれる歴史記述者ツキジデスの姿勢は、確固として動じない完成の高みにあることを誰しも認めているが、そのような高みにあって己れの定めた規範にしたがって筆をはしらせている歴史家について、シュヴァルツはあまりにも語るところが少ない。また第五巻、第八巻の完成度については、たしかに疑問はのこるけれども、たとえば第五巻では平和条約、アルゴス問題、アテナイ内部の派閥勢力争いという三筋の動きを浮彫りにし、さいごにそれらが一つのねじれた動きとなって、シケリア遠征、戦争再開という事態が誘発されていく巧みな構図を追っていくと、この叙述が断片的スケッチのよせあつめであるとは、とうてい見做しえない。それどころかむしろ逆に、文面上の完成度はともあれ、ツキジデスのもっとも明晰な論理が第五巻において発揮されているのを読みとることができる。また第八巻の記述はたしかにそれまでのどの巻に比べても、はるかに錯綜している。それまでのどの事件よりも複雑な敵味方の人間関係とペルシァ、アテナイ、ラケダイモンの三国間の国家的利害関係がからんでいるからである。しかしながら、ほんとうに史家の記述に未整理といえる点がいったい幾ケ所のこっているであろうか。それまでの諸巻にくらべて第八巻にのみ、とくに多いわけではけっしてない。そして細部はともあれ、『戦史』全体をみた場合には、もはや半身像（トルソ）とはいえないペロポネソス戦争の全体図が、有機的な構想のもとに立ちあがっている。ロマンティックな苦悩を克服した歴史家の知性が最終的な構想を主張している。

ウルリッヒにはじまって『戦史』を俎上に史家像をつくりだそうとする試みそのものも、すでにみてきたように長い歴史をきざんできた。シュヴァルツの労作が第一次世界大戦の苦しみを背負って公けにされたのは大正八年であるが、その後今日にいたるまで統一論あるいは分析論の立場から、いくつかの研究があらわされている。しかしながら、分析の技術や議論のかたちが巧緻になっていくにしたがって、いつどの部分をどの順序でツキジデスは『戦史』の記述をすすめていったかという問題を解くことは、ますます複雑になり解決から遠ざかっていく観がある。それらについては後章でふれる折もあるが、ここでこれ以上細部に入っていくことは私たちの本旨からそれていくおそれがある。ツキジデスとはどのような歴史家であったのか、今はまずその輪郭を歴史のながれから汲みとろうとしている私たちにとって、『戦史』成立の文献学的な紹介は、ツキジデスの史観成立について何かを語りうる限りにおいて有意義と思われるからである。そしてこの問題をめぐってあい対立する二派の代表的見解のおおよそはすでにのべられた。

歴史家にとっても一般の読者にとっても、『戦史』がどの順序で書かれたかはさして重要ではないかもしれない。史実を語っていれば充分だと思われるかもしれない。しかしうえに紹介した二派の解釈から生れてくる私たちの史家像の特色についていましばらく考えをこらしてこの節のまとめとしたい。

いわゆる古代ギリシァ、ローマの古典作品のなかで、偽作、改作、あるいは完成にいたらずして世に伝わったものはすくなくない。悲劇詩人エウリピデスの名作『ヒッポリュトス』は詩人みずからの改作と伝わる。喜劇作家アリストファネスの『雲』にも二作あったといわれる。アリストテレスの書物はほとんどすべて草稿の集積であるし、ヒッポクラテスの医学論集も、その中に含まれている著述のどれが当人の作であるのか確実にきわめる手はない。またローマの代表的詩人ウェルギリウスの『アエネイス』も、作者の最終的な推敲を経ずして世にひろまった。このように幾多の類例のあるなかで、ツキジデスの『戦史』が未完のまま残ったということ自体さして驚くべきことではない。むしろ異とすべきは、一つの、しかもかなり浩瀚な書物が半身像(トルソ)であるのか、全体的統一像を示しているのか、また、断章のよせあつめか、一つの歴史観を提示しているものなのか、――そのようにまったく根本的にことなる見方が、同時に並行して問題となるような一人の作者、一つの作品はほとんど他にないことであろう。

『戦史』が稚拙なスタイル、粗雑な論理による習作であったならば、そのようなことにもなったであろう。しかし、その文章、論理ともに後世絶無とさえ評されているツキジデスについて、このように分裂した見解がとなえられているのである。なぜであろうか。しかもいずれの派の言い分が公平にみて、より正しいということもむつかしい。また、たんに古典主義的あるいはロマン派的風潮が『戦史』評価を歪めている、と言いきることにも難がある。むしろ、『戦史』そのもののなかに、あるいはべつの言葉でいうならば、ツキジデスが一つの人間行為を叙述し説明するために、行きつもどりつたどりつづけた道程のなかに、真向から対立する解釈を生じうるような、自らとの幾筋かの対話が曲折しながらしきつめられているためではないだろうか。断章が論理を生み、論理が断章をえらんでいく、あるいは個が全体の影を浮び上がらせ、全体が個を位置づけていく——という人間の知的いとなみさながらの歴史記述の原則が、ペロポネソス戦争に形づくられペロポネソス戦争を形づくったツキジデスの叙述に体現しているため、といっても過言ではないだろう。しかしこれは私の予測であり、後節の「ツキジデスのメモ」や、「全体像の成立」などにおいて検討してみなくてはならない問題である。これを解くことはもちろん、問題を説明することすら至難といわねばならない。しかしマイヤー、シュヴァルツらののこした道しるべは、この方向を指さしているように思われるのである。

私たちはまず手始めに、ツキジデスの歴史記述の枠組について検討してみたい。歴史とは地上における人間行為の説明であるが、ツキジデスは、どのような形で、歴史の舞台空間を把握していたのであろうか。

(1)　R. Meiggs, *The Athenian Empires*, 1972 は、アテナイの貢金表碑文の詳細な検討を基礎に、ツキジデスの記述には含まれていないアテナイの財政・行政の実態を明らかにした労作として高く評価されているけれども、ツキジデスの基本的構想と矛盾する事実を示しているとは言いがたい。

第二節　地中海世界の空間的把握

バルカン半島が南にのびて、地中海にむかって手のひらをさしのべたようなギリシァ半島、その指のまわりに飛びちる水泡が固まって生れたかともみえる無数の島嶼、青々としずまる湖水のような海、その東にはトルコ領の屈曲の多い海岸と沖の島々、はるか南にはアフリカ大陸の北岸、西の方にはイタリアの長靴のかかとと三角形のシチリア島——そのようなエーゲ海周辺の海陸のたたずまいは、私たちにとってすでに親しいものになっている。地理学、測量術、とりわけ航空写真の発達によって、かつてはオリュンポスの神々ならでは眼のあたりにすることができなかった鳥瞰図をいま私たちは机上に展げてみることができる。私たちがこの便宜を享受できるのは、古代のギリシァ人が世界の空間的なひろがりを把握しようとした懸命の努力に負うところが大きい。以下では、かれらがこのエーゲ海世界の空間を幾つかの歴史的な過程をつうじて自分たちの視野に収めていった次第を、ふりかえってみたい。とはいえ、地理学史をたどろうというのではなく、この空間的なひろがりを一つの展望に収め、歴史記述の舞台とすることを可能ならしめた、事柄の推移を省察したい。

一

ギリシァ神話の中にすでに、エーゲ海を東西に横切って航海している人々は多い。トロイの王子パリスはエーゲ海を渡ってギリシァ本土の内陸地スパルタまでやってきて、ヘレネーを勾引して帰る。ヘレネーの返還を要求する使節もギリシァからトロイへと赴く。そして交渉決裂のすえのトロイ遠征にはギリシァから十万の大軍が船をつらねてエーゲ海を押し渡った。しかし伝説によればエーゲ海を渡った人々はトロイ戦争よりはるかに古くから知られており、小アジアからはカドモスやペロプスがギリシァへ、またギリシァからリュキアに渡ったベレルフォンもいる。このようにエーゲ海はあたかも連絡船の往来する湖水のごとき印象を与えるけれども、『イリアス』をみると一つ奇妙な点に気づく。エーゲ海の広さについての言及が皆無にひとしい。トロイ戦争の十年間のあいだ軍勢が帰ってこないという情況設定は、明らかにトロイがきわめて遠隔の地であるという想定の上に立つ。ただ一ケ所、英雄アキレウスが

「順風さえ吹けば三日目には故里に帰れる」という段があるけれども(『イリアス』九・三六二—三六三)、このアキレウスの言葉には不思議な点が他にもある。『イリアス』ではエジプトのナイル河の存在を誰も知らないし、『オデュッセイア』にもその名はないにもかかわらず、アキレウスだけがおなじ(『イリアス』九・三八一—三八四)くだりでエジプトのテーベの町の百の城門について語っている。アキレウスのエーゲ海についての言葉は、かなり後世の挿入句が叙事詩の本文に侵入したものとすべきであろう。ともあれこの特例を除外すると、『イリアス』におけるエーゲ海の空間概念は絶無にひとしい。幾多言及されている地名はいずれも伝説の起縁となっている地上の点である。しかしそのような点と点とを結ぶ線やその長さについては触れるところがない。もちろん地上の面や面積についても語るところはない。

『オデュッセイア』は海洋冒険叙事詩であるから地理についてもややくわしく、それまでの暗闇に幾筋かの光がさしている。主人公オデュッセウスがトロイからの帰路、暴風のため航路を誤り、ペロポネソス半島の南端からアフリカの北岸らしきところに吹きよせられる。そこまでは今日の地図上の線としてたどることができる、しかしそれから先、オデュッセウスの旅路は神話と伝説の世界に没してしまう。十年の後かれが孤島の女神カリュプソのもとから人間世界にたどりつく途上、夜北斗七星が左手に見える。このときかろうじて、かれの航路が東に向っていることがわかる。しかしオデュッセウスの目的地たる故郷イタケーがアドリア海のどの島であるのか、叙事詩の中では明確ではない。他方イタケーからはオデュッセウスの愛児テレマコスが父を探してピュロスとスパルタに赴く。ペロポネソス半島の西岸沿いに南下してピュロスへ、ピュロスから陸路スパルタに達するまでは線が続く。しかし距離の明示はない。スパルタについたテレマコスはエジプトに長らく逗留していたメネラオス王から父親オデュッセウスの消息の一端を聞くが、メネラオス王自身、ナイルという川の名を知らぬがごとくである。さて東に向かったオデュッセウスが漂着したパイアケス人の国はおそらく歴史時代のケルキュラ島と目されるが、海洋渡航を得意とするパイアケス人も、一番遠くまで行ったのはエウボイア島である、と叙事詩の中ではいわれている。当時、北西部ギリシァの船が到達した最も東のはずれはその辺までであったのかもしれない。『オデュッセイア』は大航海叙事詩とはいえ、実はアドリア海の南あるいは西のわずかばかりの地理的空間に、登場人物の現実的な行動範囲は限られている。『オデュッセイア』にはシケリア(＝シチリア)という地名もあらわれない。

ホメロスとほぼ同時代の詩人ヘシオドスの父親は小アジア沿岸のアイオリス人の町キュメーからエーゲ海を渡ってボイオティアに移住している。これはヘシオドス自身の言葉であって、実在の人間が海を渡ったという最初の記録でもある。ヘシオドスはまた、『神々の誕生』の中で幾つかの河の神の誕生を述べているが、その中にナイル、エリダノス(後世のポー河)、イストロス(のちのドナウ河)、パシス(伝説では黒海の最東端にそそぐ)などの名をあげており、もしこれらが単なる神話上の呼称ではなく後世人に意味したと同じ河名であるならば、アドリア海、黒海、エーゲ海に注ぐ大河の存在は、前七世紀頃のギリシァ人にはかなりよく知られていたことになろう。ともあれヘシオドス自身の渡航経験は皆無に近く、ただ一度ボイオティアと指呼の隔たりにあるエウボイアの町カルキスまで赴いたことがあると語っている。

伝説的な冒険談を彩る幾つかの地名が、たんに遠方を意味する点であることから一歩経験の世界に近づくためには、それらの点と点とが往復可能の線によって結ばれることがまず前提となろう。冒険が交易となり交易がさらに組織的な植民活動と結びつくことによって、エーゲ海の青波に幾筋もの連続的な条痕が引かれたことは容易に想像できる。そのためには、より高性能の船とより優れた航海術とが必須の条件であったことは、後に歴史家ツキジデスが指摘している。前八世紀末頃の、考古学では幾何学模様の末期の時代と呼ばれる頃の壺絵には、すでに片舷二十人位の漕手をのせた船を描いているものがある。(1) これをもって写実的に当時の船の規模ないしは性能を現しているとするのは速断にすぎるかもしれない。けれども、ギリシァ人自身の伝承によればこの頃にはすでに、かれらの第一期の植民活動は完了し、第二期の活動すなわち植民された新都市が新しい母市となって次に孫都市とも称すべき新・新都市が建設されつつあったことになっている。最近は考古学上の証拠をもとにかれらの植民活動の年代は百年あるいはそれ以上も後のものとするべきであるという説も、考古学者や歴史学者の間でとなえられている。しかしこの問題はかれらの初期の植民活動の規模をどのように考えるかにもよるのではないだろうか。今私たちにとって大切なことは、規模の大小を問わずかれらが母国における宗教や祭祀の慣習、部族制度、方言上の特色をそのまま固持しながら組織的に整然と新しい国での町づくりを活発に進めていったことである。また第二次の孫都市造りには、慣習として新都市からだけではなく、ギリシァ本土の祖都市からの参加ないしは支援をまっておこなわれていたことである。この慣習は、のちに第二章「内乱の思想」でも述べるように、ペロポネソス戦争の時代まで重要な影を投げかけている。こうしてかれらの町がエーゲ海の周辺や島嶼はもとよりのこと黒海、プロポンティス、小アジア、シリア、パレスティナ、アフリカ大陸北岸、スペイン西岸、南仏、南伊、シチリア、アドリア海の東西両岸といたるところに続々と建てられていく。これをみるとき、私たちはエーゲ海周辺のみならず、全地中海の目ぼしい港湾はことごとくギリシァ人の諸都市の掌中に帰し、早くも前七世紀には地中海空間はかれらによって制覇されたかのごとき印象を得るかもしれない。

しかしながら当時のギリシァ語系の諸民族が、地中海はいうに及ばずエーゲ海の地理をすら、一望のもとに把握していたであろうかというと、答ははなはだおぼつかないのである。一つにはかれらの勢力伸張と定着をはばむ強大な敵勢力が次々と現れたことが、史書にくわしく語られている。フェニキア人、エトルリア人、カルタゴ人、ペルシァ人など次々に、地中海の交易権を主張する強大な諸民族がギリシァ人と覇を争った。また各地の先住民の敵意によって覆された植民市も少なくない。また一つには、ギリシァ人は大別してアイオリス、イオニア、ドーリスという三つの方言系のグループに別れて互いに混りあうことが少なく、また各〻の本土における母都市も、海外の新しい植民都市もみな一つ一つ独立国の建前を維持していたために、〝かれら〟ギリシァ人を全体として見渡すかれら自身の統合的な視点は、まだどこにも生れていなかった。それどころか、異なる系統の都市と都市が融合することは皆無に近く、逆に互いに犯しあい、奪いあうことが日常的であった。そしてさらに一つには、かれらの船の性能自体に問題があったと思われる。前五世紀後半になると壺絵には、片舷百本近い櫂が三層に組まれたいわゆる三段櫂船(トリエレス)の堂々たる姿が描かれるようになり、幾何学模様時代とは隔世の感を与えてはいる。[2] しかしながらその新式の大型快速船をもってしても、かれらの航路はつねに島伝いや海岸伝いの周航(ペリプルス)であったり沿岸航行(パラプルス)であることには旧時と変りなかったのである。この航法による限りは、かれらの空間把握はやはり沿岸に沿う線的なものであった。またその線も、比喩をもちいるならば、一筋の連綿たる糸がめぐりめぐって繭のような連続空間を包容するものではなく、母市から幾つかの娘市に、娘市からさらに多くの孫娘市へという形で、植民市の系譜を沿岸沿いにつなぐ幾筋かの糸束のようなものであったろう。こうしてギリシァ本土のカルキス、エレトリア、アテナイ、スパルタ、コリントスなどの主要都市からは、各〻別個の系統をたどって、エーゲ海ないしは地中海周辺の地点との間の、糸束的な航路による空間把握がなされていたと考えるべきであろう。ただしこの糸を植民地支配の糸と見做すことは全般的にみて誤りであって、前六世紀においては、むしろ慣習的、儀礼的な交りの線であり、部族としての連帯感によって結ばれていたものと思われる。長い陸地上の距離を確実に計測する尺度としては一スタディオン(約百八十メートル)を用いたが、これは航路の長さを測るには不適当であり、実際には海路〝何日間〟の距離という測り方がなされたが、天候

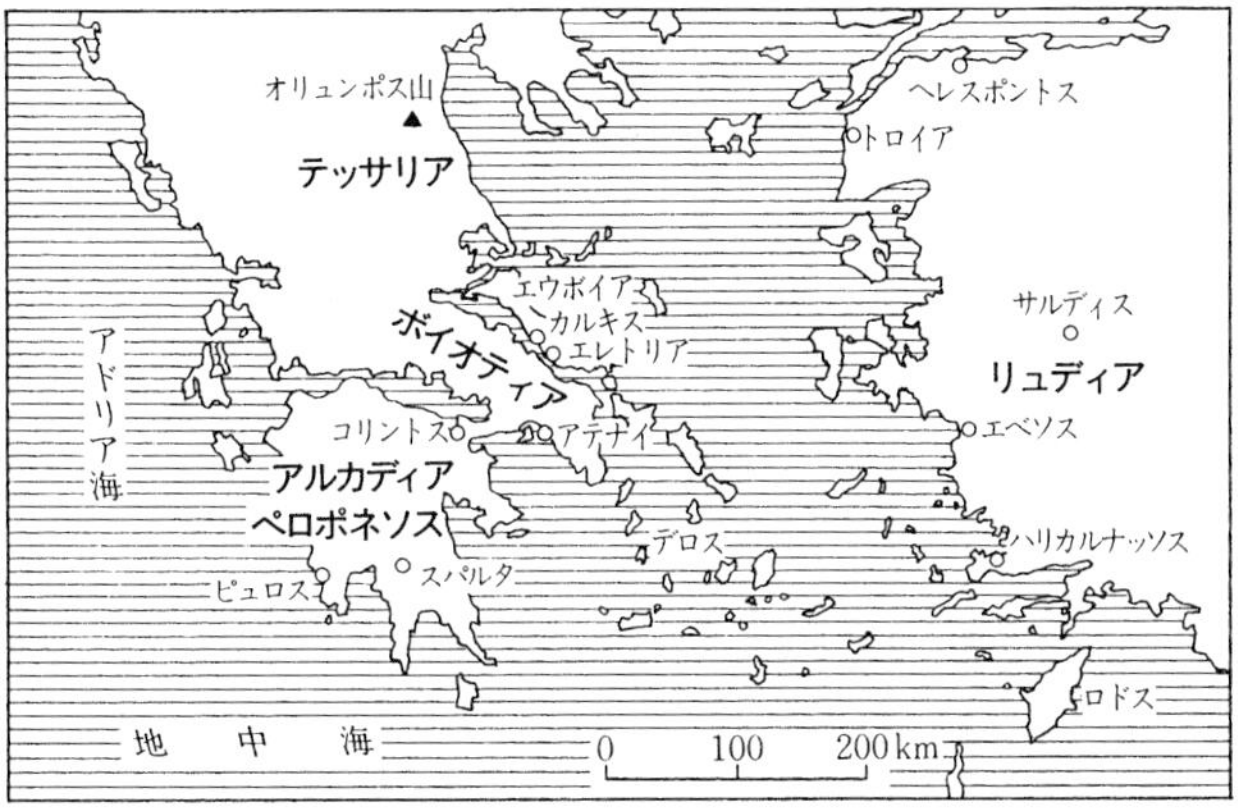

や潮流によって大幅な誤差を生じることはやむを得なかった。

二

ギリシァ語系各民族はじめその他の異民族が色とりどりに雑居している小アジア西海岸ならびにエーゲ海の諸島嶼を、一つの区域として統合的に鳥瞰した最初の人はおそらくペルシァ王ダレイオス(前五二一―四八六年治世)であったと思われる。かれが即位当初から治世期間をつうじてペルシァ帝国の版図を二十余の行政地域にわけて、統治政策の便宜を計ったことは、自らがベヒストゥン、ペルセポリス、ナクシルスタムなどに刻み残した地域名リストの碑文が物語っている。またこれらが単に地理的な広がりを示す国名ではなく、王が財源として確保につとめた毎年の貢金収入の管理に重大な関わりをもつものであったことは、ギリシァの歴史家ヘロドトスの明細な記事が告げている(ヘロドトス『歴史』三・八九・一―九六・二)。ダレイオスの帝国組織の細部についてはまだなお歴史家の解明にまたねばならない点が多いけれども、私たちにとって重要なことは、ダレイオス王の碑文の中で〝海域住人〟と〝イオニア〟の地域名が各〻はっきりと位置づけられていることである。またヘロドトスの中でも、小アジア沿岸諸地のイオニア人、アイオリス人の諸都市が非ギリシァ系諸民族の町々とともに一括して一つの地域(ノモス)と見做され、総額四百銀タラントンの貢金が毎年課せられたと記されていることである。そしてまたヘレスポントス地域の諸市もべつの一地域とされ、キリキア沿岸地帯や、シリア、パレスティナ、キュプロスの一帯もそれぞれの地域として一定額の貢金を納入するように管理されていたと、ヘロドトスは述べている。なおエーゲ海の島嶼やテッサリアに至るまでのヨーロッパ大陸の諸都市は、後年ペルシァ勢力の西進に伴って、貢金を納めるようになったと附記されている(三・九六・一)。

ダレイオス王の広大な帝国の支配組織の中で、エーゲ海域周辺は耕地面積も少ない、とるに足りない一辺境をなしていたにすぎない。しかし王の支配的な意図のもとにエーゲ海周辺の空間は、租税という行政管理下にしっかりと把握されていたことは認められねばなるまい。ダレイオスはペルシァ人の間で〝商人〟とあだ名がつけられていたとヘロドトスは言っているが(三・八九・三)、かれの行政者としての実績をみると、まことに財政的配慮が行きとどいていることがわかる。そしてまた年々更新される租税制度の要請が、各〻の地域を力で鎮圧することだけではなく、課税の対象として各地域を空間的に量り、計量的に把握することをも必須ならしめたという印象をつよくする。べつのところでヘロドトスは幾何学(＝当時の通念では測地学)の起源をエジプトに求めて、セソストリス王の治世下に税の均等な負担と、洪水による農地の減産を正しく査定するために、測地術が発明され、それが幾何学の始まりになったと思うと述べている(二・一〇九)。ヘロドトスの祖国ハリカルナッソスも、ペルシァ太守の監督下にペルシァの尺度のパラサンゲ単位で耕地面積が測られ税額が査定されていたと想定すれば、かれが幾何学の起りをそこに求めたことも首肯できよう。

しかしまた他面、ヘレスポントス、小アジア、キリキア、シリア、さらに後には島嶼やトラキア沿岸からテッサリアにかけての諸都市が、ペルシァの首府スサから一望のもとに把握されていたとはいえ、この租税管区にはまだ、ギリシァ本土の主だった大都市は含まれていない。またこの空間把握の鳥瞰図は、私たちがこの文の最初にみたギリシァ半島を中心にすえた見取り図とは、まったく異なる点に視点を設定している。ペルシァ王ダレイオスは、当然のことながらオリュンポス山の頂からではなく、中央アジアの奥深いスサからはるか西方の海を眺望していたのである。このことは先述の大王自身の碑文の地名の順序からも充分にうかがえる。ペルシァ、スシアナ、バビロニア、アッシリア、アラビア、エジプトとリストは西へ西へと進み、その後から〝海域住民〟が現れ、次のリュディアをはさんで〝イオニア〟が記載される順となっている。この眺望はギリシァ人の持ったエーゲ海の絵図とはとうてい考えられない。これと比べるとヘロドトスの租税管区の明細記述は――その原資料がペルシァで作成されたものであることは疑いをいれないけれども――いつの間にかエーゲ海を起点として西から東を望む鳥瞰図に変化しているのである。歴史家ヘロドトスの眼が、材料を再整理してエーゲ海の上からの空間把握をおこなっているのである。ペルシァ王の眼と、ペルシァ戦争史を綴ったギリシァの歴史家ヘロドトスの眼の、各〻の位置の違いはじつに重大な問題を私たちになげかけているといわねばならない。広大な地域を量り把握したのは支配者の意志と帝国組織であることはすでに指摘した。しかしそこに得られた展望を大きくめぐらせて新たな見地から過去の世界を省みることは、画期的な歴史意識の誕生によって初めて可能となるのではないか。これを問題として私たちの前にさしだしているのである。

三

この問題に移るまえに私たちとしては、当時のギリシァ人の地図がどのようなものであったかについて、簡単に述べておくことがよいのではないかと思う。とはいえ当時の地図の現物は一枚も今日には伝わっていない。ただ最近の研究によって前四世紀にイオニアで鋳造された貨幣の面に、イオニア海岸から内陸地にかけての地形図が立体的な凹凸面で刻まれていることが明らかになり、貴重な資料となっているのが唯一の例外である。(3) 一般的には歴史家や喜劇作者などの記述文から、前六世紀から五世紀の地図について類推するほかはない。そのような文献に現れる最初の地図は明らかにペルシァ製である。イオニア諸都市がペルシァ支配からの離脱を画策していた頃、つまり前六世紀も終ろうとする頃、スパルタに救援を求めたミレトスのアリスタゴラスは、銅板に刻んだ世界地図(すべての海と河川を記した大地の周航図(ペリホドス)、とヘロドトスは言っている)を持参して、ペルシァを攻略すればいかばかりかの富と産物を手に入れることができるかを、スパルタ王に説明したという(ヘロドトス『歴史』五・四九・一―五〇・一)。ペルシァの首府スサも記載されていたらしいところから、ペルシァ帝国全図であったのかとも思われる。ギリシァ人で地図を作った最初の人はやはり当時の哲人アナクシマンドロスであると伝えられるが詳しくは判らない。またヘロドトスの先輩の歴史家ヘカタイオスも世界地図を作ったと伝えられるが、ヘロドトス自身それら先人の地図が記載している辺境の状態がまったくでたらめであることを批判している(四・三六)。ヘロドトス自身の探訪の足跡は当時としては驚くばかりの広範囲に及んでいるけれども、かれ自らが地図を作ったかどうかは知られていない。ただ次の点は指摘されてしかるべきであろう。スサからサルデイス、サルデイスから海岸のエペソスまでの旅程と距離については正確に記載しているが、スパルタから陸路海路をへだつエペソスまで――つまりエーゲ海のさしわたしについての数字は記述面には現れていない。ギリシァ人ならば誰でも知っていたためであろうか、むしろ正確な測量図も測量値も存在しなかったためではないだろうか。

ヘロドトス以後になると(前四二八年頃没?)状況は変ってくる。アリストファネスの喜劇『雲』の中では当時のありとあらゆる新知識が一からげに揶揄の対象となるが、その中にギリシァ本土の地図があり、そこにはエウボイアが細長く記されているし、目と鼻の近くに交戦中のアテナイ、スパルタが仲好くのっていて喜劇の種となっている(『雲』二〇六―二一七)。しかし地図が目新しかったから笑いの種とされているのかどうか、その肝心のところは判断に苦しむ。しかし同じ頃おこなわれたピュロスの戦闘を記述している歴史家ツキジデスや指揮官であったデモステネスは、かなり正確な実測図を持っていたのではないかと思われる。というのは、ツキジデスがピュロスとスパルタの距離として記している数値は地図をコンパスで測った直線距離に近く、実際の兵員移動に用いられたと覚しい迂回路の距離とは大きく違っているからである(ツキジデス『戦史』四・三・二によると約四百スタディア(＝七十二キロメートル)、兵の通常の進軍路の三分の二にしか当らない)。しかしツキジデスの場合にも距離の数値がつねに正確であるとは言えないし、また距離の数値ではなく周航に必要な日程で距離を表わしている実例も多いので(例えばスキタイ人領の海岸線や、シケリア島の周囲の長さなど)、かれの机上に正確な全エーゲ海域の測量図がひらかれていたとはとうてい信じられない。当時の地図事情についてはほぼ以上のごときものがあったとしておきたい。そしてこれより先に私たちの前に出されていた大切な問題に戻ることとしよう。

四

ギリシァ人自身を中心とするエーゲ海の鳥瞰図をはじめてうちたてたのはペルシァ戦争の経験であり、またその戦いの経験にギリシァ人独自の展望を最初に与えたのはアテナイの悲劇詩人アイスキュロスである、とすることに今日何ぴとも異論はあるまい。ペルシァ戦争の危機に対処するために一時的とはいえ、ギリシァ本土の諸都市は内紛の戦いをおさめて一致防戦の態勢をかためたが、これはまさしくトロイア戦争以来かつて見られなかったギリシァ民族の一致団結の姿といえよう。そしてまた、ギリシァ同盟の名目上の盟主はスパルタであったけれども、ペルシァ軍と雌雄を決する要を握っていたのが当時ギリシァ諸邦中で最強の海軍を擁していたアテナイであったことも、この大戦後の事態の行方を大きく左右することになった。ペルシァからの侵攻軍をギリシァ本土から退けたのち、トラキア、ヘレスポントス、イオニア、カリア、キュプロス等のギリシァ系諸都市をペルシァの軛から解放するためには、強大な海軍力を不可欠の条件としていたからである。じじつペルシァ戦争の展開が、ペルシァ対ギリシァ同盟の争いというよりも、ペルシァとアテナイとの抗争という形に名実ともに変化していったことは、ツキジデスの史書にも詳しく記されている(『戦史』一・八九—一一七(=「五十年史」))。またさらにこの争いの戦費負担という一面をみるならば、スサに貢金を納めていたトラキア、ヘレスポントス、イオニア、カリア、キュプロス、ならびにエーゲ海の諸島嶼が、ペルシァの管理下から離脱して、ペルシァ征討のギリシァ同盟軍をひきいるアテナイに、資金、軍船、兵員を供託することとなり、言わばペルシァ帝国の租税区域の幾つかがアテナイを中心として再編成されていく運びとなってきたのである。アテナイを中心とする軍資金調達機構いわゆるデロス同盟の年々歳々の運営が、エーゲ海の鳥瞰図をスサ中心のものからアテナイ中心のものへと移行させていった決定的な要因であることは容易に首肯されうる。アテナイを新しい眼とするエーゲ海の空間的把握を最初に方向づけている文献は、前四七二年サラミスの海戦後八年目に上演されたアイスキュロスの悲劇作品『ペルシァ人』である。この新しい鳥瞰図をあたかもダレイオスの故知にならうがごとくに租税のための行政区域として整備したのがペリクレスの帝国組織である。そしてその組織をふまえてその背後にある歴史的意義を汲みあらわしているのが、ツキジデスの史書であると言っても誤りではない。以下において、これら三つについていささかの論を述べてみたい。

五

アイスキュロスの『ペルシァ人』の舞台はペルシァの王宮を背景としていて、サラミス海戦の敗報に接するペルシァの人々の悲嘆の図を一場の悲劇にまとめたものである。この場面設定の芸術的効果については悲劇詩史において高く評価されている。しかし私たちとして注目したいのは、さきにダレイオス王の碑文の視点からヘロドトスの視点への移行として指摘した、歴史的展望の転換と同じものがこの一曲の悲劇作品の中に現れてくる事実である。劇はペルシァの都での出来ごとであるから、始まったときにはそこから眺望したエーゲ海はまさしく世界の果てともいえるように遠くはるかでしかも小さいものとして劇中のペルシァ王后の眼にうつっている(『ペルシァ人』二三一―二四五)。ところが劇中の事件が進展してサラミス海戦の悲報が伝えられたのち、悲劇の合唱隊がうたう詩のなかでは、エーゲ海周辺の展望は一変して、解放戦争を推進中のアテナイを中心とした鳥瞰図に移ってしまうのである(八五二―九〇六)。この歌の中でペルシァ王宮の老臣たちはダレイオスの治下に平伏していたトラキア、ヘレスポントス、島嶼、イオニアの諸都市がペルシァ帝国の版図から消滅していく姿を嘆く、しかしこの地域の順序はダレイオス王の碑文の順序ではない、さりとてまたアイスキュロスより一世代後のヘロドトスの記載している租税区域の順序でもない。これはギリシァ解放戦線が勝利を勝ちとっていった戦線の順序として、後にツキジデスが記しているものとほぼ一致する(『戦史』一・八九以下参照)。かくしてこの劇の最初と最後との間に、エーゲ海の眺望はあざやかに一転して、アテナイを中心とするギリシァ人の諸都市は世界の果てから、ドラマの中心へと躍りでてくるのである。この展望の驚くべき転換についてアイスキュロスは何の説明をも加えていない。しかし私たちの観点からみるとき、同じ劇のなかで語られているダレイオス王の宿命的な歴史観よりもはるかに新鮮な歴史意識が、ここにほとばしりいでていることを感じさせずにはおかない。

『ペルシァ人』では大詩人の殆んど直観的な洞察によって把握されている新しいエーゲ海の眺望が、デロス同盟の機構をつうじて次第にアテナイの支配圏に変質していく歴史的な経過は、ツキジデスの「五十年史」(=『戦史』一・八九—一一七)に詳しい。しかしその経過はアテナイ人のエーゲ海の空間的把握の確立という形でも、克明なあとをとどめていることを次に簡単に述べることにしたい。

六

デロス同盟の資金が、同盟結成の初期においてどのように出納されていたのかその明細な次第は今日たしかめる術はない。ただイオニア民族の祭典の一中心地であるデロス島にその財務局が設置されていて、アテナイ人が管理責任者であったことが知られているだけである。しかし前四五四年に財務局がデロス島からアテナイに移されてから以後の、軍資金の受納記録は、近年になって碑文学者の驚異的に克明なる努力によってかなりの部分が復原されて、私たちにも紹介されるに至った。[4] これによると、前四四三年春までは毎年のディオニュシア祭を納期として各加盟国(その数は一定しないが百数十の都市国家からのものが記録されている)からアテナイにもたらされた軍資金の六十分の一の金額が女神アテナーへ奉納すべき「初穂料」として各国使節の到着順に記載されていったことがわかる。そしてその順序をそのまま大理石に刻みつけて初穂記録としているのである。碑面に関する限り総額を算出した形跡もない。したがって毎年、都市名の配列はばらばらになったまま、とくに整理されたあとはない。ある一地方の町が幾つかまとまって毎年納めている例は散見されるけれども、その一団の到着が早くなったり遅くなったりするたびに、大理石碑上の位置も上に行ったり下に降りたりしているのである。この、いわば乱雑な記載から察すると、収納する役人の側にも誰が収め誰が怠っているかを組織的に点検する意図がなかったのではないかという疑いも湧いてこないではない。軍資金とはいえ、互いの信義を重んじた寄付ないしは奉納物にちかい感覚で収納されていたのかもしれない。この記載方式では百数十の町々の拠出情況を一々チェックするのは容易ではないからである。

しかし前四四二年春収納の記録以降のものは、地域別に都市名を記載する方式に変る。[5]〝島嶼の年賦金〟〝ヘレスポントスの年賦金〟〝トラキアの年賦金〟〝イオニアの年賦金〟〝カリアの年賦金〟(これはその四年後以降には〝イオニアの年賦金〟に含まれて記載されるようになる)、という各〻の地域項目別に、都市は租税区域に分類されていく。そしてペロポネソス戦争が始まった翌年前四三〇年度からは、それまでのように一枚の大理石面に何年分もの記録が連続的に記載される方式ではなく、一面には一年分の記録をとどめる形がとられるのである。前四四二年以降の地域別の方式は、私たちの眼からみると、かつてダレイオス王が創始した租税区域の考えが、小規模ながらアテナイを中心とするエーゲ海の周辺地域で復活したかのごとき感をいだかせる。寄付が税金に変り、同盟国が、課税の対象たるべき従属国として空間的に配列しなおされているのではないかと思わせるからである。やがて未払国に対する追徴の軍船が各地域を毎年周航している情況は、ツキジデスのペロポネソス戦史の中で頻繁に報ぜられている。このような政策がペリクレスの主導のもとに立案施行されたものであることは疑いをいれない。しかし碑面によれば前四四三／二年の制度改革は、殆んど確実に悲劇作者ソフォクレスその人が財務局長官の職にあった時に実施されたものである。しかもその時点には殆んど疑いなく私たちの歴史家ヘロドトスはアテナイに居留して、ソフォクレスと親交を結ぶに至っていたのである。それから先は類推にすぎないのであるけれども、デロス同盟がダレイオス王の帝国組織を僅かながらも想起せしめるような、エーゲ海の空間的把握のもとに統括されるようになったことの背後には、ヘロドトスのペルシァ史談義からの直接的な刺戟がアテナイの政治家たちに動機として働きかけるようなことがあったかもしれない。もちろん逆に、ヘロドトスがダレイオスの租税区域をスサ中心ではなくエーゲ海中心に配列しなおしたのは、アテナイの政治家たちの範にならったため、と言えるかもしれない。このような想像は楽しいが実証の限りではない。ともあれ、アテナイを眼とするエーゲ海の空間的把握が次第に精密になっていく過程が、年賦金徴収の記録に確実なあとをとどめていることは以上に述べたとおりである。

前四三一年春から二十七年の長きにわたって戦われ、ギリシァ全土を荒廃させたペロポネソス戦争は、このペリクレスの支配圏の存廃をめぐる抗争であったとツキジデスの史書は語る。アテナイ側はこれこそギリシァ人がギリシァに打ちたてた最大の支配組織であると、誇らかにその維持と確保の正当性を主張し、スパルタを盟主とするペロポネソス同盟の諸国はその止むところを知らぬ蚕食拡大を恐れて、これを侵略行為と責めその解体を要求した（後節「全体像の成立」参照）。この抗争の様相を記する『戦史』において、年賦金の問題、追徴船の動向、従属国の離叛と追討などの事情が再三報ぜられているのはけだし当然であろう。また帝国組織の是非やその維持保全のための政治的モラルの問題が、歴史記述の中にはさまれた幾多の政見演説の中心に置かれていることも首肯できる。しかしアテナイの年賦金の記録方式をつうじて確立されたエーゲ海の空間的把握は、もっと根本的なレベルでツキジデスの歴史記述の枠組と触れあっているのではないか、最後にこの問題について一、二の私見を述べたい。

七

ツキジデスの歴史記述は、編年式であって毎年夏冬の各〻の期間において諸地域で起った出来ごとを、時間経過の枠に輪切りにして、地域別に記していく方式によっている。かれ自身、この方式によるほうが他の方法よりも出来ごとの時間的経過や、別々の場で生じた数箇の事件の、相互の時間的前後関係を、より正確に表わすことができると言っている(『戦史』五・二〇・二―三)。また実際にたとえばデリオンの戦いとプラシダスの北方作戦との時間的関係をこの方式の記述で明らかにしているなど、かれの主張と実際の記述は批判的な読者にも満足すべき成果を生みだしている。この方式は一つの町、一つの地方の年代記を限定的に記録していく場合ならば何の前提をも必要としないであろう。しかしペロポネソス戦争のような、多数の地域で同時に別々の事件が併発していくような、事態の経過を記述するとき、一つの場所での時の経過を継続的に追うだけでは充分ではない。空間もまた、順序よく区分けされていて、歴史家は各区域の出来ごとを一定の順序に従って記述しながら、時間の経過を縦糸とし空間の一区域から他区域への視野の移行を横糸としながら叙述面を織りなしていかなくてはならない。いわばレーダーの光軸がブラウン管の面であらわされた空間を一定の順序で廻りながらその空間の各コーナーで生じる出来ごとを刻々に表示していく記述の方式と、原理的にはまったく同じことが要求される。ツキジデスはそれとはことわっていないけれども、編年記述体を成功させるための前提として、エーゲ海周辺地域はもとよりのこと、東は黒海、西はアドリア海の両岸にいたるまでの広大な地域を幾つかに区分けして、各地域を一定の順番で順序よく廻りながら編年体の夏冬を一コマずつ進めているのである。この方式は、アテナイのギリシァ同盟財務局が四つの租税区域から到着する年賦金を、到着順に四つの地域欄に記載しておいて、全部が記載されたのち今度はあらためて一本の時間別の順にしたがって全部を通して読みあげるのと同じやり方である。ツキジデスにおいては、地域別の年表がまず第一段の資料整理の作業によってなされていなくてはならなかった。そして次にこれを連続的な記述文に書きなおす第二段階の作業がおこなわれていることは殆んど疑いをいれない(後節「ツキジデスのメモ」参照)。とすればツキジデスの編年記述体の背後において、長年にわたってエーゲ海を地域に分け組織的支配し、次第にその管理方式を強化していったアテナイの帝国制度の経験が、歴史家ツキジデスの記述様式の骨肉と化していると考えてもよいのではないか。帝国支配者アテナイがエーゲ海の時間・空間的な把握をなしえて、はじめてかれの厳正な編年式記述の基本的枠組も可能となったのではないかと思われるのである。この見方はここで述べうるよりも、はるかに精密なうらづけを必要としていることはいうまでもない。しかしそれをなすことは技術的には決して不可能ではないだろう。そしてその論証が成りたてば、ツキジデスの『戦史』は単に帝国主義の主張と批判の相剋を年代記ふうに記したものではなく、遠くはペルシァに端を発する帝国支配そのものの構造が新しくエーゲ海を舞台に自らを顕現したものとして位置づけられることになるだろう。

（1）　J. S. Morrison and R. T. Williams, *Greek Oared Ships 900–322 B. C.*, 1968. 二六頁以下参照。
（2）　前掲書、一六九頁以下参照。
（3）　A. E. M. Johnston, The Earliest Preserved Greek Map: A New Ionian Coin Type, *JHS*, 1967, 86–94, Pl. ix–xi.
（4）　B. D. Meritt, H. T. Wade-Gery, and M. F. McGregor, *The Athenian Tribute Lists*. 4 vols., 1939–53.
（5）　この記載形式の整備が告げる重要な行政政策上の意義については、R. Meiggs の前掲書 *The Athenian Empire* も重視して、同書二四四頁以下に詳述している。

第三節　ツキジデスのメモ[1]

『戦史』成立について論ずる人は、常識的に三つの著述段階を想定する。第一にはツキジデス自身が述べているように、戦時の事件や演説主旨を逐次的に記録していったメモないしは日記の段階、次にはこの断片的記事を改めて、連続した文章体に綴った段階、そして第三にはこれをさらに推敲し、文中の誤記や矛盾を除去して叙述を完成させた最後の段階である。これについて皮肉な見方をすれば、この三段階とは今日私たちが物を書くときに行なう日常的な操作を古代の歴史記述の場合にも投影し、『戦史』成立の過程を身近に引きつけ、さらにその記述中に散見される幾多の不統一個所を説明しているにすぎないのかも知れない。しかしじじつ『戦史』の中には、これら三段階のいずれかがそのままに残っていると考えてよい、幾つかの例が発見される。比較的完成密度が高く、第三の段階を経たと判断される、アルキダモス戦記やシケリア戦記においてすら、最初のメモからのそのままの断片としか考えられないような、幾つかの人名、地名などが摘出される。『戦史』全体の記述の推移とはまったく無関係といってもよい、パゥサニアス(一・六一・四)、イオラオス(一・六二・二)、ェウアルコス(二・三〇・一)、テイサメネス(三・九二・二)などのごとき人名が克明に記入されたままになっている。また日々の情況の推移を追う、日記にも似た叙述の細かさは、ピュロス戦記の主たる特色を示している。また第二、第三の記述段階の操作について例を求めれば、疫病記事(二・四九—五三)、プラタイア人脱出記(三・二〇—二四)、同裁判記録(三・五三—六八)、ヘラクレイア建設記(三・九三)などがその顕著な例であり、これらには、直接的な事象観測ノートをもとに、後日ツキジデスが時間的パースペクティヴを拡げて補筆したあとが明瞭にうかがわれる。このように『戦史』の記述層をわけて、全体の成立を考えてみると、ツキジデスの複雑な記述操作は尽きせぬ興味の対象となる。そして、あえて想像力をたくましくする研究家は、これら三重の記述段階を克明に追求することによって、ツキジデスが、単なる年代記的記述者であった第一の段階から発して、戦争の全容を通観する戦史家たる第二段階を経て、ついには歴史の意味と法則性をさぐる歴史哲学者に変容していく過程を析出することも可能であると考える。つまり『戦史』は、単にペロポネソス戦争の過半の経緯を伝える記録にとどまらず、思想家ツキジデスの脱皮と誕生を記す、偉大なる半生のドキュメントであると解釈することもできるわけである。

これら三つの成立段階は常識的理解には容易に達しうるが、厳密にそれぞれの段階を把握することは難しい。本論もあえてこの秘密を明かそうとするものではない。また、右のような段階的成立説とはまったく解釈の立場を変えて、『戦史』は、事実上前四〇四年の大戦終了までいわゆるメモの形でのみ存在し、爾後ツキジデスによって一気呵成に書き上げられたと考える研究者も、このメモなるものが、どのような体裁と記述内容を有したのかと問われれば、結局は段階的な成立過程を想定せざるを得なくなる。メモとはいえ、あるものは演説主旨の抜き書きであり、またあるものは殆んど完結した叙述文をなしていたことが考えられるからである。第二、第三の成立段階はしばらくおき、最初のメモだけについても、そのきわめて重要な骨子だけについても、尋ねれば不明な点が少なくない。メモが、後日歴史の叙述に役立つためには、最初から二、三の不可欠な事項が各断章について記載されていなくてはならない。事件の場所や年代時日の記載、兵数、船舶の数値、人名の記載、さらに自分が直接に目撃した事実であるのか、さもなくば情報源を記録しておく必要があろう。以下の小論においては、『戦史』成立の問題とは一応切り離して、ツキジデスのメモの記載方法をめぐって、ごく常識的に考えられる二つの問題について検討してみたい。一つは編年体記述のために必要なデータについて、いま一つは数値の記録について、の考察である。

(一)　場所と年代と季節の記載

ツキジデスは、記述のどの段階から、例の冬夏に一年を二分して記載する、ユニークな時間枠を設定しようと考えたのであろうか。かれは十夏十冬の第一期戦争が終ったとき、この年代記載法の長所を卒然と悟って、メモのパピルス片をこのような時間の輪切りに整理したのであろうか。しかし、かれは最初にメモを記し始めた第一日から、夏の始め、盛夏、晩夏、初冬、早春という具合に、時間的経過を記入していったと考えねばなるまい。なぜならば、開戦後十年目、前四二一年春のニキアスの平和が訪れてから、諸事件を春夏秋冬の季節の輪切りに、前後や同時の順序を揃えて詰めこむことは、事実上不可能であったと思えるからである。ことがアテナイ一国の軍事活動に限られていたならば、これを記述することも、困難ではあってもあながち不可能ではない。各遠征、各政策を実施するための国費支出認可文は克明に日付入りで大理石に刻まれて公示されていたから——サモス島鎮定(『ギリシァ碑文総集』*Inscriptiones Graecae* (以下 *I.G.* と略記) i², 293)、ケルキュラ事件介入(*I.G.* i², 295)、メロス島征定(*I.G.* i², 97)、シケリア遠征(*I.G.* i², 98, 99)、等々——これら碑文やメトロオン神殿に保管されていたであろう原文から苦心惨憺して逆算すれば、アッティカの暦に十日、十五日の狂いがあっても、各事件のおよその年月日と四季の季節を推定することはできたかも知れない。しかしたとえそこまでは可能であったとしても、同じ頃諸外国で生じた諸事件との前後関係を時間調整することは、絶望的な困難を意味する。なぜならば、諸国間には共通の暦は存在しておらず、各国各様の暦法を用いていたからである。その間に必然的に生ずる誤差は、四年ごとに挙行されるオリュンピア祭やピュティア祭などの祭暦を基準に調整されていたのであろう。じじつ、公式記録から年代を順序よく時間調整することが容易にかなうことであったなら、「五十年史」の年代指定は、『戦史』の記載のごとく漠として捉えどころのないものとなったはずがない。さらにまた、もしメモの記述が最初から夏冬の順序でなされていなければ、作者がこれを連続体に書き連ねる作業は、どうしても四〇四年以降、碑文や文書を本国で確認して日付を調べるまで着手できなかったろう。そうであれば、『戦史』成立をめぐる問題の幅も簡単にその幅がせばめられるのであるが(本章第一節「歴史家像の研究」参照)、しかし上に述べたような理由から、同時多発の諸事件の季節枠の指定は最初のメモにおいてすでに成立していたと考えねばならない。

そう考えるべき理由は他にもある。上記のごとく共通暦の不在にともなう絶望的困難に加えて、アルキダモス戦争終結後シケリア遠征までの六年有余にわたる世情の実体は、かえっていっそうこのような夏冬輪切りの年代記載法の不備を切実に感じさせているからである。中立国アルゴスの去就をめぐる複雑・怪奇な諸国外交戦は、春夏秋冬の時間的枠にはおかまいなく曲折していく。たとえば平和条約の主要事項であるパンアクトン取り潰しは、外交戦上の中心的モーメントの一つとして記述されているが、時間的にはまったく中途半端な形でしか記述されていない。また平和時における外交上の重要な時間的区切りは、戦時におけるがごとく春期の到来と収穫期ではなく、スパルタの態度豹変に見るごとく、政府要職者の交代期日であることも明らかである。各地の祭暦も平和が復するとともに旧にも勝る重要性をもち、これによって外交上の事件の帰趨が大きく左右される。春まだきアテナイのディオニュシア祭で宣誓されるスパルタ側の誓文と、盛夏スパルタのカルネイア祭でアテナイ側が宣誓する誓文との間には時間的にも政治的にも無気味なギャップを生じうる。またペロポネソス内の諸邦間でも、諸邦はカルネイアだと信じて戟を収めても、アルゴスのみが自国の暦の進行をその前日に停止させて勝手に兵を動かす。四季をつうじて事件は狂い咲き、予断を許さない。またさらに、この疑わしい六年有余の平和期間が去り、シケリア島で戦争が再発した際には、ここでも夏冬の輪切りはさしたる効能を発揮しない。なぜかと言えば、このように戦線が一ケ所に固定されたまま戦闘が継続される場合には、夏冬の季節指示は、単に時間的長さを比較的正確に表わしうるというにとどまるからである。このように見るとき、ツキジデスが五・二〇において、自己の用いる特殊な年代記述法を是としている言は、一種の自己弁護と見られないこともない。要するに、丸十年という時間的経過を正確に表わすには、これにまさる記述法はなく、また諸事件の前後関係を明示するに適切であるから、これ以降の記述もこれによるというのである。さらに悪意に解するならば、戦争が十年続いてみてはじめて、自分の年代記述法のすぐれていることが判った、その後近々十年にわたる事件の推移は、この記述法の原則には適しない点も多々あるが、メモがそのように出来ているのである、面白くないけれどもがまんしてくれ、と強弁しているとさえ考えられるのである。

ともあれ、以上のごとき諸点から、最初のメモ第一枚から、季節的指示を小見出しに入れた記録作成が重ねられたと想定するならば、解決しやすくなる問題もあるが、かえって難しくなる問題もある。かれの季節区分には何ら科学的根拠がなく、春は冬期に重なったり、夏期に入ったり、またいつ夏期が終り冬期が始まるのかも不明という、きわめて曖昧な区分法であり、かれが標榜する厳正な記述の原理とは、はなはだしく不一致であることは、諸家の指弾するところである。またその応用も、二・一から突如として始められることであって、それに先立つ重大事変、ケルキュラ、ポテイダイア両地に対する介入事件の記述には適用されていない。またペロポネソス同盟会議の時日も不明である。これら諸事件を漠然とした二、三年間の時間の海に浮ばせたまま、前四三一年春のプラタイア事件を境として、『戦史』は夏冬のサイクルの中で具象的時間を与えられるのである。これらの先行した事件の年代月日の推定はいずれもかなり複雑な問題ではあるが、それよりもさらに重要な問いが当面の答を要求する。まず、ツキジデスは、最初から長期戦の予測をたてたに違いないが、では何故、どのような根拠にもとづいてその予測をたてたのか。かれの予測は一・一に記述されているが、一年、二年程度の戦いを予測し、その記録のためであったならば、夏冬に年代を区切った記述法を最初から用意する必要はなかったはずである。かれが十年後、この記述法の利点を確認したことは上に述べたが、開戦当初においては、戦いが十年続くか二十年続くか誰も知るものはなかったはずであり、ただデルポイの神のみが三・九・二十七年にわたる戦いとなろう、と予言したに過ぎない。しかし年若いツキジデスが予言によって歴史記述の予測をたてたとは信じがたい。

前四三一年の開戦時の実情を見れば、ペロポネソス側としては、これより十五年前アッティカに侵入してアテナイ側に和平を強いた例もあることだし、さらに先にも勝る大軍を擁して全軍を率いて侵攻すれば、戦いの帰趨は自ずと短期間のうちに明らかになると考えた。じじつその意見が圧倒的であったればこそ、一部の慎重論を押し切って（一・八〇—八五のアルキダモスの言葉が史実であろうとなかろうと）、開戦を決議したのである。またその期待が裏切られたから、やがては極端な自信喪失に陥ったのである。対するアテナイ側の実情に目を転ずれば、ここでも全般的に長期戦の予測は薄弱であり、また長期戦に対する備えは市民生活のレベルにおいて整えられていなかったと考えねばならない。ペリクレスが戦略的利を説き、地方在住の市民にアテナイ城内への移住を承諾させても、城内には膨大な移住人口を受け入れるべき住宅設備は容易に整わなかった。アテナイの一部の戦略指導者を除けば、長期戦についての一般人の見通しは、デルポイの予言を信ずるか否かの域を出なかったに違いない。前四三一年春の第一次侵攻に際してのアテナイ市内の混乱、翌四三〇年の第二次侵攻とその間に発生した疫病による極端な民心動揺、これらは共に長期戦に対する当初の見通しが曖昧であったことを示している。開戦後二年ほど経て、戦災が日常化し感覚がにぶってきたときにはじめて、一般人は長期戦にも無頓着となることができた。このように考えると、戦が長びく可能性を見きわめていたのは、神託を除けば、スパルタのアルキダモス王らの一部の慎重論者と、アテナイのペリクレスを中心とする一部の非妥協論者であったことがわかる。つまりアテナイで大戦についての長期的な見通しを立てていたのは、多勢の血気盛な若者たちではなく、戦略指導の中枢部およびそれに従う少数者に過ぎなかったのではないかと思われるのである。かれらは、対ペロポネソス同盟戦における陸上戦闘による勝利の実効性を最小限度に評価し、敵側の戦争資源が涸渇するのを気長に待とうとした。ペリクレスは戦略的に見て、長期持久戦に持ちこむことが、海路を掌握するアテナイにとって、絶対的に有利であることを主張し、これを実行に移したのである。

後日ツキジデスがこの作戦計画を高く評価したことは二・六五の記述にもよく現れている。だがかれは、前四三一年春、最初のメモを記しはじめたときから、戦略指導者たちの描く戦争の見通し図を基本的に受け入れていたのではないだろうか。もしかれの年代記述法が四三一年春から実施されはじめたと考えることが正しければ、長期戦の明確な予測がその実施の前提となっていなくてはならない。なぜなら、この四季割りの記載法が、形式的にはヒポクラテスの医学書に習うものであったにせよ、古来の農事暦の方法を応用したものであるにせよ、それは別として、この記述法を歴史記述に応用しなくてはならなかったそもそものいわれは、来たるべき戦争が四季のサイクルを幾度か繰り返すほどの長期にわたるであろうとの確かな予測が優先していたからである。

その予測が戦略的計算を基礎においていたと考えるべき理由は、まだ他にも見出すことができる。『戦史』が用いている年代記述法の最も顕著に現れる特色は、諸地方でほぼ同時的に起る歴史事件の相互の時間的関連を示そうとしている点である。もちろん逆にそのために失われる記述の連続性は明らかであり、一連の記述の不必要な断片化も否定できない。ミュティレネーの同盟離脱事件は、プラタイア脱出事件とからみあって、一方の記述は他方の発生によって中断される。プラシダスの遠征準備のさなかにデリオンの会戦が起る。もっとも極端な第五巻にいたっては、先述のとおり、アルゴスの去就をめぐる記述が、居心地悪いおさまり方を余儀なくされている。しかしながら、平和時はさておき、『戦史』の戦略的記述においては、同一季節間における、多岐にわたる戦線の戦況記述が、諸事件間の関連を明示し得るものでなくては戦略統合本部にとっては不都合と言わねばならない。これは例えば、ペロポネソス勢のアッティカ侵攻中にアテナイ側の機動船隊が出航して別方面で作戦を展開する、といったような、『戦史』の記録が誰のために、何のために必要であるのかを考えてみれば自ずと明らかであろう。しかしこのような戦局の同時多元的事件の記録は、ツキジデスが最初にかれの夏冬の年代枠を定めたとき、すでに明確に想定されていたことではなかったろうか。なぜなら、長期持久戦を予測した戦略指導者たちの予測によれば、戦争は必然的にアテナイ市周辺にとどまるものではなく、多元にわたる同時性をもって展開されねばならなかったからである。ペロポネソス側の攻勢は陸伝いに進路をとる。農期によって攻撃期間は限定され、冬期は作戦不可能となる。対してアテナイ側は、機動船隊を主力とし農期に拘束されず、海伝いにどこまででも進めるが、停泊地点を確保しなくてはならない。また軍資金調達機構の監視督励を怠ることもできない。彼我の戦備、戦闘方法、附随する条件を対比すると、異なる形の戦闘を、異なる地域で、異なる条件で、しかも同時におこなって相手側の戦力源を破壊しあう、という際限ない消耗戦になることが予測されたに違いない。これが必然の帰結たりうることは、長期戦を予測する両陣営の戦略指導者たちによって充分に自覚されていた。すくなくとも『戦史』の歴史家は、アルキダモス、ペリクレス両人の口を通じて、以上のごとき戦略予想を述べているのである。前節において概説したところのアテナイの帝国組織の管理方式に立脚した空間と時間の把握は、戦時における戦略的記録方式の下地となったことをここに見てとることができる。

戦争がこのような見通しのもとに戦われようとしているとき、その記述者たる人間は、この戦略構想の理解者であらねばならず、予期される事件の多元性を記録するに最も適した立体的時間の枠を設定する必要を感じたであろう。一本の連続線上を戦況が動いていく場合とは、時間枠の構造がおのずと変ってくる。年代記述の枠を夏冬のサイクルに合わせたことは、上記のごとく長期戦にたいする戦略的予測によると同じく、あるいはそれ以上に、戦略的時間の多元性にそなえての工夫であった。平たく言えば、戦いは長びき戦線は拡大することを予測して、その全局面を正確に捕捉できるような、歴史記述内での時間座標を組み立て、これにそってメモを作成していこうとしたのである。かれのメモは、すでに当初から、作戦全体の設計図と、基本線において合致するように、体系づけられていたと考えるべきだろう。かれが最終的に何を取捨するかとは無関係に、「ある形と長さと幅をもって展開するだろう」と予測された大事件を多元的に捕捉するもの、その戦略的な問題点を克明に記入していくものが、当初のメモの構想であり、かれの年代記述法はこの構想を支えるに必要なものであったと考えることを妨げるものは何もない。そのような意味でかれのメモはすでに、ある一つの目的と方法をもつものであり、かれの歴史記述が誰によってか「シュングラフェー」と名づけられたことも故ないことではなく、かれの記録は技術的な意味でのシュングラフェー（*συγγραφή*）――設計・見積書――に相通じていたのである。

しかし若きツキジデスにとって戦略とは何を意味しえたであろうか。実際に戦略指導に当っていたペリクレス、フォルミオン、アルキダモスらの経験者とは異なり、メモ作成者ツキジデスは開戦当初まだ三十歳前後の若者であり、兵役年齢に達してからはサモスの乱以来は平和が続き、いまだに実戦の経験は皆無であったことを忘れてはならない。『戦史』にくりかえし記述されているように、両陣営には、戦争の何たるかの心得もない若者たちが平和のうちに育ち、いたずらに血気にはやっていた。後日歴史家となったツキジデスも、世代的にはまさしくその一人であった。「戦略」とは、一種の知的な駆引きであり、賭であり、相手に勝つ理論的なヴィジョンであったことは疑えない。ペリクレスの「アテナイ島嶼論」（その一端は二・六二・二――三からうかがわれる）が、常識を超越した奇抜な戦略でありながら、五十年の歴史に裏づけられた合理性を誇り、またかえって新奇であるが故に、おそらく若者にとっては大きな魅力であったに違いない。『戦史』の記述において、とくに、「ほぼ同じ頃」*κατὰ τοὺς αὐτοὺς χρόνους* のごとき、事件の同時性、並行性を指示する小見出しが目立って頻繁に用いられていることも、当初の作戦予測を思えば、けだし当然と言われよう。かれの夏冬区分は、作戦期間とほぼ一致するから、便利であったという見方も成り立つ。しかし実際には冬期作戦もフォルミオン、ブラシダスらの定石であり、とくにアテナイ側の機動船隊は、夏冬の別なく動くものであった。夏冬の時間枠は、ペロポネソス側の作戦を制約する農業暦の枠に合致していたとしても、それがアテナイ側の戦略を本質的に拘束するものではなかった。

以上の推論に従えば、ツキジデスの第一段階のメモは、すくなくともその特殊な時間枠を設定した当初の展望において、すでに単純なメモの記述性を越えており、やがて記入されるべき記載内容の規模と実体について、かなり明確な予見を前提とする *συγγραφή*——設計・見積書——であったと想定されてよい。またその記述の主たる関心が、「いかに両軍が戦ったか」(一・一・一)という軍事作戦面に集中していることも首肯できる。メモ作成の基本的枠組みは、戦略的計算をふまえており、若年の軍事理論家ツキジデスは、設計図と実地記録との照合をつうじて、自分の識見をかためようとしていたからである。かれが最初から、いわゆる厳正な歴史記述に興味を抱いていたと信ずべき理由は何一つとして見当らない。かれの当初の見通しと、最終的な記述とがいかに遠くあいへだつものとなったか(後節「全体像の成立」参照)。または何を転機として政治や戦略から離れて、より広く深い歴史の真実に興味を抱きはじめたのか。これを追うことは後章の目的である。重複するが、かれは軍事記録作成を主眼としてメモをとりはじめたのであり、その限りにおいて年代季節の枠組みを必要とした。最初から一年を厳密に科学的に春分秋分の二点で二等分し、記事に正確な歴史性を与えようとしたのではない。したがってかれの季節区分が年々多少の不同をきたしているのは当然であり、その一々の偏差に厳密な正当性を要求することは間違っている。軍事メモの記録者が、いつとはなく歴史家への変容をとげていったところに、今日伝わる『戦史』の内面的緊迫感と複雑さが生まれた。ともあれ、結論的に見て最初のメモの構想は、ペリクレスを中心とする指導層の予見と全体的戦略図に深く影響されたものであることは、充分明らかになったと思う。メモは断片的記載であった。しかし、時間的、空間的な枠組みを必然的ならしめた「全体」は、最初からツキジデスの展望に収められていたのである。

(二) 数値の記載

ツキジデスの綴字法は、概略のところ明らかにされている。これが当時の碑文の綴字法とはやや異なり、むしろ悲劇詩人のものに類似点をもつことは、つとに諸家の指摘するところである。しかしながら他方、『戦史』記述の要ともいうべき数値の記載法については明確でないと一般に思われている点がある。もちろん、これが明確にされたところで、誤記誤伝されている幾つかの数値が正値に復するわけではない。あえてこれをなそうという理由は、誤伝されている数値を、誤った推論で訂正しようとする誤謬を正すことにもなれば、と望むからに他ならない。

ツキジデス自身が用いた数値記載の方法を問うは愚か、という人もいるだろう。しかし答を得ることはあながち不可能でもないし、また無意味でもない。先ずacrophonic(仮訳「頭音記法」、数詞のスペルの最初の文字Δ(deka=10)、Π(pente=5)を重ね書きして数を表わす。以下AC記法と略記)記法を考えてみたい。この記法は前四五四―四五三年に、ギリシァ同盟財務官が女神殿に奉納した初穂表に現れているのが、最も古い一例として知られている。そしてこの記法はアテナイでは、碑文で見られる限りでは後述のごとき特定の数値記載に用いられているが、他の諸邦では殆んど用いられず、また用いた場合にも異なる文字や記号の組合せが使われていた。やがてアテナイにおいても、これより簡便なalphabetic(仮訳「語順記法」、アルファベットの語順に従い、数詞に対応させる記法。A=1, B=2, I=10, K=20, Λ=30, など。この方法によると二十七字母必要となるので、ギリシァ語アルファベット(二十四字母)に加えて、フェニキア文字三箇がフェニキア字母順に従って用いられた。以下AL記法と略記)記法によって置換されることとなる。さて、『戦史』の時代を通じてアテナイでは、AC記法は、次のごとき場合に認められる。主として、アテナー女神殿はじめその他諸神殿の財庫や、アテナイ国庫の出納記録に用いられ、金額表示記号として使われている。初穂表、年賦金表、遠征費支出認可、公共工事費、神殿からの政府借入金、神殿財宝評価、等々、アテナイ国家の金銭勘定の記載である。しかし公けの碑文でも、ニケー神殿に関するものや諸法令中には、AC記法には依らず、綴字法(数詞を表わすギリシァ語をフルスペルで記入する方法)によっているものが幾多発見される。つまりアテナイ固有といってもよいこの数記法は、アテナイ本国の碑文の場合にも、全ての場合に統一的に用いられていたシステムではない。綴字法による表記と並存しているのである。これに対して、国家間の協定で金額やその他の数値を記載する必要が生じた際には、綴字法によって正確な数詞を記入する慣習になっていた模様である。これはすでにトゥドの詳細な報告が示すとおり[2]、数値記載法は、暦日の記載法と同じく地域によって差違があったために、誤読をふせぐ目的であったと考えられる。アテナイとメトネー、マケドニア間の協約碑文(*I.G.* i², 57)では、数値は綴字法によっている。また、戦争初期にペロポネソス同盟側に軍資金を拠出した記録の碑文(*I.G.* v(1),1)も、数値を綴字で記載している。とくに注目すべきは、アテナイにおいては国庫出納記録は以上のごときであっても、動員兵数、船数、などの数値は、綴字記法で事細かく明記されている。また、『戦史』の時代を通じては、メロス島への出兵記録(*I.G.* i², 97)も、シケリア島への出兵数も、綴字で正確に刻みこまれている。メロス島への出兵記録(*I.G.* i², 97)も、アテナイではAL記法は公式碑文では用いられていない。これはキュプロス島はじめ、小アジアの諸都市ではきわめて古くから一般に用いられた模様であるが、本土では四世紀以降徐々に使用されるようになった。

以上概観した碑文の類例から、ツキジデスのメモについて、決定的な結論を引きだすことは無理かも知れない。碑文と作家の語法や用例は、必ずしも一致しないからである。しかしながら、ツキジデスがメモに用いた数値記載法について、一、二の可能性を再確認することは不可能ではない。まずかれがAC記法を用いたと仮定する。金額記載にこれを用いた可能性は皆無ではない。しかしかれがメモをもとに、広く一般ギリシァ人読者のために、連続的叙述を綴る際にAC記法をそのままの形で残したとは到底考えられない。なぜなら、上記のごとくアテナイにおいてすら、これは綴字法と並存した記法であり、いわんや他国の読者を前に、史家がこの記法をそのまま説明なしに用いたとは思われない。一般的にツキジデスの態度として言えることは、かれはアテナイ特有の事柄について記述するときには、他国人の読者を想定した懇切な説明を附する労を惜しまない。ともあれ、金額記載については、さしたる難所は写本伝承による本文中にない。アリステイデスの年賦金査定額、開戦当初の国庫年収額については歴史研究上の難問を呈しているけれども、現在の諸記録が完全ではないこと、査定や算定に含まれる細目が全部は明らかでないところから生ずる難問であって、直接数値記法の不備と結びつく本文伝承上の問題ではないこと、と思われる。

しかしながら、写本による本文伝承の途次ではるかに頻繁に問題を起している、と一般に目されるのは兵員数の記載である。そのつど、多くの研究者は、整合性を得るために、AC記法からAL記法への誤写であるとか、AL記号がその前後の文字に混入してしまったせいであるとか、様々の説明を附しては伝承された数値を訂正する。だが、ACは上に指摘したところによれば、主として金額記載の記号であり、アテナイの独占的表記法であったこと、また、AL記法はおそらくまだ一般的に本土ではおこなわれていなかったこと、などをある程度真実と見倣すべきならば、数値誤伝の起源をめぐる諸説明も、かなり簡略化されよう。もちろんツキジデスがメモを記した際に、AC記号で人数・船数を記した可能性を消去することはできない。しかしその形が、第二稿、つまり連続文による叙述にまで残されたと考えうる可能性はきわめて薄弱となる。次に一、二の具体的例について、説明しよう。

(i)かれがAC記法で、員数をメモに記載した場合を仮定する。そして後日、一般ギリシァ人読者のために、綴字に書き改めたと想定する。すると、AC記号の誤読は史家自身のものといわねばなるまい。そのような仮定が、成り立ち得るやも知れぬとかすかに思われている記載が一ケ所ある。二・二〇・四のアカルナイ地区の重装兵総数である。写本は三千、triskhilioi *τρισχίλιοι* だがアカルナイ地区の評議員数から計算すると、重装兵数は千二百がせいぜいであったと考えられている。この誤り(?)は、XHH が XXX に見誤られたためか、あるいは XXH に誤られたためなのか、等々の可能性が問われている。しかし、メモがメモのまま史家の死後、そのまま編輯者の手に渡ったのではないとすれば、誤読はツキジデス自身によるものと言わねばならない。しかしかれが、アカルナイの重装兵数に関してこのような誤謬を犯すことは、常識的に考えてみて不可能である。τρισχίλιοιが、本当に誤りならば、誤写は写本の伝承途次における、綴字から綴字への誤写であって、ＡＣ記法の介入は度外視されるべきであろう。

(ii)『戦史』の時代に、つまりツキジデス自身の時代にＡＬ記法がアテナイで一般に用いられたと考えるべき理由はない。少なくとも碑文では、兵員数記載は綴字法によっている。『戦史』の写本も、綴字法の記述をおこなっている。これが最も普遍的で、国際間において誤解の少ない数値記入法であったことは上述した。とすれば、ＡＬ記法の誤伝に訂正の根拠を求める研究者は、写本伝承の途次に、ツキジデス自身の綴字法がＡＬ記法に書き改められ、さらに現存の写本のごとき綴字法に再度改められたと考えるのであろう。数えてみれば両三度、文字・記号・文字の転写を経たことになり、その間にΔが二とも四とも四千とも誤読されうる危険のみか、ΔがさらにＡともΛとも見誤られる可能性も一度ではなかったと考えるにひとしい。もちろんギリシァ語古文書にはこの種のもの以外にもありとあらゆる誤写の可能性がふくまれている。しかしながら、『戦史』そのものの、全般的な数値記載の正確度から考えれば、その正確な伝承がそのような危険きわまりない転写の過程を経てきたとは、とうてい常識的には考えられない。たとえば、一般に完成度の最も低いと言われている第八巻においてさえ、両陣営において複雑に加減を繰り返す軍船の数は、完璧に近い精度によって記録されている[3]。事実、『戦史』全八巻をつうじて、確かに誤写であると断定できる個所は、僅々十ケ所内外にとどまるのである。数値は驚くべき忠実さで、伝えられている。これは、一つにはツキジデスが、上記のごとき当時の慣習として最も正確な綴字法による数値記載をおこなったこと、一つには伝承の途次においてＡＬ記法への書き変えがなされなかったこと、これら二つの事由によると考えたい。このように考えることが正しければ、一・五七・六 *μετ᾽ ἄλλων δέκα*, 二・二・一 *ἔτι δύο μῆνας*, 同 *ἔκτῳ* などが、どのような理由によって誤伝されるにいたったものにせよ、数値記載法が転々と一つのシステムから他に移ったために生じた誤謬であるとは思われない。いわんや、二・七・二の *ἐπετάχθησαν* から *ἐπετάχθησ̄*(*διακοσίας*) を捻出するがごときは、たとえ文章内でのつじつまに合っているとしても、容易にこれをもって真実として承服することはできない。また三・五〇・一 *πλείους χιλίων* には疑念をはさむべき余地があるとしても、Λ̄ が Α̅ に誤記されたためと考えることはできない。

ツキジデスのメモとは、何であったのか、いかなる予見と全体的構想をそなえたものであったか、という問題は『戦史』成立を論ずる際の中心課題であることは先にも述べた。以上はこの課題のはるか裾の周辺をめぐって、年代記載法の当初の目的が、予測された全体的戦略図に沿うものであることを示し、次に数値記載法に関しては、かなり明瞭な限界があり、ツキジデスはおそらく綴字法による明記を期したにちがいないと思われる諸理由を開陳した次第である。

（1）"Those who maintain the unity of History in the sense of believing that Thucydides started to write it after 404 and went on with it continuously till he died.....should state more clearly what they believe Thucydides"notes" consisted of; ......" Gomme, *A Historical Commentary on Thucydides*, vol. II. 287.

（2）M. N. Tod, "Three Greek Numerical Systems", *JHS*. 1913, 27–34; *BSA* 18(1911–12), 98–132, 28(1926–7), 141–157, 37(1936–7), 236–258, 45(1950), 126–139, 49(1954), 1–8.

（3）A. W. Gomme, A. Andrewes and K. J. Dover, *A Historical Commentary on Thucydides*, Vol. 5.(1981), 27–32. 参照。

第四節　歴史家誕生

アテナイの人ツキジデスは、アテナイとペロポネソス同盟との戦いがはじまるとその当初から、戦況の実録をつづりはじめた。今をはるかにさかのぼる約二千四百年むかし、紀元前四三一年の春にはじまる記録である。かれは、しかしその時はまだ年端もいかぬ若者ではなかったかと言われるのを予期し、またそれを恐れるかのように、自らつぎのように述べている、「……私は成年にたっしていたので分別もあり、また正確に事実を知ることに心を用いつつ体験をかさねてきた」と(『戦史』五・二六・五。以下『戦史』引用は巻・章・節の数のみを記す)。じじつ開戦の前後をつうじてかれ自身、ペリクレスの政見演説や、その補佐役であったハグノンやフォルミオンらの謦咳にしたしく接したことは疑われない。また開戦二年目の夏に、アテナイの港ペイライエウスから発して全市の人々を死の恐怖でおしつつんだ疫病のために、かれもまた幾日かのあいだ高熱と渇きにさいなまれつつ生死の境をさまよっている(二・四八・四)。

戦局が拡大激化していくにしたがって、それまでは民議会の一市民であり巷に群なす罹病者の一人にすぎなかった、オロロスの子ツキジデスも、ついに歴史の分岐点に立つ。前四二四年冬、ギリシァ北方トラキアの重要都市アンフィポリスの攻防をめぐってアテナイ側の指揮官として敵将ブラシダスと機知を争ったのである(四・一〇四・三―一〇七・二)。しかしつかのまの機を逸してアンフィポリスを失い、その後かれは永久に出来ごとの世界から、歴史の表舞台からはじきだされてしまった。「アンフィポリス方面の作戦指揮後二十年の生涯を亡命生活に過ごすこととなり、その間に両陣営の動きを観察し、とりわけ、亡命者たることのおかげでペロポネソス側の実情にも接しえて、経過の一々をいっそう冷静に知る機会にめぐまれた」とかれは述懐している(五・二六・五)。

その後のかれ自身の動きについては、私たちは殆んどなにも知らない。しかしながら亡命生活二十年のかなりの部分を北部ギリシァで過したことは疑えない。自分を打ち負かしたブラシダスに対して深い尊敬の念を禁じえなかったツキジデスは、敵将が前四二二年勝利者の栄光につつまれて死ぬ瞬間までの詳しい足どりを克明にたどり(五・一一・一まで)、その人物、識見を浮彫りにしたばかりではない。将なきあとの部下たちの行く末を、四一八年のマンティネアの会戦にいたるまで明らかにしているのである(五・六七・一―七三・四)。そして四一三年以降、戦線がイオニア地方に移ってから、ブラシダスの遺徳がいっそう偲ばれるに至ったと附記している(四・八一・二)。この一連の記録をみるだけでも、ツキジデスの史実探究の足跡がいかに広域にわたっていたかを知ることができる。それは北部ギリシァの諸都市にはじまり、スパルタ本国へ、そしてイオニア諸市に至るまで、十年余にわたるブラシダスの足跡探訪をふまえていたことがうかがわれる。またここにかれが「両陣営、とりわけペロポネソス側の実情に接することができた」と述べている言葉の重みを感じうるのである。

四二一年、両陣営の間に和平の気運が訪れ、いわゆるニキアスの和約がむすばれてからの六年余のあいだ、ツキジデスがどこで何をしていたかは不明である。一つの解釈によれば、十年にわたる戦争がアテナイ側の優位のままに終ったのを見て、かれはそれまでに書きためた記録の整理にかかった。そして数年後には——おそくともシケリア遠征までには——一応のまとまりを見た、と言われている(上記二一一頁参照)。しかしながら、そのような見方には幾つかの大胆な仮定がふくまれていることは明らかであろう。まずは、かれが戦いが終ったことを断定しえたかどうか。すべてのギリシァ人が、平和の復活を喜びむかえたことはたやすく想像できる。しかしながら、今日伝わるツキジデスの記述からは、平和をことほぐ諸国の民ぐさの声はまったく聞こえてこない。むしろその逆に、平和条約の不公平さに対する不満の声がいっせいに高まってくる。ことにもし、ツキジデス自身そのころアテナイから追放されて、北部ギリシァにとどまったまま、ブラシダスの足跡をたずねていたとすれば、平和の不安定さはひとしお身近に感じられたに違いない。北部諸邦はあげてこの条約加盟を拒否したからである(五・二六・二)。『戦史』の記述そのものから推しても、かれが両陣営間の争いの終結をここに早くもみてとったと考えることは難しい。

しかしつぎに、それよりもはるかに重大な仮定なしには、上のようなツキジデスの早期記述活動の解釈はなりたたない。すなわち、ツキジデスは追放されてから二、三年たつうちに、政治や軍事問題よりも、歴史を書くことに興味を抱くようになった、しかもその歴史は、多少の曲折はあり自ら大変な失敗の責任を問われることにはなったが、ともあれ大局的にみれば、アテナイの強大な支配圏はみごとに防衛を全うし、反してスパルタの威信はみるも無残な失墜をまぬがれなかったのであるから、アテナイの勝利、民主主義の勝利、ペリクレスの戦略的勝利の歴史として書かれようとしていたであろう、と。だが今日私たちの手にあるツキジデスの歴史は、アテナイ敗北の記録である。支配圏と民主主義とアテナイ的人間像の崩壊の叙述である。第一巻の最初からかれは厳粛なアイロニーをこめて海上支配者の優位を記述し、大戦開始の是非論を戦わさせ、アテナイの国家と市民の理想を語らしめ、人間の威厳を内からおかす疫病や、人間の社会を内から食いちぎる内乱現象について論述している。勝利の記録もこれびのように点々と記されているが、十年の叙述は鬱然たる大敗北の来たるべきを見据えて繰りひろげられていく。また、かれの史料集めは依然として継続されている。ブラシダス関係の一連の記述を例としても、その史実探究がゆうに十余年にわたっていることもすでにのべたとおりである。四二一年春の時点ではあきらかにアテナイ側の勝利に終っていたはずの十年戦争だけに視野を限って、まとまった一篇の歴史記述を構成しようとした態度は、その残影すら、今伝わっている作品のなかに見いだすことは難しい。十年戦争の記録が夏冬の順序をおって書きためられていたことは疑われないが、ニキアスの平和期間を通じて、いまだにツキジデスは歴史家としての全体的視野を確立していないのである。

四二一年から四一五年春シケリア遠征計画が表面化するまでの期間、ツキジデスはボイオティアやペロポネソスの諸邦に広く旅したのではないかと思われる。というのは先にも触れたブラシダスの部下たちの末や、マンティネア会戦の記事が、スパルタ側からの視点――あるいはすくなくともその情報源――に依存している。しかしそれのみではない。平和条約をくつがえそうとする諸国の暗躍や、アルゴス内部の政情が、この期間においては手にとるように詳しくのべられている。逆にまた、四二一年頃までは記述の中心がアテナイにあり、視点もまたアテナイにすえられている感が深かったのに、それ以後の和平期間におけるアテナイ内部の動きについての記述は比較的すくなく、わずかにニキアスとアルキビアデスの政治的リーダーシップをめぐる葛藤について記されているにすぎない。それも対スパルタ、対アルゴス政策をめぐる対立として、二人の動きが記されているのである。もとより、このような視点の調整や記事の疎密の按分は、かれがこの和平期間について認識した歴史的意義によって大きく左右されるものであったろう。したがって記述の視点がアテナイからボイオティアやペロポネソスに移ったからといって、必ずしも、ツキジデス自身の体もまたそのとおりに移動したものではないだろう。しかしながら、ボイオティア執政官らが手続き上の誤りから、秘密交渉の批准を評議会でうることができなかったという一条や(五・三七・四―三八・四)、また精鋭をほこるペロポネソス勢がメネアに退いていくところまで望見できた(五・六〇・三)、などという記述は、ツキジデス自身もその場近くにいたという強い印象を与えるものであるし、「ペロポネソス側の実情をも見聞した」というかれ自身の言葉も(五・二六・五)、この期間の記事にもっともよくあてはまるように思われるのである。

しかしこのような印象があまりあてにならない場合もある。ことに『戦史』の第六、七巻をうずめているシケリア遠征記になると、これを読む人は誰しもツキジデスの迫真の叙述にまきこまれてしまい、その克明な地理的描写や人間の動きの描写から、かれがその戦場を丹念に踏査して一々の動きと反動とを実地に検証して歩いたに違いない、という強い印象を得る。しかしながら、かれはシケリアまで行ったとはどこにも言っていない。また、かれの記述と、現在のシラクサ附近の地形とを一々つきあわせて調べた学者たちの意見もまた、ツキジデスがイタリア、シケリアまで史実収集の足をのばしたことには、否定的とまではいかぬともかなり懐疑的である。もちろん二千四百年の年月にシケリアの丘陵や海岸線はかなりの変貌をとげたことはいなめない。しかしシケリア遠征記の場合には、ツキジデスははるか北ギリシァのスカプテヒュレーのプラタナスの樹陰で、一枚の地図と幾多の実地体験者の証言をもとに、シュラクサイ攻防のパトスを脳裏に再現し、これを比類ない文章によって甦らせた、ともいえるのである。

シケリア遠征から後さらに十年のあいだ、ツキジデスは人々の記憶からもうすれさるままに、出来ごとの世界から遠くはなれた北ギリシァの一隅に身をひそめ、祖国アテナイが断末魔の苦闘を繰りかえすのを見守っていた。その間にかれがマケドニア王アルケラオスを訪ねたことは真であろう。しかしその地で亡命の詩人エウリピデスにめぐりあい、詩人の没後その墓碑を作したとの伝は真であろうか（『ギリシァ詞華集』七・四五）。今となっては確認するすべもないが、前四〇六年かその翌年ごろに、エウリピデスの祖国アテナイを〝ヘラス（ギリシァ）のなかのまことのヘラス〟と詠じて、大詩人エウリピデスの遺影に献じた人がツキジデスであったとすれば、そのときかれの心中にはすでにアテナイの栄光と悲惨は、一つの歴史的な像を結んでいたと考えねばならない。アテナイがヘラスの輝きを具現していたのはすでにはるか過去の記憶においてのみであり、今やその輝きは失せ、孤立無援、やがてスパルタの軍門に降るのは時間の問題となっていたからである。

四〇四年春、籠城と饑餓に堪えかねてアテナイはスパルタの将リュサンドロスに降伏した。不滅の海洋帝国の象徴であった城壁は打ちこわされ、残っていた軍船も十二艘をのぞいて全部没収されたのである。ポテイダイアを、プラタイアを、そしてかのメロス島を襲った悲嘆がついにアテナイをもつつむかと思われたが、リュサンドロスの寛容な措置によって、市民の男女が殺されたり奴隷にされたり国を奪われたりすることなくしてすんだ。その事情は次節において詳述したい。だがアテナイの市民や居留民を恐怖の底につき落したのは、その後に成立した三十人の権力者たちの独裁政治と翌四〇三年まで激しい争いを捲き起したアテナイの内乱であった。酸鼻をきわめたかのケルキュラの内乱が再現したかの観があった。友は友を売り、市民は居留民を襲い、国内の民主派と貴族派は、敵に挑むよりも激烈な憎悪を互いに投げつけあったのである。終戦前後の不安と混乱の事態についてはツキジデス自身の筆になる記述は残っていない。書かれなかったと言うほうが正しい。かれは大戦二十七年の全期間についての記述をなす計画であったが、その計画を完遂するには至らなかったからである。だがかれがアテナイの内乱において何を見たか、何を見てとろうとしたか、それについては、後章「内乱の思想」においてたどってみることになるだろう。リュシアスやアンティフォン、アンドキデスら同時代人の文書が生々しく伝えている完全な秩序崩壊の恐怖と絶望がまだ巷に余韻をとどめているアテナイに、ツキジデスは帰ってきた。アンフィポリスの攻防戦からかぞえればまさしく二十年の月日が、記憶と忘却とのあいだに流れていた。

かれの帰国を議会で申請したのは、デケレイア区の住民オイノビオスであったと伝えられる（パウサニアス『ギリシァ旅行記』一・二三・九）。この人物は、かつて大戦末期にアテナイの四百人評議会が瓦解したのち、指揮官職にもついた模様であるが、ツキジデスの旧知であったのかどうか。一説によればツキジデスのかつての同僚指揮官エウクレスの子供がこのオイノビオスであったとのことであるが、これは単なる類推にすぎない。二十年の空白ののち、かれの帰郷をむかえた旧知は幾人あったことであろうか。敬愛するニキアスもニコストラトスも、ラケスもラマコスも戦場にはて、ブリュニコス、アンティフォン、テラメネスらの有能な政治家たちも度重なる政変によって命を失っていた。またクレオン、ヒュペルボロスらのデマゴーグも、とくに失せ、アルキビアデスもはげしい褒貶の渦にのまれて異境の土となってしまっていた。ツキジデスの人物も歴史記述も、長らくひとしれず埋もれるべき運命にあったということそのものが、私たちに伝えるのは、故国におけるかれの孤独ではないだろうか。迎える旧知が少なかったばかりではない。祖国アテナイを鬱然とおおっている陰険な政争の余波は、町そのものの表情をすっかり変えてしまっていた。かつては豪快な政治諷刺を旗印にかかげ、アテナイ市民を抱腹絶倒させていたアリストファネスの喜劇はもうどこにもなかった。戦時中の市民間の確執は不問に附すべしとの法令が発布されてはいたけれども、三十人の実権者らの暴政に対する弾劾は例外として認められていた。じじつその一人エラトステネスに対するリュシアスの弾劾演説はこの頃書かれたものであり、そこに漲る作者の痛憤激怒の言葉はけっしてリュシアスだけの気持をあらわしているものではないだろう。些細な言いがかりをつけて、旧時からのうさを晴らそうとする老獪な個人攻撃とそれに対する苛烈な応酬は、ツキジデスが帰ってきた頃のアテナイの裁判所の空気をそめつくしていた観がある。べつのリュシアスの演説文はまた、一本のオリーブの古株の行方をめぐって――そのような古株が当時どれほどのねうちをもっていたかは問わぬとしても――十年来の市民間の敵意が深刻な裁判沙汰を生みだしている次第を明らかにしている。これよりもさらに数年後三九九年になって、アンドキデスとカリアスの間に争われた、冒瀆事件をめぐる裁判は、アンドキデスの「密儀について」と題する自己弁護の演説をとおして今日にその一面を伝えているが、被告アンドキデスはじつに十六年も過去に遡って、四一五年シケリア遠征直前に起った密儀冒瀆事件における身の明かしを立てざるをえない立場に置かれている。そして同年におこなわれたソクラテスの裁判にしても、その背後には被告と裏切者アルキビアデス、三十人僭主の筆頭クリティアス、その甥カルミデスらとの親密な交友関係を疑い指弾する原告側の気持がひそんでいた、と今日にいたるまで噂されているのである。「市民同志の自由な、わだかまりのない交わりこそ、アテナイ市の誇り」と、ペリクレスは語りかけていたが(二・三七・三―四)、はやその片影すら見いだしがたい世情であった。

憎悪と猜疑にみちた世情をみるにつけ、不信と隔絶に苛まれたのは、政治と哲学の岐路に立っていた若きプラトンのみではない。私たちのツキジデスも明らかにその一人であった。ちなみに、上述の四一五年の密儀冒瀆事件の真相に関しても、かれはアンドキデスらの弁明や論証をかねて知悉していた模様であるが、これを諒とはせず、真相はなお不明と断じている(六・六〇・二―五)。また、四一一年夏のプリュニコス暗殺の犯人についても、リュシアスの提示する事実とはくいちがった記述を残している。四百人評議会の成立の由来について語るツキジデス『戦史』第八巻の、各人物の内奥にあった動機にまで迫ってやまない透徹した観察と、アリストテレスの『アテナイ人の国制』(二九―三四)の、手続き問題優先の解説との著しい違いは、五世紀末の体験者と四世紀半ばの政治哲学者との隔たりを考えれば、当然と言えるかも知れない[1]。

もとより法廷論争はいわば民主主義的法治国家の申し子であり、アテナイにおいてはペロポネソス戦争をはるかに遡る昔から、公私の生活における重要な要素をなしていた。アイスキュロス『エウメニデス』(四五八年上演)の粛然たる票決場面の威厳は、真実にかけられた宗教的権威をまざまざと感じさせるものである。また法廷論争における弁証的技巧の、毛一筋をもたがえぬ見事さは、五世紀後半の弁論を文学の高みにまでみがきあげていった。ツキジデスが尊敬をよせている政治家アンティフォンの法廷論争四部作三篇に展開されている、原告被告両者の真実探究の弁論的技巧は、詩的なゆとりを見せながらも、証拠、推論、動機とアリバイといった基礎的な概念を彼我の立場から論じつくしており、幾何学的な美しささえ感じさせるものである。そして、真実のいかにきわめがたいかを思わせ、また、議論のための議論を展開していくさなかにあっても、真にリベラルな知性とゆとりを貴ぶ態度がある。一個の真実をつかむためであれ、あるいは国家の最高の政策を説きすすめるためであれ、そこに全知を傾けた賛否の議論を繰りひろげることに、ツキジデスもまたプラトンもアテナイの誇りがあったことをすすんで認めることにやぶさかではなかった。だが良識ある人々には、至高のものを極めるために磨かれた巧緻なことばの技巧が、私人の物欲権勢欲の道具となり憎悪嫉妬のかくれみのとなって堕落していく姿が堪えられなかったのである。出来ごとのうらにある真実はなにか、というつきつめた意識があらたに甦り、弁論の指針とならなければ、人間のなすことすべては虚偽と独善によって歪められた言葉の渦にのみこまれてしまう。そのことを、かれらは鋭い危機感をもって感じたのである。

終戦直後のアテナイには、さあらずとも敗戦の事実の圧倒的な重みを感じさせる無残な断面が、二十年ぶりの帰国者の前に口を開いていた。船首の飾りも雄々しい軍船の群がいまは港から殆んど姿を消し、テミストクレスやペリクレスの海国主義を支えていた大城壁も跡形なく姿を消し、わずかにペイライエウスのあたりに空しい厚みをとどめているにすぎなかった(一・九三・五参照)。ペイライエウスの街路にのこる市街戦のあともさることながら、そこに新たに設けられたメトンの泉水をみて、ツキジデスの心にはかの恐るべき疫病の情景がまざまざと甦ったにちがいない。四三〇年の疫病発生のときには泉水がなく、病は貯水池の汚染から生じたとも言われたからである(二・四八・二参照)。ペイライエウスからアテナイに歩みを移せば、北も南も戦禍のために一木一草の陰もなく、裸の大地はかわききってひびわれていた。四一三年夏いらい、冬夏のべつをとわずデケレイアの敵勢がアッティカ領土を踏みしだき、農地や果樹園を徹底的に潰滅せしめていた(七・二七・三—二八・四)。アテナイ城外の墓地ケラメイコスに立ちならぶ戦死者の墓碑は、二十年以前の幾倍かに増していた。シケリアの海に野に、イオニアの岸辺にはてた市民たちの姿であった。アクロポリスに奉納されている幾十柱もの初穂表の碑は、幾万タラントンにものぼるほとんど全ギリシァの富がこの岩山の国庫に運び込まれたことを告げ、アテナー女神殿や諸神殿の出納碑文はその金が惜しげもなく〝戦い〟という人間の行為にすべて投じられたことを、まだ鮮やかな朱文字で見る人々に告げていた。たずねれば四二四年度の会計報告碑文にはツキジデス自身の名も、石にきざまれているのを見つけることができたにちがいない。そして夢と化した栄光と、夢よりもさらに苦しい覚醒とを嘲笑うがごとく、終戦直前に美々しいイオニア風の新装のととのったエレクテイオン神殿が、涼しげな影をおとしていた。いくたびかツキジデスがアテナイの無尽蔵にちかいかと思われる財力を語るときの、悲痛な誇りをこめた言葉づかいや、「後世人はアテナイのポリスの華麗なる外観をみて、その実力を事実の二倍にも過大に評価するであろう」という一節(一・一〇・二)には、過去の事実がほとんど堪えきれぬ重圧となっておおいかぶさっているアテナイの表情が刻まれている。

私たちはこれまでに、ツキジデスが「メモ」を書きはじめてから、かれ自身も歴史の大波にもまれ、そしてそのなかに没していくのをみた。うずまく諸事件の中心地アテナイからトラキアへ、またそこから諸地に漂泊しつつ二十年の月日をあとにして、ついに再びアテナイに帰り、変りはてた祖国に再会するまでのおぼろな経緯をたどってみた。そしてかれ自身の述懐やいくつかの同時代の資料をもとに、かれを迎えた故郷の表情をとらえてみようとこころみた。これをあまりに文学的な復原であるとするむきも識者のなかにはあるかもしれない。また細部においてはまことの事実とちがっているところもありえよう。だが、ツキジデスの身辺をおしつつみ、かれに歴史記述の大成をせまった、四〇三年から数年間にわたるアテナイの心と姿のおおまかな輪郭は、ほぼ今述べたごときものであったと思われる。また、かれのいくつかの記事を理解するために必要な、私たちのふみ台が四〇三年以後数年のアテナイにあるとすれば、そのために必要な要点はほぼ上に述べたとおりであろうと思う。

次に私たちは、その混乱と疑惑の世界に孤影ツキジデスがもち帰ったものは何であったかを問い、さらに、その視野と識見を足場にかれが組みたてた歴史観や人間観について問いかつ学ばねばならない。しかしそこに論を移すまえに、いましばらくこの世界に歩みをとどめ、そこで起きた二つの重要な出来ごとに注目しておきたい。一つは四〇一年春ソフォクレスの遺作『コロノスのオイディプス』が上演されたこと、いま一つは三九九年、神々にたいする不敬罪と青年を堕落せしめた咎で起訴断罪された老兵士ソクラテスのことである。これらの二つの事件についてはたしてツキジデスがアテナイ人としてどれほどの関心を抱いたであろうか。誰しも知りたく思うであろうが、これについて知りうる資料はない。私たちはそれよりも一歩しりぞいて、これらの出来ごとと、ツキジデスの歴史記述の完成されつつあったこととが、ともに終戦直後のアテナイでの同時代的現象であることに注目し、それらすべての背後にひそむ訴えの本質的な類似性と、それぞれの現象が示している特徴を指摘するにとどめたい。

ソフォクレスの悲劇では、誤って父を殺し母と交った所業を呪って自ら眼をえぐりとったオイディプスが——その伝説は大戦初期にソフォクレス自身によって劇作化され上演されているが——、今は年老いて漂泊の身をアテナイの郊外コロノスにあらわす。そしてそこでもかれを追うもの、迎えるもの、またかれを利用しようとする者たちとのあいだに深刻なドラマをくりひろげる。一場また一場と積みあげられていくオイディプスの怒りと喜び、自負と謙譲の錯綜する対話をつうじて、オイディプスは呪われた過去の所業のけがれを克服していく。そしてついに、呪われた所業をこえた彼方に、めしいた眼であらたな光明をつかみとり、嘆賞に値する人間の姿に変容するや神々のみちびきのもとにこの世を去る。かれの死によって呪いは祝福に転じてアテナイを守るちからとなる。後世の文学者たちはこの劇作を評して、作者最高の技巧を結晶した傑作であるとし、またもっとも深遠な宗教的内容をもつものとしている。これに私たちもまったく同感であるが、ここではこの、詩人の最後の劇作が作者の没後五年、四〇一年春に孫のソフォクレスによって上演されたことに注目したい。なぜならば、老ソフォクレスが告げようとしたことは、戦争末期よりも戦後の混迷期にこそ、アテナイ人観衆にとって切実なひびきを伝えたと思われるからである。

たとえば、劇中で盲のオイディプスにむかって説明されているアテナイの城壁のたたずまいや、郊外のうるわしい繁み、うぐいすのさえずる平和な樹陰、そして大海原でニンフと速さをきそう快速船の櫓のきらめき、そして知と徳と力の王者テセウスの姿など、作者の生時にはなお現実性をとどめていたアテナイ市の面影は、四〇一年の上演時にはもう肉眼の視野にうつるものではなくなっており、あえてその姿を美しい詩から彷彿しようとすれば、観客はみなオイディプスと同様に眼を閉ざし自らの苦汁にみちた追憶にすがるほかはなかった。とはいえ、劇場にむらがる幾千幾万の市民らのなかで、幾人の者たちが老オイディプスのごとくに、自分らの呪われたる過去に、所業に、敢然と直面し己れの知性と徳性によってこれを克服しようとしていたであろうか。ほとんどの者たちは、過去を不問に附すべしの法令のかげに、不愉快な過去を忘却のうちにねむらせようとしていた。だが、すでに私たちが見てきたように、ある者たちは、劇中でオイディプスの呪われた過去を咎めかれを迫害しつづける人物らと同様に、はてしない呪詛と憎悪の応酬にあけくれていた。またべつの者たちは、のちにソクラテスが指弾するように、戦いで失った資産をとりもどすことに己れをわすれて汲々たる姿をみせていた。それらの小人らを盲の眼でみすえながら、悲劇の中からオイディプスは、真の救いは忘却によってえられるものではなく、また果しない我欲と暗闘によってえられるものでもなく、己れがなしたる所業を己れの知性でたしかめ、たとえそれが呪われた過去であっても、そこに真実の人間の姿をつかみとることができればそこにこそ救いがある、と語りかける。これこそが知性の勝利であり、知性の凱歌にこそ人間の救いがある、アテナイの祝福がある、と。作者ソフォクレスがペリクレス時代のギリシァ同盟財務官という顕職にあったことはまだ記憶している者もいたであろう(上記二三五頁参照)、そしておそらくシケリア遠征敗退後の、十人の最高委員の一人であったことも。

かくのごとき英雄オイディプスのことばは、大ソフォクレスにしてはじめてのこしえた、アテナイ市民たちへの遺言であったのかもしれない。そしてそれも、悲劇芸術という厳粛な形をかり、伝説上の人物に仮姿をもとめればこそ、観客の心を動かすことばとなりえたとも言えよう。しかしながら、とくべつの英雄ではない者が、あたりまえの人間すべてにたいして、あたらしい視野のもとに人間の行為について峻厳な検討をもとめる声は、劇場の外にも聞こえていた。真実探究こそ人間的価値をまっとうするに至る道であると信じ、その実践的な道を説きすすめることを己れにあたえられた至高の使命として生き、またそのために死んでもよい、と考えた人間も決して絶無ではなかったのである。

ソクラテスは兵士としてポテイダイア、アンフィポリス、デリオンなどの戦線に従軍しており、ツキジデスが記述している重要な出来ごとの直接的な重みを自分の肩に担ってきた大勢のなかの一人であった。しかし外交に、財政に、内政改革に——劇場における活躍はいうに及ばず——アテナイの代表的政治家として活動したソフォクレスとはきわめて対照的に、ソクラテスは市民の義務として課せられた場合のほかは政治や軍事には求めて関与することなく、ひたすら正義とは、知とは、愛とは何かという問題を人々と論ずる哲人として久しく市民間に親しまれていた。かれの一途な探究的態度はときにははなはだしい誤解をまねき、この二十数年来すなわちツキジデスが追放される以前から、喜劇作者の揶揄の対象となってきたが、ここで私たちの問題に直接かかわりがあると思われるのは、前三九九年、かれが生れてはじめて足をふみいれた裁判法廷における自己弁護の演説と、有罪の判決を受けた後に、語りのこしたといわれることばである。その思想的内容については哲学や倫理学の諸説によってときあかされているので、今はくわしく述べない。私たちは、これを当時の世相に対する全身的な抗議の文書としてみるとき、期せずしてここにも、かの老オイディプスの姿と共通するものをみいだす。もちろんソクラテスの個人的過去には、一点もやましいところはなく、クセノフォンによれば、かれは日々の行ないがすべてにまさる証拠であるから、あらためて自己弁護を要しないとさえ言った。したがってオイディプスが己れの過去と戦いつづけてついに清浄の境地にいたるというのとはちがう。ソクラテスがソフォクレスの英雄にちかづくのは、その最後の証言における同胞市民に対する呼びかけの姿勢である。「君たちは人々の長たる人間ではないのか、知と力においてヘラス最大のポリスの栄誉をになうアテナイの市民ではないのか、それなのに金や名誉や地位のみを増すことに狂奔し、己れを知ろうともせず、真実をきわめようともせず、魂の正しきを願おうともしないのは、恥ではないか。」(プラトン『ソクラテスの弁明』二九d—e)

この言葉は、前三九九年当時の風潮下においては信じられないほど古めかしく聞こえたにちがいない。これより二百年も昔、アナテイの民主憲法制定当初、立法者ソロンならばそのような形で都市国家アテナイの誇りをかかげて市民の道徳感に訴える言葉を語りえただろう。しかし全ペロポネソス戦争を通じて、アテナイにおいて国家の名において語られたのは、侵略と征服であり、諸国に君臨する独裁者アテナイの自讃の言葉ばかりではなかったろうか。すくなくともツキジデスの記録している多くの政治演説はそのような印象をつよくする。ところがソクラテスの訴えはまさしくソロン的であり、耳を驚かすほど古風でありながら、前三九九年当時の心ある人々に対してはかえって逆に、いかなる斬新な言辞にもまさって新鮮なパラドックスをなげかけたにちがいない。〝知と力において世にならびなきアテナイ〟という苦々しい過去の亡霊が、かれらに要求しているのは目ざましい戦後の復興や経済的な繁栄ではなく、己れを知ること、真理にしたがうこと、魂の正しさを願うことであるとは。過去にはたして輝きがあったとしても、それを今にないうるのは、道徳的に覚醒した人のみであるとは。あらたなる人間の道を追求することによってのみ、過去の歴史の重みに堪えうるものとなることを、物欲名誉欲に狂奔するアテナイ人たちに訴えていたからである。ソクラテスはこれを説くことこそ、神からさずかった己れの使命とし、その遂行を生命よりも貴しとする態度を、最期の瞬間まで崩さなかった。兵士の誇りによって任務をはたそうとしたのである。

私たちはかなりの紙幅をついやして、四〇三年から数年間にわたるアテナイの表情をさぐり、そこに聞こえる諸々の声に耳をかたむけてきた。苦しく長かった戦いの思い出を忘れてしまおうとするもの、いつまでも旧時のわだかまりを捨てかねているもの、復興と新しい繁栄にあらたな希望をつなぐもの——アテナイの巷にうごめく群は、敗戦の町ならばどこにでも、どの時代にもみられるようなものであったろう。しかし後世私たちが驚きを感ずるのは、アテナイ人らのたくましい生命欲である。ただたんなる物質的な繁栄にむかって蟻や蜂のようにむらがっていくかれらの姿だけならばさして私たちと変るところはない。真にたくましいかれらの生への意志は、道徳的な覚醒をうったえる厳粛な言葉となって、今はなきソフォクレスの遺作から、また今まさに去らんとするソクラテスの口から、語られる。一方は重く汚れた過去をみごとに克服する英雄の姿を、神話的過去から甦らせることによって、他方は過去を克服するには、未来につらなる目覚めがなくてはならぬと説くことによって、ともに内なる覚醒こそ歴史をになっていく力となるべきことを訴えている。しかしながら、それらの訴えの根源的な共通性にもかかわらず、またともに敗戦の苦杯という直接の経験から発してそれを克服する道をそれぞれ告げようとしているにもかかわらず、両者を現実からへだてている大きな距離が介在する。ソフォクレスはアテナイの問題をかたるとき、はるか昔の神話世界のシムボルをかりている、またソクラテスは人間の意識の目覚めをもとに未来への道をさしている。かれらはアテナイの重苦しい最近の過去には直接ふれ対決することは避け、それ以前のはるか彼方からか、あるいはそれ以後のはるか未来からか、遠くからの光明を今に投じていかに生きるべきかを語ろうとする。かれらのごとくに明知の人々にとっても、いまだにかれら自身の一部である新しい過去を語ることは困難であったにちがいない。だが問題の根は、あきらかにこの約三十年の出来ごとの世界にねざしていた。神話をつうじての想念でもない、また、哲学的な自己の省察でもない、いまだに人の記憶に新しい具体的な行為についての説明が納得のいくまでなされなくては、神話や哲学と現実との間の空隙はみたされえない。しかしながら、私たちのみるかぎり、五世紀が去り四世紀をむかえんとするアテナイにおいてすべてはこの空隙をいかに埋めるかに大きくかかっており、いまだに新しい三十年間の出来ごとは、悲劇でもない哲学でもない、新しい視野と思考法によって説明され記述されなくてはならなかった。事実を事実としてかたる知的視野を設定し、そしてすべての人々の夢と失望のまじりあったなまなましい記憶の混沌から、まことのかれら自身の像を、歴史的な人間像をほりだしてくる困難な仕事を、みずからになおうとするものが生れてこなくてはならなかった。まことにこのようなアテナイ市あげての渇望の中に、歴史家誕生のときは熟していたというべきであろう。

（1） P. J. Rhodes, *A Commentary on the Aristotelian Athenaion Politeia*, 1981, 362 ff. 参照。

第五節　全体像の成立

一

この戦争は一体何のための、どのような争いであったのか。それによって得たもの、失ったものは何であったのか。ペロポネソス戦争の全体像が露わにされたのは、前四〇四年のアテナイ降伏の和議締結後であることは言うまでもない。戦争終結を報ずるツキジデス自身の言葉は伝わらないが、かれの史述を書き継いでいるクセノフォンの記事は次のごときものである。

「テラメネスらの(アテナイ側)使節一行はセラシアに着くと、何の会談を求めての来訪かと尋ねられたので、和平交渉の全権大使であると答えた。すると(スパルタの)監督官らは使節を招致せよと命じた。使節到着後、民会が招集され、その席上でアテナイに和を許すな徹底的に破壊せよと主張したものは、ギリシァ諸邦の代表中に大勢いたが、とりわけコリントスとテーバイの代表がこれを強硬に主張した。だがラケダイモン人(スパルタ市民を含む、スパルタ支配下全領土の住民の称)はこれを認めず、かつてギリシァが未曾有の危機に襲われたとき偉大なる功績を遂げたそのギリシァの町を奴隷にすることはできない、と言って次の条件のもとに和議を認めた。すなわち……」(クセノフォン『ヘレニカ』二・二・一九―二〇)。

アテナイ市民を奴隷にすべきか否かを議した前四〇四年の会議の模様は、クセノフォン以外の人々も伝えている。テーバイ代表の意見は発言者個人の考えであって市の公式意見ではなかった(『ヘレニカ』三・五)とか、その人の名はエリアントスであった(プルタルコス『リュサンドロス伝』一五)とか。またアテナイ市の存続を認めよという案はフォキス人の主張したものとも言われる(デモステネス『偽りの使節』六五(三六一)、プルタルコス前掲書同節)。しかしラケダイモン人がアテナイ市の抹殺に反対したのは誤りない事実であろう。クセノフォンは『ヘレニカ』六・五・三五でもそう言っているし、アンドキデスの言葉もこれに一致している(三・二一)。ラケダイモン人はあるいは、テーバイ人とコリントス人を牽制するにはアテナイの存続が有効であると判断して、フォキス人の案に賛成したのかもしれない。クセノフォンはラケダイモンに対して友好的であったから、この間の事情を省略して、ラケダイモンがアテナイを救ったというふうに書いていると考えられないこともない。ともあれ、アテナイの存続を許すための表向きの理由を明確に伝えているのはクセノフォンである。アテナイはペルシァ戦争で偉大な功績を遂げたのであるから、というその理由でコリントスとテーバイが果して納得したかどうかは疑わしい。しかし、クセノフォンが伝えているその表向きの理由でアテナイが奈落から救われたとするならば、ペロポネソス戦争の結末はまことに皮肉というほかはない。

二

「ギリシァが未曾有の危機に襲われたとき偉大な功績を遂げたその町を奴隷にするべきではない」――これは勝者のゆとりを表わしているのかも知れない。かつての偉大な功績をいくら弁じてみても、それが人をも国をも破滅から救うことにはならなかったギリシァ悲劇や、またツキジデスの弱肉強食の世界(三・五三―六八のプラタイア裁判の項を対比参照されたい)から、すでに離れようとしている前四世紀の空気をくみとることもできよう。「人間的であること」が、軽蔑ではなく暖かさをもって感じられる新しい世代の到来を告げているとも言われよう。

しかしラケダイモン人の言葉には、ペルシァ戦争以来のアテナイに対する痛烈な皮肉がこめられている。二千数百年後の注釈家たちはまた、この言葉から直ちにメロス島会談におけるアテナイ人の言葉を想起する。前四一六年夏メロス島市民にたいして屈服を迫ったアテナイ人は、自分たちが恐れている相手は他国を支配することに慣れているラケダイモンではない、と言っている(ツキジデス『戦史』五・九一、以下引用は巻・章・節の指定のみ)。また、ある注釈家たちは、ツキジデスは終戦会議でのラケダイモンの態度を念頭にしながら、これを前四一六年の出来ごとに遡って投影しているのである、と言う。このような降伏申入れ当時の事情がそれに先立つ『戦史』の記述に投影されているとしても怪しむことはない。有名なペイライエウスの壁の厚さや(一・九三・五)、アテナイの支配圏の崩壊と城壁の撤去(五・二六)の記述が告げるように、ツキジデスはすくなくとも記述や演説文作成のある段階では、二十七年間にわたるペロポネソス戦争の全貌を視野に収めて、個々の出来ごとの意味づけを試みているのである。

『ヘレニカ』二・二・二〇と『戦史』叙述との相関は、メロス島会談(五・九一)のみにとどまるものではない。ラケダイモン人の言葉「ギリシァが未曾有の危機に襲われたとき偉大な功績を遂げたその町」*πόλιν Ἑλληνίδα……μέγα ἀγαθὸν εἰργασμένην ἐν τοῖς μεγίστοις κινδύνοις γενομένοις τῇ Ἑλλάδι* に皮肉が感じられるのは、これを読むときツキジデスの随所に語られる類似の科白が私たちの記憶の中で――まったくかけはなれた自己讃美という音域で――共鳴を生ずるからに他ならない。逆にまた、『戦史』においてそのような科白にであうたびに四〇四年の降伏時点を暗示する伏線にふれる思いがするのは、クセノフォンの乾いた調子の記述を思い出すためである。ペルシァ戦争の功績を盾にして自国の既得権を主張したアテナイ人(一・七三―七四)、ペルシァ戦争の勝利によって海はみなわが領土と誇ったペリクレス(二・六二・三)、だがそのような言い分に対して不信と不安をつのらせたミュティレネー市民(三・一〇)、ペルシァ戦争の武勲をめでてわれらの存続を認めよと絶望的嘆願をしたプラタイアのアステュマコスとラコン(三・五四―五九)、ペルシァ戦争の功績など引合いに出す要はないと嘯く、畏れも慎しみも忘れたメロス島のアテナイ人(五・八九)、だがやがてまた、ペルシァ戦争におけるアテナイの功績に比すべきものを克ち得んと願うシュラクサイのヘルモクラテス(六・三三・四)、これらの人物の言葉に私たちは皮肉と伏線が交錯するのを見る。ペロポネソス戦争全体の重要転機を示す節々には、「ペルシァ戦争」が、必ずといってよいほど頻繁に影を落している。前四六〇年代半ばであろうかアイスキュロスの『ペルシァ人』が上演されたシケリア島シュラクサイの劇場に立てば、四一三年かの大アテナイ船軍が潰滅を喫した大湾を一望のもとに見渡せることを、『戦史』や『ヘレニカ』の作者たちが知っていたかどうか、それはいまは重要ではない。

ペルシァ戦争という、本来ツキジデスの歴史記述の外にあるはずの事件が亡霊のように幾度か現れては消えするのは、さらに前四一三年以後ペロポネソス戦争の主舞台がイオニアに移ってからのことである。イオニアの解放戦線はラケダイモンとペルシァとの提携によって進められるが、この二国の結合は、ペルシァ戦争などはなかったことにしようという、じっに奇怪な出来ごと消去を前提として成り立つ(八・一八、三七、五八―五九)。ペルシァ戦争がなかったということになれば、ペルシァ王は戦争前のイオニアの領土権を回復するからこの考えに反対するわけがない。またラケダイモンも、ペルシァ戦争によって名実ともに得をしたアテナイと異なり、これによって何ら実益を得られなかったのであるから、ペルシァ戦争を消去することによって直接の不利をこうむらない。むしろ、ことあるつどペルシァ戦争の功績をふりまわすアテナイの足をすくい、その主張の根拠を奪うという一種の快感すらあったかもしれない。

しかしアテナイ人にとって、ペルシァ戦争の消去は何を意味したであろうか。すべてを前四八〇年以前にもどし、城壁も海軍も支配圏も年賦金或は通商税も、強力な富と支配の礎となってきたものすべてを手放すことに等しかった。これを維持保全するためのペロポネソス戦争の努力が水泡に帰するだけではない。それまでの八十年の歴史が消されるだけでもない。歴史から容易に消去されうるような些細な争いを誇張し己れに利する宣伝の種として利用してきたが、いつのまにか自分たちが自らの宣伝に眩惑されて(アルキビアデスのように、六・一七・五—六)、破局を迎えた、といわれよう。

このように『戦史』の各巻に点在するペルシァ戦争への言及が単なる修辞的なトポスに過ぎない、とは考えられない。かつてイギリスの大古典学者コーンフォドは、『戦史』の基本構造は、アイスキュロスの悲劇的発想に負うところが大である、と主張して論争をまきおこしたが、私たちはその見解に追随するものではない。クセノフォンの『ヘレニカ』二・二・二〇の記事からふりかえって、ツキジデス『戦史』に頻出するペルシァ戦争への言及を眺観するとき、これらの断片的なペルシァ戦争への言及は、敗戦国アテナイの苦汁にみちた幻滅感がペロポネソス戦争の歴史記述の諸断面に、乱反射を生じているように見える。しかし他方、『戦史』のいたるところでアテナイ人があれほどいたけだかに主張してきたペルシァ戦争の功績が、降伏の日になってようやく勝者ラケダイモンによって認められて、アテナイはかろうじて独立国の命運を保つことができたとは、それが史実であればことのなりゆきそのものに人間ばなれのした辛辣さを感じさせる。アテナイの処置についてラケダイモンはアポロンの神託を仰いだとの伝もあるが、これはペロポネソス戦争の終結のおりに語られたギリシァ的英知の言葉に先人もアイロニーを感じて補飾した創作かもしれない。

三

古人はペルシァ戦争とペロポネソス戦争の歴史家二人を表裏一体の像として刻んでおり、その一例は、アテナイのアゴラ(市民広場)からも発掘されている。前節において見たように、『戦史』の登場人物はしばしばペルシァ戦争についての評価をくだす。こうしてあの戦いとこの戦いとを比較し、相対的にその間の距離をはかる人物らをつうじてペルシァ戦争における功罪を論ずることが、その時点における話者のペロポネソス戦争観に歴史的な枠を与えていく。そしてかの出来ごとをいかに把握するかが、今起りつつあることの価値評価となっていくかのようにみえる。私たちはこの相関について事実を詳しく調べてみたい。そして、ツキジデスの歴史記述にとってペルシァ戦争とは何であったのか、これを問い直してみたい。ヘロドトスとツキジデスとの大きい違いを論ずる立場からみれば些細な問題であろう、しかしペロポネソス戦争の始めにも、途中にも、また終りにも、ペルシァ戦争が影を投じていることは、明らかに『戦史』の全体像の成立と表裏をなすものであろうし、いつ、どのようにしてペロポネソス戦争の全体的把握をとげるに至ったのか、つまり、かれの歴史的展望の確立を問う私たちの立場からすれば、ここで避けることのできない問題であろう。

四

ツキジデス自身のペルシァ戦争評価としてよく知られているのは一・二三・一の、「それまでの出来ごとと比べれば確かに最大の事件であったが、しかし僅か二度の海戦、二度の陸戦によって大勢が決まった」という文である。これがいつ書かれたものかは問うまい。しかしツキジデスがペルシァ戦争を過少に評価していると一概に説くのは早断であって、例えばピュロス戦線についての比較にも(四・三六・三)見られるように、テルモピュライを大としピュロスを小なる規模の戦いとして比較し、両戦線におけるラケダイモン側の立場の近似性を指摘しているような場合もある。全般的にみて記述文の中でのペルシァ戦争への言及がきわめて僅かであることは、ペロポネソス戦史の歴史家としては当然であろう。ペルシァ戦争の事件そのものの記述は、ツキジデスにとってさして重大な関心事ではない。これについての直接の言及は、過去の戦争史を通観する考古学の章や(一・一四・三、一・一六、一・一八・一―四、一・二三・一)、五十年史の初めの部分にある。またペルシァ勢力との紛争が余燼をとどめているノティオンの政情が詳述されている(三・三六)。あるいはまた、ペルシァ戦争との対比においてツキジデスが目前の事態を論じているところもある。ペロポネソス勢の破壊行為を眼前にしたアテナイ人の動揺を語るとき(二・一六・八)、ペルシァ戦争が記述文にも現れてくる。ピュロスの戦況(四・三六・三)やキオスの叛乱と破壊(八・二四・三)も、史家の心にペルシァ戦争の記憶を呼び覚す。記述文に現れたこれらの言及は、一・二三・一と四・三六・三を除けばペルシァ戦争そのものについての評価を含まない。当時の人間の経験内にある時間と空間をはっきりと限ぎる地平線としてペルシァ戦争が想起されているに過ぎない。

しかしながら、ペルシァ戦争という事件そのものではなく、それが以後に及ぼした影響が問題となるとき、ツキジデス自身の評価は大きく変る。五十年史を草した時点には、ツキジデス自身ペルシァ戦争が、その後八十年にわたるアテナイの興亡に決定的な意義を持ったことを、すでに知悉していた。反ペルシァ同盟の成立、それのアテナイ支配圏への変容、その維持保全をめぐる諸問題の整理と検討は五十年史の時代(前四八〇―四三一年)のギリシァ人すべての課題であった。『戦史』全巻から知る限りでは、ペロポネソス戦争そのものがこの課題を担い、そしてその最終的解決に終っている。ツキジデス自身そのような考えに至ったことは次のことからも充分に推測できる。ペルシァ戦争とその影響についての言及や、その評価をめぐる甲論乙駁は、『戦史』の中の政治演説において頻繁に現れ、各〻の時と場所によって著しい屈折をみせたことになっている。これらを見るとき、ペルシァ戦争が事件としてはいかほどの規模のものであったにせよ、その余波は甚大な影響を及ぼしており、これをいかにして乗り越えていくべきかという問いが、ツキジデスの世代に課せられた問題であったことが判る。そこで私たちは、まず『戦史』の個々の演説の中で、ペルシァ戦争というテーマをツキジデスがどのように使用しているか、その点から調査をはじめよう。

五

『戦史』の中には、短い会話的やりとりを除けば(例えばイドメネーでの軍使と兵士の会話(三・一一三・五―九)、ピュロスの捕虜の会話(四・四〇・二)のようなものを除けば)、演説と見做される文章は四十三篇収められている(アルキダモスとプラタイア人(二・七一―七四)、テウティアプロス(三・三〇)、ニキアスの手紙(七・一一―一五)を含む)。その約五分の二に当る十七篇の演説においてペルシァ戦争が何らかの形で話題(トポス)に上るが、残りの演説では何らの言及もなされていない。先ずペルシァ戦争が話題(トポス)となっていない演説を取りあげてみよう。それらは極めて切迫した事態を前に、視野の限られた具体的処置を述べている発言であることが多い。戦場の指揮官が戦闘開始に先立って兵士らに与える激励の辞がその好例である。アルキダモス(二・一一)、ナウパクトス海戦の両軍指揮官(二・八七、八九)、デモステネス(四・一〇)、テウティアプロス(三・三〇)、デリオンの両軍指揮官(四・九二、九五)、マケドニアとアンフィポリスにおけるブラシダス(四・一二六、五・九)、最初の海戦を前にしたニキアス(六・六八)、ニキアスの手紙(七・一一―一五)などであり、これらの演説ではペルシァ戦争は発言者の視野の中に入ってこない。このような諸演説の場合には、話が始まる以前にすでに為すべき行動の大綱は決まっていて、言葉は戦闘行為の遂行を前提としている。為すべきか為すべからざるかという行為以前の政治的もしくは戦略的判断は問われていない。しかしニキアスの手紙はやや例外かもしれない。また、戦闘開始前の激励演説でも七・六六―六八は異なるし、七・七七のニキアスの激励の辞も他の諸例と異なる。これらについてはのちに詳しく述べる。これら二、三の例外を除けば、アテナイ人であろうとペロポネソス同盟側の指揮者であろうと、行動開始直前の演説の場合には、ペルシァ戦争について触れるほどの余裕がない。

ペルシァ戦争をツキジデスが適切な話題と認めず演説から省いている例は、戦闘開始直前の場面以外にも、幾つか指摘できる。ミュティレネー問題を論ずるクレオンとディオドトスの論争がその一例である。この場合、とくにディオドトスの視野は決して狭く限られているわけではない。また両者ともアテナイの支配圏の維持保全を大前提としてミュティレネー問題を論じているから、ペルシァ戦争がいずれかの論に影を投げるような情況にあったことは確かである。しかしアテナイの支配圏の歴史的経緯とミュティレネーの立場は、すでにオリュンピアでミュティレネー使節によって説明されており(三・一〇)、アテナイ側の言い分も表明されてきている(一・七三―七四)。クレオンとディオドトスの論争を草するに当ってツキジデスは、その巨大な背景を早手まわしに説明し、ここでは問題を離叛国の処遇というきびしい一点に凝縮して論じつめようとしている。このようにしてペルシァ戦争が視界の外にかすんでいる例は他にもある。前四三三年アテナイに対して同盟締結を求めるケルキュラ使節と、アテナイにこれを思いとどまらせようとするコリントス使節との論争も、ついに極限点にまで膨張したアテナイの支配圏の問題がその背景にひそんでいる。しかし恩義の貸借を説くコリントス使節はペルシァ戦争以前のこと以後のことに論及するがペルシァ戦争については触れない。ツキジデスの構想ではこのケルキュラ問題は『戦史』第一巻では五十年史の終局点を形成しており(一・一一八・二)、ケルキュラ・コリントス論争はここに至った不可避の趨勢を前提として(一・四四・二)、同盟締結の可否に論点を絞っている。このような場合にもペルシァ戦争は視野の外にうすれていく。ピュロス問題収拾のためにアテナイに来たラケダイモン使節の演説(四・一七―二〇)は、問題は極めて具体的であるにもかかわらず、論点は逆に極めて大まかな一般論に終始する。その発言がペルシァ戦争をも含めて論じているのか否か(四・一七・五)、曖昧であって明確な像を結ばない。

ペルシァ戦争について明確な言及を欠く演説はおよそ上述したごときものであって、省略の理由は、いずれも簡単に説明できる。次にペルシァ戦争が話題に上る十七篇の演説について検討したい。事実としては些細な出来ごとであったはずのペルシァ戦争が、歴史の幻像として膨れあがったありさまをこれらの演説は示している。その幻像はギリシァ人すべての抱いたものか、アテナイ人だけの思いこみであったのか、あるいはツキジデス独りの見ることのできたものであったのか、個々の演説に即して考えてみたい。

六

ペルシァ戦争において克ちとった栄光は、アテナイ人ならば誰しも知り過ぎるほど知っている平凡な話題である。そのためであろうか、これに触れるがごとくでありながらこれを避ける語り方が、ツキジデスの世代のアテナイ人の政治演説におけるマンネリズムとなっていた観がある。話題をそちらにみちびきながら(一・七三・二一三)、これは皆よく知っているからと省略する(一・七六・五)ペリクレスの話法も、あるいはまた、他国人を前にしてペルシァ戦争の話など無意味であると嘯くアテナイ人(五・八九)の例も、そのような話法の現れであろう。しかしこれらのように、平板な話題を消極的に扱っている場合にも、ツキジデスはこれを介して各〻の発言者(あるいはその情況)の性格描写 ethopoiia を試みている。だがペルシァ戦争について積極的に言及する場合には、次の二つの例に見られるように、各〻の発言者の政策的立場と現状認識の違いを映しだす作用をこれに負わせている。一つはペロポネソス戦争やむなしの論をもって民会に迫り、開戦決議を求めるペリクレスの演説の場合である(一・一四四・四—五)。国を守りぬいたわが父たちに劣ってはならぬという聞きなれた要請はここで、支配圏防衛のモラルとして使われる。ペリクレスの発言は、アテナイの非拡大政策を必須の前提としていること(一・一四四・一)は言うまでもない。いま一つの例は、これと表現は類似的でありながら、しかし内容は対照的に異なっている。前四一五年シケリア遠征やむなしの論をもって民会に決議を迫るアルキビアデスも、やはりペルシァ戦争に論及して父たちに劣ってはならぬと説く。しかしかれは同じ話題を支配圏拡大のプロパガンダとして利用している(六・一七・七)。ペリクレスはペルシァ戦争を防衛戦争とみているが、アルキビアデスは同じものを指して支配圏拡大の契機となった戦争として語っているのである。

このような違いは各〻の政策的立場と現状認識の違いがしからしめたものであることを、ツキジデスは最初にことわっている(一・二三・一)。このように大きく隔たる二つのペルシァ戦争像がアテナイ人自身の中にあり、ツキジデス自身の中にもあったことがわかる。

ともあれ、ペルシァ戦争にまで遡って言及することは、半世紀のアテナイの歴史を省みてその歩みに即して現実の政策を論じようとする発言者の政治的態度に発している。一つの行為決定の必然性を正当化できる歴史的展望を求めてペルシァ戦争にまで言及している点では、ペリクレスもアルキビアデスも変るところはない。またこの場合、行為すべきかすべきではないかという、根本的な問題が論じられている点も両者に共通している。ペルシァ戦争への言及がツキジデスにとっては単なる常套的な話題ではなく、発言者が政策の是か非かを問うときの、一つの意識的な指標として用いられていることも見逃すことができない。しかしさらに重要な点は、このペルシァ戦争という指標はゆらめく幻であり陽炎であり、各〻の政治的立場によって千変万化する。歴史を省みて云々とは、畢竟幻を語ることではないか、プロパガンダのかくれみのではないかという深刻な疑いを、歴史家ツキジデス自身が私たちのまえに残していることを忘れてはなるまい。

七

前四三二年スパルタにおけるアテナイ人発言者と同四一五／四年の冬カマリナにおけるエウペモスの両名各〻の演説は、ペルシァ戦争における自国の功績を多とし、その後の自国の支配圏の確立を是とし、これを維持防衛することを正当と見做す点で一致している。これら両演説がふまえている事実認識は、ツキジデス自身が考古学(一・一九)や五十年史で述べているところと大綱において変るところはない。しかしそのような基本的一致も、修辞的な力点の按配によってかなりの変化を生ずる。

ペルシァ戦争のプロパガンダとしての価値について語っているのは、前四三二年のアテナイ人使節である。「*καὶ γὰρ ὅτε ἐδρῶμεν, ἐπ᾽ ὠφελίᾳ ἐκινδυνεύετο, ἧς τοῦ μὲν ἔργου μέρος μετέσχετε, τοῦ δὲ λόγου μὴ παντός, εἴ τι ὠφελεῖ στερισκώμεθα.* ――考えてもみよ、われわれが行動に踏み切ったのは、福益のためには危険もやむなしとしたからである。一方その利益の実質的な分前は君たちもあずかっているわけだが、さて他方、そのロゴス *λόγος*(言い分)が少しでも益を与えようとするときわれわれが(その恩恵から)まったく除外されるべきいわれはない。――」(一・七三・二)。一般的に見て *ἔργον: λόγος*(実対言い分)の対置構文は単なるマンネリズムかもしれない。しかしことペルシァ戦争に関しては、私たちもすでにその幾つかの例を見てきたように、その *ἔργον*(なされた戦いとその成果)とその *λόγος*(それについての諸〻の評や言い分)との間には、ツキジデスの記述や諸演説の中でははなはだしい矛盾や緊張をはらんでいるのが通例であり、単なる修辞上の対置関係ではない。ではアテナイ人使節にとってペルシァ戦争のロゴスとは何か。ペルシァ戦争の功績を父祖の栄光として物語ることではない。かれの演説全体がそのロゴスにほかならない。すぐその後でステネライダスの憫笑をかうアテナイ人の自画自賛がそれである(一・八六・一)。ペルシァ戦争のロゴスとは、その歴史的評価であり、これは直ちにアテナイの支配の正当性に結びつき、さらにはその防衛のためにはペロポネソス戦争もやむなしとするペリクレスらの政策に結びつく。前四八〇年のアテナイの船隊・司令官・市民の勇気ある行動は単なる過去の事実として語られている(ロゴス化されている)のではなく、前四三二年の演説では支配圏維持の正当なる根拠として語られている(ロゴス化されている)(一・七五・一)。

前四一五／四年冬カマリナで述べられるエウペモスの演説も主旨はほぼ同一であるが、そのペルシァ戦争像は十七年間の戦争によってかなり様相を異にしてきている。前四三二年のスパルタではまだ大戦は不可避という情況には至っていない。いわんやギリシァ全土がドーリス系ギリシァ人対イオニア系ギリシァ人という骨肉相喰む争いに陥っているわけではない。しかし前四一五／四年冬の段階では、すでにギリシァの殆んどの都市はアテナイ、ラケダイモンのいずれかの陣営に加わって戦いを体験していた。エウペモスによれば有史以来ドーリス系ギリシァ人とイオニア系ギリシァ人との対立抗争は続いており（*ἀεί ποτε πολέμιοι* 六・八二・二）、ペルシァ戦争以来のアテナイ支配圏の維持はイオニア系ギリシァ人の生存の必要性がしからしめたもの、と言われている。前四一五年に至るまでの、アテナイと同盟諸国との間の緊張の高まりもエウペモスの演説に異なる影を投じている。五十年史（一・九五・一―二、九六・一）や前四三二年のアテナイ人使節（一・七五・一）によれば、アテナイ側の同盟指揮権は同盟諸国の要請によってアテナイに委ねられたものであり、アテナイとしては余儀なく盟主の地位に即いたことになっている。しかしエウペモスに言わせると、ペルシァ戦争においてイオニアのギリシァ人諸都市はペルシァ勢に加担してアテナイを攻撃したのであるから、母国アテナイがこれらの町に報復と懲罰を加え、従えるのは正当であった、という主張が加わっている（六・八二・三）。エウペモスの立場においては、ペルシァ戦争像もこのように様相を変えていることが妥当である、とツキジデスは判断したのである。揺ぎない事実を究明記録することだけではなく、揺らめくペルシァ戦争の歴史像を書き留めておくことも自分のなすべきこと、と判断したためであろう。

八

スパルタでのアテナイ人使節の発言にいま一つ注意すべき点がある。かれは、かつてペルシァ王の支配下では今よりも苛酷な仕打ちに耐えていた者たちが、何故アテナイの支配に不満であるのか理解できない、と言う（一・七七・六）。これはペルシァ戦争の功績によって支配権を正当化する常套的論法とは異なり、ペルシァとアテナイの支配形態を比較している点では、後述のヘルモクラテスの見方（六・七六・三―四）と共通の観点に立っている。しかしまたヘルモクラテスと異なり、これがアテナイ人自身の口から語られていることも見逃せない。同盟初期の段階で年賦金の査定を行なったアリステイデスは、イオニア系諸国のペルシァ王への貢金額を参考にしたであろうから、その点ではペルシァとアテナイの各〻の支配は比較検討の対象となりえたかもしれない。しかしツキジデスは五十年史において、（そのような強制には）慣れてもおらずまた従う意志もない者たちにアテナイ人は厳しい要求を課した（一・九九・一）といっている。ペロポネソス戦争以前からアテナイとペルシァとの比較が行なわれていなかったと断言することはできないけれども、『戦史』の記述や演説で両者の比較が一貫したテーマとして浮び上ってくるのは、後に詳しく述べるようにシケリア戦争の際である。それだけの理由でアテナイ人使節の言葉や、またペルシァ戦争とペロポネソス戦争との誤った比較の可能性について警告するコリントス人使節の論旨（一・六九・九）を、シケリア戦争後の執筆と断定することはできないかもしれない。しかしこの点は、アテナイ人使節の演説に含まれているスパルタ人執政官（ハルモスタイ）への皮肉な言及（一・七七・七）などとともに、この演説の執筆年代を推定する際の一指標として考慮に値するだろう。

九

アテナイ側がペルシァ戦争の功績を喧伝することに対するペロポネソス側の苛立ちについても、ツキジデスは入念に記録している。「かれらがペルシァ戦争の際には立派であったが、今や卑劣な振舞いに堕しているというのであれば、二重の懲罰に値する」というステネライダス（一・八六・一）もそうであるが、前四一二／一年のペルシァ戦争はなかったことにしようというペルシァ同盟の締結（八・一八、三七、五八―五九）も、かねてよりの、かれらの腹ふくれる思いを端的に表わしている。しかしペルシァ戦争の功績を言い立てることが、ペロポネソス戦争の熾烈な角逐の最中でどれほどの評価に耐えられたかという現実的な問題は、前四二七年のプラタイア裁判で問われている（三・五三―六八）。プラタイア側の弁明にはアステュマコスとラコン両名が立ったと記されているから、ペルシァ戦争におけるプラタイアの功績がこれら二名によって語られたことは事実であろう。しかしその大部分は創作と見做されるプラタイア・テーバイの論争をここに加えたツキジデスの狙いは何であったのか。注釈家ゴムは、いわゆる戦争裁判なるものの実態をミュティレネー裁判との対比において暴露することにあった、としている。これは誰しも解しうる見方であろう。しかし私たちが『ヘレニカ』二・二・二〇を脳裏に浮べながらプラタイア裁判を読むとき、ツキジデス自身の修辞的パトスを痛く刺戟したのは、四〇四年の終戦会議におけるアテナイ自身の立場ではなかったろうか、という印象が強い。そして、かのプラタイア人両名の弁明がプラタイアを救いえなかったのに、他方ではペルシァ戦争の功績がアテナイを破滅から救い得たのは何故であろうか。

前四二七年のプラタイア裁判でも、四〇四年の終戦会議においても、裁判官ないしは議長はラケダイモン人であった。そのラケダイモン人の判断の根拠は何であったのか。ツキジデスはこれに対して二度答えている。全般的にみてラケダイモン人は、利をもって正義とすることを著しい特色とする(五・一〇五・四)、とかれは言い、またプラタイア裁判においてもかれらの判断が同じ理屈によるものであったと言っている。ペルシァ戦争の功績についてプラタイア人が何を言おうと構いなくかれらを裁くことが「自分たちには正しいこと」とラケダイモン人は判断した(三・六八・二)、と。しかしその正しさの究極的根拠は、「ペロポネソス戦争遂行のためにはテーバイ人が役に立つ」という利己的判断であった(三・六八・六)、と。戦争遂行の至上命令のまえには、ペルシァ戦争の功績など一顧にも値しなかったのは当然かも知れない。しかしラケダイモン側がこの理由づけを前四〇四年の終戦会議に援用したと仮定してみると、じつに皮肉な帰結に達する。ラケダイモンが、ペルシァ戦争で功績を遂げたアテナイの町を奴隷にしてはならないと主張したのは、アテナイの功績を多としたためではなく、今や大戦は自国の勝利に終りテーバイやコリントスの協力を必要としなくなったから、ということになろう。アテナイ人の宣伝文句は、ラケダイモンにとって、自国の同盟諸国を操縦するための、聞こえの好い「建前」としてのみ価値が認められたことになる。

一〇

テーバイのごとくペルシァ戦争の裏切者という汚名を着せられた国にとっては、ペルシァ戦争が何らの宣伝価値をもたなかったことは自明である。しかしラケダイモンはじめ他のペロポネソス同盟の諸国の場合には、ペルシァ戦争の際と同じくペロポネソス戦争においても、ギリシァ諸邦の自由解放を旗印にすることによって、大いに宣伝効果をあげることができた。ラケダイモンとしてはペルシァ戦争後、ペルシァの後釜にすわったアテナイの独裁的専横からギリシァの諸都市を解放するという名目を立て、これによって諸国の支持を集めていた(二・八・五)。前四三二年の最後の交渉使節もギリシァに自由を与えよという要求をアテナイにつきつけている(一・一三九・三)。かれらには時には解放者の名をはずかしめる行為もあったが(三・三二・二)、やがてブラシダスが北方諸都市の解放に多大の成果を収めるにしたがって、解放者ラケダイモンの名は益〻高くなる。ラケダイモンとしては五十年にわたる孤立主義をすてて、広くギリシァ全土の都市の協力を呼びかけるには、ペルシァ戦争当時の役割りをもう一度身に装い、解放の戦士としての宣伝に努める他はなかったのであろう。こうしてペルシァ戦争はラケダイモンにとっても、重要な宣伝価値を持っていた。しかしこの名目に偽りがあったことは、ツキジデスが辛辣な指摘をしているとおりである。ラケダイモンは自分の方から戦いを仕掛けるための最も有利な口実を求めていた(一・一二六・一)、そして最終的にはギリシァを自由解放するというスローガンを得たのである。解放戦争、反帝闘争であればいつ、いかなる形で戦いを始めても道義的責任を相手側に帰することができるという名案は、前四三二／一年度のスパルタの監督官たちの案出によるものであり、その態度に虚偽があることを見破ったのがツキジデスである。しかしツキジデスの炯眼はさらに皮肉な帰結を指摘している。このラケダイモン主唱の解放戦争あるいは反帝闘争は、結局ペルシァ帝国の帝国主義的植民地政策との妥協と協力のもとにのみその目的を達しえたことを、『戦史』第八巻は描き出している。

一一

以上において検討を加えてきた諸例は、ペルシァ戦争とその影響についての評価が主たるものとなっている。そこではペルシァ戦争後の世代が、さきの戦争の論功行賞をめぐって論争している観がある。しかし次に私たちの興味をひくのはシケリア戦争を通じてなされる諸演説の中での、ペルシァ戦争についての言及である。とくにシュラクサイのヘルモクラテスが開陳するペルシァ戦争とシケリア戦争の対比には、『戦史』前半における言及とは著しく異なる角度からの、見解が述べられている。そしてかつてのペルシァの像に今のアテナイの像が重なり、かつてのアテナイの像にならって今のシュラクサイが映しだされていく。これを説くヘルモクラテスは、過去の出来ごとから未来の趨勢を予見しうる政治家として登場する。

『戦史』においてヘルモクラテスが初めて登場するのは前四二四年夏ゲラで結ばれた和約の際である。この時のかれの演説(四・五九―六四)は、四・六〇・一の「僅かな船」という言及から察しておそらくシケリア遠征以後ツキジデスによって草されたものと考えられる。私たちはゲラの和約とその際のヘルモクラテスの代表発言を読むとき、ペルシァ戦争直前のコリントス会議(ヘロドトス『歴史』七・一四五)を想起するが、果してこの連想はツキジデス自身の意図であるのかどうか。その問いに答えるためにも『戦史』第六、七巻におけるヘルモクラテスならびにニキアスの発言を再検討してみる必要があろう。

前四一五年夏シュラクサイの民会においてヘルモクラテスはアテナイ軍の来襲必至と見て、迎撃準備の必要を説く(六・三三―三四)。かれはアテナイ側がいくら大軍を集めて攻め来ようとも、シケリアを征服することはできまい、なぜならギリシァ人であれ異国人であれ自国から遠くに遠征軍を送って成功した実例は稀である、と説く(六・三三・五)。ここで比較されている事件がペルシァ戦争であることは続く文章から明らかになる。かつてペルシァ戦争に勝利を得たアテナイ人の好運は、このたびアテナイ勢を迎え討つシュラクサイ側のものとなりうることを指摘して、ヘルモクラテスは市民たちの士気高揚をはかる(六・三三・六)。ここで初めてペルシァ戦争〜シケリア遠征、ペルシァ〜アテナイ、アテナイ〜シュラクサイ、という対比関係が読者の前に示される。しかしツキジデスはこのような皮相的な比較にとどまってはいない。同じ民会においてヘルモクラテスの反対者としてアテナゴラスという人物を登場させて、シュラクサイにおける民主政の理想を説かせている。この演説はペリクレスの言葉に比べればかなりレベルの低い綱領を並べたものではあるが、シュラクサイがアテナイと政治的体質のよく似た国であることを知らしめる。この政体や市民の気質における近似性は後にツキジデス自身が指摘しており(七・五五・二)、アテナイ人がこの点を見落していたことがアテナイ側の作戦頓挫の重要な原因となった、と言っている。また、シュラクサイ市民がペルシァ戦争におけるアテナイ市民の立場に自分たちを擬して、解放戦線のチャンピオンであることを誇りとしたことも、ツキジデス自身の見解として強調的に記されている(七・五六・二)。このようにみるとき、ヘルモクラテスの六・三三—三四の演説とツキジデス自身の七・五五・二および七・五六・二の解説とは、表裏一体をなしていることが判る。したがってまたペルシァ戦争とシケリア遠征の比較対照も、ヘルモクラテスとツキジデスは殆んど同じ立場からこれをなしているかのようにみえる。しかしながら、ヘルモクラテスが果してペルシァ戦争について正確な認識をもっていたかどうか、その点についてはツキジデスは曖昧とも皮肉とも言えるような態度を示している。カマリナにおけるヘルモクラテスの演説に見られる限りでは、かれが描きだすペルシァ戦争像ははなはだしく歪められているが、それはかれがカマリナにおける自分の立場上、意図的に歪曲したものであると、ツキジデスは説明を附している(六・七五・四)。

ペルシァ戦争の勝者アテナイに対するこの誹謗にみちた歪曲が端的に現れているのは六・七六・三—四であるが、ここにおいてヘルモクラテスはペルシァ戦争とは名目のみであって(*ὡς ἐπὶ τοῦ Μήδου τιμωρίᾳ*)、真はアテナイの侵略戦争に他ならない。アテナイにとっては抑圧された国々を解放することなど眼中になく、それらの国々をペルシァから奪って己れの支配下に隷属させることが目的であり、またそれらの国々にしても以前の主人より愚かどころか、いっそう悪知恵すぐれた新しい主人の下についたにすぎない、という。このヘルモクラテスの見解は、今から見ればどうしてもそう思えるからそうであったに違いない、というすりかえ論理であり、ツキジデスが別の文脈において指摘している人間一般の性癖に発するものであろう(二一・五四・四)。ヘルモクラテスはカマリナにおいてアテナイ側を不利な立場に追い込むためにわざとこのような歪曲を行なったと、ツキジデスはことわっている。しかし同時にまたツキジデスとヘルモクラテスの、一見近似しているように見えたペルシァ戦争~シケリア戦争の比較も、両者の間で微妙にくいちがっていることがわかる。政治演説の中で過去の出来ごとを引合いに出してありうべき時局の趨勢を占うこと――ヘルモクラテスはそれを大局的見地からなしうる稀有の人物であるが――それは必ずしも過去の出来ごとを正しく理解した上でのことではない。むしろその反対に、現在の立場からみて有利な方向に事実を歪めて歴史を解釈することになりかねない。それが人間通有の弊であって、ヘルモクラテスの場合その稀有なる才能ゆえにまたこの弊にも陥りやすい。そのようなツキジデスの皮肉も読みとられるように思われる。しかしさらに一歩進めれば、ペルシァ戦争におけるアテナイが侵略者であったと言われるように、シケリア戦争におけるシュラクサイも、いつかは侵略者と言われる日が来ることを知らずにアテナイを誹謗しているヘルモクラテスに対する、ツキジデスの伏線も行間から読みとられるだろう。

一二

ツキジデスはヘルモクラテスが描くペルシァ戦争像が、単にシュラクサイ市民の功名心を煽ったばかりではなく、一般ギリシァ人の士気高揚に役立つ実践的価値を有した点を認めている。ヘルモクラテスはペルシァ戦争との皮相的な類似点を追うだけではなく、ここからまたべつの有効なスローガンを引き出す。かれはペルシァ戦争とシケリア戦争との間には、しかし重大な違いがあることをいう。ペルシァ勢はペルシァの支配に慣れているイオニア系ギリシァ人を攻めた。しかし今アテナイ人が攻めているこのシケリアは、自由を尚ぶドーリス系ギリシァ人の国だ、自治を誇りとするペロポネソス人の住みなした国だ、と(六・七七・一)。ここでもかれの指し示すペルシァ戦争像がかなり歪められていることは言うまでもない。しかしここで、かれの議論がペルシァ戦争との相似点の指摘から相異点の摘出へと進み、その結果ドーリス系ギリシァ人とイオニア系ギリシァ人の価値観の優劣がクローズアップされて、この戦いこそは自由の人間対奴隷根性の人間の争いであるという、はなはだしい偏見にみちてはいるが実践的には有効な旗印が打ち立てられることは、興味ぶかい。この民族対民族の対決という見方がカマリナでの論争において重要なポイントの一つをなしたことは、ヘルモクラテスに反駁するエウペモスの言葉からも推察できる。エウペモスはこの点を逆手にとって、いかにも有史以来イオニア系ギリシァ人はドーリス系ギリシァ人の敵であったと開き直り、なればこそアテナイは支配圏の拡大保全を余儀なくされたのである、と主張する。ドーリス系ギリシァ人対アテナイ人の敵対意識は古く伝説の時代に源を発するものであろう。しかしこの対立関係の明文化は『戦史』の中ではシケリア戦争を機に、にわかに頻繁に現れている。ツキジデス自身そのような民族対立論が実際の事実に合致していないことを明示するために、両軍軍勢の構成一覧を附記していると思われる(七・五七・一)。またそのような優劣の偏見をくつがえすような実例も特記している(八・二五・四)。民族的対立意識が根底にあってペルシァ戦争の像がはなはだしく歪められるに至ったことはすでに明らかであるけれども、ヘルモクラテスの議論は政治家ならではの見地から、歪められたペルシァ戦争像をもとに民族意識高揚のモラルを引きだしている。その間のくいちがいを、歴史の実像と幻像とのずれを、ツキジデスは後世人の眼にも判定できるように描きわけている。

一三

シケリア戦争において、ペルシァ戦争についての痛恨の思いを語るために最後に登場するのはニキアスである。最後の海上出撃に際してかれが述べる繰り言(七・六九・二)について、注釈家たちはアイスキュロスの『ペルシァ人』の数行をあげて、類似点を指摘する。だがニキアスが総退却にあたって兵士らに与える言葉には、ペルシァ戦争についての見逃しがたい言及を含んでいる。かれは、今までにもこのような目にあった人間もいると言って兵士らを励ますのであるが、「史上、他国人のもとに兵を進めたものもいたことは、確か。そして自ら挙を犯したのち、人の世にも耐えがたい悲惨をなめたのだ」*ἦλθον γάρ που καὶ ἄλλοι τινὲς ἤδη ἐφ᾽ ἑτέρους, καὶ ἀνθρώπεια δράσαντες ἀνεκτὰ ἔπαθον*(七・七六・四)という言葉は、クセルクセスとその将士らを指すと解するのが至当であろう。とすれば、ニキアスはペルシァ戦争におけるペルシァ勢に比すべきものとしてシケリア戦争におけるアテナイ勢を語っていることになる。己れの判断に抗らって余儀なく遠征の将となったニキアスに対するツキジデスの同情はよく知られている(七・八六・五)。その故にであろうか、敗戦の将ニキアスもまたここで、ペルシァ戦争〜シケリア戦争の比喩をわかちあうものとしてこのような言葉を口にしたことになっている。そしてニキアスをしてこの対比をこの時と場がしからしめた言葉 *τὰ δέοντα* として語らしめていること自体、ツキジデスにとってもペルシァ、ペロポネソス両戦争の比較検討が、『戦史』の全体像形成の重大なモーメントとなっていたことを明白に物語っている。

一四

ペルシァ戦争はツキジデスの歴史記述の直接の対象ではなく、背景的な一つの話題であるに過ぎない。十七篇の演説の中でこれについてなされる言及も、やはり一つの過去の出来ごととその影響の評価という範囲にとどまっている場合が多い。しかしこの周辺的な、使い古された修辞上の話題(トポス)を、各発言者がどのように扱い、これを梃子として目前の課題を乗り越えていくかというその点に、歴史家ツキジデスが綿密細心の注意を傾けて、これを発言者自身に語らせ、それによって発言者の政見と政治的立場を示そうとしていることは充分に明らかになったと思う。アテナイの盛衰という全体的展望のもとに、ペロポネソス戦争の個々の事件を意味づけていく過程において、ペルシァ戦争の問題はツキジデスにとっては年を追い、史述の完成度が高まるにしたがって重要性を増してきたと考えられる。演説の中における言及は、単なるアテナイ側の利己宣伝として繰りひろげられていたペルシァ戦争の功績が、二十七年間の力と力との角逐を通じて問われ、答えられて幾度かの危機にあったことを示している。その軋轢の刻々の記録としてのツキジデスの断章的記事が、戦後一つの歴史像を語りはじめたとき、ペルシァ戦争との対比は『戦史』の全体的構想を支える一つの柱となっていたとさえ思われる。ペルシァ戦争の功績によってアテナイが最終的に克ち得たものは何であったのか、ラケダイモンが許した微々たる生存の保証ただそれだけであったのか。明暗さまざまのペルシァ戦争の幻影は、ペロポネソス戦争の全体像を問い求めるツキジデスの脳裏において次第に明確さを増し、やがてアテナイ帝国の崩壊とともに、不可避の結論をあらわにしたと思われる。すなわち、ペロポネソス戦争とはペルシァ戦争の最終的結着であり、アテナイ人が克ち得たものは、かの戦いにおいてかれらの父たちが克ち得た名声の最終的認知であった。しかし父たちが営々辛苦の結果築きあげた支配圏は完全に失われてしまった。『戦史』の重要転機をマークする十七篇の演説中に組みこまれたペルシァ戦争についての言及は、ツキジデスの達しえた、最終的な全体的展望が、苦汁にみちた「何故」という疑問とともに、二十七年間の事態の推移の節々に刻みこまれていったものと結論づけられてよいだろう。

第二章　内乱の思想
――『戦史』三・八二―八四について――

ツキジデスがケルキュラ内乱の顚末をめぐって附記した省察(『戦史』三・八二―八四)は、アテナイ・スパルタ両陣営が各〻のイデオロギーをかかげて激しく対立する世界において、その対立にはさまれた一国があじわう塗炭の苦しみと悲惨な末路を、冷徹な筆致で私たちのまえにえがきだしている。このケルキュラ(現称コルフ)という島国は、エピルスの山脈を対岸にのぞむアドリア海に浮び、海上貿易によって多大の富と海軍力を誇っていたが、[1]孤立的中立主義を奉じ、いずれの陣営にも与しないことを国是としていた。[2]ところが前四三三年、大戦勃発より約二年前に、この国をめぐって両陣営の対立は、激化を来たすこととなり、それが近因の一つとなってペロポネソス戦争が勃発したと言われている。[3]またこのとき、コリントスとの疎遠な関係をさらに悪化させることを承知のうえで、アテナイ側と同盟を結んだことは、[4]ケルキュラ自身にとっても、重大な結果を招くこととなった。おなじ海軍国とはいえ、ケルキュラは政治体質的にみて、相棒のアテナイとはあまりにも異なっており、両者の結びつきは、やがてケルキュラ内部において、危険な分裂を誘発することとなったからである。ケルキュラは、多数の農業奴隷をかかえる、ギリシァでは数少ない国の一つであった。[5]また、軍船の漕員も大多数は奴隷によって占められていた。[6]そこでは、海と市場と耕地とを独占する貴族階級が君臨しており、[7]よほどのことがないかぎりこの貴族政治の秩序は崩れることがないように見えていたが、大戦勃発の前夜、思わぬ事態を来たしたのである。コリントスは自国の勢力圏からのケルキュラの離脱を懲罰すべく、前四三三年夏、[8]大海軍を擁してケルキュラに攻めよせ、海上における激戦のすえ、相手勢をしたたか傷つけて多数の船を撃破し、市民二百五十名を捕虜にした。[9] これらの捕虜の殆んどは、最上流階層の出身であったという。この海戦でコリントス側は、アテナイ海軍の干渉をうけて所期の目的を貫徹するには至らなかったけれども、これらの捕虜を洗脳して後日ケルキュラに送りかえし、島をコリントスに従わせようともくろんだ。[10] 他方、ケルキュラは、指導的上流市民を失って、あとは杖とも柱とも頼むアテナイにむかって益〻接近していったことは疑われない。また、それまでケルキュラにおける反貴族派勢力がどの程度のものであったにせよ、貴族派内から多数のものが捕虜として拉致されたのち、その政治的な間隙にあらたな政治的派閥の台頭があったことも充分に考えられる。後に生じた事態から推察すれば、その間に反貴族派勢力も伸展をとげたと想像される。ちなみに、四三三年には防衛同盟という形ではじまったアテナイとの関係は、[11] 四三一年ペロポネソス戦争開戦のころ、攻守同盟という拘束性の強い形にきりかえられて、ケルキュラからの軍船五十艘がアテナイ側の作戦に従軍している。[12] また、四二七年、以下に述べる内乱が生じたとき、ケルキュラには自任権益代表のピュテアスなる人物がいて、アテナイとの仲をとりもっていたことが報じられている。[13] これらの両事実はともに、かつては中立貴族主義の国であったケルキュラが急速にアテナイとの接触を深めていったことを示しているものと解されよう。アテナイ側からも、この接触を確保するための工作がおこたりなく進められたことも事実である。[14] そしてまた、この反貴族勢力の育成が短時日のうちに、急速にすすめられた背景には、市民間に険しい利害関係の対立がひそんでいた。やがて生ずる内乱の激しさがこれを如実に物語るところとなる。

四二七年春のことである。このようにしてアテナイに対してつよく傾いていたケルキュラに、六年前の海戦で捕虜となり洗脳された貴族二百五十名が、コリントスから送還されてきた。[15] かれらはただちに積極的に工作を開始して、自分たちの留守中に生じた政治的傾きを是正することをもくろみ、先ずさきのピュテアスに対する弾圧にとりかかった。[16] それ以後の事態の二転三転は、『戦史』第三巻に詳細な記述があるのでここでは省略したい。[17] この両派対立をきっかけに、アテナイ・コリントスの両陣営はただちに干渉の戟を、内乱の巷と化したケルキュラにさしむける。やがてスパルタ側の勢力が近海から掃蕩されるに及んで、ケルキュラの反貴族派は敵と目する貴族派の者たちをこの乱を来たした咎で大量虐殺に処したのである。[18] この酸鼻をきわめた事件が一段落するところまで筆をすすめたツキジデスは、視点をめぐらせて、内乱という現象がなぜ起こり、いかに破壊的な働きを人間に加えるものであるかを説き、ついにはこれが人間性の崩壊にまで至らずば終らぬものであることを言う。三・八二―八四にわたる三章は字句の用法や構文解釈のうえで至難の問題をいくつも呈しているのみか、論旨もまた幾度か重畳しているところから、とくに八四章は後世人の模倣挿入になる一文と見る学者が多い。しかしなおよく検討するならば、これらの各章はけっして同じことを、同一の視点から論じているのではなく、内乱という複雑なる諸力の葛藤を、人間のさまざまの異なる動機にまで遡及してその因をさぐり、またその因から生ずるところの諸結果をあきらかにする、という幾筋かの緻密な分析の過程がここに並記されていることがわかる。あるいはツキジデスは、その後類似の事態が各地において生ずるつどに幾度かケルキュラ内乱の問題についても思いを新たにして、そのつどの分析と思索のあとを書きとどめたものが、ここに累積されていると見てよいのかも知れない。ともあれ、本小論の目的は、先ずツキジデスが残している幾筋かの分析解明のあとを再検討することにある。しかるのち、このような普遍的省察に達するまでの、ツキジデス自身の断章的観察記から史観成立に至るまでの問題にも、迫ってみたいと思う。

一　内乱現象についての省察[19]

ケルキュラの内乱は四二七年に終熄したものではなく、その後二年間にわたって国内の両派は争闘を繰りかえした。しかし、この乱が、その後ギリシァの諸ポリスにおいて連鎖的に続発した内乱現象の皮切りとなった点を重視して、ツキジデスは次のような考察を、四二七年夏の記事の終章に書き加えている。[20]

先ずかれは、それ以後のギリシァ諸都市においては、各国国内の政党二派が互いに他を支配しようとして争い、民衆派はアテナイ側の干渉をもとめ、貴族派はスパルタ勢の援助を求めようとしたために、各国はみすみす両陣営の好餌となったと言っている。そしてそれというのも、平時であれば外国軍隊の派遣をあおぐべきいわれのないような場合でも、いったん両陣営間に戦端がひらかれるや、国内二派は各〻味方とたのむ一方の陣営と交渉をもち、公然と干渉を仰ぐことがたやすくなった、という。つまり言いかえるならば、平和でさえあれば、よりよき道をえらぶ余裕があるはずであるのに、戦時となるときわめて近視眼的な態度で、刹那的に安全をえらばなくてはならなくなるからである、と。[21] ここまでの最初の段落で、ツキジデスは、ある特定の、国際政治の力のせめぎあいの場におかれた一つのポリス社会内部の力関係が必然的に示す一つの兆候を、力学的にとらえていると考えてよい。どのようなポリスにも治める者と治められる者、富める少数特権階級とそうでない庶民大衆があるという、自明の事実を前提とするとき、そのような少数者と多数者との政治的妥協によって成り立っている法治的ポリス社会の営みは、平時という、内外の勢力均衡の場にあっては、理性的な道をえらぶことができる。希望、永遠、正義、繁栄などという、余裕のある展望のもとに、社会全体として望みうる限りの善を追求することができる。しかるにその同じポリスでも、アテナイ、スパルタという二大勢力が各〻、民主主義（イソノミア）と貴族主義（ソープロシュネー）という対立的なスローガンをかかげて全ギリシァ世界に覇を争う葛藤の場につきおとされたとき、外に渦巻くイデオロギーの闘争は、ただちにポリス内部にも感応を誘発せずにはおかない。そして二大陣営が死闘をつくすのと同じように、一つのポリス内部でも、民主、貴族両派は激しい争いに陥ることとなる。一国の内紛に外部からの干渉が入りやすい情況がここに出来するためであり、またいったん争いに陥った内外の当事者たちは、勝敗すなわち生死という問題に迫られて、判断の余裕を欠くこととなるからでもある。この最初の段落において、ツキジデスは内乱誘発の因果を、国際政治という力学の場で論じており、したがってその解答も力学的因果論で割りきってしまっているかのごとき観がある。このような事例は未来においても繰りかえされるであろう、というかれならではの評釈も、このような力の場にこのような因子の結合体をおけば、かくのごとき結果を生む、という考え方のもとに書かれたものであることは疑いをいれない。[22]

かれがこのような力学的な断じ方をしているのはここだけではなく、かの有名な歴史記述の方法論の段においても明記されている。[23] しかしまた他方、ツキジデスはいわゆる因果の結合だけでは満足せず、異常な力学的な場に投げだされたときの、人間集団の行動形態を究めようとする。歴史の動きには人間集団の本性がまた一つの決定的条件となっていることに着目する。人間の集団がその体のみならず、その心までが価値観の変転を迫られるという、精神的なパトロギーの問題にまで、ツキジデスは食いさがっていく。人間の本性についてのツキジデスの叙述は後章において扱う予定であるが、例えば『戦史』第二巻における疫病記述の筆が、病状の臨床的なノートからさらに進んで、疫病蔓延という事態がアテナイ市民のモラルに及ぼした深甚な影響をえぐりだすのも、たんに疫学的記述だけでは歴史家として満足しえないツキジデスの態度をとどめているものと言われよう。[24] 内乱現象についてのかれのやや皮相的な力学的因果論が、さらにすすんで価値の問題にまで達するようになるためには、じじつ幾年かあるいは幾十年かにわたる実地の体験と苦悩にみちた人間本性の探究を必要としたことであろう。[25] ケルキュラ内乱の意義はそれが「最初のケース」であったと認識された後の時点において、はじめてツキジデスの思考をつき動かせたことは、かれ自身も認めているからである。『ファイドン』のソクラテスの哲学的自伝とあわせ考えてみるとき、[26] ツキジデスにしてもかなりの年月にわたる観察と思索を通じて、はじめて単なる力学的な説明以上のものをつかみえたのではないかと思われる。ともあれ、疫病記述の筆が人間の価値観の動揺をえがくに至っているのと同じように、ここでも、内乱をめぐる省察は、八二章の初段落における力学的国際関係論からさらに一歩すすんで、このような内乱に陥った人間集団の、言葉と行動がこうむる根本的な転変について、分析と批判を続ける。

かくして八二章の第二段[27]は、「言葉すら本来それが意味するとされていた対象をあらため、それを用いる人の行動に即してべつの意味をもつこととなった」その具体的諸例を検討するために費されることとなる。この文章はあまりにも複雑な構文を駆使し、しかも常識ばなれの紆説法(ペリフラシス)をつみかさね、それでも言おうとする複雑な内容に比しては言葉が足りないという異様なものであるために古代より悪名高い名文であるが(28)、意味を探りつつ訳述すると、ほぼ次のごとくになる。「たとえば、無思慮な暴勇が、愛党心から発する勇気と呼ばれるようになり、これに対して、先を見通してためらうことは臆病者のかくれみの、と思われた。沈着とは卑怯者の口実、万事を慮るとは万事につけて無為無策であることの表白に他ならず、逆に、きまぐれな知謀こそ男の男たるゆえんとされ、安全を期して策をめぐらすといえば、これは耳ざわりのよい断り文句である、と思われた。また、不平論者こそ当座の信頼に足る人間とされ、不平をおさえようとする者には、かえって疑惑がむけられた。陰謀どおりに事をとげれば知恵者、その裏をかけば益〻冴えた頭といわれた。だがこのような奸策をさけて道を講ずる指導者は、党派の団結を破るもの、反対派の脅迫に屈したもの、と非難をこうむった。何ごとによらず、人の先をこして悪をなすものが賞められ、悪をなす意図すらないものを悪の道に走らせるのが、賞揚に値することとなった。そしてついには肉親のつながりも、党派のつながりに比すればものの数ではなくなった。党派のためとあれば、仲間は理由を問わずに行動に走ったからである。もともとかくのごとき党派的結合の目的は、従来の慣習や法律にもとづいて益し益されることではなく、既存の規を度外視して自派の権益を増大せしめることにあった。したがって党内の相互の信頼も、神聖な誓いによって固められたものは少なく、多くは共犯意識によってしばられていた。」ツキジデスの言葉は、あたかもかれ自身がケルキュラ人の一派に与して、かれらの異常心理をわかちあったかのごとき印象を与えるが、実はそうではなく、これは後にも述べるように、戦争末期内乱の巷と化したアテナイの、主たる政治家たちを対象とした観察がここに、このような形で記されていると思われる。ともあれ、このような群雄割拠の場と化した国内政治は、外部からの援助が絶たれている限りは、それでもかろうじて妥協点を見出すことができないでもなかったが、しかしその間にも臆面もなく裏の裏をかいて他派を陥れようとする陰謀が横行した、とツキジデスは記している。

以上、かなりの長文を引用したわけは、ここにかかげられた政治倫理の堕落の兆候リストをみればわかるように、この観察はツキジデスが一、二の内乱の実例を外部から望見してまとめたものではなく、いわばこのようなスローガンや誹謗が飛びかう世界を自ら泳ぎぬこうとした一人の人間の体験記としての色合いが濃く、したがってまた八二章初段のいわばシステマティックな力学的因果論とは趣きを異にすることを、まず指摘する必要性があるからである[29]。勇気、沈着、冷静、穏健、団結、誠実、信頼など、政治活動の根幹をなすべき諸徳がことごとく無意味なものと化し、ただ派閥心のみが横行する世の中では、ただそれだけで内乱を誘発する幾多の原因が認められる。だがいったんイデオロギーをめぐる大戦争が全世界をおしつつむと、火に油をさす結果を招来する。しかしこれを語るツキジデスの表現と文体は先に触れたように、言葉にも表わしがたい骨肉の争いを異常に捻れた表現によって表出しようとする試みにみちており、抽象論では汲みつくすことのできない残滓をとどめている。もちろんこれは、かれの文体の特色であるシンタックスの不備、とりわけ、不規則な分詞構文や不定法構文の累積が与える、たんなる文体上の印象におうところが大きいかも知れない。しかし文面からすべてを読みとらざるをえない現代人の立場からすれば、文は人なりの義をここにあてはめて考えることも許されよう。ここでツキジデスが描き出しているのは、価値の転変についての抽象論ではなく、じつは言葉と行動、イデオロギーと現実との乖離状態の中で、互いに争っている人間の姿である。かつての政治家ツキジデスは、そのような群像のせめぎあう動きから離れて内乱を論ずることができなかったのであろう。抽象論ではないから、具体的言動の類型としては説明され納得されるべき点は多々あっても、段落全体はあくまでもリストであって、これをつらぬく、伝統的価値観の崩壊をしからしめる因果関係が文章の論理的根幹をなしているとは言いがたい。ツキジデスはひしめく群像の不規則な動きが、全体としていずこより発し、いずこへ落ちつくのか、それを高所から見物しているのではない。与えられたドグマによって現実を割りきろうとしているのでもない。

かれはその中にあって激しい潮流の間に浮きつ沈みつする人間集団の言葉と行動の異様な歪みをつかもうとしているのである。

しかしながら、私たちは二千年以上の時間的距離と、その距離を推しはかる歴史学研究の余沢にあずかることによって、この不規則な粒子運動の輪郭をおぼろげながらであるが推測することができる。ギリシァのポリス機構という社会組織は、必然的に分裂と増殖をくりかえす、一種の細胞的存在であったことは、つとに指摘されており[30]、この見方からすれば、あるいはペロポネソス戦争という大動乱も、この生物的営みを阻止しようとする力と増進しようとする力との二重、三重の巨大な軋轢であったと説明することもできるかも知れない。とすれば、内乱の思想的研究もあらためて重要性を主張しうることにもなろうが、それについてはなお後節において詳述することとして[31]、ここでは、ツキジデスの論旨にそって次の一事を指摘するにとどめたい。

すなわち、かれは内乱的な世情が激化するにしたがって、個人の所属関係が本質的に変化してきたことを指摘している。つまり、かつては親族的な結束がすなわち政治活動の結束を意味していたのであるが、派閥争いが嵩じてくるにしたがって、親族的結合が党派的結合のまえにはあえなく崩れ、またその結合の原理も、犯すべからざる血縁の誓いではなく、流すべからざる血でけがれた者たちの共犯者意識によっておきかえられた、と言うのである。この一言はあまりにも短く簡潔であるが、ツキジデスがこの点をとくに重視していたことは、八二章の最後段でこの点をさらに政争の諸面に即して説明敷衍していることからもよくわかる。また『戦史』の読者は、ケルキュラ内乱の顛末を記した八一章末文での、父が子を殺し云々の具体的叙述を想起することであろう。しかしながら、私たちはさらに広い展望のもとに、この結合関係の違和を考察してみる必要がある。というのは、ツキジデスは、政治的節操が堕落崩壊したあげく、個人の政治的結合関係に転異を来たしたと言っているようであるが、むしろその逆の論旨をたどるほうが私たちにとって理解しやすい。つまり、個人の帰属・結合関係が変動を来たしたればこそ、政治的諸徳が崩壊したのではないのだろうか。

政治が家族関係を軸に動いていたことは、政治家たちの家譜研究をひもとくまでもなく、卑近な常識であったギリシァにおいては、政治的諸徳を涵養する場が父子兄弟などの親族の間にあったことは、幾多の実例がこれを物語っている。しかしまた同時に、このような血縁関係にもとづく政治的結束が、民主主義政治の興隆とともに百年来漸次崩壊の一途をたどりつつあったことも事実である。(32) クレイステネスの改革にはじまる、旧部族制の改革は、たんなる戸籍や投票制度の組かえだけに終ったものとは考えられない。(33) ツキジデス自身の政治的背景についても、曖昧なものが多々からんでいるが、それというのも、かれの血縁関係とかれの党派関係との間に、一見あいいれざる要素をたくさん含んでいるためである。(34) また、政治的忠誠と血縁的忠誠とが悲劇『アンティゴネー』の対立葛藤のテーマとなりえたのも、五世紀中葉におけるアテナイの一般的な社会政治問題と無関係であったとは思えない。(35) さらにくだって、この内乱的世情がギリシァ全土の諸都市に渦巻いていたころ、エウリピデスがさまざまの神話的題材によせながら、家族関係の崩壊ないしはそれの恣意的破壊を、一貫して悲劇のテーマとして取りあげつづけたことも、考えあわせてみる必要があろう。(36) これらはごく僅かな例に過ぎないけれども、民主主義ポリスにおける深い構造的推移を表わす兆候であると見るならば、ここにおいて旧来の政治的徳操を養う人間関係は、なしくずしに分解されつつあり、旧来の徳義に反するがごとき政治的行為はまた、旧来の人間関係を否定するがごとき言説によって裏づけられることとなった。(37) つまり、ツキジデスの言を再び引用するならば、「言葉すら、本来それが意味するとされた対象をあらため、それを用いる人の行動に即してべつの意味をもつこととなった」次第が了解されるのである。しかるにツキジデスがこの経緯をあたかも逆の因果関係から説明するかのごとく、政治的諸徳が崩壊した結果、血縁関係が崩壊し党派の結束が第一義的になった、と記しているのは、あるいは政治的人間を個人的人間よりも優先させることをつねとするツキジデス的人間像、ひいてはギリシァ的人間像のしからしめるところ、と説明すれば一般の首肯をえやすいかも知れない。

しかしながら、文脈から推察する限りでは、やはり、人間の具体的行動の姿を第一に見てとり最後までその行動から眼をはなすまいとするツキジデスの発想法が論旨の裏にあり、これが、眼にみえぬ人間関係をもとに眼に見える人間行為を説明する順序をとらせず、眼に見える行為をもとにその奥にある結合関係にまで説きすすませたのであると、考えるべきではないかと思う。

このように考えるとき、八二章の初段と第二段との間には、かなり観点の差があることに気づく。第一段のはケルキュラのごとき両陣営対立の中間地帯にある国が示す一般的政治力学を記したものであるが、第二段に入るとツキジデスの眼は身近にひしめき争う人間の姿に吸いついて、そこから離れようとはしないからである。そして外から眺観していた場に、やがて叙述者みずからが身を投じてしまったかのごとき観を与えている。これが単なる視点の差か、あるいは記述年代の、つまりツキジデス自身の体験の、差をあらわにしているものであるのか、いずれにせよ、次の第三段ではこの両視点を重ねあわせるかのように、ツキジデスはこう述べている。「これらすべての原因は、物欲と名誉欲にうながされた権勢欲であり、さらにこれらの諸欲に憑かれたものたちの、盲目的な派閥心であった。というのは、諸都市における両派の領袖たちはそれぞれ、体裁のよい旗印をかかげ、民衆派の首領は政治的平等を、貴族派は穏健な良識優先を標榜し、言葉の上では国家公共の善に尽すといいながら、公けの益を私物化せんとし、反対派に勝つためにはあらゆる術策をもちいて抗争し、ついには極端な残虐行為すら辞することなく、またこれをこうむった側はさらに過激な復讐をやってのけた。かくのごとき争いに陥った者らは、正邪の判断や国家の利害得失をもって行動の規範とはせず、反対派をしたたか傷つけるその場の快感がえられるまで争い、当座かぎりの勝利感を貪婪に充たさんがためには、不正投票による判決であれ、実力行使の暴挙であれ、権勢獲得の手段とみれば、何のためらいもなくこれを実行にうつした。したがっていずれの派にも、何をなしても心に恐れとがめる者はなく、たくみな口実をもうけて、人としてなすべからざるをなした者らが、かえって好評を得ることとなった。それのみか、中庸を守る市民らも難をまぬがれえなかった。かれらは両極端の者たちから、非協力を咎められ、保身的態度をねたまれて、なし崩しに亡ぼされていった」と。[38]

つまり、内乱が伝染病のように蔓延し、各地で暴威をふるうに至ったのは、これらをしからしめる諸〻の誘因が人間の救いがたい本性(＝欲望)に刺激を加えたからに他ならない。アテナイとスパルタの二大陣営の武力対決とそれぞれの政治的スローガンの激突も、いわばそのような刺激の一つであったに過ぎない。また血縁中心の体制がくずれて、反体制的知謀の跳梁がみられる時勢になっていたことも、刺激を増大せしめる一因となったであろう。しかしながら、そのような刺激が、謀叛、内乱、同士討ちという連鎖的反応を誘発しうるのは、かくのごとき反応を示す人間――とりわけ指導的政治家の道徳的主体性に根本的な原因がある、とツキジデスは断ずるのである。かれにとっては、人間がただイデオロギーのために血を流し同胞を傷つけあうとは、絶対に考えられない。[39] 動かされている愚衆はいざしらず、すくなくとも動かしている指導者たちの言動は、あくまでも物と力に対する執念のあらわれであり、かれらがこれをいかなる美辞甘言で糊塗しようとしても、かれらの心中には私欲以外は何もみとめられない。これは極論であろうか。じじつツキジデスのスタイルには誇張や極端な断定がふくまれていることも指摘されている。しかしながら、第一段、第二段、さらに第三段との連関を追うとき、これをかならずしも極論として退けることのできない点がある。また、人間性に対するペシミズム一色であるとも言えない点がある。ツキジデスの考えは、これまでの段落を綴りながら、幾度か自問自答を繰りかえしている。すなわち、大戦中にとくに頻繁に内乱が生じたのは何故であるか。これは日蝕や地震が頻発したという場合とは異なり、人為的な出来ごとである。[40] しからば、大戦そのものが、諸国の内乱を誘発したのか。まさしくそうであると言える点もある。[41] 国際的なイデオロギーの対立は、国内的イデオロギーの対立を容易にしたからである。しかし大戦が起れば必ず諸国で内乱を生ずるか、といえば必ずしもそうではない。内乱を生じた国の中の体制に問題がある。[42] 旧体制にかわるべき新体制が党派的分裂を来たしているとき、事態は悪化の一途をたどる。[43] いわば国内の分裂に油をそそぐ好都合な、口実と武力的援助が、外部からえられやすい、内外の情況がここに生れるからである。しからば、かくのごとき情況下に内乱は必至か。ここで力学的因果論と、主体的人間の責任の問題が、ツキジデスの心頭で戟を交したのではないだろうか。かれは、国際政治における因果論はひっきょう名にすぎぬものであり、じつはここで究極的には政治家のモラルに、人間の物欲私欲に、問題の責任があると答えた。しかしこの結論は、要するに政治家が悪いのだ、人間の倫理性に問題があるのだ、と割りきってはしまえない複雑な、苦悩にみちた具象性を帯びている。第二段の分析においても指摘したとおり、この第三段においても、文章は具体的な言動の種類の記述に密着してはなれず、また、結果に対していかなる説明を附そうとも、事実はそれとは別の論理によって積みかさねられているのだ、と主張してやまぬツキジデス自身の態度が、一言半句で断定することのできない現実の重みを感じさせるからである。それのみか、いくら精密な因果論の網を組み立てても、実際になされている行為は人としてなすべからざる、残虐非道、奸智に長けたるものであり、これをなさしめるものは、欲望という名の、原始的な野獣性である、というせっぱつまった真相の暴露がここに認められるからでもある。しかしまた一面、『戦史』の読者にとってもまたもちろんツキジデス自身にとっても、この内乱省察の同時代人にとって、このような政治家の野獣性は日常眼にふれるものであると同時に、他面当時の国際政治の舞台にはこの腐敗堕落をはるかに超越した、高邁な真の政治家がなお生存していたということを、私たちは忘れてはならない。よるべき典例が厳に存在していたればこそ、かくのごとき痛烈な指弾をなしえたのであろう。ここにまた、仮借ない批判を加えながらもペシミズムに堕してしまわぬ、歴史家ツキジデスのモラルのよりどころがあり、またいっそう深い苦しみがあったとも考えられる。四面一人の例外もなく、みな金権私利に眼のくらんだ政治家ばかりであれば、何を書き何を評しても、時事放談の域を低迷するにとどまったであろう。

さてこのようにたどってきた私たちの解釈がいちおう正しいと考えるならば、次に続く、八三章および八四章の解釈は、従来多くの校訂家や注釈者の下したものとやや異なる趣きを呈することとなる。すなわちこれまでの大多数の見解によれば、前章の論旨を継いで、内乱の頻度が増大するにつれて、ギリシァ世界に道徳的頽廃がひろまり、言葉は根拠を失い、市民らは和解の術を失った――と述べ、その末いかなるものが生き残り、いかなるものが亡ぼされたか、これを記する八三章は、前後からの文脈もよどみなく続いており、論理的展開も無理なく運んでいる。さらにまた、紀元前後のころにこの内乱記述の文体を取り上げて酷評を下した、ハリカルナッソスのディオニュシオスも、八二、八三両章をまとめてその批判の対象にえらんでいる。[44] 以上のごとき理由から、八三章はツキジデスの筆になるものと諸家は判定する。これに対して、八四章は、その内容について、また文体について、当然写本の本文に附されているべき古注が省略されて伝わらないのみか、一注釈者はこの章が古代の文法諸家のあいだでは真作と見做されていなかった旨を記している。[45] 第二に、先の評論家ディオニュシオスは、この章について、当然批判に値する欠陥を見出しえたであろうはずであるのに、これについて触れていない。[46] 第三に、文体的に、通例ツキジデスが用いる措辞から逸脱している点や、ツキジデスの文体の拙ない模倣ともみなされる二、三の点が認められる。[47] 第四に、その論述が冒頭あたかもケルキュラ内乱の具体例にもどるごときでありながら、[48] またもやたちまち、全般的な観察に戻るのみか、それまでの論述ではまったく姿を現わしていない新しい諸因子が導入されている。圧政に苦しんでいた民衆とか、人間の本性と法的秩序とか、神、正義、掟などの要素がここに姿をみせている。第五には、八五章の冒頭文が、あきらかに普遍的記述からケルキュラ内乱へのテーマの復帰をマークすべきものとして記されている、などの諸点があげられて、ゆえに八四章は、ツキジデスの筆になるものとは見做しえない、と判断するのである。

もっとも、中には、かくのごとき後世模倣者による挿入説を否定する学者もあり、[49] これらの写本伝承史ならびに措辞文法などの微細なる諸点や内容解釈をめぐって甲論乙駁が唱えられているが、しかし一般的にツキジデスのごとくに、つねに新奇な表現を創出するに労をいとわぬ作者のばあいに、変則的な特徴を指摘することはたやすいが、逆にこれが間違いなくかれの筆になるということは、容易に論証しがたい。また、八四章は、ツキジデスの第一稿であり、かれはこれを敷衍して後日八二―八三章を草したのであるが、死後その第一稿の文が、それとは知らぬ校訂者によってそのまま章末に加えられて刊行されるに至った、と見る説も唱えられている。[50] この説は、のちに述べる理由によって、全面的には支持しがたいのであるが、しかし熟慮に値する二つの示唆をふくんでいることを認めたい。一つは、そのようなルーズリーフ的断章説そのものの妥当性である。シュヴァルツ自身の卓越した分析が証したごとく、『戦史』の諸巻、ことに第八巻においては、一つの記事が二つの異なる草稿のまま原文に組みいれられて今に伝えられている部分があり、第八巻以外にも、二重になったり、あるいは組み違えられたルーズリーフと目される断章的記事が、ごく僅かではあるが幾個所か指摘できるのである。[51] 八四章がそのようなダブレットの一つであると証明することは難しいが、そうであった蓋然性をまったく消去することもできない。加えて第二の点は、すなわちもし八四章がかりに第一稿であったとすれば、内乱現象に対するツキジデスの考えが、ここでは八二―八三章におけるものとは、著しく違った趣きを呈していることである。八四章だけを単独に見るならば、ここでは内乱現象は純粋に国内現象として扱われているのである。圧迫された民衆が、主客転倒して旧支配者らを裁く立場に立ったとき、いかなる暴虐ぶりを発揮して、法も正義も蹂躙して、かねてより鬱積していた嫉妬心をほしいままに発散してあくことなき破壊行為に走るか、というその点だけを述べているのである。内乱の誘因を国際政治の力学から説き、また国内の旧体制から新体制への移行にともなう党派分裂にべつの一因をさぐり、さらに内乱とともに、市民の市民たる徳性が崩壊していく過程を着実に追っていた八二―八三章の展開とは、遠くへだたっている感を禁じえないであろう。八四章が初稿の断章であったとするならば、最初ツキジデスは内乱なるものを字句どおり国内現象にとどまるものと見、しかもこれを外からのみ観察していたので、八四章を草したときにはかなり概念的な説明に甘んじていたのであるが、やがて幾多の内乱の実例を体験し、アテナイの支配圏内にある諸国、ついにはアテナイ本国の軍隊と政府が互いに事をかまえるに至って、かれは内乱なるものについて、あらためて深く広い見地から再検討を加えて、ここに八二―八三章の誕生を見たという、きわめて興味深い解釈の可能性を生じうる。(52)

しかしながら私は、このような八二―八三と八四各章の内容的強調点の違いを重視すればこそ、八四章を後世人の挿入であるとする説にも、またこれを真筆であるが破棄されるべき初稿の断章であるとする説にも、あえて同意しがたい疑念を感ずるのである。なぜならば、八二―八三章の克明な解析も、ひっきょう内乱の一面をとらえているに過ぎない。もしここに八四章が書き加えられていなかったならば、ツキジデスの省察は、純粋に、内乱を煽動する派閥代表者のみの動機や対外関係、ならびにその者たちの言動の類型をめぐる観察と分析に終っていることになろう。国際情勢との直接の関連も、権謀術策の錯綜も、これらを人の動きと具体的に結びつけて見るとき、必然的に派閥領袖の動きとしてのみ捕捉されうることは、明らかであり、この意味では、八二―八三章の内容もまた、内乱全体の輪郭をつつむごときでありながら、その実は動勢の上部一面に限られており、さらに言うならば、その上部一面に限定されていればこそ、ツキジデスの述べるがごとき形の観察にまとめられたとも考えられる。もとより、ギリシァ諸市の政治は、民衆派、貴族派と、その名は階級的対立を現わすがごとき両派の指導権争いによって左右されるところがあったが、その実は、両派とも貴族出身の領袖に牛耳られていた場合が多く、名目はあたかも階級的争いのごとくでありながら、じつは貴族間の勢力争いであったこともすくなくない。すくなくとも、アテナイの民衆派勢力の伸長は、大貴族出身者が卓越した民衆指導性を発揮した事実に負う点が多い。したがってまた、内乱ももとをただせば、貴族同士の争いに帰される点が重きを占めていた、と言える場合も幾つかあったであろう。(53) 内乱の結着がどういう形でつこうとも、貴族は貴族、民衆は民衆という旧態依然たる体制が維持されたことも考えられるのである。(54) ことに、八二章最後段で示されているように、スローガンは左右いずれの傾きを示すものであれ、結局は領袖たちの勢力争いである場合には、民衆派が勝ったからとて、一般民衆の利得がいかほどのものでありえたか、はなはだ疑わしい。(55)

しかしながら、それとはまったく異なる内乱の実体を物語る実例もまた多い。メガラの内乱で失脚した貴族テオグニスは、賤民の跋扈に業をにやしているし、またペロポネソス戦争末期のサモスの乱でも、あきらかに階級的な争奪の相を示している[56]。このような場合には民衆派貴族派それぞれの名は体をあらわしていると見るべき根拠は充分あると言わねばならない。つまり、内乱の煽動者は政治的経験の豊かな、すなわち父祖の代より指導階層にあった貴族らから出ていたとしても、旧体制打破をめざすエネルギーは下層民によって供給されていたのである。貴族出身者ら自身の動機は派閥抗争に根ざすものであったにせよ、一派は貴族派(アリストイ)ないしは少数派(オリゴイ)ないしは権力派(ドュナトイ)と呼ばれたのに対して、これに拮抗する派が自らを民衆派(デーモス)と称したところに、争いを数によって支持する者たちの階級的分布が見られるし、またたとえスローガンがどのようなフレーズを用いたとしても、上下両階級の利害の対立が内乱をつうじて表面化されたことも疑えない。そして、外交の衝にあたる者たちの出身階級の如何をとわず、民衆派がアテナイ側に協力的であり、貴族派がスパルタ側の干渉を求めたこと自体、両派の対立が往々にして具体的な階級的利権の争奪にあったことを示している。なぜならば、アテナイ協力派にいったん国家の統治権を委ねれば、アテナイへの年賦金を支払うことを条件に民衆は国内政治の主権を握ることを望みえたし、また内乱に敗れて追放された貴族の所領の配分ないしは年貢の軽減にあずかる場合もありえたからである。ツキジデス自身、このような実例を幾度か記している[57]。さらに、内乱の事態が悪化し争いが表面化した場合に、実際の戦闘は、貴族と貴族との一騎討ちではなく、貴族派が資力によって傭いいれた外人部隊と、手に手にえものを携えた下層市民や奴隷たちの集団との争い、という形で展開する。ペロポネソス戦争の一つの近因ともいうべき、プラタイアの変も[58]、また内乱省察に先んじるケルキュラの乱も[59]、そのような兵員構成による市街戦を展開していることを、ツキジデスはつぶさに記述しているのである。

このような実状をまのあたりにするとき、われわれは、ツキジデスが内乱現象を考察するに際してただ両派主導者たちのおかれた国際情況、かれらの言動の類型、個人的動機、ならびに、よって来たるところの道徳性の崩壊過程だけを克明に分析記述して、これによって能事終れりとしたとは考えにくい。八二―八三章では内乱を外から、また上から醸成する諸因子が記述されつくしているけれども、内乱という形で下部から噴出する、巨大な、しかも非合理的なエネルギー源については、何ら触れるところがないからである。ツキジデスがその他一般の諸記述中で、民衆の動きや圧力をまったく度外視して、あたかも将軍や政治家のみの力で歴史が動くかのような史観を呈しているならばまだしも、実際にかれの見方はその逆であり、殆んどすべてのアテナイ人がそうであるように、一般市民ないしは民会の意向を記述の軸からはずすことのない人間である。内乱を省察するに際して、とくに、諸因諸結果の分析後、いかなる力をかりてそれら諸因が表面化し、民衆一般がいかなる態度でこれに参加したか、これについての省察ないしは評価がなくてはならないはずである。とすれば、どうしても私たちは、この点について重要な証言をふくんでいる八四章を、内乱省察に欠くべからざる一章として、八二―八三章との関連においてあわせ考えてみなくてはならない。これをツキジデスの真作と見做しがたい理由といわれる諸点は先にも述べた。しかしながら、叙述の文体はともあれ、叙述をすすめる内面的論理が、ツキジデスの論理と同一線上にあることは、次に示すとおりである。

八四章の論旨はほぼ次のごとくに進められる。以上開陳した事態のほとんどがケルキュラ内乱で実際におこなわれたのであるが、これに加えてさらに、暴虐な旧支配者を裁きの場に引きたてた、かつての被支配者らが、その報復になすであろうような、さまざまの行為も含まれていた。ここにも貪婪な物欲や派閥的敵対心が、前後のみさかいもなく無法な行為をうながした。一国の生活秩序が根底からくつがえされてその極に達すると、もっとも劣悪な人間の姿がすべてのものを支配する。いわゆる法とか掟とかも、さらには人間としての矜持や憐憫なども、ことごとく蹂躙されて、ただ狂おしい嫉妬心がすべてのものを破壊してしまうに至るのである、と。これまでの記述とは異なり、ここで姿をあらわしているのは、目的も意図も、計算も術策も、すべて失ってしまった狂気の群衆であり、復讐と物欲、暴力と無法の徒と化した、かつての市民たちであり、史家の希求法関係文は、これこそが、抑圧的支配者を倒した被支配階級が、往々にしてなす振舞いであることを示しているようである。逆にまたこのような抑圧された群衆の欲求不満が、過激な内乱の裏の強い動機となって働いていることをも示している。内乱の煽動者たちが表面は態のよいスローガンをかかげていても、内実は私利私欲の徒であったように、かれらに従う暴徒たちの心にも、高邁な理想が燃えていたわけでもなく、また国家同胞の救済への願いがあったわけでもない。ただ、それまである種の力関係におかれていた集団が、あらたな力の場に解放されたとき、ある強烈な反応を示しうることを、ツキジデスは指摘する。そしてその集団的反応がとくに破壊的な方向に走ったのは、一つにはかつての治める者と治められる者たちとの利害と感情の軋轢から生じた反動による。「穏健な良識どころか、暴虐な支配ともいうべき圧政」が生んだ反動である。しかしさらに一つには、内乱に至るまでにすでに国家の法的秩序がみだれ、一般の人心が違法行為に慣れてしまっていたことも、その一因となった。血縁的な団結が政治家個人の徳操をしばるものであったとすれば、制度慣習が当然、集団としての市民の良識の規範となるべきものであったのである。しかし、政治家はその羈絆を破り、徳操を破壊し、政争と復讐の悪鬼と化した。民衆は制度慣習を蹂躙したとき、どのような振舞いをなすか。自分たちよりもすぐれた者を、容赦なく引きおとそうとする、それが集団としての民衆の示す反応である、とツキジデスは言う。そして、内乱に身を投じた指導者が、最後は己れの権謀によって己れの墓穴を掘るように、暴徒と化した民衆は、集団生活を成り立たしめている、人間が相互に守るべき、究極の掟をも破壊することを指摘するのである。

以上すでに明らかなように、八四章における民衆の行動についての分析評価は、字句の表現はことなるけれども、その観点ならびに分析のすすめ方において、八二―八三章の論旨と根本的に同一の路線を歩んでいる。先ず、現象をある力の場においてとらえ、次にその力の場におかれた個人なり集団なりの性情が、それまでにいかなる崩壊過程にあったかを指摘し、最後に、内乱という力の場におかれることによって、崩壊現象が急転して、すべてが爆発飛散することを言っているからである。そして八二―八三章および八四章の両分析において、かれの筆は、それぞれの対象をあくまで人間の具体的な動き、人間の心情の、立場立場における個別的な動揺を追い、しかもその具体性、個別性から発して、群衆運動としての全体性ないしは普遍的な法則性をとらえようとしている点でも、一致していると言えよう。この基本的な思考スタイルの一貫性を認め、両記述は各〻扱う局面を異にしながらも、内乱に見られる諸力の葛藤を記述するものとして、互いに表裏あいおぎなう性質のものであることを認めるならば、先に披瀝した八四章偽作説の根拠たる諸理由も、視点の補完的な統一性を否定する決定的な証拠とはなりえない。また、八二―八三章と八四章とは、別々の時期に認められた、最終原稿と草案との関係にあるという説明も、以上陳述した見地から見ると、容易に首肯しがたい。このような場合、いずれが先に草せられたかを見きわめることは容易ではなく、単に章節の長短や、説明字句の多少によって、にわかにこれを決定できないからである。じじつ、私たちが見てきたように、ツキジデスの観察法と論旨――すなわち具体的類型から普遍的法則をつかもうとする方法――によれば、無定形の民衆の動きから、観察をはじめるよりも、かなり輪郭と内容のはっきりした、個々の派閥領袖の動きから説きはじめるほうが、当を得た順序でもあったろう。またこれがまずなされていればこそ、八四章の文章は比較的に短くして要をつくしえたとも考えられる。もとより、私たちの論によって、内乱省察八二―八四章にふくまれているすべての難題が、残らず全部解決されたと言うのではない[60]。ただ、このような記述論旨の構成上の問題を扱う際に、もとより文章の字句の詳細な検討が第一になされるべきであり、よって生ずる結果を重視すべきではあるが、二、三の字句が模倣であるか慣例逸脱であるかの点をのみ、判断の主軸におくわけにはいかない。一世紀の評論家ディオニュシオスが八四章に触れていないという事実も、すくなくとも二通りの解釈に附されうる。すなわち、かれの用いた本にはふくまれていたが、かれはこれについて触れなかったことも考えられるし、あるいはまた、実際にはふくまれていなかったかも知れない、とすれば、当時すでに幾通りかの『戦史』写本が流布していたことになり[61]、このことは、とりもなおさず、ツキジデスの作品がアレクサンドリア学府での厳密な校訂を経ずして、写本文面において多々構成上の疑問を残したまま、ヘレニズム世界に伝播したことを示しているのかも知れない。[62] このように曖昧な写本伝承の蓋然性を想定しなくてはならない場合に、字句上の不規則のみによって真偽を論ずる危険は、まことに大と言わねばならない。むしろ、不揃いの字句の裏になお内面的な思考スタイルの統一性があるや否やを検討することが、伝承に忠実に作品と作者を理解する道ではないかと思い、あえてその方法をこころみた次第である。

二　『戦史』における諸内乱とその記述

内乱とはいかにして生じうるか、それを生み、またそこに生れる諸力の葛藤は、いかなる経過をたどるものであるか。この問題を扱う『戦史』三・八二―八四の内容と構成は、現代人の立場から見ても、ツキジデスの観察眼と論理的一貫性にすくなからず共感をおぼえるけれども、しかしなおツキジデスの分析の指向性に、古代人の、あるいは極言すれば古代ギリシァ人の、理解力ないしは表現力の限界を感じとるむきがあるかも知れない。つまり、彼は政治的力の場を想定しながら、そして、その場を構成する社会、経済、国際政治などの諸面における諸力、諸条件を意識しながら、それに対する徹底的な分析には視線をむけようとはしない。むしろその場を構成する諸力が、人間なるものに、あるいは個人的にあるいは集団的に、どのように働きかけ、どのような行動的結果を生むか、もっぱらその方向のみに観察を集中しているからである。もとよりこの視点は、人間行為をあくまでも重視する、ツキジデス個人の叙述方針によるところも多々ある。かれの言葉が「……すること」「……する者」「……したこと」「……した者」を中心にすえた不定法や分詞の構文から成っていることや、また当時のギリシァ語においてはまだ抽象名詞が不備であったことが、体系的な分析的記述を著しく困難にしており、かれの叙述の明快さをそこなう結果を招いたのかも知れない。[63] しかしながら、このような言語的な制約もさることながら、諸力の場の中心に個人ないしは集団としての人間を置き、その中心にむかって収斂していく力の働きとして内乱を論じ、歴史を記そうとしたことは、ツキジデスの史観と直接に触れあうものであり、かれの観察や叙述の示す一面性は、かれ自身が、意識的に己れに課した制約であったかも知れない。というのは、ツキジデス研究の一論争点ともなっている、かれがくりかえし主張する歴史の回帰性は、無条件に歴史がくりかえすことを言っているのではなく「人間が人間である限りは」――つまり人間が個人としても集団としても、感情や利得心の奴隷である限りは――という限定条件がいつも附されている。つまり、つねに可変であるのが歴史の条件であるけれども、それがこの不変なる人間の本性に働きかけるとき、相似た関数曲線をえがく。つまり、ある働き、あるいくつかの機能の有機体としての人間を中心として、歴史はくりかえすであろう、ということになる。とすれば、人間にむかって働きかける諸力や諸条件の記述は、たんなる統計的数値の記載やその分析のみにむかうはずはなく、むしろそれらが中心的前提である人間にむかって、どのように働くかという定性的特定をめぐってなされることになる。そして、ツキジデスの批判は、そのような諸〻の刺激に対する反応の主体である人間にむかって集中し、人間が、たんなる刹那的感情や利得心の操り人形であってよいのか、という疑いと、それ以外ではありえないのではないかという、さらに深い疑いとを、嚙みあったままの姿で白日下に投げだすのである。つまり、政治力学的な回帰性を成り立たしめている、人間の基本条件に対する深刻な批判がここに浮び上ってくるのである。

ペロポネソス戦争二十七年をつうじて、あるいはさらにその前後の期間をもふくめて、類似の条件下に人間は類似の反応を示すものであることを、ツキジデスに悟らしめるような具体的事件は幾つかあったことであろうが、しかしおそらく、諸国で続発した内乱現象ほど、人間の救いがたい姿を露呈したものは、他になかったのではなかろうかと思われる。なぜならば、これほど頻繁に、しかも酷似した条件が、ポリスを構成する集団と個人をくりかえしてとらえた事例は他になかったであろう。また、ツキジデス自身記しているように、「個々の事件の条件の違いに応じて、多少の緩急の差や形態の差こそあれ」その渦中に投ぜられるたびに人間がおよそ画一的な反応を示した具体例も、内乱現象をつうじてほどに数多くはなかったであろう、と考えられるからである。

『戦史』八巻を通覧して内乱、もしくはそこまでは至らずとも、一国内の階級的対立が激化した事件として報告されている事例を順にひろってみるならば、ケルキュラ内乱事件以前にエピダムノス、(64) プラタイア(65)の両市における乱があり、ケルキュラ事件とほぼ時を同じくして、コロフォンとノティオンの乱、(66) またミュティレネーの乱もその発端と終局において内乱的事態を含んでいたものと記されている。(67) しかし、ツキジデス自身も記しているように、ケルキュラの乱以後になると、これを一々枚挙するいとまがないほどに、諸地における内乱ないしはその陰謀が頻繁に記されている。メガラの攻防、(68) デモステネスとヒッポクラテスのボイオティア作戦、(69) ブラシダスのトラキア作戦(70)など、十年戦争末期の諸作戦の裏には、それぞれの作戦目標の地域における貴族派と民衆派との対立が、両陣営からの武力干渉を招く重大な、あるいは決定的な原因となっている。またそのような干渉を未然に阻止しようとするヘルモクラテスの演説(71)や、干渉者として功をおさめるブラシダスの演説(72)は、いずれも各々の言葉のとおりに忠実であったかどうかは不明であるけれども、両者ともひとしく内乱のおそるべき惨禍に対する警告を、議論の中軸に盛りこんでいる点が注目されよう。そして十年戦争の終結も、ツキジデスの分析によれば、そこに至らしめた幾つかの原因の中でも、スパルタが国内に内乱を生ずることをいたく危惧したことが重要な一因となって、(73) ついに平和交渉の気運が実をむすんだとされている。しかしながら四二一年の平和が回復しても、内乱が起らなくなったわけではない。むしろ逆に、会戦を挑むかわりに、露骨な勢力均衡政策を維持しようとしたアテナイ、スパルタ両陣営の仮借ない圧力のもとに、両者の中間にあったペロポネソスの大国アルゴスは、左につき右に走るうちについに国内態勢に動揺を来たし内乱を誘発し、干渉を招く。(74) また、海上からの圧力に抵抗して中立を保とうとしたメロスは、アテナイ側の攻撃のために全員殺戮の仕打ちにあう。(75) かのメロス島対談の論旨はツキジデス自身の考えに負う点が圧倒的に大であるとしても、この交渉形式が採用されたそもそもの理由は、メロスの貴族派が民衆の眼を封じ、内乱の生ずる余地を除去しようとしたことにある。つまりメロス島における密室の対談形式は、たんなる抽象的政治道徳論を戦わす場を提供するために、恣意的に用いられているのではなく、形式そのものが、メロス側の内乱防止策によって余儀なくされている。[76]
　両陣営のこのように露骨な干渉政策が、絶対に黙過しえなかったのは、勢力の真空地帯である。アルゴスしかり、シキュオンやペロポネソスの諸市しかり、メロスしかり、また『戦史』の第六、七両巻を占めるシケリア島遠征の動機もまた、同じである。[77] しかしながら結果的に判断するらば、アルゴス、メロスの場合と、シケリアの場合とは二つの根本的な条件が異なっていた。シケリアの最大の都市シュラクサイは、ニキアスも指摘し[78]ツキジデス自身これを重く評価しているように、[79] アルゴスのように内乱の危機をはらんでいる国ではなかった。階級的対立が表面化することを、制度的に回避することのできる民主政治の国であった。またシケリアは、メロスのごとき海上の小島ではなかったのである。[80] この違いの重大さは、遠征軍が全滅崩壊した結果あきらかになったものであるけれども、ここにまた私たちは、その時までのアテナイ側の帝国主義的拡大政策が利用しえた最大の武器が、じつは海軍でも軍資金でもなく、侵略目標となった相手国の内乱幇助による内政干渉であったことを知らされる。[81] このことは、ケルキュラ事件と同じ頃行なわれた、ミュティレネー裁判で、早くもディオドトスが強調しているけれども、[82] この事実の正確な認知と評価は、遅まきながら、シケリア戦争の結果、はじめて得られたようであり、ここにまた、民主政治イデオロギーの戦略的価値にもおのずと限界があることが明白となったと思われる。ともあれ、シケリア戦争の後になると、内乱はアテナイ側にとって、きわめて深刻な相をもってくる。それまでは他国干渉の有利な武器であったものが、シケリアの破局を契機として、転じて己れの身を裂く刃となって、アテナイとその支配圏を壊滅に至らしめるからである。『戦史』最終巻をなす未完の第八巻では、とくにサモスの内乱とアテナイ本国における内乱について詳しく語られている。
　アテナイ側の前衛基地がおかれることとなった小アジア沿岸の島サモスでは、アテナイ海軍到着とともに貴族政が倒されて民主政治がしかれる。[83] しかし駐留中のアテナイ勢内部に一転して貴族政擁立の気運が高まると、サモスの民衆派がさらに二分して貴族派と自称する一派が他派の弾圧にのりだすが、サモスのアテナイ勢が民主政を廃したアテナイ本国とは分離して、民主政を維持することに定めると、サモス市民も三転して民主政を樹てる[84]、という事態をまねいている。外部からの政治的圧力によって不安定に揺れ動く国内派閥の拮抗状態は、先にも列記してきたとおりであるが、サモスにおけるほどあらわな動揺を示した例は他にない。しかし派閥心と各派領袖のあくことない利己主義という、さきのケルキュラ内乱省察が指摘する点について見れば、正しくはアテナイ本国の内乱記述ほど、これを明白に暴露しているものはない。内乱省察の中でも八三章が、四一三年以降の筆になると言われているのも、そのためである。しかもこの争いに、アルキビアデス、プリュニコス、アンティフォン、テラメネスなどの、アテナイが産したもっとも有能にして鋭敏な頭脳家や手腕家が敵味方にわかれて内線の戟を交したために、国家としての最終的な破局をまぬがれることができなかった。ここでこの事件の経過を詳述することは控えたいが、ただ一つ、内乱省察の問題とかかわりのある、諸領袖の動機について、ツキジデスの分析するところをかんたんに述べよう。

これらの人物中、もっとも腕もきき頭も冴えていたアルキビアデスは、傑出しているだけに同輩に妬まれたが、しかしかれ自身にもまた人の中傷を容易に招く性格的な欠点があった[85]。もともとかれにとっては政治も戦争も、あくまでも個人的富と名声を大ならしめる方便であった[86]。しかしかれの徹底的な自己中心の計算は、公職を剝奪されアテナイから追放されるに及んで、露骨さを加えていく。スパルタに逃れ、次にペルシァの総督と結び、さらにペルシァ、スパルタ、アテナイ三国の利害を巧みに手玉にとって、ついにアテナイの指揮官職を手にいれるのも、その目的や、動機はといえば、己れの政敵を誅し意趣を晴らすこと以外には何もなく、その過程において、自分の使嗾によってアテナイ本国が内乱に陥りサモス駐留の主力軍と分裂しようと、スパルタ海軍が糧食に窮しようと、またペルシァ総督が苦境に陥ろうと、これを毫も意に介しない。かれの行動の動機にはことごとく、内乱煽動者の動機として指摘された「物欲と名誉欲のからんだ権勢欲があり、……盲目的な派閥心」が働いていたことを、『戦史』第八巻の記述は明白に伝えている。また、アルキビアデスの言葉に注意するならば、かれの場合こそまさしく「言葉すら本来それが意味するとされていた対象をあらため、それを用いる人の行動に即してべつの意味をもつこととなった」のに気づくであろう。[87] またかれの政敵プリュニコスにしても、最初は国家の安泰を説き内乱の危険を訓す分別を示しながらも、[88] やがてはアルキビアデスに対する反抗心と身の保全のために貴族派に身を投じて民主政を転覆させる主力となり、ついには党利のためにはすべてを破壊に追いやることすら辞さぬ人となって、スパルタとの協定をはかるのである。[89] ツキジデスはアンティフォンに対すると同様、プリュニコスに対しても、多分に同情的でありその識見を高く評価しているけれども、[90] かれの行動の軌跡は、「言葉の上では国家公共の善に尽すといいながら、公けの益を私物化せんとし、反対派に勝つためにはあらゆる術策をもちいて抗争し、ついには極端な残虐行為すら辞さない」[91] 一派に属しているのである。さらにテラメネスに至っては、『戦史』の記述に関する限り、貴族派内部の不満分子の先鋒にすぎず、[92] ペイサンドロス、アンティフォン、プリュニコス、アリスタルコスらの貴族派主流に対抗して反貴族政運動を起し、プリュニコス暗殺を契機に、貴族政治の百日天下を倒し、民主政を再建する。その結果は、ツキジデスの評価によれば、きわめて満足すべき折衷的な政治体制を招来したとのことではあるが、[93] しかし貴族政下に誘発された激しい勢力争いや利己的行為についてツキジデスの記するところを参照するならば、この小康状態も、テラメネスらのきわめて危険な動機が期せずして招来した怪我の功名であったとの感をまぬかれない。「この〈かれらが約束した〉政策は、たんなる政治的なスローガンにすぎず、貴族派のほとんどの者はみな、民主政を解体して成立した貴族政にとって、[94] とくに危険な生命とりとなりかねない愚行に走った。というのは、貴族政が成立するやいなや、かれらは相互に対等の勢力をわかちあうことに甘んじえず、みなわれこそ政権担当の第一人者たらんと主張したからである。ひるがえって民主政下にあったところを見れば、官職は民選であったために、選にもれた貴族も、己れと対等たるべき貴族らから蹴落されたと思うことなく、結果を甘受することができた」と。[95] ここにも、恐るべき派閥抗争を生む根源を見ることができるのである。

『戦史』における内乱記事はかくのごとく頻繁であり、一国の浮沈にかかわる重要事件が出来するたびに何らかの関連において内乱ないしは内乱の可能性が附記されている。しかも事態は年を追うにしたがって深刻さをましていくことは先にも指摘した。そして第八巻のアテナイの内乱を含むこれらの諸事件のすくなくとも幾つかの実例が、本小論の最初に論じた第三巻の内乱省察の題材として、ツキジデスの脳裏に去来したと考えられる。そこであらたに私たちが問わなければならない問題が浮びあがってくる。すなわち、ツキジデスにとっては、内乱現象の歴史的意味とその重大性は年を追うにしたがって加速度的に大きく増加してきたのではないだろうか。

かれは大戦勃発以前あるいは戦いの初期においては、隷属国支配ないしは支配圏増大のために有利な、しかしおそらく正確には分析評価されるには至っていない一つの戦略的方便として、他国の内乱現象に注目していたであろうが、その後、シケリア戦局の破綻とイオニア戦局の展開、さらにはアテナイ本国における政治的動揺を見た。そしてついには敗戦を迎え、敗戦後にさらに激化した貴族派対民衆派の熾烈な武力抗争を、いずこかの地にあって経験したツキジデスにとって、内乱とはそれ自体、歴史上の巨大な問題現象となったのではないか、つまり、戦時中の刻々の事件の断章的記録を綴りながら、最初しばらくは把握されていなかった、内乱現象の幅広い重大性を、同様な事態の反覆される推移過程を見守る中に、あるいは大戦の終局に至って、翻然と明確に悟るようなことが、ツキジデスのごとき、記録作成者にして同時に歴史家であろうとした稀有の人間の場合には、当然起りえたのではないだろうか。

じじつ第三巻の内乱省察の項においても、事実を記録する記者としてのかれの筆を追って、歴史を綴る思想家としてのかれの論理が台頭し、両者が表裏一体となってわかちがたい状態にあることを私たちは見ている。ツキジデスの叙述は不幸にして四一一年で中断されていて、その後のアテナイの内乱がどのような渦を巻き、国を最終的破局に陥れることになったか、これについて直接触れていない。しかしながら、開戦初期の一項においてかれがアテナイ敗北の主因は、軍資金欠乏にあったのではなく、他ならずアテナイ内部の派閥抗争と内戦に由来すると断じたことは周知の事実である。[96] またかれが、過去のギリシァ史を動かしてきた重要な因子として、海軍力や富の蓄積よりも先に、階級的対立から生ずる内乱をその第一に数えるに至ったことも、見逃せない事実である。[97] かれが戦後しかもかなり経てから草したと目される第一巻の「考古学」の章では、太古のギリシァで最も頻繁に住民移動がおこなわれたのは地味豊饒の地であったとし、その理由はそのような地域では富と権力が一部の住民に偏しやすく、そのために内乱を生じ外敵の好餌となったからである、と記している。この観察は、各種の神話や伝承を経験的事実をもとに合理化したところに生じたものであるが、ただ「豊饒な地は外敵に狙われやすかった」とは記さず、その前に富と権力の偏在、よって来たるところの内乱、と中間に二段階の過程をもうけているところが注目に値する。このような迂遠な神話的素材から一つの古代史を復原している場合にも、ツキジデスの叙述を成りたたしめている経験的真実は、持てる者と持たざる者との対立抗争であり、ここに私たちは、かれの「内乱の思想」がたんにペロポネソス戦争中の事件観察の域にとどまらず、深くかれの歴史観の中軸にまで浸透するにいたっているのではないか、という問いをいだくのである。

このような一連の問いを問うことは比較的やさしい。これらを誘導するような、一見蓋然性のある伏線が『戦史』の中に張りめぐらされているからである。しかしながら、この種の問いは、さらに大きい複雑な『戦史』の成立問題を外からくまどる、薄い表皮でしかない。この表皮がつつんでいる中身は、次のような形で示される。明らかに内乱現象の意義は年とともに深くなり重くなり、ついには戦争の帰結そのものと結びつくこととなったであろうが、そのために、記録の編集者としてのツキジデスは個々の記録の断章に、あとになってからさまざまの改変ないしは附記を加える必要を感じたのではないか。つまり、『戦史』の該当各部にそのような、歴史記述者としてかれが追加ないしは削減した補正のあとを明確に指摘できれば、「内乱の思想」が諸般の事実に対するかれの評価に広汎な影響を及ぼし、ついには『戦史』の構想を支える一つの礎となったということができるし、これを明らかにすることができれば、すなわち先掲の表皮の問題も解明される。逆にもしそのような痕跡がないということになれば、ツキジデスは実記をあとかたないまでに書きなおしたか——しかしこれは、その他幾多の例証が否定している[98]——、さもなくば、かれはアテナイの政治家として、内乱現象の実態について、戦争勃発以前から、きわめて明確な洞察をもっており、最初からそのすぐれた見解のもとに内乱記事を丹念に認めていったということにもなろう。しかしこのような、「あれか、これか」式の提示は、たんに問題を簡略化してみせるだけの、極論対置のレトリックに過ぎず、実際の問題は、次の分析において示すように、簡単な図式化を許さない。『戦史』は濃密な彫琢をほどこした芸術品にも比べられる。その成立と直接触れあうような、内乱記述の初稿二稿三稿の順序を解示することは、到底望むべくもない。しかし他面、ツキジデスの叙述するどのように些細な部分を取りあげてみても、真摯にこれを扱う者は必然的に『戦史』成立の問題に触れざるをえないことも事実である。ましてや内乱記述のごとき、実録者と歴史家の両面がせめぎあい、本質的な融合をとげざるをえない部分において、解はいかに達しがたくとも、成立問題にふれることは不可避と言わねばならない。ここでは、以上の考察ともっとも関係の深い、ケルキュラに関する一連の記述とその成立をめぐって検討してみたい。

三　ケルキュラ叙述の成立

ケルキュラに関する記事は、『戦史』に三回あらわれる。第一は大戦勃発の直接因を説明するために記されているもので、第一巻の大きい部分を占め、エピダムノスの紛争に始まり、シュボタ沖の海戦記に終る「実記」である。第二は「内乱記」(三・七〇—八五)であり、ここに含まれる省察は先に検討したものである。そして第三は内乱の「終熄記」である(四・四六—四八)。第一の記事は克明な数値や人名の記載をふくみ、とくにコリントス側の内訳を詳記しているところから、ツキジデス自身事件当時の実録を作成していたか、さもなくば後日その実録を、アテナイ、コリントス、ケルキュラ三国の記録から照合作成したか、そのいずれかか、あるいはその両作業がくりかえしておこなわれたものであることは、疑いをいれない。碑文資料との間に多少の異同があり、また船数を記載した数値にわずかながら齟齬する点があることは、あるいはかれが資料として用いた諸〻の公式記録の間にすでにそのような不一致が見られたためかも知れない。ともあれこの「実記」の主体が、事件の実録を直接間接に基礎としていることは明らかである。しかしながら、この記事の中に、ツキジデスは早くも、後日生ずべき内乱問題と直接に関係のあることがらを、明白に書き加えている。このシュボタ沖海戦の「実記」を閉じるにあたってかれはこう言っている、「そしてケルキュラ人捕虜中、もともと奴隷であった者八百名を売却し、のこる二百五十名を拘禁しておいた。しかし、後日この者たちをケルキュラに逆上陸させたあかつきには、ケルキュラをコリントス側に与させようとの魂胆から、コリントス人はかれらを手厚く遇した。じじつこれらの捕囚の大部分のものは、ケルキュラでは第一流の勢力をもつものたちであることがわかったからである。ともあれケルキュラはこうしてコリントス人との戦いで虎口を脱したので、アッティカの船隊もこの地から引きあげた。しかしこうしてアテナイ人がケルキュラ人と組んで、和約期間中にコリントス勢と海戦をおこなったことが、アテナイに対してコリントスが開戦を主張するに至った第一の原因となったのである。[99]」これを次の文章と並べて比較してみよう。「ケルキュラの内乱は、次のごとくにして起った。さるエピダムノス紛争の際の海戦で捕虜として捕えられていた市民らが、コリントス人の手から釈放され、ケルキュラに帰ってきたときに、内乱の端は発する。これらの帰国者らは名目上は、コリントスのケルキュラ権益代表が八百タラントンの保釈金を積んで釈放されたことになっていたが、その実はケルキュラをコリントスの意志に従わせる、という了解が成り立っていたのである。[100]」前文と後文が直接にあつかっている各〻の事件の間には、六年の歳月が過ぎており、『戦史』の中では数百頁に相当する他の記述が介在しているのであるが、文章はあたかも連続体をなすごときである。なぜならば、後文では釈放された市民らの階層については一言の説明もないのに、これらが有力貴族らであることが、六年前の出来ごとを語る前文から暗黙のうちに了解されており、その前提のもとに内乱に至る事態の推移が語られているからである。さればとて、前文の記述やそれに先立つ「実記」の中に、ケルキュラの貴族派や内乱陰謀の可能性に触れている点はまったくない。「実記」ではケルキュラは挙国一致態勢でコリントスと戦っていたのである。この場合、引用した前文は後文への、長く細い伏線を含んでいると見てよい。そしてツキジデスが「実記」にこの伏線を添加したとき、ケルキュラ・アテナイの同盟とシュボタの海戦は、ペロポネソス戦争の一直接因であると同時に、六年後のケルキュラ内乱誘発の主因をはらむ事件として、歴史上の位置が与えられたと解釈される。この海戦の結果、期せずして有力貴族二百五十名がスパルタ側の陣営に抱きこまれ、民衆派がアテナイ側の恩恵をあずかるという事態を来たしたからである。

ここで私たちは、二股の操作がツキジデスの叙述の中でおこなわれていることに気づく。一方においてケルキュラの「実記」は、大戦勃発の直接的原因の一つを具体的に究明するためであった。そしてその説明はケルキュラ・コリントスの共同植民地エピダムノスにおける民衆派対貴族派の内乱から始められ、続いてエピダムノスをめぐるケルキュラとコリントスの干渉、さらにケルキュラに対するコリントスとアテナイの干渉が語られ、そして今見たとおり、ケルキュラ内乱への伏線で記述はひとまず閉じられる。エピダムノスの内乱に発したケルキュラ事件は、大戦への導火点として、また六年後に生ずべきケルキュラ内乱にいたる導火点としてあつかわれている。しかし他方、その裏面においては内乱現象は、大戦勃発の原因のさらに裏にある原因として捉えられ、またすでに前節で見たように、大戦勃発後はそれによって益〻激化していく現象として捉えられているのである。

しかしながら、ケルキュラ事件を大戦の直接因と評価し、またケルキュラ内乱への糸口となることを暗示している先に「前文」として引用した一・五五の文章は、四三三年の事件よりかなり後の執筆になることは明白である。『戦史』諸巻の中で、第一巻は五巻八巻と同じく四〇四年の戦争終結後に通して書かれつつあったか、あるいは少なくともそのかなりの部分にわたって再構成されつつあったか、いずれかと判断される章節を幾多含んでおり、一・五五におけるケルキュラ事件の位置づけも、最終段階の構成によるものであったと考えるべき理由がある。執筆年代は早くともケルキュラ内乱後であることは先にも述べたが、おそらくはそれよりもはるかに後年のことであったにちがいない。というのは、第一巻のケルキュラ「実記」は、その前後の事件との間に年代的調整がまだ充分なされていないままの状態で、『戦史』の前夜史の中に組みこまれているからでもある。シュボタ沖の海戦が四三三年夏であったことは、アテナイの碑文資料によって確認されており、[101] 海戦の記事に引き続いて述べられているポテイダイア攻城戦に先立つこと、丸一年以前であったことが判っている。しかるにツキジデスは、ケルキュラ紛争の「後直ちに」ポテイダイアの戦いが生じたと記しているのである(一・五六)。しかし『戦史』第二巻以降の一般的時間感覚では、一年という期間はけっして短いものではない。それがここでは著しく短縮されて「直ちに」という表現をとっているのは、何故であろうか。事件と執筆年代との時間的距離がはなはだしく大となったために遠近感覚がなくなっているのか、さもなくばかれの記憶に誤りが生じているか、そのいずれかによると考えられる。また、第一巻のケルキュラ「実記」がケルキュラ内乱(四二七年)、内乱省察(四一三年以降執筆)、内乱記続編(四一〇年以降もしくは四〇四年以降執筆)へと、その後の展開への伏線を含んでいることも、第一巻におけるケルキュラ「実記」の執筆年代の推定に際して忘れてはならないだろう。

第一の記事の末節が、やがてあらわされる第二の記事、すなわち「内乱記」の導入部の前提となっていることは先にのべた。しかしさらにケルキュラ内乱をペロポネソス戦争の展望の中に置き、「最初の例」として意義づけているのは内乱省察の章中(三・八二・一、同・八四・一)である。そして内乱省察自体、派閥領袖の動機や行動の詳細な記述等から推定して、シケリア戦敗北後のアテナイの政情を写すものと考えるならば、その執筆年代は四一三年以降、ケルキュラ内乱発生後じつに十四年以上経過した後と目されるべきことは、先にも述べたとおりである。また内乱省察のみならず、三・七〇―八一の「内乱記」自体、次に示すごとく、第三の記事すなわち「終熄記」を展望に収めていることから、第二と第三の記事は早くとも四〇九年以後、おそらくは大戦終了後に、今日伝わる形にまとめられ、各〻の属すべき年次枠に収められたのであろう。四二七年のケルキュラ内乱は、以下のような状態で持久戦に入ったことが記されている。「貴族派残党は追放されたが、再びケルキュラに上陸し本土奪回するほかに生存の道なしと覚悟をかためて船を焼きはらい、イストネー山に登って山中に城砦を築き、ポリス内部の市民らを攻撃して危害を加え、ポリス外部の耕地帯に支配力を伸ばしていった。」ここでツキジデスは、「危害を加え、……支配力を伸ばしていった」という残党の行為を未完了過去形の動詞で表わしている。したがって「加えようとした、……伸ばそうとした」という訳もおなじく可能であるが、いずれにせよ内乱はいまだに終る様子もなく、一派の行為は反復ないしは継続の相において、とらえられている。[102] つまりそれからちょうど二年後にすべては終ったことをすでに考慮のうえで、そこに至るべき一過程として、ツキジデスはこれを筆にしたと言えよう。なぜなら、三・八五の記事自体、記述が置かれている年代枠よりもかなり後になってからの事情を伝えているからである。

二年後四二五年の事態をツキジデスは次のごとくに記し始めている。アテナイ船隊がシケリアへの航行途次ケルキュラに寄港し、山地にたてこもる残党討伐にむかったと述べたのち、「これら山岳派は、かの内乱の後大陸側から逆上陸して市外諸地方を勢力下に収め、市内派に多大の損害を加えていたものである。さて……」先に、第一と第二のケルキュラ記事は重複することなく互いに補完しあう内容をもっている点で、私たちの注意を引いたが、ここでは読者の記憶の糸を呼びさますための反復記述が導入文に組みこまれている。三・八五と四・四六との間の時間と事件のめまぐるしい錯走――デモステネスのアイトリア作戦、オルパイの戦い、ピュロスの劇的な攻防戦などがその主たるものであるが――そこから読者の関心を三たびケルキュラに呼び戻すための必要からであろう。しかし、第一と第二の記事はまったく異なる視点から記されていたが、第二と第三の記事は、視点も内容も不可分の関係にある。たんに三・八五が明らかに四・四六の時点から附加された伏線であるから、というだけではない。内乱省察は今日伝わる写本では第二の記事の終りに置かれているけれども、その中でとくに八四章で言われている、裁きの場に引きたてられた旧支配者に対してなされるかつての被支配者の暴虐ぶりは、第三の記事においてはじめてその具体的内容を暴露している。相手側の裏の裏をかく狡猾な奸策が横行し、最後にはおよそ人が人を殺す方法としてはもっとも残酷な、人倫を蹂躙しつくした手段がとられる。そして「悲惨の上に夜の帳がおろされた。」[103]両記事のパトスにみちた文章を読みくらべるとき、両方ともに、一つの視野のもとに終るべき終結を見つめている歴史家が同じ筆勢で綴ったもの、という印象が深い。両事件とも、その間には二年の隔たりがあるけれども、両事件を目撃し、また四二五年の残虐行為を黙認していたのは、アテナイ側船隊の指揮官エウリュメドンであった。おそらくかれが両事件についての情報提供者であったと考えてよいだろう。ツキジデスは、エウリュメドンの船隊指揮（と惨劇黙過）について非難がましい注記を残していないけれども、内乱終熄にともなった悲惨事を、痛憤の念をもって綴っていることは、誰もが認めるだろう。このような記述スタイルにあふれる感情的色彩の統一性は、この記述だけに限られるものではなく、「疫病記」「ピュロス戦記」「シケリア戦記」などの各〻の、末章を飾る特色ということができる。しかし「内乱記」の場合には、文飾という域を越え、この事件の間接的責任者であり情報提供者でもあったはずの、エウリュメドンという人物に対するツキジデスの、〝貴官には何とかしてやることができなかったのか〟という思いもこめられているようである。ともあれ、「終熄記」と内乱省察との間に見られる内容的関連性、文体的緊張の継続性、情報源の同一性などを考え合わせると、第二と第三の記述は、事件全体がツキジデスの脳中において一つのまとまった像を結んだのち、一つの叙述にまとめられ、二つの事件の各〻の時間枠である四二七年夏と四二五年夏の、しかるべき記述順位に分けて配置されたものであろう。

ツキジデスはいつの時点で、第三巻八二、八三、八四、そして第四巻四六、四七、四八を記したのであろうか。以下に一つの推論をのべて、この稿の結論としたい。

ツキジデスが「内乱記」を著し、その中の第一部「実記」を四二七年の記述枠に収め、これをもって続発した諸国内乱の「最初の例」と指定したとき、すくなくともケルキュラにおける内乱は終っていたであろうし、またその後続発した数多くの内乱とペロポネソス戦争との因果もしくは相関関係も、実例によって把握されていた。それはどのように早くとも、四二一年ニキアスの和平交渉が成功し、いわゆる「アルキダモス戦争」の十年が経過した後のことであろう。ところで、「終熄記」の末章、四・四八の末文は次のように言う、「このようにして山岳地帯の貴族派は、民衆派の手によって殲滅され、長きにわたって暴威をふるったこの内乱も、この戦争期間に限ってみれば、ここに終結した。拮抗をつづけた両派の一方が、事実上消滅したからである。」文中にある「この戦争期間に限ってみれば」という表現は、『戦史』成立問題にとって、重要な意味をもつ。「この戦争」とは、最初の十年、「アルキダモス戦争」を指すとすれば、四・四八は、四二一年以降のいつかの時点で草されたことになる。だがもし「この戦争」が二十七年間の全ペロポネソス戦争を指すのであれば、四・四八は四〇四年のアテナイ降伏の日以後の作ということになる。しかし残念ながら、ツキジデスの「この戦争」という表示は曖昧であって、どちらを指すのか一義的に決めることができない。そこに「成立」問題が、今日もなお問題として残っている由縁がある。

しかしながら、四・四八に現れる「この戦争に限ってみれば」という表現は、私たちの考察にとってはきわめて有効な示唆を含んでいる。というのは、ケルキュラにおいて、内乱は四一〇—四〇九年次にまたもや生じたことが知られている。この年次の戦争記事は残念ながらツキジデスの『戦史』の記述には含まれていないが、シケリアの史家ディオドロスの『歴史』第一二巻五七章に記録されている。この記録が偽りでなく、そしてツキジデス自身その事件についての情報を得ていた、という仮定が許されるならば、四・四八の限定的表現は、〝アルキダモス戦争中」に限っての事柄としては〟という意味とならざるを得ないだろう。勿論、仮定の上に立つ解釈ではあるが、ツキジデスは、ケルキュラ内乱を、最初の十年戦争中の事件として注目していたことになろう。

だがしかし、その推論は、「内乱記」の三記事の執筆年代を、四〇九年以降の時点に設定することにもなるだろう。注釈家や研究者の中には、例えば英国の歴史学者アドコックのように、四・四八の「この戦争中に限ってみれば」という限定的な一句は、四一〇年の内乱再発の報に接したツキジデスが、十五年も昔に完稿していた「内乱記」の末尾にあわてて書き添えたものだ、という説を唱える人もいる。ツキジデスの執筆マナーについての興味ある見解であるし、また片言隻句をよりどころとして、『戦史』成立の大規模な仮説を構築する挙に対する警告としては傾聴に値するものと言えよう。しかしながら、すでに私たちも見てきたように、「内乱実記」「内乱省察」「終熄記」の相互連関性は密であり、しかも「省察」の三・八三で詳述されている派閥領袖の動機分析は、内乱使嗾を攻略の武器として利用していた「アルキダモス戦争」の間の観察記録とは言いがたく、そこにはむしろ四一一年の四百人政治とそれ以後のアテナイ人政治家の言動分析が投影されている趣きが濃厚と言わねばならない。このような観点からみると、右のアドコック説にはとうてい従うことはできない。したがって「この戦争……」の限定的表現は、十六年昔の既成原稿への割込み注記ではなく、ケルキュラ内乱の全体像は、四二五年の惨事をもって終結としながらも、その叙述文は早くとも四〇九年以降に脱稿したもの、という結論を選びたい。この文脈においては、「この戦争」を「アルキダモス戦争」と解する分離「成立論」の立場から見るとしても、あるいはまたこれを「二十七年戦争」と解する統一的「成立論」の立場から見るとしても、「内乱記」の最終的完成時期は、四〇四年前後の、その幅数年の間に限られることにもなり、その推定が私たちの考察にとっては、とくに貴重といわねばならない。ツキジデスの「内乱の思想」は、どのように短く見積っても、事件後二十年の年月を経て、今日伝わる形にまで熟成したものである、という証言が、ツキジデス自身の口から得られたことになるからである。第一の記事構成や、第二の内乱省察について私たちが得た観察結果も、もちろんこれと矛盾するものではない。

(1)　前八世紀ギリシァ人の植民活動が活発化するにしたがって、最初はエウボイアから、続いてコリントスからの植民団(伝によれば七三三年)によって建設され、アドリア海沿岸諸地およびイタリア、シケリアの諸地における植民・通商の中継地として殷盛を来たしたが、母国コリントスとの間に利害関係を異にすることがしばしばあり、ことにコリントスに独裁制がしかれていた間は(前七世紀後半—六世紀初頭)、コリントスの直接干渉をうけていたことから、爾後両国関係は悪化した。ギリシァにおける最古の海戦も、コリントス・ケルキュラ間でおこなわれたことになっている(『戦史』一・一三・四、なおペロポネソス戦争前夜の両国関係は、同書一・二五、三七—三九参照)。植民地内における内乱現象は、母国との利害対立を一つの契機としている場合が殆んどと言えるほど多く、これを歴史的に究明するためには、コリントス・ケルキュラの三百年にわたる外交・政治・経済の各分野にわたる調査を必要とする。しかし本論は、内乱現象そのものの歴史的究明を主題とするものではなく、ツキジデス『戦史』における内乱記事の成立を検討することを目的とするので、母国と植民地関係の歴史学上の究明は A. J. Graham, *Colony and Mother City in Ancient Greece*, 1964. とくに 118-153. を参照されたい。ケルキュラの経済的繁栄は六世紀初頭いらいの遺跡がこれをよく物語っている(G. Roednwaldt, H. Schleif, G. Klaffenbach, *Korkyra*, 2 Bd., 1939-40 ; J. Boardman, *The Greeks Overseas*, 1964, 232-236)。

(2)　『戦史』一・三二、三七—三八(以下ツキジデスよりの引用は巻・章・節の数のみ記し、書名は省略する)。

(3)　一・二三・六、同・五五・二、同・六八・四。

(4)　一・四四。

(5)　ケルキュラはアドリア海のギリシァ諸島中第二の大島でありながら、一市によって独占されており、肥沃広大な農地を奴隷労働力によって耕作していた。四二七年内乱が激化したとき、民衆派も貴族派も、身分解放を代償に農耕地帯の奴隷人口の協力を要請している。奴隷の殆んどは民衆派に加担した(三・七三)。その後貴族派残党が農地を制圧したとき、これらの奴隷がどうなったかは知られていない。当時多数の農業奴隷の労働力に依存していた国としては、スパルタ、テッサリア、キオスなどが知られている(Gomme, *Historical Commentary* II, 363 f.)。

(6)　四三三年シュボタの海戦の折、ケルキュラ側の約千名が捕虜になったが、その内訳が奴隷八百名、市民二百五十名と記されているところから漕員が奴隷であったことがわかる。ケルキュラの三重櫓船の人員配置が「昔ながらの」と言われているところから(一・四九)、一艘につき漕員約百八十名、搭乗戦闘員四十名以上から成っていたと思われる。これらの奴隷が公私いずれの所有に属するものであったかは不明であるが、アテナイの軍船が市民(時には重装兵も)、居留民らによって操られていたことと対照的である。

(7)　船置場が貴族派の拠点となっている(三・七四)。また貴族派の者たちの邸や持家が、ケルキュラの市場(アゴラ)附近を占めている(三・七四)。さらにまた後日残党が傭兵とともに逆上陸したとき、その数は僅々六百であったが、その数で耕地帯を制していることは、農地の大部分がかれらの旧領であったことを指しているのではないだろうか。

（8）　一・四六―五五。ツキジデスは事件の年代を曖昧にのこしているが、このとき応援のアテナイ船隊の費用として、アテナイ政府が費出した公金記録が碑文として残っているので、そこから年代が算定されている（*I. G.* I² 295; Tod. Nr. 55 ; W. Kolbe, *Thukydides im Lichte der Urkunden*, 1930, 28 ff. 碑文の写真は A. F. D. Meritt, *Athenian Financial Documents of the Fifth Century*, 1932, 69–71 を参照）。

（9）　一・五五・一。

（10）　同右。

（11）　一・四四。

（12）　二・九・四、同・二五・一。

（13）　三・七〇・三。

（14）　二・七・三。

（15）　三・七〇・一。

（16）　三・七〇・一―六。

（17）　三・七一―八一。

（18）　三・八一。

（19）　三・八二―八四の内容解釈ならびに諸問題については諸種の原典注解に加えて、それ以外にも幾多の文献が存する（W. Schmid, O. Stählin, *Geschichte der Griechischen Literatur* I. 5, 1948, 79–84）。これらに加えてなお、W. S. Ferguson, *Greek Imperialism*, 1913¹, 1941², 1963³, 19–25 も簡潔ながら要を得た説明を附している。J. H. Finley, Jr., *Thucydides*, 1942, 158–201 ; A. W. Gomme, Thucydides and Fourth Century Political Thought ; International Policies and Civil War (*More Essays in Greek History and Literature*, 1962, 122–138 ; 156–176) なども示唆に富んでいる。また本稿脱稿後に現れた重要文献としては W. K. Pritchett, *Dionysius of Halicarnassus : On Thucydides*, 1975 があり、改稿に際して参考にするところが大であった。

（20）　かれがその他の諸事件においても「最初の例」を重視して、一連の事象の時間的枠を越えて、それらを一まとめにした観察ないしは記述をなしている場合が随所にみとめられる。ペリクレスの葬礼演説（とそれに先行する儀式の記述）（二・三四―四六）、疫病記（二・四七―五四）、アカントスにおけるブラシダスの演説（四・八五―八七）などは最も印象的な諸例である（Finley, *Thucydides*, 159–162 ; Gomme, *Historical Commentary*, ad loc. 参照）。

(21)　三・八二・一—二。
(22)　この考え方がどこに発するものであるか、これを思想史的方法によって究明する場合、当然そのような力学的因果論の始祖とされるアナクサゴラスの、原因論と力学的必然論がその背景にあったと考えられる。じじつ、ツキジデスがいわゆる「ソフィスト」らの教説と近い類似性を示している点として往々指摘されている二点のうち一つはそれであり、他は経験的一般事象との対比において「ありうべき」推論をたどれば、ある特定の情況を再現できるという、「エイコス」の論であり、ことに後者はエウリピデスの悲劇にみられる議論と本質的な共通点をもち、また当時の法廷演説の論法とも多くの共通点を有することが指摘されている(F. Solmsen, Antiphon-studien : Untersuchung zur Entstehung der attischen Gerichtsrede. *Neue Philologische Untersuchungen* 8, 1931 ; Finley, *Thucydides,* 36–73)。

しかしながら、ツキジデスがこれらの教説をうのみにして己れの思考をその形に入れたとは考えがたい。一つには資料的に見て、これらのいわゆる「ソフィスト」的ないしは「弁論家」的な言辞が論理的に展開されているのは、他ならずツキジデス、アンティフォン、エウリピデス、さらに下ってプラトンなどの、アテナイの作者らの著述においてであり、このような論理の展開法ないしは思考法の発達は、主としてアテナイの政治的雰囲気に負うところが大であったのではないかと思われる。じじつ、ツキジデス自身のテミストクレス評価を読めば、ツキジデス自身、この五世紀初期の政治家の中に「大ソフィスト」の姿を認めていることがわかるのである(一・九〇—九三、一三五—一三八)。つまり「ソフィスト」らとの類似点としてあげた先の二点も、じつは政治家として、ある予断を下し政策を下すためには、きわめて常識的な必要条件であったからである。もっとも、意識的にこれらを指摘し、弁論的技術に繰りこむ作業に、職業的弁論術者の手が加わったことは、ありうべき次第である。

またとくにツキジデスの場合には、後節においても詳述するごとく、政治家出身であると同時に、観察的な記述者であったことが、因果の力関係と推論方法について、他にみられないほど明敏なる洞察力を与えたのではないかと思う。前章第三節「ツキジデスのメモ」参照。
(23)　二・二二・四。「しかしながら今後展開する歴史も、人間性のみちびくところ、ふたたびかつてのごとき、つまりそれと相似た過程をたどるのではないかと思う人々が、ふりかえって過去の真相を見つめようとするとき、私の歴史に価値をみとめてくれれば、それで充分であろう。」
(24)　二・五二—五三。「災害の暴威が過度につのると、人間は己れがどうなるかを推し測ることができなくなって、神聖とか清浄などというといっさいの宗教感情をかえりみなくなる」(二・五二・三)。また五三では、内乱省察(三・八二—八三)におけると同様に、価値通念の転変が生じ、歓楽的なものが至上の価値を占め、「宗教的な畏怖も、社会的な掟も、人間に対する拘束力をすっかり失った」と記している(三・八四参照)。Schmid-Stählin, *op. cit.*, 82–83 参照。詳しくは後章「歴史記述と偶然性(一)」を参照されたい。

(25) 二・四八・二には、「ペイライエウスには、清水の泉がまだなかったのである」との一文があり、ツキジデスが当時の実記を材料に、事件後幾年か経てからあらためて疫病記述を綴ったことがわかる。アリストファネス『鳥』九九七古注記事から、ペイライエウスの泉はメトンによって四一四年頃作られたとの説があり(Classen-Steup, ad loc. 参照)、これが正しいとすれば、疫病記事成立年代は内乱記事のそれと(後述参照)、ほぼ同時代ということができる。

(26) 『ファイドン』九七B—九八E。ソクラテスが真実どの段階で、どのような形で、アナクサゴラスなどの自然思想家の学説に共鳴していたのかは明らかではないが、『雲』初演のとき(四二三年)かれの身辺にそのような噂があったとすれば、ペロポネソス戦争初期に、ソクラテスも力学的因果論に共鳴していたのかも知れない。

(27) 三・八二・三—七。

(28) 紀元前後の頃の評論家ハリカルナッソスのディオニュシオスのツキジデス論二篇が伝わっている(「ツキジデス論」、「ツキジデスの文体論」Dionysii Halicarnasei Opuscula (edd. H. Usener et L. Radermacher) vol. 1, 1899)が、とくに詳しく内乱記と内乱省察の文体を論じているのは、前者における二八—三三章である。これについての修辞学的見地からの検討は上記注(19)にあげたPritchett の著作が詳しい。『戦史』の成立とこれら評論との間の関係については後節で詳述したい。

(29) 記事そのものの内容的性質から明らかであるけれども、かれが自らの体験として記述している疫病記(注(24)参照)における価値通念の崩壊と比較してみるとき、いっそう明白となる。もっともかれがアテナイへ帰国したのは早くとも四〇三年であろうが、そのとき、アテナイ内乱は事実上終っていた(前章第四節参照)。しかしここで言われている無節操な派閥的行為が、『戦史』記事となって具体的に示されるのは第八巻、すなわちアテナイ貴族派内乱(後述参照)においてである。

(30) W. S. Ferguson, *Greek Imperialism*, viii 参照。

(31) 内乱現象についての当時のギリシア人自身の分析と、問題解決のための手段模索は、五世紀末から四世紀にかけての政治思想展開の一軸をなしており、ツキジデス、クセノフォン、プラトン、アリストテレスをつなぐ、一本の内面的連続線を形づくる(Gomme, Thucydides and Fourth Century Political Thought, *More Essays in Greek History and Literature*, 1962, 122–138)。これについての基礎的研究としては、H. Ryffel, ΜΕΤΑΒΟΛΗ ΠΟΛΙΤΕΙΩΝ. Der Wandel der Staatsrerfassung. *Noctes Romanae* Bd. 2, 1949 (repr. 1973) があり、その後近年「内乱」についての関心が高まるに及んで、Andrew Lintott, *Violence, Civil Strife, Revolution in the Classical City*, 1982, G. E. M. de Ste. Croix, *The Class Struggle in the Ancient Greek World*, 1981, M. I. Finley, *Politics in the Ancient World*, 1983 などが、これを古代政治学研究の中心課題として論ずるに至っている。

(32)　アリストテレス『アテナイ人の国制』二八・一―五にあげられたソロンからペロポネソス戦争末期にいたる、歴代の両派頭領の顔ぶれは、その移り変りを端的に現わしている一例である。貴族派(グノーリモイ)、民衆派(デーモス)ともに各〻歴代の領袖は血族関係でかためられていたが、民衆派はペリクレスの死後、貴族派はニキアスの死後、各〻指導者の背景が異なってくると同時に、政策的指導原理に統一性を欠いてきた旨が記されている。各政治家の親族関係について詳しくは J. Kirchner, *Prosopographia Attica*, 1901-3 各項参照。

(33)　この改革とともに人となったアイスキュロスの悲劇には、個人の所属単位が、家族血縁からポリス共同体に改められる過程が神話的過去に投影されている(G. Thomson, *Aeschylus and Athens*, 1950² 参照)。また悲劇の上演体制そのものも、悲劇の内容的性質も、この改革に負うところが甚だ大である(拙稿「悲劇の背景」『ギリシア悲劇研究』3参照)。

(34)　拙訳トゥーキュディデース『戦史』(上)(岩波文庫、一九六六)解題参照。

(35)　しかしながら、主人公アンティゴネー自身の主張すなわち死者を尊ぶ不文の法が、いずれかの現実の派閥的主張と一致するというわけではない。血縁的忠誠は旧体制に近いものかも知れないが、普遍不朽の不文の法という考えは新体制すなわち民衆派の主張につらなるものではないかと解されるからである。作者ソフォクレスは、両派主張の融合に、一つの理想とその悲劇的末路を感じたのかも知れない。

(36)　家(ドモス)、邸(オイコス)という言葉はギリシア悲劇全体を通じてきわめて頻繁に用いられるものに属する。素材たる神話伝説が家族近親間の悲劇を扱っているためである。しかしながら、アイスキュロスは家から解放された個人がより大なる生活単位に吸収されていく姿を見、またソフォクレスは家を失った人間が己れの存在の意味を確かめる姿を書いているのに対して、エウリピデスの悲劇は、ヒッポリュトス、メデイア、ヘラクレス、エレクトラ、オレステス、バッカイ等々、いずれも非合理的な狂気にとりつかれた人間が、われとわが手で家族近親を破滅につきおとす姿を主題にしている。作者は、人間性のよりどころを絶つことによって、そのもっとも神聖なきずなを絶つことによって、人間そのものが破滅をまぬかれえない、と言おうとしたのであろうか。この点においてかれは、『戦史』内乱省察、とくに三・八四の思想にきわめて近い。

(37)　その実例はすでにミュティレネー裁判の折のディオドトスとクレオンの議論間にも見られる(三・三七―四八)。また、クレオンの演説と、開戦前夜のアルキダモスの主張(一・八〇―八五)との間にも見られる。同じ言葉や表現を用いても、各〻の立場によって意味が異なってくる。四周の事情が激変を重ねると、言葉自体、立場を失うことも生ずる。しかし、これをとくに端的に表わしているのは、アルキビアデスのごとき亡命者の言葉(六・八九―九二)や、国を売っても政治的実権を失うまいとするアテナイ貴族派の態度(八・九〇―九一)であろう。

(38)　三・八二・八。

(39)　つまりいずれの旗印にせよ、無知かつ野次馬的な愚衆を動員するための方便に過ぎない。これは「現代の右翼思想」に一脈通ずるものがあると評せられるかも知れないが、ツキジデスの方でも、「植民地解放戦争」「民族戦線」「帝国主義戦争」などというスローガンによって歴史家が振りまわされている姿を見れば、私たちに対する軽蔑の念をいっそうつよくすることであろう。なるほど諸君の歴史学は民衆に密着している、と。

(40)　一・二三において史家は大戦中における諸事件を、人為的原因によるもの(諸国の荒廃、住民の強制移住、戦争、内乱)、自然的原因によるもの(地震、日蝕(月蝕についてはここでは触れていない)、旱魃、饑饉、疫病)の順序で記しており、自然的原因によるものには、当時のもっとも科学的な説明を附記している。

(41)　大戦が起るとの予測のもとに乱を招いたプラタイアの変(二・二)、ケルキュラ内乱、メガラの変(四・六六—七四)等々いずれも両陣営からの大規模な干渉を招いた例として考えられる。

(42)　前注の中でも、プラタイア、メガラはかろうじて内乱による最終的な破局をまぬかれている。プラタイアは民衆派の強力な団結と、自然的諸条件(季節、時刻、天候、地理)によって、またメガラは貴族派の冷静な判断によって、内乱ですべてを失うには至らずして危機をまぬかれた。またケルキュラ内乱終熄とほぼ同じ頃に、シケリア島ゲラではヘルモクラテスのシケリア和合論が述べられたことになっている(四・五八)。ヘルモクラテス自身、果してこのような論(四・五九—六四)を述べたかどうか、はなはだ疑わしく、あるいはシケリア遠征挫折後、ツキジデスが創作した演説ではないかとも思われるが、要するにその主旨は、いかなる代償を支払っても内部分裂を回避すべきことを説いており、かりにもしこれをツキジデスの創作とみるならば、これは、三・八二—八四の問題に対する一つの解答と見做されえよう。

(43)　その極端なる例が、後述のサモスの内乱とアテナイにおける貴族派の百日天下である。ケルキュラ内乱省察ならびに内乱実記が、これらの事件後に成立した記述であると思うべき理由は後節で検討したい。

(44)　「ツキジデス論」三三章では、それまでに批判をほどこしてきた、「あまりにも文学的、詩語的、演劇的表現が多く、しかも意味曖昧なる」史家の文体の、いかにたえがたきかを示すために、八二・八から八三終りまでを一まとめに引用している。しかしながらそれまでの評釈で、ディオニュシオスは『戦史』八二をかなり省略していることを忘れてはならない。かれは逐語的に『戦史』八二を追っているごときでありながら、八二・一の後半と、八二・二を省略しており、同じく八二・六の最後の文と八二・七の前三分の一を省略、また八二・四の一句をも落している。ディオニュシオスが評釈していないから、すなわち真作ではないと早合点することの危険を悟らせる重要な点である(このことはSteupも指摘している。Vol. 3, Anhang, 275参照)。また、かれが八三末で引用を切っているのは、かれ自身断っているように(三三章)、あまり冗長になるのをさけるためであり、かれはここで内乱省察が絶えているためであるとは言っていない。「ツキジデスの文体論」は「ツキジデス論」の抄である性質上、三・八二・四の過半を引いている以外には(ただしここでも、前作で省略されている部分は略されている)、内乱省察について重要なことを述べていない。

(45)　Scholia in Thucydidem (ed. C. Hude), 1927, III. 84. 1. この記入は Augustanus (F) と Laurentianus (C) 第二筆によってなされているが、偽作と見做される理由は、(1)意味曖昧であること、(2)記述説明ならびに論旨において多々後世の影響が見られること、とされているが、(1)の点についてはべつに八四章に限られるものではないし、また(2)がどの点においてそうであるのかは、古注内では明らかにされていない。

(46)　八二—八三において antithēsis, parisōsis, paromoiōsis, periphrasis などの技巧が不自然かつ不必要なほど頻繁に用いられていることを、ディオニュシオスは非としているのである。八四章、ことにその二では全文これらの技巧で埋っており、当然かれの批判の対象になったはずである。とはいえこれを理由に八四章を偽作とするわけにはいかない。

(47)　すなわち逸脱している、ないしは例外的用法と目されるのは一の *διὰ πάθους* と同じく *ἀπὸ ἴσου* の二つの副詞的表現、拙ない模倣とされるのは *τῶν νόμων κρατήσασα ἡ ἀνθρωπεία φύσις, καὶ εἰωθυῖα καὶ παρὰ τοὺς νόμους ἀδικεῖν, ἀσμένη ἐδήλωσεν ἀκρατὴς μὲν ὀργῆς οὖσα, κρείσσων δὲ τοῦ δικαίου.* なぜならばあまりにもツキジデス的であり、しかもここでは直接にケルキュラの事態との具体的関連を失っているからである、と。

(48)　三・八四・一。前注「拙ない模倣説」の裏である。

(49)　F. H. Kämpf, *Quaestiones Thucydideae,* 1851; B. Jowett, *Thucydides Translated,* Vol. 2. 1881; R. Laqueur, Forschungen zu Thukydides, *Rheinisches Museum* (86), 1937, 316–357; E. Topitsch, Die Psychologie der Revolution bei Thukydides, *Wiener Studien* (60), 1942, 9–22.

(50)　E. Schwartz, *Das Geschichtswerk des Thukydides*[3], 1960, 231–233, 282–287; W. Schadewaldt, *Die Geschichtsschreibung des Thukydides,* 1929, 32.

(51)　三・一七(年賦金増額記録の脱落、拙訳『戦史』(中)四三六頁、注一八一の七参照)、四・一一八などにおける諸記事も、『戦史』がルーズリーフ状でツキジデスの手をはなれたことを物語るとされている。

(52)　たとえば Schwartz, 231 f.

(53)　古代の記録が、勝者にせよ敗者にせよ実権者の名において綴られたことが、そのような印象を与えるのかも知れない。ともあれ、アリストテレスの『アテナイ人の国制』二八・一—五(前記注(32)参照)にみられる両派領袖は大貴族の門閥によって占められている。また『戦史』の時代にペロポネソス同盟諸国は言うまでもなく、アテナイ側同盟諸国においても、キオス、サモス、ミレトスらのイオニアの大国においても、牢固たる貴族派が国政に重きを占めていたことを忘れてはならない。
(54)　ソロンは民衆派領袖とされているが、その民主革命は身分制度の確立に終っている。また、ペロポネソス戦争中に、レオンティノイの貴族派は政争に勝味なしと見るや、民衆派に利益を分配することよりも、ポリスを解散する道をえらんでいるのである(五・四・三)。
(55)　ケルキュラの民衆派自身、政争で勝ち内乱で貴族派を追放したものの、その後二年間にわたって窮迫状態に陥ることとなる。メガラにおいても同様である(四・六六)。
(56)　八・二一。
(57)　ミュティレネー事件後、レスボス島市民の収益が増したか否かは明らかではないが(Gomme, *Historical Commentary* II, 327–328参照)、これは内乱の結果とはやや事情が異なる。サモス(八・二一)の場合やはり実態は不明であるが、貴族派は参政権を奪われたごときである。メロス島に対するアテナイ側の要求も、実質的にはこれらに似通ったものであったろうと思われる。
(58)　二・三—四。
(59)　三・七四。
(60)　古注(注(45)参照)の記している偽作説の根拠ならびにその成立が充分に解明されていないこと、二つの副詞句(注(47))を充分に説明できないこと、ならびに八四・一の冒頭句と八五・一の冒頭句が重複をまぬかれないこと、以上三点である。ディオニュシオスの引用問題は決定的な意味をもたない(注(44)参照)。
(61)　注(44)参照。ディオニュシオスが今伝わる形の『戦史』を手にしていたと考えるべき根拠は薄弱である。
(62)　今日伝わる諸写本から、一つの原本を想定復原することは殆んど不可能であり、また現存のどれか一つが原本に最も近いということもできない(B. Hemmerdinger, *Essai sur l'histoire du texte de Thucydide*, 1955; O. Luschnat, *Thucydides*, vol. I. Praefatio; A. Kleinlogel, *Geschichte des Thucydidestextes im Mittelalter*, 1965)。それのみか、ある極端な場合には、真正な読みが『戦史』写本からは失われて、他の作者の古注となって伝わっている可能性までも真剣に議論されているのである(B. D. Meritt, Indirect tradition in Thucydides, *Hesperia* 23, 1954, 185–231)。
(63)　かれの文体を息づまらせている諸因は、注(46)に指摘されているとおりであるが、このような文体が生れてきた当時の文学的背景と、弁論術ことにゴルギアスの技巧との関係については、J. H. Finley, Euripides and Thucydides, *Harvard Studies in Classical Philology*, 1938, 23–68 ならびに *Thucydides*², 1947, 250–288 がもっともすぐれた記述をのこしている。
(64)　一・二四。記事成立については後述。

(65)　二・二。
(66)　三・三四。
(67)　三・二および三・二七。
(68)　四・六六―七四。
(69)　四・七六。
(70)　四・八四、一〇三、一〇六、一一〇等。
(71)　四・五九―六四、前記注(42)参照。
(72)　四・八五―八七のアカントスの演説をはじめとし、ブラシダスは進攻する先々で、自分は内乱幇助者でないことを強調して(四・一〇五―一〇六、四・一一四、四・一二〇)、民心の安定をはかったことが、ツキジデスによってくりかえし記されており、かれの成功も一つには内乱回避の努力に負うところが大であったことを暗に示している。この点はまた、前記注(42)で指摘したヘルモクラテスの政治的成功と好一対をなすものであり、両者あわせて内乱なる問題に対して、とるべき二つの可能な解答となっている。両者の演説はともに、容易にツキジデス自身の物理的存在を許さぬ場所柄でなされていること、すなわちツキジデス自身の論理が自由に働きやすい場を提供していることも注目すべきであろう。
(73)　四・八〇、四・一一七、五・一四。
(74)　『戦史』五・二七―一一六の過半にわたる紙幅はアルゴスの去就についての記述についやされている。第五巻の構成、すなわちツキジデスの視点が、アルゴスを中軸に定められている。これは簡単に解釈すれば、ニキアスの平和期間中にツキジデスはアルゴスに滞留していたことを意味すると考えられないでもないが、しかし第五巻には未完の部分が多々のこっていることを考えると(Schwartz, 1-71)、ツキジデスは資料を「ある構想のもとに」再編成しつつあったのではないかとの疑問も残る。それがアルゴス内乱にまっすぐに連なる構想であったか否かは推知の限りではないが、今日伝わる第五巻構成の論理的な帰結がアルゴス内乱(五・七六―八四・一)であることは明白といえよう。
(75)　五・八四・二―一一六。
(76)　五・八五。
(77)　「島住民が独立を維持することは望ましくない」(五・九七)という論によってメロスは従えられたが、「シケリアを放置しておけばいつかはペロポネソス側に益するところとなる(六・一八・一)、それのみか、アテナイがアテナイたらんとすれば好むと好まざるを問わず、活発な拡大政策を遂行する他はない(六・一八・三)」と、アルキビアデスは説き、民議会はこれを了承するのである。

(78) 六・二〇・二。
(79) 七・五五・二。
(80) これをとくに強調するためであろうか、ツキジデスは第六巻初節からシケリア島の規模と住民史を克明に記述している(その資料となったものが何であったにせよ)。
(81) 七・五五・二。
(82) 三・四七。
(83) 八・二一。
(84) 八・七三。
(85) 六・二八・二。
(86) 六・一五・三―四。
(87) これを端的にあらわしている一例として、スパルタへ亡命後のアルキビアデスが口にする「愛国心(フィロポリス)」という言葉がある(六・九二・四)。曰く「私は、人に馬鹿にされる国では愛国心など持ちあわせがない、市民として安定した地位が与えられればこそ、愛国心も湧いてくる。だから今のところ私は自分の祖国に盾ついているという実感はない、むしろ、一度失った祖国を奪回するのだと思っている」、そしてアテナイに対する致命的な攻撃方法をスパルタ側に入れ知恵するのである。
(88) 八・四八・四―七。
(89) 八・五〇―五一、八・六八・三、九〇・一―二、九一・三。
(90) 八・四八・四、六八・一―二。
(91) 三・八二・八。
(92) 八・八九・二、九〇・三。アリストテレスも、テラメネスをめぐる評価がまちまちであることを記している。
(93) 八・九七・二。
(94) つまり貴族派が政権を奪取したときの。
(95) 八・八九・三。
(96) 二・六五・一二。
(97) 一・二・四。
(98) 前章第三節「ツキジデスのメモ」参照。

(99)　一・五五・一―二。

(100)　三・七〇・一。

(101)　注(8)参照。

(102)　ツキジデスがこのような未完了過去形をどの程度意識的に用いたかは知るよしもないのであるが、ただ実例として、一連の連続記事の一時的な中断を継続的相で閉じている例は記述中に頻繁に見うけられるので、二、三これを記しておく。二・五四・一（疫病がいったん遠のいたとき）、二・五八・三（ポテイダイア攻城戦の継続）、三・九三・二（ヘラクレイアのやがてたどるべき運命）、四・二三・二（ピュロス戦争の継続）、四・四八・六（シケリア干渉）など。

(103)　『崇高について』の作者は、泥水を争って飲むアテナイ兵の描写（七・八四・五）を評して、かくのごとき強烈な矛盾にみちたパトスこそ、『戦史』の記述に圧倒的な真実性を附与している由縁であると言っている（*De Sublimitate* 38. 3）。ここでもツキジデスは一連の記事をしめくくるクライマックスに強烈な自殺描写を置いている。

第三章　歴史記述と偶然性㈠

——疫病記事を中心に——

一　計画と〝ことのなりゆき〟

海を支配するものがこの世界の覇者となる。海は、広い地域にまたがる道として、資材の集散を容易にし、すみやかに利潤の蓄積を可能にする。古代の地中海の島嶼や沿岸地域に割拠していた住民たちの、海賊活動に端を発する海洋支配の歴史は、まず神話時代にはミノス王の活躍をものがたる。伝説時代は、ミュケナイの王アガメムノンの大海軍とトロイ戦争を語りつたえている。さらにくだると地中海の東西全域にわたるフェニキア人の通商、植民活動によって、地中海史の大きい一こまが埋められる。そのころようやく国力をたくわえはじめたギリシァ人の諸都市も、フェニキア人にまけじと、地中海の東西南北の諸地へ、黒海沿岸の各地へと植民団を派遣する。やがてフェニキア人との角逐を生じて、マッサリアの海戦が雌雄を決する。次にペルシァとの軋轢、ここにおいても海上支配力の優劣が戦局をギリシァ側の利に転ぜしめる大きい因子となる。さらに四八〇年以降ペルシァ戦争がギリシア諸都市の解放戦争という趣きを呈し、デロス同盟が結成されるに及んで、ギリシァ人の海上覇権はたちまちアテナイ海上帝国の誕生を招来する。それに比して陸の覇者スパルタは、歴史の流れから次第にとりのこされていく。

地中海古代史におけるこの古典的な図式をはじめて明確な歴史の歩みとして語っているのが『戦史』の記述者ツキ

ジデスである。[1] もちろん、海の王者は世界の王者という考えは、それよりもかなり以前から、さまざまの形で、折にふれ表明されていただろう。ツキジデス自身、ペルシァ戦争の海将テミストクレスをその考えの創始者としてあげている。[2] 前四八〇年サラミスの海戦直後、今後のアテナイの発展はひとえに制海権の維持にかかっているという見通しをたてたテミストクレスは、ペイライエウスの港湾開発、船腹増強、アテナイ大城壁構築などの政策を推進し、百年の計としたという。

当初この政策の根拠としてどれほどの歴史的な展望が提示されていたかは明らかではないが、[3] この基本政策の是非についての論争はその後五十年のアテナイの歩みを通じて、繰りかえしおこなわれたことは、疑いの余地がない。テミストクレスいらいのこのような海洋主義に傾く立場に対して、反対の立場を唱えた政治家のなかには、メレシアスの子ツキジデスもいたし、クセノフォンの偽作として伝わっている『アテナイ人の国制』の作者の姿もあったにちがいない。[4] これらの反対論者たちとの政策論争の場において、海洋発展論の継承者たちは、地中海制覇の歴史を、過去の実例にもとづいて語りきかせ、自説を補強する根拠としたことであろう。ツキジデスの『戦史』の劈頭をかざる「考古学」諸節の身近い背景には、テミストクレスからペリクレスまでの五十年にわたる、海洋主義者たちの地中海史観がはっきりとうかがわれると言っても過言ではあるまい。『戦史』のなかでのペリクレスには、歴史家としての眼がそなわっているし、また『戦史』ではアテナイ、スパルタ側のいずれの陣営に与するものの政見演説も、現在の把握と将来の見通しを、〝ペルシァ戦争いらい〟という展望をふまえて道を説くという、[5] 共通の視野をもっていることをもあわせて考えてみるならば、当時のアテナイ内部の政治や政策決定の場において、制海史観展開の素地は充分にあったと考えられるのである。

背景はともあれ、ツキジデスの批判的検証をへてはじめて明文化された地中海制海史観は、その後数世紀をへて、ローマの「平和」確立にいたるまでの大きな歴史の流れのなかで、なおいっそうその妥当性をあきらかにしている。

しかし、現実に進行中の歴史の中に登場する人間がどのように明晰な史観に立ち、どのように緻密な計算のもとに将来にむかって政策をうちだして行動の所信としてみても、もとより現実の出来ごとには紆余曲折があり、歴史のあゆみの一歩一歩は、けっして図式どおりには進まない。予測と結果はくいちがう。計画と実績とが齟齬をきたすのはつねとさえ言える。ツキジデスの『戦史』という小世界にかぎってみても、そこに登場する人物たちの、各〻の時と場において立案する計画が、行動にうつされてのち思いどおりの成果をおさめる場合は、むしろまれであり、上首尾に終るためにはすくなからず幸運のたすけが必要である。計画が破綻すれば失敗したものは、運がわるかったと、予測に反した事のなりゆきをうらみに思う。『戦史』の演説場面からうかがえる限りでは、政治家や軍事指揮官は、一つの計画遂行に際して、附帯的に生じうるであろう予測不可能な〝ことのなりゆき〟について言及し、政策決定にはきわめて慎重な態度をもって臨むべきことを市民や兵士らに説いてやまない。[6] スパルタの王アルキダモスも、いったん戦端がひらかれれば、戦いは〝ことのなりゆき〟に従うもので、戦局は事前の計画どおりには進展しない、と述べる。[7] しかしスパルタの脅威に対してアテナイ人の覚悟を説くペリクレスはさらに一歩をすすめてこう言う。人が〝ことのなりゆき〟に失敗の咎を帰するのは、計画にくるいを生じたときであるが、しかし理づめで考えて過ちなしと思われる基本政策をいったん衆議により決定したうえは、計画遂行の過程において多少の障害に出あおうとも、いったんさだめた方針そのものを揺るがせてはならぬ、[8] と。当時の第三世界であったシケリアの代表的政治家ヘルモクラテスもやはり政治的に統御できることと、できないことについて言及し、人は己れの野心を統御することができても、〝ことのなりゆき〟を己れの意のままに統べうるものではないと説き、[9] シケリア諸邦の代表者たちに自省を求め、相互和解の道をとるように勧めている。これら三人のあいだには「計画」の有効性やその範囲について各〻の考え方の差異は認められる。しかし『戦史』に登場する歴史上の人物らはみな、不可知の未来にむかってあえて挑む政治家であり軍事指揮官であるがゆえに、〝ことのなりゆき〟は事前に見通しのきかない、不測の一進一退のジグザグをくりかえすものであることを異口同音に市民らに説き、いたずらに絶望したり、希望的観測に先ばしることをいましめているのである。(10)

しかし、正しい見通しが結果いかんにかかわらず誤った見通しより勝ることは確かであるとしても、正しいがゆえにつねに首尾よく成功につらなるものではない。このことが、じつはツキジデスの『戦史』全体の記述が提起している中心的問題であることは、多くの識者が指摘しているとおりである。(11)海を制するものがこの世界の覇者となることは、過去の事例だけではなく、ツキジデス以後の地中海史が、そしてその後の世界史が、実例によってその正しさをあとづけたみごとな見解である。その史観、そしてそれにもとづく政策の創始執行者がテミストクレスであったにせよ、ペリクレスであったにせよ、それは確かにアテナイの海上支配圏を現出した。「いまだかつてギリシァ人の手で築かれたことのない大規模なる支配(12)」といわれるものが、テミストクレスいらいの政策の正しさを立証したかにみえた。しかしペリクレスの没後、アテナイの指導者層には人材を欠き、先人たちの卓見も百年の計もやがて画餅に帰する。かの壮大な計画に反したその〃ことのなりゆき〃の解明こそが、『戦史』の歴史的課題となっているのである。

ツキジデスの眼が、ペロポネソス戦争二十七年の経緯を、テミストクレスやペリクレスらの提唱したアテナイ百年の計と〃ことのなりゆき〃との相剋として捉えていることは、つとに知られている。政策と政治的現実とを両極としてとらえ、両者の関連とせめぎあいを批判的に究明し記述するツキジデスの、歴史観や人間観を論ずる研究も数多い。「政策(グノーメー)(意志決定)と〃ことのなりゆき〃(ギリシァ語ではテュケー)」の対比的検討が『戦史』でどういう扱いになっているか。「技術(テクネー)と〃ことのなりゆき〃(テュケー)」の対置・相関がどこまで深くツキジデスの記述の構造に浸透しているか。あるいは、理論(ロゴス)(ことば)と結果(エルゴン)(実績)の対置において人間世界の実相を見とどけるという、ギリシァ人一般に認められる発想構造が、ツキジデスではどのような屈折をへて、歴史記述の表面に結晶しているか。今日までたびたび問われてきているそれらの問いが、歴史家ツキジデスの思想と記述の方法に深く触れていることは疑いをいれない。[13] 予測と結果との齟齬は、ペロポネソス戦争という記述対象において確認されるだけではない。それが記述者であるツキジデスの、文体の異様な特色となっていることも、明らかにされている。ツキジデスの文章では、文頭において予測された流れ（ある結論的な予測をゆるす語順やその他の文法構造）は、〝ことのなりゆき〟（実際に綴りだされてくる語の配列）によってしばしばくつがえされることが多く、そのために読者は緊張感をゆるめることができない。時としては異常なばかりの屈折にとむかれの文体を解明したロスによれば、この文体上の非連続性ないしは非斉一性（Inkonnzinität）も、じつはかれの歴史観や人間観に深くねざしていることがうかがわれうるのである。[14]

二　〝ことのなりゆき〟

ツキジデスの叙述をささえ、その構想に内面的な緊張感をあたえている、二極対置の考え方一般については上に述べたところでとどめておこう。これまでに私たちは、計画、計算、技術や、またそれらをふまえた政策的なものを一極とし、これに対置されるもう一つの極を、かりに〝ことのなりゆき〟という言葉で表現した。それはつまり、意図的行為の目ざす結果として生じた出来ごとではない。とはいえそれはまた、意志や計画や政策と無関係に生じた出来ごとでもない。当事者の計画や意図したところのどこかに起因しながら、その目ざすところからあきらかにずれた線上で附随的に生じている出来ごとを〝ことのなりゆき〟という語で表わしてみたのである。ツキジデスのギリシァ語では名詞としては「テュケー tychē」の単数形複数形や、それに加えて ksyn などの接頭辞のついた ksyntychia などという語がそれを表わす。また「たまたま……である、であう、生ずる」という意味の動詞 tynchanein＋分詞形によって、当事者の当初の意図には含まれていなかった〝ことのなりゆき〟が結果的に表現されていることも多い。[15] また、はっきりと〝予測に反して〟という意味の para gnōmēn, para logon などの副詞的表現が使われていることも少なくない。したがって、ツキジデスの文脈に現れる tychē や tynchanein をはじめとするこれらの表現は、たんなる〝ことのなりゆき〟という比較的に中間的と思える意味あいの他に、その言葉を使う人物の立場によっては、――登場人物の口上においても、叙述者ツキジデスの文章においても――ときとしては〝幸運〟とか〝不運〟とか、その人物にとってのプラス、マイナスのニュアンスを帯びることもある。また〝ことのなりゆき〟に含意されている偶発性が、「必然」を意味する anankē との対置によって強調されるような場合には、tychē は、今日私たちが〝偶然〟と呼ぶものに近い意味を帯びることとなる。[16] また歴史記述文のなかで、「たまたまその時、海上は凪ぎであった」[17]とか、「ちょうどそこには商船がつないであった」[18]とか言われる場合のように、まったくの偶然によってもたらされた情況を語るときにも、〝ことのなりゆき〟を表わすのと同じ tychē や tynchanein＋分詞の形が用いられているのである。

「テュケー」やその動詞表現である tynchanein は各〻一つの単語であるけれども、以上に拾ってみた僅かな例からもうかがえるように、それが表わす意味や情況は、その語を使う人の立場や視点によって、かなり幅のひろいスペクトルを示すこととなる。しかしいずれの場合にも、計画的行為の当事者が当初予想しなかったような事態に遭遇したときや、あるいはそのために余儀なくされるあらたな行動の過程や結果をひっくるめて〝ことのなりゆき〟としていると言えるだろう。それが当事者の予想以上にうまく行ったとき、当事者あるいは読者は、同じ「テュケー」という言葉に幸運という意味が加わっているのを感じとることができる。逆に予想がはずれて失敗したときは不運の意味が附随する。これらいずれの場合にも、〝ことのなりゆき〟は、私たちが日常的に用いている〝運〟という言葉の意味に近くなる。しかし考えてみれば、〝ことのなりゆき〟を、幸運とか不運とか呼ぶことのできるのは、歴史という舞台上で損益を直接に身にうける登場人物自身の場合か、あるいは特定の登場人物に対して好意や偏見をいだく観客の場合に限られることは明らかであろう。だが歴史記述者は芝居の登場人物ではない、また芝居の観客と席を同じくするものでもない。

ある行為者の計画や意図を、結果としてよかれあしかれ、くるわせた原因はなにであったのかと、問いなおすばあいには、それが〝ことのなりゆき〟であったと答えたり、「幸運、あるいは不運」と答えることは、日常の言葉の上ではありうるけれども、歴史記述としては充分とはいえない[19]。もし、計画や実行手段が、最初から杜撰で欠陥を含んでいたことがあとから明白に指摘できれば、失敗の責めを、〝ことのなりゆき〟に帰することはできない[20]。あるいは、政策の実行をゆだねられた人間が万全を期しながらも、なんらかの理由によって定められた手はずのとおり計画を遂行できなかったために(よかれ、あしかれ)予期に反する結果を生じた場合に、その責任あるいは功績の大部分はその人間個人――あるいは時としては広義の〝人間なるもの〟――の不完全さにあり、ただ漠然と〝ことのなりゆき〟や、「幸運」、「不運」に責を負わすことはできない[21]。

しかし計画も、その遂行をゆだねられた人間も、事後の検証のすえさしたる欠陥や手ちがいが見いだされないのに、〝ことのなりゆき〟が予測をうらぎるという重大な事態が生じたことが知られているとき、それを歴史記述家はどう説明すればよいのであろうか。当事者の計画や意図には含まれていなかったと思われるところに眼を移し、なにかべつの原因を探求するほかはないが、それは殆んど無限にちかい可能性のなかからありうべき要因を探すにひとしい。しかしそれでもできうる限りの事実の究明ののち、人間の力では真に予測不可能であったといえるなにものかが、〝ことのなりゆき〟を支配したことが指摘できれば、「偶然」が歴史の原因という重みを担って歴史記述のなかに登場することになろう。つまり、人間にとってはもっとも認知の困難な何ものかが歴史を動かした場合である。それは人間の行為についてのみならず、たとえば突発的に生じた天災のたぐいについても、もし災害が人間の意図や計画を思わぬ方向に導いたときには言えることであろう。地震、疫病、饑饉などが生ずるときには、もちろん自然の理にもとづく原因があるとしても、ある特定の時と場所において、そこに群居する人間の集団の頭上から災害がおそいかかるという事態は、今日においても完全に予測可能とはいいがたい。

三　偶然性の定義
――アリストテレスの理解――

「テュケー」すなわち、一般的に「偶然」もしくは「めぐりあわせ」とよばれるものがどのような意味において、自然界の出来ごとや人間の行為の原因でありうるのか。それがギリシァにおいて哲学的に解明されたのはツキジデスよりも一世紀ちかくのち、アリストテレスの『自然学』においてである。アリストテレスはそれまでの自然学や倫理論、あるいは宗教観が、偶然の問題を等閑に附しているのを不満とし、かれの目的論的考察のなかに、偶然(テュケー)が占める位置をさだめようとする。『自然学』第二巻四―六章の論説のなかから、私たちの問題にかかわりの深い部分を要約すれば、「テュケー」とは出来ごとの原因そのものではなく、出来ごとの附帯的原因であり、しかも〝意図にかなった選択行為によって生ずるものごとのうちに認められるところの、ある附帯的原因〟である。さらに、〝それゆえに思想(意図)の関与するものごとは、偶然の関与するそれと同じなのである〟と言われている(22)。

哲学者アリストテレスの展望には、大自然のすべての営みが含まれており、そのなかで人間界の人為的出来ごとは、ごく些細な一部分を占めているにすぎない。しかしながら私たちが、歴史記述のなかで、偶然が歴史の原因として占める位置を確認しようとするときには、アリストテレスの偶然の概念は、きわめて適切な指針となりえよう。かれの概念の適用範囲を『戦史』の出来ごとにせばめてみよう。戦争遂行の計画と実施が、「意図にかなった選択行為」の明白な一例であることは言うまでもない。戦局の紆余曲折は、それによって生じたものごとであり、そのなかにみとめられる附帯的原因は無数にあるが、それら諸原因のなかのあるものを、「偶然」と呼ぶことはできよう。アリストテレスによれば、そのあるものとは、必ず生起するとか、だいたい生起することが予期されるとか、そのような種類の出来ごとの原因についてではなく、予測できないような、あるいはきわめて稀にしか生じない出来ごとのばあいに限られる。『戦史』の記述から例を求めれば、朝風がコリントス湾内から吹きはじめることは毎日の出来ごとであるから、ツキジデスは〝たまたま……〟とは言わない。[23] しかしラコニア沖を航行中の船上で作戦会議が開かれているとき嵐がおこれば、かれは〝偶然、嵐が生じて[24]〟と記している。これらの例を見れば、ツキジデスは偶然の定義を行なわないけれども、〝たまたま……〟起りうる事象についてはアリストテレスとほぼ同様に正確にこれを知り、また正確にその旨を表現していることがわかる。

さらにまた、ツキジデスの記述にあらわれるペリクレスの政策とは、アテナイ民主主義の政治的意図の実施方針であり、その歴史と将来の展望が、海洋発展論の思想的根拠となっていることを考えあわせるならば、それらの思想が現実的に関与するものごとは、必然的に、「偶然」が関与するものごとと同じということになろう。このようにしてアリストテレスの偶然論を『戦史』記述の範囲にせばめて適用すると、アリストテレスの偶然の概念はもはや一般的な出来ごとの原因としての偶然性の普遍的定義ではなく、ツキジデスの政治史記述における原因推定のための基本方針に重なりあうものになってしまう。それのみか、ペロポネソス戦争の出来ごとを、政策と偶然という、根本的に性質を異にする二つの原因の相剋として分析的究明に附そうとするツキジデスの歴史の構想は、アリストテレスの『自然学』における「出来ごと」の原因分析論を援用することによって、著しく明晰度を高めて私たちの理解に迫ってくるのである。

四　ツキジデスにおける「偶然」

歴史記述者ツキジデスが、「偶然」あるいはそれに等しい表現を記述上で用いるとき、それはもちろん個々の附帯的原因の指摘にとどまるのみで、歴史における「偶然」とはなにかという普遍的問題の議論を、歴史哲学者としてこころみることはない。しかしそれが、戦争の過程をつづることを主眼としたかれ自身に課された制約によることは明らかであろう。再びアリストテレスに戻ってみると、かれは、ある人々のあいだの意見として、「テュケー」は人知の予測をゆるさぬものであるから、これをなにか神的なものとする考えもある、と記している。[25] ツキジデスの「偶然」にも、そのような神的なちからを暗示する傾向があるだろうか。しかし、かれの用例をつぶさに調べてみても、かれが、「偶然」にたくして宗教的、形而上的、あるいは超越的といえるようななにかを歴史の動因とみる歴史観を抱いていたと言えるような確かな例を見いだすことはできない。〝人間が人間であるかぎり、歴史のなかに映る真実は不変である〟、と宣言したツキジデスである。偶然を原因として認めるときにも、かれの歴史記述における人間中心の基盤はいささかも揺らぐことがなかったのではあるまいかと思われる。

たしかに『戦史』の叙述文や演説文の随所にみられる「テュケー」などの表現には、上に述べたように、「たまたま」という中間的な意味の両脇に幸運とか不運とかの意味に及ぶかなり幅ひろいスペクトルが認められる。しかしそれらの用例のどれをみても、前二世紀、『ローマ興隆史』の著者ポリュビオスが考えている「テュケー」――ローマの興隆を促し地中海における覇権獲得にまで導いた合目的的な神意――や、[26] やはり同様の史観を汲んで西暦二世紀『ローマ人の幸運女神テュケーについて』を記したプルタルコスの場合とは、[27] 根本的に異なるものである。ヘレニズム時代の歴史観によるこれら後世の史家や文筆家が記述するローマ興隆史のなかでは、「テュケー」はまさしく擬人化された幸運の女神であり、歴史の流れをしかるべき方向に導く超越的な存在がテュケー（＝フォルトゥーナ）と呼ばれているのであるが、ツキジデスの『戦史』においては、そのような意味あいでの合目的的な神力「テュケー」を示唆するような表現は、まったく見いだすことができないのである。[28]

しかしこれはツキジデスが、無神論者であるとか超合理主義者であることのために、人間の認知能力を越えたものの存在を否定している、ということにはなるまい。かれの眼は人間の識見と行為と人間の本性とに、釘づけにされている。その背後にどのような神的ちからが働いていようといまいと、それはかれの歴史記述の方法をもってしては予測できないと同様に検証もできないし、したがってまた記述することもできない。言いかえるならば、人間が予測でき、検証でき、記述できるのは人間の行為だけである。かれが偶然を記するときには、それは検証できる人間の行為にまつわる、附帯的原因であるものに限られている。歴史家ツキジデスは一つの作戦あるいは戦略が立案され、実施された過程をふりかえってみて、敵、味方の意図がせめぎあい出来ごとが錯綜していく中で、予測をこえた稀有な附帯的原因が作動して、ことが思わぬ方向に発展したという脈略が確認できたとき、はじめて、その〝ことのなりゆき〟に偶然性の関与をみとめているにすぎない。〝ことのなりゆき〟に直接参加した当事者たちは、演説のなかで各〻の当初の思惑にてらして、〝ことのなりゆき〟を幸運と喜んだり、不運と嘆いたりする。またツキジデスは、その附帯的原因が人為によるものではなく、そこに明白な自然の理が指摘できるばあいには、それを「テュケー」などの表現をもちいて呼ばず、自然的原因を詳記することをおおむね原則として守っている。ある条件のもとに必ず生起する出来ごとは、明らかに偶然ではない、というはっきりとした考えのあらわれであろう。しかし、自然の理の背後に、ある目的をもつ超自然的なちからが出来ごとの糸をあやつっているかどうか、その点については言及しようとはしない。

歴史の真の原因と附帯的な原因を分離し、各〻を事実の調査と検証によって明らかにすることを歴史記述者の責務としたのは、ツキジデスをもって嚆矢とする。しかしそれはかれ自身の体験がかれをしてたどらしめた歴史記述の方法と言えよう。二十七年間の戦争を、すくなくとも当初から一時は政策決定の中枢部にあって経験していたツキジデスのような人間にとって、戦争をたんなる「出来ごと」の年譜として綴ることは困難であったろう。なぜなら、少なくともペリクレスを中心とするアテナイ側の首脳部においてはこの戦争についての明確な見通しがあり、それにもとづく政策がかためられており、そこに準拠する作戦行動が遂行されていったことをツキジデスは報じているからである。その意図が明確であり計画が緻密であればあるだけ、——その遂行に附随・関与するものごとも複雑さを増すから——計画遂行の過程において、さまざまの附帯的原因が介入し、そのあるものを偶然と呼ぶほかない場合も生じてくる。後章で詳しく述べるが、複雑な計画を好むデモステネスには、いつも偶然的なことのなりゆきがつきまとうことを、ツキジデスは見落していない(29)。

そのような「運」や「めぐりあわせ」に一喜一憂することがゆるされているのは歴史の登場人物の場合である。ツキジデスも、作戦指導の中枢部にあって、歴史の登場人物として活躍していたあいだは、自分の作戦や計画が幸運や不運のめぐりあわせによってもてあそばれ、ついにはアンフィポリスの攻防を境にして人生の航路から大きく外れていくわが身を嘆くこともあったであろう。しかし歴史の舞台から身を退き、歴史家として「出来ごと」の原因を問う立場に立ったとき、かれの眼にうつる「テュケー」そのものも大きく変容し、運・不運をつかさどる〝ことのなりゆき〟から、歴史の附帯的原因の一つへと、その意味をも改めていったと思われる。ペロポネソス戦争という大きい「出来ごと」の真の原因はアテナイの海洋発展政策とそれがもたらした支配圏の拡大である。しかしその政策遂行が関与するものごとは、限りなく多岐にわたる。物質面では人材、物資の調達、蓄積、流通など、瞬時もゆるがせにできない行政上のことがらが、増えこそすれ減ることはない。また精神の面においても、巨大な富と権力の中枢にあってつねに適正な判断と措置を講ずるためには、かつてない高い知性と倫理性が要求されたことは、ツキジデス自身も指摘しているし、しかしまたその要請をはばむ障害も増大する。こうして物心両面において出来ごとやものごとの流れを速めたり阻んだりする附帯的原因も限りなく増えていく。それらのことがらの多くはある程度規則的であろうから、その因果を一々指摘したり、批判したり、また経験にもとづいて推定したり防止したりすることができる。しかし当初どうしても予測ができなかったことがらが生じそれが重大な原因となって、〝ことのなりゆき〟が変っていく場合もありえないことではない。歴史記述者となったツキジデスにおいて、「テュケー」はそのような場合にみとめられる歴史の附帯的原因となったと思われる。識見、意図、政策という形で主張されている、政治・軍事上の合目的な原因とは対照的に、それと並行してあるときある場で、予測をこえて生ずる附帯的出来ごとの原因、それがテュケーであり、それの究明が歴史家ツキジデスの一つの大きい課題となったのである。

五　四つの出来ごとの偶然性

『戦史』のなかで記載されている偶発的事件は数多い。そのなかには地震、津波、日蝕、月蝕、エトナ火山の噴火なども含まれている。しかし、戦局政局に大きい影響を及ぼし、ことのなりゆきを思わぬ方向に導く原因となった偶発事件として、ツキジデスが重点的に拾っているのは、次の四つの出来ごとである。

㈠第一の事件は前四三〇年初夏からまる二年間にわたってアテナイ市内で猛威をふるった疫病である。[30] 疫病は再度四二七年から四二六年にかかる冬期にも発生した。その結果アテナイの政策立案者であり指導者であったペリクレスは倒れ、重装兵四千四百名以上(アテナイの重装兵総数の約三分の一)、騎兵三百(同三分の一)、その他無数といわれる老若男女がこのために生命を失い、ツキジデスのことばによれば、「いかなる災害にも増してアテナイ人を苦しめ、戦闘力を疲弊させる原因となった」という。[31] ただしかれはこの予測されなかった事態を「テュケー」によってもたらされたことがらとしては記していない。かれがそう記していない理由はべつに問うとして、出来ごとそのものが、アテナイの政策遂行をさまたげた最大の附帯的原因の一つとなっていることは、ツキジデスがくりかえし認めている。[32]

㈡第二の出来ごとは、前四二五年夏のことである。[33] ペロポネソス半島西南端にちかいピュロス湾内の小島スファクテリアの攻防戦の結果、アテナイ側は幸運にも生粋のスパルタ兵——勇武にすぐれたかれらは当時、すでに神話的存在として世の崇敬をあつめていたのであるが——百二十名を生けどりにして、アテナイに護送した。かれらを人質としてアテナイは数年後、有利な条件で平和条約をむすぶ。この事件は、アテナイ側にとって僥倖のたまものと見做す当時の一部の見解も『戦史』の中に記録されており、現代の研究者のあいだにも、ここには〝偶然的要素〟が最大限に働いていたことをツキジデス自身も強調している、と考えるむきもある。しかしその見解の当否は、次章においてツキジデス自身の記述に即してもう一度詳しく検証してみたい。

㈢第三の偶発事件は、前四一五年夏、アテナイ側同盟諸邦が大挙してシケリア島を攻略しようと、その準備もほぼ整ったとき起った。アテナイ市内の辻々に建立されていたヘルメス石柱像が一夜のうちに破壊されるという不可解な事件が起きた。誰が、いかなる目的のためにこの行為をなしたのかは、当局や市民らの必死の探索にもかかわらず、結局わからずじまいとなってしまった。[34]しかしこの偶発事件はさまざまの風聞を生み、その余波をうけて、シケリア遠征軍の指揮職にあったアルキビアデスは現地から召喚される。そのために遠征計画はその遂行の初期の段階において最も有能かつ積極的な推進者を失うこととなった。[35]のみならず、この事件のためにアテナイの指導的立場の市民たちの間には、相互間に深い猜疑心がひろがり、その余燼はペロポネソス戦争終了後数年してなお、アンドキデスの裁判においてもくすぶり続ける。ここでツキジデスはこの出来ごとの偶然性や、また一般的に過去の歴史においても、偶発事件が結果的に大きい重要性をもった場合があることに、深い関心を示している。すなわち、前六世紀アテナイにおける独裁政治の末期に起ったヒッパルコス暗殺事件のいきさつもまた、偶然におうところがきわめて大であったということを、かれ自身の研究成果によって明らかにしている。[36]この余話を挿入することによってかれは偶然的な出来ごとが、後世人の無知と偏見によって、あたかも意図的、計画的な行為であったかのように見做されることが少なくない、と指摘しているのである。

㈣第四の出来ごとは、シケリアにおけるアテナイ側の敗色すでにおおいがたい四一三年の八月二十七日夜生じた月蝕である。[37]アテナイ側の指揮官ニキアスはこれを凶兆とみて、焦眉の急をつげていたシケリアからの撤退行動を二十七日間遅らせることとし、そのためにアテナイ軍は潮時を逸して壊滅的な打撃をうけることとなるのである。ツキジデス自身はもちろん、月蝕という天文現象は満月のときに生ずる出来ごとであることは知っており、その旨を記している。しかしこの時、この場所で生じた月蝕は、単純な天文現象として片付けることのできない、歴史的な意味をもった。「そのこと故に」アテナイ側には不安と逡巡を、「またそのこと故に」シュラクサイ側に百倍の勇気を与えることとなった、とツキジデスは記している。[38] ここにおいて月蝕は歴史記述の上では重要な附帯的原因として位置づけられることとなったのである。

　ツキジデスの記述の中で散見される偶然的な出来ごとの中でも特に重大な結果を招く原因となったものは、以上の四つと言えるだろう。これらはいずれも性質の異なる出来ごとであり、その各〻が合目的的な人間行為に介入する偶然性の度合も性質も同一のものではない。㈠の例はアテナイ側の政策意図に起因するものではないがペリクレスのアッティカ全住民の市内収容という政策が裏目に出て流行病の勢力は増大し、ペリクレス自身をその歯牙にかけ、かれの政策遂行を真向からはばもうとした突発事故である。合目的的な人間行為と偶然性との対立対照が最も明白に現れている。㈡は、アテナイ側の政策立案者であり遂行者でもあるデモステネスの細心の計画性と実行力を、幾つかの偶発的情況がさいわいしたことを告げており、㈠の記事とは対照的である。すなわち㈡の偶然性は、綿密な計画を実行したデモステネスの意図が先行していればこそ、歴史の要因となりえたわけである。㈢は偶発的事件が生ずる以前から醸成されていた反アルキビアデス的党派心に、偶然的な事件が火を点けたことを語っている。これは㈡に近いが、㈡では戦争遂行の大目的に合致する計画が先行していたことに比べて、㈢は当初ペリクレスが立案していた戦争目的からは著しく逸脱したシケリア遠征の途中で、さらにその遠征成就を目的とする行動からも逸脱した、分裂情況がアテナイ内部で先行していた。このことが㈡のばあいとは大きく異なり、その反目的的な素地の上に偶然的事件はいっそう火に油をそそぐ結果をまねいた。㈣の月蝕は、敗色すでに濃いアテナイ勢をさらに追いつめる。加えて指揮官ニキアスは前兆の類について過敏に畏れを抱くタイプの人間であった。偶然が働きかける前に下地がすでにあった点では㈡や㈢との相似がみとめられるが、㈣の記事の特色は、一つの偶然的事件が立場を逆にするシュラクサイ側にとっては、まったく逆の対照的情況を招致したという事実の指摘であろう。四つの記事のあいだにはそのような類似性と対照性が指摘されるが、いずれの場合にも一つの基本的事柄がはっきりとあらわれている。意志、判断、計画、にもとづく合目的的な人間行為が実施されている場においてのみ偶然は働く。偶然は、あたかも人間の意識的行為につきしたがう影のごとくに時と場を同じくしている。そして、いわばこの明と暗、表と裏との関係にある意識的行為と偶然性との対照を、最も顕著に示しているのが㈠の疫病記事であるように思われる。私たちは本章ののこされた紙幅において、『戦史』の疫病記事を中心に、「偶然性」の諸相をさらに詳しく述べてみることにしたい。

六　疫病記事(序説二・四七・三―四八)

疫病とアテナイ人の苦難の情況について、ツキジデスは次のように語りはじめる。「この種の疫病はそれまでに他の地方、とりわけレムノス島周辺にも発生したが、これほどの規模の人命損失をともなった例は記録にない。医術も祈禱も、およそ人間の知るかぎりの「技術」はまったく効果をもたず、ついに人々は災害にうちまかされて、神力にたいしても絶望するにいたった。[39]」この部分は、以下四八―五三章までの詳しい記述内容を、ツキジデス自身が要約したものである。主点は三つで、㈠病気そのものの記録、㈡これに対抗する人間の技術の敗北、㈢そのための、人間の価値観と習俗の崩壊である。[40]疫病記事はこれら三点を歴史にとどめるべき〝出来ごと〟として記述する。病気そのものの症状記録だけを〝出来ごと〟の記事としているわけではない。

「一説によるとこの疫病はナイル上流のエチオピアで発生し、エジプト、リビアにひろがりペルシァ帝国の各地にまで蔓延したという。病気は突如としてアテナイ人のポリスにおちかかった。最初ペイライエウス港において発生した(そのために人々は敵が貯水池に毒をいれたと言ったのであるが)、のちアテナイ市街に広がり死者は厖大な数にのぼった。この大変事のもととなった疫病の原因については各人、各様の答をだすがよかろう。私はただ出来ごとがどのようなものであったかを語るつもりである。また襲われることがあっても、もし人が私の記していることがらを検討すれば、ある予測をもつことができようし、無知な判断を下すことを最小限にくいとめることができようから。私自身病にかかったし、他の人々が苦しむさまをこの眼でみているので、そのような主旨のことがらを明らかにしておきたい。[41]」

この段落に含まれている四つのことがらに注目しておきたい。第一に、この疫病はアテナイ市民だけを襲った特殊な、前例のない病気ではなく、アフリカ、アシア、エウローパの諸大陸の各地の民族を次々と襲ったものであること。ツキジデスがその「一説」をどこから耳にしたかは不明であるが、[42]かれの主旨は、この疫病が特定の風土気候や習俗・文明などの条件によって特定されない種類にぞくする、ということであろう。

第二の点は、この疫病の発生を記述するときかれは、「突如として落ちかかってきた」、という表現を用いているが、この言葉遣いは、風や嵐などの自然現象が自然の理によって突発的に生起する場合や、あるいはまた、パニックや笑いなどの感情が理性による判断とはべっに人間のうちに生ずるとき、それらを記すためにかれが用いる表現である。またかれはこの疫病が計算された人為的行為に端を発するものではないことを、わざわざ注記している。

第三の点は、疫病の原因は問わぬと明言していることである。当時の医学者や一般市民のあいだではさまざまの疫病原因論がまことしやかに語られていたが、どれ一つとして真実を明らかにしていないのを見て、ツキジデスはここに一種のいらだちの表現をとどめている、と注釈家のゴムは記している。[43]しかしツキジデスの言おうとしているのはそれだけではない。この疫病は世界各地の、ギリシァ人や異邦人のさまざまの集団にむかって無差別におそいかかったものである。しかもそれが風や嵐や狂気のように、人間の希望、選択、意志、計画などの、合目的的な行為とは何らの関わりをもたず、いわば病気そのものの理(これは、当時の医学の先端をいくヒッポクラテス派の『風土論』によれば、自然そのものの理と等しいもの、といわれているが)によって人体内に生起するものである以上、その原因探究は自然学者や医学者の仕事である。政治や軍事の分野における人間の合目的的行為の解明を課題とする歴史記述者は、これが多くの人体の内に発生したことのために、当初の計画ないしは政策遂行に障害を生じたことが明白であれば、人間の意図計画とは別個に生起したこの出来ごとを、歴史における附帯的原因として理解し、歴史記述の中にしかるべき位置づけを与えることができる。しかし、この場合にも、附帯的原因が生起したその背後の原因を究明することは歴史記述者が記述の上ではたすべき任務ではない。ツキジデスは、それほど多くの言葉をついやすことなくして、歴史記述の任務とその限界をあらわしているように、思われる。

歴史家ツキジデスがここで自分の課題としていることは、序説(四七章)に明記されている。それは大疫病発生という空前の悲惨事のもとにおける人間行為の解明であり、疫病によってアテナイの政策遂行がこうむることとなった障害を見きわめることである。ここにおいて疫病は「テュケー」とは呼ばれていなくても、それ自体がすでに歴史の一つの附帯的原因であることは、はっきりと位置づけられている。それは、どのような明智の人間も予測できないものごとの一つである。それは人間の計画や経験や技術をこえて、それ自体の理によって生じ、無差別に人間集団に襲いかかり、人間の計画を頓挫せしめ、人間が築きあげた秩序を崩壊にいたらしめる。疫病とはそのようなものであり、そのようなことがらの原因なのである。ツキジデス自身は記述文のなかでこの原因を「テュケー」という名では呼んでいないし、〝たまたま、疫病が発生した〟という表現も用いていない。しかしこの出来ごとを、「突如、まったく予期せぬとき、言語を絶する被害をともなって生じたる椿事」、「われらが予想したすべての可能性を超えて起った唯一の事態」と呼び、「この天与の災にはやむをえぬと覚悟して堪えよ」、とアテナイの市民にむかって呼びかける人間は『戦史』の舞台上には登場する。アテナイの政策立案者であり執行責任者であるペリクレスその人である。(44) ペリクレスの立場に立つとき、疫病はあきらかに偶然的出来ごとであり、天が下した災害であることを明言できる、とツキジデスは判断したのであろう。

ツキジデス自身が、記述文のなかで疫病の発生を偶然の出来ごととして表現していないことにはさして深い理由があってのことではないかもしれない。しかしあえてその理由を求めるならば一つには、先にも述べたように「テュケー」などの偶然性をあらわす名詞や、おなじ意味の動詞表現を用いたばあいには、その意味するところが、幅をもちすぎるのを嫌ったためかもしれない。当時「テュケー」を原因として口にすれば、迷信にも無神論にも通ずる意味に誤解されえたからである。しかし、さらに大きい理由も考えられる。それは、登場人物ペリクレスが占めている立場と、歴史記述者ツキジデスがいつしか占めることとなった立場との、ひらきである。かれの疫病記事には事件当時の時点でのかれ自身の観察も含まれてはいるけれども、全体としてみれば、ゆうに幾年かの年月にわたる調査や検証のあとが随所に見うけられる。[45]かれはもちろん、この出来ごとを「テュケー」のもたらした偶発事件とするペリクレスの見方を理解することはできた。しかしかれ自身の歴史の〝附帯的原因〟の探究は、疫病を単純に「偶然」に起因することがら、として整理することのむつかしさを発見したのである。それについては後に述べよう。

第三点の説明が長びいたが、次に第四の点に移りたい。ゴムの『歴史学的注釈』をふくめてこれまでの注釈書、研究書の多くのものは、四八章末節の、「出来ごとの次第がどのようなものであったか――hoion egigneto――」がさすものは病気の経過、すなわち限定的に病症記録のみであるという見解にかたむいている。病気の臨床経過の記録もまた、歴史の附帯的原因をあきらかにすることであるから、と考えてツキジデスが四八章末節の二語を記したと解釈するのである。そしてかれは、疫病の兆候や臨床経過を熟知していれば、同じような症状におそわれたとき、直ちに正しい判断をくだすことができると考えて、詳細な臨床記録を記したもの、と解釈するのである。

しかしそれだけでこの文章の充分な説明となっているであろうか。じじつ疫病はアテナイで時経ずして再発している。[46]しかし第一回の発生の際、アテナイ人が悟得した一つの真実は、この疫病に対抗する有効な手段は一つとして存在しないということであったと、ツキジデスは記している。またかれはこう言う、この疫病の最も恐るべき点は、いったん病気に罹ったことがわかると、それに対抗するために有効ないかなる手立てもないことから、病人はたちまち絶望のふちに突きおとされてしまったことである、と。では原因も不明であり、治療方法も皆無である病気の症状を熟知していることによって、人は、早々と死の覚悟ができるのであろうか。ツキジデスは、人間の本性がそのように従容たる態度をうながすものでは絶対にありえない、と言っている。[47]

このようにみると、かれが記そうとしている四八・三の出来ごとの次第を、従来の解釈にしたがって病状記録だけに限定して解釈することは、明らかな矛盾を、幾重にもツキジデスに負わせる結果になるだろう。それのみかその解釈は、四七章でかれが与えている要約の内容の一部だけを拡大して、要約の他の部分を度外視することにもなる。疫病はそれ自体、歴史の附帯的原因の一つであること、そしてその力によって征圧された人間個々の、また集団の、行為を解明することが、四七章で予告されている疫病記事全体としての主旨であるとすれば、四八章でかれが記述したいという「出来ごとの次第」は、四九章の臨床記録のみをさしているのではなく、「疫病とアテナイ人の行為」のすべてであると考えるのが妥当ではないだろうか。

では人は、ツキジデスの記録をまなびなにをあらかじめ知っていることによって、無知にまどわされることなく判断をくだし得るのであろうか。それは疫病の臨床記録のみを読んで諳んじることではあるまい。それよりも、「なにが、またどのようにして、知徳すぐれたるはずの人間たちをも絶望と錯乱のきわみに追いつめ、かれらの習俗を根こそぎ崩壊に至らしめたのか」——その歴史の問いを問い、人間性の深みからそれに対する答を得ることによって、といえるだろう。ツキジデスはこれと同じ問いを、第三巻のケルキュラ内乱記で放ち、内乱をたんなる事件として記述するにとどまらず、その因果を人間の本性との相関にもとづいて、解明しようとしている。[48] 二・四七—五三の疫病記事の全体を見るとき、歴史記述をつうじてなされる問いと答が、「人間の技術や経験をもっては抗すべからざる疫病と人間性との争い」の場において輪郭を明らかにしていることがわかる。このようにみるときはじめて、疫病記事はゴムの言うようなたんなるエピソードないしは描写(エクフラシス)ではなく、歴史がつねに語りかけてくる人間性の真相を明確に浮び上らせる。

七　臨床記録(二・四九)

以上においてあらまし述べた四つの点をふまえて、ツキジデスの記述文に入っていきたい。四九章は、克明かつ組織的な臨床記録である。この部分の記述用語をヒッポクラテスの医学書の用例と比較研究したペイジは、これが当時の医学用語とほとんど全面的に一致していることを強調している[49]。ヒッポクラテスの医学叢書のなかには、アテナイの疫病と同じ病気の臨床記録はない。またペイジの措辞分析やそれにもとづく結論について、異論のむきがないわけではない[50]。しかし、ヒッポクラテスの「タソス島風土病記録」Epidēmiai など二、三の記述をのぞけば、ツキジデスの臨床記録に匹敵する冷静さと緻密さをもって、病気の進行を体系的に記した観察記録は、古代ギリシァの医学文献中に例を見いだすことができないことは、『戦史』の病状記録の研究家がみな認めるところである。

臨床記述の高度の医学的性質だけを見ると、この部分(四九章)は、歴史記述の間に挿話としてはさまれている、一つの描写(ekphrasis)にすぎない。しかしながら、歴史家ツキジデスが、一人一人の罹病者の頭部から発し、四肢の末端まで喰いつくし、各種の機能障害をはじめ記憶障害すら併発するこの病魔の進行を、このように整然と、あたう限りの正確さで記述している目的は、医学者が同様の記述をのこす場合とまったく同一であったとは言いがたい。

この病気がなぜ発生したかは判らなかった。原因もわからず、治療方法も発見されず、もちろん予防の措置もなく、ただいったん発病すれば殆んどの病人は七日目あるいは九日目に死んでいく。アテナイの疫病は、歴史のある時、ある場所で、あらゆる予測をうらぎって突発的に生じた一回性の偶発事とみなすこともできる。じじつ、歴史の登場人物ペリクレスはこれを、あらゆる予測に反したただ一つの出来ごとと呼んでいることはすでに見た。しかしツキジデスは、この出来ごとのなかには「テュケー」という言葉を用いると、見落されてしまう規則的反復性が含まれているのを見のがすことができなかった。「テュケー」とは、後日アリストテレスがこれを明文化しているように、――これを〝ことのなりゆき〟と呼ぶにせよ、〝運、不運〟と呼ぶにせよ、〝偶然〟という不可知要因のしわざと呼ぶにせよ――同じ出来ごとが同じ条件のもとに同じような軌跡をえがくばあいには、あてはまらない概念である。それが規則的に反復することがないから、〝運〟とか〝偶然〟という名称が使われているのである。(51)

アテナイの疫病の場合には、発生の原因と条件はついに不明であった。しかしまる二年間にわたって、数千、数万の個体の上に次々と死をもたらした破壊現象から眼をそらさずその観察を続けるならば、大多数のばあいに共通した一定の病状進行のあとがみとめられ、ほとんどの人間について個々の健康状態、体質、食餌、年齢、看護の良不良などとは無関係に、ただ人間であるということを条件として病状の規則的な反復現象がみとめられたのである。(52)ツキジデスはこれを冷静に観察し記述することによって、疫病の原因追究や治療手段の発見に資することを望んだわけではない。かれは、この疫病発生という偶発事件の偶然性は、その出来ごとが前四三〇年夏アテナイにおいて生じたという時空の相においてはみとめられるかも知れないが、その出来ごとが人体に破壊と死をきざみつける一般的過程においては、規則性はみとめられても偶然性はほとんどみとめられないことを明らかにしているのである。

疫病も今日からみれば、大自然のうちに生ずる自然現象の一つと言えるかもしれない。『戦史』のなかには日蝕、月蝕、地震や津波、火山の噴火や溶岩の流出などの自然界の異常現象の記事があり、それらの偶発的な出来ごとが人間界に与えた影響について記している例も、一、二にとどまるものではない。(53)しかし、そのいずれを見ても、アテナイの疫病記事ほど詳しいものはない。疫病は他の天変地異とは、ことがらの性質を異にする、という考えが、ツキジデスにとくに詳しい記述を促したとも解釈できる。他の天変地異は、人間に影響を与えることがあるとしても、人間が生存していない場所でも洪水は起こり、雷はおちる。しかし、疫病は、かならず罹病体が人間をはじめとする生物集団であることを条件として、それが現象化する。アテナイの疫病のばあい、いったんその兆候が現れると病人は七日あるいは十日のあいだ苦しみもがき、そのあとほとんどのばあいには生命が消滅する。ひとりひとりが死に直面し、おのれの肉体と精神がくいちぎられ、人間のみにくい本性が容赦なくあらわにされていく、その苦痛と恐怖と絶望とに対抗しなくてはならない。そして他の突発的天災などとはことなり、疫病はひとりでも人間が生きのこっている限り、いつまでもやまない、という、死以外の終りのない脅威でもありうる。

八　疫病と人間の条件(二・五〇―五三)

ツキジデスは五〇・一において、この疫病の苦しみが、人間の本性が耐えうる限度をこえるほどのものであったと言っている。この事件とこれに対抗するアテナイ人との争いが、人間の本性という場においてしのぎをけずることになったことを、前触れしているのである。次に五〇・一―二では、この疫病は人間と他の鳥獣との別なく生命をうばったと言い、そう信じてもよい理由をあげている。つづいて五一では、人間が、物質的な生存を守るための拠りどころとしている手立てが、この疫病から身を守るためには、一つとして役に立たなくなったと記す。看護、医薬、食餌、体質、など通常の健康維持や病気治療において考慮されることがらにはまったく関係なく疫病は蔓延した。人間が頼みとする経験的知識や技術の効力が、逐一消去されてしまったのである。「人は罹病したと感知するや、もう助かる見込みはないと絶望した。また病人の看護をすれば病気が移り、家畜さながらに死んでいった。これがなににもまさる災悪となったのである」(五一・四)。手立てを失った人間は、つぎに精神的抵抗力を失い、また相互に助けあうこともできなくなった。「それでもなお人道に従おうとするものが、最も多く倒れたのである」(五一・五)。人間として すぐれているということが身の破滅のもととなった、という観察はここだけではなく、第三巻のケルキュラ内乱記においてもツキジデスは書きとどめている。[54] しかし人間が人間らしくありうる情況が、ほんとうに皆無となってしまったわけではない。「万死に一生を得て疫病から恢復したものは、病苦にさいなまれているもの、そしてやがて死んでいくものに対して、その苦痛がどれほどのものであるかをすでに知っているがゆえに、いっそう深い同情をおぼえた」と――これはまさしく疫病を自らわずらったツキジデス自身の感懐と思われるが――書きとどめている(五一・六)。しかしこれも、もしかれがこの疫病記事は人間から、人間らしくありうる条件が一つずつ着実にはぎとられていく過程の記録であるという明確な意識をもって綴っていなかったならば、この五一・五―六のような文章を附記し、わずかに例外的に生きのこることとなった「人間らしさ」に言及する必要を感じなかったのではないだろうか。

だが人間が人間らしくあるための、最後の砦であり証しであるものは、技術や隣人愛や、生きている者同士のいたわりがなくなってしまってもまだ、あとに残ることもあった。古代のギリシァ人の考えでは、死者にたいしてささげるべき礼や、神々にたいする恐れと謹みの感情がのこっている限りは、人間らしさの窮極の条件をみたすものであった。ソフォクレスの悲劇『アイアス』や『アンティゴネー』が表明する人間らしさの条件とはまさしくこれであり、「疫病記事」や「内乱記」に表白されているツキジデスの人間観も、やはり同じである。

しかし疫病の猛威はついに、「人間らしさ」を支えているその最後の基柱をも一挙に打ちくだいてしまったのである。ツキジデスによると(五二・三―四)、アテナイ人たちは続出する死者の死体処理に窮した。四三一年春いらい、市街は、郊外から城内に避難してきた人々であふれていた。これはペリクレスの政策に従って郊外地の住居田畑を抛棄した人々のむれであったが、移住してきた市内に快適な収容施設がととのっていたわけではない。そこへ今回の疫病が発生したのである。神殿や聖域の軒をかりて暮していた人々は、病に侵されその場で死んでいった。屍体は、本来ならば死によって汚されてはならない神聖な場所に、幾日も放置された。「神聖とか清浄とかの宗教的感情をかえりみるゆとりもなくなってしまい、従来の埋葬の仕来たりも一挙に崩れてしまった」(五二・四)と。人間らしくある条件や約束は、いまや根底から失われたのである。その後にのこるのは、人間らしさを失ってしまった人間の本性のみであり、その刹那的な享楽主義の無法な跳梁に対しては、もはや「宗教的畏怖の感情も、社会の掟も、拘束力を失うこととなってしまった」(五三・四)、とツキジデスは記している。

九　「人間らしさ」の構造

四九章から五三章にいたるツキジデスの記述の筆順には一定の意図がみとめられよう。その順序が目指すものは、先ずこの原因不詳の疫病が、罹病者の個体の上に刻む正確な死に至る歩みを記し、またそれが「人間らしさ」という名の習俗の衣を、「人間の本性」から一枚一枚とひきはがしていった過程を記録することであった。そして、「人間らしさ」の崩壊――これをもってツキジデスの「アノミア」anomia の訳語とするならば――その描写をつうじて、逆にまたツキジデス自身の考えの中にある「人間らしさ」の構造をまざまざと刻みだすことに成功しているのである。

そこにうかがわれるものを言いなおすならば、人間の生命をささえている生物的なちから、すなわち人間の本性はとめどない欲望と恐怖の混りあったかたまりであって、本性的に人間が刹那的な衝動のとりこであることは他の動物といささかのちがいもない。しかし人間は人間らしくあることへの決定的な第一歩として、己れの内なる衝動を分極化させ、各〻を別個に対象化して、一方を神々とし、他方を死とした。そして死を恐れ、生を希求する二つの根源的衝動に対する備えとして、神々へのつつしみと死者に対する敬虔との二つの基本的態度を習俗として定めその中間に、人間らしく生きるための場をもうけた。そこに培われた心情が、人間同士にかよいあう理解や同情の根となっていく。こうして自らの立場をえた人間は、人間として、より好ましいと思われる心情や行為に、さまざまの価値の附与をおこなってきた。ようやくにして形をととのえた人間世界の安定と保護のために、経験が蓄積され技術がみがかれて、「人間らしさ」が守り伝えられてきていたのである。これはもちろん、ツキジデス自身のことばではない。かれがどこか『戦史』のなかでそのような「文化論」を展開しているわけではなく、「人間らしさ」の崩壊をかたるかれの筆順の意図からかれの思想を逆に推定し、崩壊したものの原形を、記述とは逆の順序でたどりなおしてみたものであるにすぎない。

　このような「人間らしさ」の構造が、ツキジデス自身の着想によるものか、あるいは、アイスキュロスの『プロメテウス』いらい、アテナイの知識人のあいだで豊かな開花結実をみた「文化論」の一つであるのか、ここでは詳しく詮索しない。いずれにせよかれが崩壊の相において語る「人間らしさ」の前提には、古来ギリシァ人によって守り伝えられた人間観がひそんでいることは確かであろう。しかしここで注目すべきことは、ツキジデスの病気そのものの経過記録が、ヒッポクラテス派の医学用語におおむね準拠しているのと並行して、疫病と「人間らしさ」との争いを語る五〇—五三章の記述の順序が、右に要約した「人間らしさの構造論」を表皮から一枚ずつ剝がしていく形をとっていることであろう。つまり、ヒッポクラテス派の専門用語を知らない人間には、「経過記録」は書けなかったであろうように、右のごとき「人間らしさの構造論」に通暁していなければ、五〇—五三章の記述順序で、つまりもっとも表層にある技術や経験の蓄積をつきくずしもっとも内奥に位置する神への畏怖をもうばうにいたるその順序で、「人間らしさの崩壊」を記すことはできなかったと思われるのである。

　ツキジデスの「らしさの構造」は、もちろん当時の啓蒙思想家たちの、たとえばプラトンの対話篇『プロタゴラス』に登場するプロタゴラスや、プラトンの叔父のクリティアスなどの、文化論に通ずるものがあるのかも知れない。しかしながら、疫病記事の枠組のなかで因果づけられている「人間らしさ」の崩壊の記録はまさしく崩壊の記録であるがゆえに、啓蒙的あるいは合目的的な立場から語られている人間文化論には期待するべくもない深刻な意味を告げるものとなっている。なぜならばすでに私たちが見たとおり、ツキジデスの記述によれば、「人間らしさ」を肯定的立場から説く文化論は、偶発的な疫病の手によって、「人間らしさ」の根拠となるべきものを一つ残らず奪われてしまう。そして最後には再び「人間らしさ」以前の、盲目的衝動のみが露わにされたことが、ことのなりゆきとして、事実生じた事柄として、記述されているからである。ツキジデスとしては、この偶発的事件のことのなりゆきを記録することがせいいっぱいだった、と言うかもしれない。しかし「人間らしさ」の根拠をカテゴリカルに打ちくだく、その過程の記録として疫病記事をしたためたことによって、啓蒙的文化論の前提の脆弱さを白日のもとにさらす結果となっているのである。

一〇　「人間らしさ」と偶然性

死の脅威によって「人間らしさ」を剝ぎとられたあとにのこるのは、盲目の欲望と恐怖、その場かぎりの刹那的衝動にうごめく生きものである（五三・一―四）。「肉体も財貨もその日かぎりのものでしかない、と考えたから」（五三・二）とツキジデスはいう。ここでの刹那主義とは、快楽追求以外の一切をなりゆきまかせにうちすてることであり、すべてを「偶然（テュケー）」の手にゆだねてしまうことに他ならず、しかも、瞬時にしてはてる快楽そのものも、とりとめのない「偶然（テュケー）」の幻にすぎない。このような帰結に終る疫病記事を読むとき、今日の私たちも、深い戦慄と、感動に似たものが湧くのを禁ずることができないだろう。私たちの生命の起りを神に帰するにせよ、盲目の衝動に帰するにせよ、私たち自身の手のとどかぬところに起因するこの生命の衝動を、私たちはさまざまに名付け、養い、方向づけ、盲目の衝動に「人間らしい」方向をあたえ、それが歩む道程に価値をもうけ、行手に目的をかかげてきた。しかしあるとき突然なにに起因するのか不明の、狂暴なちからが、人間の肉体をおそい、その上に培われていた「人間らしさ」をうばいとり、人間を「人間らしさ」以前の衝動のかたまりにつきおとし、偶然のちからと同質のものだけを「人間の本性」としてあとにのこした――私たちの身辺においても稀有とは言えないそのような苛烈な争奪のドラマをはからずも私たちはツキジデスの舞台上で見ることとなったからである。

ツキジデスの研究家たちはこの疫病記事には、それに直接先行するかの有名なペリクレスの葬礼演説の、理想的政治文化論との対照的意図が含まれていることを、さまざまの角度から指摘している。[55] 都市国家アテナイが主催する葬儀の次第が述べられ、ペリクレスが立って兵士らの死の意識を語り終えてからわずか半年を経ずして、疫病が発生し、あまりの惨害に「埋葬の仕来たりもたちまち崩れ」、病死者の死骸が悪臭で巷をみたす事態がおとずれたのであるから、世情はまさに激変したというべきであろう。祖国の理念を維持するために生命をささげたと、戦士の死を語るペリクレスの言葉も、偶発的な疫病のために牛、羊さながらの死に倒れた無数のものたちの苦痛と死を語る疫病記事の言葉も、ともにツキジデスの筆になるものではあるけれども、各〻の文脈における「死」の意味はまさに比較を絶する対照をなしているような印象を与えて当然であろう。

ペリクレスの演説の基調をつらぬく思想を要約すれば、アテナイ人にとって生とは、偶然とかなりゆきにまかせるという安易な態度によって処するべきものではなく、明確な目的の自覚にもとづく、自由な意志と選択とを前提とする。そしてすべての生けるものには必然の死ですらも、アテナイ人にとってはそのような生の原則を維持するための決然たる意志表示であらねばならぬ——ということができよう。[56] いわば、「人間らしさ」をあくまでも守り立てていくことに、生と死の窮極の目標が設定されており、アテナイという国の政治制度と習俗がその目的にそって構築されていることを、戦死者への追悼の言葉としているものであった。疫病は、ペリクレスの誇らしい「人間らしさ」の主張の虚をついて襲来し、これを語ったペリクレス自身をもその歯牙にかけてほふった。しかし疫病記事そのものは、ペリクレスの、アテナイの政治理念を支える「人間らしさ」の主張にたいして、政治や軍事のレベルで批判の矢を放っているわけではない。すくなくとも私たちの見たところでは、疫病記事は、その記述順序の前提となるべき「人間らしさ」の構造を、アテナイ民主政とか前五世紀ギリシァとかにみられる一回かぎりの設定からきりはなし、普遍化し、すべての人間文化がめざしている「人間らしさ」の根拠にまで深め、ひろめている。その上ではじめて、その「人間らしさ」を剝ぎとってしまう大疫病の過程をかたり、そのあとにのこるものが「人間らしさ」以前の、盲目の衝動のかたまりにすぎない「人間の本性」であることを記している。こうして疫病記事は、ペリクレスの「人間らしさ」の主張を問いなおし、「人間らしさ」がその合目的なる構造の底に封じこめている衝動的なものが、人間の意図や目的の外に存在し続けているちからが、疫病流行を契機としてその構造を根底からゆるがす暴威となってときはなたれ、人間がその本性に還元されてしまう過程を語っていることがわかるのである。

その「人間らしさ」がじつは他者に対する搾取や、収奪によってなりたっているという政治道徳的批判や、その抑圧の底からの解放をうったえる声にこそ、真に人間の声があるというような安易な考えは、ツキジデスにはない。営々たる意欲によって構築され守り伝えられた「人間らしさ」を言葉でたたえその崩壊を惜しむ情を、ツキジデスの行間から汲むことはできるかもしれないが、偶然的ちからの働きにことよせてペリクレスの政策を批判しようという趣旨を読みとることはできない。ペリクレスの政治理念に代表されている「人間らしくある」ことの主張も、歴史家ツキジデスにとっては、歴史をうごかしていく一つのちからであり、またこれを人間の予測に反してすすめたりはばんだりする偶発的事件も、やはり歴史の附帯的原因ではある。しかしそのべつべつのちからが、動となり反動となって嚙みあう場所としてつねにかれが考えているのは、人間そのものにほかならない。人の世で「人間らしさ」と「人間の本性」との緊張がつづき、その止揚に努力がかさねられる限り、自分の記す出来ごとの記述は歴史の真相を語りうる。その主張については、なお後章において詳しく検討したいと思う。疫病記事は、歴史家としてのかれの思想を、病に侵された己れの肉体の体験として物語るものであった。

(1)　『戦史』一・一―二三の序説ならびに同一・八九―一一八の通称「五十年史」参照(以下、『戦史』よりの引用は巻・章・節の数のみ記し、書名は省略する)。序説成立の年代決定はウルリッヒ以来のツキジデス研究の一大焦点となっているけれども、今日伝わる形が、ツキジデスの最晩年期、かれの歴史家としての円熟期の加筆修正をまって成りたっていることは殆んど疑いをいれない。序説の中でツキジデスがおこなっている古代考証論(通称「考古学」)でくりかえし強調されている海国論議(一・三・四、四、五、七・一、九、一三・一、一五)は、ゴム(A. W. Gomme)が *Historical Commentary on Thucydides* I, 111 で指摘しているとおり、ツキジデスの歴史べきであろう。

観を支える基柱の一本にかぞえられる。しかし海国論議そのものはテミストクレス以後のアテナイの五十年にわたる対外政策の遂行と歩みを共にして成立したものであろうし、したがって序説の文章としての成立よりもかなり以前に遡ってその起源が求められてしかるべきであろう。

(2)　一・九〇、九三。

(3)　一・一三八・三にツキジデスが附記している「テミストクレス論」は、政治家テミストクレスの秀逸な天賦の才によせられた讃辞であるが、「未来の問題については限りなくはるかまで見とおす展望のもとに秀逸無比なる予測を立てうる人物であった」という評言がテミストクレスの海洋政策に対するものであることは、一・九三・三からも推測に難くない。しかし正確な予測は、着実な過去の事実の把握をもってはじめて可能であることを、同時代の詩人アイスキュロスの『プロメテウス』は語っている。

(4)　(クセノフォン)『アテナイ人の国制』は、アテナイの海国政策に対するアテナイ人一貴族の弾劾文書であるが、とくに一・一九―二・一六は『戦史』一・一四〇―一四四のペリクレスの政見演説と対応する部分が多く、中でもペリクレスのアテナイ島嶼化論(一・一四三・三―五)に対する苛烈な反論を含んでいる。『国制』の執筆年代を前四四〇年代初―中期とする最近の見解が正しいとするならば(G. Bowersock, Pseudo-Xenophon, *HSCP* 71 (1966), 33–58)、ペリクレスの口から語られている大胆な海洋立国論の成立も、やはりその時代あるいはさらに遡るとみなくてはならないだろう。ツキジデスの海洋立国論と〝クセノフォン〟の民主主義批判が、アテナイの海洋政策の表裏の関係を示すことをあらたに論じている最近の論文として、Chester G. Starr, Thucydides on Sea Power, *Mnemosyne* XXXI (1978), 343–350 をあげておきたい。

(5)　本書第二部第一章第五節「全体像の成立」参照。

(6)　『戦史』の記述文ならびに演説文のなかで言及されている「偶然」あるいは「偶発的なことのなりゆき」についての各方面からの考察は、今世紀に入ってF・コーンフォドいらいの大勢の学者によっておこなわれているが、ここでは比較的最近の論文・著書を紹介しておく。W. Müri, Beitrag zum Verständnis des Thukydides Mus. *Helv.* 4/1947, 251–275 (= *WdF. Thukydides*, 135–170) は、ツキジデスの歴史記述において繰りかえし用いられている幾つかのキー・ワードとその背後の基本的概念を明らかにしているが、その一三九―一四一頁(*WdF*)は、人間の計画、予測、意志――つまり合目的的なる〝人間なるもの〟すべてに対置される〝テュケー〟の輪郭を明らかにしており、W. Schmid, Thukydides. (*Gesch. d. gr. Lit.*, V Bd., 1948, 30–32) の主旨とほぼ軌を一にする。その後、これらの論文や J. H. Finley, *Thucydides*, 1947 の「テュケー」論の主旨をさらに、『戦史』の記述例全体に敷衍したものが、H. Herter, Freiheit und Gebundenheit des Staatsmannes bei Thukydides. *Rh. Mus.* 93/1950, 133–153 (= *WdF*, 260–281) であるが、かれは『戦史』全巻を通じて〝テュケー〟的な様相がとくに強調されている記述として、疫病記事とピュロスの攻防戦記を重視している。しかしさらにその後、計画と現実的なりゆきとの齟齬の相互検証を目的とする記述方法が、じつはツキジデスの歴史の方法であるとする見地から H. P. Stahl, *Thukydides, Die Stellung des Menschen im geschichtlichen Prozess*, 1966 は、とくに『戦史』第二巻全体の記述構成にその特色を細部にわたって析出しているが、疫病記事については触れるところがきわめて少ない。A. W. Gomme, *Historical Commentary* III, 1956, 488–9 はピュロス戦記に附して、一連の偶発的出来ごとを記するツキジデスの文章表現を検討し、上記の F. Cornford や H. Herter の見解とはむしろ逆に、ツキジデスがとくに偶倖的な要素を強調しているとは見なしがたいと結んでいる。さらに最近になっても、ツキジデスの歴史記述における偶然性の問題は研究者の興味の対象たり続けており、とくに、L. Edmunds, *Chance and Intelligence in Thucydides*, 1975 はこの問題のみを集中的に扱っていてとくに一七二—二〇四頁は、やはりツキジデスの「対置文」的発想の一極として「偶然」があり、もう一極の「政策」「計画」「意志」などと対照的に用いられていることを詳述している。また Chr. Schneider, *Information und Absicht bei Thukydides*, 1974, 95–110 もこの問題について概要触れている。本小論はこれらの優れた研究の成果に全面的に負うものであるが、しかしこれらにおいては、わずかに Herter(*WdF*, 263) の指摘をのぞけば、偶然性の問題が、人間の存在と最も深刻な触れあいを見せる疫病記事についてあまり触れるところがない。疫病記事は先端的医学思想との関係に、問題が固定しているためであろう。本小論は、まことに蛇足ながら、これら先賢たちが、わずかに見落している一隅の問題に光をあててみようとする試みである。

(7) 一・八二・六、八四・三。同様のことはアテナイ人発言者も述べており(一・七八・一—二)、慎重論者が口にする一つの型どおりのトポスであったと思われる。

(8) 一・一四〇・一。Edmunds 前記注(6)7–88 はこの演説句章の解釈から出発してペリクレスが「偶然」の働きに対しては殆んどこれを無視する、きわめて合理主義的な立場に立つものであることを強調する。しかしこの句章は確かに一見〝合理的〟なよそおいを示してはいるけれども、Edmunds が力説するほどのユニークな立場を標榜しているものとは思えない。「偶然」をあつかう弁論的トポスの一つの変形以上のものではあるまい。

(9) 四・六二・四、六四・一。

(10) 『戦史』に登場する人物たちが各〻の演説の中で「偶然」あるいは「偶然的なことのなりゆき」について言及することは前後二十七回にものぼるのですべてをここに記載するのをひかえる。詳しくは W. Schmid, Gesch. d. griech. Literatur. (*Hdb. d. Atertwiss.* VII. I. 5), 1948, 31 ff.; Schneider, 95 n. 183, 96 n. 185; Edmunds, 180–189. 参照。

(11) 二・六五・六—七に記述されているペリクレスの政治的な展望(pronoia)の正しさと、その後の政治家たちがことごとくこれに反することばかりをやったというツキジデスの対置的判断は一見明快であり、多くのツキジデス評釈の出発点となっているけれども(例えば、W. Schmid, 11 f.)、他方ツキジデスが自らの判断を表わす文章(二・六五・七)は正確さを欠き、かれ自身の『戦史』記述とも抵触することが指摘され論議を呼んでいる(A. W. Gomme, Four Passages in Thucydides. *J. H. S.* LXXI(1951), 70–80("*More Essays*," 92–111); id. *Historical Commentary* II, 190–196)。

(12) 二・六四・三。ペリクレス自身の言葉とされている。

(13) Schneider, 188–191, nn. 179–238 に記載されている論文約五十篇は、多くこれらの問題を中心として扱っているが、上記注(6)で紹介したものに加えて、Meyer(184), Snell(187), Wifstrand(189), Schreckenberger(200), Parry(220), Heinimann(232)をあげておきたい。

(14) J. G. A. Ros, *Die Metabolē (variatio) als Stilprinzip des Thukydides*, 1938, 1968. その論述の殆んどの部分は文法・統辞の専門的分析であるが結論部分 451–463 はツキジデスの異様な文体と、歴史家としての思想との関わりに迫っている。

(15) 注(10)参照。

(16) ある一つの出来ごとの要因として、二つのものが数えられ、その一方が〝必然的〟と呼ばれ他方が〝偶然的〟と呼ばれうるような場合も、ツキジデスの歴史記述にはすくなくない。大をあげれば、ペロポネソス戦争の二つの原因がそれであり(一・二三・六)、小をあげればスファクテリアの攻防で窮した(〝必然〟によってと記されている)兵士が島上で炊事中に失火した(〝意に反して〟)事件をいうことができよう(四・三〇・一)。

(17) 三・四九・四。この場合には偶然にも凪であったことが、ミュティレネー市民の処刑中止のアテナイからの指令伝達を早めた、たんなる幸運が強調されている。

(18) 二・九一・三。この場合は偶然そこに商船がつないであったのだが、これをアテナイ側は有利に利用できる漕船技術をたくわえていたことが偶然を幸運に転じた。

(19) 前四四五年ペリクレスがスパルタ王にアッティカからの撤兵を求めて国庫から十タラントンの黄金を贈ったのち、会計監査官にどういう報告をしたのか正確には判らない。アリストファネスは『雲』八五九でペリクレスは、「万やむをえず、金をおとした」と答えたとしてその答弁の矛盾によって観客を笑わせようとしている。

(20) このことはすでに『オデュッセイア』一・三二―四三のゼウスが指摘しているところでもある。

(21) 歴史の主役は「人間の本性」である、というツキジデスの思想については、本書第二部第五章「歴史記述と人間性」参照。

(22) アリストテレス『自然学』一九七a五―八。訳文は出・岩崎訳(『アリストテレス全集』3、一九六八、岩波書店)に拠りこれを小部分改めて使用させていただいている。Edmunds は『自然学』における偶然論を幾度か引いているけれども、この特に重要と思われるアリストテレスの見解については言及していないのが不思議である。

(23)　二・八四・二。
(24)　四・三・一。
(25)　『自然学』一九六b五―七。
(26)　F. W. Walbank, *A Historical Commentary on Polybius*, vol. I, 1970, 16–26 は歴史家ポリュビオスの歴史記述と「テュケー観」との関係について詳細な解説を含む。
(27)　Plutarchus, de Fortuna Romanorum (*Mor.* 316c–326c).
(28)　しかしツキジデスにおいても「テュケー」はやはり宗教的なちからとして、歴史の動きを導いているという考え方がある、とする見解は皆無ではなく、F. Cornford, *Thucydides Mythistoricus*, 1907 はその高名な一例である。しかしこれに対するつぶさな反論は Gomme, *Historical Commentary* III, 488–9 参照。
(29)　アカルナニア作戦(三・九四―一〇二、一〇五―一一四)、ピュロス作戦(四・二―二三、二六―四〇)、デリオン作戦(四・七六―七七、八九―一〇一)参照。
(30)　二・四七・三―五五。
(31)　三・八七。
(32)　二・五三、五八、五九、三・三、八七、六・一二。
(33)　四・二―二三、二六―四〇。
(34)　六・二七。
(35)　六・二八―九、五三、六〇―六一。
(36)　独裁者暗殺事件についてのツキジデスの研究報告(六・五四―五九)が、その前後の記述文のものがたるアルキビアデス追放の経緯とどのような関係にあるのかは、まだ充分に解明されているとは言いがたい。前後の脈絡との間に明白な断絶があり、その論理的な矛盾は一見いかんともしがたい。この問題の説明の概略は拙訳『戦史』(下)(岩波文庫、一九六七)四一四―一五頁を参照願いたい。またこの矛盾を解くことによってツキジデスの複雑精緻な「ことのなりゆき観」を追跡し、歴史に登場する人間把握の基本を明らかにする試みとして、H.-P. Stahl, *Thukydides. Die Stellung des Menschen in geschichtlichen Prozess*, 1966 があり、その斬新な見解は高く評価されている。
(37)　七・五〇・四。

(38)　七・五〇・四―五一・一。

(39)　二・四七。

(40)　Gomme, *Historical Commentary* II, 147 参照。かれも同様に三つの要点にまとめているのは、ツキジデスの記述の特色と記しているが、その第三点をかれは〝絶望〟の記述であるという。本小論では、それを〝習俗の崩壊(アノミア)〟の記述であると見る。これは病気の臨床記事そのものの歴史記述における位置づけが、ゴムと本小論では異なるためである。

(41)　二・四八。

(42)　なおこの〝一説〟について、その根拠を尋ねる研究はツキジデス以降もおこなわれた模様である。またその後、リビュアに発生した疫病についてのロドスの歴史家ポセイドニオスの説とされる記述も伝わっている(ストラボン『地誌』一七・三・一〇。L. Edelstein, I. G. Kidd, *Posidonius* vol. I, 1972, 34, 202 参照)。

(43)　Gomme, *Historical Commentary* II, 148–149 参照。

(44)　二・六一・三、六四・一―二。

(45)　Gomme, *Histrical Commentary* II, 147–148 参照。

(46)　三・八七。

(47)　二・五三。

(48)　三・八二―八四。本書第二部第二章「内乱の思想」、第五章「歴史記述と人間性」参照。

(49)　D. L. Page, Thucydides' Description of the Great Plague, *CQ* 47, 1953, 97–119. ゴムはほとんど全面的にその分析成果をうけいれている。

(50)　その後、ツキジデスとヒッポクラテスの医学書との関係については、A. Parry, The Language of Thucydides' Description of the Plague, *BICS* 16, 1969, 106–18(医学書の影響を、ペイジとは全く反対に全面否定する極端な意見)、F. Kudlien, Galens Urteil über die Thukydideische Pestbeschreibung, *Episteme* 5, 1971, 279–84(ローマ時代の医学者でありヒッポクラテス医学書の注釈家でもあったガレノスの記したツキジデス・ヒッポクラテス比較論の中で、前者の疫病記事は素人が素人の読者のために記したものだがヒッポクラテスの『予診学』などの医学書は専門の医学者が医師のために記した技術性の高いものである、と記されているところからツキジデスの医学知識の再評価を促したもの)、S. L. Radt, Zu Thukydides' Pestbeschreibung, *Mnemosyne* 31, 1978, 233–245(ペイジの措辞分析の方法が不充分であり結論が誇大であることを指摘、ツキジデスの医学知識は高度のものではあるがその記述は専門医師を読者としては想定していないという説)などの論文が古典学者のあいだで発表されている。これらの論者の争点は、ツキジデスにおける数語の専門用語の用法の適否の究明に集中しているが、本稿においてはペイジの最初の指摘が、基本的には正しいという判断を前提としているが、医学者の記述目的と、歴史家の記述目的が同一でありえないことは、ガレノスの指摘をまつまでもない。

(51)　アリストテレス『自然学』二・五(一九六b10以下)参照。

(52)　二・五一・一―三。

(53)　二・二八(前四三八年)、四・五二・一(前四二四年)の日蝕記事、七・五〇・四(前四一三年)の月蝕記事にはその原因としては、新月、満月などの月の相が記されており、自然学者アナクサゴラスの説に基づく考えが採用されている。三・八九(前四二六年)エウボイアの大津波についてはツキジデス自身の考えとしては、海底地震が海水の洪水を惹起せしめるためだろう、と記している。エトナ火山の噴火(三・一一六)については、ギリシァ人の記録にのこっている回数や、先回の噴火から五十年目に当ることを記している。ゴムは(I. p. 151)、ツキジデスがこれらの異常な自然現象と人間行為との間になんらかの関係があると考えていたかどうかは不明であるとしながら、一方では、〝この大戦中には他の期間よりも蝕が頻繁に見られた〟(一・二三・三)という記事はツキジデスが戦争と異常な天体現象とを結びつけて考えがちな一般人の考え方を援用しているという可能性を示唆している。しかし、右に列記した異常現象の記述のいずれを見ても、つねに自然現象の原因を自然そのものの理に求めていることは確かである。

(54)　三・八二―八三。

(55)　Gomme, *Historical Commentary* II, 161 参照。

(56)　二・三五―四六参照。とくに四二章における戦場の「死」の意味づけとの対照は著しい。

第四章　歴史記述と偶然性㈡
――「ピュロス戦記」を中心に――

一　前四二五年春の船隊派遣決議と附帯条項

前四三一年開戦以来四二五年春までの戦局の推移は、アテナイ側にとっても、スパルタ側にとっても、一進一退のくりかえしであった。アテナイ側は領土の農耕地の荒廃とかの疫病とによって、一時は深刻な痛手をこうむり、士気の衰えすら見られたとツキジデスは記しているけれども、しかしアテナイ側の制海権は微動だにせず、海上通商路はその手に確保されていた。さりとて、アテナイ側の軍勢がペロポネソス同盟に与する列強の本拠に迫り、これらに致命的打撃を与えることは殆んど絶無であった。開戦初年いらいアテナイ側の船隊が毎夏ペロポネソス半島の沿岸地域を周航して、沿岸の村落に対して攻撃を仕掛けたことは一度ならず記録されており[1]、時にはナウパクトス沖合の海戦のように、敵船隊と遭遇してこれを撃破し大勝を博することもあったけれども[2]、全体的にみるとアテナイ船隊の活躍はゲリラ的な牽制行動の域にとどまり、ペロポネソス同盟の強大を誇る陸上部隊に大きい打撃を与えることはできなかった。前四二五年春までの、作戦上重大な結果を招いた出来ごとをかえりみれば、プラタイア市の攻防、ポテイダイア市の攻防、ミュティレネー市の離叛と鎮圧、ケルキュラ市の内乱とこれに際してのアテナイ、スパルタ両陣営の苛烈な干渉、北西ギリシァ諸邦をめぐる両勢力の角逐、シケリア島諸市に対するアテナイ船隊の干渉など、主たる戦場はいずれもアテナイ、スパルタ両国の本拠からは遠く隔たっており、戦闘の目的もまた、同盟諸邦の帰属を両陣営がうばいあう、いわば周辺地域諸国の代理戦争ともいうべき性質のものであった。

ところが前四二五年春、ペロポネソス半島ラコニア地方西南部のピュロスをアテナイ側船隊が占拠し、ここに砦を築くという新しい事件が生じた。スパルタ本国の裏庭に戦火が飛び火したのである。しかしこの事柄もその発端は、それまでギリシァ本土の周辺地域で断続的に行なわれてきた代理戦争の点線上に生じたところの[3]、多分に偶発的とも思われる原因に負う事件であった。つまり、この事件の発端はそれまでの戦略的意図ないしは計画との関連が深いものであったが、その結果はそれまでの両陣営の力関係をにわかにあらためることとなるような、予想外の発展をとげたのである。そこに、私たちの課題——そこに記録されている偶発的、突発的な原因とされているものを詳しく検討し、それに附与されている〝偶然性〟がツキジデスの歴史記述において占める意義を明らかにすること——の必要性がある。

ことの始まりは、前四二七年に遡る。レオンティノイ市などの、シケリア島の諸都市はアテナイ本国に使節を送り、同盟条約にもとづき対シュラクサイ市の戦争の援軍として、アテナイからの船隊派遣を要請した[4]。アテナイ政府はこの要請をうけいれて早速船隊を派遣するとともに[5]、さらに前四二六年暮までに鋭意次の準備をはかり、初冬にはピュトドロスらの先遣隊を派遣し[6]、前四二五年春、主力船隊の準備完了とともに、軍船四十隻を二人の指揮官エウリュメドンとソフォクレスとともに、かの地にむけて出帆させた[7]。なお、シケリア島への航路の中継点であるケルキュラ島に——ここでは激烈をきわめた内乱が一時的に下火となり、当時親アテナイ派が市街部を制圧していたが反アテナイ派との抗争はなお続いていた——寄港したならば、その地の親アテナイ派の便宜のために、必要な援助を与えるべきことが二人の指揮官には命じられていた[8]。対するペロポネソス同盟側も、そのときすでに六十隻からなる船隊をケルキュラにむけて発進させており、山岳地帯にたてこもっていたケルキュラの反アテナイ派に梃入れすることを試みようとしていた[9]。

アテナイ側からみるとこのたびの船隊派遣は、すくなくとも前四二七年夏いらいここ数年来の一連の政治・軍事面での政策の継承であり、ツキジデス自身の言葉によれば、その目的はシケリア島からペロポネソス半島への穀物輸送路の遮断、海軍の実地訓練、シケリア島の実況偵察などの複合的な含みをもっていた。しかし、三・八六・四では「シケリア島を配下に置くことができるかどうかの小手試し」も含まれていたと記されているのに対して、三・一一五・四では「早期にシケリアの戦いを終結せしめること」と記されていることなどから、四二七―四二五年の間のアテナイ側のシケリア政策には変動が生じていたことが指摘されている。[10] ともあれ四二七年秋の船隊指揮官のひとりラケス、今回の正規指揮官のひとりエウリュメドン、さらに後述のデモステネスなど、これ以降十二年間にわたるアテナイの対シケリア政策の代表的な担い手たちがこの時期からの政策執行者として登場している。もっとも、シケリア島諸邦ならびに中継拠点であるケルキュラの掌握という政策は前四二五年よりもはるかに古くまで遡ることができる。ツキジデスの記述の中でも、ペロポネソス戦争開始以前、ペリクレスのなお存命中であった前四三三年、アテナイは、対スパルタ戦争近しとみてケルキュラと同盟を締結して提携を密にし、シケリア航路の安全を期するために先手を打っている。[11] 要するにアテナイはすくなくともこの十年間、西方沿岸航路の確保のためには鋭意つとめており、シケリア方面の実情のすみやかな捕捉はもとよりのこと、必要と判断した際にはかなり危険な賭すらも――潜在敵国コリントスの反対を無視してケルキュラと同盟を締結したごとくに――あえて辞さない政策をとってきたのである。

しかし、このたび前四二五年春期の船隊派遣の決議には、なおもう一項の附帯事項が加えられていたことを、ツキジデスは記録している。すなわち、この船隊には上記のエウリュメドンとソフォクレスの二名の正規の指揮官のほかに、もう一名のアテナイ市民が、非公式の指揮権を公けの決議によって委ねられて、これに参加していた。それは、前年指揮官として北西ギリシァ地域のアイトリアで戦って、一度は惨敗を喫しながらもアカルナニア地方でそれを補ってあまりある戦功を立ててアテナイに帰っていた、アルキステネスの子デモステネスである。ツキジデスの言葉を訳すると次のごとくである。

「デモステネスは、アカルナニアから撤退したのち公職から離れていたがかれ自身の要請（αὐτῷ δεηθέντι）がいれられて、次の決議が行なわれた、デモステネスが望むとき、かれはこの船隊をペロポネソス周辺において用いることができる、と。[12]」

この附帯条項は幾つかの問題を含んでいる。デモステネスは前年アイトリアで敗戦を喫しアカルナニアでかろうじて面目を回復してアテナイに帰国した[13]のち指揮官職から退いていたことはここに示されている。しかしそれでは、官職にない一市民が、正式に――ツキジデスはεἶπονという正規の決定を表わす動詞を使っている――大規模な船団を作戦行動に用いる権限を与えられていたことになるが[14]、これをどう説明すればよいのであろうか。

アテナイの戦費出納を記した公式碑文によると、これより半年のちの前四二五年十月半ばに、デモステネスはピュロス方面の指揮官（の一人？）として三十タラントンの軍資金を受領したことになっている[15]。官職就任は夏であり、指揮官職の選出はアリストテレスの『アテナイ人の国制』四四・四によれば、第六番の当番評議員以降のよき日をえらんで行なわれる、とあるから、すでにこの年の三月、デモステネスは出帆直前に、次期指揮官職に選出されていたが、まだその職に就任していなかったことも考えられる。しかしかれが選出されていたか否かによって、この附帯条項の曖昧な点が左右されるわけではない。なぜならば、これには「もし望むときがあれば」という条件句がついているが、これはいつでもかまわぬという意味ではない。前年から定められていたとおりこの船隊の目標地はシケリア島であり、その途上ケルキュラに急航するべきことが正規の二名の指揮官には命じられている。デモステネスの官職復帰が予定されていたかどうかは別として、「もし望むときがあれば」というその時はケルキュラへの途次でしかありえないし、その時点ではやはりまだ一私人のデモステネスが、独自の判断によって船隊を作戦行動に用いるということが、ここに認められているのである。このような〝寄り道〟が公けに認められるにはよほどの理由があっても困難であったにちがいない。しかしツキジデスはその理由として、「かれ自身の要請により」と記しているにすぎない。この異例の附帯条項が、船隊が現場に到着したのちに呼び起す波紋については後に記したい。

第二の問題は、デモステネスの最終目的地は四・二・四のこの附帯条項の中には示されていないことである。それは西北ギリシァのアテナイ側の海軍基地ナウパクトスであったのかもしれない。だがのちに、嵐のために四十隻の船隊がピュロスの湾内に避難せざるをえなくなったのち、ツキジデスは四・三・二ではじめてデモステネスが最初からピュロス占拠と築城を目的として船隊とともに出帆し同行していたことを、短いわずか四語の挿入句の形で（*ἐπὶ τοῦτο γὰρ ξυνεκπλεύσαι*）示している。ここで用いられている「ともに出帆し同行していた」*ξυνεκπλεύσαι* という表現は[16]、デモステネスの計画ないしは意図がおそらく出帆以前にすでに、かれ自身の心中では形づくられていたことを、わずかに示唆するものであるが、その計画が出帆以前に公けの場で披露され討議に附されたものであるか否かを、はっきりと指示している表現ではない。もしデモステネスが、一見ツキジデスの四・二・四の記述が印象づけるような、内容のきわめて曖昧な、目的地も定かではない希望を出帆に際してのべたとすれば、私たち後世の読者は、デモステネスがそのような要請によって船隊に加わることを許されただけではなく、船隊派遣の当初の目的遂行に抵触しかねないような、異例の指揮権をも手に入れたということに、大きな驚きを禁じえない。

しかしここで私たちは何かを読み落しているのかも知れない。ツキジデスが、デモステネスの要請を記述している単語は *αὐτῷ δεηθέντι* というわずか二語で、これは「かれ自身が要請したので」とも、「かれが進んでその必要を説いたので」とも、「その任を自分に与えよと言ったので」とも、強弱さまざまのニュアンスで訳しうるが、その要請が容れられて、ペロポネソス半島周辺で船隊を用いる指揮権が与えられたのである。かれの要請の内容については、つまりかれの具体的作戦計画については、この附帯決議はいっさい触れていない。もちろん、この点についての詳細な記述がないことについて、一、二の理由をあげることはできる。第一に、ペロポネソス周辺海域におけるアテナイ船隊の作戦行動は、前四三一年夏いらいの定期的スケジュールとなっており、[17] とくにこの段でそれについての詳記を必要としなかったのかもしれない(だが例年それは正規の指揮官の任務とされており、この年だけデモステネスという一私人がそれを要請し、認可されたその理由がかえって判りにくくなる。エウリュメドンとソフォクレスの任務としてよかったのではないか)。第二に、デモステネスの過去の経験は実績によって証明されていたから、細部の作戦要領は現場におけるデモステネスの適宜な判断に委ねられていた、と考えることもできる(だがそのような大幅な権限委任は、たとえ正規の指揮官二名の監督下に置かれていたとしても、一私人が要請して簡単に容れられるべきものとは考えられない。この異例の措置が認められるためにはよほどの説得力のある理由と計画が必要であったはずである)。

前四二五年の春三月下旬、アテナ・ポリアス神殿の財庫から百タラントンと四十四タラントン余の資金が二度にわけてアテナイ政府に支払われたことを告げる碑文が残っている。[18] それらがどの費目に当てられたかの記録はないが、歴史学者ゴムはこの碑文がここで告げている資金の大部分がシケリア方面に出発する二人の正規の指揮官に準備金として手渡されたものと見做して、ピュロス作戦の日時を正確に推定する基本資料としている。[19] だがこの神殿からの資金が全額かれらに渡されたかどうかは不明であるし、あるいはまた、アテナ・ポリアス神殿からの資金のみが今次のシケリア方面の戦費にあてられていたと考えてよい根拠もない。他にも諸神殿からの資金を流用する可能性もあったからである。しかしゴムの推定を一つの出発点として、ここに次のような情況を考えてみることはできる。アテナイの軍船四十隻を一日就航させると漕員の賃金はおおむね一タラントン二千ドラクマ、三日間で約四タラントンの費出となったろう。かりに百タラントンの軍資金をもって出航した場合、そしてその船隊を航行途上、本来の目的とは異なる別の使途に十日前後も用立てるという事態が生じた場合には、軍資金総額の一割以上の費消を伴なうこととなろう。四・二・四でツキジデスが、デモステネス随行に伴なう附帯決議として記している、「望むときこの船隊を用いることができる」という一項には、軍資金総額に対してそのような少なからぬ割合の資金の流用を認める意味も含まれていると考えねばならない。戦費調達に窮しつつあった前四二五年春、デモステネスの要請にもとづく異例の措置がとられるに際しては、デモステネスは自らの要請をうらづけるに充分の、具体的理由と計画をすくなくとも作戦本部において開陳し、その是認を得なくてはならなかったと考えるべきではないだろうか。

ツキジデスの報ずる簡単な附帯決議は、デモステネスの提案理由と具体的計画の内容については「ペロポネソス周辺で望みのときこの船隊を用いること」という一点のほかには、なんら示すところがない。作戦の規模も目標地点も告げていない。しかし同じ文章の中に、かれが公職にない私人であったこと、そのかれの要請が容れられたこと、その二つが明記されている。この二つの事実が、この附帯決議という結果に結びついているのである。この文章が含む因果関係を理解するためには、以上のべた諸点からも推知されるように、デモステネスの作戦計画は、まだアテナイ船隊が出航準備のさなかにあるとき作戦本部に具体的に提示され、ある程度、行動の幅に許容度をのこす形で是認されたと考えるのが妥当であろう。「行動の幅」というのは、デモステネスの作戦は本国の作戦本部が必ず達成すべき作戦目標として命令したものではなく、その作戦遂行の是非の判断は、現場に到着したデモステネス自身に委ねたものと言えるであろう。それが「かれが望むとき」という一条の含意であったと考えられる。また、そのような一条が附されたことは、すなわち作戦本部としてはデモステネスの提案について賛否両論半ばして生じたために最終的な統一見解に至らず、さりとてかれの提案を強く支持する声もあって全面的却下ということもならず、結局提案者自身に同行を許し、その人間の現場における判断に委ねるという折衷妥協の案が通ったことを告げている。また言いかえるならば、かれの計画が実現するか否かは、現場に到着してから出会う所与の条件に依存するところがつねにも増して大であったことを示唆している。[20] ともあれ、四・二・四の附帯決議は、事実と事実との異様ともいえる組み合わせによって、およそ以上のごとき諒解が出発前のデモステネスと作戦本部との間に成り立っていたことを告げている。[21]

この時のデモステネスの計画や説得の主旨にはそれまでのアテナイ側の専守防衛を基調とする戦局の推移を変えるために、これまでの周辺地域の代理戦争を主とする戦略をあらためて、ペロポネソス同盟の盟主国スパルタを直接背後からつくべしという積極的主張が含まれていたかどうか。その点が、「ピュロス戦記」の作戦記述を理解するうえでは重要であり、私たちがもっとも知りたく思うところであるけれども、ツキジデスは出航以前の事情を記するこの段落ではその点について明言していない。かれはわずかに、しかし明瞭な言葉で「かれ自身の要請がおこなわれたので」と記するにとどめ、その内容については、後刻ピュロスの沖合に船隊がさしかかるときまで、詳しい説明を保留している。しかしツキジデスは、デモステネスの基本的な考えを推知するために充分といえるだけのものを、それまでの『戦史』記述のなかに書きとどめ、読者の判断にゆだねている。デモステネスはその前年、前四二六年にボイオティアの背後をつく内陸大侵攻作戦をナウパクトスの旧メッセニア人とともに画策した。この計画自体は画餅に帰したけれども、その後のデモステネスの作戦活動によって北西ギリシァ諸邦とスパルタ側同盟との連携は断たれ、他方旧メッセニア人とデモステネス個人との連帯関係はそれまでにもまして親密強固になったことが『戦史』記述からうかがわれる。この前年のデモステネスの失敗と成功の経験が糧となって、ピュロスにおける成功を導いたことも、のちにツキジデスが強調している点である。デモステネスは内陸侵攻作戦を放棄したわけではない。じじつ前四二四年には再度これを試みる。しかしその前に、(a)前四二六年に確保した北西ギリシァ諸邦との同盟関係を十二分に活用し、これを基盤として、敵側の態勢に痛打を打ちこむことができる地点があるとすれば、(b)それは西南ペロポネソスの沿岸地帯をおいて他にはない。(c)制海権を掌握しているアテナイ側にとっては、これは内陸侵攻作戦よりも、成功の確実性もはるかに高い。デモステネスがペロポネソス半島の周辺海域まで船隊に同行することを希望し、これを作戦活動に用いることを要請した際に、かれの考えの中には、すくなくとも以上のような要点が含まれていたことは推知するに難くない。その考えにもとづく今回の具体的計画が、アテナイの作戦本部で披露され、条件つきで支持をかちえたものではないかと想像するに難くない。

二　嵐

前四二五年春の、シケリア方面への船隊派遣にかかわる事情はほぼ以上のごときものであった。しかしこの船隊の行手には思わぬ出来ごとが次々とまちもうけていた。誰しもツキジデスを読む者はいちどはそのような印象を、「ピュロス戦記」から得る。ツキジデスの記述文や、そこに登場するスパルタ人特使の行なう演説のなかには、「思わぬ出来ごと」とか「予期に反したことのなりゆき」とか「偶然にも」とか「幸運にも」とかの、ことの偶然性を強調するような表現が例外的といえるほどの頻度で用いられている[22]。「ピュロス戦記」の文章表現上の特色は今日まで多くの研究家の注意をひくこととなり、「ピュロス戦記」はツキジデスの歴史記述に占める偶然的要素を論ずる際には、中心的な重みを占めるものとなってきた。ここでツキジデスは偶然という名をかりて、アテナイの歴史を操る天意に言及しているのだというコーンフォドの説は[23]、幾度も否定されながら[24]、それでも今日なお死に絶えたわけではない[25]。またこれとは別に、ピュロスにおけるアテナイ側の大成功は要するに僥倖のたまものでしかなかったのに、これについて自覚を欠いていたクレオンを筆頭とする主戦派政治家たちに対するツキジデスの批判が、「幸運にも」などの表現にこめられているという解釈もある[26]。またさらに、ツキジデスはデモステネスの戦略がややもすれば楽観的思惑に頼りすぎるきらいがあることを批判し、とくにペリクレスの専守防衛路線からの逸脱を根本的な誤りとするツキジデス自身の考えが、デモステネスの成功を過小に評価するような筆致となって現れていると見る解釈も続いている[27]。このような甲論乙駁が一世紀間続けられ議論はつくされたかの観もあるけれども、なぜ偶然的要素がこれほど頻出しているのか、その問題は最終的な解明に到達したわけではない。私たちは先人たちの明察を杖としながら、今いちどツキジデスの言葉を検証し、その含意を確かめることから出発したい。そして記述の背後にある諒解事項をつかみ、記述文が明らかにしようとしている事柄をとらえてみたい。まず、これまでの研究で問題となってきている記述表現に注目しながら、「ピュロス戦記」をたどってみよう。

ペロポネソス戦争の当時、作戦上の指令や戦況の報告などの、いわゆる情報伝達の方法は主として使者や伝令など、その任にたけた者たちの口頭伝達によるものであったことは確かである。しかし伝達の遅速とか内容の正確度とか情報量の多寡の問題とか、当時の読者には自明であったにちがいない事柄でも、今日私たちにとってはなかなか推知しにくい場合がある。「ピュロス戦記」においても、情報伝達にまつわる事柄は、特例を除いては言外の諒解事項の扱いしかうけていないのであるが、ゴムもつとに指摘しているように、じつはこれがツキジデスの記述を私たちが正しく理解しようと努める際に大切であるので[28]、まずここではその点について注意をはらいながら、ツキジデスの言葉遣いを調べてみる。

エウリュメドンとソフォクレスを指揮官とする四十隻の船隊がアテナイの港ペイライエウスを出港する時点において、ペロポネソス同盟も船隊六十隻をケルキュラにむけてすでに就航させていた(過去完了時称形)、とツキジデスは記している[29]。この記事は後刻、ペロポネソス側の船団が、アテナイ側の四十隻よりもすくなくとも四、五日先んじてケルキュラに入港している事実から逆算して、アテナイ船隊が出港した時点においてペロポネソス側船隊はすでに就航していたと推定して、記されたものかもしれない。しかしそれには首肯しがたい点がある。当時ペロポネソス側の海軍基地がコリントスにあったことは十中八、九以上の確実さで言える。コリントスからケルキュラへの航路は、アテナイからケルキュラへの距離の約三分の二にすぎない。両船隊が同時に各〻の母港を出帆しても、コリントスから発進したペロポネソス船隊がケルキュラに先着する公算は大と言わねばならない。しかるにツキジデスは、四十隻のアテナイ船隊が出帆したときすでに、ペロポネソス側はケルキュラへの航路を進みつつあったと過去完了形で記述している。これをすなおに理解するには、べつの考え方を要求することとなる。すなわち、ペロポネソス同盟の六十隻がコリントス湾沿岸航路を西進するのを目撃したナウパクトスの市民らがアテナイに急報したと考えるのが妥当であろう。かれらは早舟を仕立ててコリントス湾の東端のいずこかの海岸に夜暗にまぎれて到着したのち、メガラ領を陸路横断してアッティカに通報したと思われる。その一部は夜間の篝飛脚が使われる場合もあったろうし、陸路の伝令は馬を使うこともあったろう。緊急の事態にそなえてそのような連絡の方法がナウパクトスとアテナイとの間に取りきめられていたと考えねばならない[30]。ツキジデスはそのような両都市間の通報の取り決めについては一言も触れていないけれども、アテナイ船隊の出港時における、ペロポネソス側の船隊の動向を告げる一文中に過去完了時称動詞が使われていることから、そのような通報経路の存在が推知される。

アテナイから南下してペロポネソスを迂回する航路を進みつつあったアテナイ側の船隊はラコニア沖にさしかかったとき、第二の通報に接する。ツキジデスの言葉によれば、「かれらはペロポネソス側の船隊がすでにケルキュラにいることをそこで知るに及んで(不完全過去形)……[31]」と記されている。この動詞時称は先行する動詞の行為「ラコニア沖合を航行しながらやってきたとき」と同時あるいは直後の事態をあらわしている不完全過去形である[32]。ツキジデスは通報を受けたとは記していないが、船隊は敵地の沖合を航行中であったから、新事実の発見は海路航行中の船隊にその知らせを海上連絡によって伝えたものによったと考えるべきであろう。これがケルキュラからの通報船であった可能性もあるが、これもやはりナウパクトスからの船であった可能性のほうが大であったように思われる。「ピュロス戦記」を通じて、ピュロス沖合の海域を幾度となくナウパクトスの船影が往来しているのを私たちは後日、ツキジデス自身の口から聞くこととなるからである。第一の通報をアテナイに伝えたナウパクトスの伝令は、アテナイ側船隊の発進をみてこれをナウパクトスに伝えたとすれば、数日後ケルキュラからの急報をうけたナウパクトスからは、第二の通報船が仕立てられてラコニア沖合に送られて、やがてそこを通過するはずのアテナイ船隊をまちもうけ、ケルキュラの情況をこれに伝える、という手はずがととのえられたことは、至極順当ということができるだろう。ツキジデスが数語の表現によって「ラコニア沖を航行中に……の事情を知るに及んで」と語る情況の裏にはそのように緊迫した状況を急報できる、当時としてはきわめて能率のよい通信方法の存在が推知される。その方法はどこにも記されていないけれども、それを想定することなくしては、ツキジデスが文章に記している情報の授受を理解することはむずかしい。

以上のごとき第一、第二の通報の方法や経路は純粋な推測であるが、ツキジデスのさりげない文章をとどこおりなく、理解するためには必要な仮説である。しかしこの仮説が「ピュロス戦記」全体に投げかける問題はかなり重要である。すなわち、今回のシケリア方面へのアテナイ船隊の派遣は、目的地であるシケリア島の同盟諸邦や、中継根拠地であるケルキュラ市にとって重大な関心事であったことはもちろんであろう。しかしナウパクトスの市民らは、この船隊の作戦目的とは表面上はいささかも関わりはなく、またその航路からもかなり離れているのに、かれらはなぜか船隊の動向に強い関心を抱きそれとの接触を密に保とうとしている様子がうかがわれるからである。かれらの強い興味の対象となっていたのは、じつにこの船隊のペロポネソス周辺における作戦活動であったとも考えられる。そのことは、後刻「ピュロス戦記」自体からも明らかとなる。かれらは先史時代より、ペロポネソス半島南部のラコニア地方の住民であった。長年スパルタ人に圧迫されついに前四六〇年頃故地から放逐されたところをアテナイ人が救済して、多数の難民群をナウパクトスの市民として定住させたものである。[33] 前四二五年春、かれらが当初から今回のペロポネソス周辺のアテナイ船隊の作戦が実施されれば、自分たちの故国ラコニア奪回の糸口を開くことができると考えていたかどうかは断言できない。[34] しかしかれらがそれを望んでいたことは「ピュロス戦記」からもうかがうことができるし、またデモステネスはかれらの願望を巧みに利用しているようにみえる。[35] 事実ピュロスの戦闘が終結したのちには、ピュロス周辺の防衛はナウパクトスのメッセニア人の兵力に委ねられ、かれらは故国の一部を奪回した。[36] ともあれ、私たちは、この船隊派遣とナウパクトスのメッセニア人の関心とをつないでいるものがあったとすれば、それはペロポネソス周辺における作戦活動の可能性であったと考えざるをえない。そしてその積極的立案者であるデモステネスにむかってナウパクトス市民らの熱い関心があつめられていることを見落すことはできない。このようにみれば今回の作戦の骨子は、前年デモステネスが北西ギリシァを転戦している間に、ナウパクトスのメッセニア人たちとの間に練りかためられるに至ったものと見做すことにいささかの無理も感じられない。ツキジデスはそのように周到な事前協議の事実には言及していない。しかしかれが事実として記述している事柄は、デモステネスとナウパクトスのメッセニア人たちとの間に細部にわたる打合せと全体的計画が合意を見ていたと、仮定することなくしては、納得がいきにくい。事前の諒解を想定する立場から見れば、かれの記述は直截簡明であるが、その存在にすら気づかぬ読者にとっては「ピュロス戦記」の大勝利は、稀有なる僥倖の連鎖がもたらしたもの、という見方しかできなくなるのも当然であろう。

ペロポネソス船隊すでにケルキュラにありとの報に接して、「エウリュメドンとソフォクレスのほうではケルキュラにむかって船足をはやめることを説いたが、デモステネスのほうではまずピュロスに船隊を着岸させ、この際なすべきことをなしたのち航行するべきことを命じようとした。[37]」ツキジデスはここでは、ケルキュラの情況がどの程度の急を要するものとなっていたかを具体的には語っていない。ただ、出帆の時点の情報として(第一の通報)、山岳地帯に立てこもっている反アテナイ派が市街部の親アテナイ派に対して掠奪戦を行なっていること、ペロポネソス側の観測としては、市街地域は饑餓によって窮しているからこれを簡単に制圧することができると見ていたことが記されている。[38] しかし現在すでにケルキュラに到着しているペロポネソス同盟の六十隻には、おそらく重装兵六百名程度は同乗していたろうし、漕員の一部を加えればゆうに千をこえる兵数をそろえることができるであろうから、これが山岳地帯の反アテナイ派と連携して作戦行動に移るならば、市街地域のケルキュラ市民が窮地に陥る危険もありえたことと思われる。正規の指揮官エウリュメドンとソフォクレスの両名には、そのような事態が生ずることのないよう意を用いるべしとの命令が与えられていたから、ケルキュラへの航行を急ごうとしたわけである。

しかしデモステネスは二人の指揮官とは異なる判断を示し、ケルキュラに赴くまえになすべきことがある(πράξαντας ἃ δεῖ)と主張している。かれは正規の指揮官職にはなかったといえ、ペロポネソス沿岸海域における用兵権を認められていたから、このときその権限の行使を主張したと考えられる。しかしかれの判断の根拠も内容もここでは示されていない。かれがピュロスに着岸してなすべきことがある、と言ったときそのなすべきこと(ἃ δεῖ)の内容については、一、二の推測をおこなうことはできる。一つは、数の上では優勢なペロポネソス船隊が、アテナイ側船隊の接近を知り洋上での迎撃を試みる場合もありうると判断し、デモステネスはピュロスで船隊を着岸させ、長期遠征航海用に装備されている帆や船体を、海戦用に改めるべきことを考えたのかも知れない。また不用の大帆や搭載物資をピュロスに一時陸あげしておくことを、「今なすべきこと」、と考えたのかも知れない。これは当時としては、海戦が予測されたとき当然なすべきことであったからである。だが、ピュロスからみてケルキュラは洋上二百キロ以上も北方のかなたであり、その航路上にはアテナイ側の同盟国であるケファレニア、ザキュントスの両島が浮んでいる。海戦準備はそのいずれかに寄港して行なうほうが、はるかに安全かつ便利であるはずだから、ピュロスで海戦準備にとりかかることは必ずしも必然的ではない。いま一つ、デモステネスは次のように敵側の動きを読んでいたかも知れない。もしアテナイ船隊がピュロス湾に停泊し、ここに築城し占領する動きを見せれば、ケルキュラのペロポネソス船隊は必ずピュロス防衛のために引き返すにちがいない、洋上海戦であれば、六十隻対四十隻でも味方の優勢は瞭然としている、と。じじつ、後刻、敵側はそのとおりの動きに出たために、たちまちケルキュラにおける危機は解消し、ピュロスの築城も同時に成るという、デモステネスにとってはまさに一石二鳥の成果がえられたのであるが、当初ラコニア沖を航行中の船上での作戦会議において、すでにかれがそこまで相手側の手を読んで、二人の指揮官とは異なる策を主張したかどうか。かれが前年アカルナニアにおいて見せた絶妙な戦場での駆引の手練を、ツキジデスの記述からつぶさに知っている読者は、ここでもかれの作戦が深い読みの上に立っていたという推測をあながち否定することはできないかもしれない。しかしここでもツキジデスは——さきに、四・二・四のかれ自身の要請の内容についても記述していなかったように——デモステネスの判断については詳しい説明を加えようとしない。かれが今なすべきことと言っているのは何か——ツキジデスの筆法はここでは事柄の因果を目的と結果の線にそって明らかにしていくよりもむしろ、読者の好奇心をその一点に集めることをもくろんでいるかのような印象を与えている。

だがデモステネスの説く「今なすべきこと」の内容が——ちょうど出帆以前の「かれ自身の要請」が本国の作戦本部でも簡単に退けることのできない内容であったように——二人の船隊指揮官としても、しかも敵船隊ケルキュラにありという緊急の通報をうけた時点においても、たやすく無視できないものであったことは、この段のツキジデスの記述から充分にうかがうことができる。デモステネスは異例の措置によって条件づきの用兵権が与えられているとはいえ、二人の指揮官と等位の指揮権が与えられていたわけではない。かれの判断と計画が、今回の作戦行動の成否に大きく関わるものでなかったならば、二人の指揮官はかれの発言に顧慮する必要をみとめず、自分たちの判断どおりに行動したに違いない。だが事実は、かれらは嵐という不可抗力によって行動の自由がうばわれるまで、そろってデモステネスの提案に対して反論を加えていた。エーゲ海では洋上の天候は急激に変化しやすい。また前四二五年春の気候はきわめて不順であったとツキジデスは記している。だがそれでも時は五月初めか中旬のころである。「かれらは偶然にも嵐がおそいかかり、船隊をピュロスに陸着けさせるまで」、今なすべきことの戦略上、作戦上の得失を論じつづけていたのである。(39)

この文章の中ではじめて「ピュロス戦記」の読者は、偶然にも(κατὰ τύχην)という表現が使われているのに出あう。海がしけるということは人間が意図することでない。また誰も自分のほうからしけの海に出あいにいくものはない。その限りでは「偶然にも」という表現は正しい。しかし海がしけになるという現象は日常的な出来ごとであり、それほど稀有のことではない。ツキジデスの「偶然にも」という表現は、海上の暴風雨現象の出来ごとそのものを指しているのではなく、洋上航行中の船上の二人の指揮官とデモステネスの議論の時と場において、思いがけない自然の力が働きかけてかれらの議論の続行をさまたげたことを後日かえりみて「偶然にも」という表現を附加している。[40]

私たちとしては、なおここで基本的な三つの点を追認しておきたい。

第一は、海上のしけは、日常的といってよい自然界の出来ごとである。すでに疫病記事を論じた際にも触れたとおりに、[41] 火山噴火、地震、津波、日蝕月蝕などの天然の異常現象、さらに疫病や饑饉のような出来ごとは、ツキジデスの『戦史』中には一々記録されている。当時の一般ギリシァ人の中には、これらの異常現象を天変地異とみなし、その原因として神の怒りや死霊のたたりなどを口にするむきも絶無とは言えなかっただろう。しかしこの問題についてツキジデス自身の態度は、ヒッポクラテスの医学書『神聖病について』の見解にちかい。[42] つまり、人体をふくめての自然界に生ずる出来ごとの原因はみな自然界そのものの営みの中にある、と両者ともに考えている。またツキジデスは人間が神の怒り祟りと称すること、たとえば神託の解釈などは、じつは人間自身が身近な体験をもとに組み立てた勝手な見解であることも指摘している。しかしツキジデスは、自然学や物理学の記述を意図しているわけではないので、[43] 医学者ヒッポクラテスのように自然界や人体に生じうる異常現象の原因そのものの究明を本題とすることはない。海上のしけのような日常的出来ごとの理由が特記されていないことはむしろ当然である。

第二の点は、しかしこの海上のしけは、人間の行為に大きい影響をもたらした。ツキジデスにおいていわゆる天変地異の出来が問題となるのは、それが具体的に人間の判断と行為を方向づけるような、ある時ある場所における歴史の一因として確定される場合にかぎられる、といってよい。例えばアテナイの大疫病記述の場合に、その原因探究は自分の課題ではないとことわったうえで、その異変が人間の身体、心情、価値観にどのような変動をもたらしたかを詳述している[44]。また後日、シケリア遠征にたまたま生じた月蝕が、攻めるアテナイ勢、守るシュラクサイ勢に各々どのような心理的影響を与えたかを、描きわけている段も[45]、同じ基本的態度を反映している[46]。一般に人間は偶然的、突発的におこる急の出来ごとがなぜ起るかなどと問うことよりも、まずはそれに対応するのがつねである。ツキジデスの記述は、そのような一般的な人間性の反応を観察記録することを第一義としているといえよう。ピュロス沖合の海上でしけが生じたことは、二人の指揮官とデモステネスが議論を中断して、船隊をピュロス湾内に待避させることを余儀なくさせた。

第三の点は、「偶然にも」と訳すにせよ、「折しも」と訳すにせよ、その表現によって言われているのは、天然自然の一現象と、それを予知する術もなくピュロス沖合を航行中であった人間どもの集団との、出あいの様態を記している。海上のしけは日常的な出来ごとにすぎないが、それとの出あいが、その時、その地点で生ずることを予測していなかった人間どもにとって、「偶然」ないしは「折しも」の出来ごとと思われたことを記しているのである。またこの出あいは、かれらが本来意図と計画に従って行動しつつある道すがら附随的に生じた、思わぬ遭遇であり、しかもそれがそれ以後のかれらの判断や行動に働きかけ、それを左右する因子となる。そのように見るとき、ツキジデスの *κατὰ τύχην* の語法は、後日アリストテレスが『自然学』のなかで定義を下すこととなるところの、出来ごとの附帯的原因としての偶然の概念に適合するものであることがわかる[47]。

以上の三つの点は、ツキジデスの歴史記述の中で「偶然にも」という副詞句を伴なう、ある一つの出あいを解釈するに際して必要な諒解事項である。この考えは、そのままアリストテレスの『自然学』で、運動体の力学に介入する偶然的原因が論じられる際にも適用されている。しかしながら、人間が人間の行為を記述する歴史家のばあい、偶然に由来する原因の指摘は、力学的現象を記述する自然科学者のばあいとは、さまざまに異なる意味が伴なうこととなる。とくに「ピュロス戦記」のように、その記述が政治・軍事・外交の経緯を対象としているときには、歴史家は政策の立案、決定、遂行、結果の全過程をかえりみて、その各段階を批判検証しつつ記述していく。そのいずれかの過程において「偶然」という名の予期せざる出あいが、ことのなりゆきに波紋を投じ結果を左右したことが確認され、記述にとどめられたならば、ここに後世の読者の批判や質問が集中するのは当然であろう。

ピュロスの沖合を航行中、アテナイ船隊四十隻は偶然にも嵐に襲われた。船隊は湾内に待避した。それだけの出来ごとならば、「偶然にも」ないしは「折しも」はさしたる重要性をおびることはない。またもし船隊がそのまま嵐をやりすごしケルキュラに直航していたとしたならば、ツキジデスの「偶然にも」に、それほど耳をそばだてることもなかったろう。ことのなりゆきをそれほど大きくあらためた因子とは思われなかったであろうから、わざわざ記されることもなかったかも知れない。しかし事実は「ピュロス戦記」が告げるように、この「予期せぬ出あい」が引き金となり原因となって、次々と新しい局面が展開し、さらに幾度かの予測をうらぎる出来ごとが重なった、そしてその結果アテナイ側は大成功を収め、開戦後六年余にしてはじめて軍事的・政治的な優位を掌握した。ツキジデスはもちろんその結果までを視界におさめて、その上で、アテナイ船隊をピュロスに着岸させたのは、「折しもの」しけのためであると記しているのである。これを読んで、ツキジデスはこの大成功の第一のきっかけは単なる「偶然による」と評価しているという解釈があとを絶たないのは当然かも知れない。嵐が生じたのはたまたまである。しかし「ピュロス戦記」の最終的結果の重大さが、逆にこの「偶然」の占める重要性を、思いもかけない大きさに増幅していると言えるだろう。歴史記述における偶然的要素がこうむる大きい歪みはまずこうして生ずる。

第二の歪みは、「偶然にも」という副詞句が歴史記述においてもたらす曖昧な修辞的効果によるものである。自分の成功を「運よく」というのは謙遜である、競争相手の成功を「運よく」と語るのは嫉妬であると、アリストテレスの『修辞学』は言う[48]。ツキジデスが暴風雨の襲来を「偶然にも」と記している事実にも、その両者のいずれかの態度が、この表現には含まれているという解釈がある。ツキジデスはピュロス戦争の翌年前四二四年にはデモステネスの同僚指揮官として選出されている。また両人が姻戚関係にあった可能性を示唆する僅かな資料も伝わっている[49]。そのような親しい交りを仮定した上で、ツキジデスの「ピュロス戦記」にはデモステネス自身の、いわば親しい者同士の語りくちがあちらこちらにあとをとどめている可能性もある、という[50]。この見方に立てば「偶然にも」ないしは「折しも」は、デモステネスがことの成否は自分の計画性よりも運のよさにあったのだとへりくだる、好もしい人柄であったことの残影といえるかも知れない。だが、ツキジデスにそのような文学的趣味性をあとづけることは難事であろう。むしろ「運よく」には、批判的な意味のほうが強いという解釈が多い[51]。しかしそれはツキジデスの競争相手に対する嫉妬という個人的な感情の問題ではなくて、デモステネスの攻撃的積極型の戦略的弱点に対する戦術論上の批判というべきものであるという。前年アイトリア、アカルナニアで行なわれた戦争、今のピュロスの戦争、この翌年ふたたび行なわれることとなるボイオティア侵攻作戦、前後三年にわたるデモステネス主導の作戦は、いずれも複雑かつ大規模な計画の上に立ち、成功すれば天下を驚かすものとなりうるが、失敗すると取り返しがつかぬ大惨事となる。その成否の鍵は計画そのものよりも、些細な「たまたまの出あい」いかんにかかっていた。デモステネスのそのような一見危険な、あえていえば賭博性に対して[52]、ペリクレスの専守防衛戦略の立場からの批判を「偶然にも」の一語に託している、という解釈もここに生まれてくる。このようにデモステネスにとって好意的な、あるいは反対に批判的な二通りの読み方が生まれてくるのは「偶然にも」という副詞句がもつ修辞的な両義性のためである。

なおここにデモステネス批判が含まれているとすれば、ツキジデスがデモステネスの事前の計画について殆んど記するところがないという事実と、符節が一致するかのごとき印象を与える。先に私たちが見たとおり、四・二・三―

四の極端に簡略な記述はデモステネスとナウパクトスの旧メッセニア人との提携や協議についても触れるところがないし、またデモステネスのアテナイにおける提案の内容についても語るところがない。このような叙述法も、デモステネスの政策に対するツキジデスの批判的態度の現れとも見える。デモステネスの計画なるものは事前には存在せず、嵐という突発的偶発事の後に、かれの頭の中に生じたものに過ぎない、というツキジデス自身の考えを後世に伝えようとする意図が、記述面に現れている、と言えるかも知れない。[53] しかしながら——これもすでに私たちが見たとおり——四・二・三—四の記述は確かに簡潔であるが、そこにツキジデスのつねと異なる点が認められるわけではない。むしろ、その簡潔さゆえにことの重大さが伝ってくる趣きすらある。私たちとしていぶかしく思うのは、多くの学者や研究者たちが、歴史記述における「偶然的要素」が負わされている非力学的なひずみや、修辞的に曖昧な両義性について、充分の配慮を欠いている点である。また、暴風雨の解釈や意味づけを探るまえに、出帆前のアテナイにおける附帯決議の含意を見きわめるべきであるのに、これについては言及する者すら稀である。

　私たちは諸家が各〻の解釈を導きだしている方法について、いま一度の検討の必要があることを感じる。ツキジデスの「偶然にも」という表現は、一面ではアリストテレスの力学論の定義に精密に合致するような、冷静かつ客観的な情況把握に立脚しているが、同時に歴史記述内の表現であるがゆえの「ひずみ」をもつことも右に指摘した。また歴史家ツキジデスがデモステネスの成功を、「偶然にも」と言われるような要因に帰している修辞的な筆致からは、ツキジデス自身の戦略的見地からの批判もうかがわれる。私たちはこれら両面からの解釈のある程度の妥当性をみとめつつ、いま一度この個所でのツキジデスの言語表現そのものに立ち戻ってみたい。

　ἀντιλεγόντων δὲ κατὰ τύχην χειμὼν ἐπιγενόμενος κατήνεγκε τὰς ναῦς ἐς τὴν Πύλον.「かれらが対立する議論をつづけていると、偶然にも、暴風雨がそれに加わって、船隊をピュロス湾に着岸させた。」ある条件ないしは情況が先

行していると、それを遮るべつの事件が生じ、その影響によってそれまでの情況とは異なる一つの結果が生じる――という文章構造は、ツキジデスの記述文の一つの基本形であり類例は多い。ロスも指摘しているとおり[54]、これはツキジデスがある出来ごとを言葉化するさいの発想の基本構造ということもできるし、その意味ではかれの歴史の構造をも現していると称してもさしつかえないだろう。しかし今、私たちがこの一つの具体例について問いたいのは、そこで語られている情況・事件・結果の関係である。まず、言葉をたたかわせる議論があった。それぞれの主旨と目的に添う行為についての二つの主張が述べられ、互いに批判が交されていた。デモステネスは今なすべきことをなしたのちに、と主張し、二人の指揮官らは直ちに、と主張し各〻の理由を相手に納得させようとしていた。それは整然と統一された理の支配する情況とはいえないが、一つの理といま一つのべつの理が、手段の得失をめぐって対立し、いまだに結着にいたらない情況であった(*ἀντιλεγόντων*)といってよい。ツキジデスの語順どおりに説明をつづけるならば、その情況が続いているさなかに、「偶然にも」――つまり理と理とが一つの帰結を求めて、すなわち、よりすぐれた理にもとづく決断にむかって進行中に、べつの事態との思いがけない出あいが生じた(*κατὰ τύχην*)。嵐との出あいというのは一般に外海を航行中には往々に生じうる情況ではあるが――そしてその限りでは予測可能でもあるから、「偶然にも」という限定的な副詞表現には当らないのであるが――理と理をたたかわせている船上の三人にとっては、その時と場で暴風雨に襲われることは、予測もしない「偶然」であったのである。べつの言い方をすれば、ツキジデスのこの「偶然にも」の表現は、一般的事象としてのしけを言っているのではなく、船上の三人が理をたたかわせている、その立場から判断される「偶然」を告げているのである。したがってまた、理が支配しようとしている場に、理をもっては予測されえなかった力が働きかけその場を制した、ということもできる。

　しかも、その力は人間にとって不可抗力の暴風雨であった。それまでは、いずれかの理が説得の力によって相手を制しようとする場であったところへ、それまでの場の構成をくつがえすような力が偶然にも働きかけ、よりすぐれた理によって解決されるべき対立は、べつの、しかもより強い力が加わることによって(ἐπιγενόμενος)一方に押しやられてしまった。その結果、船隊はピュロスに待避することを余儀なくされたのである。その結果は、かねてよりデモステネスが主張していた行動と一致することとなった。しかしそれは、理が理としのぎをけずり、よりすぐれた理が判断をみちびいたためではない。本来は人間の理によって得られるべき結果が、ここでは偶然と自然の暴力によって誘発された。ツキジデスの語の選び方と文章構造は、そのような情況・事件・結果の把握をおこなっていると同時に、その結果がみちびきだされてきた過程にするどく注意を喚起しているのである。

議論と説得の場に、思いもかけぬべつの力が働きかけるという事の次第は、「ピュロス戦記」においてこの後なお一、二度にわたって繰りかえし報告されている。(55) 近年のツキジデスの文体研究に大きい一歩を劃したJ・H・フィンレー教授は、このように偶然の事態がしばしば生じたのは、煎じつめればデモステネスが正規の指揮官職にはない一私人として、船隊の作戦指揮をおこなおうとしたことに起因すると断じている。(56) もしかれが正規の指揮官職にあったならば、指揮系統も明確に定められていたであろうから、後刻生ずるような、自分の意向がまったく通じない情況が幾日も続くということもなかったろう。しかしながら正規の指揮官が二名ではなく三名であれば、ピュロス沖合の長談議は嵐がくる前に結着がついていたであろうか。もちろん三名とも指揮官職にあったなら、本国の作戦命令は三指揮官全員に対する一本にまとめられていて、一私人の用兵権を定めた曖昧な附帯決議の段には及ばずにすんだはずである。しかし、三人の指揮官が遠征軍に同行して、その間に三人の情況判断と作戦上の意見が互いに対立して遅れをとる場合もすくなくない。じじつ、ピュロス戦争の約十年後に行なわれることとなる、シケリア大遠征に際しては、前後をつうじて二度も、三人の指揮官の意見が重大な対立をきたしたために、両度とも遠征軍の行動に致命的な遅滞を生じたのである。出帆当初からデモステネスが官職にあったなら確かに附帯決議という曖昧な任務規定は介在しなかったはずではあるけれども、ツキジデス自身が記している「シケリア戦記」の三指揮官不一致の実例はきわめて示唆的であって、デモステネスの自ら要請した、曖昧な任務規定だけが原因となって、偶然にも不可抗力的な事態の介入を許した、とは考えにくい。

ツキジデスは船隊のピュロス湾着岸という結果をみちびきだした過程を上に述べたような形でとらえ、それを批判していると仮定しよう。すくなくともこの一文中に問題を限ってみれば、ツキジデスの批判はデモステネスの戦略の危険な賭博性にむけられているとは言いがたい。またピュロス着岸は運命のしからしめた結果である、と暗示しているとも考えられない。むしろ、よりすぐれた理をもってすれば当否が明らかとなるべき作戦上の判断が理をたたかわせることによって容易にその結論に達することのできなかったために、結局自然の暴力がその場に闖入して一方的に一つの結論を押しつけた――それが問題として指摘されているのである。その結果は、偶然にも、かねてよりのデモステネスの計画を推進する方向にむいていた。だがそれは理と理の対立を解消させうるような、よりすぐれた理のみちびきだしたものではない。デモステネスの計画が、嵐という偶然事の介入を必要不可欠の条件としていたわけではないのに、自然の不可抗力的暴威をまってはじめて実施の端緒をつかんだ、というツキジデスの認識がうかがわれ、ここにかれの言外の批判があるとすれば、それはデモステネスのとっぴな着想を貶そうとするものとは言いがたく、むしろ、かれの計画の理を容易にうけいれようとしなかった二人の指揮官にむけられていたことがわかる。

さきに、ツキジデスのこの短い記述はかれの文章構造の一つの基本形であり、さらに言うならばかれの歴史の構造ともいうべきものを宿している、とも述べた。その意味のあらましはこれまでの説明の過程においてほぼ明らかになっている。さいごにこれについて簡単な補いを記し、この節を終りたい。よりすぐれた理による解決を求めるべく説得が行なわれている場に予期に反してべつのなにものかが「偶然にも」介入して、好かれ悪しかれ予測されていなかった帰結を余儀なくする――これはピュロス沖の暴風雨の記述のみならず、さらに大規模な出来ごとや、あるいはさらにいっそう深刻な出来ごとの記述においてもツキジデスが追究している歴史の構造である。たとえばその一例は、ペロポネソス戦争の真の原因を析出する際にかれがみせる手際もその基本的な歴史の構造にそって展開されている。スパルタ人にたいして抗うべからざる力をふるい、かれらを戦争にかりたてた真の理由は、勢力拡大の一途をたどるアテナイに対する恐怖心であって、公けの議論において取りざたされている諸問題は口実に過ぎなかった、と。[57] またケルキュラの内乱記においては、平和でさえあれば人はよりよき判断につくべきものを、戦いは暴力を行使する教師さながら、人の心情を目前の事態にくぎづけにして、たれかれのみさかいを奪いさる、と。[58] 思わぬことのなりゆきが人の判断にねじれや歪みを生じさせる、という説明の構造は、マンティネアの会戦記述や[59]、アテナイの疫病記述においても、共通しているということができる。

「偶然」と人間性との出あいを語るこれらの諸例をつうじて看取できる一つの真実は、おりにふれ人間に不可抗力の強制を強いる力とは、じつは人間の本性にひそむ恐怖心にほかならない、ということであろう。[60] それを、予期せぬときに解き放つこととなる諸般のことのなりゆきは数多くあるわけだが、ツキジデスに言わしめれば、大戦争においてほどその出あいが頻繁にみとめられる場は他にありえない。ピュロス沖の暴風雨襲来の前後の、情況、出来ごと、結果を告げている短い一文も、構造的には、理が制すべき場に外からの出来ごとが乱入し、人間の本性との露わな出あいをとげる他の幾多の事例の記述と同様のものである。ツキジデスの「偶然」の指摘は、それが人間性に深く関わりをもつ限りにおいてなされている。この点は私たちが先に掲げた三つの追認事項の一つであった。ピュロス沖の暴風雨の「偶然」の襲来にも、ツキジデスの人間批判の基底にまで遡って検討されてのち、はじめて妥当な意味づけが行なわれうるものであろう。

三　ピュロス築城

暴風雨を不可抗力として、その危険から船隊を守り、ピュロス湾に入って安全確保の措置を講じたのは二人の指揮官エウリュメドンとソフォクレスであった。しかしかれらはしけの恐怖に屈したわけであって、デモステネスの計画を理のしからしめるところとして認めたわけではない。ツキジデスは船隊がピュロス湾に待避してからのちも、デモステネスと二人の指揮官との議論がなお続行している模様を告げる。船隊が着岸するやデモステネスはただちにその地域を要塞化すべきであると主張した、と。そして、かれはまさしくこれを目的として、船隊と同行出帆していたのである、と。[61]ツキジデスは「ピュロス戦記」のこの段にいたってはじめて、デモステネスの計画の内容を、二人の指揮官たちとのやりとりの形で詳細に語りはじめる。

第一に、デモステネスはピュロスを要塞化することの容易である点をあげる。ここならば木材、石材の調達に大いに便であり、この地点の周囲はかなりの広域にわたって無人の境である。ピュロスはスパルタ市から約四百スタディアの距離にあり、かつてはメッセニア人の所領であった地方に位置する。[62]

これに対して二人の指揮官は反論する。軍資金のむだ使いである。無人の岬ならペロポネソス半島のまわりに幾つでもある、一々砦を築いていたら、いくら資金があっても足りはしない。[63]

デモステネスはこの地の利点をあげて、なおも自説を主張する。「私の見るところピュロスこそ絶好の戦略地点である。そこには湾がある。昔からメッセニア人はこの土地に通じている。かれらはスパルタ領内の住民と同一方言をあやつるゆえに、ここをかれらの拠点基地としてスパルタ領を襲撃させれば敵側の被害は由々しきものとなり、同時に、かれらにピュロスの守備を委ねればわれらとしては心強い。」

このデモステネスの計画についてさきのフィンレー教授は、これはペリクレスの戦略を巧妙に応用実施しようとしたものと評しているが[64]、これは正しい。確かにツキジデスによれば、ペリクレスは開戦直前にアテナイ市民をまえにしてこう言っている、「敵勢がアッティカ領内に攻撃の拠点を築こうとも、恐れるにたりない。われわれが敵地に築くことになる攻撃拠点は、それにまさる脅威をかれらに与えるだろう」と[65]。しかしペリクレス自身がどの程度に具体的な計画を抱いていたかは不明である。開戦第一年の前四三一年夏、アテナイ側は二百隻ちかい大船隊をペロポネソス方面に発進させラコニア海岸の城塞メトネーの攻撃奪取を試みたが、スパルタ人のブラシダスによって撃退された。ここはスパルタの巡察区域内であった[66]。さらにエリス地方のペイアを攻撃して多大の損害を与え、陸上部隊とも一戦をまじえ勝利を得たが、ここには港湾がなく拠点を確保することができなかったために、撤退を余儀なくされている[67]。これらの作戦には早くもナウパクトスのメッセニア人部隊が参加して陸上作戦に従事していることをツキジデスは記している。翌四三〇年夏にペリクレスはさらに大規模な攻撃船団を組織する。重装兵四千、騎馬兵三百騎からなる陸上戦闘兵の主力を搭載したこの船団は、エピダウロス、トロイゼン、ハリエイス、ヘルミオネーなどペロポネソス東部の沿海諸邦に多大の打撃を与え、再びラコニア地方の沿岸の町プラシアイの城砦を奪取し破壊している[68]。これらの事件の記述は、前後の大事件や名演説の間にあるために目立つことがすくないけれども、ペリクレス自身の戦略を語る重要な記録であることはまちがいない。ペリクレスは海上からペロポネソス諸邦に攻撃を続けることに、当時としては最大級の戦力を投入しているのである。

前四三一年度の作戦記述はそっけなく簡単であるけれども、メトネー攻撃奪取の試みが失敗したのはこれがスパルタ側巡察隊の巡邏区域であったこと、またペイアの勝勢を持続できなかったのはその地域には適当な入江も港もなかったことが一因であり、エリス人の防衛態勢が迅速であったためであることも、明確に指摘している[69]。ツキジデスがこれを記したときには、おそらくピュロスの戦闘はアテナイ側の大勝利に終っていたであろうから、ピュロス戦争を有利にみちびいた地理的条件と、メトネー、ペイアの条件との比較がかれの脳裏にあって、前四三一年の記述にさかのぼってもそのような指摘がおこなわれたのであろう。しかしながら、すでに先に紹介したとおり、ピュロスの地理的、かつ戦略的利点を最初から強く主張しつづけてきたのは、ほかならぬデモステネスである。こうしてツキジデスの記述文を追うかぎりでは、ペリクレスの戦略の基本線の延長上に、ピュロス占領を主唱するデモステネスの作戦が位置づけられている。それが記述者ツキジデスの見解でもあったということができる。[70] したがってまたピュロスにおけるデモステネスの作戦展開は、ペリクレスの専守防衛型の戦略に反するものであったから、これをツキジデスは批判しているという見解[71]に対して、私たちは首肯しがたく思うのである。また、ピュロスに着眼してここに戦局打開の突破口を求めようとするデモステネスの考えは、先年アイトリアの内陸地を迂回してボイオティアの背後をつこうとしたかれの計画とは、異なる発想であり異なる戦略路線である、と見ることができる。ボイオティア内陸侵攻作戦は中年期のペリクレス自身その失敗の苦杯をなめた経験があり、そのためか、ペロポネソス戦争をむかえた晩年のかれの戦略路線の計画の中にも、実戦の記録の中にも、ボイオティア攻撃を奨導したあとを見出すことはできない。[72] デモステネスは、先年前四二六年には、ペリクレスの路線からは大きく逸脱した方向で戦局打開の糸口を求めてアイトリアの作戦活動を試みたのであるが、そのあげくに痛打をこうむって、前四二五年春には再び、開戦初年と第二年の後しばらく後退していたペリクレスの海上封鎖・沿海地域攻撃の基本路線へのいわば修正復帰をはかった、と見るのが妥当であろう。

だが、デモステネスの計画は、二人の指揮官とのやりとりの段からもうかがわれるとおり、ペリクレスの路線をそのまま継承するという性質のものではなかった。前四三一、四三〇年の時点と比べて戦局は泥沼化の兆しがあった。人の心も飽いていた。軍資金調達に伴なう情勢も大きく異なっていた。しかし何よりも、ペリクレスという卓越した一人の指導者のもとに推進されていく戦略と、多数の人間が甲論乙駁に多大の時と精力をついやしながら進めていく戦争との間の距離が大きかったことを、ツキジデスは指摘している。ピュロスにおけるデモステネスはそのように大きく変化した情況のなかで、ペリクレスの戦略をさらに積極的に推進していこうとしていたのである。前四二五年春デモステネスが船隊に同行することと、望むときそれをペロポネソス周辺で作戦活動に用いることの要請を本国の作戦本部で自らすすんで開陳したとき、これをペリクレス時代に行なわれた作戦に類するもの、とその場では受けとられたかも知れない。しかしデモステネスの計画も作戦規模も、ペリクレス自らが指揮して行なったものとは、大幅に異なるものであった。

ペリクレスはペロポネソス周辺の作戦行動だけのために第一回はアテナイから百隻、ケルキュラから五十隻、その他の周辺同盟国――ナウパクトス、ザキュントス、ケファレニアなどと目される――から残余の船腹の供与をうけているし、第二回次には同じくアテナイから百隻、および騎馬運搬船数十隻、レスボス、キオスから五十隻と、両度とも約二百隻に及ぶ大船隊を動員している。これには示威的効果をねらう意図もあってのことであろう。その後もアテナイ側は毎夏ペロポネソスの海辺都市に対して牽制攻撃のたびに船隊を派遣しているけれども、その規模は三十隻程度のもので、ペリクレス存命の頃の規模に比べると年を追うにしたがって著しい縮小の一途をたどっている。六年間にわたって続けられた作戦ではあったが、その効果に見るべきものがなく、軍資金欠乏という事態もまた派遣船隊の規模縮小に至らしめる一因であったと思われる。前四二五年春の船隊派遣に際しては、この一連の縮小傾向はいっそうはなはだしくなっているような観がある。船隊派遣の決議には、ペロポネソス周辺の作戦活動は正規の二人の指揮官には指示されていない。デモステネスが一私人として自らその任をかってでたので、ペロポネソス周辺で船隊を用いてもよいと、附帯的に認められたのである。したがってデモステネスの計画と目的成就については、そのためだけに当初の段階で供与された船腹も兵員もともにゼロであったことがわかる。この点についていえばペリクレスの戦略を放棄しようとしたのはデモステネスではなく、本国の作戦本部であったと見るほうが正しいだろう。また、後刻ピュロスの砦がデモステネスの主導のもとに完成した時点にいたっても、砦の守備と情報連絡のために配置されたのは僅か五隻の軍船と、装備の劣悪な若干の陸戦部隊にすぎなかった。

デモステネスの計画のためにさかれていた物量面での戦力はまさしくゼロに等しいものであったけれども、かれの計画そのものは豊富な予備知識と周到な配慮によって練りあげられていた。ピュロスおよびスファクテリア島の所在やその地の利については、おそらくこの六年間をつうじての毎年の沿海航行のつどに、すくなからぬ数のアテナイ人の注意をひいたにちがいない。ペリクレスがひきいた百隻の軍船には二万人を下らぬ乗員が乗り組んでいたわけであるし、数次に及ぶ遠征のうち——その確かな記録はないが——かれらが夜間ひそかにピュロス湾に投錨して宿泊した可能性もなしとは言えない。かれらの三重櫓船は夜間は海岸近くに投錨停泊するのが通例であり[73]、ペロポネソス西岸の長い海岸線をみても、大船隊が安全に停泊できるような湾はピュロス以外には存在しなかったからである。しかしデモステネスがこの地に砦を築き占領軍の根拠地とする考えをいだくに至ったのは、前年アイトリア、ナウパクトス、アカルナニアなどの各地でかれが親しく接触したナウパクトス市民すなわち旧メッセニア人から得た土地の情報に大きく依存しているように思われる。木材、石材を得るに便利であるという指摘もその一つである。広範囲にわたって無人の境であるという知識も、また一つであろう。しかしさらに興味深く思われるのは、ピュロスはスパルタ市から約四百スタディアという数値である[74]。「ピュロス戦記」における地理上の距離をあらわす幾つかの数値は正しく伝えられているかどうか充分吟味する必要があることは確かである[75]。この四百スタディアという数値も、大注釈家ゴムが指摘しているとおり地図上の直線距離にほぼ等しく、身軽なしたくをした人間が峻嶮な山あり谷ありの路なき路を踏みこえていくとすれば、その道程をあらわす正しい数値といえる。ゴムはこれは、ツキジデスが南部ペロポネソス地方の地理の実際については、ホメロスと同様にごく曖昧な認識しかもっていなかった証拠である、と見做している[76]。

しかしながら、ツキジデスはこの数値を地図の上で——アリストファネスの喜劇の『雲』の中でアテナイからスパルタまでの距離が笑いの種となるときのように[77]——測ったわけではなく、旧メッセニア人からデモステネスが伝え聞いたものを、そのまま記録しているという可能性がつよい。約四百スタディアというスパルタ・ピュロス間の距離は、メッセニア人軽装兵部隊ならば、行進可能の山越えの道すじの距離であり、ピュロスから出撃してスパルタ本国の領土内でゲリラ活動に従事すべき兵員にとって現実的な意味のある数値であろう。だが、もしスパルタ本国から正規の重装兵部隊がピュロスを占拠する敵にむかって進撃する場合には、峻嶮な山越えはできない。スパルタからの軍勢であればゴムの指摘するようにエウロタス渓谷を北上し、メッセニア北部で迂回して南メッセニアに南下する比較的平坦な道のみが行進可能であろう。しかしこの場合には道程は約六百スタディア、つまり軽装兵のみが通りうる道の五割増という長さとなる。ピュロスの攻撃拠点としての最大の利点はまさしくここにあったことが、言外にツキジデスによって示唆されていると見てよいのではないだろうか。距離四百スタディアという道程は戦略的数値である。そこに「ピュロスから出撃するゲリラ部隊にとって」という具体的な意味が含まれていることが諒解されて、はじめて納得のいく値となる。この意味をデモステネスに告げたものがいるとすれば、それは旧メッセニア人をおいて他に考えられない。そしてまた、地の利を巧みに利用すれば、軽装兵部隊は重装兵部隊と対等か、あるいは時にはそれをゆうに凌ぐ戦力を発揮することがある。この逆説的真実は、前年アイトリアにおいてデモステネス自身がにがい敗北の体験によって悟得したものでもあった[78]。

デモステネスがそれほど明細に自分の経験と観察を二人の指揮官に説明したかどうか、いずれにしても二人の指揮官は、この企ては国費の濫費であるとして真向から反対する。前節ですでに触れたように、アテナイの財庫は当時かなり乏しくなっており、二人の指揮官の言い分は、本国におけるその情況を端的に反映している。砦を築けば当然守備兵を駐屯させねばならない。糧食、飲料水、武器、その他の補給のためにピュロスとアテナイとの間に往復する輸送船の費用は莫大なものとなることが見こされる。二人の指揮官が一々それらの点を挙げて反対を唱えた、とツキジデスは記しているわけではない。しかしつづくデモステネスの言葉は、そのような主旨の反対をうけてそれに対する具体的回答を与える形となっている。[79] まず、補給に関していえば、ピュロスは(先年アテナイ側が攻撃を試みたエリス地方のペイアとは異なり)天然の港湾を有する。またそもそも守備隊を問題とする際に、ピュロスが位置するのは元来メッセニア領でありナウパクトスの市民らの故郷であることを忘れてはならない。地の利を心得たかれらにピュロス防衛を委ねておけば、味方の戦略上の利点はきわめて大きい、と。

デモステネスは、前年の作戦活動いらい、用兵術の最大の前提は地理の正確な把握とその知識の活用であることを体得している。また前年の作戦中とくにイドメネーの夜襲において、かれはナウパクトスの旧メッセニア人が諜報やゲリラ活動に大いに役立つことを実際に経験している。[80] 旧メッセニア人は、ペロポネソス諸邦の兵員の間にまぎれこむと、まったく同一の方言をあやつることができるために、誰何されても敵方には見分けがつかなくなる。そのために、敵側の様子をさぐるにも、また、敵側に誤った情報を流して混乱させるにも、いたって重宝したのである。今回ピュロスにおいても、本来この地が故国である旧メッセニア人の守備隊を配するのは易々たることであり、かつこのような一石二鳥の効果が期待できることをデモステネスは説き、二人の指揮官たちの反対論が当を得たものではないことを指摘する。

このような両者対論の一方を省略した形で、ツキジデスはデモステネスの計画を記しているが、これを見て私たちとしては、二人の指揮官の反論はピュロス築城に関して軍事・戦略上の得失を問題とせず、もっぱらデモステネスの案に対する国費支出の是非を問い、デモステネスはまたその疑問に答えるためにかれの軍事・戦略的な経験を援用する、という議論形式を前提としていることに気づく。かれらが事実その場でこのような議論を行なったことはまちがいないだろう。しかしこの形での疑念表明とそれに対する答弁は、航行中の船上やピュロスの浜辺でにわかに生れたものではなく、アテナイ本国における作戦本部での議論から、尾をひきつづけていたものと見るのが妥当であろう。

デモステネスの計画は、船隊がピュロスに入港してから後になって、はじめてツキジデスの記述面上で具体的に明示される。しかしかれは暴風雨が襲来する以前からまずこの計画の実施に着手すべきことを、船上の作戦会議で主張していたことはすでに私たちの推知するところである。さらに私たちの推論が正しいとすれば、デモステネスはおそらくかれの計画の骨子をアテナイ作戦本部においてすでに披露し、その実施のために特別の措置を自ら要請し、それがかなり曖昧な形ではあるけれども一応の公けの認可を得て船隊に同行したわけである。さらにさかのぼれば、その計画のために必要な準備知識や、その作戦が実施された場合の利害得失の検討は、明らかに前年度のデモステネスの作戦活動の経験をもとにして生まれてきたものである。フィンレー教授の指摘するとおり、前四二五年春デモステネスはペリクレスが行なったペロポネソス周域攻撃作戦を検討し、その強化と継続を主張した。そしてさらにペリクレスの戦略において欠けていた作戦・用兵の技術面での極め手を、メッセニア人からの情報と自分の経験と識見によって補足し、ペリクレスの戦略的意図を的確に実現するために、あえてピュロス砦の構築を提案した、と思われるのである。

しかしこのように長い時間と経験によって醸成されたことがうかがわれる周到な計画を、ツキジデスは事柄の進行が四・三・二のこの段に至るまでは、それが存在していることをわずかな片言隻語によってかろうじて示唆するだけにとどめ、偶然にも暴風雨が船隊をピュロスに着岸させたあとになってから、はじめて読者にはっきりと告げるという記述の順序を選んでいる。そのために、暴風雨という偶然的な出来ごとに附与される原因としての重要性が増大し、反してじっさいは周到な準備知識をもって組み立てられていた計画であったものが、一見、嵐という予想外の力の助けがもたらした思いつきであったかのような印象を多くの読者に与えることとなっている。「ピュロス戦記」では、偶然的要素への言及が多く、ツキジデスは意図してこれを強調していると見る研究者が多いのも、一つにはツキジデスがここで選んでいるような、記述の順序に起因している。一般論としては、先に生じたることは必ずしも後に生じることの原因と見做されえないのであるけれども、(81) それでもあたかも前者が後者の原因であるかのような疑似的印象を与えるときがある。(82) 今私たちが問題としている四・三・二―三の個所は、明らかに多くの読者や研究者にそのような印象を与えているのであるが、はたしてツキジデス自身が意図してそのような印象を与えようとしているかどうか、その点を検討してみたい。またもしツキジデスが疑似的印象を作りだすためにこの記述順序を選んだのではないとすれば、それ以外の何を目的としているのか、それも可能な限り考えてみたい。

ツキジデスは、これまでにすくなくとも三段階にわたって、デモステネスの計画が公けに説明された機会に触れている。第一に出帆以前のかれ自身の要請、第二にラコニア沖航行中の船上の会議、そして第三にピュロス着岸後の二人の指揮官との対談である。そしてさらにこの後にも、数度にわたって一般の兵士らや、部隊長クラスの責任者たちに対してまでも自分の考案をうちあけて同意を求めたが、らちがあかなかったので、しばらく様子をうかがっていた、とツキジデスは報じている。(83) すなわちデモステネスは出帆以前から、そしてその後暴風雨が吹きすさび、やがてやむなく陸に上った兵士や漕員たちがなすこともなく手をこまねいているその時までの、数週間のあいだおりあるつどに自分の計画が実施されるべきこと、実施に値するものであることを説きつづけてきたことが、それまでの記述から浮び上ってくる。かれは要請し(δεηθέντι)、主張し(ἐκέλευε)、判断を述べ(ἃ δεῖ)、とるべき態度を示し(ἠξίου)、説明し(ἀπέφαινε)、特別の利点を明確に示した(τῷ δὲ διάφορόν τι ἐδόκει εἶναι...)。説得をくりかえし(ἔπειθεν)、時を待っていた(ἡσύχαζεν)。デモステネスの行為を記述するツキジデスの言葉は、計画を胸にいだき辛抱づよく時が熟するのを待ちもうけている一人の男の姿をとらえている。今日風の表現を用いるならば、用意周到な目的思考タイプのこのアテナイ人は、ことのなりゆきに眼を光らせていた。つまり――「たまたま」とか「折しも」とかの名でよばれるような出来ごとの流れの中から——目的達成の役に立つもの(=好機)をつかみとること、それが計画達成に至る手がかりとなることをかれは知っていた、と思われる。だから偶然や僥倖がゆえもなくデモステネスにチャンスを与えたわけではない。デモステネスが「たまたま」や「折しも」などのことのなりゆき(τύχαι, ξυντυχίαι)の中から計画実現にいたる行動のきっかけをつかんだのである、とツキジデスはその客観的記述をつうじて語っているというべきであろう。幸運な男と呼ばれたニキアスが、なるべく危険な賭から身を遠ざける道を選ぼうとしたのと比べてみると、[84]その違いは明らかである。また、かのクレオンは計画も実戦経験もないままに、その場の雲行きから発作的に危険な賭に身を投じたと、ツキジデスは記述しているが、[85]これもデモステネスの態度とは大きくへだたる。デモステネスが幾度反論にであっても屈することなく時が熟するのを待つことができたのは、幸運を頼みとしていたからではない。自分の作戦計画に誤りがないことを信じて疑わなかったからである。

それならば、なぜツキジデスはあたかも、偶然にも嵐がやってきてデモステネスを助け、そのおかげでデモステネスの計画が熟した、と思われるような、誤解されやすい順序で、事柄の次第を記したのであろうか。アテナイの本国においてかれが作戦会議の席上で、計画を説明したことはどの角度からみてもほぼ間違いない。もしツキジデスがその段で計画を披露する形の記述順序を選んでいたならば、「ピュロス戦記」序段の印象は大きく変っていたであろうし、無用の誤解を避けることもできたであろう。なぜツキジデスはそれを行なわなかったのか。それについていま一度考えてみたい。

「ピュロス戦記」序段を通じて明らかにされる一つの異例の事実がある。それはデモステネスのピュロス築城と守備隊設営の計画の実施は、それが一度も、全面的に、公式に、決定される運びとはならなかった、だがそれでも計画は実施された、ということである。アテナイ船隊が出港する際に公けにされた附帯決議が曖昧な形で、ペロポネソス周辺においてデモステネスが船隊を用いることを認めているのはすでに見たとおりであるが、ツキジデスの記述を信用するならば、そこには築城も駐屯部隊も言及されていない。二人の指揮官たちは、ラコニア沖合の軍議でも、ピュロスの浜辺の談合でも、デモステネスの計画には賛成していない。その後かれが一般の将兵に相談をもちかけても、かれらは動こうとはしない。結局、しけのために退屈した兵士たち自身の心に、ふとした行動意欲が降って湧いたように生じて（*μέχρι αὐτοῖς στρατιώταις ὑπὸ ἀπλοίας σχολάζουσιν ὁρμὴ ἐνέπεσε……*）[86]、砦を築いてしまった、と記されている。この文章の言葉遣いの細かい点については後に触れることとして、ここではデモステネスの計画は、議論の場で理をつくして説明され承認されてその実施が決定したものではないことを、まず確認しておきたい。

このような異例のことの運びを歴史家が記述するに際して、計画立案者の考えとの関係をどの段階で披露するのがもっとも適切であるのか。それが、ここでツキジデスの直面した問題であったと思われる。一般的にツキジデスにおいては、提案や計画をもりこんだ名論卓説は、議決あるいは否決という運びにいたり行動の指針となって、はじめて出来ごとの世界に位置づけられる。戦闘を目前にした指揮官たちの激励演説も、行動に至るべき言葉にほかならない。計画はその段にいたってはじめて歴史家の記述対象となっている。これは歴史家ツキジデスにとってはむしろ当然すぎることであったろう。かれが記述の対象としているのは過去の事実であり、その事実が生じた情況やその結果である。その事実なり情況なりを、当事者たちがどのような角度から取り組んで一つの結果をみちびきだしたのか、それを歴史の主役たち自身の口をかりて説明しているのが、ツキジデスの政治家や指揮官たちの演説である[87]。つまり、ある結果として現れた事実を説明するべき一つの要素として、事前の計画や提案が紹介されるのである。しかしデモステネスの場合、他の多くの場合とはたいそう異なる点はすでに明らかである。かれが幾度、計画の実施を提案しても、それは可決もされず否決もされず、したがって他の場合のように、それが行動の指針として認められ、出来ごとの説明として事実の世界に組みこまれ、歴史家の記述対象となるときが、容易なことではやってこない。その時がくるまでは、先にも指摘したように、ツキジデスはただ、デモステネスがある計画の実施をくりかえし要請したり説得したり、飽きることを知らなかった、という異例の事態を記述にとどめるほかはなかったと思われる。

その時は来た。デモステネスの計画を披露することによってツキジデスが説明できると判断した事実が生じたのである。デモステネスの計画は、ある公けの議決とか衆議による行動方針決定とかを説明する要素にはならなかった。船上の軍議でも、浜辺の談合においても、それはなんらかの結論を生みだす力を欠いていた。しかしかれのうまぬ説得の努力によってその計画はいつしか兵士らの間に浸透し、[88] ある日突然、しけのために暇をもてあましていた兵士らの、自発的な行動意欲を誘発する力を発揮したのである。指揮官が命令を下したわけでもない。だれが工事の施工を責任者として監督したわけでもない。退屈しきっていた兵士らが勝手にわずか六日間の間に、[89] ペロポネソス同盟軍の海陸両面からの激しい攻撃にたえうる砦を構築した。この事実を説明することができるもの――それは暴風雨でもない、退屈しのぎでもない――それこそがデモステネスの計画なのだということをツキジデスは見てとり、この驚くべき事実の説明にもっとも適している、と判断したところでデモステネスの事前の計画を読者に披露しているのである。暴風雨も、退屈も、たしかにことの実施にむかって役立つ要素であったことは疑えない。しかしことはデモステネスの計画どおりの成果となって、ピュロスの砦は完成されたのである。ツキジデスがこの事実が実現する直前まで、デモステネスの計画を詳しく紹介するのをひかえていたのは、その計画がそれまで曖昧であったからではない。またその計画実現にはいわゆる偶然性の関与度が高く、そのおかげで、たまたま実施の運びに至ったことを強調するためであったとも考えられない。ピュロス築城という驚くべき事実の説明にもっとも適した場所をえらんだためである。

「かれは指揮官たちに対してもまた兵士らに対しても説得をこころみたがその効なく、のちにはさらに隊長クラスのものたちにも考えを伝えたが(結果は同じであったので)、しばらく様子を見ていたが、しけのために暇をもてあましていた兵士ら自身のあいだに、行動意欲がふってわき(*ὁρμὴ ἐνέπεσε*)、その地帯のまわりから砦の壁を築くこととなった。[90]」ここでのことのなりゆきの記述は、先に解説をこころみた、ラコニア沖の軍議の最中に襲いかかった暴風雨を記述する文章と、基本構造において同一であるが、人間の本性とのかかわりにおいて異なることに気づくであろう。その問題をもう一度とりあげ、ツキジデスの歴史記述における偶然的要素と、人間の本性との関係についていささかの考えを述べてこの節を閉じることとしたい。

右の文章においても、暴風雨襲来を語る文におけると同様に、言葉をつくして一つの計画の有効性が説かれながらなお結着がつかないその段階で、まったく異なる方向からべつの力がはたらき、意外な結果を押しつけたという、基本的には共通した情況をとらえている。嵐の場合、その脅威は人間に自己保存という抗しがたい本能を呼びさまし、指揮官は船隊をピュロス湾内に待避させた。先の場合、偶然の力は、人間の本性を梃子としてはたらき、一つの結果を招いた。さて今、四・四・一の文章もまた、これと類似のある力が、兵士らの——その単語が文字どおり重装兵や弓兵たちをさしていると解すればそれだけでもゆうに五百を数えたはずであり、漕員を加えれば総数約八千人のアテナイ人たちの——うちに自発的な行動意欲を呼びさまし、議論や理屈だけではらちのあかなかった一つの方向にかれらの総力を結集せしめたことを告げている。

ここで字句について一、二の説明をこころみれば *ὁρμῇ ἐνέπεσε* にみられる *ὁρμῇ* は、古くは自然の力たとえば火焔などが吹きつける力を表わすものとしてホメロスなどの詩人によって用いられているが、ツキジデスの時代には人間を衝き動かす衝動をこの語によって表わしている用例が多い。したがってまた、強い欲求を意味することも少なくない。*ἐνέπεσε* という動詞表現は、本来はたとえば雷などが人間の頭上に落ちてくるような事象を語るに用いられているが、ツキジデスの時代には人間が突然何かの考えや感情のとりことなる情況を表わすことが多い。怒気、欲情、恐怖、憐憫、笑いなどが大勢の人々の心をとらえるとき、この動詞による表現が用いられている。四・四・一の文章もその一例で、強い衝動にも似た欲求が兵士らに襲いかかってピュロスの城塁を築くに至らしめた様を表わしている。

しかしこれはツキジデスの措辞を単語の面だけで説明したものであるにすぎない。かれがこの二語 ὁρμῇ ἐνέπεσε によって語ろうとした、ピュロス築城という歴史的行為の原動力についての説明は、べつの視点からの考察を必要とする。四・三・一のように、嵐のために船隊が湾内に避難した事実は、自然の理と人間の性に照らせばとりわけ説明を必要としない。またもし手持ちぶさたの兵士らが競技や賭けごとで時を過ごしたのであれば、これも歴史記述を必要としない。だが嵐のピュロスでの築城工事はそのようなものではない。兵士らは雨風をものともせず石を運び、泥土を裸の背にかつぐという苛酷な労働を六日間続けた[91]。そして砦が出来上った。誰しも尋ねるであろう「なぜ」という問いに対して、四・四・一の文節は、かれらを衝き動かしたのはあまりの退屈さから生じた自発的な行動意欲であった、と告げている。しかしそれがこの事実のきわめて直接的な原因を示していても、その真の動機や目的に照らした説明とはなっていない。私たちは、四・四・一で兵士らが突如行動を起こすに至るまでの、背後の情況を語る部分に、ツキジデスの説明を求めざるを得ない。

アテナイ人がみな退屈を死よりも恐れていたとは考えられないし、ピュロスのアテナイ人が集団発狂に陥り、雨中の土木工事に自発的に飛びこんでいったということもありえない。嵐であったにせよ退屈していたにせよ、かれらが築城工事という特殊で、困難で、かつ明確な目的とプランに基づく組織的作業にむかうべく、強い欲求をいだくに至った真の理由として考えられるのはじつにただ一つしかない。かれらの無聊にくるしむ心と手足に翼を与えるような、卓越したプランである。ツキジデスは、隊長らや兵士らが最初はデモステネスの説得に応じようとしなかった、と記している。デモステネスはことのなりゆきを静観していた、とも記している。しかしかれらは嵐が過ぎるのを待つ間に、いつしかデモステネスの計画のとりこになっていた。六年の戦争と現在自分たちが置かれている情況から醸成されている、八千名の兵士や漕員たちの各〻の思いを、一つの方向に方向づけ、一つの強い行動意欲に結集することに成功したのがデモステネスの計画であった。しかし、それが号令一下行なわれず、兵士ら自身の自発的意欲の噴出をまたねばならなかったのは、デモステネスが正規の指揮官職になかったためであるのか、二名の指揮官が計画に反対であったためか、いずれにしても、デモステネスは指揮官として総軍の集会を開いてその計画を説くことはできなかった。かれは個人的に、個別の隊長や兵士らのグループに説いてまわらなくてはならなかったし、そのためにかれらの反応は当初は思わしくなく、説得の実はえられなかったのである。

　しかしながら、デモステネスの計画はペリクレス生時の戦略と作戦経過を展望におさめ、今や六年間にわたるアテナイ人の苦節と、かれ自身の体験と洞察をふまえての上で、敵の背後に必殺のくさびを打ちこむ妙案であった。これが兵士らや漕員らの、戦いに飽き現在敵領内に大挙してとどまりながら為すこともなく待機している焦燥にみちた心情に、強く働きかけ一つの行動にむかわせたことは充分に理解できよう。ツキジデスは長びく嵐がデモステネスに時を与えたことを示唆するのみで、詳しい事情の説明は例のごとく省略している。しかし簡潔な二語 ὁρμὴ ἐνέπεσε の背景にあって説明を要求される真の原因とは、まさにデモステネスのピュロス築城計画が兵士、漕員の一人一人にうったえたアピールであったと言ってもよいだろう。これこそが全部の兵士らの願望を一つの力 ὁρμὴ に結集し一つの目的に向って行動化させたからである。ツキジデスが、説明されるべき事象の直前に、デモステネスの計画の詳細を披露するという記述の順序をあえて選んだ理由はここにあったと思われる。

　またこの角度から見るとき、「かれら自身のあいだから行動意欲が湧き起こり、城を築いた」というツキジデスの表現は、文章表現としてみれば外部からの力によって惹起された偶発的事象を語るごときでありながら、じつは人間の、とくに戦争第七年目をむかえたアテナイ人の、内なる必然性を、大胆な筆致で濃縮して語っていると見るのが、おそらく正しかろう。また、デモステネスの築城計画は、手続きの上では一度も公けに決議諒承されていなかったけれども、それがピュロスに待避中の約八千名のアテナイ人の自発的意欲と行動によって実体化されたものと考えるならば、これは人間の内なる必然性にそった筋書きであったということもできるだろう。嵐は確かにデモステネスに利した。だがこの計画の成就をたんなる偶然のたまものと呼ぶことは、人間のいかなる意欲も行動もたんなる偶然の産と見做すことになる。しかしそれはツキジデスもデモステネスも肯んじなかった考え方であろう。

四　デモステネス

ピュロスにアテナイ人が築城をはじめたという通報はいちはやくスパルタ本国に届いた。しかしスパルタ本国政府は、即刻これに反撃する様子を見せなかった。かれらはピュロスなどにアテナイ人が立てこもるはずがない、立てこもったところですぐにも追い落すことができる、と判断した。しかしかれらがアテナイ側の動きに俊敏に対応できなかったのは――そのときたまたま祭礼の期間であったし――じつはかれらの陸上部隊はアッティカ侵攻作戦に従軍中で、本国附近にはいなかったためである、とツキジデスは記している。[92] ここでの「たまたま祭礼期間にあたっていた」という説明記事にどれほどの意味があるのかは曖昧である。じじつ祭礼期間であってもかれらの軍勢はアッティカ領に出兵していた。祭であろうとなかろうと、この時点にはスパルタ本国周辺にはかれらが即刻動員できる部隊はいなかったのである。ツキジデスの記述によれば、スパルタにピュロス占拠の通報がもたらされると、かれらが直ちに実行したのは二つのことである。第一にアッティカ遠征中の軍勢に急遽本国帰還を命じたこと、[93] 第二にケルキュラにすでに集結していた六十隻の船隊にピュロスへの急行を命じたことである。[94] 四・五・一の記事はスパルタ本国の動きが緩慢であったことを告げ、他方四・六・一、四・八・二は軍勢集結のあわただしい動きを語っていて、一見、両記事の間に不整合があるようにも見受けられるが、真実はまさしく二つの記事によって二つの異なる角度から映しだされているというべきであろう。スパルタは背後から虚をつかれた。政府要職者は事態の意味をさとり、急遽防戦態勢をかためる措置をとった。しかし本国部隊は留守であり、近隣の守りが手薄であるということは、口がさけても口外することはできないという判断から、かれらはさあらぬ態をよそおったのである。この「たまたまの祭」という表現にはとくに偶然性が歴史に介入したという意味はなく、「ちょうど手頃な口実として」と解釈しても誤りではないだろう。

その間六日をついやして、アテナイ人はピュロスの工事を急ぎに急ぎ、陸側から最も攻撃をうけやすい地点の防壁を補強完成した。そしてデモステネスに軍船五隻をさいてピュロス砦の守備をゆだね、本隊三十五隻はケルキュラ・シケリア航路にむかったのである。(95) しかし、スパルタ側にも表と裏のべつべつの対応があったことがわかるように、この間のアテナイ側の作戦には、それまでの建前とは異なる大幅の路線変更が三点つけ加えられたことが――ツキジデスはそれとは明記していないけれども――前後一連の記述からうかがわれる。(96)

第一には、かれらはアテナイの港ペイライエウスを出帆したときには、デモステネスがどのような計画によって説得につとめたにせよ、ピュロスに築城する予定はなかった。その証拠が、石材切断用の鋸や泥土運搬用の籠がなかったために、兵士らは苦労して作業に工夫をこらした、という記述である。ところが前節でみたような形でいったん工事が〝自発的〟に開始されるやいなや、その工程と手順は戦略的な配慮によって高度に組織化されていることが記されている。スパルタ側の防衛軍が現地に集結するまでの短い期間に、もっとも攻撃をうけやすい陸つづきの地点を中心に、重点的防壁強化に万全を期しあらゆる努力を結集すること(97)――これは明らかに全軍に対して示された指揮官の判断と命令である。つまり第一の路線変更は、ピュロス築城と砦の防衛は、工事開始とほとんど同時に、もはやデモステネスの私案ではなく、アテナイ船隊の正規の作戦行動の形をとることとなった点である。この点についてツキジデスは明記していないけれども、築城工事の過程を記述するかれの言葉から確認できる。

第二の変更は、六日のち防壁が完成したとき、デモステネスはもはや船隊随行の一私人ではなく――臨時に正規の指揮官職に就いたかどうかは不明であるが――五隻の軍船の指揮権を与えられ、現地の守備隊指揮官の役割に就いたことである。(98) かれが爾後はピュロスにおける最高責任者として作戦指揮にあたったことは、ツキジデスの記述が示すとおりである。当初からかれがピュロス方面指揮官に就任するべくアテナイを出発したと確認できる資料が知られていない以上、この時点での私人から公人への、かれの立場の変更とピュロスにおける新しい指揮系統の誕生は、ピュロス築城後に現地で生じた新しい戦略的情況がしからしめたもの、といわねばならない。

第三の、おそらく最も重要な変更は、エウリュメドンとソフォクレスがひきいる三十五隻の主船隊の作戦行動に関する変更である。かれらは一応の築城工事が終るとデモステネスを残して、ケルキュラおよびシケリアへの航路を急いだ、とツキジデスは記しているが[99]、実際にはケルキュラに急いだ模様はなく、ピュロスから北北西約百キロの洋上の島、同盟国ザキュントスにおいて待機している[100]。暴風雨がやってくるまではケルキュラ直航を主張した二人の指揮官は、ピュロス築城後はそれまでの行動方針を改め、ケルキュラへ急いで直航する様子はなく、何かべつの作戦計画を立ててこれに従うのである。この計画変更にはもちろんデモステネス自身も参画している。かれはザキュントスの主力船隊との間に緊密な連絡をとりつづけている[101]。

アテナイ側の主力船隊の作戦変更はピュロス築城後の動きであり、スパルタ本国がアテナイ、ケルキュラ両地の遠征軍に発した緊急指令に対応して行なわれたことは明らかである。六日間の工事が行なわれている間に、かれらは、スパルタ本国政府からケルキュラに停泊中のスパルタ側同盟国の船隊六十隻に対してピュロスへ急航すべしという指令が発せられたのを知った、あるいは、発せられたにちがいないと推量した。それについてはツキジデスは一言も触れるところがないし、私たちも、そのような敵側の情報のキャッチがアテナイ側のどのような方策によって行なわれたのか、これを知る術がない。だが、ケルキュラからスパルタ側の船隊六十隻がピュロスにむかって南下してくる、あるいはくるに違いないという確実な情報をピュロスのアテナイ側が得た、という推測を前提とすることなくしては、ケルキュラにむかうべきアテナイ船隊が、方針を改めてザキュントスにおいて幾日も待機しているという、作戦変更後の新しい事態を理解することは困難である。すでにピュロスにおいてアテナイ側の主力船隊がその情報を得ていたことは、この作戦変更にデモステネスも参画していることからみても、確かである。

かれらがザキュントスを選んだ理由はおそらく、第一にこの島がケルキュラとピュロスのほぼ中間地点であること、第二に、ケルキュラから南下するスパルタ側の六十隻が、アテナイ側の同盟国ケファレニアとナウパクトスとザキュントスを三頂点とする三角水域を通過するのは必定であり、アテナイ側の主力船隊三十五隻としては、敵船隊がザキュントスと本土海岸との間の幅約十キロの水域を通過してピュロスに向うのを阻止する万全の作戦を立てたのであろう。じじつ、数日後アテナイ船隊がピュロスに急行した際には、ザキュントス、ナウパクトス、さらにキオスからの軍船がかれらに同行している[102]。第一、第二の点からみて明らかにアテナイ側の指揮官たちは、スパルタ側船隊が南下するのを知り、これを味方の同盟諸軍の協力態勢がもっとも取りやすい右の三角水域で捕捉撃破するために、ピュロスを発ってザキュントスで待機することとしたのである。さらに、ザキュントスを待機地点として定めた第三の理由は、かりにもしスパルタ側の六十隻がアテナイ側の警戒網をくぐりぬけてピュロスに到来するという事態が生じた場合にも――じじつはそうなってしまったのだが――ザキュントスからであれば距離は百キロ、一日以内にピュロスにかけつけることができる。当時の三重櫓船は――天候風波の条件に左右されはしたが、少々の無理をすれば一日二百六十キロの沿岸航路を漕航できた、という記録がのこっている[103]。アテナイ側にとって最悪の場合としては、ピュロスの残留部隊が海陸のペロポネソス勢に包囲され籠城を余儀なくされる可能性も、皆無とは言えず、したがって三十五隻の主力船隊としてはピュロス守備隊の水際救出作戦についても、なんらかの方策を検討しての上で、ザキュントス待機を決定したのではないかと考えられる。

ピュロス築城という突然の事態に対応して、戦機はにわかにペロポネソス南西部周辺において熟した。しかし以上のごとき情況解釈には、当時の通報、連絡の実情についての私たち自身の推量が多分にふくまれている。この点については先に、ラコニア沖を航行中のアテナイ側船隊のもとに早くもケルキュラに入港したペロポネソス側船隊の動きが伝えられたというツキジデスの記述を論じた際にも、言及したところである。つまり、ツキジデスがたんなる出来ごととして記している事態の推移の背景には、頻繁に行き交う連絡船や伝令、通報者の影がうかがわれるのであるが、これについてツキジデス自身の明白な言及がある場合はまれであり、多くは私たちが想像と推理によって、大勢の影たちの活躍をたどりなおさざるをえない。[104] これには時として実在しなかった影までも背景に見てしまう危険もなしとはしない。だが先述のごとき、アテナイ船隊のザキュントス待機、また後出のごとく、それをいちはやく察知したケルキュラのペロポネソス側船隊が、アテナイ側の待伏せのわなを避けるべくレウカスの陸峡を越えて船を陸送させてピュロスにむかう、[105] というような動きは、けっして偶然や気まぐれではなく密に交錯している情報の網が各〻の陣営に直結していたことを想定させるに充分である。しかもこの点は、じつはツキジデスが次に言及している一つの一見偶然的な出来ごとに深いかかわりを持っている。

ツキジデスが言及している事件というのは次のようなものである。ピュロス周辺にむかっての戦闘部隊の結集は、第一段階においてはスパルタ陸軍を主力とするペロポネソス同盟側のほうが早く、ザキュントスその他からのアテナイ側船隊が再びピュロスに到着するよりも一歩先んじて現場に到着した。かれらは戦闘準備をととのえると、直ちに、にわかごしらえの砦からアテナイ勢を追い落すべく、海陸両面から砦の周辺を押しつつむ。[106] デモステネスもこれに対抗して防戦準備をととのえる。しかし陸上戦闘力は決定的に不足している。そこでかれは三隻の軍船(手元にのこされていた五隻のうち二隻はザキュントスの主力船隊に急を報ずるためにピュロスをあとにしていた)の漕員約六百の中から、にわか仕立ての陸兵を組織しようとしたが、武器、盾、鎧が手に入らない。やっとのことで形ばかりの木製の盾を手に入れて役立てることができたが、それも、そのとき――「たまたま」――現場にいたメッセニア人の海賊船仕立ての三十丁櫓船と軽舟から、手に入れたものであった。[107] なお加えて「これらのメッセニア人の中、約四十名は重装兵であったので、これらも他の兵員に加えて用いた」と記されている。この記事から明らかに、「海賊船仕立ての三十丁櫓船」を漕いでピュロスに急行したのは、メッセニア人重装兵であったことがわかる。両方の舟の漕手は合わせて約四十名、かれらが元来重装兵の訓練を受けていたものでなければ、四十名の重装兵をまにあわせることはできなかったはずである。漕手でもあり重装兵でもある、この種の兵員はツキジデスの他の文脈では漕手兵(αὐτερέται)と呼ばれ、緊急事態に即応しての派兵要員となる、いわば海陸両用の特殊部隊にひとしいものである。さきに、前四二八年ミュティレネー反乱に際してアテナイから急派されたのがこれであり[108]、またのちにスパルタ側に寝返ったアルキビアデスが、シケリア戦線に急ぎ送るべしと建言したと言われているのもこの兵種であった[109]。ピュロス戦線でツキジデスが言及しているメッセニア人約四十名も、その規模は小さいけれども、やはり同様の訓練をへた特殊兵員であったと思われる。

問題はやはりこの文脈における「偶然性」の意味である。ピュロス作戦の成功には僥倖的な要素が、大いに関与していることをツキジデスは指摘している、と論ずる立場に立てば、「たまたまメッセニア人が現場にいた」ことも、もちろんデモステネスにとって僥倖か神意のたまものと見做さざるを得ないであろう。木製の盾も、四十名ほどの正規の重装兵も、この「偶然」のはからいなくしてはデモステネスの手に入らなかったであろうし、かれはピュロス砦の最初の危機すら克服しえなかったかも知れないからである。しかしながら、私たちは、ここに到るまでの両陣営の戦力がピュロス周辺に結集する情況を語るツキジデスの言葉をつぶさに検討した結果、出来ごとの背景には密に通報や指令が交錯していたにちがいないという推定にたっしている。アテナイ側の船隊が本国を出発する以前から、ナウパクトス在住のメッセニア人を媒体とする、さまざまの通報がアテナイに届いているとみなしうることは先に触れたとおりである。そしてツキジデスの記述はこの船隊の航路の先々に、ナウパクトスからの通報船が待ちかまえていたことを示唆している。デモステネスの計画の遂行とその有効性は、ナウパクトスの旧メッセニア人の全面的な作戦参与を前提としていることも、私たちが見たとおりである。もちろん古代のことであるから通報の手段は人間の伝令や使者以外には殆んど皆無であり、天候や風波の順、不順によって知らせが目的地に到着するために要する時間は不同であった。通報がまにあうか否か、そこには、予知不可能な偶然的要素が介入してくる可能性は少なくはなかったろう。だが、ピュロスにおいてデモステネスが築城をはじめてから、メッセニア人の三十丁櫓船の出現までにはどのように少なめに数えても十日という時間が経過している。数え方によれば、まる二週間は過ぎていると見做すこともできる。[110]

このような背景と時間的猶予が与えられていたとすれば、その文脈で「たまたまその場に現れた」*οἱ ἔτυχον παραγενόμενοι* と言われているメッセニア人の三十丁櫓船は、⑴予測もされていないのに突然に、偶然に現れたものを表わしていると考えることはむずかしい。[111] ⑵原文が語ろうとしているのは「偶然」に現れたということではなく、ちょうどその場に居あわせていた、という情況である。⑶その文章表現に「たまたま」の様相を示唆する動詞（*ἔτυχον*）がふくまれているのは、これまで陰に陽にアテナイ船隊の動きとともにあって、必要な情報や指令の伝達者としての働きをしてきたメッセニア人が、ちょうどこの時にもデモステネスのもとに現れ、作戦に正規の戦闘部隊として参加することとなった、その一事を表わすためであったと見るべきであろう。かれらは何らかの別の目的をもって偶然ここにやってきた海賊ではない。かれらが即座に重装兵としてピュロス防備の持場についたことからも明らかである。かれらは明確な目的をもってナウパクトスから派遣された、特殊部隊の兵員と目されるべきことは上に述べた。このような文脈において *ἔτυχον παραγενόμενοι* という表現が用いられるのは決して異常ではない。「偶然性」ではなく「同時性」を表わすために類似の表現が用いられている例は、ツキジデスにおいては珍しいことではない。[112]

以上私たちが吟味した実例はわずかな数であるけれども、私たちが今この段階でとるべき基本的見解を一応まとめることができる。ツキジデスの「ピュロス戦記」で様々の文脈に現れる τύχη, ξυντυχία, τυγχάνειν など一連の名詞や動詞の表現を選びだして、これらがどれも一様に出来ごとの偶然性を単純に強調する役割を担っているかのように解釈するのは誤りである。さりとてまた注釈家ゴムのように、ツキジデスの「ピュロス戦記」には、偶然的要素を歴史の要因として認めようとする態度はまったくないと断定することも極端にすぎる意見であり[113]、かえってツキジデスの記述目的の理解を妨げることになるおそれもある。なぜならば、偶然に起因する出来ごと——たとえば海上の嵐がもたらした情況など——は正確に記されており、偶然的因子が人間の本性に働きかけるメカニズムもツキジデスの観察眼によってとらえられている。それのみか、偶然が偶然を生むことのなりゆきを静観しながら、自分の目的成就に利する好機が現れたときには、敢然とこれを摑みとる人間の姿も、幾度か『戦史』に描き出されている[114]。私たちが間近に観察してきたデモステネスの場合には、さらに一歩すすめて次のようにも言うことができる。人間は目的、意図、計画を抱いていればこそ、偶然との出あいをもちうるのである、と。これはアリストテレスの偶然論であるが、デモステネスと「偶然」との出あいは奇しくも、これを裏書きしている。目的も計画も抱かず、無心の境地にある人間のまわりにあるものは、風も波も、動物も人間も、みな自然であり必然の理に従って動いていく。しかし一度人間が己れの意図をつらぬこうと立つとき、かれの道程を横切る一切は「偶然」に由来する附帯的要因へと変貌する。「ピュロス戦記」において、偶然に由来する出来ごとの頻出が記録されていることは、すなわち、その主人公デモステネスが飽くなき目的志向型の人間であることと、まさしく表裏一体の関係にあると思われるのである。

　ツキジデスの「ピュロス戦記」の章句は、右のごとき人間の意図と偶然との不可分の関係を明確にとらえている。私たちは、ツキジデスが偶然に起因する出来ごとを、幾つかの表現によって記している個所およびその前後の文脈を検討した。その結果、「ピュロス戦記」の序段の部分で、デモステネスの言動についてみれば、ことの発端ではいつもかれの自発的な、明確な意図、判断、計画が存在していることが、言葉すくなであるけれどもはっきりと書きとどめられているし、またつねに目的成就の機をうかがう様子も記されている。ピュロスのデモステネスを追うツキジデスの眼は、かつての同僚指揮官がその経験、計画性、意志、実行力によって、ことのなりゆきの中から劇的なチャンスを奪取する手練の業を視野におさめるために、偶然とのたびかさなる出あいをもとらえているのである。またべつの表現をかりるならば、デモステネスという一人の人物の卓越した知力と行動力を主因と見做すことによってはじめてよく理解できるピュロス作戦の発端を記述するに際して、当然これに附随する補助的原因の一つとして偶然に由来する事柄をも記入した、と言いなおすこともできるだろう。そしてもし人が、デモステネスの成功を幸運と呼ぶべきではないか、と尋ねれば、すべてことのなりゆきは、明確な意図と計画のもとに好機を待つものにのみ味方となる、というツキジデスの答が全体の叙述構成からかえってくるのである。

以上は、この段階における私たちの暫定的見解としてとどめたい。次にツキジデスがデモステネス自身に語らせている、短い激励演説[115]について検討をおこなうことにしたい。この演説はデモステネスが陥った絶望的な苦境をあらわしたものであるという解釈もあり[116]、またこの演説はツキジデスの初期の習作であり、デモステネスの人柄を語るところがまったくない、という評価も公けにされている[117]。しかし、私たちはここでは、この演説は慎重な検討に値するというゴムの意見[118]に従うことにしたい。私たちの考えとしては、この演説こそ、戦場における絶好の好機は覚悟、経験、判断、訓練によって射とめられ、それによって最後まで維持されるべきものという一般的教訓を、ピュロス岩礁という具体的情況の中に凝縮して語っている名品とも言うべく、歴史家ツキジデスがデモステネスに寄せた高い評価を、明確に伝えているからである。

ピュロスの岬は天然要害の砦、わずかの兵をもって敵の攻撃を排除できる、というのが最初のデモステネスの判断であった。しかし、ピュロスにアテナイ勢ありという第一報に即応してスパルタ本国が発した動員令は――ツキジデスは「ぐずついていた」と言い、じじつペロポネソス同盟諸邦からの陸上部隊の現地到着はかなり遅れたようではあるが――ただちに実行された。スパルタ本国と隣接諸市からの重装兵や農奴の従卒らは、アテナイ兵の立てこもる砦の陸側の拠点に対する攻撃部署にいちはやく配置され、湾の入口を蓋するように横たわるスファクテリア島の上にも約四百二十名ずつの部隊が交替で上陸し守備をかためた(119)。ケルキュラからピュロスに急行を命じられた六十隻の船隊も、たくみにアテナイ側船隊の警戒網をくぐりぬけてアテナイ側船隊よりも二日あるいは三日先んじてピュロスに到着し、アテナイ人の砦がある岬を海上から押しつつんだ。一挙に陸、海、両面からの攻撃態勢に移ろうとしたスパルタ側の動きは、あきらかにアテナイ側が予測したより早く、またピュロスの海陸両面からの攻防戦はデモステネスにとっても、予想を大幅にうわまわる規模で展開することとなったのである。かれが当初、ピュロスは天然要害の地であると考えたのは、陸側からの攻撃に対してのみであった。海上からの敵側船隊が砦にむかって上陸作戦を敢行するような事態は、アテナイ人らにとって予想外であった、とツキジデスは記している(120)。じじつ、デモステネスは海陸の敵が攻撃に移ろうとするのを見て、陸側の防衛線についてはいささかの危惧をも示していないが、海からの上陸攻撃こそ味方の弱点をつく脅威であると判断し、自ら六十名の重装兵を選び、少数の弓兵とともに、敵側が上陸拠点に選ぶであろうと予測された海岸の荒磯に戦列を組み待機する。デモステネスの演説として記されているのは、かれが自らひきいる海岸防衛の決死隊に与えた激励の言葉を二百二十語ばかりにまとめた短いものである。

　言葉遣いの点からみてこの演説は、古代ローマの文芸批評家の間ではツキジデスの悪文を代表する一つと見做されていた(121)。複数で語られるべきものが単数形(*τὸ πολέμιον*)で言われている。対格形が用いられるべきところで与格形(*τῷ πλήθει…καταπλαγέντες*)が使われている。同一語を主語としている分詞二つが別々の格で現れている(*μενόντων…ὑποχωρήσασι*)、動詞の時称が不一致である(*γίγνεται, ἔσται*)、などの諸点が批判の槍玉にあげられているのである。今日私たちがこの文章から感じ取る文法的な難しさは右の諸点以外にも数多いが、演説全体の主旨と論理的構成は明快そのものということができる。デモステネスは繰りかえして部下の兵士らに各自、部署から一歩も退かずに死守すべし、と、その命令を四つの角度から説いている。

第一に、「現在のごとく絶対不可避の情況にあって、周囲を押し包む危険の数を数えたてるのは愚である。かくのごとき危地から脱出しうる道があるとすれば、ただまっすぐに前方を見つめ希望を高く掲げて、いっせいにつきすすむことのみと覚悟せよ。このような不可避の情況を来たした上は、事態は理屈をうけいれない。出来うるかぎり俊敏に危険を賭することが必要である。[122]」デモステネスは二度にわたって絶対不可避の情況(ἐν τῇ τοιᾷδε ἀνάγκῃ; ὅσα ἐς ἀνάγκην ἀφῖκται ὥσπερ τάδε)と言っているが、不測の事態とは一言も言っていない。ἀνάγκη(アナンケー)とはふつう「必然」あるいは「強制」を意味する語で、メタフォリカルには「運命」「宿命」を表わすこともあるが、ここでは「やむをえない情況、窮地」という意に解釈をとどめることもできる。しかしそれよりもさらに一歩積極的な情況把握がこの語をつうじて語られている。デモステネスは海からの攻撃を予測していなかった。それでもかれはこれをこの演説の中では不測のなりゆきとは言わず、これを論理的に不可避の情況という展望のもとにとらえている。不測の事態であれば、あらためて目前の危険をはかる必要も生ずる。しかし海からの攻撃にさらされることも、かれの当初の計画にさかのぼってみれば、当然ともいえる一つの結果にすぎなかったからである。そのような情況把握のもとにはじめて、迷いを抱くな、正面のみを見すえて突進せよと命ずることができる。理屈をすてて猪突猛進せよと命ずることは、それだけを文脈から切り離して問題にすればゴムの指摘のとおり、[123]一見これほどアテナイ人らしからぬ態度はない。アテナイ人にとって理は行動のさまたげとはならない、[124]という考えはかつてペリクレスも述べているし、敵側のコリントス人もこれを指摘している。[125]またもしここでデモステネスが単純に理屈は無用、とだけ言っているのであれば、その言い分は、すぐ後に続くかれ自身の情況分析の言葉によって否定されてしまう。しかしながら、これら二つのディレンマは、「必然の情況」という言葉のなかに、右に示唆したような「当初の計画からみれば当然の帰結にすぎない、現下の情況」という見方が含まれていると考えることによって、一つの解決が与えられるであろう。デモステネスが部下に命ずる一筋の行動は知の礎をもつ。アテナイ人が同胞市民に不退転の覚悟を要請するときの基本的な話法がここにもある。そしてさらにその礎は、この時と場においていっそう強固な理に基づくものであることが次につづく説明によって明らかになる。

第二の点は、「各兵が波打際の部署を死守する限り、海岸の地形は味方に有利、敵に不利であるが、部署から後退すればたちまち地の利は逆転して敵側のものとなる」[126]ことである。凹凸の多い岩礁地帯は海から攻めにくく、ここに上陸して地歩を築こうという敵側にとっては障碍であるが、しかしいったんかれらに上陸をゆるせば、こんどはかれらは岩にさまたげられて引くに引けなくなるから、陸からの反撃に対して手強い抵抗を行なうこととなる。この説明はまさに、古典的な波打際撃退戦法の嚆矢であり、またここに作戦家デモステネスのダイナミックな面目が躍如としている。地の利はもちろん所与の条件として作戦上、枢要な重みをもつ。とくに重装兵戦術においては平坦な広がりが必要であり、地形を無視して戦闘を挑むわけにはいかない。しかしここでデモステネスは地の利は静止した状態の所与条件ではなく、ピュロス岬の岩礁地帯は敵味方の相対的な布陣配置のいかんによっては、バネのような動的なはずみをもって変化することを指摘する。地の利を読みとるのは作戦家の判断である。それを有利な条件として生かすも殺すも、かれの時と場の選択よろしきを得た用兵能力にかかっている。デモステネスは己れの判断を兵たちに示し、今この場で自分たちの掌中にある絶好の好条件を自分たちの方から手放すことがあってはならぬ、ひとりたりと部署から退くなと命ずる。ここにかつてアテナイの長城壁を波打際と見たてて専守防衛戦略を唱導したペリクレスの言葉がこだまするかのような印象があるのは、たまたまピュロス岬の防備戦における情況がそれと似ているから、ということに過ぎないだろう。しかし所与の条件を動的にとらえ、好機をつかめばあくまでもこれを有利に展開する、というデモステネスの作戦家としての態度は、じつにアテナイを出発する前年からのかれの作戦行動をつうじてすでに私たちの眼前にはっきりと現われていたものである。

つづく第三の点においてもやはりデモステネスの言葉は用兵術の要を射ている。敵は海上にむらがり集まっている――のちに軍船四十三隻の大船団が攻撃に加わっていたことが判明する――、味方は重装兵六十名と弓兵若干名にすぎない。いかに地の利が大であるとはいえ、兵士らが恐怖心をまったく抱かないはずはない。「敵兵の数が大であるともさして恐れるには及ばない。ここは船が接岸投錨することが不可能な海岸であるから、かれらはごく小人数ずつ上陸してからの戦闘となる。しかも平地で対等の条件で戦列を組み、多勢に無勢の対決という情況とは異なる。敵は船上からの戦である。だが船から仕掛ける戦はよほどの海上の好条件がそろわぬかぎり、成功はおぼつかない。総じてみれば、敵側の手を妨げる障碍は、味方は無勢であるという悪条件にほぼ匹敵するものと私は判断する。[127]」デモステネスは、勇気とか、名誉とか愛国心などの言葉は――のち「シケリア遠征記」において、シュラクサイにおける最後の海戦をまえに指揮官がそれらの言葉を口にして恥じなかったのは、惑乱のあまり、そのような言葉がふくむ空疎な時代錯誤に気がつかなかったためであると、ツキジデス自身洩らしているが[128]――ここでは一つも口にしていない。いま兵士らの心から恐怖心をとりのぞくことができるのは、明快な理を示すこと以外にはない。敵味方それぞれの立場から現実を直視すれば、味方の各兵が部署を死守する限り敵味方の条件はまさしく対等である。それが不可避かつ必然の理であることを兵士らに示すにしくはない、とデモステネスは判断したのだと思われる。後年アテナイの巷において、勇気とは知であるという指摘がソクラテスの口から語られると、世人はこれを哲人の逆説的言辞とみなしたようである。しかしピュロスの岩礁に立ったデモステネスは、知こそ勇気の源であることを当然の心得としてふまえており、理を示して兵士らの恐怖心をとりのぞき、この戦闘には必ず勝てるという確信を植えつける。

所与の条件は敵味方対等である。だがアテナイ側の兵士らには、スパルタ側の兵士らにはまったく欠如していた特殊な体験が、これまで幾度かの戦闘によってたくわえられていた。すなわち敵前上陸の体験である。デモステネスはさいごにこれを兵士ら自身の中に喚起する。「海岸に守備兵が一兵たりと踏みとどまり、潮のとどろきや、目前に迫りくる船首や船べりの恐ろしさにも屈せず防戦につくす限りは、絶対に上陸強行はできない。これを、アテナイ人諸君はすでに君たち自身の経験から知悉しているはずだ。[129]」だから今度は今、ここで、立場をいれかえてその体験を活用し、荒磯の水際に踏みとどまり防衛に死力を尽してもらいたい、と短い演説を結んでいる。これも、さきの三つの点と同様に、各人部署を死守せよという全体の主旨をべつの角度から補強しているものである。ただ、さきの第二、第三の指摘は地の利や上陸作戦に伴う諸条件の冷静な客観的分析が骨子となっており、岩礁上の部署を死守することによって少数の味方が多数の敵とゆうに対抗できることを言っている。これに対して、最後の第四点は、兵士ら各自の経験から勝利の確信をつかみうるように誘導していること、すなわち前の二点よりも心理的な要素が多分に考慮されていることが特徴であろう。これからどのような凄絶な戦闘を余儀なくされようと、波打際に踏みとどまって戦う側に必ず勝利はある。ことの帰趨は自分たちの経験に照らしてみれば明らかである、という自信を与えることが主眼となっている。

以上四つの眼目をたどってみると私たちは、デモステネスが最初の段落で二度にわたって言及していた「必然にしてかつ不可避の情況」の意味が、最後の段落にいたるまでに大きく内容をあらためていることに気づく。最初かれが、「かくのごとき絶対不可避の情況にあって、危険の数をかぞえたてるのは愚である」と言い、「現下の情況は、理屈をうけいれない」と語ったとき、その絶対不可避の情況とは、大敵の襲来を目前にして窮地に陥った一握りの重装兵部隊の立場をさしているという解釈が妥当に思われた。[130]しかしいま、二百語ばかりの簡潔な演説が終ったとき、四つの論点からまったくべつの、不可避の結論が示される。今ここで踏みとどまって、味方の有利を維持できる絶好の機会を自分の方から放棄することさえなければ勝利は必然、という条理と確信がそれである。作戦理論の上でも、また経験に照らしてみても、必然と思われることの帰結が、最初の段からの伏線として語られていたことが最後に余韻となって伝わってくる。理に立てば、ことのなりゆきは必ずこうなるという見通しと確信をもって、デモステネスは岩礁上の情況を「不可避」という言葉で把握していたのである、と。この演説の冒頭で一度、「希望をかかげて」という意味の、εὔελπις という形容詞が使われているが、好運に希望をたくしてとか天運を信じて、というような句は一度も使われていない。全体はただ一筋、作戦家の理によって一語の無駄もなくまとめられている。戦いにおいてはすべての条件の——物的なもの心理的なものすべての——的確にしてダイナミックな把握こそ、何にもまさる勇気の源泉である。この条理をふまえ、その必然の帰結にむかって一気に前進を命ずるデモステネスは、ペリクレス時代のアテナイ人の面目をいま一度躍如として彷彿するものがある。

この激励演説はアテナイ側兵士らの士気を大いに鼓舞した、とツキジデスは記している[131]。そして、岩礁上の戦闘はデモステネスの見通しのとおり、スパルタ側の上陸作戦は挫折し、アテナイ側の防衛戦はみごとに維持された。その詳細は本題とかかわりないので省略する。ツキジデスはピュロス戦争の翌年に、デモステネスの同僚指揮官となり、軍事・外交の最高責任者のひとりとして活躍しているので、その間にかれがデモステネス自身の口から作戦過程の実況を聞き、この演説についてもその内容の主旨を聴取した可能性は充分にある[132]。しかしながら、ピュロスのデモステネスが兵士らを前にして、一言一句ツキジデスが報ずる演説の言葉どおりに話したかどうか、明らかにその点には疑問がある。第一に、歴史記述者ツキジデスがこの演説文を「ピュロス戦記」の一章に編み入れたのはおそらくペロポネソス戦争の終結後であり、すでにデモステネス亡き後十余年が過ぎていたであろう。第二に、この小演説の文体は、先にも触れたように、ツキジデスその人に固有と目される特異な変則的語法が特色となっている。これはとくに、四つの項目のうち第二の、「踏みとどまれば地の利はわれらにあるが、退けばたちまち敵側につく」という判断を語る、まさにこの演説の要ともいうべき段の文章に集中的に現れている。しかもそれに類する措辞、文法上の特色は、この演説文に限られたものではなく、ツキジデスの『戦史』中の諸演説の随所に現れている。以上の二つの点、とくに第二の点から、この演説文は字句どおり、ピュロスにおけるデモステネスの言葉を忠実に記録したものではないことがわかる。

またこのデモステネスの演説が占める位置についても考えなくてはならない点がある。かれの演説が直接話法の形で記載されているのは「ピュロス戦記」のなかではこれだけであり、また『戦史』全巻をつうじてのかれの長い軍歴、政治歴にもかかわらず、かれの演説として記録されているのはこの演説だけである。かれはピュロスの戦勝以後、『戦史』の記録だけを拾ってみても、翌年の夏にメガラ攻撃作戦を指揮し[133]、同年冬にはボイオティア挟撃作戦の大計画を立案しその一翼を担っている[134]。前四二一年春、いわゆるニキアスの平和がおとずれたときには対スパルタ平和条約および同盟条約のアテナイ側の調印者十七名の一人としてその名を連ねている[135]。『戦史』以外の碑文資料によれば、同じ春のディオニュソス神の祭典ではコレーゴス(演劇祭世話人)として演劇費用を負担するなど、名望高い富裕市民としての義務も果している[136]。再び『戦史』記述によればいわゆる「偽の平和期間」にも、前四一八年秋かれはエピダウロスから機略によってアテナイ人守備兵を無事に撤退させることに成功している[137]。前四一三年夏[138]、アテナイ遠征軍の敗色すでに濃いシケリアに後続軍をひきいて到着したが、大勢を挽回することができず結局アテナイ側の遠征軍壊滅とともにかれも捕えられ死刑に処せられたのである[139]。こうして『戦史』記事のなかで、ニキアスと並んでもっとも長い期間、その軍事上の活躍が詳記されている人物がすなわちデモステネスなのであるが、かれの演説として記録されているのは四・一〇に記されているもの一つかぎりである。

これは、ニキアスやアルキビアデスらとは異なりデモステネスは、政治的な野心の少ない、軍事のみに長じた人間であったためかも知れない。しかしその数ある業績を眺観しても、かげりなく輝かしい勝利という評価がツキジデスによって与えられているのは、じつにただ一度だけ、すなわちピュロスの岩礁上に重装兵六十名、弓兵若干名をひきいて、四十三隻の敵船隊による上陸作戦を阻止した一戦のみである。ツキジデスは自分が身近く接した作戦家デモステネスにもっともふさわしい最高の功労としてピュロス岬の岩礁上の一戦をえらび、これをスパルタの名将ブラシダスとの対決という劇的な局面で描きだし、デモステネスこそ、ブラシダスを陸上において撃破することのできたただ一人のアテナイ人指揮官であることを読者に伝えている。かれがデモステネスにただ一回の直接話法の激励演説を語らせるにもっともふさわしい場として、この一戦を前にした瞬間を選んだ理由も想像にかたくない。しかしツキジデスのこの記述態度が——すなわちピュロス岩礁上の一戦に寄せられている歴史的評価と、その戦いの直前こそデモステネスというひとりの人間の発言の場にふさわしいと見定めた判断とが——デモステネスの演説として報告されている短い文章の内容そのものにも影を投げかけているのではないか。もちろんこの疑問に対してはどのような答も推量の域を脱しえない。しかしすくなくともこの演説文の文体上の癖は誤りなくツキジデスその人のものであることを、古代人の証言が告げている。それが『戦史』記述中に置かれている位置も、ツキジデス自身の特別の選択による。おそらく演説の内容も、実際にデモステネスが語った言葉そのままの正確な記録でないことはもちろん、主旨の要約ですらなく、ピュロスの岩礁上に自己の最高の理論と行動を顕現したデモステネスにふさわしいと思われる言葉を、ツキジデスが判断し、選び、綴った、と考えるほうが真実に近いのではないだろうか。

この演説の内容とその緊密な論理の組立てについては反復する必要はない。立論は一本の条理のもとに必然の結論とそれにもとづく行為にむかってするどく狙いが定められている。地の利を正確につかみ、戦闘の様態を正確に見通し、経験にてらして勝算の大なることを明らかにする。ここに空疎な愛国心やいわずもがなの勇気、廉恥、名誉などの精神論はかけらもない。危機に陥ってよるべきは己れの判断と経験のみであって、天佑神助、幸運、チャンスなどではない。短い激励演説の語り手は冷たく醒めた、そしてダイナミックな目的志向の合理主義者であり、その演説が聞き手の心に呼びさまそうとしているものは、その場かぎりの感情的高揚ではない。それは、自分たちが足もとに踏まえて立つ理は、ピュロスの岩礁よりも確固として揺ぎない、という自覚である。歴史家ツキジデスが、デモステネスの語るにふさわしいと判断してえらんだ言葉は、じつにツキジデスがデモステネスを語る言葉となっている。また当時もしデモステネスを僥倖の人と呼び、その功績を幸運のたまものと見做す人間がかりにいたとすれば、この演説はその嫉妬と偏見にたいするデモステネスとツキジデスの両名からの返答ということもできるだろう。かれの言葉は軍事指揮官らしく簡潔である。しかし、知性こそすべてにまさる力と信じたペリクレスの残影をあざやかにとどめている。

五　スパルタ人の偶然論

「ピュロス戦記」における偶然的要素について、次に取り上げるべき問題は、和議交渉のためにアテナイまでやってきたスパルタ本国政府からの使節の口上の中に含まれている。そこに至るまでの事実の経過をごく簡単に述べ、その後で、この口上の内容を検討することにしたい。

ピュロス岬のにわかごしらえのアテナイ人の城砦は、スパルタの名将ブラシダスの決死の攻撃に対しても二日有余のあいだ微動だにせず持ちこたえた。その間にザキュントスのアテナイ船隊ならびにナウパクトスとキオスからの軍船がようやく現地に到着し戦局は一変した。アテナイ側船隊はピュロス湾内に停泊中のスパルタ側の船団に激しい攻撃を仕かけ、これをあるいは破壊沈没せしめあるいは拿捕し、残りの軍船の動きをも完全に封じてしまった。こうしてピュロス周辺海域の制海権は、完全にアテナイ側によって掌握されたのである。これに引き続いてスパルタ側を窮地におとしいれる新しい事態が発生した。ピュロス湾の入口を閉ざすような形で細長く浮ぶスファクテリアという島がある。ここに守備隊として駐屯していた、スパルタ市民ならびに従卒の農奴たちの計四百二十名が、アテナイ側に制海権を奪われたために本土の陸上部隊から切り離され、補給路とてない無人島に孤立無援の状態で置き去りとなったのである。アテナイ側はただちに島のまわりに軍船を就航させて、これを海上から封鎖した。このまま島の兵士らが放置されれば、早晩餓死を余儀なくされるか、アテナイ側の捕虜となるか、そのいずれかの結果に終るべきことは誰の目にも明らかであった[140]。

以上はツキジデスの記述の大略である。私たちとしてここで特に注意しておきたいのは、このスファクテリア島をめぐる新事態は、デモステネスが当初もくろんだピュロス築城計画や、これを出撃基地にしたゲリラ作戦の計画には含まれていなかったし、予測もされていなかったことである。当初はスファクテリア島という島が存在することすら、報告されていない。アテナイ側のピュロスの築城が終り、他方スパルタ側では本国からの陸上部隊が応戦にかけつけてきて、この島の南北両端の水路の閉塞計画を立てる(これは実施されるに至らなかった)時点になって、はじめてピュロス湾の入口に細長い島が浮んでいることが記されている[141]。デモステネスも勿論最初はピュロスとスファクテリア各〻の、基地としての条件の優劣を考慮した上でピュロスを選んだのであろうが、ツキジデスはその間の経緯を記していない。スパルタ側としてはピュロス岬からアテナイ勢を撃退するための作戦計画の一環としてこの島に部隊を配置したわけであるが、ピュロス湾内の海戦後になってアテナイ側にとっては突然ここに、かなりの数のスパルタ兵を——その数は後日にいたるまでかれらには判らなかったが——封じこめ、あわよくばかれらを生けどりにできる情況が現出したのである。これはスパルタ側にとってはやがて戦争全体の作戦計画の破綻にいたる、最大の失態であったが、アテナイ側にとっては、願ってもない予想外の幸運のたまものかと思われた。「ピュロス戦記」の中段以降七十二日間の記録は、この予測されもしなかった新事態を中心にして、アテナイ、スパルタ両陣営がどのような対抗措置によって互いにしのぎをけずったかをものがたる。また見方をかえれば、中段以降では、事態を動かしていくのはデモステネスの当初の計画や実行力ではないし、またこれに対抗する当初のスパルタ側の軍事上の防衛措置でもない。むしろ、それはこの予想外のことのなりゆきをめぐって、有利な収拾をもくろむ当事者たちの計算、思惑、駆引と、そして最後には射倖心であった。

スパルタ本国から現地に派遣された責任者たちは、スファクテリア島に残された自国兵の武力による救出は不可能であると判断した。そしてこの緊急の事態を政治的に解決するために、ピュロス戦線における一時的休戦をアテナイ側指揮官に申し入れ、島内の本国兵に対する一定量の糧食と水の補給について約定をとりかわしたのち、特使をアテナイ本国に送って全面講和の申入れを行なわせた。(142) スパルタ側の予断としては、六年間の戦いによってアテナイ側は窮しており、平和を求める気運も熟しているはずであるから、この申入れに喜んで応ずるであろうと期待していた、(143) とツキジデスは記している。さてこのときのスパルタ人特使のアテナイにおける演説口上は次のごときものである。(144)

特使の演説は大別して四つの部分からなっている。今回の特使訪問の目的を告げる短い前置きからなる第一段に続いて、第二段は一般的見地に立って、思慮分別のある人間は思いがけない幸運に見舞われたときにはいかなる心情をもってこれに対すべきかということを、格言的な言葉や実例をもって説明する。前置きの結びで、われわれの提言を敵からの言葉とは見做さないでもらいたい、また貴方たちも無分別な人間が他人の忠告にたいして見せるような態度はとらないでほしい。理をよく心得た人々でも、よき判断を下すために必要な心得が以下に述べる事柄である、と考えてもらいたい、と特使は言っているが、冒頭のその要請がとりわけ密接に内容的むすびつきを持っているのが、この第二段の部分である。第三段は、スパルタ側からアテナイ市民に対する公式の和議の申入れである。現時点において戦争状態を終らせることが、両国にとって現状において望みうる最大の利益に合致することを強調する。結びの第四段は、両大国の和合と協調が、それぞれの同盟圏に属する群小都市国家をはじめ全ギリシァ人世界にもたらし得る福益の大なることを指摘し、和平が実現し戦乱が終熄するならば、ギリシァ人全体はアテナイ人にたいして、一層大なる恩恵を感謝することになるだろう、と述べて演説を終る。

この演説を公式の和議申入れの歴史文書として見る際には、第三、第四段の内容はきわめて重要である。この時点におけるスパルタ本国の情況認識を間接的にではあるが充分に伝えているのもこれらの段落である。スパルタ人は毎年アッティカ領に侵入し破壊行為を重ねていたにもかかわらず、自分の方から和議を申し入れることがあたかもアテナイ人に対する恩恵であると思っているかのような態度がうかがわれる。しかし「ピュロス戦記」における偶然的要素を中心課題とする私たちの関心は、とくに第二段の論旨に集中することとなる。

「諸君は今であれば、現在の支配圏をそのまま維持し、これに加えてあらたなる栄誉と名声を得た上で、いま目前にしている成功を首尾よく嚢中に収めることができる。そして身にそぐわぬ仕合わせを摑んだ人間どもが陥る弊をさけることもできる。そのような手合いならば昨日今日思いもかけぬ成功をつかんだことに眼がくらみ、思惑にそそのかされて、より多くを渇望するのがつねである。しかし世の運不運の大波を体験している者ならば、成功が数重なろうとて、己れの分を忘れず成功に足もとをさらわれぬように用心する。[145]」

この特使がスファクテリア島のスパルタ兵の身柄救出を目的としてアテナイを訪れたことは前置きの段において述べられている。そこから推してかれらが言うアテナイ側の「いま目前にしている成功」(*εὐτυχίαν τὴν παροῦσαν*)とは、具体的にはやはり、アテナイ側がスパルタ兵を無人島にうまく閉じこめることができたことを、そして、アテナイ側がかれらを生けどりにするか全滅させるかは今や時間の問題となっていることを、指している。この表現にみられる *εὐτυχία* という語が「成功」であるのか「幸運」であるのか、その差は微妙といわねばならない。アテナイ側が人質をとることに成功した、それによって有利な立場に立つことができた、という結果の面を重視すれば「成功」というニュアンスが強くなるだろうし、スパルタ側はその結果を認める態度を表明していることとなる。[146] しかしそれに対して *εὐτυχία* には「幸運」という意味もないわけではない。「幸運」といえば、その結果を認めないわけではないけれども、それはたんに運がよかったから生じた結果であって、必ずしも相手側が、得るべき理由があって手に入れた結果ではない、つまり、これを僥倖と見做す態度の表白となるだろう。後のような意味の言葉をスパルタの特使がアテナイ人をまえに口にすることは不穏当のように思われるのだが、しかしスパルタ人特使は同じ文脈の中で、「身にそぐわない幸運を手にした者たち」(οἱ ἀήθως τι ἀγαθὸν λαμβάνοντες)に言及し、それらの者が、「いまや目前の事柄が予測に反してうまくいくとそのために」(διὰ τὸ καὶ τὰ παρόντα ἀδοκήτως εὐτυχῆσαι)、身のほど知らずの欲望を抱く、という格言に類する言葉をも語っている。

εὐτυχίαν τὴν παροῦσαν が「成功」であるのか、「幸運」ないしは「僥倖」であるのか、どちらかの意味に限定するまえに、その語が含まれている文章、とくに動詞表現 *καλῶς θέσθαι* について正確な理解を得る必要がある。これは通例、安全にしまっておく、家の宝とする、嚢中におさめるなどの意であると注されているし、類似の用例は多く知られている。しかしその反面、それらの用例はじつは、非常に日常卑近の場面における *καλῶς θέσθαι* の用法をメタフォリカルに転用したものであるとも言われている[147]。その卑近な用法とは、ギリシァ人が好んだ一種のサイコロ遊びにおけるものであって、サイの目の組合せによって手もちの札をもっとも有利な位置に進めていくことを *καλῶς θέσθαι* あるいは *εὖ θέσθαι* という場合である。今私たちが問題としているツキジデスの四・一七・四の用例は、ふつうはメタフォリカルの意に解されており、上記の訳文でもそれにそって「首尾よく嚢中に収めることができる」としたのであるが、先の *εὐτυχίαν τὴν παροῦσαν* という表現が含んでいる微妙な両義性と考えあわせてみるとき、*καλῶς θέσθαι* はメタフォリカルな意義ではなく、右に説明したような卑近な遊戯における用法をそのまま用いていると考えるべきではないかと思われる。

すなわち、*καλῶς θέσθαι* を「巧みに手持の札を進める」と解するならば、*εὐτυχίαν τὴν παροῦσαν* はギリシァ語における限定の対格であって、「今、眼のまえにころがり出たうまいサイの目の数にあわせて」という意味になるだろう。そのようなうまい目を振り出すということは半ば技術、半ば偶然であるけれども、よい目の組合せが出たということは結果的事実である。しかし、よい目の組合せが揃いで出ても、それで勝負がきまったというわけでは決してない。その目の数をどのように組み合せて手持ちの札の動きとして盤上にあらわしていくかによって勝敗のわかれ目が生じてくる。これは技術と判断の課題である。ということはまた、*εὐτυχίαν τὴν παροῦσαν*（＝サイの目）を最終的に「成功」にむすびつけるか、あるいは一時かぎりの幸運に終らせるか、それは競技者の技術と判断に問われることであって、これを「成功」にむすびつけること、それが *καλῶς θέσθαι* である。もしこのようにこの文章の主眼が *καλῶς θέσθαι* であり、それは具体的にサイコロ遊びの技術に結びついた表現であるということが一応正しい解釈とするならば、*εὐτυχίαν τὴν παροῦσαν* はまたそれ自体、「成功」と「幸運」の両義をもつその状態で、いささかの曖昧さもなく正しく用いられているということができる。よい目を振りだしたことは「成功」であり、またそれがサイの目である以上は、やはり「幸運」といわれるべき原因を伴うからである。

この字句解釈の線をとるならば、使節が本題に入る第二段の皮きりの文章は正確かつ適切にスファクテリアの情況をとらえていることがわかる。かれはアテナイ側がスパルタ兵を島内にとじこめる形になっている事実を認めているが、これを「成功」といって最終的な結果に結びつけているわけでもないし、またこれを「僥倖」などと言っていわずもがなの負け惜しみをもらしているわけでもない。かれはスファクテリアの情況をさして、アテナイ側が振ったサイの目がうまく揃ったという言い方をしているのである。それが技術の成果であるのか偶然のたまものであるのか、それはかれの問うところではない。問題はスファクテリア島の情況という、アテナイ側にとって有利なサイの目を、どのような盤上のコマの動きに置きかえるのが得策であるのか――そこで遊戯の比喩は遠ざけられ、かわって現実の政治と外交の問題がにわかに議論の焦点となって登場する。

よい手というのは、一にはすでに己れの占めている地歩を失うことなく、二には味方の位（*τιμή*）と評価（*δόξα*）を高めることであり――ここまではまだ盤上の棋譜が映像として残っている――、そして、三には、つねに日頃手にしたこともない幸運を手にいれたものが陥るような状態に陥らないようにすることである。この第三の注意事項は、競技盤上の問題としては一度よい目が揃ったからといっていつもその幸運がつかめると思うのは愚である、という指摘にとどまるが、スパルタの特使はここで焦点を政治・軍事・外交のレベルに移行させる。

「この心得は、――(前文で、幸不幸の転変つねならぬことを体験してきたものは、己れの分を悟りいたずらに僥倖のみに賭することをつつしむ、と言っていたその心得である)――これまでの経験のおかげで諸君のポリスにも、われわれのポリスにも、当然のことながら充分にたくわえられていることと思う。[148]」

心すべき実例は今こうして諸君の眼の前にある。スパルタは昨日までギリシァ人の間で最高の評価をにない、自分たちの方から平和を他に与える立場にある、そしてその決定権は自分たちの方にあると信じて疑わなかったのに、今はこうして諸君の膝下に来たって平和を乞うている。この境遇の逆転を目のあたりにして、どうか諸君の判断のよすがとしてもらいたい。しかも、われわれがこの情況に陥ったのは、軍事力に欠けていたためでもなければ、勢力増大に目が眩んで己れの分を越えた暴挙を犯したためでもない。自分たちがいつも自分たちのものであると見做していた事柄について判断を誤って事態に遅れをとったのがその原因であるが、しかし、このことに関していえばどのような人間についても、同じことが同じように生じうるのだ、とスパルタ人特使は、さきの格言的な真実を表わす一つの実例として、スファクテリアの事態を説明している。[149]

スパルタ側からみれば、この戦況の逆転をもたらしたのは自分たちが軍備や防衛など、市民としてなすべき義務を怠ったためでもなく、増上慢にわざわいされて人としてなすべからざる振舞いに及んだためでもない(οὔτε μείζονος (sc. δυνάμεως) προσγενομένης ὑβρίσαντες)[150]。つまり人として道義的に反する行ないがあって、それに対する当然の報いとして幸運から不幸につきおとされたのではない。自分たちがいつも自分たちのものだと見做してきた事柄についての判断の過ちが(ἀπὸ δὲ τῶν αἰεὶ ὑπαρχόντων γνώμῃ σφαλέντες)[151]情況の逆転を招いた、という。この説明を目のあたりにして、この事件より約一世紀後に哲学者アリストテレスが『詩学』において定義として与えている、いわゆるギリシァ悲劇の因果構造と一見きわめて近似した事柄が語られていることに気づく。悲劇の筋立ては、運命の転変に直面する人間の行為を演劇という約束ごとの中で模したものであるが、アリストテレスはそのような運命の逆転が当の人物の道徳的欠陥のために誘発されるものではなく、判断の誤謬——その表現にはツキジデスの言葉遣いとは異なり、*ἁμαρτία* という語が使われている——に起因するものであることが望ましい、と記している。[152] この一見明白な近似性のために、このスパルタ特使の言説は、ギリシァ悲劇のコロスの詩文に類するものという評釈や、さらにピュロス・スファクテリアの記事をまとめるに際して、ツキジデスは故意か偶然かギリシァ悲劇における諸概念をそのまま援用して、出来ごとの因果関係に色づけしている、という見解や[153]、ついには、このスパルタ特使の口上はツキジデス自身が「ピュロス戦記」に附した注釈であり、『戦史』の構想の中心を占めている視点であると考える学者もいる。[154]

しかしながら特使は悲劇論を展開しているわけではなく、スファクテリアの現在の情況をもたらした原因を分析しているにすぎない。またこの現状を悲劇であると言っているのではなくて、現状が悲劇的結末に至ることのないよう回避できる具体的方策を提言しようとしているのである。アリストテレスの言うような、理想的な悲劇構造が有すべき要素はそこに言及されているけれども、特使の口上は美学的、芸術学的な立場からの発言ではなく、この軍事的・政治的バランスの逆転をもたらした原因を、「判断の過ち」(*γνώμῃ σφαλέντες*) という、人間の経験領域内の、したがってまた議論しうる問題範囲のなかに限定して提示している。自国側の行動分析の結果を示すこの一文の最後に、関係文の形で附されているところの、「この範囲に限れば、すべての人間において同じことが同じようにして起りうるのである」という限定は、この特使の見解をいかなる立場においてもありうる、したがって理解しうる、人間固有の問題に限定すると同時に、人間共有の問題に普遍化しているのである。そのような問題の性質からみて、先人の失敗はかならず後輩への警告となり道しるべとなりうる。

ではその原因たる「判断の過ち」とはどのようなものか。「自分たちがつねに自分たちのものであるとみなしていた事柄」(τῶν αἰεὶ ὑπαρχόντων)とはなにであるのか。今日の読者はまずこれをスファクテリア島でスパルタ兵が立ち往生するに至る具体的な、戦術上の事柄に関係づけて、スパルタ側が不手際な用兵上の誤算を犯してきたことを想起する。島の南北両端の水路を閉塞することが遅れたこと、閉塞されないままに島上に陸上部隊を配置したこと、アテナイ側船隊がピュロス水域に到着したのち充分の時間的余裕があったにもかかわらず、島の陸上部隊を撤収する措置をとらなかったこと、などを挙げるのは容易であろう。これらはいずれもスパルタ側が「つねに自分たちのものであると見做してきた事柄」であったということができる。しかしながら、特使の口上はそのような一回かぎりの具体的な情況やその情況のもとに犯された誤算をさしているわけではない。それらの具体的、個別的な事柄は、スファクテリアに限られていて、「すべての人間に同じことが同じように生じうる」範囲での事柄というわけにはいかないのである。スパルタ特使はそれらの具象的事柄の連鎖の背後にある、基本的な事柄、すなわち一般的に政治的判断の根拠とすべき人間自身の自己把握の問題を明るみに提示する。私たちの眼からみると一見かれは、抽象論のみを根拠とするかのように見える。だが、かれはひろく政治の場における人間の判断と行動について基本的了解がアテナイ・スパルタの間で成り立てば、具体的問題の解決にはおのずと道が開けるはず、という政治的判断に依拠しているのである。

「であるから諸君も、今日諸君のポリスや、また増大した支配圏から生ずるところの力が、今は掌中にあるからといって、ことのなりゆき(τὸ τῆς τύχης)がいつまでも諸君のがわに有利のままにすすむと考えることは、理由を欠いている[155]。」

この文章は、さきの自国側の事態を分析した前文と、細部の用語も全体の構文も、こまかく対応し、補いあい、しかも後文の主張がさりげない修辞法の適用によって強化される仕組みとなっている。スパルタ側の「軍事力の欠陥」(δυνάμεως ἔνδεια)が因にあらずというのに対応して、「現在のちから」(τὴν παροῦσαν νῦν ῥώμην)を頼りにしてという句があり、「勢力増大がかさなって暴挙に出た」(μείζονος προσγενομένης ὑβρίσαντες)のではないという句に対して、アテナイ側が「増大強化」(τῶν προσγεγενημένων)を根拠にして軽はずみな判断に傾けば、という指摘がはさまれる。その裏には、自分たちスパルタ人にはヒュブリスの咎はないが、アテナイ側にはその咎が生じうるというヒントがかくされている。そして「つねに自分たちが現有すると思っていたものについての自分たちの判断の誤謬」という一句は、「ことのなりゆきがいつまでも諸君たちに有利にはこぶと思うこと」(τὸ τῆς τύχης οἴεσθαι αἰεὶ μεθ' ὑμῶν ἔσεσθαι)によって対置され、説明されつつ、しかも後文の字句に含まれる論理の弱みを照射する。すなわち自分たちは「現有のもの」(τὰ ὑπάρχοντα)についての判断を過ったのだが、もし諸君が「ことのなりゆき」(τὸ τῆς τύχης)——だれにも予測のつかない、偶然のはからい——について、判断(γνώμη)とはいえないような希望的観測に走る(οἴεσθαι αἰεὶ μεθ' ὑμῶν ἔσεσθαι)ことがあれば、さきに示唆したヒュブリスの責に加えて、われわれが今回犯した誤謬よりも大きい過ちを犯すことになる。スパルタ人特使は、「運命の逆転ということは誰にも起りうることであるけれどもその原因が、当事者のより大なる道義的欠陥と、より劣った知的判断の誤謬に帰せられるような場合には、世の非難はいっそう大となりうる。アテナイ人はその危険を避けるべき立場にこそあれ、その危険をあえて犯すべき理由はないはずである」、という議論を巧妙に上位対下位の概念を組み合わせた修辞的対置法によってくりひろげているのである。対応する語や句のあいだの微妙なニュアンスの差によって、今もし自分たちの忠言を容れない場合には、アテナイ側のほうがより大なる道義的、政治的な誤謬を犯すことになりかねないことをほのめかす。さらに、それが原因となってアテナイ側が戦局不利の情況に陥ることもありうる、という印象を与えるように修辞的に計算されているのである。そして幾重もの対置された字句の中でもとくに重みをもっているのが、現有のもの(τὰ ὑπάρχοντα)に対することのなりゆき(τὸ τῆς τύχης)であろう。これは「偶然にかかわること」「運次第のこと」と訳すこともできる。それは「現有のもの」よりもはるかに曖昧なものであり、予測不可能なものであるがために、いたずらに人間の思惑を誘発しやすい。「偶然」と「思惑」は宝くじの論理として今日なお生きているが、『戦史』の世界でも不可分の一対として、アテナイの政治家ディオドトスによって指摘されている。[156] スパルタ人特使の修辞も、まさに類似の僥倖批判にむかって収斂していくように組み立てられている。

では賢明なる対策とは、いかなる基本的態度から編みだされるものであるのか。一つ、手に入れた利(τἀγαθά)を順逆両様の境遇にそなえて安全をたくわえること(ここでも、「手ごまを進める」(ἔθεντο)からのメタフォリカルな表現が使われている)、二つ、すれば逆境に陥ろうとも冷静な思慮を失うことなく(εὐξυνετώτερον)対処しうること、三つ、またそのように賢明な人であれば、そもそも戦争とは、人がこの辺まではとあらかじめ希望していた段階までその人に従いてきてくれるものではなく、敵味方の「ことのなりゆき」や「めぐりあわせ」(αἱ τύχαι αὐτῶν)がつれて行くままに続くものであることを知っているはずであること、四つ、したがって賢明な策とは、戦いの有利な局面だけを信じて浮調子になることをつつしむがゆえに躓くことが殆んどなく、よい目が出たときに何をおいても先ず和議申入れに応ずる、そのような態度から生れるものである、と四つの項目にわけてスパルタ側特使は弁じている。[157] この文章は「ごく簡単自明の見解を、ごく難渋不可解な文に盛りこんだツキジデスの傑作」という注釈家ゴムの評はまさに至当といえる。「偶然論」の結びとしてはいささか平板でアンティクライマックスの感があるが、論理の筋はたどりやすく、前節の対置的なレトリックによって前面に押し出されてきた「ことのなりゆき」「偶然にかかわること」「運次第のこと」(τὸ τῆς τύχης)について、人間としてとるべき態度の条々を開陳したものである。しかし私たちは次の点に注目したい。

これと類似の偶然論はじつは『戦史』の演説にしばしば姿をあらわしている。開戦直前スパルタ王アルキダモスは、「眼前に立ちあらわれる「ことのなりゆき」は理のみでは量りがたい」(τὰς προσπιπτούσας τύχας οὐ λόγῳ διαιρετάς)[158] ことを説いている。またシュラクサイの政治家ヘルモクラテスもゲラの平和会議において、「先ゆきについてはこれを最大限に支配しているのは、量りがたいあるものだ（τὸ δὲ ἀστάθμητον τοῦ μέλλοντος ὡς ἐπὶ πλεῖστον κρατεῖ）[159]と言って、シケリア諸邦がいたずらに思惑に走ることを戒めている。今私たちが問題としているスパルタ人特使の「偶然論」も、言葉遣いは僅かに異なるけれども、これらの政治家の「先ゆきはどうなるかは判らない、それを支配しているのは予測のつかないことのなりゆきのみである」という一般的な考えと同じ前提に立ち、その帰結が、「だからいたずらに楽観的な行動に走るな」という警告ないしは慎重論におさまっている点でも、軌を一にしている。スパルタの特使も、たいそう複雑な文章を用いて「僥倖」に溺れぬよう対処する賢明な策を説くかに見えるが、じつはアルキダモスやヘルモクラテスらの和平論や開戦回避論と同様の帰結を導出するために、「ことのなりゆき」「偶然にかかわること」「運次第のこと」（τὸ τῆς τύχης）の予測すべからざることを、――アリストテレスの表現を借りることとなるが――一般命題として用いているにすぎない。そのためにかれらの「偶然論」においては必然的に、ことの先ゆきを誘導するのは人知を結集した計画や目的意識ではなく、偶然的なもの（τὸ τῆς τύχης）、あるいは不可測のもの（τὸ ἀστάθμητον）、あるいは人知をもっては分出しがたいもの（οὐ λόγῳ διαιρετάς）がすべてのことのなりゆきの主役であるかのように語られている。τὸ τῆς τύχης が大きくみえればみえるほど、慎重にならざるを得ないという人間の本性は今日に至るも変らない。

ツキジデスの「偶然」の用例の分布を詳しく調査したエドマンズは、「偶然」に主導性を認める発言はスパルタ側の政治家たちにほとんどの例が集中していることを指摘している[160]。アテナイ人でもその傾向が強いのは、いわば親スパルタ政策の代表者であるニキアスである。それに反して、ことのなりゆきを制禦していくのは計画であり人間の知性であるという主張を説くのは、ペリクレスをはじめとするアテナイ人であり、その考え方の創始者としてツキジデスが挙げているのはテミストクレスである、という事実をも明らかにしている。エドマンズの説をさらに敷衍するならば、ツキジデスが『戦史』において記述するペロポネソス戦争とは、ことのなりゆきの推進力は不可知の「偶然」であるという一派のギリシァ人たちと、いやそれは、人知をもって見通すことのできる「必然」であるというべつの一派のギリシァ人たちとの、世界観の争いであったと言えるかも知れない。またもしそれがツキジデスの脳裏にあった歴史の構図であったとすれば、その構想の中でピュロス・スファクテリアの攻防戦はまさしく二つの世界観が白熱の死闘をくりひろげた場面という位置づけがなされていたかも知れない。そのような見解がはたしてどの程度「ピュロス戦記」の記述やスパルタ人特使の口上から裏付けを得られるものであろうか、その点を次の問題としたい。

私たちは「ことのなりゆき」「偶然にかかわること」「運次第のこと」(τὸ τῆς τύχης) への言及がどのような修辞的な関連において用いられているか、その点をスパルタ人特使の口上において検討し、類似の例としてアルキダモスの開戦回避論の論点や、ヘルモクラテスのシケリア和合論の一節を紹介した。それらはいずれも「偶然」そのものを議論し分析しているわけではなく、慎重論を説き楽観的行動を戒めるための前提として、これに一般命題の機能が与えられていることも明らかにされてきた。哲学的に、「偶然」にことのなりゆきの主導性を附与することがこれらの発言の主旨ではなく、慎重を説き軽挙を戒める政策的な主張が、発言者たちの意図であることも、また明らかである。したがって、アテナイ、スパルタのいずれの陣営たるを問わず、慎重論者が、「ことのなりゆきの不可知」であることに言及しその意義を拡大し、これを一般命題として議論にとりくむことは、ニキアスの例の示すとおりである。親スパルタ論者なるがゆえにではなく、慎重論者なるがゆえに、ニキアスはつねに τὸ τῆς τύχης を口にしていたというべきであろう。

そのような修辞上の関連を確かめた上で、さらに次の事柄がツキジデスの記述上で認められる。すなわち、「先ゆきは不安であるからことは慎重に」という論旨はスパルタ側の発言者に多く、アテナイ側ではニキアス以外の口から語られることはすくない。ペリクレスが「計画性」をいかに重んじ「偶然性」をいかに最小限にとどめようとしたかは、つとによく知られている。またミュティレネー人処遇の議題をめぐって過激論者のクレオンに反対して慎重論を説くディオドトスの論旨は、アテナイ人の態度を語る好例と言えよう。かれは一般に人間が、偶然と思惑の好餌となって軽挙妄動に走る本性をもつことを事実として認める。だが、さりとて偶然の力を過大視するわけではなく、人間が偶然と思惑にあやつられて思慮を逸脱するに至るまえに、策を講じことを未然に防ぐのが政治家たるものの見識である、と論じている。[161] 偶然と思惑が先を行ってはならない、配慮と計画性が主導権をもつべきことを、かれもまたペリクレスと同じように言うのである。慎重でことをためらうスパルタ人と、鋭敏に策を立て果断に実行するアテナイ人との、各〻の社会的性格の著しい差違については、開戦前のスパルタ側の同盟会議においてコリントス代表も激しい語調で指摘したことになっている。[162] 各〻の集団的な性格の差違はまた、「ことのなりゆき」「偶然にかかわること」「運次第のこと」(*τὰ τῆς τύχης*) についても対照的に異なる態度となって現われている、ということもできるであろう。

　未来はアテナイ人にとってもスパルタ人にとっても等しく不可知であることに変りはない。だが、なればこそ慎重にことをつつしむべしというスパルタ人の態度と、なればこそ積極的に己れの意図に添う策と計画を立てよというアテナイ人の態度とを、『戦史』は対照的な二色に描きだす。このような根深い違いをつちかった各〻の歴史や社会や文化について、ここでは立ち入った考察を加えることはできない。私たちとしてはそのような違いを事実として認めたうえで、今いちどスパルタ特使の演説にもどり、「ピュロス戦記」という歴史記述におけるその意義について考えてみたい。

　特使は、今スファクテリアではアテナイ側にとっては都合のよいサイの目が揃って出たが、これに従って上手に手もちの札をすすめることが問題である。サイの目がいつもよい具合に揃うということは一般的に考えられない。次にどのような目が出るかは誰にも予測できないわけであるから、この際、楽観をひかえもっとも慎重な動きをするのがアテナイ側の得策である。すなわち、スパルタ側から和議を申し入れているのだから、これを戦争中止の潮時とするのが賢明である、と言った。これはスパルタ側の持論である慎重論とその根拠となっている一般命題を、アテナイ側にも認めさせようという主旨である。しかし『戦史』記述によって描き出されているアテナイ人の性格は、スパルタ人が真実と見做している「およそ先ゆきは不可知であり逆転をはらむものである」、という悲観的な一般命題をそのままの形で容認するものではない。それまでの半世紀、アイスキュロスいらいのアテナイの悲劇詩人らがどのように神話伝説を解義して、つねならぬ人間の運命を説いたにせよ、それはアテナイ人の政治・軍事・外交の場の論理には直結していない。実践の場における一つのよい結果は、かれらの計画の正しさの証明であり、その計画がさらに大きい成果をもたらす確率を保証する。スパルタの特使が修辞の秘術を駆使して誘導し、展開してみせたところのスパルタ風の「偶然論」も、その命題にもとづく和議提案の妥当性も、ペリクレス、クレオン、ディオドトスらの演説からうかがわれるアテナイの政治弁論の場においては、基本的前提を異にしている以上は、最初から何らの説得的効果も期待されるべくもなかったと言ってよいだろう。これはツキジデスがこれまでの数巻の記述や演説をつうじて刻みだした、政治の場におけるアテナイ人の像から充分に明らかである。

特使の演説は、さきのデモステネスの激励演説の場合と同様に、おそらくはそれよりもさらに濃く、ツキジデス自身のスタイルを浮び上らせている。スパルタからの特使がアテナイをおとずれて、和議交渉の申し入れを行なったのは歴史上の事実であろう。しかしその口上がこの演説どおりであったとは考えにくい。第一にかれがアッティカ方言を語り、またアッティカ風の修辞法を達者にこなし、さらにエウリピデスの悲劇から教わったような形式の悲観的「偶然論」をくわしく開陳したとは考えられないのである。この「簡単な内容をもっとも難解なシンタックスであらわした演説文の傑作」は、簡明直截を風とするスパルタ人のものではなく、ツキジデスその人のものであることは殆んど疑いの余地がない。しかもかれ自身、このスパルタ特使にこのような口上を語らせば、当時のアテナイの政治家たちの冷笑と拒絶にあうことを、だれよりも明晰に知っていたはずである。じじつ、この申入れは、スパルタ側の予測に反して、アテナイ側の応ずるところとはならなかった。スパルタ側からみれば、アテナイ人が待ちのぞんでいるはずの――じじつアテナイでは僅か四、五ケ月まえに、平凡な一市民の強い和平志向を戯画化したアリストファネスの喜劇『アカルナイの人々』が上演されていた――しかもアテナイ側に有利な条件の、和議を申し入れたつもりであった。しかしアテナイ側はこれにすなおに応ずることはなかった。そして結局この段階における和平交渉は挫折した。ツキジデスはその事実を説明するために、この「難解この上ない文章」を綴り、アテナイの政治の条理が絶対に認めることのできない「偶然論」を、わざわざスパルタ人の特使に語らせているのであろうか。

のちにツキジデスはこのスパルタ側からの申し入れが受諾されなかったのは、いまやスファクテリアのスパルタ人兵士らを手中にしたと考えたアテナイ人がより多くを望んだからであり、とくに政治家クレオンがより有利な講和条件を獲得しようと無理押しをしたからでもある、と記している。ここに確かに、事実の一半の説明がみとめられる。その説明の要となっているのは「アテナイ人はより多くを望んだ」(*τοῦ δὲ πλέονος ὠρέγοντο*)[163]という字句である。クレオンの人物については次節で詳述するのでここでは触れないが、かれがいかに激烈な煽動を試みたにせよ、衆議が「より多くを望んだ」ことが交渉挫折の原因となったことがここに明示されている。「より多くを望む」という表現は、古典期のギリシァ語ではつねに平等とか正義に反する行為を指弾する意味あいで頻繁に用いられており、ツキジデスの『戦史』においても幾度か発見される。しかしながら、ツキジデスが、和平交渉中断という重要な――おそらくはアルキダモス戦役を通じて最も重要と見做されうる――事実を説明する客観的記述文の中で、肝心の理由説明として用いている「より多くを望んだ」という一句は、他の用例とは同日に論ずることができない重みを持っている。なぜなら、これは、そのすぐ前にスパルタ人特使の口上でも使われている句であり[164]、その響きは読者の耳にまだのこっているからである。「わずかに一回だけのことであっても、思いもかけずよいサイの目を振りだしたものは、もうそれだけで思惑のとりことなって、より多くを望む」と。

かれがまったく同一といってよいこの句を、スパルタ人特使の和議申入れの口上の中と、和平交渉中断の原因を記述する文中と、近接した文脈で二度反復使用していることは偶然ではない。この同一句の反復使用は、特使の演説文との関連において検討すれば解るように、アテナイ側の拒絶反応が――クレオンの使嗾はべつとして――一見、論理的には必然的帰結であったことを示す重みをになっているのである。すでに上に詳しく見たように、今掌中にした良いものを、大きい一つの計画成就の展望において積極的に評価するという態度も、またいま掌中にした仕合せを、幸運のたまものとして失わぬように消極的に温存するという態度も、ともに人間にはそなわっているものである。しかしながら、「より多くを望む」という行為の是非は、まさしくそれら二つの対照的な態度のいずれを拠りどころとするかにかかっている。遠大な計画遂行を願う人間にとっては、ことのなりゆきが目的成就の線にそう限りは、「より多くを望む」のは当然の是である。しかし未来は幸と不幸の混沌であるとしかみない悲観論者にとって、今の仕合せ以上のものを希求するのは、非そのものといえるだろう。この対立関係を中心にして、ツキジデスの四・一七・四――二一・二の文章を極端に簡略化してしまうと次のようになる。「より多くのものを望むのは非」とするスパルタ人の申入れを、「より多くのものを望むのを是」とするアテナイ人が拒絶した。ツキジデスが同一語句の反復使用によって示唆をこころみたのは、まさしくこれら両者の倫理観と行動様式との根深い対立である。それはまた和議交渉破綻の真の理由を伝えることに狙いがあったと言ってもよいであろう。

この時点で講和が成立していたならば、スパルタ人特使の口上どおりに、いかばかりにギリシァ世界はこれを喜びむかえたであろうか、想像にかたくない。ツキジデス自身の人生も、二十年間の追放をまぬかれたかも知れない。ツキジデスの念頭にはなにがしか、このような感慨が一瞬影を落すことがあったかも知れないが、しかし歴史記述者としてのかれは、そのような仮定のことがらには眼もくれず、このとき自分がとらえた歴史の真相を、事実の記述をつうじて明らかにすることに立ちむかっている。

　私たちは、和議申入れの段階に至るまでの「ピュロス戦記」の重要な節ごとに、「計画性」と「偶然性」との間に緊迫したディアレクティクが展開されているのを、逐一これまでに追跡してきた。デモステネスの要請とこれを「ことのなりゆき」に委ねた本国政府の附帯決議、ピュロス沖合の船上における作戦会議と偶然その場に襲いかかった暴風雨、デモステネスの、計画実現のための執拗なまでの根まわしと突然の兵士らの行動意欲、ピュロス岩礁上のデモステネスの、思わぬ「ことのなりゆき」までをも、あえて判断と予測の膝下にねじふせた、激励演説、それらの節々の記述や演説のどれを見ても、記述者ツキジデスが事実を事実ならしめていった二つのちから――「計画」と「ことのなりゆき」(τὸ τῆς τύχης)――の四つに組んだ争いに記述の焦点をあわせていることがすでにこれまでの私たちの検討から明らかになっている。

　このことはとくにデモステネスの言動を記述するところで顕著な特色となっているが、ツキジデスはこれに対するスパルタ側の動きを語る際にも、「計画」と「ことのなりゆき」(τὸ τῆς τύχης)の相関関係への目くばりも怠っていない。ピュロス戦争はアテナイ側の攻勢で始まったものであるから、スパルタ側はどうしても「ことのなりゆき」に対応し、その後を追うことになる。ピュロス占拠の第一報が届いたとき、かれらはたまたま祭を祝っていた。かれらの全同盟規模の反撃体制は、なかなか歩調が揃わなかったと記されているが、スパルタ本国部隊の対応は敏速であり、一時はアテナイ側をだしぬいてピュロス水域とスファクテリア島を制圧した。しかし島の南北両端の水域を閉塞する計画は、「ことのなりゆき」に間に合わなかった。かれらは、「手の中にあるものを、計画のくいちがいのために失った」(ἀπὸ τῶν ὑπαρχόντων γνώμῃ σφαλέντες)のである。

そこまでは、ツキジデスの記述はデモステネスの動きを中心に置いて明確な「計画性」が優先し「ことのなりゆき」が、その後に従い、さらにその後をスパルタ側の対応措置が追いかけ追いつくという順序で進められている。しかしそれから後の「ことのなりゆき」は、それまでの次第とはまったく別種のものであることを、ツキジデスは明示している。スファクテリア島にスパルタ兵と農奴らの計四百二十名が孤立するという、あらたな情況は、スパルタ側の計画的行為の一端がかれらの作戦上の過ちによって致命的な破綻を来たした結果、として記されている。しかしこの情況は、それまでのどの段階においてもデモステネスが予測していなかったものであり、したがってかれの計画に添って目的成就にむかう線上では一度も考えられていなかった、純粋な「ことのなりゆき」(*τὸ τῆς τύχης*)という位置づけがなされている。言いかえればスファクテリアの情況は、「諸君にとってはよいサイの眼(*εὐτυχία*)であるが、われわれにとっては誤算(*γνώμη σφαλέντες*)」というスパルタ人特使の口上に、厳密に一致する形で事実の記述がなされている。

この段落に至るまでのツキジデスの記述構成において事実の歪曲があるということはできない。運命論や偶然論をもって歴史を説明しようとしているふしを見つけることもできない。むしろ記述の焦点は、スファクテリアの情況が現出するまでのピュロス戦争の、どの段階までがアテナイ側の計画的作戦行動によって進められてきているのか、という問題の正確な解明にあつめられている。もしスファクテリア封鎖という作戦が最初から、あるいは中途のある段階で、あらかじめアテナイ側の作戦計画に組みこまれ予測されていたものであったなら、この情況以後のアテナイ人の軍事的、外交的、政治的、各面における対応も違ったものとなっていたであろう。しかしツキジデスが事実を追跡し記述をつうじてその結論として示しているように、デモステネスの作戦は計画的であったとしても、スファクテリア島のスパルタ兵孤立の事態は、「ことのなりゆき」から生じた純粋に偶発的なものである。それが事実ならばアテナイ人もまたこれを自分たちの計画性の所産としてみる由縁は毛頭なかった、と言わねばならない。

スパルタ人特使の「偶然論」は、スパルタ側、アテナイ側各〻の政治文化の根底にある対立したものの見方を浮きぼりにしている。このような対立があるところでは、一つの事件――スファクテリア島孤立の情況――が両者の妥協によって解決に至る見通しは殆んどない。しかし一歩退いて、事実そのものの経緯を検討すれば答が得られるのではないか。歴史家ツキジデスの展望はまさにそこに開けており、かれの記述文が意図する分析と構成が生れている。アテナイ人とスパルタ人とのあいだに「計画性」と「偶然」との評価について深い見解の対立があったにしても、また「より多くのものを望む」行動様式について両者の間に価値観の争いがあったとしても、いま具体的な問題となっているスファクテリアの外交的な処理に際して、アテナイ側がこの偶然的情況を、スパルタ人特使の言葉どおりに「いわれもない僥倖」と見て、節度ある対応を示すことができたはずの、事実上の根拠をツキジデスは示しているのである。かれが「演説」部分で明らかにする思想上の対立は、かれが「記述」部分で明らかにしている事実の根拠によって吟味検討され、幾重にも屈折した評価をうけるべきものとなる。このような事実と言葉の二枚の鏡の間で歴史は必ず真実の像と結ぶ、――それが歴史家ツキジデスの信条でもあり、またかれが未来の読者によせた信頼でもあった。

歴史記述者ツキジデスの「ピュロス戦記」における問題意識が、私たちの推定にほぼ近いものであるとするならば、その根は実に、スファクテリアの僥倖を後刻ついに独占することとなる、政治家クレオンに対するツキジデスの評価にも深いかかわりをもつと言わねばならない。ここで節を改めて、「ピュロス戦記」の後半部分について論をすすめることにしたい。

六　クレオンの放言場面

「アテナイ人は、島上のスパルタ兵らを掌中に確保している限りは、平和条約はもう自分たちのものであり、自分たちが望むときにこれをスパルタ側に対して認めてやればよいのだと思いこみ、相手側に対して、より多くのものを望んだし、また先頭に立ってかれらをその方向に煽動したのは、クレアイネトスの子クレオンという民衆指導者で、当時一般市民のあいだで最も人望の高い男であった」とツキジデスは記している[165]。

クレオンという人物は先に前四二七年、ミュティレネー離叛事件の処理を議したアテナイの民議会において登場し、ミュティレネーの全市民男子を死刑に処して他の同盟諸市への見せしめにせよ、という激しい意見を述べているが、その際にもツキジデスは、かれを紹介するときに「一般的にかれは最も強圧的な(*καὶ τἆλλα βιαιότατος*)人間であったが、当時一般市民のあいだでは他の誰にも比肩をゆるさぬ信望を担っていた(*τῷ τε δήμῳ παρὰ πολὺ ἐν τῷ τότε πιθανώτατος*)[166]」と、同じような紹介の言葉で、民議会の大立者ともいうべきこの人物を位置づけている。ペリクレスの死後、長びく戦乱、疫病、農地荒廃などのために焦立ち荒れぎみの一般市民の心情の吐け口となるような、激しい言葉で軍事・政治の責任者たちを攻撃非難することによって、責任のない大衆の拍手喝采を受けていた政治家たちの代表であったのかも知れない。しかし、アテナイ市民がすべてクレオンを支持する立場にいたというわけではなく、喜劇作者アリストファネスの、ピュロス戦争が生ずる直前に上演された『アカルナイの人々』の主人公は、クレオンが収賄事件で告訴され有罪となったと称して快哉を叫んでいる[167]し、ツキジデスも、クレオンに対しては偏見といえるほどの強い批判的意見の持主であった[168]。

スパルタ人特使の和議申入れに際して、クレオンが語った言葉は直接話法の演説としては記録されていない。しかしその内容の概略は、ツキジデス自身の記述文の中に織りこまれている。クレオンは和平交渉開始の前提条件として、まずスファクテリアのスパルタ兵の武装解除とアテナイへの身柄護送が行なわれること、第二にスパルタ側同盟諸邦のうち、ニサイア、ペガイ、トロイゼン、アカイアの四つの都市国家がアテナイの支配に服することを認めるならば、アテナイ側はスパルタ兵の祖国への送還と平和条約の締結を行なってもよい、という主旨をスパルタ側に与える返答の中に織りこませた[169]。第一の武装解除などの条件は、まさしくその事態を回避するためにスパルタ側の特使が派遣されてきたわけであるから、それを交渉の前提条件にされては、スパルタ側にとっては全面降伏に等しく交渉の余地はなくなる。また第二の前提に含まれている四つの都市国家のうち、アカイアはこの時点では中立国であり、その他の三つも前四四五年以前にはアテナイの支配に服してはいたが、同年の平和条約に際してアテナイはそれらに対する支配権を放棄しており、[170]前四三一年以来の戦闘行為の結果どちらかの支配下に入った占領地――これであったならば当時の慣習として和平交渉の議に条件となりえたけれども――というわけでもない。これをみると誰しもクレオンは和平交渉を不可能ならしめることを目的に、このような条件を提示しているという印象をうけるであろう。またこのような過大な要求が、アテナイ一般市民の「より多くを求めたがる」意をむかえることとなったとも考えられる。

しかしながらこの交渉の歩みを追うまえに、私たちは次の点に注意したい。

トロイゼンは東ペロポネソスの要衝の地である。アカイア、ペガイ、ニサイアを手に入れればアテナイは一石二鳥の利を得ることになる。これら三地域を支配下に収めて、ナウパクトスとの最短連絡路の確保、コリントスの海軍に対する事実上の封鎖線の確立、ボイオティアとペロポネソス半島をむすぶ陸上路の完全な遮断、その三つがアテナイ側の手に入れば、ペロポネソス半島の諸邦は外界から遮断されるに等しい。[171]スパルタ側はスファクテリア島の兵士らを救出できたとしても、その代償として自国側同盟の崩壊と自国の完全な孤立化を強いられることとなる。

クレオンは理由もなく領土要求をもちだしているわけではない。かれは二十年昔ペリクレスが失ったアテナイの地歩をとりもどそうとしている。かれの提案の重要性についてはツキジデスは一言の説明も附していない。アテナイ人が「より多くのものを」という欲望にとりつかれている時にクレオンがこれに附和したごとくに記しているだけであるが、しかしクレオンはこの時点において、戦争を一つの決定的な形で終結せしめることを明確に意図していたからこそ、このような交渉条件をまず提示したのではないだろうか。西部戦線においては、ペロポネソス半島の海上封鎖態勢の確立と、アドリア海沿岸諸地域の同盟圏確立という形の戦争終結の展望は、おそらくペリクレス自身の考えに含まれていたであろうし、デモステネスもクレオンも、その基本戦略にそって動いていたことは充分に考えられるのである。[172]

ツキジデスの文脈を次のように読みかえることも不可能ではない。デモステネスのピュロス築城という計画は、思いもかけない幸運をつかんだ。スパルタ側の特使はアテナイ側の三重櫓船の便宜を供せられて、アテナイにやってきた。[173] そこまではツキジデスが記しているところである。しかし、ツキジデスは明記していないが、その船には当然、特使らをアテナイの評議会に案内し来訪の趣旨を取りつぐ責任ある立場の人間が同乗していたはずである。[174] その人間はアテナイ本国の責任者や有力者らに今回の作戦の経緯と展望を詳細に報告するべき立場にもあったはずであるし、[175] さらにこの和平交渉の条件についても意見を求められるような立場にもいたかも知れない。そのような人間が随伴していたことを前提としなければ、評議会におけるスパルタ人特使の発言など行なわれることはなかったであろうし、アテナイ人の責任者も一般市民も、ピュロス、スファクテリアの最近の情勢について何も正確に知ることができず、判断の材料も根拠もなかったはずである。クレオンといえども、拠るべきところなくしては、スパルタ側使節に答えるべき条々を市民たちに説き合意を得ることはできなかったはずである。この時点の『戦史』には明記されていないが、その随伴者兼報告者は、デモステネス自身か、さもなくば、かれと常時行動をともにしていた人間の一人であった可能性は大である。エウリュメドンとソフォクレスらの主力船隊はピュロス攻防の最も重大な時点においてはまだザキュントスにいて、現場には居あわせなかったからである。デモステネスとクレオンとの間にいつ、どの程度の連携が成立していたかは確かではないが、かりに比較的早期に両者の間に直接に情報交換の道が開けたという見方が正しいとすれば、[176] 第一回目はまさしくスパルタ特使のアテナイ来訪の時をおいて他にない。

ツキジデスの記事にもどると、クレオンの提案どおりにアテナイ側が答えると、スパルタ側使節団は、これに対する即答を避け、かわりに別の小会合を開いて各項目について冷静に意見を交換しながら交渉をすすめていくことを提案する。だがクレオンは、少数者の意見調整によってことをはかることに対して激しく反対する。少数者という言葉は同時に少数派の意味でも使われており、後者には「親スパルタ派」というニュアンスが含まれている。スパルタ側の意図が真に健全なもの（ὑγιές τι）であるならば――すなわちアテナイの政治体質に対して害意のないものならば――これを全市民のまえで公言するべきである、と。しかしスパルタ側としてはそうすることを躊躇せざるを得ない。というのは、かりにこの際、最悪の事態を回避するためには、アテナイ側に対して何らかの譲歩もやむなしという判断があったとしても、――スパルタ兵の武装解除と身柄引渡しというクレオンの附した条件は、使節らがそれを回避するためにやって来たわけなのであるから、この点についてスパルタ側の譲歩はありえなかった、するとかれらに譲歩できる点が残っていたとすれば、同盟下の三つと中立の一つの都市国家の、一部あるいは全部をアテナイ側に委ねることだけである――だが、それをいったんアテナイの大衆討議の場で公言した場合、それが拒絶され、所期の目的を逸する場合も考えられる。もしそうなれば、スパルタ側使節は自国の兵士と引換えに同盟国を売ろうとしたという、顔向けのならない非難だけをになって退散することとなる。それが、スパルタ側の躊躇の原因であった。また見るところ、アテナイ側はスパルタ側の提案に対して、節度をもって交渉に応ずる態度をみせなかったので、使節一行は得るところなくアテナイから去っていった。

　以上が和平交渉の不成立の経過を語るツキジデスの主旨であるが[177]、この一連の記述ではクレオンの発言内容が大きくクローズアップされており、これがアテナイ側の対応を完全に牛耳ったかのような印象がつよい。前置きの部分で、「アテナイ人が思惑にひかれてより多くのものを求めた」と記されており[178]、最後の段落でも、「節度をもって交渉に応ずる態度を見せなかった」と語られているが[179]、そのようなアテナイ人全体の考えや態度よりも、クレオンの主張やスパルタ人特使とのやりとりのほうが迫真の具体性をもって描きだされている。しかしこの記述には、クローズアップされてはいないがゆえに、かえって私たちの注意を招く点も幾つかある。第一の点はすでに先に指摘したとおり、クレオンが交渉の前提として持ちだした四つの都市国家の領土問題が、いかにも唐突であり、かれがなぜこの時にこの条件を掲げることになったのか、その理由はまったく説明されていない。

ツキジデスの記述が示唆しているのは、先ず第一にクレオンの領土要求は、アテナイ人の軽はずみな思惑とクレオン自身のその場の思いつきの産であったかのごとき印象である。しかし私たちは、クレオンの領土的な条件提示が――他にも考えうる諸々の条件設定の可能性のなかで[180]――特殊な選択と見なしうるものであるだけに、その背後には、たんなる思惑と思いつきではなく、しかるべき配慮にもとづく理由があったにちがいないと考えざるをえない。なぜならば、クレオンは、和平交渉の申入れを聞いたあと、アテナイ人だけでその諾否を論ずる場で、理をつくして自説を説いて、この条件を含む交渉の諸条件をスパルタ側使節団に対して答えるように説得したと記されているからである(*ἔπεισεν ἀποκρίνασθαι...*)。かれがどのような論によって説得したのかは記されていない。しかしありうべかりしかれの提案理由については、前節において述べたところである。

次にスパルタ側使節団が小人数の会議を提案すると、この段に至ってクレオンはこれに対して猛然と反対した(*Κλέων δὲ ἐνταῦθα δὴ πολὺς ἐνέκειτο*)と記されており、つづくかれの口上は間接話法によって報じられる。このクレオンの反応は、あたかもかれが、スパルタ側が小人数の会議をと提案するのを見通していて、それを耳にするやこの時とばかり自ら立って反対論の先頭に立ったように見うけられる。それまでのアテナイ側の回答はクレオンの説をとりいれてはいるものの、形としてはアテナイ市民の総意のもとに行なわれたごとくに記されているが、この段からあとの反論はクレオン個人の言葉として書かれているからである。ここでクレオンがなぜ、小人数の会議に反対したのか、その理由についてはツキジデスは注釈を附することなく、クレオン自身の言葉の中に、それを暗示するにとどめている。クレオンは、「最初からスパルタ側が正義に反する意図をひめている(*οὐδὲν ἐν νῷ ἔχοντας δίκαιον αὐτούς*)

のを見抜いていたが、使節団が大衆討議の場における言明をさけ、小人数の会議を要求するに至っては、もはやかれらの本心は疑いも余地なく明白である。しかしスパルタ側が、健全な意図を有するというのであれば(*ἀλλὰ εἴ τι ὑγιὲς διανοοῦνται*)、全市民のまえでそれを語れ、と要求した」、と記されている。

この要求は明らかにスパルタ側にとって認めることの出来ない議論の場と、交渉の形態を強要することにひとしく、そのために交渉そのものの開始を不可能ならしめることとなった。クレオンとしては自説を〝大衆的〟にバックアップしてくれる場を必要としており、その背景に拠ってスパルタ側の全面的譲歩をかちとろうとしていたのであろう。そのように見るとき、スパルタ側使節団の意図ないしは動機についてかれが口にする「正義に反する」とか「健全な」とかの形容詞は、かれが得意としたと伝えられる中傷戦術の用語として使われているもので、さしたる深い意味はないと解されるべきかもしれない。スパルタ側が、アテナイ人には節度をもって交渉に応ずる態度がないと判断したのも、ツキジデスの文脈ではじつにこのクレオンの態度に対する反応のように読みとることができる。

ツキジデスの記述が与えている印象は、一言でいうならば、このときアテナイ人全体とクレオンとは一体であったということであり、また一体であるという印象を使節団にも与えたということであろう。記述の途中でクレオン自身の口からの発言を間接話法に切りかえるという、一つの文体上の区切りはもうけられているけれども、スパルタ側使節はアテナイ人の回答もクレオンの中傷的反論も、一つのものとして受けとっている。しかし、じつはそこに、ツキジデスの記述がことの半面を強調し、いま一つ別の半面を曖昧にしている点が指摘できるように思われる。というよりも、私たちの読み方が充分に正確ではないために、クレオン自身の口上として間接話法で報告されている部分の含意が、この場面の解釈に充分に反映されていない恨みを残しているのである。

ここに含まれている問題は四・二一・一から四・二二・三までの諸〻の発言がどのような場で誰にむかってなされたものであるか、その点をいま一度ふりかえって検討してみることによって明らかになる。

スパルタ側からの和議申入れはアテナイの評議会を経て民議会で行なわれたのであろう。使節団が退席したのち、市民らだけで申入れを受諾すべきか否かの議論が行なわれ、そこでクレオンの前提条件が認められれば、申入れに応じてもよいという案が採択されて、その結果がアテナイ人の総意として、スパルタ人使節団に伝えられた。これに対するスパルタ側からの、小人数の会議開催の要求は、再び民議会において審議される運びとなったのであろう。クレオンの発言が間接話法で記されているのは、まさにこの場におけるかれの言葉を伝えるためと思われる。このスパルタ側からの要求に応ずるべきか否かの議論も、おそらく市民たちだけの場で行なわれたと考えてよいとすれば、市民らの中にはこの要求に応ずべしの声もあがったであろう。するとツキジデスの言う「この段にいたるやクレオンはこれに猛然と反対した」のは——ツキジデスはそれと明言していないが——アテナイ人たちだけの場で、一部のアテナイ人に対して行なわれたわけである。間接話法で書かれている部分のクレオンの口上も、スパルタ側使節団に直接に言われたわけではなく、仲間のアテナイ市民を相手に語られたものと考えねばならない。このように、その言葉が語られた場を——ツキジデスは明言していないが——限定して考えてみると、その意図もまた異なる趣きをもつものであることがわかる。

スパルタ側使節団は具体的交渉を冷静にすすめるために同席すべき人数をアテナイ人の間から選出してもらいたい(*ξυνέδρους δὲ σφίσιν ἐκέλευον ἑλέσθαι*)と要請したのに対して、クレオンはかれらが「少数市民との交渉者でありたい」(*ὀλίγοις δὲ ἀνδράσι ξύνεδροι βούλονται γενέσθαι*)と言いだした以上、かれらの意図が正義に反することは明白である、という判断をアテナイ人に示した。この字句どおりの発言をクレオンが行なったとすれば、これには意図的な歪曲が含まれている。スパルタ人は「委員の選出を行なってもらいたい」と言っているのに、クレオンは、「スパルタ人が少数市民との会で話しあいたい」と言っている、と言いなおす。委員の選出は民主主義に添った手続きで行なわれうる。だが「少数市民」という表現は当時のアテナイの政治用語としては貴族派ないしは寡頭派と同義語であり、ペロポネソス戦争に際しては各〻の都市国家の中では親スパルタ派がおおむね、「少数市民」という名で呼ばれている。クレオンのこの歪曲の意図は、スパルタ側と具体的交渉の場をもつべきではないかと賛同する市民が現われれば、これに「親スパルタ派」というラベルを貼るぞという一種の脅迫であり、賛同者の発言を封ずるためのものと見てよいだろう。

つづいてかれが、「かれらが健全な意図を有するというのであれば」、という言葉遣いをしている点も、注目に値する。「健全な」という形容詞がこのようなメタフォリカルな意味で、『戦史』記述に用いられているのはここと、いま一ケ所「ケルキュラ内乱記」の一節に認められるだけであるが、(181) この語がこの二ケ所に共通する意味合いで用いられていることは単なる偶然ではない。「ケルキュラ内乱記」の使用例では、ポリス全体を一つの身体とみたてて、これに危害を加える恐れのない志向を「健全な」という形容詞の比喩的用法によって表わしている。逆に、「健全でない」と言われるのはポリスを危機に陥れるもの、すなわち内乱を誘発せしめる志向が、それである。さらにまた、もし他国が外部から内乱を使嗾することがあれば、これは内政干渉であり「正義に反する所業」といわれることとなる。クレオンがアテナイ人の議論の場で猛然と指摘しているのはまさしくその点である。スパルタ側の「正義に反する意図」や「健全なる意図」という表現も、「内乱使嗾的なもの」と「内乱を誘発する危険のないもの」という意味で諒解するならば、――さきの「少数派」という意図的な置き換えとの関連においても――クレオンが訴えようとしている主旨も、自ら明瞭に浮び上ってくる。かれは、いまスパルタ側使節団の要請に応じて、個別条件を具体的に交渉する委員を選出することは、アテナイにおいて――内乱とか貴族派独走などはこの時点では実際にはありえなかったとしても――国論を二分し、敵に乗ずる隙を与える危険があるとして、それに対する警告を、スパルタ側使節に対する中傷をまじえた形で語っているのである。これは相手側の使節に対する中傷であり警告であると同時に、委員選出に賛同する市民たちの発言を封ずる目的のものであった。

ツキジデスは、クレオンの発言の要となっている個々の言葉はいちおう正確に伝えていると言ってよいだろう。しかしクレオン発言の意図や目的を正確に伝えるに充分な記述をのこしているとは言いがたい。一つは、クレオン発言の時と場の明示がないために——それは当時のポリスの慣習を熟知していた読者には自明の事柄であったためか——どの発言もみなスパルタ側使節団に対する直接の回答であったかのように見えるからである。また一つは、クレオンの発言がどのようにアテナイ人に受けとられたのか、その点についてはツキジデスは一つのヒントすら残していないからである。以上のような主張を、かれは強く押した(*πολὺς ἐνέκειτο*)と書かれているが、アテナイ人がこれを聞いて納得したとも、そのとおりにスパルタ側使節団に伝えたとも記されていない。ただ、「スパルタ人たちに市民全員のまえで公言することを要求した」と記されているが、この文章は定動詞形を含むが、かかり結びは明らかに間接話法による口上の連続であることを示している。この曖昧な結びのすぐ後から、記述はスパルタ側使節団が下した情況判断の内容に移り、かれらは大衆討議の場では交渉の利がないことを悟り、交渉を打ち切ったという報告になっている。このためにクレオン発言の意図は、主としてスパルタ側がとうてい呑めない交渉形態を故意に要求して交渉を不成立に終らしめることにあったかのような印象がのこるのである。

ツキジデスがこのようないびつな形の記述文を残していることについて、幾つかの理由が考えられる。(1)今日伝わる「ピュロス戦記」には省略部分が多いため、(2)ツキジデスは正しい理解のために必要な前提的事項については、当時の読者には自明のこととして省略したため、(3)ツキジデスは、記述上、読者の誤解を生じうるような個所があるのに気づかなかったため、(4)ツキジデスは、事実や発言要旨は正確に記録しているが、それらを組み合わせた叙述編成においては、かなり恣意的な取捨を行なっているため、(5)クレオンという政治家に対しては強い偏見をいだいていたため。その中から最も正しい理由を選びだすことは難しい。五つあげた理由はいずれもみなこの文章構成に多少は影響していると思われるからである。しかし、先に触れたように、四つの都市国家の割譲要求の背後にあったはずの理由がまったく記述されていないこと、そして今検討したクレオン発言の真意が理解しにくい(誤解されやすい)ような記述編成がなされていること、それら二点の記述上の欠陥によって、クレオンという政治家には深い配慮や計画的思考が全く欠如していたかのごとき印象が強められていることは確かであろう。その印象は、クレオンという歴史上の人物が実際に当時の人々の間で得ていた評価に――といっても私たちはそれをほとんどツキジデスと喜劇作家のアリストファネスを通じてのみうかがい知ることのできるものであるが――かなり近いものであったのかも知れない。しかし、あるいはツキジデスの記述は、クレオンに対する偏見によって意図的に誇張されたり簡略化されすぎているために、クレオンの実像のある一面のみがクローズアップされているという可能性もなしとは言えない。この点についての私たちの最終的判断は、次の記事構成の検討を終ったのちに提示することとしたい。

和議交渉が不調に終ってから、ピュロス周域の戦局は膠着状態に陥った。アテナイ側はスファクテリア島を海上封鎖するために、本国から二十隻の軍船の追加派遣をもとめ、総勢七十隻をもって交替で昼夜の別なく島のまわりを巡航し、スパルタ兵を饑餓状態に追いこむ作戦を続けることとなった。これに対抗して本土のスパルタ側ではさまざまの奇計を案出して島内への糧食補給を絶やさず、島内のスパルタ兵らにも士気の衰えが見えない。島は灌木林の密生でおおわれていたために、アテナイ側は島内のスパルタ兵の数も配置もつかむことができず、強行上陸する策も立たない。この膠着状態は約一ケ月続いたものと推算されるが、その間に海上封鎖を続けていたアテナイ側には多大の困難が累積的に増加し、陸上の包囲攻城戦には多くの経験を積んでいるはずのアテナイ側にも、疲労と困惑の色が濃くなってきた、とツキジデスは記している。しかも、やがて冬にもなれば海上の波浪は激しくなり、アテナイ側の補給路も危くなりスファクテリアの海上封鎖を維持することは不可能となる。アテナイ側はそれを恐れた。しかしスパルタ側はその機こそ脱出の潮時と見越してか、もはや和議交渉のための使節をアテナイに派遣する動きを見せなくなっ

たのである。(182)

アテナイ市民らは先般の和議交渉を受け入れなかったことを後悔しはじめた。結局、先般の和議交渉に入ることを強力に阻んだクレオンが、この膠着状態を打破するのは自分をおいては他にないとして、レムノス、インブロス、アイノスなどからの同盟諸兵少数をひきいてピュロスに急行する。そして出発の際の高言どおりに二十日以内にスファクテリアに強行上陸してこれを占領し、スパルタ兵百二十名その他七十二名を捕虜にして意気揚々とアテナイに帰還するのである。その一連の叙述の中でとくに、クレオンがピュロス方面での軍勢指揮をひきうける段からアテナイを出発してピュロスに到着するまでを語るツキジデスの筆致は、歴史記述上必要な事実を述べるというよりも、クレオンという一人物の性格を暴露するという意図をはっきりと示している。これがツキジデスのクレオンに対する敵意と偏見によるものであることは容易に察知できる。(183) しかしその半面、この場面の記述構成は、私たちの本題であるところの偶然的要素について、ツキジデス自身の扱いと考え方を含んでいるので、あらためてこの角度からの検討を加えてみたい。

このクレオンの放言場面の日取りをつかんでおきたい。そのために先ず第一にスファクテリアの海上封鎖が始まってからスパルタ兵の降伏までの日程の概略を明らかにしておこう。ツキジデス自身はその間正確に七十二日間であったと記しており、この数字には写本上の異同はない。(184) その当初の時期にスパルタ側の使節団がアテナイの三重櫓船によって、ピュロスとアテナイとの間を往復した間の二十日間はピュロス周辺では休戦状態が保たれていたから、アテナイ側の海上封鎖は前四二五年の七月を中心とする四十～五十日の間の出来ごとであったと考えられる。事実は、四十日のほうに近かったのではないかと見られる。というのは、スファクテリア島内のスパルタ兵孤立という知らせがスパルタ本国に報じられ、本国政府の責任者がピュロスを実地に訪れて情況を見きわめ、アテナイ側と談合して休戦と使節派遣の取決めを行なうためには、少なくとも三日の時間を要したと思われるからである。アテナイ側にとってこの約一ケ月半の間、島を海上から封鎖し警戒線を四六時中ゆるめず維持することに伴なう困難が多大のものであったことは、ツキジデスの記するとおりであろう。しかしポテイダイアの包囲攻城戦(約二年半)、ミュティレネー包囲戦(攻城遮断壁が完成してから約八ケ月)などのそれまでの作戦期間や、その後メロス島攻撃についやされることとなる前四一六年初夏から続く冬までの八、九ケ月の長さに比べると、スファクテリアの封鎖と攻防戦は客観的には、きわめて短期間の作戦であったと言わざるを得ない。また冬が来れば封鎖を解かざるを得なくなることをアテナイ人は恐れたとツキジデスは記しているが、それを事実としても、前四二五年度の作戦可能の季節はようやく半ばを過ぎ、まだ、八、九、十月のまる三ケ月の余裕をのこしていた。[185] さきに、ツキジデスはアテナイ人が講和の機を逸したことを後悔しはじめた[186]、と記しているが、その記述の時点では、つまりクレオン放言の日までには、クレオンが使節団を追い帰してからまだ僅か一ケ月くらいしか経ていなかったはずである。

ツキジデスは、クレオンは自分が和議交渉を不調に終らせた動機について、市民らが疑惑を抱いているのを知って、ピュロス戦線からの戦況報告者たちは「真実を語っていない」と主張した、と記している。[187] これはどのように少なく見積っても、スファクテリア島の最後の決戦が行なわれるよりも十日以前の出来ごとであろう。この発言が引き金となってクレオンがピュロス方面の指揮官職に推され、アテナイの民議会で就任の認承を経て、追加増援船隊の派遣が議決され、必要な兵と船を準備してアテナイを発ちピュロス海域まで到着するのには、最低十日は必要であったと思われる。「かれは急いで出航を準備した[188]」と記されているが、即座に出発できなかったし、準備に手間どることはかれ自身が知っていた。「使者を先に出発させて自分の到着を知らせた」とツキジデスが言っているからである。[189] かれは決戦の数日前にピュロスのデモステネスと合流したと思われるから、逆算すれば実際にクレオンがアテナイを出発したのは決戦の十日前よりもむしろ二週間以前に近かったかも知れない。いずれにしてもこのような日程計算からみれば、かれがアテナイでピュロスからの使者を嘘つき呼ばわりしたのは、スファクテリア封鎖が本格化してからまだ三十日も経過していなかった頃といってよいだろう。

厳重な海上封鎖が敷かれていらい、回数は定かではないけれども少なくとも二回以上、ピュロスからの情況報告がアテナイに届いている。その一つ、おそらく最新の使者の報告が、クレオンによって非難されたものであろう。これは少なくとも五日、場合によっては七日以前にピュロスを発ったものであろう。しかしその使いが「真実を語っていない」と言ったクレオンのもとには、それ以前にスファクテリア島の情報と、これに対処すべく新しい案をめぐらしつつあったデモステネスの計画とを運んできた別の使いがあったことは、殆んど疑いの余地がない。クレオンは民議会において指揮官職就任が認承され船隊派遣が議決されるや、即時にデモステネス一人を同僚指揮官として選んだ、と記されているが、その理由はデモステネスがスファクテリアへの上陸強行を計画していることを知っていたからである、とツキジデスは附記している。[190] この文章の文法については後に詳しく述べたい。クレオンが「使者は真実を語っていない」と非難したとするツキジデスの記事は一見、なんの根拠もない中傷、放言のごとく読みとられるけれども、クレオンはその使者よりも信頼に値する情報源を握っていたと考えてもよい理由は、まだ他にもある。

ツキジデスがものがたるクレオンの、使者に対する放言、そしてそれにつづく指揮官ニキアスに対するあてこすり、ニキアスが指揮官をやめるというならクレオンおまえが代りに行けという大衆の怒号、のっぴきならなくなってクレオンが指揮官職を引きうけ、それでも弱みをみせまいと、自分ならアテナイ本国からの兵員を必要としない、アテナイ在留の同盟軍兵士と軽盾兵と弓兵あわせて四百名で事足りる、二十日のうちに片をつける、と放言をかさねるそのありさまは、無責任な中傷と放言を武器とする大衆煽動的政治家クレオンの姿と、かれを支持した無思慮な大衆の反応とを活写しているかのごとき印象がつよい。思慮も分別も計画性もなく、「ことのなりゆき」まかせに強気な放言でその場をきりぬける、一人のうつろな人間クレオンの性格が大うつしになっているからである。アテナイ人はかれの軽はずみな発言に失笑したが、心ある市民らはこれでクレオンを片付けることができる、とかねての願望が満たされることになるのを喜んだし、その期待がたとえ外れてもスパルタ人を押さえこむことができるはずだ、いずれにしてもめでたいことになると考えた、とツキジデスはこの段落を結んでいる。(191) しかしながら、この時アテナイ人の失笑をかったクレオンの発言の最後の部分は、軽はずみの放言と言いきれるものであったのだろうか。かれが軽盾兵と弓兵四百と言ったのはその場の思いつきを口走ったものにすぎないと――ツキジデスのその場の描写はそのような印象を強く与えているけれども――はたして断定できるであろうか。なぜならば、これらの兵種兵数こそ、じつはデモステネスの作戦計画遂行のために、最も重要な役割を担うべきものであったからである。クレオンは、スファクテリア島攻略のためにデモステネスが計画した作戦方式と、その実施のために必要な兵種兵数を知っており、それをこの場で要請したと考えてよい理由はあると言ってよいだろう。(192) しかし、ここで私たちとしては――ツキジデスの記述の裏面をのぞくことばかりに深入りするのはやめて――クレオンのもとにはデモステネスからの詳細な連絡が届いていたことを示唆するいま一つの事例が、ここにもあることを指摘するにとどめるのがよいだろう。

以上指摘した少なくとも二回のそれぞれ異なる性質の連絡は、スファクテリア封鎖開始後最大限一ケ月以内にピュロスを発った使者が伝えたものである。一方の使者らは、スファクテリア封鎖にともなう困難の数々を挙げ、兵士らの労苦を語った。他方クレオンへの連絡は――私たちの推測がおおむね事実と一致するとして――スファクテリア島での火災事件とデモステネスの作戦計画を伝えた。とすると、スファクテリアの情況を根本的に改める契機となった火災事件は、封鎖開始後わずか二十日ほど後に生じたものと考えねばならない。スファクテリア島の海上封鎖が攻め手にとって難事であったことは事実であるとしても、わずかに三、四週間のうちに、島の火災を契機として事態は決定的な転機を見せアテナイ側にとっては明るい見通しが立つこととなったのである。これはツキジデスのこの段に至るまでの記述から得られる印象とはかなり異なっている。しかし島上のスパルタ兵が孤立してから最後の決戦までの総日数七十二日というツキジデス自身の明記している数値を枠として、日程を算定すると必然的に現れる実像である。この実像に比べてツキジデスの記述がいかにも長期間の苦戦を語っているように思われるのは、その間の現地アテナイ側将士の労苦や、また本国アテナイにおける後悔や焦燥の動きを語る部分がその間に挿入されているためであろう。これは本国から航路五日ないし七日の距離にある敵地領内の戦場からの連絡や通報が、敏速さと正確さを欠いていたために生じた画像の歪みと見ることもできる。またこの僅かの日数の間にアテナイにおいてはクレオンに対する疑惑の念が生じたということも、もし誇張でないとするならば、当時のアテナイ人一般の動揺にみちた社会心理の一端をあらわにしているものと見做しえよう。[193] しかしながら、私たちの日数算定の過程において、ツキジデスの記述が与える印象と歴史の実像がかなり齟齬しているという感触を得るのは、作戦期間の長短の問題に関してだけではない。クレオンの「軽はずみな放言」と記されているところの、一見なりゆきまかせの強気な発言とデモステネスの詳細な上陸作戦計画との前後関係――時間的にも論理的にも――についても、ツキジデスの記述順序と歴史の実像との間に、隔たりを感じないわけにはいかない。次にこの問題をツキジデスの記述構成の検討をつうじて明らかにしていきたい。[194]

（i）　クレオンは自分に疑いがむけられていると判断して、「使者どもは真実を伝えていない」と言明した。[195] この発言は事実であろう、しかし傍点を附したかれの発言動機は、ツキジデスが自分の推測を事実のごとくに記したものである。

（ia）　この発言は、クレオンが予測しなかった偶発的な結果を招く。使者たちは、自分たちの報告が嘘だというなら偵察吏を派遣せよ、と迫りクレオン自身とテアゲネスという人物がその任務につくべく選出された。[196]

（ii）　クレオンはそうなっては自分の中傷が露見するか自分が嘘をついてそれが露見するか二つに一つに陥ることは必定と判断して、「偵察吏の派遣などで好機を逸すべきではない。報告が真実ならば直ちに派兵すべし」と主張した。[197]

この記事構成についても(i)と同様の点が指摘できる。傍点を附した部分は記述者ツキジデスがクレオンの動機を推測してこれを事実として記しているのである。[198] 記述者自身のその推定は、(i)の発言が単なる中傷的非難であり、スファクテリアの現況についてはこの時点でクレオンは無知であったという前提のうえになされている。このツキジデスの推定は、さきに私たちが指摘したような少なくとも二通りの内容の連絡が、これまでにアテナイに届いている、ということを無視するか否定しなくてはなりたたない。

(iii)　クレオンは政敵ニキアスを非難して「指揮官どもが男なら、島のスパルタ兵を取り押さえるのは造作もないこと、自分がその役ならばやってみせる」[199]と言明した。

(iii a)　これがまたクレオンの予測しなかった偶然的な事態を誘発する。ニキアスは、アテナイ人らがクレオンよ、ピュロスに船をすすめよと騒ぎはじめるのを見た。またクレオンの非難を片腹痛く思って、「欲しいだけの兵力をつれていってよいから、やれるものならやって見るがよい」と命じたのである。[200]

(iv)　クレオンは、最初ニキアスは本気で言っているとは思わなかったが、やがて本心から権限を委譲したがっていると判断するや、「軍勢指揮は自分の役ではない、ニキアスの仕事である」と言明した。かれはこの期に及んで恐怖をもよおし、ニキアスがそれでもあえて職を辞するとは言うまいと思ったのである。[201] この記述構成は(i)(ii)で指摘したと同一の特徴を持っている。傍点部分のクレオンの発言動機は、にわかに生じたかれの恐怖と勝手な予測と思惑であったと、記述者ツキジデスが自分の見地から推測を下し、これを事実として記している。これによってクレオンの発言そのものが歪められるものではないが、発言者クレオンがなりゆきまかせである印象が強められ、その発言には何らの実況把握の裏づけがなかったことがつよく示唆される。[202] (i)(ii)の場合と同様に、クレオンの動機についての推測は、クレオンがスファクテリアの実情について詳しい情報をつかんでいなかった、という前提の上に立っている。またクレオンはデモステネスが立てた上陸強行作戦を知らなかったという、(i)(ii)(iii)の前提とそれにもとづく発言動機の推測に一致している。

(ⅳa)　しかし(ⅳ)のクレオンの発言は、三たびかれが予測しなかった偶発的な事態を招く原因となった。ニキアスは本当に指揮官職を退き、アテナイの市民大衆は、群衆心理のおもむくままにクレオンに指揮官就任を迫ったので、クレオンは前言をひるがえすことができなくなり、その場の圧力に屈した、と記されている。指揮官職をひきうけざるを得なくなったクレオンは「アテナイ本国からの兵士は一人もいらぬ、同盟国からの駐留部隊と軽盾兵弓兵四百名を連れていけば充分である。現地の兵力と併せて、二十日以内に片をつける[203]」と言明した。クレオンが一片の現地情報ももっていないという前提のもとにこれまでのかれの発言動機が推定されて記述が進められてきたわけであるから、かれのこの最後の発言を読めば、その場の思いつきを口走った絶望的な放言であるという印象のみが強い。(ⅰ)から(ⅳa)までの記述構成は、クレオンの発言はみな「軽はずみな放言」という最終的な判定を不可避の結論として引きだすことを主眼として組み立てられている。

以上のごとき(ⅰ)から(ⅳa)までの検討を通じて、ここに浮び上ってくる三つの事柄がある。第一に、クレオン自身の、訳文では直接話法で記されている、発言部分だけとりだせば、次のごとくになる。「ピュロスからの知らせを伝えている者たちは真実を語っていない。今ただちに兵を送るべき絶好のチャンスである。ニキアスはなにをしているのか。今であれば私にだってことの決着をつけるのはたやすい。しかしその任は当然ニキアスのものであって私の役柄ではない。だがそれでも、どうしても私にそれを行なえというなら引き受ける。次の兵種兵数が必要である。作戦に必要な期間は二十日でよい。」この発言が、もし現地の現時点の情況を正確に把握している人、たとえばデモステネス自身の口からなされたとすれば、これを「軽はずみな放言」と見做すことはできない。クレオンの発言そのものは、戦況を正確に知るものの言葉としてみれば、極めて妥当な内容を語っているのである。[204]

第二は、(i)から(iv a)までにおいて、クレオンの発言動機を事実であるかのように記している「判断して」、「思って」、「恐怖をもよおして」などの分詞構文はみな、記述者ツキジデスのたんなる推測をあたかも事実であるかのように附記しているものである。そしてそれらの三度四度と重ねられている推測は、クレオンは無知である、現地の実況を知らない、その場かぎりの中傷と放言だけの人間である、という記述者ツキジデス自身の考えを前提としている。クレオンという人物に対する記述者の主観的評価をもとにしており、その限りでは偏見と言ってもよい。このような発言動機の推測が一々附記されていることによって、クレオンの発言の正当であったかもしれない根拠が抹消され、したがって発言そのものが、一場の笑い話であったかのごとくに変化している。ツキジデスは、発言者の動機に遡及して臆断を下し、発言の信頼性を失わしめるという、当時の法廷弁論や政治弁論における常套的な修辞技術をここで存分に活用していると見做される。この技法はさきにミュティレネー市民処罰の問題を議した二日目の民議会において、クレオン自身が巧みに駆使しているものである。(205) ツキジデスは毒をもって毒を制するという意図から、(i)から(iv a)までのクレオンの発言動機を附記しているのであろうか。それならばツキジデスはクレオンにもまさる中傷的弁辞の技術を歴史記述にとどめたということになろう。

第三の点は、歴史記述の偶然的要素を論ずる私たちにとって最も深いかかわりをもつ。(i)から(iv a)を通じて、「偶然」とか「運にかかわりのあること」(τὸ τῆς τύχης)という単語は一度も使われていない。しかしながら(i)から(iv a)までの記述が告げているのは、クレオンの指揮官職就任という、まったく誰も予測しなかった偶発的事態にいたる経緯である。さきの第一の点で示したような、クレオン自身の、訳文では直接話法による、発言だけを継ぎ合わせて読むならば、クレオンの言葉は最初から、すでに自ら陣頭に立つことを覚悟で発せられたもの、と見ることもできる。しかしツキジデスは私たちも見たとおり、クレオンの一つ一つの発言ごとにその動機を推測して附記し、クレオンの一々の動機や目的や思惑をことごとくくつがえす形で、事態は進み、ついにかれが指揮官の責任を負わされるに至ったかのように、記述を構成しているのである。その結果クレオンは無恥厚顔であるのみか、度重なって予測や思惑をくつがえされ、まさに予想外の「ことのなりゆき」に翻弄され、そのわなにかかってしまったあわれな犠牲者であったかのごとき印象をとどめるものとなっている。ツキジデスがクレオンの発言意図に遡及し、クレオンの政敵ニキアスの反応を詳記し、群衆のどよめきにまで言及することによって、この一連の展開に〝劇的〟と言ってよい構成をあたえている積極的な理由は、「ピュロス戦記」における僥倖の人クレオンの姿を大きく映しだすことにあったと言ってよい。かれの成功はまったく己れの意図や計画とは関係なく、「ことのなりゆき」が偶然かれにその機会を与えたものであることを、ツキジデスの屈曲にみちた記述構成は示しているからである。

以上にまとめた三つの点は、ツキジデスの歴史記述の背後にある記述者自身の「ピュロス戦記」観について示唆するところが大きい。これは、ただかれのクレオンに対する偏見、ないし先入観が、厳正な歴史記述を歪めることになったという指摘だけでつくせない事柄を含んでいる。確かにツキジデスは自分自身が下した推定を事実であるかのように記しており、そのために記述全体に大きい波紋あるいは歪みを生じていることは、上に見たとおり事実である。しかしながらかれが虚偽と歪曲に満ちた記述をなしていると断定することはできない。むしろ、ツキジデスとしては「ピュロス戦記」におけるクレオンの真の役割と言うべきものに記述の焦点をしぼり、その一面のみを際立たせようとした、と見做されるべきであろう。とくにクレオンの役割をデモステネスが果した役割に対比し、両者の間に横たわる根本的な隔差を明らかにすることを試みたと言ってよいだろう。その両者の差違を一言で言えば、明晰な計画と強靭な意志の人デモステネスと、展望を欠きなりゆきに便乗するクレオンとの間のひらきであり、有知と無知の対照でもある。この差違を強く印象づけるためには、クレオンがデモステネスの作戦計画について情報を得たのは放言場面以後のことでなくてはならなかった。この判断によってツキジデスは、クレオンの指揮官就任の正式手続が終了してのち、クレオンの方からデモステネスを協力者として選んだことを告げ、その理由はデモステネスの上陸強行の意図と計画をかねてより聞き及んでいたからである、と附記しその計画を紹介する。

だがここでツキジデスの記述構成に深い亀裂が生じていることを認めないわけにはいかない。先のクレオンの放言場面を語る劇的な修辞技法は、かれがスファクテリアの実況については無知であるという前提をふまえて組み立てられていた。しかるに四・二九・一でクレオンは正式就任と同時にデモステネスの計画についての報を受けていたことが言われているからである。マイヤーは、ツキジデスは放言場面が描きだした歪んだクレオン像を補正するために、この記事を書き足したと解釈しているが、[206] しかしツキジデスの手法としてそのようなことはありえないというシュヴァルツの方に、この点に関する限りは分がある。だが、シュヴァルツの言うようにクレオンが出帆の準備をととのえているあいだに、デモステネスの計画のうわさがかれの耳に達した、[207] という解釈が果して四・二九・二および三〇・三の文脈から成り立つであろうか。答は否である。

四・二九・一は、「クレオンは出港を早急に実現すべく準備にかかった」という主文と、その動作に先行して二つの手順がほぼ同時に執り行なわれたことを告げる二つの分詞句から成っている。一つは正式就任の認承であり、いま一つはピュロス作戦担当の三人の指揮官の中からひとりデモステネスを協力者として選んだことである。四・二九・二はその理由を語る。クレオンはデモステネスの計画を知っていた(*πυνθανόμενος τὴν ἀπόβασιν αὐτὸν ἐς τὴν νῆσον διανοεῖσθαι*)。ここで *πυνθανόμενος* という現在分詞形の様態は不完全過去的であって、選んで加えた(*προσέλαβε*)という明確な一つの行為がとられる前からその背景に存在していた情況を告げていると見るのが正しい。[208]「知るやいなや」(*ὡς ἐπύθετο*)ではなく「知って、いた」のである。また、「最近に知ったので」(*ἄρτι πυνθανόμενος*)でもなく、ただ「知って、いた」と記されている。この分詞表現もクレオンの一つの行動の動機を告げているものであるが、これは先に私たちが検討した発言場面の例とは異なり、単なる推測にもとづく動機への遡及と見做すことはできない。なぜならば、デモステネスの計画は事実この時よりかなり以前から存在していたし、デモステネスは自分の計画が実行されるようにと〝アテナイ人たち〟に働きかけて真剣な検討をうながしていたからである(ὡς ἐπ' ἀξιόχρεων τοὺς Ἀθηναίους μᾶλλον σπουδὴν ποιεῖσθαι τὴν ἐπιχείρησιν παρεσκευάζετο)[209]。

かれは実施に必要な具体的な兵員の派遣を〝近隣〟の同盟諸邦に要請していた。ここで、デモステネスが働きかけている〝アテナイ人たち〟とはいったい誰をさすのか曖昧である。ピュロス周辺のアテナイ兵らも〝アテナイ人〟と呼ばれているときがあるし、アテナイ本国の市民たちや、要職の人々もその名で呼ばれているからである。しかし、一方では近隣の同盟諸国には兵員を要請し、他方でまたデモステネスは、〝アテナイ人〟に対してはこの試み、ないしは計画(τὴν ἐπιχείρησιν)の真剣な検討がなされるようにと「手をまわして準備していた」(παρεσκευάζετο)のである。この表現は、デモステネスが部下の正規兵である〝アテナイ人〟を相手に根まわしを行なっていたと告げているものではない。むしろ自分とは直接に接していない〝アテナイ人〟にむかって間接的に働きかけていることは明らかである。すなわち、かれは近隣の同盟諸国には必要な兵員派遣を、本国アテナイの市民らには政治的なバックアップないしは資金的援助を求めていた、と見做されてよい。

しかしながら〝アテナイ人〟が、全市民をさしていたわけではない。注釈家ゴムは、デモステネスはアテナイ本国の当局者たちに——といえば作戦本部あたりがさしあたりその場であろうが——「スファクテリア島では火災が生じて敵勢力の数や配置点が明瞭になったので、今であれば上陸を強行して敵兵を制圧することは出来るから、ただちに実行すべきである」という旨を建言していたであろうと記し、デモステネスはクレオンだけに秘かに連絡を送っていたと想定するいわれはない、と書いている[210]。だがゴムのこの解釈はじつは矛盾している。デモステネスが「手をまわして働きかけていた」のがニキアスをはじめとする本国の要職者たちであったならば、さきに私たちがツキジデスの記述中に見た「クレオンの軽はずみな放言」の場面が現出するいわれはまったくなかったであろう。現地ピュロスの責任者からの見通しの明るい報告と具体策がもし、アテナイ本国の中枢部に七月下旬に届いていたならば、要職者たちが今から冬の海上気象を憂えたり、先の和議交渉を拒絶したことを今になって後悔する理由はなかったろう、そして何よりも、クレオンが窮地に立って切羽つまった「軽はずみな放言」を犯す理由など、まったくなかったはずと言わねばなるまい。

「ピュロスからの使者どもは真実を告げていない」とクレオンが発言したときかれの発言動機がツキジデスの言うとおりであるとすれば、それはニキアスをはじめとする〝アテナイ人〟たちがデモステネスの計画について連絡をうけていたという想定とはあいいれない。もしゴムの解釈のようにかれらすべてがデモステネスからの報告と要請をうけていたとするならば、ツキジデスは先の記述を構成するに際してはなはだしい事実の歪曲を犯したことを問われよう。なぜなら、もしニキアスを始めとする指揮官らもクレオンも、ひとしくデモステネスの計画を知っていたならば、あの場面で議論の焦点となっていたのは、和議交渉を拒否したことの是か非かではなく、デモステネスの決戦計画執行の是か非かであったはずである(じじつ余計な動機の附記を除いてクレオン自身の、訳文では直接話法による発言部分だけを検討すればわかるように、デモステネスの判断をうけいれ、その要請に具体的に答えるべく軍事行動を起すべしと主張し、自ら軍事の任にまで当ろうとしていたのはクレオンであるし、これに対立して、慎重な外交方式による事態の解決を求めていたのがニキアスであったと見做される)。しかるにツキジデスは、かの場においては何らの議題も議事もなく、ただクレオンの中傷と放言と、市民大衆の無責任な野次と怒号のうちに、ことは終始したかのごとくに報じているのであるから、これは虚偽と偏見による事実の歪曲というほかはない。

こうして説明を重ねるほど、矛盾と混迷の度合は高まるようである。だがそれは、クレオンの放言場面と、デモステネスの計画醸成を記述する段落とが、互いにあいいれない二つの前提の上に組み立てられていること、すなわち二つの記述の間には深い亀裂があること、それを認めないままに説明を重ねているためではないだろうか。しかし、その亀裂はよく考えてみるならば、両記述の間にあるのではなく、実にクレオンの放言場面の記述構成の内に含まれていることがわかる。クレオンの発言動機に遡及してこれをあたかも事実であるかのごとくに分詞構文で記している部分（＝A）と、クレオン自身の発言として、訳文では直接話法で記している部分（＝B）、亀裂の本体は正しくこのAとBとの間に横たわっている。Aは無恥厚顔なる、なりゆきまかせのクレオンという、偏見を前提として組み立てられた発言動機の推測であり、この前提はデモステネスと連携を保ちつつ政治行動を取っているクレオンという姿とは両立しがたい。これを阻んでいるのが、歴史記述者ツキジデスの偏見である。他方、放言場面だけを見ている限りではAとBは巧妙に組み合わされているのでA、Bの間の亀裂は殆んど眼につらないのであるが、デモステネスの計画説明の段との間の内容的整合性を問うことになると、Aはこれと両立しないが、Bはみごとにデモステネスの計画実施を強力に説くクレオンの発言となりうるのである。ただしここでもこれを妨げているのが、Bの隙間隙間に挿入されている発言動機の遡及すなわちAなのである。Aはたしかにクレオンの放言場面に劇的な迫真性を附与していることは確かであるけれども、歴史記述として寄与する点は皆無であるのみか、記述内に矛盾と亀裂をもたらす原因となっている。

前後の政治的情況からすれば、デモステネスとクレオンとの接触は、ツキジデスの言葉が直接に示唆するところよりも、かなり以前から密であったことがうかがわれる。

私たちは先に、クレオンが四ケ国の領土支配権の委譲を和議交渉の条件として提示したときに、その条件がナウパクトスを中心とする西北ギリシァ諸地に対するアテナイ支配圏の確立を明確に意図するものであり、その背後には西北ギリシァの実情にもっとも詳しいデモステネスの影響がうかがわれることを示唆した。今ふたたびここでデモステネスがクレオンに接近したとしても不思議ではない。デモステネスにとって今が上陸決行の好機であるとすれば、ことは急を要する。しかも、島の凹凸の多い地形を考慮し、島内のスパルタの重装兵を相手に計画どおりに多数の軽盾兵や弓兵を用いて奇襲戦を挑むとすれば、同盟諸国からの兵力を動員せざるを得ない。作戦と用兵の術に長じたデモステネスが、ここでクレオンに的をしぼって働きかけたことは当然の理ということができる。第一に、果断の措置はニキアスのよくなしうることではなくクレオンの得意である。第二に、同盟国諸邦に対して強圧的影響力を行使し得るのもクレオンであった。第三に、追加増援船隊の派遣が民議会の議決を必要とする事項である以上、民議会における最有力者クレオンを動かすことが、ことを成就するに最も有効な早道であった。ツキジデスはデモステネスとクレオンとの連携についてはこの段では「クレオンがデモステネスの計画を知って、いた」と記するのみで詳しくは触れていない。しかしツキジデスが記述している一連の出来ごとや、クレオンの発言内容は、ツキジデスが記している以上に緊密な二人の間の連絡と意志の疎通を前提としてはじめてよく理解できる。

しかしクレオンの放言場面から、問題の多いA部分を本文から取り除くことは実際問題としては不可能である。A部分が本文に残っていて、周囲の記述との間に亀裂をあらわにしていることがどのように明白であり、またそれが『戦史』の未完成状態の現れであるとしても、A部分がツキジデス自身の筆になることは疑いをいれないし、ツキジデス自身、『戦史』執筆のある段階においてA部分が「ピュロス戦記」の中で、有機的な役割を果していると判断したことは間違いない。A部分ではかれの偏見が露骨に現れているのは事実である。しかしツキジデスにとって、自らの偏見を歴史にとどめることが記述目的であったとは思われず、またクレオンのたんなる性格描写に歴史記述の価値を認めていたとも考えにくい。ツキジデスはA部分がものがたるクレオンの行動様式をとらえることが歴史の真相の究明と関わりをもっと判断したからこそ、前後の記述とは矛盾する形のままながらA部分を含む放言場面を記したのであろう。そこで私たちの最後の課題として、ツキジデスが露骨な偏見という咎めを覚悟で、あえてA部分を含むクレオン像を通じて積極的に表わそうとしたものは何であったのか、それを尋ねてみることとしたい。

厚顔無恥なる中傷家クレオンは偶然のなりゆきの虜となってピュロス方面の指揮官に就任した。かれが惨憺たる失敗に終るべきことは誰の目にも、必然の帰結であるように見えた。しかしかれの「狂気にも似た放言」は人々の予測を裏切ってみごとに成果を挙げた[211]。約束どおりに二十日の内にスファクテリアのスパルタ兵を生けどりにしてアテナイに帰還したのである。爾後、スパルタ側のペロポネソス同盟連合軍は捕虜の身を案じて、それまでのようにアッティカ領土への侵入破壊の挙を繰りかえさなくなった。そしてこのスファクテリアの捕虜の処遇は、いわゆるニキアスの平和条約締結に際して、さいごまでアテナイ側の最も有効な切りふだとして通用する。ツキジデスの記述の指すところに従うならば、クレオンの狂気に似た放言と必然の破滅が強調されればされるほど、それに比例して、かれの必然の破滅を未然に救ったいま一つの要素の比重が飛躍的に増加することに誰しも気づくであろう。それが、ツキジデスの記述の順番では後まわしにされているところの、デモステネスの周到な上陸強行作戦の計画である。A部分を含む記述構成をしからしめたツキジデス自身の意図が先ずこの点から明瞭に読みとられる。

「ピュロス戦記」においては、デモステネスの姿はピュロス岩礁上の激励演説のあと、舞台から遠のいていた。和平交渉使節とともにアテナイ側三重櫓船に同乗して帰国し情況と対策を伝えたこともありうるわけだが、ツキジデスの記述は直接それに触れていない。かねてよりデモステネスとクレオンとの間には連絡と意志疎通があったことも、私たちの検討によって殆んど間違いない事実と目されるけれども、ツキジデスはそれについても実に最小限の言及をとどめているにすぎない。その間にA、B部分から、読者の前にはアテナイ本国の政治を中傷と放言で牛耳っているクレオンの姿が映しだされる。ピュロスの砦に立てこもり日夜兵士らと辛苦をともにしながら黙々とスファクテリア島攻略のための緻密な計画を練っているデモステネスの姿が再び現れるのは、クレオンの放言場面の直後である。ツキジデスはここでデモステネスの計画醸成の過程を逐一ものがたることによって、デモステネスとクレオンとの対比を一気に明らかにする。ここにもA、B部の後でデモステネスを登場させているツキジデスの意図がうかがわれる。

デモステネスの上陸作戦の計画は次のようにして形づくられていた。スファクテリア島の海上封鎖が、日数の上からみると全期間を数えても七十二日、その中二十日は休戦期間で、正味五十二日であったからけっして長期作戦ではなかったことは先にも指摘したとおりである。しかし七十隻のアテナイ側船隊の一万四千人にも及ぶ漕員と七百名ばかりの重装兵が、猫の額ほどの広さしかないピュロスの砦で快適な居場所を与えられた道理はない。封鎖作戦が始められてから約三十日を過ぎるころ、かれらの窮状は極限に近づいていた。ツキジデスの言葉によれば、「封鎖勢というよりも封鎖されているともいうべき有様が続くに及んで、かれらは危険を覚悟で一挙に結着を望む方向に傾いていった。[212]」しかしここでもデモステネスは最初、きわめて慎重な態度でスファクテリア島の地の利が、敵味方のいずれにとって、よりいっそう大であるか検討した。先頃、四十隻のスパルタ側船隊をわずかな兵力でピュロスの岩礁から撃退した経験もなまなましいデモステネスとしては、今やスファクテリアにむかって自分が海から上陸強行するという立場を入れかえた場合の、得失を熟慮することがまず急務であった。しかしツキジデスに言わしめれば——そしてこれはほぼ間違いなくデモステネス自身が語った後日譚に由来すると思われるが——デモステネスは灌木林の密生におおわれているスファクテリアに強行上陸を敢行すれば、先年アイトリア作戦でなめた苦い敗北の経験を繰りかえす危険があることを恐れた。味方の動きは島内の地理に詳しいスパルタ兵の眼には見すかしとなるが、島に上ったばかりのアテナイ兵には相手側の動きや配置は樹木に遮られて察知しにくい。そのような場合には攻撃を仕掛けるイニシアティブはつねに敵側の手に握られている。また、たとえアテナイ側の重装兵部隊が戦列をつらねていっせいに進撃できたとしても、密生した樹木の影のために視界が妨げられるから、味方が数においては優勢であっても、戦闘で劣勢に陥った戦列部分をいちはやく察知して、これを援護することもむずかしく、結局、地理に明るい少数のほうが地理に暗い多勢よりも優位に立つこととなる。そのような危惧が、先年のアイトリア作戦の苦い経験を思うときデモステネスの念頭から去りやらなかった、とツキジデスは報じている。[213]

こうして樹木の密生が最大の障害と思われていたとき、はからずも炊事の火が大風に煽られて大火災となり島の大半の樹木が焼け落ちるという事件が生じた。じつは、これが上陸強行作戦の計画作定を可能ならしめた「偶然」の出来ごととして、極めて重要な意味をもつわけであるが、しかしツキジデスはこれを説明するとき、「たまたま」とか「偶然にも」という表現を用いていない。むしろこれが幾つかの不可避の出来ごとの連鎖によって生じたかのような書き方をしている点が私たちの注意をひく。「島が狭いために、(アテナイ側の)兵士らは船を島の尖端部につなぎ、番兵を立てた上で炊事をすることを余儀なくされていたところ(*ἀναγκασθέντων*)、とある一人が知らぬまに(*ἀκοντος*)樹木のすそを焦がし、風が吹きつのったためにこの火種がもとで、人々が気がつくよりも早く森の大部分が燃え落ちていた。[214]」これは厳密に言えば炊事当番の兵士が意図したことではない、しかし炊飯という意図的行為に付随して生じた出来ごとであるから、アリストテレスの定義どおり、その原因は「偶然」であるということができる。しかしツキジデスはこれを「偶然」という言葉では語らず、兵士らが余儀なくされた、やむなくそうせざるをえなかった窮余の炊事行為から生じた不慮の出来ごととして記している。デモステネスの上陸作戦が過去の失敗についての反省と将来への見通しをふまえて、綿密に練り上げられていく過程をかたる記述途上で、「偶然」という表現が避けられていることが、かえってツキジデスの意図を示唆的にあらわしている。

「ピュロス戦記」前半におけるデモステネスはつねに計画をいだき、その実現に資する「ことのなりゆき」の到来を待つ。そして待つことによって、「偶然」を「好機」に転ずることのできる資質の持主であることが語られていた。今「ピュロス戦記」後半において、私たちが目前にしている火災の記述に際しても、デモステネスの態度は先と同一である。火災事件が生ずる以前と以後に、記述は二段階にわけて行なわれており、火災以前にすでにデモステネスは上陸強行に随伴する問題をすべて明確に把握していた、そして火災が――三十日に及ぶ兵士らの困苦窮乏が余儀なくさせていた日々の営みの、思いがけぬ余波として――かねてよりデモステネスには障害と目されていた唯一のものを取り除いた、と。これは、偶然的出来ごとを不可避の出来ごとの系列に組みこみ、可能な限り「僥倖」のニュアンスを取りのぞいた記述と言ってよいだろう。

デモステネスがアイトリアの経験から学びスファクテリアの作戦計画において積極的に活用した戦法は、重装兵対重装兵の対峙でもって相手側の戦列を突き崩すという伝統的な戦闘形式のかわりに、凹凸の多い地形では重装兵集団を撃破するには身ごなしの軽い、軽盾兵や、退きながら弓矢の攻撃によって相手を射すくめることのできる弓兵らの、機動集団を多用する新しい戦法であった。この新奇な戦法が、スファクテリア島の凹凸の多い地形で、スパルタ人重装兵を相手に発揮した驚くべき効果についてはツキジデスの記述が詳しく報じている。これは、今の論題とは深く関わることではないので、ここでは省略したい。私たちとしては、最後に、ただ一つ重要と思われる点について重ねて触れておきたい。

クレオンとの対照において浮び上ってくるデモステネスは、忍苦の人であり、過去の経験から着実になにかを学び、未来を切り開く計画の中にその教訓を生かしていく。その知力と判断力、そして計画性は「ことのなりゆき」の中から好機をとらえ活用できる能力をかれに与え、成功にみちびくだけではない。ツキジデスの記述に従えば、クレオンのごとくにその場かぎりの放言、中傷をほしいままにして、たちまち「ことのなりゆき」の手につかまれ、まさに破滅に瀕している人間の誤謬すらをも、癒し救うことができる。まさしくデモステネスは卓越した医師の英知にも似た徳を有していたことを、ツキジデスは伝えている。ツキジデスのA部分を含む放言場面とこれに続く「計画醸成経緯」の前後の記述構成は、「ことのなりゆき」を自分の計画に従わせていくデモステネスと、「ことのなりゆき」に追われとらえられていくクレオンの、二人の像を対照的に描きわけることを積極的に目指している。そしてこの場合には、「ことのなりゆき」すなわち「歴史記述における偶然的要素」は、まさしく二人の人物に下した歴史家ツキジデスの評価を左右に分ける対称軸の機能をなしていることも明らかである。

七　結　語

以上の考察をもとに、私たちは「ピュロス戦記」において頻繁に言及されている「偶然にかかわる出来ごと」について、次のような結論を述べることとしたい。ツキジデスは人間と――個人であれ集団であれ――偶然に由来する出来ごとの関わり方は、けっして一様ではないことを、克明に記録している。デモステネス、スパルタ人特使、クレオン、みな各〻に出来ごとの流れを見る際には異なる見識を示しているように、出来ごとの因果に多々含まれている「偶然に由来する事柄」についても、異なる対応を示す。これに対して積極的な計画性をもって対峙しようとするデモステネスも人間であるし、これに対して不信と警戒の念を抱き、これとの関わりを少なくしようとするスパルタ人特使も知恵ある人間のタイプであり、計画もないのに「ことのなりゆき」に身を投じるかのごとくに描かれているクレオンもまた少なくない数の人間を代表している。ツキジデスは明らかに「偶然に由来する事柄」に興味を示しているけれども、「ピュロス戦記」においては「偶然」が第一の原因となって直接ことが生ずるという考えをもとに歴史の相をとらえようとしているわけではなく、「偶然に由来する事柄」との出あいにおいて示される個々の登場人物の態度を追跡し、それによって各〻の人間の行為と資質とをはっきりと特徴づけ記述することを主眼としていたように思われる。

このように見ることが妥当であるならば、「ピュロス戦記」における偶然的要素とは、歴史を動かしていく主たる動因たる人間を記述するための、副次的記述要素として用いられているということはできるであろう。しかしこれを神的なる力の暗示などと見る論はおそらく見当外れであろうし、また「偶然」への言及をもってすなわちデモステネスへの政策批判を見ることも誤りであろう。さらにまた「クレオンの放言場面」も、これをツキジデスの個人的悪感情が産んだ劇的小品と評するだけでは充分ではない。また、偶然に由来する出来ごとは、まったく強調されていないと断定する意見も、ツキジデスの緻密にして明細な記述の意図を充分に汲むことを阻害することになろう。ツキジデスは偶然に由来する事柄との出あいと対応を克明にたどることによって、幾つかの人間普遍のタイプを特徴づけることのできる記述を残しているのである。全知の神の眼には偶然はない。わずかの知恵しか持たぬ人間であればこそ、出来ごとの流れの多くは偶然に支配されているかのごとくに見える。それにむかって知性の棹をさすのも人間であり、それにむかって不可知の頭を垂れるのもまた人間である。しかし、「偶然に由来する出来ごととの出あい」とはまた、その人間が「自分自身との出あい」を体験するに等しい意味をもちうることを、歴史家ツキジデスの炯眼は察知していたのではなかろうか。

かれは「ピュロス戦記」のエピローグとして、あたかも私たちの疑問に答えるかのように、次のようなエピソードを附記している。当時スパルタ人重装兵といえばギリシァ世界では最強の精鋭と評せられ、いかなる苦境に陥ろうとも敵に降って生き恥をさらすことはないものと信じられていた。ところがスファクテリア島では百二十名の生粋の、しかも家門の高いスパルタ人が捕虜になった。人々はこれらの捕虜が島であっぱれ戦死を遂げたスパルタ兵らと等位の人間であるとはなかなか信ずることができず、アテナイ側同盟国のある者は後日、いささか厭味まじりに捕虜のひとりに尋ねたという、「戦死した仲間たちが本当のスパルタ人だったのかね」と。捕虜は一言答えて言った、「だったら随分と値うちのある矢だね。」つまり、飛んでくる矢に眼がついていて勇敢なスパルタ人だけを見わけることができたのかね、と応酬したわけである。またかれは、投石や矢玉に「たまたま」当ったものが死んだのだという証明をここで試みたのだ、とツキジデスは説明を加えている。(215)このエピソードがヒントになったのかどうかは不明であるが、後日アリストテレスは『自然学』において偶然に由来する事柄の一つの事例として、飛んできた矢に当ることを挙げている。ともあれ、スパルタ人捕虜の口上は、偶然という矢玉には当るべき人の名前は書いてない——つまり偶然との出あいが、人間の評価を定めるものではない、という一つの常識を語っているのである。「ピュロス戦記」の最後に附されたこのエピソードを読むときに、私たちはツキジデス自身がそれまでに披瀝してきた歴史記述の方法——とくに「偶然に由来する事柄」が随所に示す人間との出あい、そしてその出あいによって露呈される人間の資質——との意図的な対比が明白であることを感じるし、またこのエピソードにこめられたツキジデス自身のアイロニイを認めないわけにはいかないだろう。「スファクテリアの出来ごとを実地に体験したスパルタ兵はそう言ったと伝えられている。しかし「ピュロス戦記」の読者は、スパルタ兵の考え方が、歴史の動因である人間を理解する際にはあてはまらないと思うだろう」、と。

注記内で用いられる略号を次の参考文献表に一括して示しておきたい。

(i)　**原文記載校訂本**

Thucydides Historiae. rec. H. S. Jones, 1900(OCT).(本文および注記内での言及は巻・章・節のみの数字で表記する)(=Jones)

(ii)　**参考文献**

Classen, J., et Steup, J., *Thukydides,* 4. Bd., 4. Aufl., 1968.(=Cl.-St)

Cochrane, C. N., *Thucydides and the Science of History,* 1929, 1965.(=Cochrane)

Cornford, F. M., *Thucydides Mythistoricus,* 1907, 1965.(=Cornford)

Edmunds, L., *Chance and Intelligence in Thucydides,* 1975.(=Edmunds)

Finley, J. H., Jr., *Thucydides,* 1947.(=Finley)

Gaertlingen, F. H. von, *Inscriptiones Graecae,* Vol. 1, Editio Minor, 1924, 1974.(=I. G. i^2)

Gomme, A. W., *A Historical Commentary on Thucydides,* The Ten Years' War Vol. III Books IV–V 24, 1956, 1962.(=Gomme III)

Herter, H., *Freiheit und Gebundenheit des Staatsmannes bei Thukydides*, Rh. Mus. 93 / 1950, 133–153(=WdF, 260–281).(=Herter)

Hunter, V., *Thucydides The Artful Reporter,* 1973.(=Hunter)

Luschnat, O., Thukydides, *PWK.* (=Luschnat)

Meiggs, R., *The Athenian Empire*, 1972.(=Meiggs)

Meiggs, R., & Lewis, D., *A Selection of Greek Historical Inscriptions. To the End of the Fifth Century B.C.*, 1969. (=Meiggs-Lewis)
Meyer, E., *Forschungen zur alten Ceschichte,* Vol. II, 1899. (=Meyer)
Müri, W., Beitrag zum Verständnis des Thucydides, *Mus. Helv.* 4/1947. 251–275. (=WdF. *Thukydides*. 135–170)
Quin, T. J., Thucydides IV 4 1. *Hermes* Bd. 95, 378–9. (=Quin)
Romilly, Jacqueline de, *Thucydides and Athenian Imperialism,* Eng. trans. by P. Thody, 1963. (=Romilly)
Schmid, W., *Geschichte der griechischen Literature,* I. Teil 5. Bd. (Thukydides), 1948. (=Schmid)
Schneider, C., *Information und Absicht bei Thukydides, Untersuchung zur Motivation des Handelns*, 1974 (*Hypomnemata* 41). (=Schneider)
Schwartz, E., *Das Geschichtswerk des Thukydides,* 1929, 1960. (=Schwartz)
Solmsen, F., *Intellectual Experiments of the Greek Enlightenment,* 1975. (=Solmsen)
Stadter, P. A. (ed.), *The Speeches in Thucydides*, 1973. (=Stadter)
Stahl, H. P., *Thukydides, Die Stellung des Menschen in geschichtlichen Prozess*, 1966 (*Zetemata* 40). (=Stahl)
Westlake, H. D., *Individuals in Thucydides,* 1968. (=Westlake)
Wilson, J. B., *Pylos 425 BC.* A Historical and Topographical Study of Thucydides' Account of the Campaign, 1979. (=Wilson)

(1)　二・二三・二—三、二・二五・一—五(メトネー、エリス襲撃)、二・三〇・一—二(ソリオン、アスタコス襲撃、占領、西北ギリシァ巡航)、二・三一・一—三(メガラ海岸地帯襲撃)、二・六九(コリントス湾巡航、封鎖)、二・八五・五(コリントス湾)、三・一六・一(コリントス陸峡地帯の東海域)、三・五一・一—四(メガラ沖合のミノア島攻略)、三・七五以下(ケルキュラ内乱干渉)、三・八六・一—五(シケリア島のイオニア系都市援助)、三・八八・一—四(同上)、三・九一・一—三(メロス島攻撃)、三・九四・一—九八・五(西北ギリシァ諸地域)、三・一一五・四(シケリア島)。以上の諸例のうち十度にわたる派遣船隊は二十〜四十隻の船団を組みピュロス岬の沖合を通過している。

(2)　二・八三・一—九二・七。

(3)　注(1)参照。

(4)　三・八六・一—三。これが『戦史』中の最初の、アテナイがシケリア島同盟諸市救援のために派兵するに至る経緯の記述であるが、その背後にある同盟関係については、Gomme I, 198, Gomme II, 387, Meiggs-Lewis No. 63, 171–75, No. 64, 175 f. 参照。

(5) 三・八六・一。

(6) 三・一一五・二―六。

(7) 四・二・二―四。

(8) 四・二・三(前文)。

(9) 四・二・三(後文)。ペロポネソス側の動きが先んじていたことは動詞の過去完了時称で示されている。

(10) Meiggs, 320 f.

(11) 一・四四・三。Gomme I, 177. しかしこの時にも、後日のミュティレネー事件の際と同様に二度の民議会が開催され、前日の決定が翌日には改められている(四四・一)ことは注目に値する。

(12) 四・二・四。原本の読みの異同は伝えられていない。

(13) 前年夏デモステネスはアイトリア戦の後、アテナイ人を恐れてナウパクトス付近に留まっていた(三・九八・五)とあり、かれは解任もしくは召喚されていたのかも知れないが、ツキジデスはただ、「結果のゆえに……恐れて」と記するにとどめている。アカルナニア戦の後、「今回の行動により本国帰還も案ずるほどの危険を伴わなくして実現した」(三・一一四・一)とあり、身分上に変化が生じたか否かについては明記していない。

(14) 前四〇六年アルキビアデスが解任され十人の指揮官が選出されたのちコノンがアンドロスを去ったのちファノステネスという、十人以外の責任者が臨時に残留船隊の指揮をとることが記されているが(クセノフォン『ヘレニカ』一・一)、今回の場合とは性質を異にする。

(15) *I. G.* i^2 324+, Meiggs-Lewis No. 72. 18, 205–17, Gomme II, 487 f. また、ツキジデスの四・二九・一も「ピュロス方面指揮官らのうち、ひとりデモステネスを」とあるが、これが記述している時点(八月初めと目される)において、かれが正式に就任していたものかどうかは明らかではない。

(16) 四・三・二の写本上読みの伝えに異同あり、(1)これを間接話法の不定法(この場でのデモステネス自身の発言〝このために私はここまで一緒にやってきたのだ〟とするもの)＝C写本(十世紀)、(2)これを三人称複数直説法(*ξυνέπλευσαν*)(この段に附記されたツキジデス自身の注釈〝これを目的としてかれらは海路を共にしていた〟とするもの)＝E写本(十一世紀)、さらに、(3)三人称単数直説法(*ξυνέπλευσε*)(やはりツキジデスの注釈で〝これを目的としてかれは海路を共にしていた〟とするもの)＝その他諸本、があるが、(2)は記述されている事実に反する。(1)はこのときの議論においてデモステネスが意図を明らかにしたという趣旨をもち、最も古い写本の伝えでもあるので多くの校本に採用されている。(3)は、ツキジデスはかれの意図をかねて知っており、他にも知っている人が大勢いたのであるが、歴史家が後世の読者のために、デモステネスの計画は衆人知悉のものであった、と注記したことになる。本稿ではツキジデスの原文は(1)であったとする見方をとっている。

(17)　注(1)参照。

(18)　*I. G.* i² 324, Meiggs-Lewis No. 72, 206, 11. 9–12. ゴム(Gomme III, 487 f.)はこの四十四と二分の一タラントンと百タラントンのアテナ・ポリアス神殿からの資金はエウリュメドンとソフォクレスの遠征準備金であったことは「疑いを容れない」と記しているけれども、Meiggs-Lewis, 216 f. が指摘しているとおり、毎年春の作戦期間開始に際してはアテナ神殿から定額百タラントンが一括して戦費として融資されていたごとくにも見うけられるので、百タラントン全額が両指揮官の遠征費に当てられたと断定することはできない。ということは、他の財源を含めて最大限見積っても、遠征費用が百五十タラントンを上廻ることはまずなかったと考えてよいことになろう。ちなみに前四三三年ケルキュラに計三十隻の船隊が派遣されたときの出費は二十六タラントンであったと推定されている。Meiggs-Lewis No. 61, 167–68.

(19)　Gomme III, 478, 487–8 参照。ゴムによれば、

三月九日　四十四と二分の一タラントンの資金費出
　一四日　百タラントンの資金費出
五月一日―七日頃　アテナイ船隊出航
　六日―一三日頃　ピュロスに到着
　二五日―三〇日頃　ピュロス湾内の海戦
六月二日　十八と二分の一タラントンの資金費出
　（一〇日頃にスパルタ側特使アテナイ訪問?）
七月二八日頃　クレオン派遣決定
八月五―一〇日頃　スファクテリア決戦

となっており、Wilson, 69–72, 124–6 も、ピュロス湾内海戦を基点とするツキジデスの算定法に準拠して、ゴムとほぼ同一の枠組の日程表を算出しているが、絶対的日付の点では、アテナイ船隊の出帆は五月一日に近かったとする意見を示している(Wilson, 126)。

(20)　この点については Finley, 191 がつとに指摘するところとなっている。次節参照。

(21)　もちろんこのような推定に対しては、ゴムのように賛同を表するむきもあるが、デモステネスの計画性を頭から否定する Hunter,

63–68 のごときは、ツキジデスを殆んど読んでいないのではないかと思われる。しかし、近年の研究としては高い評価をうけている Stahl, 141 でさえ、「デモステネスは自分のはなはだいかがわしい計画をアテナイ本国では披露しなかった」と記しているのは、本稿の筆者としてははなはだ理解に苦しむ点である。

(22)　『戦史』で「偶然」τύχη という単語が使われている回数を一つの目処として数えると、記述文中で七回、演説の中で二十八回、直接話法形で二回、決議文中で一回、他人の意見という形で二回みとめられるが、ツキジデス自身が記述文中で用いている七回の用例中、定冠詞を伴う名詞として使われている四例のうち三つ(四・一四・三、四・一二・三、四・五五・三)はいずれもピュロスに関する記事中に現れ、一つ(三・九七・二)はアイトリアにおけるデモステネスの希望的観測について用いられている。定冠詞を伴わない副詞的用例 κατὰ τύχην は三度、そのうち二例(三・四九・四、四・三・一)は気象現象をさし、その一例(四・三・一)が本章であつかうピュロス沖の嵐の襲来に使われている。記述文中での用例はまさしく「ピュロス戦記」に集中している観があるが、またスパルタ人特使の演説の中でも頻度は高く(四・一七・四、一八・三、一八・四、一八・五)、スパルタ側がスファクテリアの事態を単なる偶発的事件と見ていたことを告げている。『戦史』における偶然性の表現法は他に幾通りもあるが、それについては前章を参照されたい。さらに詳しくは、Edmunds, 174–204, Schneider, 95–110 を参照されたい。

(23)　Cornford, 82–109. いつも槍玉にあげられているが、じつのところは次のように書かれている。

The impression conveyed is that the seizure of Pylos was a mere stroke of luck [and the obscurities of the story tends to this effect, and yet we can make out, by inference from the narrative itself, that the occupation was designed.][a] Why is this impression given? [Thucydides is not moralizing,][b] or [actuated by malignity.][c] [He really says an agency called Fortune at work ;][d] [for he had no general conception of law to exclude such an agency][e] [The whole narrative illustrates the contrast of human forsight (gnōme) and non-human Fortune (tychē) which are the sole determinant factors in a series of human events.][f] 今日ふりかえってみると、かれ以後の研究者はじつに皆異口同音にかれの言説を否定するところに出発点を求めているかのごときであるが、実際に上記の引用文の各句と照合してみると、かれらが一様に否定し批判しているのは、正確にいえばこの複雑な文章中dの部分に限られており、あとのa、c、e、fの一部あるいは複数部分にたいしては全面的に負目を展開しているものばかりであることに気づく。以下本文と符節を合わせながらそれを記す。

(24)　上記引用文中のd、〝「偶然」という名の能動的な力が作用していると言っている〟という部分が一様に否定されているが、それよりもさらに極端な形では、「ツキジデスの記述には偶然性を示唆するあとは、嵐場面以外には皆無である」という意見も表明されている(Gomme III, 488–9)。

(25)　哲学者と歴史家とは異なるとしてdを退けながらe、fの情況から医学の礎を開いたヒッポクラテスとの比較によってツキジデスを位置づけているCochrane, 24–25, 124–27は「偶然」とはツキジデスにとっては予知できない不可測なるものを意味するという。Finley, 312や最近のエドマンズの論も基本的にはこれと同一の前提の上に立ち、fの実相を歴史記述の中に求める線を進んでいる(Edmunds, 174–204)。シュナイダーもこれと似ているがツキジデスのfには弁証法的な意図があり、「偶然」は歴史を説明するための要素であると同時に、究極的に説明の対象となるべき要素でもあると見ている(Schneider, 97)。しかしシュタールはまた、ツキジデスの個々の出来ごとにまつわる偶然性の記述のつらなりが、『戦史』全篇にわたる一種の連鎖をなすものかどうか、その点が本当に明らかにされない限りは、コーンフォド論は論破されたことにはならないとしている(Stahl, 18)。すなわち偶然の連鎖、ないしは対応という事実(例えばピュロス戦争とシュラクサイ攻防との対応(七・七一・七))が『戦史』記述面に明らかな痕跡をとどめている以上、コーンコォド説を否定しさることはできない(この点についてはEdmunds, 186–7も同意見たらざるを得ない)。またこのような対応に見られる修辞的斉一性の上に、ツキジデスの統一著述性を説くフィンレー説(J. H. Finley, The Unity of Thucydides History, *HSCP* Suppl. Vol. 1940(= *Three Essays on Thucydides*, 1967, 118–169, cf. p. 146–7))も、やはりコーンフォド説からは完全には離脱できないと思われる。またbに反対してツキジデスは人間の道義を説くために「偶然」とか「運」を持ちだしている、とする見方をとるものとしては、スパルタ人特使の演説こそ「ピュロス戦記」の重心とみるフィンレー(Finley, 193)、倨傲、逆転、後悔の人間体験を普遍的真実とみるギリシァ人一般の考え方の現れとみるシュタール(Stahl, 144 f.)をあげることができる。他方、コーンフォド説をそのまま文学史の記述表現に用いているものもある(Schmid, 85: "Eine neue Epoche führt Tyche ein mit der Besetzung vom Pylos durch Demosthenes im Jahre 425.")。これではデモステネスはまったくのロボットである。

(26)　Schwartz, 290–298, Romilly, 157–194, Westlake, 106–111.

(27)　Hunter, 61–83. しかしツキジデスはデモステネスに対して少なからず好意を抱いていたはずであるとする見解はゴム、ウェストレイクらも口にしている。ともあれ、注(26)及び(27)の見解は、コーンフォドb、cとは対照的に、対人的偏見によって筆を歪めた歴史家の姿を措定している。

(28)　Gomme I, 21参照。〝ツキジデスが自明として記述から略している諸問題〟は熟読理解すべき重要な示唆に富み、ゴムの注釈の中でも非常に価値高い部分といわねばならない。

(29)　四・二・三(*καὶ Πελοποννησίων αὐτόσε νῆες ἑξήκοντα παρεπεπλεύκεσαν...*)。

(30)　前四四五年より以前、アテナイがコリントス湾東端のペガイを制圧し、メガラを組み従えていた時には(一・一〇七・三)、その両地点はゲラネイア山脈の山道を封鎖できる戦略的意義をもっていた。つまり両地点間の連絡は容易であったことがここに推知される。

後刻、クレオンが平和条約の条件としてこれら両地をアテナイ側の支配下に復帰せしめることを要求している(四・二一・三)点は、後節でのべるように、特に注目に値する。

(31) 四・三・一(*καὶ ὡς ἐγένοντο πλέοντες κατὰ τὴν Λακωνικὴν καὶ ἐπυνθάνοντο ὅτι...*)。

(32) Kühner-Gerth, Satzlehre I, 145.

(33) 一・一〇三・三参照。

(34) 前四三一年アテナイ、ケルキュラ連合船隊がラコニア地方のメトネー、エリスのペイアなどを襲撃した際にもメッセニア人は陸戦隊として活躍しており(二・二五・四)、かれらの故郷奪回の意図は最初から一貫していた模様である。このペリクレスの作戦とピュロス戦争との比較と関連についてはGomme II, 84-85を参照。しかしゴムは前四三一年のメッセニア人の作戦関与については触れていない。

(35) ツキジデスの記述面からのみ判断しても、ピュロス戦争におけるメッセニア人の活躍は著しく、デモステネスが武器不足に窮していたときにも(四・三・三)、ピュロス岩礁上の決死の防衛戦の際にも(四・三・三)、スファクテリア上陸戦にも(四・三一・二)、そして島上の砦にスパルタ兵が立てこもりアテナイ側が手づまりになったときにも(四・三六・一)、いずれの危機もみなメッセニア人の助けによって打開されていることがわかる。

(36) 四・四一・二参照。

(37) 四・三・一(*ὁ μὲν Εὐρυμέδων καὶ Σοφοκλῆς ἠπείγοντο ἐς τὴν Κέρκυραν, ὁ δὲ Δημοσθένης ἐς τὴν Πύλον πρῶτον ἐκέλευε σχόντας αὐτοὺς καὶ πράξαντας ἃ δεῖ τὸν πλοῦν ποιεῖσθαι· ἀντιλεγόντων δὲ κατὰ τύχην χειμὼν ἐπιγενόμενος κατήνεγκε τὰς ναῦς ἐς τὴν Πύλον*)。

(38) 四・二・三。

(39) 四・三・一(=後段(16))。

(40) 注(22)に記したとおり、副詞的表現(*κατὰ τύχην*)は『戦史』中に三度あり、そのうち「折よく逆風にさまたげられることもなく」(三・四九・四)とこの四・三・一の二つの用例はともに天候現象を、ある事柄の原因の一つに数えている例であり、第三の例(五・三七・三)は、スパルタ側の希望とボイオティア側の希望とが「ちょうどよい具合に」一致していたことを告げている。

(41) 前章参照。

(42) 『神聖なる病について』二四(*ἀλλὰ πάντα θεῖα καὶ πάντα ἀνθρώπινα· φύσιν ἕκαστον ἔχει καὶ δύναμιν ἐφ' ἑωυτοῦ, καὶ οὐδὲν ἄπορόν ἐστι οὐδὲ ἀμήχανον· ἀκεστά τε τὰ πλεῖστα ἐστι τοῖς αὐτοῖσι τούτοισιν ἀφ' ὧν καὶ γίνεται.*)「どのような病気も、神の意図によるとも言えるし、また人的な原因によるものと言うこともできる。一々皆それぞれの自然をもち力をもつが、治療の方法も手段もないような

病はない。その病が生じる原因そのものを手がかりとして、殆んどの病は治癒可能である。」大自然に対するヒッポクラテスとツキジデスの態度の類似共通性を指摘しツキジデス解釈の基本としているのは Cochrane, 24–25. かれは、ピュロスの出来ごとはたんなる a happy accident と、ツキジデスは見做していると記している(124–129)。

(43) この点は最近とくに S. L. Radt, Zu Thukydides' Pestbeschreibung, *Mnemosyne* 31, 1978, 233–245 が強調している点である。

(44) 二・四七・三―五三・四。

(45) 七・五〇・四―五一・一。

(46) 前章三四八―九頁参照。

(47) アリストテレス『自然学』二巻(一九七a五―八)の主旨を要約すれば、偶然とは出来ごとの原因そのものではなく、出来ごとの附帯的原因であり、しかも、意図にかなった選択行為によって生ずるものごとのうちに認められるところの、ある附帯的原因である。アリストテレス風に言うなれば、ピュロス築城の意図と計画が明確であったればこそ、はじめてその実施の過程において「偶然」の因子がある種の附帯的原因として働いたことが指摘できることとなる。

(48) 『修辞学』一三六二a五―六、一三八八b二七―二八。

(49) *I. G.* II. v. 1054 *g.* A 31(237–38); Pros. Attica Nr. 7270 によると前四世紀後半アフィドナ住民区のアルキステネスの子ツキジデスという人物がデロス島の神殿奉納行事の保証人として名を連ねている。アフィドナのアルキステネスというのは、デモステネスの父の名と同一であるところからデモステネスと歴史家ツキジデス両名の血を引いた人物がこの四世紀の「アルキステネスの子ツキジデス」であった可能性がある。

(50) Schwartz, 290; Quinn, 378–9.

(51) Stahl, 142; Westlake, 111; Hunter, 61–83. 注(25)参照。

(52) デモステネスが楽観に頼りすぎた(*ἐλπίσας τῇ τύχῃ*)ためにアイトリアで失敗したことをツキジデスが指摘しているのは事実であるが(三・九七・二)。

(53) これは注(51)の諸家の中でもハンター女史の論旨が極端に主張している点である。

(54) Ros, 360–65.

(55) 後節「スパルタ人の偶然論」、「クレオンの放言場面」で詳しく述べたい。

(56) Finley, 191.

(57) 一・一三・六。

(58)　三・八二・二。

(59)　五・七一・一。次章「歴史記述と人間性」参照。

(60)　Solmsen, 196–206 は、心理的考察がツキジデスの資料整理と記述構成の基本軸となっていることを、前五世紀末の知的傾向の一端としてとらえると同時に、「ピュロス戦記」においてはとくにその傾向が著しく、クレオンの言動を活写するツキジデスの記述こその極であることを指摘している。クレオン場面については後節参照。

(61)　四・三・二(*καὶ ὁ Δημοσθένης εὐθὺς ἠξίου τειχίζεσθαι τὸ χωρίον*(*ἐπὶ τοῦτο γὰρ ξυνεκπλεῦσαι*))。

(62)　四・三・二。

(63)　四・三・三。両指揮官の反対意見の言葉の中で、*ἢν βούληται καταλαμβάνων τὴν πόλιν δαπανᾶν* の句は強いて訳せば、「占拠することによってポリスが出費をかさねることを望むというのであれば」となるが、語法について疑義があり、*καταλαμβάνων* を原典から除く修正法が多くの支持をうけている(Classen-Steup Vol. 4, Anhang, 265)。ここではその議論の委細をつくすことは控えたい。ただ、両指揮官の反対の根拠が、資金の濫費をつつしむべしという点にあったことは、語法の問題とはかかわりなく明白である。

(64)　Finley, 192.

(65)　一・一四二・三—四(*τὴν μὲν γὰρ χαλεπὸν καὶ ἐν εἰρήνῃ πόλιν ἀντίπαλον κατασκευάσασθαι, ἦ που δὴ ἐν πολεμίᾳ τε καὶ οὐχ ἧσσον ἐκείνοις ἡμῶν ἀντεπιτετειχισμένων· φρούριον δ᾽ εἰ ποιήσονται, τῆς μεν γῆς βλάπτοιεν᾽ ἄν τι μέρος καταδρομαῖς καὶ αὐτομολίαις, οὐ μέντοι ἱκανόν γε ἔσται ἐπιτειχίζειν τε κωλύειν ἡμᾶς πλεύσαντας ἐς τὴν ἐκείνων καὶ,…*)。ペリクレス自身の口から語られているこの戦略の字句についても、百論が交されている(Classen-Steup Vol. 1, Anhang, 456–57, Schwartz, 263, Gomme I, 457–59 等参照)。問題は *ἀντεπιτετειχισμένων* の完了時称の正否とその具体的内容である。シュヴァルツは完了時称が正でありその具体的内容は例えばアッティカ領内のオイノエの砦のごときものと解釈しているが、しかしその語意は「対抗して築かれた攻撃拠点要塞」であり、オイノエはこれに適合しないというクラッセンの指摘は正しいと思われる。クラッセンは完了時称を非として、これを未来時称の *ἀντεπιτειχιουμένων* の誤りであろうとしているが、この完了時称は現時点における完了ではなく、未来の時点における完了として理解されるべきであろう。しかしそれらの考察を顧慮した上でなおゴムはシレトーの説を推してオイノエ説をとり、この語の内容がピュロス、キュテラなどの占拠と要塞化をさしているとすればそれはすぐその後に続く、「われらが船隊をひきいて敵地に攻撃拠点を設営するのを妨げる力はない」という句と重複するので正しいとは見られない、と記している。これについて、私見をまとめて結論だけを述べれば、まさしくこの稀な造語 *ἀντεπιτετειχισμένων* の説明として——この単語は『戦史』中でもこの個所だけであり他処での用例も殆んど見当らない——次の文章(*φρούριον δ᾽…*)があり、*οὐχ ἧσσον* の意味の説明が行なわれていると考えたい。*φρούριον δ᾽* の *δ᾽* は前文の *τὴν μὲν*

の対応を必要とするという誤った考えから混入したものであって、本来は説明文の接辞 *γὰρ* がそこにあったのであろうと推察する。ともあれ、この後文の言葉が前四三二年末のペリクレスの戦略を語るものであれば、デモステネス(とクレオン?)のピュロス作戦計画はペリクレスの路線を忠実に継承したものである、というゴムの観察は特記に値する。しかしこの演説が、デケレア戦争以後の作であるという濃厚な可能性も完全に否定することはできない。

(66) 二・二五・一―二。

(67) 二・二五・三―五。

(68) 二・五六・一―六。

(69) 二・二五・一―五。

(70) Gomme I, 459 (Note that, according to Thucydides, Pericles anticipated and approved the policy followed after his death by Demosthenes and Cleon, a policy which is generally supposed to be contrary to his ;).

(71) 例えば Westlake, 97-121 に代表されているような批判的見解であるが、これらはいずれも実に歴史記述における偶然的要素の明確な把握を欠くところから生じている(同書一〇二頁以下参照)。

(72) ただし、注(65)で言及したように一・一四二・三―四の「対抗して攻撃を加えるための砦」が、ボイオティアとの国境基地であるオイノエをさすという見解(たとえば Schwartz, 263)も唱えられているけれども、それを妥当と見るべき理由は希薄であると言ってよい。

(73) Gomme I, 19-20; J. S. Morrison, R. T. Williams, *Greek Oared Ships. 900-322 B. C.*, 1968, 311 参照。

(74) 四・三・二(*ἀπέχει γὰρ σταδίους μάλιστα ἡ Πύλος τῆς Σπάρτης τετρακοσίους*)。

(75) ピュロス、スファクテリア周辺の測地・測量問題については、本稿が直接扱う問題とは関わりが少ないので省略するが、最近の細目の見当結果は Wilson に記載されているので参照されたい。

(76) Gomme III, 439.

(77) 『雲』二〇六―二一六。ある種の「地図」はペルシァ戦争以前から存在しており、『戦史』や『雲』の時代にはかなり広く知られてはいたけれども、実際に有用な地図はまだ作られていなかったとされている(K. J. Dover, *Aristophanes Clouds*, 1968, 123)。詳しくは本書第二部第一章第一節を参照されたい。

(78) 三・九七・三―九八・四。デモステネスにとってこれが忘れがたい苦杯であったことは、のちに四・三〇・一に記されており、その教訓をかれはスファクテリアの決戦で活用する。

(79)　四・三・三。
(80)　三・一一二・四。
(81)　アリストテレス『詩学』一四五一a二〇—二一（*διαφέρει γὰρ πολὺ τὸ γίγνεσθαι τάδε διὰ τάδε ἢ μετὰ τάδε.*）。
(82)　アリストテレス『修辞学』一四〇一b三一—三二（*τὸ γὰρ μετὰ τοῦτο ὡς διὰ τοῦτο λαμβάνουσι, καὶ μάλιστα οἱ ἐν ταῖς πολιτείαις, …*）。
(83)　その間のありうべかりし経緯について、また原典字句の修正についてはQuinの見解がおおむね正しいものと考える。
(84)　五・一六・一（*Νικίας μὲν βουλόμενος, ἐν ᾧ ἀπαθὴς ἦν καὶ ἠξιοῦτο, διασώσασθαι τὴν εὐτυχίαν*）。
(85)　四・二七・三—二八・五、五・七・一—三参照。
(86)　四・四・一。
(87)　Stadter, 60–77（Stahl）90–108（Westlake）も共にその前提の上に個々の演説や意見開陳の分析を試みている。
(88)　Quin, 378–9.
(89)　四・五・二。
(90)　四・四・一。
(91)　四・四・二—五・二。この時兵士らが石切り鋸や運搬用具を携行していなかったと言われている（四・四・二）ことからデモステネスの計画性欠如が指摘されているが、この船隊はパン屋、大工、石工、鍛冶工等々を同行させた十年後の大船団とは目的も規模も異なり、同列に比較することはできない。しかも、本国政府はきわめて曖昧な形でデモステネスの同行と用船を許可しているにすぎず、かれの計画遂行のために別途の装備や用具の調達を認めたとは思われない。しかしそれはデモステネスの計画そのものに欠ける点があったためということはできない。
(92)　四・五・一。
(93)　四・六・一。
(94)　四・八・二。
(95)　四・五・二。
(96)　この点の指摘と用兵上の細部の問題点の指摘はWilson, 65–66に負うものである。
(97)　四・四・三（*πάντι τε τρόπῳ ἠπείγοντο φθῆναι τοὺς Λακεδαιμονίους τὰ ἐπιμαχώτατα ἐξεργασάμενοι πρὶν ἐπιβοηθῆσαι· τὸ γὰρ πλέον τοῦ χωρίου αὐτὸ καρτερὸν ὑπῆρχε καὶ οὐδὲν ἔδει τείχους.*）。

(98) 四・五・二(*τὸν μὲν Δημοσθένη μετὰ νεῶν πέντε αὐτοῦ φύλακα καταλείπουσι, ...*)。
(99) 四・五・二。
(100) 四・八・三。
(101) 四・八・三。
(102) 四・一三・二。
(103) クセノフォン『アナバシス』六・四・二、Morrison and Williams(注(75)参照), 309参照。Gomme I, 20はそれよりもかなり低めの算定をしており漕航であれば一日平均三十五〜四十五海里、帆走する場合の最大限は八十〜九十海里という数字をあげている。『アナバシス』の数値(というよりも一つの町からべつの町までという表示であるが)はいささか過大であるかも知れない。
(104) Gomme I, 21, Wilson, 67–72参照。
(105) 四・八・二。
(106) 四・九・一。
(107) 四・九・一(*ἀλλὰ καὶ ταῦτα ἐκ λῃστικῆς Μεσσηνίων τριακοντόρου καὶ κέλητος ἔλαβον, οἳ ἔτυχον παραγενόμενοι. ὁπλῖταί τε τῶν Μεσσηνίων τούτων ὡς τεσσαράκοντα ἐγένοντο, οἷς ἐχρῆτο μετὰ ἄλλων.*)。
(108) 三・一七・四。
(109) 六・九一・四。
(110) この間の日数経過の算定は、Wilson, 69–72に詳述されている。かれの推定によれば築城開始からメッセニア人の船が現れた時までに二週間の経過があったとされている。
(111) Gomme III, 488もメッセニア人と事前の打合せがあったから三十丁櫓船が現場に到着したのであると記し、ここに「偶然」を示唆するものはないと述べているが、他方Wilson, 50–51はデモステネスがナウパクトスへ救援要請を送ったことは可能としながらも、注(107)の引用文に含まれている*ἔτυχον*という動詞表現は、事前の打合せが存在していなかったことを表わしている、と述べている。いずれにしても本文で指摘したとおり、漕手兵という特殊部隊が現場に現れたということは偶然ではありえない。
(112) Gomme III, 488–89.
(113) ゴムのその強い傾向は(注(112)参照)Stahl, Hunterらの強い反撥をかっている。
(114) Finley, 314はそのような人物の例としてペリクレス(一・一四三・五)、ヘルモクラテス(六・三四)、シケリアにおけるデモステネス(七・四二・三―五)、ブラシダス(四・八一・一)、テウテアプロス(三・三〇)などを挙げ、Edmunds, 188–89もこれに附和している。

(115) 四・一〇・一―五。

(116) Stahl, 143.

(117) Westlake, 109.

(118) Gomme III, 446.

(119) Wilson, 72. によれば、アテナイ側が築城工事に着手してから十二〜十四日後に、スパルタ本国兵と六十隻の船隊はピュロス周辺の部署についたと算定されている。スパルタ側には果断をもって勇名高いブラシダスも加わっており(四・一一・四)、この異例に速やかな動員令の実施に一役かったものと思われる。

(120) 四・九・三。

(121) ハリカルナッソスのディオニュシオス『アンモニウスに宛てた書簡二』一二参照。

(122) 四・一〇・一。

(123) Gomme III, 446.

(124) 二・四〇・三。

(125) 一・七〇・二―九。

(126) 四・一〇・三。注(121)の文書が批判している変則的語法はこの段落に集中している観があり、原典は様々の改善案を招いているけれども、ツキジデスの意図は明らかである。

(127) 四・一〇・四。

(128) 七・六九・二。

(129) 四・一〇・五。

(130) 注(116)参照。

(131) 四・一一・一。

(132) Schwartz, 290–298 参照。注(49)参照。

(133) 四・六六・三―七三・四。

(134) 四・七六・一―七七・二、八九・二。もっともかれの方は計略が敵側に洩れたために、何らの成果を挙げることもなく終ったのであるが。

(135) 五・一九・二。
(136) *I. G.* ii^{2} 2318, col. v; A. Pickard-Cambridge, *The Dramatic Festivals in Athens,* (2. ed. J. Gould and D. M. Lewis), 1968, 105.
(137) 五・八〇・三。
(138) 七・一六・二以下参照。
(139) 七・八六・二—三。
(140) 四・一一・二—一五・二。
(141) 四・八・六。
(142) 四・一五・二—一六・三。
(143) 四・二一・一。
(144) 四・一七・一—二〇・四。ツキジデスは「かれらはアテナイに到着すると次のごとき発言を行なった」と記しているのみで(四・一六・三)、いつものことながら、どのような集会の場でこれが行なわれたかについては詳記していない。五・四五・一の記述に従えば、外国からの使節はしかるべきアテナイ人の紹介をえて、先ず評議会でその内意を伝えたのち、その認承が得られればしかるべき形式を整えて民議会で市民全員に来訪の趣意を伝えるという二段階の手順に従ったものと思われる。四・一七・一以下のスパルタ人特使の発言がどちらの会議でのものか明らかでないが、四・二一・一以下で「アテナイ人」という表現がしきりに用いられているところから推察すれば、民議会での趣意表明と見るべきであろう。とすれば、評議会で内意を伝えたときには誰の紹介によったかは記されていないがこの時にはクレオンの介入もなく、評議会の空気も、和議申入れに応じてもよいという意見が(おそらくニキアスとラケスの誘導により)優勢を占めていたのかもしれない。
(145) 四・一七・四—五。
(146) ゴムは「ピュロス戦記」から偶然の要素を極力排除する立場に立っているので、この単語は「成功」の意味であると解釈している(Gomme III, 456.)。しかしかれの注釈には、ピュロス砦の攻防とスファクテリアの問題とはまったく性質の異なる事件であるという認識が欠けていると言わねばならない。
(147) Liddel-Scott. s. v. *τίθημι* A VII. 2; E. Fraenkel, *Aeschylus Agamemnon,* 1950, Vol. II, 19–21 (ad. Ag. 32).
(148) 四・一七・五。
(149) 四・一八・一—二。
(150) 四・一八・二前文。

(151) 四・一八・二後文。
(152) アリストテレス『詩学』一三章、一三五二b二八—五三a一二。
(153) 注(23)—(25)参照、コーンフォド説はこの文脈においてはStahl, 143以下で雄弁に甦っている。
(154) Finley, 193 "the dead center of History."
(155) 四・一八・三。
(156) 三・四五・五—六。
(157) 四・一八・四。
(158) 一・八四・三。
(159) 四・六二・四。
(160) Edmunds, 181-2.
(161) 四・四六・四末文。
(162) 一・七〇・一—九、とくに第三節は、ピュロスのデモステネスと、スパルタ人特使が、各々代表する集団の正確の対照を、第三者の眼から適切にものがたっている(*οἱ μὲν καὶ παρὰ δύναμιν τολμηταὶ καὶ παρὰ γνώμην κινδυνευταὶ καὶ ἐν τοῖς δεινοῖς εὐέλπιδες, τὸ δὲ ὑμέτερον τῆς τε δυνάμεως ἐνδεᾶ πρᾶξαι τῆς τε γνώμης μηδὲ τοῖς βεβαίοις πιστεῦσαι τῶν τε δεινῶν μηδέποτε οἴεσθαι ἀπολυθήσεσθαι*)。
(163) 四・二一・一—三、とくに四・二一・二の末文。
(164) 四・一七・四。
(165) 四・二一・二—三。
(166) 三・三六・二—六(引用部分は三六・二末文)。ほとんど同じような評語がここで用いられ再びいま四・二一・三で繰りかえされているのはツキジデスの簡潔さからみて異例のことである。これは『戦史』が最終的な完成を見ず世に伝えられたことのため、と見るゴムの見解が正しいとも考えられるが、しかし、三・三七以下のクレオン演説の強烈な説得性と、四・二一でのクレオンの言説が「より多くを求めたがる」一般民心に訴えた点とは大いに違うのだということを、ツキジデスは同一の評語を用いることによって示唆しているとも考えられる。後章でアルキビアデスが紹介される場合にも(五・四三・二と、六・一五・二—三)同じ句を含む表現が用いられており、これはアルキビアデスのそれぞれ異なる面での行動が記述されているためであることはゴムの指摘するとおりである。クレオンの場合にも、三・三七以下が強引な対同盟国政策を説いた(アテナイの良識・現実派の反論のために破れたけれども)その情況における民心をうごかすクレオンの説得性に焦点が集められているけれども、四・二一・二—二二・四では、クレオンの政治的主張と一般市民の反響とが、期せずして合一し、前者が後者を使嗾煽動し——ある意味では誤ったともいえる——一つの結果に至った情況を語っている。三・三七以下と四・二一・二—二二・四と、各〻のクレオンの立場の違いについては、Westlake, 60–69が示唆に富む解釈を下している。

(167)　『アカルナイの人々』四—八。古注記者によればこれは歴史上の事実を指すと言われているが、他方これは、べつの喜劇作品中での出来ごと(創作)への言及と見るメリのごとき立場もある。その他のアリストファネスの作品では『騎士』『蜂』『雲』『平和』いずれもクレオンの主戦主義、汚職、中傷、貪欲、同盟国いじめ、等に対する攻撃と非難にみちているが(一覧表は、H. A. Holden, *Onomastichon Aristophaneum*, 1970, *Κλέων* の項参照)、その一々の言及が喜劇特有の多大の歪曲を含むことは明らかで、歴史上の事実と対応する部分を見きわめることはむずかしい。喜劇のソクラテスが「インテリ代表」であったとすれば、同じくクレオンは「政治屋代表」であり、必ずしも歴史上の人物と正確に対応するものではなかったかもしれない。

(168)　ツキジデスがクレオンに対して示している偏見にみちた扱いは学者、研究者によって異口同音に指摘されているが、他方また、歴史上のクレオンがきわめて有能な政治家であり、ツキジデスはその事実に対して正当な評価を下していると見る古くからの有力な見解があり(Meyer, 331–351)、近年Westlake, 60–69は修辞的な側面からみてもツキジデスの不当なクレオン評価は四・二七・三—二八・四に限定されたものであることを指摘している。

(169)　四・二一・三。

(170)　一・一一五・一。

(171)　一・一一五・一の表現は、事実四四五年まで両地にアテナイ人駐留部隊がいたと解釈できるとゴムは記している。ツキジデス自身一・一〇七・三でアテナイ側がコリントス湾の制海権を維持し、ペガイとメガラに兵を置いている限り、ペロポネソスとボイオティアとの陸上通路も完全に遮断されることを記している。

(172)　注(63)参照。

(173)　四・一六・二。

(174)　注(144)参照。

(175)　ピュロス湾内の海戦以後スパルタ側はただちに本国責任者がスファクテリアの実情を見て使節派遣を決定したようなので(四・一五・一—二)、海戦以後の時間的経過は僅少であった(スパルタ側は四百二十名の兵士に水と糧食を補給する道を、臨時的休戦という形でとりつける必要性に迫られていたから、最大限三日位の経過はあったろう)。その間にアテナイ側が報告の使者を特別の三重櫓船を仕立てて、アテナイ本国に送ったという記事はないが、可能性はもちろんないとは言えない。

(176)　スファクテリアの火災以後、デモステネスが強行上陸作戦の案をクレオンに送ったという解釈は Meyer, 340; G. Busolt, *Griechische Geschichte* III, 1904, 1101, n. 2 などによって行なわれ、Gomme III, 471 もクレオンにだけひそかに連絡していたということはなくても、本国の責任者宛の連絡は行なっていた可能性を認めている。しかし Schwartz, 296–7 はツキジデスの記事にないことはなかったことという、純粋に〝文献主義〟的見方をとり、Westlake, 72, n. 1 もこれに従っているようである。しかしツキジデスの記述に省略されている事柄を追跡することの重要性はあらためて説明する必要はないだろう(Gomme I, 21 参照)。「ピュロス戦記」の記述構成における真の問題は、デモステネスとクレオンとの連携が、クレオンの第二の放言場面の後までまったく存在していなかったかのごとくに記しているツキジデス自身の作意にある。

(177)　四・二二・一―三。

(178)　四・二一・二末文。

(179)　四・二二・二末文。

(180)　例えばアッティカ領内における破壊行為に対する損害賠償とか、プラタイア市を生存している市民らに返還することなどは、実現可能性の問題はべつとして和平交渉の前提としてはより理にかなった条件といえるであろう。

(181)　三・七五・四(*ὡς οὐδὲν αὐτῶν ὑγιὲς διανοουμένων*)は、四・二二・二(*εἴ τι ὑγιὲς διανοοῦνται*)の問いに対する否定の答ともいってよいような、酷似した文章形体であることも注目に値する。

(182)　四・二六・一―二七・二。

(183)　Westlake, 69–75 は従来よりの基本的な解釈を踏襲しているが、四・二七・三―二八・五までの記述における事実の報告と心理的動機の推測記事とが、ツキジデスの作意と悪意によって操作されている点を巧みについている。本稿も同じ点をとりあげているが、目的はツキジデスの悪意と偏見のみにもとづく作意を指摘することではない。本論の主旨はクレオンという人物の判断と行動形態は偶然の産物であると見做すツキジデスの考え方とその記述意図とを明らかにするところにある。

(184)　四・三九・一―二。

(185)　Gomme II, 478.

(186)　四・二七・三末文。客観的には短いこの期間を誰がたまらなく長いと感じたのか。ツキジデスの記述から察するところ、第一にはピュロスで日夜苦労している兵士らである。しかしかれらの声がそう頻繁にアテナイに届いたであろうか。責任者デモステネスからの通報すら、ツキジデスはごく曖昧な形で示唆しているに過ぎない。第二にはシケリア島でアテナイからの主力戦隊四十隻の到着を待ちわびているピュトドロスや同盟諸邦の人々である。しかしシケリアからの連絡は片道一ケ月はかかるから、かれらの声もそう頻繁にアテナイに届いたとは思われない。第三にそして最も可能性の少ないのは本国アテナイの要職者たちであったろう。しかしかれら自身は殆んど何ら積極的な動きに出ようとする様子はない。客観的には短い時間を長く引きのばして誇張し、クレオン攻撃の材料に使っているのは反クレオンの一派であり、その宣伝材料をツキジデスは客観的事実であるかのように、記述に組みこんでいる。

(187)　四・二七・三。

(188)　四・二九・一末文。

(189)　四・三〇・四。

(190)　四・二九・一―二。文法的検討は注(208)参照。

(191)　四・二八・五。

(192)　これについての賛否両意見は注(176)に列記したとおりであるが、そのいずれも決定的な証拠を欠いている。シュヴァルツは両人の事前の連絡については、Bei Thukydides steht davon nichts とし(Schwartz, 296)、ツキジデスの書き順どおりに素直に従うべきであるとしているが、これはツキジデスがわざと記述を省略している場合であるから、記述の欠落そのものの理由が問題にならざるを得ない。さりとて存在を主張する立場も、「ピュロス戦記」全体の記事構成からの推論以外には、積極的論拠を欠く。本稿が、偶然性を中心課題として取り上げているのも、後者の推論が立脚しうるあらたな命題をさぐるためである。

(193)　注(186)参照。

(194)　注(183)参照。Westlake, 69–75 の論述過程と以下との比較検討の結果としては、やはりツキジデスの意図はクレオンと偶然的要素との出あいの形を描きだすことにあったと考えたい。

(195)　四・二七・三前文。この指摘は Westlake loc. cit. でも行なわれている。

(196)　四・二七・三後文。意に反するものとしてこの結果を報ずるためにツキジデスは意中に言及している。

(197)　四・二七・四。

(198)　Westlake loc. cit. もこれを指摘している。

(199)　四・二七・五。無知と放言が予想外の偶然を招く形である。

(200)　四・二八・一。

(201)　四・二八・二。

(202)　Westlake loc. cit. もこれと同趣旨の指摘を記している。

(203)　四・二八・四。

(204)　この点についても Westlake loc. cit. は指摘している。
(205)　三・三八・一―二。これに対するディオドトスの反論は三・四二・二―六。
(206)　Meyer, 341.
(207)　Schwartz, 297 (Thukydides hat ferner die Erzählung so angeordnet, dass Kleon erst nachdem ihm der Feldzug über-tragen ist, von dem Plan des Demosthenes hört und daraufhin zum Mitbefehlsbaber der ihm mitgegebenen Truppen macht.). ツキジデスのギリシァ語からこのパラフレーズを導出することは容易ではない。
(208)　Kühner-Gerth, Satzlehre I, 200. Anm. 9; J. Wackernagel, Vorlesungen, I, 183–84.
(209)　四・三〇・三。この原典読みの語順については諸種の修正案が提示されているけれども、現在の問題にはいずれを採用しても影響するところは少ないので、Jones に依る。
(210)　Gomme III, 471.
(211)　四・三九・三。
(212)　四・二九・二。
(213)　四・二九・三―三〇・一。
(214)　四・三〇・二。
(215)　四・四〇・一―二。

第五章　歴史記述と人間性

前五世紀後半ギリシァの都市国家間で争われた抗争は全土に経済的道徳的な荒廃をもたらした。このペロポネソス戦争の経緯を、その時代に生きた人間として克明に記述しているのがアテナイの人ツキジデスの『戦史』である。一般的にかれの歴史記述は何よりも客観的真実を重視して、戦争の原因、過程、結果を厳密に分析記録した科学的なものとして高く評価されているが、[1]他方においては、かれの心的構造は科学的歴史記述者のものではなく、悲劇作家の人間観と共通の非合理性の受容に傾いていると主張するコーンフォド、[2]いや当時の医学者の物質としての人間を見る態度に毒されているというコクレイン、[3]さらにはツキジデスは事実を事実どおりに記述することを主眼とするのではなく、その背後に遍在する人間心理の法則のみに溺れている偽歴史家であり、かれの名高い悪文は良心の苛責を反映していると断じている歴史哲学者コリンウッド[4]など、辛辣な批評家たちの声もあとを絶たない。

これらの非難が聞かれるたびに古典学者が弁明に追われ、多くの研究がつみ重ねられてきたことは容易に想像ができよう。[5]同時代の碑文資料や喜劇作家の証言との対比によって、ツキジデスの記述には多少の脱落はあっても、虚偽誤謬は皆無といえることがあらためて克明に報ぜられたり、[6]かれの捏造との悪評高い政治演説の論旨、文章構造、措辞はじつに前四三〇年頃の知的構造をそのままに伝えるものであることが微細に論じられて文体そのものの歴史性が力説されたりしている。[7]かれが偽歴史家であると論難するものに対しては、歴史とは何かという徒労にちかい議論を繰りかえさねばならぬところから、みな恐れて反論をこころみない。しかしもし歴史の理念なるものが歴史記述の前に先行していてその具現化を歴史記述に要求したならば、それは案外ツキジデスの史述と酷似した姿をとるのではないかという予想も、あながち否定し去ることはできないだろう。

時古いツキジデス評価の争いのあとを詳述することは他書にゆずることとして、以下の小論においては一つのごくせまい範囲に限定された問題について考えてみたい。つまりかれの歴史記述の中で、かれが「人間性」あるいは「人間の本性」という言葉をどのような意味で用いることになっているのか、それを調べてみたい。私たちがその言葉でそれとなく諒解している肯定的な倫理性と、かれの指す酷薄な実体との隔たりを識り、その間に介在するものをかれの歴史記述の中から読みとってみることも大切なことであろう。(8) そして『戦史』全体から立ち現れる、かれの言う「人間性」をもう一度かれが一巻二二で言明している「歴史記述の目的」の文脈に戻してみて、その文章全体の語ろうとしている思想を汲むこととしたい。

一

個人と個人、集団と集団とのあいだには、どうしても利害の確執が生ずること、それが露骨な争いとなり戦争への誘いとなること、武力均衡の崩壊が戦争を生むこと、しかし戦争がそのような確執を解き勢力均衡を回復するための有効な手段となるとは言えないこと、このような戦争という人間行為についての全般的な諒解は今日〝古典的〟と呼ばれているが故ないことではなく、これについては古代のギリシァ人も有史いらい明確な自覚をもっていた。しかしながら、かれらの戦争行為の具体的な手続きには、今日から見れば昔の戦争には東西の別なく感じられる、宗教的、儀式的な要素が多く、またそれとともに屈折した人間的要素もしばしば認められる。かれらの世界では戦争がいわば習俗化していたためであろう、那須の与一が扇の的を射るまえに那須や近隣の神々にささげた祈りのようなものは、槍と盾をかまえるまえのギリシァ人重装兵の口からも唱和されたのである。

ツキジデスの戦闘記述の中でも、戦争の儀式が欠かさず記録されている。とりわけ、「勝利を得た側は敵陣が崩れた地点に勝利碑を立て、敗者の側は一時休戦を申し入れて戦死者を収容した」、という文章は一連の記事をしめくくるエンド・マークのように、一定のパターンをもって繰りかえされている。[9] 条約が結ばれれば碑に刻まれて神殿聖域に定置されるし、その更新の期日は祭礼日に合わせて定められている。[10] 戦争は平和条約の破棄という形式をもって始まるのであるが、当然そこには神々との関係が問われることとなってくる。ツキジデスによれば、前四三一年の正式の宣戦布告に先立ってアテナイ・スパルタの両陣営は、相手国の非を咎める使節の交換を繰りかえしているが、その要求の中には相手に政治的譲歩を要求する項目もふくまれてはいるが、戦争不可避の様相が濃くなるに及んで、互いに「宗教的な不浄を清めよ」という一見きわめて非政治的な要求をつきつける。[11] しかしこれは平和条約破棄という宗教上の侵犯行為を正当化するためには不可欠な交渉項目であり、戦争はすべて「聖戦」の名目が立たなければ神明の加護はえられず味方の結束もおぼつかないのである。したがってまた戦争の経過や結末が思わしくない時には、開戦当初の宗教的手続きの可否が問われる深刻な事態も生じうる。[12]

個々の戦闘の前後でおこなわれる儀式的習俗についても同様の意義が附与されていたようであり、とくに戦死者の遺体収容は重視された。ニキアスは明らかな勝利を抛棄してもこの一点だけを守っているし、[13] 後のことではあるが前四〇六年暴風雨のためにアルギヌサイの戦で海上の遺体収容が出来なかった指揮官には死刑が科せられている。[14] これらの儀式的な習俗は、古典期の都市国家の骨格をなす古来の戦士共同体の特色を明らかにしているものであり、ツキジデスの歴史記述の背後には私たちがその表面から想像するよりもはるかに深いところで、宗教・軍事・政治が複雑な習俗の核をなしていて、個人として、また集団としての人間の行為を形づくっていることを告げるのである。

ツキジデスが克明な筆致で記入している当時の習俗は戦争手続きの儀式だけではない。もちろん戦争の歴史であるからその主題と関連の深い陸戦海戦にまつわるものが優先しているけれども、その他に国制、[15] 法律、[16] 葬礼埋葬、[17] 祭祀、[18] 住居、[19] 言語[20] などにいたるまで、およそギリシァの都市国家の市民生活にかかわるほとんどすべての習俗についての記事が、戦争の出来ごとを綴る編年記体文の随所に附記されている。これら生活の多面にわたる習俗はギリシァ語では「ノモス」という言葉で包括的に呼ばれていたものであり、これらについて語るツキジデスの文体が一定の定形的フレーズを示しているように、いずれも儀式的な要素を多分にとどめつつ市民生活に定着していたものである。その一部は成文化されて国法となっていたものもあるが、大部分は不文律であり、実生活における行為の形式として世々継承され維持されてきた。ツキジデスにおけるそれらの個々の習俗記事についてはのちに検討を加えていくつもりであるが、しかしかれは民俗学者ではない。また私たちの目的もかれの歴史記述における習俗性そのものを論ずることではない。ただ、ツキジデス自身の見解にしたがって、習俗の中で培われながら習俗をふみしだきついに自らを律するものを失って崩れていく、人間性について論をつくしてみたい。[21]

二

一つの戦闘場面の記事を拡大鏡で覗いてみよう。前四一八年ペロポネソスの奥地マンティネアの盆地で行なわれたスパルタ連合軍とアテナイ側同盟軍の陸上戦は、ツキジデスによれば史上最大の陸戦であったという。じっさいにマンティネアを訪ねてみれば、このようなせまい場所で史上最大と形容されてしかるべき出来ごとが起るはずがないと思うだろう。しかしそれはいま問題ではない。かれは両軍がいままさに盾と盾とを打ち合そうとする瞬間に、次のような説明を加える。

「軍勢というものはおよそみな次のような振舞いにでる。敵味方が戦闘に入ると戦列は右翼にむかって押し出される。そして各〻味方の右翼でもって対する敵戦列の左翼をとりまこうとする。その理由は、恐怖心のゆえに兵は各〻自分の無防禦の右側面を右隣りの兵の盾でできる限り守ろうとし、盾と盾とが厚く重なりあえばもっとも安全な防禦ができると思いこんでいるからである。そしてこのずれを起させる最初のきっかけは、右翼の最先端の部署を占める兵が、いつも敵側が自分の無防禦の右側に廻りこむのを防ごうと急ぎ、のこりの者も同じ恐怖心からその例に習うことから生ずる。[22]」

重装兵戦列が右方にずれて戦闘は廻転移動をともないつつ行なわれることは一般的に言えることであろう。しかしツキジデスの説明には訝るむきもあるかもしれない。槍と盾には関係のない運動会の騎馬戦や棒たおしでも同様の動きが見られるではないか。それは右手を効果的に使える位置に立とうとするためではないか。重装兵だって右手の攻撃武器を振るえる位置に立とうとして右に廻りこむのではないか、と。このような反論にたいしてかれが運動会と重装兵の実戦とは違うと答えたかどうかはわからない。しかしかれが、日ごろ厳格をきわめた重装兵戦術の訓練に、市民生活の基盤と称してもさしつかえない重装兵のモラルに、わずかなりとはいえ定位置からのずれを生ぜしめる力は攻撃本能ではなく、恐怖心にねざす防禦本能である、と見ていることは明白である。マンティネアの野において戦列に歪みを生じたのは陸戦に不得意のアテナイ勢ばかりではない。かれがこの一般的見解をもとにここで説明している具体例は、[23]スパルタ王アギスが統率するスパルタの重装兵の動きである。かれらこそ最も厳格な規律と卓抜した戦技によって世の畏敬をあつめていたのであるが、かれらを育成したスパルタの習俗も、恐怖心と防禦本能が促すひずみを抑圧しきることはできない。だからと言って、ツキジデスは心理的法則を追うのに急で事実を歪めている、と難ずることも明らかに当を失している。[24]マンティネア会戦一部始終の記録だけを見ても、かれの厳密な実証性は充分に証しうる。ただかれは、戦列のはるか右端に位置する兵士のかすかな揺らぎの中に、幾世紀にわたる訓練によって培われた習俗が、人間の本性と息づまる葛藤を演じ、つねに人間の本性が優位に立つことを鋭く看破しているのである。

恐怖心と防禦本能があらがうべからざる力をふるって人間を戦争行為におもむかしめる、という見解はツキジデスの個々の戦闘記録にはしばしば語られている。[25]陸上、海上の戦争行為のみならず、ペロポネソス戦争というギリシァ全土の習俗を根底から揺がした大争乱の真の原因もまた、アテナイ支配圏の拡大がスパルタ人に恐怖の念を与え開戦にふみきることを余儀なくさせたことにある、とツキジデスは明言している。[26] マンティネア記事では拡大鏡にかけられた兵士の心理と行為が、ここでは巨視的な歴史の展望のもとに大集団の心理と行動にも通ずるものとして重ねあわされているのであろうか。[27] 軍勢指揮官としての度重なる経験が、歴史における人間行為をも同一の因果の規尺ではかることをツキジデスに教えたのであろうか。じじつ、かれは部隊長としてはすぐれていたかも知れないが、政治家としてあるいは歴史家としては偏狭な理解を示すにとどまっていると評する学者もないわけではない。甲論乙駁のはてしないこの問題についてはしばらく待つとして、私たちはツキジデスの中にみられる一般の習俗とそれを破壊してゆく戦争、さらに習俗を奪われて顕わになって暴威をふるう人間の本性などの関連を、いますこし広い背景において尋ねてみることにしたい。

三

人間あるがままの姿をよしとするのか、それとも古来の美風を尊ぶべきか、という二者選択の形で人間の行為のありようを意識的に問う態度は、古典ギリシァの文芸をつうじてホメロスからプラトンにいたるまで一貫しているといえようが、その意味あいは時代と社会の変遷とともに幾度か屈折している。人間あるがままといってもそれは鳥や獣とはちがう。古来の風習といっても正義の理念を明示するものが現在にも価値があるのだ。こう答えるヘシオドスにおいてすでに問題は、古典的な方向にむかって成熟を期しつつあると言えよう。[28] しかしさらに、何が人間本来のものであるのか、何が習俗であるのかと問いかえす屈折は、前六世紀から五世紀の各都市における貴族派と民衆派の政治抗争をつうじて最初の頂点にたっする。貴族派が劣勢に陥りながら民衆派との共存に甘んじざるを得ないメガラではとくに詩人テオグニスが、これを衝く急先鋒となる。いまや上流と称している連中は本性劣悪な卑賤の民である、と。習俗は時流とともに移ろいやすいが、人間の本性は変わらない、いや変わるべきではない、と零落し装うべき富も地位も失った貴族テオグニスは主張する。[29] 同じ頃やはり貴族の旗頭ともいうべきテーバイの詩人ピンダロスは、その本性において貴くすぐれたるものは、習いによって得た能力をほこるものにまさる、という立場を固守する。[30] かれらの言う本性とは、家門、血統、世襲財産、高位高名な親戚縁者たちなどに連なるものをさし、要するに斜陽化した階級的な習俗を背景としているものに過ぎないのであるが、それでも、かれらはそれを本性と称しかれらの優越を誇示する旗印としているのである。[31] かれらはそれを、約半世紀のちにツキジデスが人間の本性を指して用いているのと同一の、「フュシス」という言葉で呼んでいるが、ツキジデスが諒解している内容とはまったく異なることは言うまでもない。ただ一度だけ、テオグニスやピンダロスのごときドーリス人貴族の詩文におけると同じニュアンスをもつ「フュシス」という語がツキジデスによって使われている。コリントスの代表がスパルタ側の同盟国を対アテナイ戦争にふみきらせようと躍気になって、「われらが本性においてもつ秀逸性を、アテナイ人は教師から手に入れることはできないだろう、だがかれらが知識によって誇りうるものならば、われらは訓練によって凌駕できる」という。[32] スパルタ側同盟諸国のほとんどすべては貴族政国家であり、コリントス代表もまた貴族である、という諒解のもとに、ツキジデスはかれ自身の考えとはまったく異なる内容をこの「本性（フュシス）」なる語にたくして、コリントス人の演説で用いていると考えるべきであろう。[33] 同時にかれが、「フュシス」という語が、古風な階級意識にねざす政治スローガンとして、貴族政のドーリス人諸邦では用いられていたことを知っていた、と思わねばなるまい。[34]

しかし他方アテナイでは、人間の本性はドーリス人たちの諒解とは異なる、脱階級的な意味をたくわえて歴史家ツキジデスの登場をまっていた。メガラのテオグニスが失落をかこつよりも半世紀以上も先立って、アテナイの政治家ソロンは「習俗を字に刻む」という政治的行為によって法文をあらわし、一つの都市国家が全体として維持すべき規範を明らかにした。[35] かれ自身、オリュンポスのすべての神々の母大地よ御照覧あれ、と呼びかけているように、広やかな視野に立つ正義感と人間愛にもとづいて、貴族も庶民も同じように従わねばならぬ約束をアテナイ人に認めさせた。社会全体に普遍的な意味をもつ一つの約束が明文化されたことによって、つぎには人間としてもまた普遍的な意味をもつ一つの諒解が、人々の意識の中で触発され徐々に明確な形となってあらわれる。ソロンの後一世紀、その一つの例としてのソフォクレスの『アンティゴネー』はあまりにも有名であるが、ここでその内容を詳述する紙幅はない。ただ、そこで一つの国の為政者が定める法や掟に対抗して、ヒロインのアンティゴネーが「自分の本性、神のもの、愛」と呼んでいる生死をこえた人間普遍のものがアテナイ市民全体の見守る演劇作品のなかで葛藤対立をはらむことに注目したい。その上演された時代こそがペリクレスの全盛期であり、ツキジデスの青年期であり、いわゆるソフィストたちの啓蒙思想が喧伝されるよりもかなり以前の、アテナイ固有の現象であることは指摘されてしかるべきであろう(36)。

ここで私たちは大戦争とツキジデスの記述をとびこえて、そのあとに来る時代に先廻りして、約束ごととしての法律と人間の本性との抗争がどのような相をむかえているかを覗いてみよう。これを端的に語っているのがソフィスト、アンティフォンの作といわれる一文である(37)。人は市民として行為するときは国家の法によるべし、また目撃者の前でもそうするのが己れの利益と合致する。だが一人のみの場においては本性のさだめによるべし。法はたんなる約束ごと、破っても見つからなければ実害はないが、人間の本性がさだめるところを破れば必然的に罰をのがれ得ない(38)。かれの文章では、社会的人間と生物的人間とが意識的に截然と区別され、前者は法律によって律せられることが、後者は人間の本性というべきものによって律せられることが利益をもたらす、という観点がつらぬかれている。利益という多義的な言葉に判断をたくすることや、倫理性を度外視して慣習と本性という二つの仮面を時と場所に応じて使いわけることは、前五世紀末の疲れきった人間にとっては、とにかく生きて行くための方便としてやむをえなかったのかもしれない。しかし、アンティゴネーの裂帛の主張からアンティフォンのシニシズムに至るまでの間にいったいどのような、習俗と人間性との軋轢や分裂があったのか、それを私たちはツキジデスに尋ねてみたい。

四

大戦争とはいえそれが必ずしも古きよき習俗を破壊するものではない。また戦争を記述する歴史家がつねに美風の衰退を指摘し、奔放な振舞いに走る人間の本性を問題にするわけではない。イオニア人ヘロドトスの『歴史』においても、たとえばエジプト人の性質（フュシス）と習俗（ノモス）というような表現のもとに、[39]風俗誌が記されているが、二つの語は内容的に相補うものであって、互いに対立したり破壊的な影響を及ぼすものではない。かれが「フュシス」という語を用いている例を調べてみても、いずれも自然のままの、いわば静的に捉えられている人間の姿を指している。またとくに「人間の本性」という表現のばあいにも、「人間の本性には未来に生ずべきことの方向を転ずる力は備わっていない[40]」という例にも見られるように、〝人間という生物〟という程度でしかその内容は理解されていない。

ツキジデスにおいても、先にコリントス人の演説にも見られたように「本性（フュシス）」という語がきわめて古風な内容をもって口にされている場合もある。[41]また、ヘロドトスの用法と相通ずるような、〝自然状態〟という意味をたくされて、例えば、ピュロス周辺の立地条件は「〝その性質（フュシス）〟からみて有利である[42]」というような文章に用いられている。ここではつまり石材、木材が入手しやすく人跡まれであることが、土地の性質（フュシス）と呼ばれているのである。また、人間を生物として医学的見地から描出しているところでも、ヘロドトスと同じような内容が、病は「人間という生物にはいっそう耐えがたい形で襲いかかった[43]」という文章からうかがわれるのである。しかしペルシァ戦争までの世界とそれ以後を明確に区切っているのは年代ではなく、「人間の本性」についての把握のありようなのだ、と思わせるような用例のほうが頻度としてははるかに多い。これは先に触れたような政界における貴族派・民衆派の各〻のスローガンとしての「本性論」や「護法主義」が、ツキジデスの語彙に反映されている部分もあろうし、またアテナイにおける法対人間性をめぐる歴史的背景の特殊性が少なからぬ影響を及ぼしていることも疑えない。加えて弁論家やソフィストたちが得意とした二面論的議論のすすめかた――たてまえはしかじかであるが、本音はかくかくである、という論を重ねて逆説的帰結をひきだす論法[44]――これもまた、かれの叙述文や演説文の中で、習俗対人間本性の対立をいやが上にも尖らせることとなったのである。

しかしながらツキジデスの記述や演説では、口実と実際、言葉と行為など、現実を二面から対置的にとらえる文章がきわめて多いわりには、本性という語がその修辞上の一極を占めて「習い」と対置され文章全体のバランスを保っている例はきわめてすくない。そのような修辞的技巧を用いているのはたまたまシュラクサイの政治家ヘルモクラテス一人であって、かれはゲラのシケリア諸都市の和平会議においても[45]、またカマリナにおける反アテナイ演説においても[46]、殆んど同一の表現を使って、「約束の上での味方に与するよりも、本性において真の友たるものと手をむすべ」と説いたことになっている。だがこれら二つの例もただ修辞的なものとして片付けるのは早まっているかもしれない。なぜならヘルモクラテスは、歴史的背景においても同族関係にある、つまり文字どおり「本性」を一つにするシケリア諸都市やカマリナ市にむかって各〻の場において、同胞としての意識にめざめるようにと訴えているからである。コリントス人の演説でツキジデスが「フュシス」の語意にドーリス人貴族独自の古風な諒解をたくしているように、ヘルモクラテスの両演説に現れる「フュシス」にもシケリアという場所と前四二四、四一五年という各〻の時の要請にあう正確な意味がこめられていると見て誤りではあるまい[47]。

人間の本性が対立的な一極を担う力となってツキジデスの文章に現れるのは、単なる修辞法の要請によるものではない。マンティネア戦の記録にその一端がうかがわれたように、習俗との軋轢、葛藤をもたらすダイナミックな行為の担い手として、人間の本性が記述の中から刻みだされてくるのである。ペロポネソス戦争も巨視的にみれば、アテナイ人の利得心、名誉心、恐怖心という人間として不可避の本性に促されて巨大化したかれらの支配圏と[48]、これに対するスパルタ人のやはり人間として不可避の恐怖心によって惹起されたものであるが[49]、この戦争を指揮するアテナイのペリクレスの政策はアテナイ市の島嶼化であり、領内全市民に耕地、家屋、神殿聖域を全部拋棄して要塞化した城内に集団移住を強制することであった。[50] 巨視的にみれば、ここにおいて最初から戦争はアテナイ人の日常生活の習俗のよりどころを根こそぎ絶ったのである。しかしまだそれによって、長年培われた習俗が、人間の本性をつつむ美しい衣が、はぎとられてしまったわけではない。アテナイ市の生活全面にわたって未曾有の無秩序を、習俗破壊を、もたらすこととなった最初の契機は、前四三〇年夏から二年にわたって暴威をふるった大疫病であった、とツキジデスは言う。[51]

かれの疫病記述の語彙や語法が、厳密に当時の専門医学用語のそれに一致していることは究められている。[52] しかし、いかにかれの病状予断の考えがヒポクラテス叢書の『予断について』や『風土病記録』第一および第三巻の主旨に似ているように思われても、[53] かれは自分が医学者の立場から病因究明をおこなう意図を毛頭いだかぬことを明言している。[54] 疫病記述の全体的主旨から明白にうかがえるように、かれは疫病という出来ごとを原因とみたてて、それによって招来された道徳、習俗の崩壊の政治的結果を追究することを自分の任としているのである。悲惨な病状の推移を克明に綴っている部分は、人間の本性を極限にまで追いつめていく病理的な力を正確に描写しているにすぎない。かれが真に言いたいことは、「災害の暴威が過度につのると、人間は己れがどうなるかを推し測ることができなくなって、神聖とか清浄とかのいっさいの宗教感情をかえりみなくなる」[55] ことである。恐怖と絶望のあまり、「宗教的な畏敬も、社会的な掟も、人間にたいする拘束力をすっかり失ってしまった」[56] ことである。市民たちが公然と刹那的歓楽に走り、廉恥の念をすてさるに至ったことである。[57] しかし本当の悲劇は、そのような多数の一般市民のモラルの崩壊ではなく、その風潮に逆らおうとした少数の有徳者をおそう。病人がでるとその家には近親者すら近づこうとしなくなり、患者は独り死ぬほかはなかったのに、多少なりと人道に思いをいたす人は、家族でさえ災害にうちのめされて追悼を怠りがちであるのを見ると、つとめを怠るのを恥じる気持から危険をかえりみず友の家をたずね、まっ先に感染して倒れていくのである。[58] 人間らしく振舞うこと——それを今日の言葉で人間性と言おうが習俗と呼ぼうが——それが己れの生命を維持し長らえることと真向から対立する。ツキジデスが記す情況はアンティフォンよりもはるかに『アンティゴネー』の悲劇に近い。しかし現実においては文学的虚構がもつ形而上的な慰めはなく、ツキジデスの証言がかろうじて、あえて人間らしく振舞った人物の姿をとどめているにすぎない。同じように有徳ゆえに亡びていく有名無名の人物の姿が、ケルキュラ内乱やシケリア遠征に際してもツキジデスの眼に明瞭な影像を焼きつけているのを、私たちは見て知っている。

戦闘や、また今見たような疫病に襲われた密閉都市において、恐怖や絶望という生物にとっては争いようもない力にたいして当事者がかろうじて対抗できるもの、人間の本性にうちかって、習俗を維持することができる力は廉恥心のみ、とツキジデスは言う。これはスパルタ王アルキダモスも[59]、アテナイのペリクレスも[60]各〻スパルタの国制、アテナイの民主主義を論ずる異なる文脈においても、異口同音に語っているところを見ても、ペリクレスやアルキダモスの世代の一般ギリシァ人の諒解に近いものであったにちがいない。では、憐みや同情など、私たちが人間性という言葉にふくめて連想する情緒は、人間の本性を拘束する力をもっていなかったのであろうか。ツキジデスは冷静に言う、「疫病から生命をとりもどした者たちは、再感染の危険がなかったり、あるいは再感染しても致命的な病状に陥る恐れがなかったので、死者や病人にたいして深い憐みを禁じえなかった[61]」と。憐憫や同情は、己れに危険が及ばぬもののみに許された、傍観者の情緒であるとしりぞけているのはツキジデスだけではない。ミュティレネー反乱に際して政治家クレオンもそう述べてアテナイ人をいましめている。[62] ツキジデスの人間の本性についての把握や、人間らしさについての諒解は一見きわめて心理的な面のみを強調しているかのようにみえるが、じつは明文・不文の習俗とそれを装う人間の本性との現実的相関を無視しえない、政治家たちの人間理解というべきものであったことがわかる。

五

法と人間の本性との相剋を正面に打ちだしてこれを論じているのが、アテナイの政治家ディォドトスである。前四二七年アテナイ側の同盟から離脱をはかったミュティレネーは武力によってアテナイ側に打ちすえられ、アテナイではミュティレネーにたいする懲罰措置が論じられる。クレオンは市民の成年男子全員を死刑に処すことを主張するが、ディォドトスはそれがアテナイの利益に一致しないことを指摘し、寛容な措置を提案する。そして法の罰則をいたずらに強化することのみによっては、人間の本性にねざしている原因を封じこめることができないのは、今日までの人類の歴史的過程をみても明らかである、と論ずる。「犯罪の原因である判断の誤りは公私の別なく、あらゆる人間の本性にねざしていて、いかなる掟もこれを阻止することはできない。人間は犯罪を減じようとしてありとあらゆる刑罰を累進的に加えて行きつくところまできてしまったのだ。しかしここに至ってもなお犯罪はあとを絶たない。死にもまさる恐怖を与えうるような処罰が発見されない限り、死刑だけでは充分な拘束力を及ぼすことができない(63)」と。では人間の本性とはどのようなものか、ディォドトスは続けていう。「貧窮、権力、そのほかにも人間は立場立場の免れがたい衝動の囚となって危険な深みに陥る。思惑が先を走り執着があとまで尾をひく。執着はいつしか陰謀を生み、思惑は易々たる幸運の影をちらつかせるが、いずれも眼にさだかに見えないから、眼にみえる危険よりも強い力を振るって人を惑わし、最大の破局におとしいれる。……要するに、一事を成就せんとはやりたつ人間の本性にたいして、法の拘束力やその他の威喝の手段によって阻止を企てることはどう考えても不可能であり、これができると思うのはよほど単純な人間であろう(64)。」

貧窮の境遇も、権力の地位も、人間の本性を歪め暴走させるほど、ほとんど絶対的ともいえるちからをもつことはメガラの貧乏貴族テオグニスも指摘している(65)。しかし眼に見える姿よりも、眼にみえない神話的空間のなかに高貴な人間の「本性（フュシス）」を見てとり、これを賛美したのがテオグニスと同時代の彫刻家たちや詩人ピンダロスであった(66)。しかしそのような賛美すべき典型ではなく、罰に値する犯罪者について論ずるディオドトスは、同じ人間の本性（フュシス）の中に、眼にみえぬからこそいっそう危険な、執念や思惑が破滅への手引きをしていることを摘出する。この違いは、半世紀以上の時代の違いにもより、また芸術家と政治家の違いにもよることは明らかであるけれども、言いかえればまた各〻の社会における政治的習俗（ノモス）を忌避して貴き本性（フュシス）をもって階級の存在理由とするものと、現実の政治的習俗を肯定しその維持運用をはかる政治家との、各〻の立場の差異からよって生ずるところの人間観の違いが、本性（フュシス）という語の内容を変えているのであろう。しかしディオドトスはその眼には定かに見えない人間の本性を詩的表現ではあるが正確に規定したうえで、政治家は法や掟のもつ拘束力の限界を知るべきことを主張しているのである。ミュティレネー問題についての良識的な寛容政策の提案は、習俗をくつがえそうとする人間の本性にたいする辛辣な批判を背後にしたがえている。しかし一見シニカルな言葉で、心理的な力の操り人形にすぎない人間を批判しているが、その反面、人間の本性を倫理的に制禦できる力があるとすれば、それは法律や掟ではなく畏れや廉恥心にそれを求める他はないという、古風なアルキダモス王やペリクレスの教育論をべつの表現によって語っているのである。

六

次々と生ずる同盟国の離反や、個々の国の中で起る内乱について『戦史』はくりかえし報じている。同盟支配圏の拡大が大戦の外的原因であり、大戦とともに増大した負担を嫌って同盟国は離反する、そしてその時、同盟からの離脱は当然その国内における政治権力が一派から他派に移ることを意味し、その変動が急激な形で生ずるときに内乱となる。こうして全体としてのペロポネソス戦争は、ギリシァ諸都市間のいわばとめどない細胞分裂のような様相を呈しつつツキジデスの記述面に現れる(67)。しかし離反や内乱の次第を記述することは、ただ戦争という出来事の過程を因果の鎖でつなぐために行なわれているのではない。疫病記述においても見られたように、内乱記述においても主点は、内乱がどのように人間の本性をあらわにし、習俗の衣をはぎとっていったか、その点におかれている。[68] ケルキュラ内乱を報じたのち、ツキジデスは内乱現象一般について論じている。かれは内乱に際して町々を襲った災禍は数多く悲惨なものであったが、しかしこれは人間の本性が変らない限り、情況に応じて緩急や形態の違いはあろうけれども、未来の出来ごとともなろう、と言っている。そしてそれは戦争が人間によりよきを選ぶいとまを許さず、すべての人間を目前の安危にたいして同じような反応を示すものにしてしまうから、と言う。[69]

では内乱に際して生じたこととは、人間の本性が変らぬかぎり、起りつつもあり起るであろうともいえることとは何であるのか。かれは内乱そのものが起りつづけると言っているのではない。内乱に際してあらわにされた人間の本性について言っているのである。先ずかれは、言葉が慣習的な意味を失い、かわりはてた人間の行為をあらわすべつの意味をもつようになることを指摘する。[70] 内乱によって共通の倫理的価値判断を失った市民たちにとっては、勇気、英知、友情などの倫理的価値をもっていた言葉が共通の意味を失ってしまう、そして言葉も、行為も、党派性によって律せられることとなる。つまり一つの都市国家の根本にある、共通の約束あるいは共通の理念がうちすてられることによって、人間の習俗をもっとも特徴的にあらわす言語すらが崩壊する。そしてかの疫病の際にも有徳の人々を襲った悲劇が、内乱に際して再びかれらを襲う。つまり、過激な主張をもつ党派に与せず中庸を守ろうとする市民たちは、両極端の者から不協力、保身主義をなじられてなし崩しに消えていったのである。[71] 内乱は言葉を破壊し、信ずべき言葉を失った市民たちは和解の手段をも奪われて、内乱はますます狂暴化していく。そして、「一国において人間生活の秩序がくつがえされ混乱がその極にたっすると、それまですでに法を度外視して罪悪をなすことになれてしまった人間の本性は、今や法そのものをすら支配する力をもち、このときとばかりに激情のおもむくままに正体をあらわし、正義をふみしだき、己れよりもすぐれているものを敵視する。[72]」

一体この恐るべき「人間の本性」とは何であるのか。しかしながら、ツキジデスは医学者でもなく哲学者でもないので、定義を下すことはできない。ただ、戦争が人間を脅かすこととなる、大小さまざまの出来ごとを言葉で綴る歴史記述の作業の中から、あたかも、眼にみえず名も知れぬままに、ドラマの主人公のように姿をあらわしてくるもの、と答えたかも知れない。時には耕地や住まいから追い立てられた人々の姿の中に、時には密閉都市の中で死の手に摑まれた人々のあがきに、また時にはディオドトスの言葉のような詩的比喩であらわされた迷妄のなかに、さらにまた内乱で習俗をはぎとられた市民同士の憎悪や殺傷行為のなかに、「人間の本性」がわがもの顔で暴威を振るうのを、ツキジデスは見てとり記述する。私たちの立場から見れば、出来ごとの中から現れいでる「人間の本性」は、歴史というものを人間にわからせるための、歴史自身の説明因子であるといえるかもしれない。しかしこれは人類の理想とか、歴史の理念というような、心地よいひびきを伝える言葉ではない。ツキジデスが示す人間の「本性(フュシス)」の大多数の用例は、「人間の本性」とはできれば習俗によって包みかくしておくべきもの、法や罰則ではなく深い恥の心得によって内面的に制禦されるべきもの、であることを語っている。しかし、できうれば静かに眠らせておくべきこのものが、逆に歴史を動かしていく真の原因となることも、『戦史』が明らかにしている点である。倫理的にかれは「人間の本性」の跳梁を許すことはできない態度をしばしば示す。だが出来ごとを統禦する政治家として、また出来ごとの真の原因を究明する歴史家としては、この陰の主役の重要性をいやが応でも認めざるを得ない。かれの歴史記述が批判の対象としているのは、個々の出来ごとを告げる断片的資料や証言の信憑性だけではない。「人間の本性」を受容しそれによって押し流されていくかに見える、歴史そのものに対する批判が中核をなしている。「人間の本性」についてあまりにも多くを夢見ていた故国アテナイについて、その民主主義や海外政策についての、かれの鋭い批判も、「人間の本性」の放縦を是認しているかに見える出来ごとの流れに対する批判と見るべきであろう。

七

『戦史』の語る非人間性は、習俗と化した戦争そのものや、あるいは戦争の儀式からはうかがわれない。『戦史』の非人間性は、「人間の本性」ないしは「人間なるもの」から直接に導き出されてくる。「人間と呼ばれるものは古今その本性をたがえず、ゆずる者をば支配し、攻めきたるものから目をはなさぬ」、とヘルモクラテスは前四二四年のシケリア和平会議においてアテナイの侵略的意図を指さして言いはなつ。人間のあるべき姿は弱肉強食であってはならぬ、とヘシオドスの昔からギリシァ人は訓されてきた。しかし「人間の本性」は、「人間なるもの」は、まさしく弱肉強食の自然そのものにねざしている、という考えは『戦史』をつうじて変らない。ギリシァの前史時代からペルシァ戦争までの海軍史を回顧するツキジデスの記述も、富の蓄積と軍事力がもたらす支配と従属の関係を中心問題として追っている。[73] 開戦前年スパルタを訪ねたアテナイ人の使節は、人間の本性に従いながらなお寛容の態度を持してきたアテナイ人は賞賛に価するものであって、非難をうけるいわれはない、と弁明している。[74] われわれは満腹の獅子であるというに等しいともうけとられかねないこの科白も、「人間なるもの」が同時に意味する非人間性を併せて汲みとるならば、アテナイ人はとくに尊大な自讃の辞をのべているわけでもない。アテナイの強大なる支配圏自体、「人間なるもの」の理に徹して築きあげられたものであることは、敵味方ともに認めている。[75] しかし、「人間なるもの」[76]「人間の理」[77]「人間として考えれば」[78]「人間の信条」[79] といった言葉が徹底的に〝非人間的〟なる意味と文脈において重ねて用いられているのは、前四一六年メロス島でおこなわれた会談でのアテナイ人の発言である。

メロス島の為政者たちは、従来どおりの非同盟中立国の立場を認めてもらいたいと要求する。アテナイ側は海上の目と鼻の先にそのような島が残っていては海上帝国の威にかかわるからアテナイ側の同盟に加入せよ、さもなくば武力をもって屈服を強いると通告する。当時の「加盟」とか「協調」とかの実体はいずれもそのような強者の弱者にたいする一方的関係から成っていたのである。[80] だからメロス島会談の記録も、アテナイ側が言葉をつくして現実の国際関係の理念を説明したものと解釈できないわけではない。しかしかれらの言葉遣いにはそれだけでは納得できないふしも少なくない。

アテナイ側の主張には次のような表現がふくまれている。「第一にそもそも正義を楯にした要求とは、人間の理によれば、彼我ともに等しい強制力を行使できるときに限る。強者弱者の間では収奪と譲歩の可能性が問われるにすぎない。[81]」しかしこれを国家間の常識と呼ぶのであればとにかく、人間の理と呼ぶことは「人間なるもの」にきびしい批判をよせるに等しい。メロス側は譲歩しない。するとアテナイ側は「人間として考えればまだ救われる余地が残っているのに[82]」それを顧みない愚者の真似をするなと警告する。メロス側が自分たちにも成算あってのことであると反論すると、アテナイ側はついにこう言う。「われわれは、神なるものに対して抱く人間としての通念や、自分たち自身について抱いている考えにそむいて、要求したり行動したりしているわけではない。神なるものも人間なるものも、抗すべからざる本性に従い、力をもって屈服せしめたものの上に支配を築くのである[83]」、と。内乱だけが人間のおそるべき本性を解き放つのではない。ディオドトスも指摘していたように、強大な権力もまた、人間なるものの暴威をときはなち、神なるもの人間なるものについての習俗や信条を犯すことを許す。「人間なるもの」が意味していた非人間性がついに必然性と同一視されて、弱肉強食こそ天地の摂理であるという暴論を吐かせているのである。

しかしここでも、ツキジデスはアテナイのメロス侵攻という軍事的行為そのものを非難しているわけではない。使節の口上が横暴、尊大であると非難しているのでもない。かれが本当に読者の驚駭と批判をあつめたいのは、「人間なるもの」という語がこの場所と時においてあらわにした矛盾と非人間性である。私たちはすべての桎梏を断ちきって暴れはじめた「人間なるもの」や「人間の本性」がメロス島の事件の後、アテナイの内部でどのような事態を招来したか、それをたどるためには『戦史』第六、七、八巻を詳しく論ずる必要がある。しかしそれは別の機会にゆずって、ここではツキジデスの歴史記述の目的について簡単に考えをまとめてこの章を閉じることにしたい。

八

かれは言う、「これを読んでもたぶん、物語として作られたものではないので、喜びを感ずることは少ないように思われるだろう。しかし、すでに起った出来ごとの真相を検討したいと希望する人々にとっては、充分に役に立つと判断されるものとなろう。また、未来の出来ごとも人間なるものに着目する限りは、このようなものかこれに類似のものとなるであろうから〈その真相を検討したいと希望する人々にとっても〉」[84]。ここで用いられている「人間なるもの」の語には二通りの写本伝承の形があるが、今日行なわれている多くの版本では、より古いフィレンツェ本の伝える anthrōpinon の形が用いられている。しかしそれとは意味の上では同一であるが形の異なる anthrōpeion のほうが『戦史』では一般に用いられており、じじつパリ本はその形を伝えている。先にヘルモクラテスが、弱きを従え攻めるものに用心するのが「人間なるもの」と言い[85]、またメロス島でアテナイ人が、およそ神なるものも「人間なるもの」も絶対の強制力をもつ本性（フュシス）のままに、「強きものが支配する」[86]、というときに用いている単語の形も anthrōpeion である。それらの個所でこの語が用いられている意味にそって一・二二も解釈するならば、人間なるものが弱肉強食の理に従って行動する限りは、未来の歴史を動かしていく真の力が何であるかを私の歴史記述から読みとることができるはずだ、とツキジデスは語っていることになる。

しかしながら、すでに生起した出来ごとの真相と、起るであろうことの真相というものは、各〻明らかに異なる認識の形を要求するものであり、単に修辞的な対句的なバランスを保つために用いられているのではあるまい。またおよく考えれば、同一の時間軸上の過去と未来でもない。さらに、未来とはツキジデスにとっては未来であるが、読者にとっては過去となっている中間の出来ごとが意味されているという説明[87]も、必ずしもツキジデスの「人間なるもの」がかれの歴史記述において占める役割を充分に評価した上での解釈とは思えない。私たちの見てきた数多くの事例からもわかるように、ツキジデスが歴史記述の対象としているものはつねに過去の、ある時と場において生起した一回かぎりの出来ごとである。しかしかれの歴史の認識は忠実に記録された出来ごとの中からつねに「人間なるもの」あるいは「人間の本性」という、時空の枠を越えて歴史の主役となって現れてくるものを、するどく見わけてこれを批判するところに成り立っている。かれが kata to anthrōpeion（「人間の本性」に着目する限りは）というとき、まさしくそのような歴史の主役であり歴史認識の基底から立ちあらわれるものをさしているのではないだろうか。出来ごとの記述たる歴史は一回限りのものである。しかし歴史の認識へと意識的に道を拓いていく歴史家は、未来の出来ごともこのようなまたあるいはこれに類する形をもつ認識過程をへて人間の理解に達するものだ、と主張できる。

短く濃縮された言葉足らずの表現であるが——ツキジデスの文章にはつねにそのうらみがある——「人間なるもの」に着目する限りは、というかれの言葉は、「私は人間の本性の非を批判する立場にあるのだが、人間の本性こそが歴史の主役であると認めざるを得なくさせる歴史の重みを識った」と語っているように思われるのである。

（1）A. W. Gomme, *A Historical Commentary on Thucydides* I (1950^2), II (1962^2), III (1962^2), IV. with A. Andrewes, K. J. Dover (1970). とくに I, 1–87 参照。
（2）F. M. Cornford, *Thucydides Mythistorieus*, 1907, 1965^2.
（3）C. N. Cochrane, *Thucydides and the Science of History*, 1929.
（4）R. G. Collingwood, *The Idea of History*, 1946.
（5）最近に至る研究史の概要は次を参照されたい。H. P. Stahl, *Die Stellung des Menschen im geschichtlichen Prozess*, 1966 ; K. von Fritz, *Die griechische Geschichtsschreibung*, Bd. 1, I: Von den Aufängen bis Thukydides, 1967 ; O. Luschnat, *Thukydides der Historiker. Pauly-Wissowa-Kroll.* Supp. Bd. XII. 1970. Spp. 1085–1354.
（6）C. Meyer, *Die Urkunden im Geschichtswerk des Thukydides*, 1955.
（7）J. H. Finley, *Three Essays on Thucydides*, 1967. ch. 2. The Origins of Thucydide's Style, 55–117.

(8)　この問題もすでに論の出つくした観がないわけではない。O. Luschnat, *op. cit.*, 1230–58 ; E. Topitsch, *Anthrōpeia physis und Ethik bei Thukydides*. *WS* LXI/LXII, 1943–47, 50–67; H.P. Stahl, *op. cit.*

(9)　例えば、一・五四・二、一・六三・三、二・七九・七、二・八二、二・九二・四、三・七・六、三・二四・三、三・九八・五などその一部である（以下においてはツキジデス本文からの引用は、巻・章・節をあらわす数字で示すこととする）。E.-A. Bétant, *Lexicon Thucydideum*, 1847, nekrós hypóspondos などの項目を参照。

(10)　四・一一八—一一九、五・一八参照。

(11)　一・一二六—一二七、一・一二八・一、一・一三五・一。

(12)　これは大戦の前半においてスパルタ側が勝利が得られなかった理由としてかれら自身認めるに至った点である（七・一八・二）。しかしツキジデス自身の認めている理由ではない。また五・三〇のコリントス人の見解も、政治と祭祀習俗の不可分の関係をものがたる。

(13)　四・四四・六、プルタルコス「ニキアス伝」六。

(14)　クセノフォン『ヘレニカ』一・七、プラトン『ソクラテスの弁明』三二B参照。

(15)　スパルタの国制と教育理念（一・一八・一、一・一九、一・八四—八五）、アテナイの民主主義政体の理念（二・三七—四六）。

(16)　人間の本性と法の拘束力（三・四五）、スパルタ法制度の安定（一・一八）、成文法と不文の掟（二・三七・三）。

(17)　カリア人の埋葬様式（一・八・一）、アテナイ人の国葬（二・三四）、埋葬儀礼の無視（二・五二・四）。

(18)　いたるところにそれへの言及はあるが例えばアテナイの場合（二・一五—一七、六・二七—二八）、オリュンピア祭祀についての記事（五・四九—五〇）など。

(19)　戦前アテナイの場合（二・一六—一七）、アテナイとスパルタとの比較（一・一〇・二）など。

(20)　戦争とくに内乱による言語習俗の崩壊（三・八二・四—七）、ドーリス人の言語（三・一一二・四、四・四一・二、六・五・一、六・四四・六）。

(21)　前五世紀後半思潮における「習俗（ノモス）」と「本性（フュシス）」との対置関係は当時の文献に幅広い影響をとどめているが、詳しくは F. Heinimann, *Nomos und Physis. Herkunft und Bedeutung einer Antithese im griechischen Denken des 5. Jahrhunderts*, 1945. また「本性（フュシス）」なる語の用例の克明な検討と解釈は、D. Holwerda, *Commentatio de vocis quae est Physis vi atque usu praesertim in Graecitate Aristotele anteriore*, 1955 参照。

(22)　五・七一・一。Gomme III, 119 参照。

(23)　一般的なる現象に対応する具体例の文章は五・七一・二の〝この時もまた……〟。Classen-Steup, *Thukydides*, 5. Bd., 176 参照。

(24)　Collingwood, *op. cit.*, 29–30.

(25)　『戦史』記述によって捉えられている心理現象一般については、P. Huart, *Le vocabulaire de l'analyse psychologique dans l'œuvre de Thucydide*, 1968 に詳しいが、とくに恐怖感情については 114–140 を参照。

(26)　一・一三・六。

(27)　マンティネア記事と一・一二三といずれが先にツキジデスの筆になったかは、不明である。五巻、八巻は『戦史』成立の最終段階において完成されないままの姿で残っているというのが通説であるが(E. Schwartz, *Das Geschichtswerk des Thukydides*, 1960³)、他方一・一二一—一二三は明らかに戦争とその記述についての全貌を把握した上での見解と見るのが至当であろう。戦争が個人差を無視して群衆の心を類似の感情的反応のパターンに均すことは、三・八二・二において指摘されている。

(28)　拙著『ギリシァ思想の素地』岩波新書、一九七三年、参照。

(29)　テオグニス詩集、五三—六八行、一四九—五〇行、一五三—四行などの主張は表現を変えながら、詩集全体において繰りかえされる。

(30)　ピンダロス「オリュンピア祝勝歌」九、一〇〇—一〇四、「ネメア祝勝歌」三、四〇—四二。

(31)　テオグニス、ピンダロスにおける「本性」の主張の社会的、政治的背景については、W. Jaeger, *Paideia*, Bd. 1., 1954³, 249–291 参照。

(32)　一・一二一・四。

(33)　ツキジデス自身、演説を記載するに際してはそれが行なわれた時と場所の要請と話者の主張の主旨にそうように留意した、と述べているが(一・二二・一)、ここにおける「本性(フュシス)」の用法はかれの言葉を的確にうらづけている。

(34)　しかし三・六四・四の、プラタイア裁判におけるテーバイ人演説での用法は、〝卑しい諸君の「本性」がつねに求めたるもの〟の意味を帯びている。

(35)　ソロン、イアンボス詩断片二四、一八行以下参照。大地への祈願は同断片、四—五行参照。

(36)　なお詳しくは、V. Ehrenberg, *Sophocles and Pericles*, 1954 参照。歴史上の事実と芸術はかれが推定するほど近接してはいないかも知れないが。

(37)　*Oxyrhynchus Papyri*, vol. xi n. 1364 ed. Hunt, Fr. A. col. 1–231, Fr. B. col. 232.(*Fragmente der Vorsokratiker*, ed. Diels et Kranz, Vol. 2.(1956⁸), 346–353 参照。

(38)　Diels et Kranz, *op. cit.*, 346–7 参照。

(39) ヘロドトス『歴史』二・四五・二参照。
(40) 同書、三・六五・三。
(41) ツキジデス『戦史』一・一二一・四。
(42) 四・三・二。
(43) 二・五〇・一。
(44) 今日これを端的に伝えているのはゴルギアスの弁論断片(Diels-Kranz, *op. cit.*, vol. ii, 279–303)、作者不詳の『二面論』(*ibid.*, 405–416)である。またツキジデス自身の文体上の工夫も多分にその影響をうけている。その点については、J. G. A. Ros, *Die Metabolē (variatio) als Stilprinzip des Thukydides*, 1968^{2}, 1–18.
(45) 四・六〇・一(前四二四年)。
(46) 六・七九・二(前四一五年)。
(47) 注(33)参照。
(48) 一・七六・三参照。
(49) 一・二三・六参照、上記注(28)参照。
(50) 二・一一・一―二参照。
(51) 二・五三・一―四参照。
(52) D. L. Page, Thucydides' description of the great plague at Athens. *Cl. Qu.* XLVII(1953), 97–119参照。
(53) K. Deichgräber, *Die Epidemien und das Corpus Hippocraticum.* Abh. d. Berl. Akad, Phil.-Hist. kl, 1933; J. H. Finley, *Thucydides*, 1947^{2}, 69–72参照。
(54) 二・四八・三参照。
(55) 二・五二・三。
(56) 二・五三・四。
(57) 二・五三・一―二参照。
(58) 二・五一・五参照。
(59) 一・八四・一―四参照。
(60) 二・三七・三参照。

(61) 二・五一・六。
(62) 三・四〇・二―三参照。
(63) 三・四五・三―四。
(64) 三・四五・四―七。
(65) テオグニス詩集、一七三―四、一七五―一九二、上記注(31)参照。
(66) 注(31)参照。W. Jaeger, *op. cit.*, 279–282.
(67) 本書第二部第二章「内乱の思想」参照。
(68) 三・八四・一―三参照。この部分はツキジデスの筆になるものではないという説も古代から伝えられているが、その疑念の是非については注(67)の章を参照されたい。
(69) 三・八二・二参照。
(70) 三・八二・四参照。
(71) 三・八二・八参照。
(72) 三・八四・二。
(73) 一・八・三参照。
(74) 一・七六・三参照。
(75) 注(45)、(46)参照。四・六一・五参照。ここでアテナイの帝国主義政策が至当の理によって推進されていることが、敵側のヘルモクラテスによって認められている。なお詳細は、J. de Romilly, *Thucydide et l'impérialisme athénien. La Pensée de l'historien et la genèse de l'œuvre*, 1947 参照。
(76) anthrōpeion (五・一〇五・二)
(77) anthrōpeios logos (五・八九)
(78) anthrōpeiōs (五・一〇三・二)
(79) anthrōpeia nomisis (五・一〇五・一)
(80) W. S. Ferguson, *Greek Imperialism*, 1941, 1963^2 参照。
(81) 五・八九。
(82) 五・一〇三・二。

(83)　五・一〇五・一。
(84)　一・二二・四。拙訳(岩波文庫)ではまだ充分に原著の意図が邦文に表わされていないのをおわびする。
(85)　四・六一・五参照。
(86)　注(76)参照。
(87)　Gomme, *op. cit.* I, 149–150 参照。なおこの問題について詳しくは、村川堅太郎編・解説『ヘロドトス　トゥキュディデス』世界の名著　第五巻、一九七〇年、中央公論社刊、田中美知太郎著『ツキュディデスの場合』一九七〇年、筑摩書房刊、を参照されたい。

あとがき

このたび村川堅太郎先生よりの有難いお勧めを忝うし、また岩波書店の松嶋秀三氏の年来のお誘いもあって、このような書物を出版していただく機に恵まれたことは、私にとっては誠に望外の幸運と申すほかはなく、心より感謝申し上げたい。お二人からの懇切なお言葉がなかったならば、拙い論説十章をこのような大冊に集めて世におくる勇気は湧いてこなかったと思う。先生には昨年暮肺炎のために入院されて、病篤く発声機能を失われた後までも、この書物の刊行についてお気遣いを賜わった。しかし十二月二十三日に他界され、遂にこの形のものを御目にかけることが叶わず、誠に断腸の思いと申すほかはない。

一九六六年頃より、学会誌、大学紀要、研究報告、各種雑誌類にさまざまの形で発表した論稿十四篇を選び、十章一巻の体裁に整える厄介な作業が記録的短時間の中に能率よく進められたのは、一に岩波書店編集部の、天野泰明氏の絶大なご尽力によるものであり、同氏のご助力に厚く感謝申し上げたい。また、煩瑣な校正作業に際しては、東大大学院生、佐野好則氏からいただいた綿密な検証と吟味のおかげで、多くの誤謬から本書が救われていることを記し、同氏のご協力に感謝いたしたい。しかしなお注記の中には、完璧に統一された記載方法からみれば、逸脱している幾つかの例が残されたままになっているが、それらは皆著者自身の責任に帰せられるものである。加えてまた、落穂拾いの如き論集に冠せられた本書の標題が大に過ぎ、羊頭狗肉のそしりを免れえないのではないかと、ひたすら恐縮している。

この書物に盛られている私の考えの発芽の素地は、東大文学部西洋古典学の講義や演習の場にあったことを最後に記し、過去二十余年間の折々にそこに参加され、遅々たる私の努力と一緒につきあってくれた学生、院生の諸君にたいしての、感謝にみちた思い出をここに留めたい。

一九九二年春

久保正彰

初出一覧

第一部

第一章　原題「口誦叙事詩の文字伝承とはなにか——ホロメス本の成立について——」『思想』一九七六年一一月号、三八—五五頁

第二章　原題「Alcmena の Ehoea について——Aspis 1–56 と初期叙事詩の伝統——」『東京大学文学部研究報告』第五号、一九七四年、一一九—一九〇頁

第三章　原題「Ekphrasis 補記：Argon. I 721–67」『西洋古典の叙事詩・説話文学の成立と伝承。文部省科学研究費補助金による研究成果報告書』一九八〇年、六九—九四頁

第四章　原題「色と変容——オウィディウスの叙事技法の一側面——」『西洋古典学研究』第二五号、一九七七年、一—一九頁

第五章　原題「EX SAPPHUS POEMATIS——Politiani ANNOTATIONES の背景」『西洋古典学研究』第三四号、一九八六年、一—二五頁

第二部

第一章

第一節　原題「歴史のなかの歴史家像」『図書』一九六九年五月号、三二—四四頁

第二節　原題「エーゲ海の空間的把握——ツキジデスの編年記述体の成立まで——」『歴史と人物』一九七一年九月号、一三二—一四一頁

第三節　原題「Thucydides のメモ」『西洋古典学研究』第一四号、一九六六年、六六—七六頁

第四節　原題「歴史家誕生」『図書』一九六九年四月号、一六—二七頁

第五節　原題「トゥキュディデスとペルシア戦争」『西洋古典学研究』第一九号、一九七一年、四三—五七頁

第二章　原題「内乱の思想——文学者の歴史研究——」『成蹊大学文学部紀要』第二号、一九六六年、一五六—一八四頁

第三章　原題「歴史記述と偶然的要素」『思想』一九八〇年一一月号、一—二四頁

第四章　原題「歴史記述における偶然的要素――『ピュロス戦記』をめぐって――」『東京大学文学部研究報告』第七号、一九八二年、一―一四二頁

第五章　原題「ツキジデスの歴史記述における人間性」『思想』一九七五年一一月号、四二―五九頁

■岩波オンデマンドブックス■

ギリシァ・ラテン文学研究——叙述技法を中心に

1992年2月10日　第1刷発行
2016年4月12日　オンデマンド版発行

著　者　久保正彰（くぼまさあき）

発行者　岡本　厚

発行所　株式会社　岩波書店
〒101-8002　東京都千代田区一ツ橋2-5-5
電話案内　03-5210-4000
http://www.iwanami.co.jp/

印刷／製本・法令印刷

ISBN 978-4-00-730398-2　　Printed in Japan